A GUARDIÃ DOS SEGREDOS DO AMOR

KATE MORTON

A Guardiã dos Segredos do Amor

Tradução de Geni Hirata

Título original
THE SECRET KEEPER

Esta é uma obra de ficção. Nomes, personagens, lugares, e incidentes são produtos da imaginação da autora, foram usados de forma fictícia. Qualquer semelhança com pessoas reais, vivas ou não, estabelecimentos comerciais, acontecimentos ou localidades é mera coincidência.

Copyright © Kate Morton, 2012

Todos os direitos reservados. Nenhuma parte desta obra pode ser reproduzida ou transmitida por qualquer forma ou meio eletrônico ou mecânico, inclusive fotocópia, gravação ou sistema de armazenagem e recuperação de informação, sem a permissão escrita do editor.

Direitos para a língua portuguesa reservados
com exclusividade para o Brasil à
EDITORA ROCCO LTDA.
Av. Presidente Wilson, 231 – 8º andar
20030-021 – Rio de Janeiro – RJ
Tel.: (21) 3525-2000 – Fax: (21) 3525-2001
rocco@rocco.com.br – www.rocco.com.br

Printed in Brazil/Impresso no Brasil

CIP-Brasil. Catalogação na fonte.
Sindicato Nacional dos Editores de Livros, RJ.

M864g	Morton, Kate, 1976- A guardiã dos segredos do amor / Kate Morton; tradução de Geni Hirata. – 1ª ed. – Rio de Janeiro: Rocco, 2014. Tradução de: The Secret Keeper ISBN 978-85-325-2909-1 1. Romance inglês. I. Hirata, Geni. II. Título.
14-09980	CDD–823 CDU–821.111-3

O texto deste livro obedece às normas
do Acordo Ortográfico da Língua Portuguesa.

Para Selwa,
amiga, agente, campeã

PARTE UM

LAUREL

1

ZONA RURAL DA INGLATERRA, uma casa de fazenda no meio do nada, um dia de verão no começo da década de 1960. A casa é despretensiosa: estilo enxaimel, traves de madeira e paredes brancas, a pintura descascando ligeiramente no lado ocidental e uma trepadeira florida, a clematite, subindo pelo reboco. As chaminés estão fumegando e, só de olhar, sabe-se que alguma coisa deliciosa está borbulhando no fogão. Há algo especial na maneira como a horta foi arranjada, tão cuidadosamente, no quintal, nas reluzentes janelas de vitrais, no meticuloso encaixe das telhas.

Uma cerca rústica rodeia a casa e um portão de madeira separa o jardim bem cuidado dos prados que se estendem de cada lado da propriedade e do pequeno bosque mais além. Pelo meio das árvores retorcidas, um córrego saltita delicadamente pelas pedras, esvoaçando entre o sol e a sombra, como faz há séculos, mas não pode ser ouvido daqui. Está longe demais. A casa ergue-se, inteiramente solitária, ao fim de um longo caminho de terra batida, invisível da estrada rural que leva o mesmo nome da fazenda.

Exceto por uma ou outra brisa, tudo está quieto, silencioso. Dois bambolês brancos, a febre do ano passado, estão encostados no arco de glicínia. Um boneco negro de pano – o personagem infantil Golliwog – com um tapa-olho e um ar de digna tolerância, monta guarda de seu posto de observação na cesta de pregadores de um carrinho de roupa lavada. Um carrinho de mão, carregado de vasos de plantas, aguarda pacientemente ao lado do galpão.

Apesar da tranquilidade, ou talvez por causa dela, a cena inteira transmite uma sensação de expectativa, de atmosfera carregada, como um palco momentos antes dos atores surgirem das coxias. Quando todas as possibilidades se estendem à frente e o destino ainda não foi selado pelas circunstâncias, e então...
– Laurel! – A voz impaciente de uma criança a uma certa distância. – Laurel, onde você está?
E é como se um feitiço tivesse sido quebrado. As luzes do teatro se apagam; a cortina sobe.

Um bando de galinhas aparece do nada para ciscar entre os tijolos do caminho do jardim, um gaio arrasta sua sombra pela horta, o motor engasgado de um trator desperta no campo ao lado. E acima de tudo isso, deitada de costas no assoalho da casa na árvore, uma jovem de dezesseis anos pressiona o drops de limão Spangle que estava chupando contra o céu da boca e suspira.

∾

Imaginava que era cruel simplesmente deixar que continuassem a procurá-la, mas, com aquele calor e o segredo que ela estava acalentando, o esforço das brincadeiras – aliás, brincadeiras infantis – era simplesmente demais para ela. Além do mais, tudo fazia parte do desafio e, como seu pai sempre dizia, o que é justo é justo, e elas nunca aprenderiam se não tentassem. Não era culpa de Laurel se ela era melhor em encontrar esconderijos. Eram mais novas do que ela, é verdade, mas não significava que fossem criancinhas.

De qualquer modo, ela não queria propriamente ser encontrada. Não hoje. Não agora. Tudo que queria fazer era ficar deitada ali e deixar que o algodão fino do seu vestido esvoaçasse contra suas pernas nuas, enquanto sua mente se inundava de pensamentos sobre ele.

Billy.

Fechou os olhos e aquele nome desenhou-se em elegantes letras cursivas por baixo de suas pálpebras escuras. Néon, néon rosa choque. Sua pele se arrepiou e ela virou o drops na boca, de modo que o buraco no meio da bala se equilibrasse na ponta da língua.

Billy Baxter.

A maneira como ele a olhou por cima dos óculos escuros, o sorriso maroto, enviesado, os cabelos pretos penteados à la Teddy Boy...

Fora instantâneo, exatamente como sabia que o verdadeiro amor deveria ser. Cinco sábados antes, ela e Shirley desceram do ônibus e depararam-se com Billy e seus amigos fumando nos degraus do salão de baile. Seus olhos se encontraram e Laurel agradeceu a Deus por ter decidido que um novo par de meias de nylon valia o dinheiro que ganhara para o fim de semana.

– Anda, Laurel. – Era Iris, a voz esmorecendo com o calor do dia. – Por que você não brinca direito?

Laurel cerrou os olhos com mais força.

Eles haviam dançado todas as músicas juntos. A banda começara a tocar mais rápido, seus cabelos se soltaram do coque, que ela copiara cuidadosamente da capa da revista *Bunty*, seus pés doíam, mas ela continuara a dançar. Só pararam quando Shirley, chateada por ter sido ignorada, aproximou-se dela como uma tia e disse que o último ônibus para casa estava de partida, se Laurel quisesse atender ao toque de recolher (deixando bem claro que para ela, Shirley, era indiferente), caso tivesse finalmente parado. Então, enquanto Shirley batia o pé com impaciência e Laurel despedia-se com um adeus ruborizado, Billy agarrara sua mão e a puxara para ele. Então, no âmago de seu ser, Laurel soube com uma clareza ofuscante que aquele momento, aquele belo e deslumbrante momento, estivera à sua espera durante toda a sua vida.

– Ah, como quiser. – O tom de voz de Iris agora era cortante, contrariado. – Mas não me culpe quando não tiver sobrado mais nenhum pedaço do bolo.

Passava de meio-dia e uma faixa de sol atravessava a janela da casa na árvore, inflamando a parte interna das pálpebras de Laurel com cor de Coca-Cola de cereja. Ela sentou-se, mas não fez qualquer menção de sair do seu esconderijo. Era uma boa ameaça – a queda de Laurel pelo pão de ló Victoria de sua mãe era lendária – mas inútil. Laurel sabia muito bem que a faca do bolo de aniversário fora esquecida na mesa da cozinha, despercebida em meio ao caos, quando a família reuniu cestas de piquenique, mantas, limonada com gás, toalhas de banho e o novo rádio transistor, e irrompeu porta afora em direção ao riacho. Ela sabia disso porque, quando deu meia-volta com a desculpa da brincadeira de esconde-esconde e entrou sorrateiramente na casa fresca e escura para buscar o pacote, viu a faca ao lado da fruteira, a fita vermelha amarrada no cabo.

A faca era uma tradição – ela cortara cada bolo de aniversário, cada bolo de Natal, cada bolo feito para animar alguém desconsolado na história da família Nicolson. Portanto, enquanto alguém não fosse despachado para pegar a faca, Laurel sabia que estava livre. E por que não? Em uma casa como a dela, onde alguns minutos de tranquilidade eram mais raros do que dentes de galinha, onde sempre havia alguém atravessando uma porta ou batendo outra, desperdiçar privacidade era quase um sacrilégio.

Hoje, especialmente, ela precisava de tempo para si mesma.

O pacote endereçado a Laurel chegara com a correspondência da última quinta-feira e, num golpe de sorte, fora Rose quem saíra ao encontro do carteiro, não Iris, Daphne ou – graças a Deus! – sua mãe. Laurel soube imediatamente de quem viera. Seu rosto ficou vermelho, mas ela conseguiu balbuciar algumas palavras sobre Shirley e o álbum de uma banda que ela estava lhe emprestando. O esforço de dissimulação passou despercebido por Rose, cuja atenção, pouco confiável para se dizer o mínimo, já se transferira a uma borboleta pousada na cerca.

Mais tarde naquela mesma noite, quando estavam empoleirados diante da TV assistindo ao programa *Juke Box Jury*, Iris e Daphne discutiam os méritos comparativos de Cliff Richard e Adam Faith, e o pai delas lamentava o falso sotaque americano desse último e a ampla dissipação de todo o Império Britânico, Laurel saíra furtivamente. Ela trancou a porta do banheiro e deslizou para o chão, as costas pressionadas firmemente contra a porta.

Com dedos trêmulos, ela rasgou o fundo do embrulho.

Um pequeno livro enrolado em papel fino caiu em seu colo. Ela havia lido o título através do papel – *Festa de aniversário*, de Harold Pinter – e uma sensação eletrizante percorreu sua espinha dorsal. Laurel não conseguiu conter um gritinho.

Desde então, ela dormia com o livro dentro da fronha, embaixo do travesseiro. Não era um jeito muito confortável, mas gostava de mantê-lo por perto. Ela *precisava* mantê-lo por perto. Era importante.

Laurel acreditava solenemente que havia momentos em que uma pessoa chegava a uma encruzilhada, quando alguma coisa acontecia, inesperadamente, para mudar o curso dos acontecimentos da vida. A estreia da peça de Pinter fora um desses momentos. Ela lera a respeito no jornal e sentira uma necessidade inexplicável de comparecer. Dissera aos pais que estaria na casa de Shirley e fez a amiga jurar segredo, e em seguida pegara o ônibus para Cambridge.

Fora sua primeira viagem sozinha a qualquer lugar e, sentada no escurecido Arts Theatre, vendo a festa de aniversário de Stanley se transformar em um pesadelo, ela experimentara uma euforia que nunca havia sentido antes. Era a espécie de revelação que as ruborizadas senhoritas Buxton pareciam desfrutar na igreja toda manhã de domingo, e enquanto Laurel desconfiava que o entusiasmo das irmãs tivesse mais a ver com o novo pastor do que com a palavra de Deus, sentada na beira de sua cadeira em um lugar barato da plateia, enquanto a seiva vital do drama que se desenrolava no palco penetrava em seu peito e unia-se ao seu próprio sangue, sentira o rosto afoguear-se de felicidade, e compreendera. Não sabia exatamente o quê, mas sabia com absoluta certeza que a vida tinha mais a oferecer, e que esperava por ela.

Ela guardara seu segredo para si mesma, sem saber ao certo o que fazer com ele, muito menos, nem remotamente, como explicá-lo para outra pessoa, até que na outra noite, quando ele a abraçava e ela pressionava o rosto contra sua jaqueta de couro, ela confessara tudo a Billy...

Laurel retirou a carta de Billy de dentro do livro e leu-a outra vez. Era breve, dizendo apenas que estaria esperando por ela em sua motocicleta no fim da estrada de terra no sábado à tarde, às duas e meia – havia um lugar que ele queria lhe mostrar, seu lugar predileto ao longo da costa.

Laurel consultou seu relógio. Faltavam menos de duas horas.

Ele balançara a cabeça quando ela lhe contara sobre a encenação de *Festa de aniversário* e de como se sentira. Ele lhe falara de Londres e de teatro, e das bandas que havia visto tocar em anônimas casas noturnas – e Laurel vislumbrara fulgurantes oportunidades. Então, ele a beijara, seu primeiro beijo de verdade, e a lâmpada elétrica dentro de sua cabeça a cegara com uma ofuscante explosão de luz.

Ela moveu-se para o lugar onde Daphne havia apoiado o pequeno espelho de mão de seu estojo de beleza e mirou-se nele, comparando os traços negros que delineara com grande cuidado no canto de cada olho. Satisfeita com a constatação de que estavam iguais, alisou a franja e tentou apaziguar a incômoda sensação de que esquecera algo importante. Lembrara-se da toalha de praia; já estava de maiô por baixo do vestido; dissera a seus pais que a sra. Hodgkins precisava que ela fizesse algumas horas extras no salão, varrendo e limpando.

Laurel saiu da frente do espelho e mordiscou um cantinho da unha. Não tinha o costume de agir às escondidas, certamente não. Era uma boa garota, todos diziam isso – seus professores, as mães de seus amigos, a sra. Hodgkins. Mas que escolha tinha? Como poderia explicar isso a seus pais?

Sabia com toda certeza que eles nunca haviam sentido amor, apesar das histórias que gostavam de contar sobre como se conheceram. Ah, claro, eles se amavam muito, mas era um amor seguro, de pessoas idosas, o tipo de amor expresso com palmadinhas nos ombros e intermináveis xícaras de chá. Não – Laurel suspirou acaloradamente. Podia-se afirmar que jamais haviam sentido aquele outro tipo de amor, o tipo com fogos de artifício e corações disparados e – enrubesceu – desejos físicos.

Uma rajada de ar quente trouxe com ela o som distante da risada de sua mãe, e a consciência, embora vaga, de que ela estava à beira de um precipício em sua vida enterneceu Laurel. Querida mamãe. Não era culpa dela que sua juventude tivesse sido desperdiçada na guerra. Que ela já tivesse praticamente vinte e cinco anos quando conheceu e se casou com seu pai; que ainda recorresse às suas velhas habilidades de fazer barcos de papel quando queria animar alguma das crianças; que o ponto alto de seu verão fora conquistar o prêmio do clube de jardinagem da vila e ter sua foto no jornal. E não apenas no jornal local – o artigo fora publicado na imprensa londrina, em uma grande reportagem especial sobre acontecimentos regionais. O pai de Shirley, um advogado, ficara encantado em recortar o jornal e levar a matéria para lhes mostrar. Sua mãe fingiu protestar e ficar encabulada quando seu pai pregou o recorte de jornal na geladeira nova, mas sem muita ênfase, e ela não tirou mais o recorte de lá. Não, ela estava orgulhosa de suas favas extralongas, verdadeiramente orgulhosa, e esse era exatamente o tipo de coisa a que Laurel se referia. Ela cuspiu uma boa lasca de unha. De alguma forma inexplicável, parecia mais gentil enganar uma pessoa que se orgulhava de favas do que forçá-la a aceitar o fato de que o mundo tinha mudado.

Laurel não era muito experiente em dissimulações. Eles eram uma família unida – todos os seus amigos diziam isso. Na sua frente e pelas suas costas. No que dizia respeito a estranhos, os Nicolson cometiam o pecado profundamente suspeito de genuinamente parecerem gostar uns dos outros. Mas ultimamente as coisas andavam diferentes. Embora Laurel continuasse a agir da mesma maneira, havia notado um novo e estranho distanciamento. Franziu ligeiramente as sobrancelhas quando a brisa de verão soprou alguns fios de cabelo em seu rosto. À noite, quando se sentavam ao redor da mesa de jantar, seu pai fazia suas meigas piadas sem graça e mesmo assim todos riam, ela sentia como se estivesse do lado de fora olhando para dentro, como se os outros estivessem num vagão de trem, compartilhando os mesmos ritmos familiares, e ela estivesse sozinha na estação observando enquanto eles se afastavam.

No entanto, era ela quem iria deixá-los, e em breve. Fizera a sua pesquisa: a Central School of Speech and Drama era para onde precisava ir. O que diriam seus pais, ela se perguntava, quando lhes contasse que pretendia ir embora? Nenhum dos dois era particularmente experiente em cidades grandes – sua mãe não tinha sequer ido até Londres desde que Laurel nascera – e a simples ideia de que a filha mais velha estava pensando em se mudar para lá, sem contar uma existência incerta no teatro, era capaz de levá-los a um estado de apoplexia.

Abaixo dela, a roupa lavada tremulou úmida no varal. Uma das pernas da calça jeans que vovó Nicolson tanto detestava ("Você fica com uma aparência vulgar, Laurel. Não há nada pior do que uma moça oferecida.") batia na outra, assustando a galinha de uma asa só, que cacarejava e girava em círculos. Laurel deslizou os óculos de sol de aros brancos sobre o nariz e deixou-se cair contra a parede da casa na árvore.

O problema era a guerra. Terminara há dezesseis anos – sua vida inteira – e o mundo seguira em frente. Tudo era diferente agora; máscaras de gás, uniformes, cartelas de racionamento de comida e todo o resto pertenciam apenas ao grande e velho baú cáqui que seu pai guardava no sótão. Infelizmente, porém, algumas pessoas não pareciam perceber isso – ou seja, toda a população acima de vinte e cinco anos de idade.

Billy dissera que ela jamais iria encontrar as palavras certas para fazê-los compreender. Disse que isso se chamava "conflito de gerações" e que tentar se explicar seria inútil, que era como Alan Sillitoe dizia no livro que ele carregava no bolso para todo lugar: não se podia esperar que os adultos compreendessem seus filhos e, se o fizessem, era você quem devia estar fazendo alguma coisa errada.

Uma parte de Laurel – a boa menina, leal aos pais – ergueu-se para discordar dele, mas ela não o fez. Em vez disso, seus pensamentos voltaram-se para os últimos dias, ao cair da noite, quando ela conseguia afastar-se das irmãs e esgueirar-se para o ar fragrante do crepúsculo, o rádio transistor enfiado debaixo da blusa, e subia com o coração acelerado para a casa na árvore. Ali, sozinha, girava o botão, sintonizava na Rádio Luxemburgo e deitava-se de costas, no escuro, deixando a música envolvê-la. E conforme os acordes permeavam o ar tranquilo do campo, envolvendo a paisagem antiga com as mais modernas canções, a pele de Laurel se arrepiava com a sublime e inebriante sensação de saber que fazia parte de algo maior: uma conspiração mundial, um grupo secreto. Uma nova geração de indivíduos, todos ouvindo aquela mesma música, naquele mesmo instante, pessoas que compreendiam que a vida, o mundo, o futuro estavam lá, à sua espera...

Laurel abriu os olhos e a lembrança se desfez. A emoção, no entanto, permaneceu e, espreguiçando-se com satisfação, seguiu o voo de uma gralha que se lançava pelo meio de flocos de nuvens. Voe, passarinho, voe. Esse passarinho seria ela, assim que terminasse o colégio. Continuou observando, piscando somente quando o pássaro não era mais do que um pontinho de alfinete no azul distante. Dizia a si mesma que, se conseguisse esse feito, seus pais veriam as coisas do seu ponto de vista e o futuro transcorreria sem problemas.

Seus olhos lacrimejaram triunfalmente e ela deixou seu olhar recair sobre a casa novamente: a janela do seu quarto, a touceira de margaridas que ela e a mãe haviam plantado sobre o corpo morto do pobre gato Constable, a fenda entre os tijolos onde, quando pequena, envergonhadamente, costumava deixar bilhetes para as fadas.

Tinha vagas recordações de uma época, quando era muito pequena, colecionando conchas em uma piscina natural na praia, jantando todas as noites na sala da frente da pensão à beira-mar de sua avó, mas pareciam apenas um sonho. A casa de fazenda era o único lar que conhecia. E, apesar de não querer para si uma poltrona igual, gostava de ver seus pais sentados nas suas, todas as noites, sabendo, enquanto adormecia, que eles conversavam baixinho do outro lado da parede fina e que ela precisava apenas esticar o braço para tocar em uma de suas irmãs.

Sentiria falta delas quando fosse embora.

Laurel piscou. Ela sentiria falta delas. Essa certeza caiu como uma pedra em seu estômago. Elas pegavam suas roupas emprestado, quebravam seus batons, arranhavam seus discos, e ela ia sentir sua falta. O barulho e a confusão que faziam, a movimentação, as discussões e a alegria esfuziante. Eram como um bando de cachorrinhos, atropelando-se e caindo uns sobre os outros no quarto que compartilhavam. Os estranhos ficavam agradavelmente surpresos com elas. Eram as meninas Nicolson, Laurel, Rose, Iris e Daphne. Um jardim de filhas, como seu pai dizia com entusiasmo depois de ter bebido um copo a mais de cerveja. Um bando endiabrado, como sua avó costumava dizer depois das férias em sua casa na praia.

Podia ouvir a algazarra distante, os sons longínquos do verão junto ao riacho. Sentiu um aperto no peito, como se uma corda tivesse sido puxada. Podia imaginá-las como um quadro vivo de uma pintura antiga. As saias enfiadas nos lados das calçolas, correndo umas atrás das outras pelos baixios nas margens do córrego. Rose fugiu para a segurança nas pedras, os tornozelos finos balançando-se na água, enquanto desenhava com uma varinha molhada. Iris, completamente encharcada e furiosa por causa disso. Daphne, com seus cachinhos enrolados como saca-rolhas, dobrando-se de rir.

A manta xadrez de piquenique estaria estendida na grama à beira do riacho e sua mãe estaria ali perto, com água até os joelhos, na curva onde a água corria mais célere, lançando seu mais recente barco de papel. Seu pai estaria observando ao lado, a calça enrolada até os joelhos e um cigarro equilibrado na boca. Em seu rosto – Laurel podia ver claramente – aquele leve ar de espanto, como se não conseguisse acreditar na sua sorte por ter trazido à sua vida aquele momento, naquele lugar.

Espadanando água aos pés de seu pai, dando gritinhos e risadinhas, enquanto as mãozinhas gorduchas tentavam pegar o barquinho de sua mãe, estaria o bebê. Luz da vida de todos eles...

O bebê. Ele tinha nome, é claro, era Gerald, mas ninguém o chamava assim. Era um nome de adulto, e ele era apenas um bebezinho. Fazia dois anos hoje, mas seu rostinho ainda era redondo e rechonchudo, cheio de covinhas, os olhos brilhavam, travessos, e depois havia aquelas perninhas deliciosamente brancas e gorduchas. Às vezes, Laurel tinha que se controlar para não apertá-las com força. As irmãs competiam entre si para ser a favorita dele, e todas clamavam vitória, mas Laurel sabia que era por ela que seu rostinho mais se iluminava.

Impensável, portanto, que ela pudesse perder sequer um segundo de sua festa de aniversário. O que andara fazendo, escondendo-se na casa da árvore por tanto tempo, especialmente quando pretendia sair às escondidas com Billy mais tarde?

Laurel franziu a testa e enfrentou uma onda acalorada de recriminações, que rapidamente esfriou, transformando-se em decisão. Iria compensá-los por isso: descer da casa da árvore, pegar a faca do bolo na mesa da cozinha e levá-la diretamente para o riacho. Seria a filha exemplar, a perfeita irmã mais velha. Se completasse a tarefa antes que seu relógio marcasse dez minutos, iria acrescentar um bônus na ficha de pontos imaginária que sempre levava consigo. Sentiu o ar quente da brisa em seu pé descalço e bronzeado quando pisou rapidamente no primeiro degrau.

∽

Mais tarde, Laurel iria imaginar se tudo não teria acontecido de modo diferente se ela tivesse ido um pouco mais devagar. Se, talvez, todo aquele terrível acontecimento não poderia até ter sido evitado se ela tivesse tomado mais cuidado. Mas ela não tomou e ele não foi evitado. Ela estava com pressa e, assim, sempre se culparia, de certa forma, pelo que ocorreu em seguida. Na ocasião, entretanto, não conseguira se conter. Tão intensamente quanto antes desejara ficar sozinha, agora a necessidade de estar no meio dos acontecimentos a pressionava com uma urgência de tirar o fôlego.

Isso vinha acontecendo com frequência ultimamente. Ela parecia o cata-vento no alto do telhado de Greenacres, suas emoções mudando repentinamente de direção, ao sabor do vento. Era estranho, e às vezes assustador, mas de certo modo também emocionante. Como estar em um passeio de barco no mar revolto.

Neste caso, era também prejudicial, já que, em sua pressa desesperada para se juntar ao grupo perto do riacho, ela ralou o joelho no chão de madeira da casa da árvore. O arranhão ardeu e ela encolheu-se. Olhou para baixo e viu o sangue fresco aflorar, surpreendentemente vermelho. Ao invés de continuar sua descida para o solo, ela subiu novamente para dentro da casa da árvore, a fim de inspecionar o ferimento.

Ainda estava ali sentada vendo o joelho sangrar, amaldiçoando sua pressa e se perguntando se Billy notaria a feia crosta da ferida, como poderia disfarçá-la, quando percebeu um ruído vindo da direção do bosque. Um barulho farfalhante, natural, porém bastante distinto dos outros sons da tarde para chamar sua atenção. Olhou pela janela da casa da árvore e viu Barnaby saltitando por cima da relva, as orelhas sedosas abanando como asas de veludo. Sua mãe não vinha muito atrás, atravessando o campo a passos largos, em direção ao jardim, em seu vestido de verão feito em casa. O bebê estava enganchado confortavelmente em seu quadril, as pernas nuas sob o macacão curto, em deferência ao calor do dia.

Apesar de ainda estarem a uma certa distância, por algum estranho capricho da corrente de vento, Laurel podia ouvir perfeitamente a melodia que sua mãe cantarolava. Era uma canção infantil que ela havia cantado para cada um dos filhos quando eram bem pequenos e o bebê ria de contentamento, gritando "Mais! Mais!" (embora soasse como "Ma! Ma!"), enquanto sua mãe corria os dedos pela barriga do bebê para fazer cócegas no seu queixo. A concentração que tinham um no outro era tão completa, a visão dos dois juntos no campo ensolarado tão idílica, que Laurel ficou dividida entre a alegria de ter observado aquela interação íntima e inveja por não fazer parte dela.

Quando sua mãe abriu o portão e dirigiu-se para a casa, Laurel compreendeu com desalento que ela voltara para pegar a faca do bolo. A cada passo, a oportunidade de redenção de Laurel distanciava-se mais. Aborrecida, não quis chamá-los nem descer, ficando, em vez disso, pregada no chão da casa na árvore. Continuou ali sentada, remoendo sombriamente seu rancor de uma maneira estranhamente agradável, enquanto sua mãe entrava na casa.

Um dos bambolês caiu silenciosamente no chão e Laurel tomou o fato como uma demonstração de solidariedade. Resolveu permanecer onde estava. Que sentissem sua falta um pouco mais; iria para o riacho quando estivesse pronta e de bom humor. Enquanto isso, ficaria lendo *Festa de aniversário* outra vez e imaginaria um futuro, muito longe dali, uma vida em que ela era bonita e sofisticada, adulta e livre de arranhões no joelho.

∾

O homem, assim que surgiu, não passava de uma mancha turva no horizonte, na ponta mais distante do caminho de terra que levava até a casa. Laurel nunca teve certeza, depois, do que a fizera erguer os olhos naquele momento. Por um terrível segundo, assim que o viu caminhando em direção aos fundos da casa, Laurel pensou que fosse Billy, chegando cedo para buscá-la. Somente quando seus contornos se definiram e ela percebeu que ele estava vestido de maneira inteiramente errada – calça escura, camisa de mangas compridas e um antiquado chapéu preto de abas – foi que ela soltou a respiração.

A curiosidade veio nos calcanhares do alívio. As visitas eram raras na fazenda, visitas a pé eram mais raras ainda, embora uma vaga lembrança brotasse no fundo da mente de Laurel à medida que via o homem aproximar-se, uma estranha sensação de *déjà-vu* que não conseguia identificar por mais que se esforçasse. Laurel esqueceu o mau humor e, com a vantagem de não poder ser vista, rendeu-se à espionagem.

Apoiou os cotovelos no parapeito da janela, o queixo nas mãos. Ele não era feio, para um homem mais velho, e algo em sua postura sugeria confiança e determinação. Ali estava um homem que não precisava se apressar. Certamente, não era alguém que ela reconhecesse, nem um dos amigos de seu pai na vila, tampouco nenhum operário da fazenda. Sempre havia a possibilidade de ser um viajante perdido buscando informações, mas a casa de fazenda era uma escolha improvável, escondida e tão longe da estrada como ficava. Seria um cigano ou um vagabundo? Um desses homens que apareciam de vez em quando, desempregados e agradecidos por qualquer trabalho que seu pai lhes desse. Ou – Laurel ficou eletrizada com a terrível ideia – talvez fosse o homem sobre o qual lera no jornal, aquele de quem os adultos falavam nervosamente, que andara perturbando as pessoas em seus piqueniques e assustando as mulheres que caminhavam sozinhas ao longo da curva escondida do rio.

Laurel estremeceu, momentaneamente amedrontada, depois bocejou. O homem não era nenhum demônio; podia ver sua sacola de couro agora. Era um vendedor que viera falar com sua mãe sobre a mais nova enciclopédia que não podiam deixar de ter.

E, assim, ela desviou o olhar.

～

Alguns minutos se passaram, não muitos, e o que ela ouviu a seguir foi o rosnado rouco de Barnaby ao pé da árvore. Laurel arrastou-se para a janela e espreitou por cima do peitoril. Viu o cãozinho montando guarda no meio do caminho de tijolos. Ele estava de frente para o caminho de entrada da casa, observando o homem – muito mais perto agora – que mexia no portão que levava ao jardim.

– Quieto, Barnaby – sua mãe gritou de dentro da casa. – Já estamos indo. – Ela emergiu do hall escuro, parando no vão da porta para sussurrar alguma coisa ao ouvido do bebê, beijar sua bochecha gorducha e fazê-lo dar uma risadinha.

Atrás da casa, o portão perto do galinheiro rangeu – a dobradiça que estava sempre precisando de óleo – e o cachorro rosnou outra vez. Seus pelos se arrepiaram ao longo da espinha.

– Pare com isso, Barnaby – sua mãe disse. – O que deu em você?
O homem dobrou a esquina da casa e ela olhou para o lado. O sorriso desapareceu de seu rosto.
– Olá – disse o estranho, parando para pressionar o lenço contra as têmporas. – Que tempo bom, hein?
O sorriso do bebê ampliou-se, encantado com o recém-chegado, e ele estendeu as mãozinhas rechonchudas, abrindo e fechando-as, numa entusiástica saudação. Era um convite que ninguém poderia recusar, e o homem enfiou o lenço de volta no bolso e deu um passo à frente, erguendo ligeiramente a mão como se fosse acariciar o bebê.
Sua mãe, então, moveu-se com surpreendente rapidez. Ela afastou o bebê com um movimento brusco, depositando-o apressadamente no chão atrás dela. Havia cascalhos embaixo das pernas do bebê e, para uma criança que só conhecia ternura e amor, o choque foi grande demais. Ressentido, ele começou a chorar.
O coração de Laurel deu um tranco, mas ela ficou paralisada, incapaz de se mover. Os cabelos de sua nuca se arrepiaram. Ela observava o rosto da mãe, e viu nele uma expressão que jamais vira antes. Medo, compreendeu: sua mãe estava apavorada.
O efeito sobre Laurel foi instantâneo. Certezas de uma vida inteira dissiparam-se como fumaça. Um sentimento de terror tomou seu lugar.
– Olá, Dorothy – disse o homem. – Já faz muito tempo.
Ele sabia o nome de sua mãe. Não era nenhum estranho.
Ele falou novamente, baixo demais para Laurel ouvir, e sua mãe balançou ligeiramente a cabeça. Ela continuou a ouvir, inclinando a cabeça levemente para o lado. Ergueu o rosto para o sol e seus olhos cerraram-se por apenas um segundo.
O passo seguinte transcorreu rapidamente.
Era do clarão prateado que Laurel se lembraria para sempre. A maneira como o sol incidiu sobre a lâmina de metal, por um breve e lindo instante.
Em seguida, a faca desceu com toda a força, a faca especial, penetrando fundo no peito do homem. O tempo quase parou;

depois, pareceu voar. O homem gritou e seu rosto crispou-se de surpresa, dor e horror. Laurel ficou olhando as mãos dele segurarem o cabo de osso da faca, onde o sangue manchava sua camisa, viu-o cair no chão, viu a brisa morna ir arrastando seu chapéu pela poeira.

O cachorro latia furiosamente, o bebê berrava no chão de cascalho, o rosto vermelho e brilhante, tão magoado, mas para Laurel esses sons estavam desaparecendo. Ela os ouvia através do barulho aquoso do bombeamento do seu próprio sangue, do som arranhado de sua própria respiração entrecortada.

O laço de fita da faca se desfizera. A ponta da fita arrastava-se pelas pedras que debruavam o canteiro. Foi a última visão de Laurel antes de sua vista se encher de minúsculas estrelas cintilantes e depois tudo escurecer.

2

Suffolk, 2011

CHOVIA EM SUFFOLK. EM suas recordações de infância, nunca chovia. O hospital ficava do outro lado da cidade e o carro seguiu vagarosamente pelas poças d'água da High Street, antes de pegar o caminho de entrada e parar no alto do círculo de retorno. Laurel tirou seu estojo de pó compacto da bolsa, abriu-o, olhou-se no espelho e empurrou a pele de uma das faces para cima, observando calmamente as rugas se juntarem e em seguida caírem, quando liberadas. Repetiu o gesto do outro lado. As pessoas adoravam suas rugas. Seu agente lhe disse isso, diretores de elenco as exaltaram, maquiadores as decantaram, brandindo seus pincéis e sua chocante juventude. Um desses jornais da internet fez uma enquete alguns meses atrás convidando os leitores a votar para eleger "O rosto predileto da nação", e Laurel ficara em segundo lugar. Suas rugas, diziam, transmitiam segurança às pessoas.

Para eles, tudo bem. Para Laurel, as rugas a faziam se sentir velha.

Ela *era* velha, pensou, fechando o estojo bruscamente. E não no sentido da "Sra. Robinson". Já fazia vinte e cinco anos desde que encenara *A primeira noite de um homem*, no National Theatre. Como é que isso foi acontecer? Alguém deve ter adiantado o maldito relógio quando ela estava distraída, foi isso.

O motorista abriu a porta e ajudou-a a descer sob a proteção de um enorme guarda-chuva preto.

– Obrigada, Neil – ela disse, quando chegaram ao toldo. – Tem o endereço de onde vai me pegar na sexta-feira?

Ele colocou no chão sua bolsa de viagem e sacudiu o guarda-chuva.

– Casa de fazenda do outro lado da cidade, estrada estreita, caminho de terra bem no fim. Às duas horas mesmo?

Ela confirmou e ele acenou com a cabeça, andando apressadamente pela chuva em direção à porta do motorista. Ele deu partida e ela ficou observando o carro se afastar, sentindo uma ânsia repentina pelo aconchego e pela agradável monotonia de uma longa viagem para nenhum lugar em especial ao longo da estrada molhada. Na verdade, indo para qualquer lugar que não fosse ali.

Laurel examinou as portas de entrada, mas não entrou. Tirou os cigarros da bolsa e acendeu um, tragando com mais prazer do que seria apropriado. A noite fora horrível. Tivera sonhos fragmentados com a mãe, com este lugar, com as irmãs quando eram pequenas, com Gerry quando era pequeno. Um menino sério, segurando uma nave espacial de lata, algo que ele fizera, dizendo-lhe que um dia iria inventar uma cápsula do tempo e usá-la para voltar e consertar as coisas. Que tipo de coisas?, ela perguntara no sonho. Ora, todas as coisas que deram errado, é claro – ela podia ir com ele, se quisesse.

Ela bem que queria.

As portas do hospital se abriram com um zumbido de vento, e duas enfermeiras irromperam por elas. Uma lançou um olhar para Laurel e seus olhos se arregalaram em reconhecimento. Laurel fez um vago cumprimento com a cabeça, jogando fora o que restava do cigarro, enquanto a enfermeira inclinava-se para murmurar alguma coisa para a amiga.

Rose aguardava em uma fileira de cadeiras na sala de espera, e por uma fração de segundo Laurel a viu como se vê uma estranha. Ela estava enrolada em um xale roxo de crochê que fechava na frente com um laço cor-de-rosa, e seus cabelos rebeldes, agora prateados, caíam em uma trança frouxa por cima do ombro. Laurel sentiu uma pontada de afeição quase insuportável quando notou que a trança da irmã estava presa com um pequeno arame torcido, daqueles usados para fechar saco de pão.

– Rosie – disse, escondendo a emoção num tom de voz forçadamente alegre, efusivo, odiando-se um pouquinho ao fazê-lo.

– Nossa, parece que faz anos. A gente nunca se encontra.

Abraçaram-se e Laurel surpreendeu-se com o cheiro de lavanda, familiar, mas deslocado. Aquele aroma pertencia às tardes de férias de verão na sala da pensão Sea Blue de sua avó Nicolson.

– Estou tão contente que você tenha podido vir – Rose disse, apertando as mãos de Laurel antes de conduzi-la pelo corredor.

– Eu não podia deixar de vir.

– Claro que não.

– Teria vindo mais cedo se não fosse pela entrevista.

– Eu sei.

– E ficaria mais tempo se não fossem os ensaios. O filme começa a ser rodado dentro de quinze dias.

– Eu sei. – Rose apertou a mão de Laurel com mais força ainda, como se quisesse dar ênfase ao que dizia. – Mamãe vai adorar o simples fato de você estar aqui. Ela tem tanto orgulho de você, Lol. Nós todos temos.

Elogios em família eram incômodos, e Laurel ignorou-o.

– E os outros?

– Ainda não. Iris está presa no trânsito e Daphne chega esta tarde. Ela vai direto do aeroporto para a casa. Vai ligar do caminho.

– E Gerry? A que horas deve chegar?

Era uma brincadeira e até Rose, a mais gentil dos Nicolson, a única que não era dada a gracejos, não pôde deixar de rir. Seu irmão podia construir calendários de distâncias cósmicas para calcular a posição de longínquas galáxias, mas, se lhe pedissem para estimar a hora que chegaria a um lugar, ficava completamente desconcertado.

Viraram a esquina e encontraram a porta com o nome *Dorothy Nicolson*. Rose estendeu a mão para a maçaneta, depois hesitou.

– Preciso avisá-la, Lol – ela disse. – Mamãe piorou muito desde a sua última visita. Tem altos e baixos. Num minuto ela está muito bem, como antigamente, mas no seguinte... – Os lábios de Rose tremeram e ela agarrou seu longo colar de contas. Abaixando a voz, continuou. – Ela fica confusa, Lol, aborrecida às vezes, dizendo coisas sobre o passado, coisas que nem sempre compreendo. As enfermeiras dizem que isso não significa nada, que acontece com frequência quando as pessoas... quando estão no estágio da mamãe. Elas lhe dão comprimidos quando está agitada. Os remédios a acalmam, mas ela fica terrivelmente grogue. Eu não esperaria muito hoje.

Laurel assentiu. O médico dissera o mesmo quando ela telefonou na semana anterior para ter notícias do estado da mãe. Ele usara uma litania de tediosos eufemismos – *uma vida bem vivida, tempo para atender aos últimos chamados, o sono eterno* – seu tom de voz tão enjoativo que Laurel não pôde se conter.

– O senhor quer dizer, doutor, que minha mãe está morrendo?

Falara num tom de voz majestoso, só pela satisfação de ouvir o médico se engasgar, atrapalhado. A vingança fora doce, mas durou pouco, somente até ouvir sua resposta.

– Sim.

A mais traiçoeira das palavras.

Rose abriu a porta.

– Veja quem eu encontrei, mamãe!

Só então Laurel percebeu que estava prendendo a respiração.

Houve uma época na infância de Laurel em que ela sentia medo. Do escuro, de zumbis, do estranho que vovó Nicolson avisara que ficava espreitando dos cantos para raptar garotinhas e fazer coisas inomináveis com elas. (Que tipo de coisas? Coisas inomináveis, de homem. Era sempre assim, a ameaça ainda mais assustadora pela falta de detalhes, pela vaga sugestão de tabaco, suor e pelos em lugares estranhos.) Tão convincente fora sua avó que Laurel não tinha dúvida de que era só uma questão de tempo até seu destino alcançá-la e conseguir seus malignos propósitos.

Às vezes, seus medos mais tenebrosos se somavam uns aos outros e ela acordava à noite, gritando, porque o zumbi na escura despensa estava vigiando-a pelo buraco da fechadura, prestes a dar início a suas terríveis façanhas.

– Calma, querida – sua mãe a tranquilizava. – É apenas um pesadelo. Você tem que aprender a ver a diferença entre o que é real e o que não é. Nem sempre é fácil. Eu levei muito tempo para descobrir. Um tempo longo demais. – Então, ela entrava na cama de Laurel e dizia: – Quer que eu lhe conte uma história sobre uma garotinha que fugiu para se juntar a um circo?

Era difícil acreditar que a mulher cuja enorme presença vencia qualquer terror noturno fosse esta mesma criatura pálida embaixo de um lençol de hospital. Laurel acreditara que estava preparada. Já vira amigos morrerem, sabia como era a morte quando ela chegava, ganhara o prêmio da British Academy of Film and Television Arts – o BAFTA – pelo papel de uma mulher nos estágios terminais de um câncer. Mas isto era diferente. Ela era sua mãe. Teve vontade de se virar e sair correndo.

Mas não o fez. Rose, que estava de pé junto à estante, balançou a cabeça, encorajando-a, e Laurel se investiu no personagem da filha cumpridora de seus deveres em visita à mãe. Aproximou-se rapidamente e tomou a mão frágil da mãe.

– Olá – disse. – Olá, querida.

Os olhos de Dorothy piscaram, entreabrindo-se, antes de se fecharem outra vez. Sua respiração continuou no mesmo ritmo suave de subida e descida enquanto Laurel beijava de leve cada face, branca e seca como papel.

– Trouxe uma coisa para você. Não pude esperar até amanhã. – Colocou a bolsa na mesa e de dentro dela tirou um pequeno embrulho. Permitindo uma ligeira pausa, para conversar, começou a desembrulhar o presente.

– Uma escova de cabelos – disse, revirando o objeto de prata nos dedos. – Tem as cerdas muito macias. Javali, eu acho. Encontrei-a em um antiquário em Knightsbridge. Mandei gravar, está vendo?, bem aqui, as suas iniciais. Gostaria que eu penteasse os seus cabelos?

Na verdade, não esperava uma resposta, e não houve nenhuma. Laurel passou a escova suavemente pelos delicados fios brancos que formavam uma coroa sobre o travesseiro ao redor do rosto da mãe, cabelos que antes haviam sido volumosos, castanho-escuros, e que agora eram ralos e finos.

– Pronto – ela disse, colocando a escova na prateleira, de modo que a luz incidisse nas iniciais floreadas. – Pronto, lá está.

Rose deve ter ficado satisfeita, de certo modo, porque lhe entregou o álbum de fotografias que tirara da estante e saiu dizendo que ia até o fim do corredor fazer chá para elas.

Havia papéis bem definidos nas famílias. Isso cabia a Rose, aquilo cabia a ela. Laurel acomodou-se em uma cadeira de aparência terapêutica junto à cabeceira da mãe e cuidadosamente abriu o velho álbum. A primeira fotografia era em preto e branco, agora desbotada com uma colônia de pontos marrons espalhada pela superfície. Sob as manchas de fungos, uma mulher jovem com um lenço amarrado nos cabelos foi flagrada para sempre em um momento de distúrbio. Erguendo a cabeça do que quer que estivesse fazendo, ela levantava a mão como se quisesse mandar o fotógrafo embora. Sorria ligeiramente, ao mesmo tempo contrariada e achando graça, a boca aberta na articulação de algumas palavras esquecidas, um aparte espirituoso para a pessoa por trás da câmera. Provavelmente, um dos muitos hóspedes de sua avó no passado: um caixeiro-viajante, um turista solitário, algum burocrata sossegado de sapatos bem engraxados, fora da guerra em alguma ocupação segura. A linha de um mar calmo podia ser avistada atrás dela por qualquer um que soubesse onde a foto fora tirada. Laurel segurou o álbum aberto sobre o corpo imóvel da mãe e começou:

– Então, aqui está você, mamãe, na pensão da vovó Nicolson. É 1944 e a guerra está chegando ao fim. O filho da sra. Nicolson ainda não voltou para casa, mas vai voltar. Em menos de um mês, ela enviará você à cidade com os cupons de racionamento e, quando você retornar com os alimentos, haverá um soldado sentado à mesa da cozinha, um homem que você nunca viu antes, mas que reconhece de uma foto emoldurada no console da lareira. Ele é mais velho do que na foto, e mais triste, mas está vestido do mesmo modo, em seu uniforme cáqui do exército, e ele sorri para você, e instantaneamente você sabe que é o homem que você estava esperando.

Laurel virou a página do álbum, usando o polegar para alisar a ponta da folha de plástico amarelada que protegia as fotos. O tempo a deixara quebradiça.

– Você se casou com um vestido que você mesma fez de uma cortina de renda do quarto de hóspedes do andar de cima, que a vovó Nicolson foi convencida a sacrificar. Muito bem, querida. Imagino que não tenha sido uma tarefa fácil. Sabemos muito bem como a vovó era com seus estofados, cortinas e almofadas. Caiu uma tempestade na noite anterior e você teve medo que chovesse no seu casamento. Mas não choveu. O sol apareceu e as nuvens foram levadas para longe, e as pessoas disseram que era um bom presságio. Ainda assim, você tomou suas precauções. Este é o sr. Hatch, o limpador de chaminés, parado ao pé das escadas da igreja para dar sorte, como mandava a superstição. Ele teve muito prazer em fazer sua vontade, já que o pagamento que papai lhe deu serviu para ele comprar sapatos novos para seu filho mais velho.

Ela nunca tinha certeza, nos últimos meses, de que a mãe a ouvia, embora a enfermeira mais gentil tivesse dito que não havia nenhuma razão para acreditar no contrário. Às vezes, quando repassava o álbum de fotografias, Laurel permitia-se a liberdade de inventar – nada muito drástico, apenas quando sua imaginação a afastava do fato principal e vagava pelas periferias, ela nada fazia para impedir. Iris não aprovava, dizia que a história de sua mãe era importante para ela e Laurel não tinha o direito de florear, mas o médico apenas dera de ombros quando lhe falaram da transgressão e dissera que o importante era falar com ela, e não tanto a verdade do que era dito. Ele se voltara para Laurel com uma piscadela.

— Mais do que qualquer outra pessoa, não se pode esperar que você atenha-se à verdade, srta. Nicolson.

Embora o médico tenha ficado do seu lado, Laurel ressentiu-se daquela presumida conivência. Pensou em explicar a diferença entre encenação no palco e fraude na vida, dizendo ao impertinente médico, com seus cabelos pretos demais e seus dentes brancos demais, que em qualquer dos dois casos a verdade importava, mas sabia que não adiantava discutir filosofia com um homem que carregava no bolso da camisa uma caneta modernosa, em forma de taco de golfe.

Passou à página seguinte e encontrou, como sempre, a série de fotos suas quando bebê. Fez uma narrativa apressada sobre seus primeiros anos – Laurel dormindo em um berço com estrelas e fadas pintadas na parede acima; piscando, com ar sério, no colo da mãe; um pouco mais crescida, andando tropegamente, gorducha, nas águas rasas da praia – até chegar ao ponto onde o relato terminava e a lembrança começava. Virou a página, liberando o barulho e a risada das irmãs. Seria uma coincidência que suas próprias lembranças estivessem tão fortemente ligadas à chegada delas, essas irmãs pisando nas pedras para atravessar o riacho; rolando na grama; acenando da janela da casa na árvore; posando para a foto, enfileiradas, diante da casa da fazenda Greenacres – seu lar – bem penteadas e bem arrumadas para algum passeio esquecido?

Os pesadelos de Laurel cessaram depois que suas irmãs nasceram. Ou melhor, mudaram. Não houve mais visitas de zumbis, monstros ou estranhos que moravam na despensa durante o dia. Em vez disso, começara a sonhar que uma onda gigante estava vindo, que o mundo estava acabando ou que outra guerra começara, e que ela sozinha tinha que manter as irmãs menores a salvo. Era uma das coisas de que ela se lembrava com mais clareza de ouvir a mãe dizendo-lhe quando era pequena: *Cuide de suas irmãs. Você é a mais velha, não deixe que se afastem.* Não ocorrera a Laurel na época que sua mãe devia estar falando por experiência própria; que implícita no aviso estava a dor antiga por um irmão mais novo, morto por uma bomba na Segunda Guerra Mundial. As crianças podiam ser assim, egocêntricas, especialmente as felizes. E as crianças Nicolson foram mais felizes do que a maioria.

– Aqui estamos na Páscoa. Esta é Daphne na cadeirinha alta, então deve ter sido em 1956. Sim, isso mesmo. Veja, Rose estava com o braço engessado, o braço esquerdo dessa vez. Iris está fazendo palhaçada, rindo por trás, mas não vai rir por muito tempo. Lembra-se? Esse foi o dia em que ela assaltou a geladeira e sugou todas as patas de caranguejo que papai tinha trazido da pescaria no dia anterior.

Fora a única vez em que Laurel o vira realmente zangado. Depois do cochilo da tarde, ele fora cambaleando, sonolento, até a geladeira, queimado de sol, pensando em um pouco das saborosas patas de caranguejo, e tudo que encontrou foram cascas vazias. Ainda podia ver Iris escondida atrás do sofá, o único lugar que seu pai não podia alcançar com suas ameaças de uma surra (uma ameaça vazia, mas nem por isso menos assustadora), recusando-se a sair. Suplicando a quem pudesse ouvir que tivesse piedade e, por favor, por favor, lhe passasse um exemplar de *Pippi Longstocking*. A lembrança enterneceu Laurel. Havia se esquecido do quanto Iris podia ser engraçada quando não estava sendo tão desgraçadamente irritante.

Uma fotografia escorregou do final do álbum e Laurel pegou-a do chão. Nunca a vira antes, uma foto em preto e branco, de duas jovens, de braços dados. Elas riam para Laurel de dentro da margem branca, de pé em uma sala com bandeirolas penduradas no alto e a luz do sol entrando por uma janela invisível. Olhou o verso da fotografia, em busca de alguma anotação, mas não havia nada escrito ali, exceto a data: Maio de 1941. Que estranho. Laurel conhecia o álbum de família de trás para frente, e aquela foto, aquelas pessoas não tinham lugar ali. A porta abriu-se e Rose apareceu, com duas xícaras de chá diferentes uma da outra sacolejando-se em seus pires.

Laurel segurou a foto no alto.

– Já tinha visto isso, Rosie?

Rose colocou uma das xícaras na mesinha de cabeceira, estreitou os olhos para ver melhor a foto, depois sorriu.

– Ah, sim – disse. – Apareceu há alguns meses em Greenacres. Achei que você poderia descobrir um lugar para ela no álbum. Linda, não é? É realmente especial descobrir alguma coisa nova que seja dela, particularmente agora.

Laurel olhou a foto novamente. As jovens com os cabelos repartidos do lado, presos em rolos elaborados – os famosos *Victory rolls* –, as saias roçando os joelhos, uma delas com um cigarro na mão. Claro que era sua mãe. Sua maquiagem era diferente. Ela era diferente.

– Engraçado – Rose disse –, nunca pensei nela assim.

– Assim como?

– Jovem, eu acho. Divertindo-se com uma amiga.

– Não? E por quê? – Embora o mesmo fosse verdade em relação a Laurel. Em sua mente – na de todas elas, aparentemente –, sua mãe só começara a existir quando respondeu a um anúncio publicado no jornal por sua avó para uma empregada para todo serviço e começou a trabalhar na pensão. Sabiam o básico de antes: que ela nascera e crescera em Coventry, que fora para Londres logo antes do início da guerra, que sua família fora morta nos bombardeios. Laurel sabia, ainda, que a morte da família da mãe a afetara profundamente. Dorothy Nicolson havia aproveitado cada oportunidade para lembrar a seus próprios filhos que a família era tudo: esse fora o mantra de sua infância. Quando Laurel atravessava uma fase de adolescente especialmente difícil, sua mãe a tomara pelas mãos e dissera, com uma severidade incomum:

– Não seja como eu fui, Laurel. Não espere demais para compreender o que é importante. Sua família pode enlouquecê-la às vezes, mas é mais valiosa para você do que você jamais poderia imaginar.

No entanto, quanto aos detalhes da vida de Dorothy antes de conhecer Stephen Nicolson, ela nunca os impingira aos filhos e eles não pensaram em perguntar. Nada estranho nisso, Laurel supôs, com leve desconforto. Os filhos não exigem um passado dos pais e acham ligeiramente inacreditável, quase constrangedor, quando eles reivindicam uma existência anterior. Agora, entretanto, olhando para aquela estranha do tempo da guerra, Laurel lamentou profundamente a falta de conhecimento.

No início de sua carreira de atriz, um famoso diretor inclinou-se sobre o roteiro, ajeitou os óculos de fundo de garrafa e disse a Laurel que ela não tinha o visual de uma protagonista, de uma estrela, a aparência certa para papéis principais. O comentário calara fundo, e ela chorara e se desesperara, depois passara horas lançando olhares nem tão acidentais à sua imagem no espelho, antes de cortar os longos cabelos bem curtos, no calor de uma bebedeira. Mas aquele foi um marco em sua carreira. Ela era uma "atriz de personagens". O diretor a escalou como a irmã da protagonista e ela conquistou suas primeiras críticas entusiásticas. As pessoas se encantavam com sua capacidade de construir personagens de dentro para fora, de submergir e desaparecer sob a pele de outra pessoa, mas não havia nenhum truque nisso, ela simplesmente se dava ao trabalho de conhecer os segredos do personagem. Laurel tinha muita experiência em guardar segredos. Ela também sabia que era lá que as verdadeiras pessoas eram encontradas, escondidas atrás de seus pontos negros.

– Notou que nesta foto ela aparece mais jovem do que a gente sempre a viu? – Rose empoleirou-se no braço da poltrona de Laurel, sua fragrância de lavanda ainda mais forte do que antes, enquanto pegava a fotografia.

– É mesmo? – Laurel fez menção de pegar seus cigarros, lembrou-se de que estava em um hospital e, em vez disso, pegou sua xícara de chá. – É, acho que sim. – Uma grande parte do passado de sua mãe era feita de pontos negros. Por que isso nunca a incomodara antes? Olhou novamente a foto, as duas jovens que agora pareciam rir de sua ignorância. Tentou falar de modo casual. – Onde foi que você disse que a encontrou, Rosie?

– Dentro de um livro.

– Um livro?

– Uma peça, na verdade: *Peter Pan*.

– Mamãe tomou parte numa peça? – Sua mãe era excelente em brincadeiras de se fantasiar e de "faz de conta", mas Laurel não se lembrava de jamais tê-la visto representar em uma peça de verdade.

– Não, acho que não. O livro foi um presente. Havia uma dedicatória na frente. Sabe, do jeito que ela gostava que fizéssemos com os presentes quando éramos crianças.

– O que dizia?

– "Para Dorothy". – Rose entrelaçou os dedos, num esforço para se lembrar. – "Um verdadeiro amigo é uma luz na escuridão. Vivien".

Vivien. O nome causou uma sensação estranha em Laurel. Sua pele ficou quente, depois fria, e ela podia sentir o sangue latejar nas têmporas. Uma vertiginosa série de imagens atravessou sua mente – uma faca brilhante, o rosto assustado da mãe, uma fita vermelha solta. Velhas lembranças, lembranças terríveis que o nome da mulher desconhecida havia de algum modo desencadeado.

– Vivien – Laurel repetiu, a voz mais alta do que pretendera. – Quem é Vivien?

Rose levantou os olhos, surpresa, mas o que quer que possa ter respondido perdeu-se quando Iris irrompeu pela porta, brandindo o bilhete do estacionamento. As duas irmãs voltaram-se para a extrema indignação da irmã recém-chegada e, assim, nenhuma delas notou a respiração forte de Dorothy, a expressão de angústia que atravessou seu rosto à menção do nome de Vivien. Quando as três irmãs Nicolson finalmente se reuniram em torno da mãe, Dorothy parecia estar dormindo placidamente, suas feições não dando nenhuma indicação de que havia deixado o hospital, seu corpo cansado e suas filhas adultas para trás, resvalando pelo tempo para a sombria noite de 1941.

3

Londres, maio de 1941

DOROTHY SMITHAM DESCEU CORRENDO as escadas, dando boa-noite à sra. White enquanto se enfiava nas mangas do casaco. A senhoria pestanejou através dos óculos grossos quando ela passou, ansiosa para continuar seu interminável tratado sobre as idiossincrasias da vizinha, mas Dolly não parou para ouvir. Reduziu o passo apenas o suficiente para se olhar no espelho do vestíbulo e beliscar as faces para lhes dar alguma cor. Satisfeita com o que via, abriu a porta e partiu como um raio para dentro da escuridão absoluta do blecaute na Londres da Segunda Guerra Mundial. Estava com pressa, não tinha tempo esta noite para problemas com o guarda-noturno; Jimmy já estaria no restaurante e ela não queria fazê-lo esperar. Tinham tanto a discutir – que meio de transporte deveriam tomar, o que fariam quando chegassem lá, quando finalmente deveriam ir...

Dolly sorriu ansiosamente, enfiando a mão no bolso fundo do casaco e rolando a estatueta esculpida em madeira sob a ponta dos dedos. Ela a vira na vitrine da loja de penhores no outro dia; era uma ninharia, sabia disso, mas a fizera pensar nele e, agora mais do que nunca, quando Londres desmoronava ao redor deles, era necessário fazer com que as pessoas soubessem o quanto eram importantes. Dolly estava ansiosa para dar a estatueta a ele – podia imaginar seu rosto quando a visse, o modo como iria sorrir, abraçá-la e dizer-lhe, como sempre fazia, o quanto a amava. O pequeno boneco do famoso personagem Sr. Punch, do livro *Sr. Punch à beira-mar*, podia não ser grande coisa, mas era perfeito. Jimmy sempre adorara o litoral. Ambos adoravam.

– Com licença?

Era uma voz de mulher, inesperada.

– Sim? – Dolly retrucou, a própria voz denotando surpresa. A mulher deve tê-la visto quando a luz derramou-se momentaneamente pela porta aberta.

– Por favor, poderia me ajudar? Estou procurando o número 24.

Apesar do blecaute e da impossibilidade de ser vista, Dolly, por hábito, indicou a porta atrás dela.

– Você está com sorte – ela disse. – É aqui mesmo. Receio que não haja quartos vagos no momento, mas em breve haverá. – Seu próprio quarto, na verdade (se é que podia ser chamado de quarto). Colocou um cigarro na boca e acendeu um fósforo.

– Dolly?

Ao ouvir seu nome, Dolly estreitou os olhos tentando ver no escuro. A dona da voz avançou em sua direção; sentiu uma movimentação agitada e a mulher, agora perto, disse:

– Ah, é você, graças a Deus. Sou eu, Dolly. É...

– Vivien? – Reconheceu a voz repentinamente; conhecia-a tão bem, mas agora havia algo diferente.

– Pensei que não fosse mais encontrá-la, que fosse tarde demais.

– Tarde demais para o quê? – Dolly balbuciou. Não tinham feito planos para esta noite. – O que foi?

– Nada... – Vivien, então, começou a rir, e o som metálico e inquietante de sua risada fez um calafrio percorrer a espinha dorsal de Dolly. – Ou melhor, tudo.

– Você andou bebendo? – Dolly nunca vira Vivien se comportar daquela maneira. O habitual verniz de elegância, o perfeito autocontrole haviam desaparecido.

A outra mulher não respondeu. Não exatamente. O gato do vizinho pulou de um muro próximo, caindo com um baque surdo sobre a casinha do coelho da sra. White. Vivien sobressaltou-se e depois sussurrou:

— Temos que conversar. *Depressa.*
Dolly tragou fundo o cigarro, ganhando tempo. Normalmente, teria adorado que as duas se sentassem para ter uma conversa franca, mas não agora, não esta noite. Estava impaciente para prosseguir seu caminho.
— Não posso — disse. — Eu já estava...
— Dolly, *por favor.*
Dolly enfiou a mão no bolso e revirou nos dedos o pequeno presente de madeira. Jimmy já devia estar lá, perguntando-se onde ela estaria, olhando para a porta toda vez que se abria, esperando vê-la. Detestava deixá-lo esperando, especialmente agora. Mas ali estava Vivien, de repente, na soleira de sua porta, tão séria, tão nervosa, olhando por cima do ombro, implorando e dizendo o quanto era importante que conversassem... Dolly suspirou, capitulando com relutância. Certamente, não podia deixar Vivien naquele estado, tão transtornada.
Disse a si mesma que Jimmy compreenderia, que de uma maneira engraçada ele também passara a gostar de Vivien. E então ela tomou a decisão que seria fatídica para todos eles.
— Venha — ela disse, apagando o cigarro e tomando Vivien delicadamente pelo braço fino. — Vamos entrar.

Ocorreu a Dolly, quando entraram na casa e subiram as escadas, que Vivien tivesse vindo se desculpar. Era tudo que podia imaginar para explicar a agitação da jovem, seu descontrole. Vivien, com sua classe e riqueza, não era o tipo de mulher propensa a pedidos de desculpas. A ideia deixou Dolly nervosa. Não era necessário — no que lhe dizia respeito, todo o triste episódio pertencia ao passado. Preferia nunca mais ter que mencioná-lo.
Chegaram ao fim do corredor e Dolly abriu a porta do quarto. A lâmpada solitária acendeu uma luz mortiça quando ela acionou o interruptor e a cama estreita, o armário pequeno, a pia rachada com a torneira gotejando, tudo assumiu suas formas.

Dolly sentiu uma ponta de constrangimento ao ver seu quarto repentinamente através dos olhos de Vivien. Como devia parecer miserável comparado às acomodações a que estava acostumada, aquela casa deslumbrante em Campden Grove, com seus lustres de cristal e tapetes de pele de zebra.

Ela tirou seu velho casaco e virou-se para pendurá-lo no gancho atrás da porta.

– Desculpe o calor que está fazendo aqui – ela disse, tentando soar animada. – Infelizmente, não tem janelas; torna o blecaute mais fácil, mas a ventilação é precária. – Estava brincando, esperando aliviar a tensão, forçar-se a se sentir mais bem-humorada, mas não funcionou. Tudo em que conseguia pensar era em Vivien, ali de pé atrás dela, procurando um lugar para se sentar... ai, meu Deus! – Acho que também não tenho nenhuma cadeira. – Há semanas pretendia comprar uma, mas com os tempos difíceis que atravessavam, e ela e Jimmy decididos a economizar cada centavo, Dolly teve que se contentar sem ela.

Virou-se e esqueceu-se da falta de mobília ao ver o rosto de Vivien.

– Meu Deus – exclamou, os olhos se arregalando ao ver o rosto machucado da amiga. – O que aconteceu com você?

– Nada. – Vivien, que agora andava de um lado para o outro, abanou a mão com impaciência. – Um acidente no caminho. Colidi com um poste. Uma idiotice minha, sempre correndo.

Era verdade, Vivien estava sempre correndo. Era um costume bizarro e que Dolly, de certa forma, até gostava – a fazia rir ver uma jovem tão refinada, tão bem-vestida, andando apressada, com o jeito de uma adolescente. Esta noite, porém, tudo parecia diferente. As roupas de Vivien não combinavam, havia um fio corrido em suas meias, seus cabelos estavam completamente despenteados...

– Venha – Dolly disse, conduzindo sua amiga para a cama, satisfeita por tê-la arrumado tão bem naquela manhã. – Sente-se.

A sirene de ataque aéreo começou a soar e ela praguejou baixinho. Era só o que faltava. O abrigo antiaéreo ali perto era um pesadelo: todo mundo apertado como sardinhas em lata, as cobertas úmidas, o cheiro pútrido, a histeria da sra. White. E agora, com Vivien nesse estado...

– Ignore – Vivien disse, como se lesse a mente de Dolly. Sua voz, repentinamente, tornou-se autoritária, de alguém acostumado a dar ordens. – Fique. Isto é mais importante.

Mais importante do que ir para o abrigo? O coração de Dolly palpitou.

– É o dinheiro? – ela disse em voz baixa. – Você precisa dele de volta?

– Não, não, esqueça o dinheiro.

O som da sirene, aumentando e diminuindo, era ensurdecedor, e incitava em Dolly uma ansiedade instável que se recusava a acalmar. Ela não sabia exatamente por que, mas estava com medo. Não queria estar ali, nem mesmo com Vivien. Queria estar correndo pelas ruas escuras, para o lugar onde sabia que Jimmy esperava por ela.

– Jimmy e eu – ela começou a dizer, mas Vivien a interrompeu.

– Sim – ela disse, o rosto se iluminando como se tivesse acabado de se lembrar de alguma coisa. – Sim, Jimmy.

Dolly sacudiu a cabeça, confusa. O que tinha Jimmy? O que Vivien falava não fazia sentido. Talvez devesse levá-la também – podiam dar uma corrida até lá, juntas, enquanto as pessoas se refugiavam nos abrigos. Iriam diretamente ao encontro de Jimmy – ele saberia o que fazer.

– Jimmy – Vivien repetiu em voz alta. – Dolly, ele foi embora.

A sirene parou naquele exato momento e a palavra "embora" ricocheteou pelo quarto. Dolly ficou esperando Vivien continuar, mas, antes que pudesse fazê-lo, alguém bateu freneticamente na porta.

– Doll, está aí? – Era Judith, uma das outras inquilinas, ofegante por ter subido as escadas correndo. – Estamos indo para o Andy.

Dolly não respondeu, e ela e Vivien não fizeram sequer menção de sair. Ela esperou até os passos se retirarem pelo corredor e apressou-se a se sentar ao lado de Vivien na cama.

– Você está enganada – disse rapidamente. – Eu o vi ontem e vou vê-lo outra vez esta noite. Nós vamos juntos, ele não iria sem mim... – Havia muito mais a dizer, mas não disse. Vivien olhava para ela e algo em seu olhar fez uma ponta de dúvida penetrar pelas fendas na confiança de Dolly. Com mãos trêmulas, tirou outro cigarro da bolsa e o acendeu.

Vivien, então, começou a falar, e, quando o primeiro bombardeiro da noite roncou acima de suas cabeças, Dolly começou a se perguntar se haveria a menor possibilidade da outra mulher ter razão. Parecia inacreditável, mas a premência em sua voz, seu modo estranho e tudo que estava dizendo agora... Dolly começou a sentir-se zonza, fazia calor ali dentro, ela não conseguia acalmar sua respiração.

Tragava ansiosamente, e fragmentos do relato de Vivien misturavam-se aos seus próprios pensamentos desenfreados. Uma bomba caiu em algum lugar bem perto dali, aterrissando com uma enorme explosão, e um som ensurdecedor semelhante a um zumbido encheu o aposento, fazendo os ouvidos de Dolly doer e cada pelo de sua nuca ficar em pé. Houve uma época em que ela gostava de sair no meio da Blitz – achava empolgante, nem um pouco assustador. Mas ela não era mais aquela mocinha tola, e aqueles dias de despreocupação pareciam muito longe agora. Deviam ir para o abrigo ou ao encontro de Jimmy. Não podiam simplesmente ficar ali sentadas, esperando. Tinha vontade de correr, de se esconder; queria desaparecer.

Conforme o próprio pânico de Dolly aumentava, o de Vivien parecia diminuir. Falava calmamente agora, em voz tão baixa que Dolly esforçava-se para ouvir, sobre uma carta e uma fotografia, sobre homens maus, perigosos, que foram no encalço de Jimmy. Todo o plano dera errado, Vivien disse, ele fora humilhado; Jimmy não conseguira chegar ao restaurante; ela esperara e ele não aparecera; então, compreendeu que ele realmente desaparecera.

De repente, as peças desencontradas juntaram-se no meio do seu atordoamento e Dolly compreendeu.

— A culpa é minha — ela disse, a voz apenas um sussurro. — Mas eu... não sei como... a fotografia... nós tínhamos combinado, não havia necessidade, não mais. — A outra mulher sabia o que ela queria dizer; fora por causa de Vivien que os planos foram mudados. Dolly tocou o braço da amiga. — Nada disso deveria acontecer, e agora Jimmy...

Vivien balançava a cabeça, seu rosto era o retrato da compaixão.

— Ouça-me — ela disse. — É muito importante que você me escute. Eles sabem onde você mora e *virão* atrás de você.

Dolly não queria acreditar; estava aterrorizada. As lágrimas escorriam pelo seu rosto.

— A culpa é minha — ouviu-se dizendo outra vez. — É tudo culpa minha.

— Dolly, por favor. — Uma nova leva de bombardeiros havia chegado e Vivien tinha que gritar para ser ouvida, enquanto apertava as mãos de Dolly nas suas. — É tanto culpa sua quanto minha. Nada disso importa agora, de qualquer forma. Eles estão vindo. Provavelmente, já estão a caminho. É por isso que estou aqui.

— Mas eu...

— Você tem que deixar Londres, tem que fazer isso agora, e não deve mais voltar. Eles não vão parar de procurá-la, nunca.

Uma explosão lá fora e todo o prédio estremeceu e balançou; as bombas caíam cada vez mais perto e, apesar de não haver nenhuma janela, um clarão estranho veio de algum lugar, inundando o quarto, muito mais brilhante do que a claridade mortiça da única lâmpada no teto.

— Tem algum parente para onde pudesse ir? – perguntou Vivien.

Dolly sacudiu a cabeça, no mesmo momento em que a imagem de sua família lhe veio à mente: seu pai e sua mãe, seu pobre irmãozinho, a vida como era, antes. Uma bomba passou assoviando e as baterias antiaéreas dispararam do solo.

— E amigos? — Vivien gritou acima do estrondo da explosão.

Novamente, Dolly sacudiu a cabeça. Não restava mais ninguém, não alguém com quem pudesse contar, ninguém exceto Vivien e Jimmy.

– Nenhum lugar para onde pudesse ir? – Outra explosão, pelo barulho uma bomba incendiária apelidada de "cesto de pães de Molotov", o impacto tão alto que Dolly teve que ler os lábios de Vivien quando ela suplicou: – Pense, Dolly. Você precisa pensar.

Ela fechou os olhos. Podia sentir o cheiro de incêndio; uma bomba incendiária devia ter caído muito perto dali. Os oficiais da Air Raid Precautions – a ARP, uma brigada de combate a incêndios – já deveriam ter chegado ao local com suas bombas de água acionadas a pedal. Dolly ouviu alguém gritando, mas fechou os olhos com mais força e tentou se concentrar. Seus pensamentos estavam espalhados como destroços de guerra, a mente uma confusão sombria; não conseguia ver nada. O chão parecia fugir sob seus pés, o ar estava pesado demais, não conseguia respirar.

– Dolly?

Havia mais aviões, agora aviões de combate, não apenas bombardeiros, e Dolly imaginou-se no telhado de Campden Grove, observando-os mergulhar e investir pelo céu, as luzes verdes de rastreamento que varriam o firmamento atrás deles, os focos de incêndio ao longe. Tudo parecia tão emocionante na época.

Lembrou-se da noite com Jimmy, quando se encontraram no 400 Club e riram e dançaram; quando voltaram para casa pelo meio da Blitz, juntos. Daria qualquer coisa para estar lá novamente, deitados lado a lado, sussurrando na escuridão, enquanto as bombas caíam, fazendo planos para o futuro deles, a fazenda, os filhos que teriam, a casa à beira-mar. À beira-mar...

– Eu me candidatei a um emprego – ela disse repentinamente, levantando a cabeça. – Algumas semanas atrás. Foi Jimmy quem o encontrou. – A carta da sra. Nicolson, da pensão Sea Blue, estava na mesinha de cabeceira, junto ao seu travesseiro, e Dolly agarrou-a, entregando-a, tremulamente, a Vivien.

– Sim. – Vivien passou os olhos pela proposta. – Perfeito. É para lá que você deve ir.

– Não quero ir sozinha. Nós...
– Dolly.
– Planejamos ir *juntos*. Não devia ser assim. Ele ia esperar por mim. – Dolly chorava. Vivien inclinou-se para ela, mas as duas mulheres moveram-se ao mesmo tempo e o contato foi inesperadamente brusco.
Vivien não pediu desculpas; tinha um ar sério e solene. Ela também estava com medo, Dolly podia perceber, mas ela deixava seus temores de lado, exatamente como uma irmã mais velha devia fazer, adotando o tipo de voz severo e amoroso que Dolly tanto precisava ouvir naquele momento.
– Dorothy Smitham – ela disse –, você tem que deixar Londres, e tem que ser o mais rápido possível.
– Acho que não vou conseguir.
– Eu *sei* que vai. Você é uma sobrevivente.
– Mas Jimmy... Outra bomba zumbiu e explodiu. Um grito aterrorizado escapou da garganta de Dolly antes que pudesse impedir.
– Basta. – Vivien segurou o rosto de Dolly firmemente com as duas mãos e, desta vez, não doeu nem um pouco. Seus olhos estavam cheios de ternura. – Você amava o Jimmy, eu sei disso. E ele também a amava, meu Deus, eu sei disso. Mas você precisa me ouvir.
Havia algo eminentemente tranquilizador no olhar da outra mulher, e Dolly conseguiu bloquear o barulho do mergulho de um avião, as rajadas da artilharia em resposta, os terríveis pensamentos sobre pessoas e prédios sendo exterminados.
As duas abraçaram-se e Dolly ouviu Vivien dizer:
– Vá para a estação de trem esta noite e compre uma passagem. Você deve... Uma bomba caiu muito perto com um estrondo ensurdecedor e Vivien enrijeceu-se antes de prosseguir rapidamente. – Pegue o trem e só salte no fim da linha. Não olhe para trás. Aceite o emprego, mude-se outra vez, viva uma vida boa.
Uma vida boa. Era justamente sobre o que Jimmy e ela conversavam. O futuro, a casa de fazenda, as crianças rindo, as gali-

nhas felizes... As lágrimas escorriam pelas faces de Dolly enquanto Vivien dizia:

– Você tem que ir. – Ela também chorava agora, porque obviamente também sentiria falta de Dolly, ambas sentiriam falta uma da outra. – Agarre esta segunda chance, Dolly. Pense nisso como uma segunda oportunidade. Depois de tudo pelo que passou, depois de tudo que perdeu...

Dolly compreendeu então que, por mais difícil que fosse, Vivien tinha razão – ela precisava ir. Uma parte dela queria gritar "Não!", curvar-se em uma bola e chorar pelo que havia perdido, por tudo em sua vida que não se realizara como desejara, mas não faria isso. Não podia.

Dolly era uma sobrevivente. Vivien dissera isso e Vivien devia saber – bastava ver como ela se recuperara de suas dificuldades anteriores e criara uma nova vida para si mesma. E se Vivien podia fazer isso, Dolly também faria. Já havia sofrido muito, mas ainda tinha razões para viver – ela encontraria razões para viver. Este era o momento de ser forte, ser melhor do que jamais havia sido. Dolly tinha vergonha de se lembrar de coisas que já fizera; suas ideias de grandeza não haviam passado de sonhos tolos de jovem, todos eles haviam se transformado em cinzas em seus dedos; mas todo mundo merecia uma segunda chance, todos tinham direito ao perdão, até mesmo ela – foi o que Vivien dissera.

– Farei isso – ela disse, enquanto uma série de bombas caía perto dali com grandes estrondos. – Eu vou conseguir.

A lâmpada piscou, mas não apagou. Balançou em seu fio, lançando sombras nas paredes, e Dolly pegou sua pequena mala. Ignorou o barulho ensurdecedor do lado de fora, a fumaça dos incêndios na rua que começava a se infiltrar no quarto, fazendo seus olhos arderem.

Não havia muito que quisesse levar. Nunca tivera muitos pertences. A única coisa que queria daquele quarto não podia levar. Dolly hesitou ao pensar em deixar Vivien para trás; lembrava-se do que a amiga escrevera em *Peter Pan* – *Um verdadeiro amigo é uma luz na escuridão* – e as lágrimas ameaçaram brotar outra vez.

No entanto, não havia escolha; tinha que partir. O futuro estendia-se à sua frente: uma segunda chance, uma nova vida. Tudo que precisava fazer era abraçá-la e jamais olhar para trás. Ir para o litoral, como haviam planejado, e recomeçar.

Ela mal ouvia os aviões lá fora agora, as bombas caindo, a artilharia antiaérea em resposta. A terra tremia a cada explosão e do teto caíam partículas finas do reboco. A corrente da porta chocalhou, mas Dolly não notou. Sua mala estava arrumada, ela estava pronta para partir.

Levantou-se, olhando para Vivien, e, apesar de sua firme determinação, hesitou.

– E você? – Dolly quis saber. Por um segundo, ocorreu-lhe que talvez devessem ir juntas, que talvez Vivien fosse com ela, afinal. De certa maneira, parecia a solução perfeita, a única coisa a fazer – cada qual desempenhara o seu papel e nada disso teria acontecido se Dolly e Vivien não tivessem se conhecido.

Era um pensamento tolo, é claro – Vivien não precisava de uma segunda chance. Tinha tudo que poderia querer ali mesmo. Uma linda casa, sua própria riqueza, beleza de sobra... Como era de se esperar, Vivien entregou a Dolly a proposta de emprego da sra. Nicolson e despediu-se com um sorriso, os olhos rasos d'água. Cada uma sabia, no fundo do coração, que aquela era a última vez que se veriam.

– Não se preocupe comigo – Vivien disse, enquanto um bombardeiro roncava acima de suas cabeças. – Vou ficar bem. Vou para casa.

Dolly segurou a carta com força e, com um último aceno da cabeça, partiu para sua nova vida, sem a menor ideia do que o futuro lhe traria, mas determinada, repentinamente, a ir ao seu encontro.

4

Suffolk, 2011

AS IRMÃS NICOLSON DEIXARAM o hospital no carro de Iris. Embora fosse a mais velha e tradicionalmente favorecida com os privilégios do banco da frente, Laurel sentou-se atrás, com os pelos de cachorro. Sua condição de mais velha era complicada ainda mais pela sua condição de celebridade, e ela não queria que as outras pensassem que se julgava muito importante. Preferia andar no banco de trás, de qualquer forma. Absolvida dos deveres de manter conversa, ficava livre para fazer companhia aos seus próprios pensamentos.

A chuva passara e o sol brilhava agora. Laurel estava morrendo de vontade de perguntar a Rose sobre Vivien – já ouvira o nome antes, tinha certeza; mais do que isso, sabia que estava, de alguma forma, ligado àquele terrível dia em 1961 – mas não disse nada. O interesse de Iris, quando aguçado, podia ser sufocante, e Laurel não estava pronta para enfrentar a inquisição. Enquanto suas irmãs jogavam conversa fora na frente, ela observava os campos passarem velozmente. Os vidros do carro estavam fechados, mas ela quase podia sentir o cheiro da relva recém-cortada e ouvir os gritos da gralha. A paisagem de sua infância é sempre mais vibrante do que qualquer outra. Não importa onde ou como fosse, as imagens e sons gravavam-se de forma diferente dos encontrados mais tarde. Tornavam-se parte da pessoa, era inevitável.

Os últimos cinquenta anos se evaporaram e Laurel via uma versão fantasmagórica de si mesma voando ao longo das cercas vivas em sua bicicleta Malvern Star verde, uma de suas irmãs montada no guidão. Pele bronzeada, pelos das pernas dourados, joelhos ralados. Foi há muito tempo. Foi ontem.

– É para a televisão?

Laurel ergueu os olhos e encontrou Iris piscando para ela pelo espelho retrovisor.

– Como?

– A entrevista, a que estava mantendo você tão ocupada.

– Oh, isso. Na verdade, é uma série de entrevistas. Ainda tenho mais uma para gravar na segunda-feira.

– Sim, Rose disse que você vai voltar para Londres mais cedo. É para a televisão?

Laurel fez um pequeno ruído de confirmação.

– Um desses filmes biográficos, de mais ou menos uma hora. Vai incluir entrevistas com outras pessoas também: diretores, atores com quem trabalhei, junto com sequências de filmes antigos, coisas da infância.

– Ouviu isso, Rose? – disse Iris, sarcasticamente. – Coisas da infância. – Ela ergueu-se do banco do carro para poder lançar um olhar mais ameaçador a Laurel pelo retrovisor. – Agradeceria se você não revelasse nenhuma das fotos de família em que estou num estado de total ou quase total nudez.

– Que pena – Laurel disse, tirando um pelo branco de sua calça preta. – Lá se vai meu melhor material. Sobre o que é que eu vou falar agora?

– Aponte a câmera para você e tenho certeza que vai pensar em alguma coisa.

Laurel disfarçou um sorriso. As pessoas exibiam uma tal deferência por ela hoje em dia que era reconfortante bater boca com uma especialista em discussão.

Rose, entretanto, que sempre preferira a paz, estava começando a se afligir.

– Olhem, olhem – ela disse, abanando as duas mãos para mostrar um quarteirão aplainado na periferia da cidade. – O local do novo supermercado. Podem imaginar? Como se os outros três não fossem suficientes.

– Bem, de todas as coisas ridículas...

Com a irritação de Iris habilmente redirecionada, Laurel ficou livre para recostar-se novamente no banco e continuar olhando pela janela. Atravessaram a cidade, seguiram pela High Street até ela afunilar-se em uma estrada rural e, então, seguiram suas curvas suaves. A sequência era tão familiar que Laurel podia ter fechado os olhos e saber exatamente onde estava. A conversa na frente definhou conforme a estrada se estreitava e as árvores se adensavam no alto, até que Iris finalmente acionou a seta e entraram no caminho que levava à Fazenda Greenacres.

A casa da fazenda estava onde sempre estivera, no alto de uma elevação, dominando a pradaria. Obviamente, as casas costumam permanecer no lugar onde foram erguidas. Iris estacionou no terreno plano onde o velho Morris Minor de seu pai permanecera até sua mãe finalmente consentir em vendê-lo.

– Aquelas calhas estão em péssimo estado – ela disse.

Rose concordou.

– Deixam a casa com um aspecto tristonho, não acham? Venham, vou lhes mostrar os vazamentos mais recentes.

Laurel fechou a porta do carro, mas não seguiu as irmãs, que atravessaram o portão. Enfiou as mãos nos bolsos e ficou plantada ali, assimilando o quadro por inteiro – do jardim às chaminés rachadas. O parapeito por cima do qual costumavam descer Daphne em seu cestinho, a sacada onde penduraram as velhas cortinas do quarto para formar um arco de proscênio, o quarto do sótão onde Laurel aprendeu a fumar.

O pensamento ocorreu-lhe repentinamente: a casa lembrava-se dela.

Laurel não se considerava romântica, mas a sensação era tão forte que por um instante não teve nenhuma dificuldade em acreditar que a combinação à sua frente, de traves de madeira e chaminés de tijolos vermelhos, de telhas manchadas e janelas empenadas em ângulos bizarros, fosse capaz de se lembrar. Ela a observava agora, podia sentir isso, através de cada vidraça das janelas; revisitando os anos passados para ligar esta mulher mais velha, bem-vestida, com a jovem que ficava sonhando acordada sobre as fotos de James Dean. O que ela pensaria da mulher em que ela havia se tornado?

Que bobagem – a casa não pensava nada. As casas não se lembravam das pessoas, não se lembravam de quase nada. Era ela quem se lembrava da casa e não o contrário. E por que não deveria se lembrar? Fora seu lar desde que tinha dois anos de idade; vivera ali até aos dezessete. É bem verdade que já fazia algum tempo desde a última vez que a visitara – mesmo com suas idas mais ou menos regulares ao hospital, ela nunca conseguia voltar a Greenacres – mas a vida era atarefada. Laurel olhou para a casa na árvore. Ela fizera questão de se manter bem atarefada.

– Não pode fazer tanto tempo que você já não se lembre de onde fica a porta – Iris gritou do hall de entrada. Ela desapareceu dentro da casa, mas sua voz ressoou de volta. – Não me diga que está esperando o mordomo vir pegar suas malas!

Laurel revirou os olhos como uma adolescente, pegou sua mala e começou a subir o caminho para a casa. Seguia o mesmo caminho de pedras que sua mãe descobrira em um luminoso dia de verão há mais de sessenta anos...

◈

Dorothy Nicolson reconheceu Greenacres como o lugar certo para criar sua família assim que a viu. Ela não estava procurando uma casa. A guerra acabara havia apenas alguns anos, eles não tinham nenhum capital e sua sogra amavelmente concordara em alugar um quarto para eles em seu próprio estabelecimento (em troca de serviços contínuos, é claro – não era caridade!). Dorothy e Stephen haviam saído apenas para fazer um piquenique.

Era um raro dia de folga em meados de julho – mais raro ainda, a mãe de Stephen se oferecera para tomar conta do bebê

Laurel. Eles acordaram ao raiar do dia, jogaram uma cesta e uma manta no banco traseiro do Morris Minor e seguiram para oeste, sem maiores planos além de seguir qualquer estrada rural que lhes aprouvesse. Fizeram isso por algum tempo – ela com a mão na perna dele, ele com o braço em seu ombro, o ar quente soprando pelas janelas abertas – e assim teriam continuado se um dos pneus não tivesse furado.

Mas foi o que aconteceu, e eles, então, pararam ao lado da estrada para inspecionar os danos. Lá estava, claramente visível à luz do dia: um maldito prego projetando-se da borracha.

Mas eram jovens, e apaixonados, e raramente tinham algum tempo só para eles, portanto não deixaram que o contratempo estragasse seu dia, como teria sido o caso em outras circunstâncias. Enquanto seu marido trocava o pneu, Dorothy começou a andar pela colina, procurando um lugar plano para estender a manta de piquenique. Foi quando avistou a casa de Greenacres.

Nada disso era suposição da parte de Laurel. Todas as crianças Nicolson conheciam de cor a história da aquisição de Greenacres. O velho fazendeiro cético, coçando a cabeça quando Dorothy bateu à sua porta, os pássaros em seu ninho na lareira da sala de estar enquanto o fazendeiro servia o chá, os buracos no assoalho com tábuas sobre eles como pontes estreitas. Acima de tudo, ninguém tinha a menor dúvida da convicção imediata de sua mãe de que tinha que morar naquele lugar.

A casa, ela lhes explicara muitas vezes, falara com ela, ela ouvira e, como foi constatado, elas se entenderam perfeitamente. Greenacres era uma velha senhora altiva, um pouco desgastada, sem dúvida, ranzinza a seu próprio modo – mas quem não seria? A deterioração, Dorothy podia ver, escondia uma antiga imponência. A casa era orgulhosa e sentia-se solitária, o tipo de lugar que se alimentava do riso de crianças, do amor de uma família, do aroma de carneiro com alecrim assando no forno. Tinha uma boa estrutura óssea e uma vontade de olhar sempre para frente, não para trás, de receber uma nova família e crescer com ela, de abraçar suas tradições inteiramente novas. Ocorreu a Laurel agora, como nunca acontecera antes, que a descrição que sua mãe fizera da casa devia ser um autorretrato.

∽

Laurel limpou os pés no tapete e entrou. As tábuas do assoalho rangeram de um jeito familiar, todos os móveis estavam onde deviam estar, e no entanto o lugar estava diferente. O ar era abafado e havia um cheiro que normalmente não existia ali. Era um ar viciado, ela percebeu, e isso era compreensível – a casa ficara fechada desde que Dorothy fora para o hospital. Rose vinha cuidar do lugar sempre que sua programação condicionada à sua neta o permitia, e seu marido Phil fazia o que podia, mas nada se comparava com a constância da habitação. Era perturbadora, Laurel pensou, reprimindo um estremecimento, a rapidez com que a presença de uma pessoa podia ser apagada, a facilidade com que a civilização dava lugar à natureza selvagem.

Advertiu a si mesma para não ser tão melancólica e acrescentou suas malas, por hábito, à pilha sob a mesa do hall. Em seguida, sem pensar, dirigiu-se à cozinha. Era o lugar onde os deveres da escola eram feitos, onde curativos e ataduras eram aplicados e onde lágrimas eram vertidas sobre corações partidos; o primeiro lugar para onde todos iam quando chegavam em casa. Rose e Iris já estavam lá.

Rose acionou o interruptor de luz junto à geladeira e a fiação elétrica zumbiu. Ela esfregou as mãos animadamente.

– Querem que eu faça um chá para nós?

– Não consigo pensar em nada melhor – Iris disse, tirando as sapatilhas e esticando para frente e para trás os dedos cobertos com meias pretas, como uma bailarina impaciente.

– Eu trouxe vinho – Laurel disse.

– Exceto isso. Esqueça o chá.

Enquanto Laurel foi buscar uma garrafa de vinho de sua mala, Iris começou a tirar os copos do guarda-louça.

— Rose? – perguntou, segurando um copo no alto, piscando forte por cima dos óculos "gatinho". Seus olhos eram do mesmo cinza-escuro dos cabelos curtos.

— Oh. – Olhava e tornava a olhar para o seu relógio, preocupada. – Oh, não sei, são apenas cinco horas.

— Ora, vamos, Rose – Laurel disse, vasculhando uma gaveta de talheres ligeiramente grudentos, à procura de um saca-rolha. – Você sabe que o vinho é cheio de antioxidantes, não sabe? – Encontrou o abridor e juntou as pontas pegajosas dos dedos. – Praticamente um remédio.

— Hã... está bem.

Laurel abriu o vinho e começou a servi-lo. Por hábito, alinhou os copos para garantir que todos recebessem a mesma quantidade. Sorriu ao perceber o que estava fazendo – um caso de regressão à infância. Iris ficaria satisfeita, de qualquer modo. A justiça devia ser o ponto de maior impasse entre todos os irmãos, mas era uma obsessão para os que ficavam no meio. *Pare de contar, querida,* sua mãe costumava dizer. *Ninguém gosta de uma menina que sempre espera mais do que os outros.*

— Só um golinho, Lol – Rose disse, cautelosamente. – Não quero "apagar" antes de Daphne chegar aqui.

— Então, você falou com ela? – Laurel entregou o copo mais cheio a Iris.

— Pouco antes de deixarmos o hospital. Eu não contei? Honestamente, minha memória! Ela vai chegar lá pelas seis, se o trânsito permitir.

— Acho que eu deveria começar a preparar alguma coisa para a janta, se ela já está para chegar – Iris disse, abrindo a despensa e ajoelhando-se no banquinho para inspecionar as datas de validade dos produtos. – Se eu deixar a cargo de vocês duas, vai ser chá com torradas.

— Eu ajudo – Rose disse.

— Não, não. – Sem se virar, Iris abanou a mão mandando-a embora. – Não precisa.

Rose olhou para Laurel, que lhe entregou um copo de vinho e gesticulou, indicando a porta. Não adiantava discutir. Já estava consagrado no folclore familiar: Iris sempre cozinhava, sempre se sentia explorada, as outras deixavam que ela saboreasse seu martírio, porque esse era o tipo de pequenas gentilezas acordadas entre as irmãs.

– Bem, se você insiste... – Laurel disse, entornando um pouco mais do pinot em seu próprio copo.

Enquanto Rose dirigia-se às escadas para verificar se o quarto de Daphne estava em ordem, Laurel levou seu vinho para fora. A chuva que caíra mais cedo limpara o ar e ela respirou fundo. O balanço de jardim chamou sua atenção e ela sentou-se no banco, usando os calcanhares para empurrá-lo devagar para frente e para trás. O balanço havia sido o presente de todas elas no aniversário de oitenta anos da mãe, e Dorothy declarara imediatamente que ele deveria ficar sob o enorme e antigo carvalho. Ninguém salientara que havia outros lugares no jardim com uma vista mais bonita. A paisagem pareceria pouco mais de uma campina deserta a um estranho, mas todos os Nicolson sabiam que aquela brandura era ilusória. Em algum lugar lá fora, entre as ondulantes folhas de capim, estava o lugar onde seu pai caíra morto.

A memória era algo traiçoeiro. A lembrança de Laurel colocava-a bem ali, neste mesmo lugar, naquela tarde, a mão erguida para bloquear o sol dos seus ansiosos olhos de adolescente, enquanto ela rastreava a campina, esperando vislumbrar a figura do pai retornando de um dia de trabalho; esperando para sair correndo, enfiar seu braço no dele e caminhar ao seu lado de volta para casa. Sua lembrança a colocava ali, observando enquanto ele atravessava o prado; parava para ver o pôr do sol, para registrar as nuvens cor-de-rosa, e repetir o velho ditado, como sempre fazia: *Céu vermelho à noite, prazer do pastor de ovelhas;* quando seu corpo se enrijeceu e ele arquejou; quando levou a mão ao peito; quando cambaleou e caiu.

Mas não fora assim. Quando isso aconteceu, ela estava do outro lado do mundo, com cinquenta e seis anos, em vez de dezesseis, vestindo-se para uma cerimônia de premiação em Los Angeles, imaginando se ela seria a única pessoa ali cujo rosto não havia sido recauchutado com preenchimentos e uma dose do bom e velho botox. Ela nada soube da morte do pai até Iris ligar e deixar uma mensagem em seu telefone.

Não, fora outro homem que ela vira cair e morrer em uma tarde ensolarada, quando tinha dezesseis anos.

Laurel riscou um fósforo e acendeu um cigarro, franzindo a testa para o horizonte enquanto enfiava a caixa de fósforos de volta no bolso. A casa e o jardim estavam banhados de sol, mas os campos distantes, além da campina e mais perto do bosque, começavam a se cobrir de sombras. Olhou para cima, além do topo do balanço de ferro batido, para onde o assoalho da casa na árvore era visível entre as folhas. A escada ainda estava lá também, pedaços de madeira pregados ao tronco, algumas soltas e tortas agora. Alguém havia pendurado um cordão de brilhantes de contas cor-de-rosa e roxas da ponta de um degrau; uma das netas de Rose, provavelmente.

Laurel descera lá de cima muito devagar naquele dia.

Tragou fundo o cigarro, lembrando-se. Ela recobrara os sentidos com uma arfada e imediatamente se lembrara do homem, da faca, da expressão aterrorizada da mãe e, então, arrastara-se atabalhoadamente para a escada.

Quando atingiu o solo, ficou parada, agarrando o degrau à sua frente com as duas mãos, apoiando a testa contra o tronco áspero da árvore, a salvo na quietude do momento, sem saber para onde ir ou o que fazer em seguida. Absurdamente, ocorreu-lhe a ideia de que deveria correr para o riacho, juntar-se às irmãs e ao irmãozinho, seu pai com o clarinete e seu sorriso perplexo...

Foi quando notou que já não conseguia ouvi-los.

Dirigiu-se, então, para a casa, desviando os olhos, os pés descalços pisando com cuidado no quente caminho de pedras. Houve um instante, quando seu olhar resvalou para o lado, em que ela achou ter visto algo grande e branco junto ao canteiro, algo que não deveria estar lá; abaixou a cabeça, desviou o olhar e caminhou mais depressa, movida pela desenfreada esperança infantil de que talvez, se não olhasse e não visse, pudesse alcançar a casa, atravessar a soleira da porta e continuar a vida normalmente.

Ela estava em choque, é claro, mas não se sentia assim. Fora protegida por uma calma sobrenatural, como se estivesse usando uma capa, uma capa mágica que permitia que ela se ausentasse da vida real, como a pessoa em um conto de fadas que existe fora da página e quando chega encontra o castelo adormecido. Ela parou para pegar o bambolê do chão antes de entrar na casa.

A casa estava estranhamente quieta. O sol deslizara para trás do telhado e o hall de entrada estava às escuras. Ficou parada no vão da porta aberta, esperando seus olhos se acostumarem. Ouviam-se estalos, conforme os canos de ferro esfriavam, um barulho que significava verão, férias e longos e quentes crepúsculos, com mariposas esvoaçando em volta das lâmpadas.

Ela levantou os olhos para as escadas acarpetadas e, de algum modo, soube que suas irmãs não estavam lá. O relógio do hall batia os segundos e ela se perguntou, por um breve instante, se todos eles tinham ido embora – seu pai, sua mãe e o bebê também – e ela tivesse sido deixada sozinha com o que quer que estivesse embaixo daquele lençol branco lá fora. O pensamento fez um calafrio percorrer sua espinha. Então, um baque seco veio da sala de estar; ela virou a cabeça e lá estava seu pai em pé diante da lareira apagada. Ele estava curiosamente rígido, uma das mãos ao lado do corpo, a outra com o punho cerrado sobre o console de madeira, enquanto dizia:

– Pelo amor de Deus, minha mulher tem sorte de estar viva.

Uma voz de homem veio dos bastidores, de algum lugar onde Laurel não podia vê-lo.

– Eu compreendo, sr. Nicolson, assim como espero que o senhor compreenda que só estamos fazendo o nosso trabalho.

Laurel aproximou-se na ponta dos pés, parando antes de alcançar a luz que se derramava pela porta aberta. Sua mãe estava na poltrona, embalando o bebê nos braços. Ele dormia; Laurel podia ver seu perfil angelical, a bochecha gorducha achatada contra o ombro de sua mãe.

Havia dois outros homens na sala, um sujeito calvo no sofá e um rapaz perto da janela, tomando notas. Policiais, ela compreendeu. É claro que eram policiais. Algo terrível acontecera. O lençol branco no jardim ensolarado.

O homem mais velho disse:

– A senhora o reconheceu, sra. Nicolson? É alguém que a senhora conhecia? Alguém que tenha visto, mesmo à distância?

A mãe de Laurel não respondeu, ao menos não que desse para ouvir. Ela murmurava com os lábios colados à parte de trás da cabeça do bebê, movendo-se suavemente contra seus cabelos finos. Seu pai falou por ela em voz bem alta.

– Claro que não – ele disse. – Como minha mulher já lhe disse antes, ela nunca o viu. Se quer saber minha opinião, devia estar comparando a descrição dele com a do sujeito que está nos jornais, aquele que vem incomodando as pessoas nos piqueniques.

– Seguiremos todas as pistas, sr. Nicolson, pode ter certeza disso. Mas no momento há um cadáver no seu jardim e somente a palavra de sua mulher sobre como ele foi parar lá.

Seu pai se enfureceu.

– Esse homem atacou minha mulher. Foi autodefesa.

– O senhor viu acontecer, sr. Nicolson?

Havia um tom de impaciência na voz do policial mais velho, e isso amedrontou Laurel. Ela recuou um passo. Eles não sabiam que ela estava lá. Não havia necessidade de descobrirem. Ela podia sair furtivamente, subir a escada, prestar atenção para não pisar na tábua que rangia, enroscar-se em sua cama. Poderia deixá-los entregues às misteriosas maquinações do mundo adulto e deixar que a encontrassem quando tivessem terminado; deixar que lhe dissessem que tudo estava resolvido.

– Eu perguntei, o senhor estava lá, sr. Nicolson? Viu acontecer?

Laurel, no entanto, sentiu-se atraída para a sala, para o contraste da iluminação das lâmpadas com a escuridão do hall, para a estranha cena, para a aura de importância que a voz tensa de seu pai, sua postura, em pé junto à lareira, projetava. Havia uma tendência em seu íntimo, sempre houve, que reclamava inclusão, que buscava ajudar quando a ajuda era necessária, que detestava dormir por medo de ser excluída.

Ela estava em choque. Precisava de companhia. Não conseguiu evitar. Qualquer que tenha sido a razão, Laurel saiu dos bastidores para o meio do palco.

– Eu estava lá – ela disse. – Eu o vi.

Seu pai ergueu os olhos, surpreso. Olhou rapidamente para sua mulher e de novo para Laurel. Sua voz soou diferente quando ele falou – rouca, apressada, sibilante.

– Laurel, chega.

Todos os olhos estavam sobre ela: da mãe, do pai, dos outros homens. As próximas falas, Laurel sabia, eram cruciais. Ela evitou o olhar do pai e começou a falar:

– O homem deu a volta na casa. Ele tentou agarrar o bebê. – Ele tinha feito isso, não tinha? Tinha certeza de que fora isso que vira.

Seu pai franziu a testa.

– Laurel...

Ela continuou mais rápido agora, determinada. (E por que não? Não era uma criança, esgueirando-se para sua cama, esperando que os adultos resolvessem tudo. Ela era um deles, fazia parte da peça, era importante.) As luzes dos refletores se intensificaram sobre ela e Laurel olhou o homem mais velho nos olhos.

– Houve uma luta. Eu vi. O homem atacou minha mãe e depois... e depois ele caiu no chão.

Por um longo minuto, ninguém falou. Laurel olhou para sua mãe, que já não sussurrava para o bebê, mas que olhava fixamente por cima de sua cabecinha, fitava algum ponto além do ombro de Laurel. Alguém havia feito chá. Laurel se lembraria desse detalhe durante todos os anos seguintes. Alguém fizera chá, mas ninguém o havia bebido. As xícaras continuavam intocadas, espalhadas pelas mesinhas da sala, uma delas no peitoril da janela. O relógio do hall de entrada continuava seu tique-taque.

Finalmente, o homem calvo remexeu-se no sofá e limpou a garganta.

– Você é Laurel, não é?

– Sim, senhor.

Seu pai soltou a respiração num longo suspiro como um balão de gás se esvaziando. Sua mão gesticulou indicando Laurel e ele disse:

– Minha filha. – Parecia derrotado. – A mais velha.

O homem no sofá olhou para ela, em seguida seus lábios abriram-se num sorriso que não chegou aos seus olhos.

– Acho melhor você entrar, Laurel – ele disse. – Sente-se e comece do princípio. Conte-nos tudo que viu.

5

LAUREL CONTOU A VERDADE à polícia. Sentou-se cautelosamente do outro lado do sofá, esperou pelo relutante encorajamento do pai e só então começou a relatar sua tarde. Tudo o que ela viu, exatamente como aconteceu. Estava lendo na casa da árvore e parara para ver o homem se aproximar.

— Por que você o estava observando? Havia algo de estranho a respeito dele? — O tom de voz e a expressão do policial nada deixavam transparecer.

Laurel franziu a testa, ansiosa para se lembrar de cada detalhe e provar que era uma testemunha de valor. Sim, achava que talvez houvesse. Não é que ele tenha corrido ou gritado ou se comportado de alguma maneira óbvia, mas ainda assim — ela olhou para o teto, tentando evocar a palavra certa — ele tinha uma atitude *sinistra*. Repetiu a palavra, satisfeita com sua aptidão. Ele parecera sinistro e ela ficara com medo. Não, não sabia dizer por quê, exatamente, apenas se sentiu assim.

Ela achava que o que aconteceu depois pudesse ter influenciado sua primeira impressão? Ter feito algo comum parecer mais perigoso do que realmente era?

Não, tinha certeza. Sem dúvida, havia algo sinistro naquele homem.

O policial mais jovem rabiscou em seu bloco de anotações. Laurel soltou a respiração. Não ousava olhar para os pais, por medo de perder a coragem.

— E quando ele chegou à casa? O que aconteceu?

– Ele virou a esquina da casa furtivamente, com muito mais cuidado do que uma visita normal teria feito, sorrateiramente, e então minha mãe saiu com o bebê.
– Ela estava carregando o bebê?
– Sim.
– Ela estava carregando mais alguma coisa?
– Sim.
– O que era?
Laurel mordeu a parte interna da bochecha, lembrando-se do clarão de prata.
– Ela carregava a faca de aniversário.
– Você reconheceu a faca?
– Nós a usamos em ocasiões especiais. Tem uma fita vermelha amarrada no cabo.
Ainda nenhuma mudança no comportamento do policial, apesar de ter esperado um instante antes de continuar.
– Então, o que aconteceu?
Laurel estava preparada.
– Então, o homem os atacou.
Uma pequena dúvida veio à tona, como um reflexo do sol obscurecendo o detalhe em uma fotografia, enquanto Laurel descrevia o homem lançando-se sobre o bebê. Ela hesitou por um instante, fitando os joelhos, enquanto se esforçava para visualizar mentalmente a ação. Então, continuou. O homem tentou pegar Gerry, lembrava-se disso, e tinha certeza de que ele levantara as duas mãos, tentando arrancar o bebê dos braços de sua mãe. Foi nesse instante que sua mãe deu uma guinada para salvar Gerry. O homem, então, agarrou a faca, tentou se apoderar dela, houve uma luta...
– E então?
A caneta do jovem policial rangia no bloco enquanto ele anotava tudo que ela dissera até agora. O som era alto e Laurel sentia calor, a sala parecia ter ficado mais quente, sem dúvida. Perguntou-se por que seu pai não abrira uma janela.
– E depois?

Laurel engoliu em seco.

– Então, mamãe desceu a faca sobre ele.

A sala ficou em silêncio, exceto pelo ruído da caneta no papel. Laurel viu a cena em sua mente com toda a clareza: o homem, o terrível estranho com o rosto escuro e mãos enormes, agarrando sua mãe, tentando machucá-la, pretendendo ferir o bebê em seguida.

– E o homem caiu no mesmo instante?

A caneta parara de arranhar. O policial jovem junto à janela olhava para ela por cima do seu bloco de anotações.

– O homem caiu imediatamente no chão?

Laurel balançou a cabeça com hesitação.

– Acho que sim.

– Você acha?

– Não me lembro de mais nada. Foi quando desmaiei, eu acho. Acordei na casa da árvore.

– Quando foi isso?

– Agora mesmo. Depois, eu vim para cá.

O policial mais velho inspirou lentamente, embora não silenciosamente, e depois soltou a respiração.

– Mais alguma coisa de que você se lembre que nós devêssemos saber? Alguma coisa que tenha visto ou ouvido? – Ele passou a mão pela cabeça calva. Seus olhos eram de um azul muito claro, quase cinza. – Não tenha pressa. O menor detalhe poderia ser importante.

Haveria alguma coisa que ela tivesse esquecido? Teria visto ou ouvido mais alguma coisa? Laurel pensou cuidadosamente antes de responder. Achava que não. Não, tinha certeza de que aquilo era tudo.

– Nada mesmo?

Ela disse que não. Seu pai tinha as mãos nos bolsos e olhava furiosamente por baixo das sobrancelhas.

Os dois policiais trocaram um olhar, o mais velho balançou ligeiramente a cabeça e o mais jovem fechou o bloco de notas com um movimento rápido. O interrogatório estava terminado.

Mais tarde, Laurel sentou-se no parapeito da janela de seu quarto, roendo a unha do polegar e observando os três homens lá fora, junto ao portão. Não falavam muito, mas de vez em quando o policial mais velho dizia alguma coisa e seu pai respondia, apontando para vários objetos no horizonte cada vez mais escuro. A conversa podia ser sobre métodos de cultivo ou sobre o calor da estação ou sobre a utilização histórica das terras de Suffolk, mas Laurel duvidava que estivessem discutindo qualquer um desses tópicos.

Um furgão veio se arrastando pela subida do caminho de entrada e, quando parou no alto do caminho, o policial mais jovem foi ao seu encontro, atravessando o capim alto a passos largos e gesticulando, indicando a casa às suas costas. Laurel viu quando um homem emergiu do banco do motorista, quando uma maca foi retirada da traseira do furgão, quando o lençol (não tão branco, podia ver agora; manchado de um vermelho que já estava quase preto) foi esvoaçando no percurso de volta pelo jardim. Carregaram a maca no furgão e ele partiu. Os policiais foram embora e seu pai voltou para a casa. A porta da frente se fechou, ela ouviu através do assoalho. Botas foram chutadas – uma, duas – e em seguida um trajeto suavizado por meias foi percorrido até sua mãe na sala de estar.

Laurel cerrou as cortinas e virou-se de costas para a janela. Os policiais já haviam partido. Ela dissera a verdade; descrevera exatamente o que estava em sua mente, tudo que acontecera. Então, por que se sentia daquele modo? Estranha e insegura.

Deitou-se em sua cama, firmemente enroscada e com as mãos, em posição de quem faz uma prece, entre os joelhos. Fechou os olhos, mas abriu-os novamente para parar de ver o clarão prateado, o lençol branco, o rosto de sua mãe quando o homem disse seu nome...

Laurel enrijeceu-se. O homem dissera o nome de sua mãe.

Ela não contara isso à polícia. Ele perguntara se havia mais alguma coisa de que ela se lembrava, absolutamente qualquer coisa que tivesse visto ou ouvido, e ela havia dito que não, não havia nada. Mas havia, tinha havido.

A porta abriu-se e Laurel sentou imediatamente na cama, quase esperando ver o policial mais velho de volta, para repreendê-la. Mas era apenas seu pai, que viera dizer-lhe que ia sair para buscar suas irmãs na casa vizinha. O bebê já estava na cama, dormindo, e sua mãe estava descansando. Ele hesitou quando chegou à porta, batendo de leve no batente. Quando finalmente voltou a falar, sua voz era rouca.

– O que aconteceu esta tarde foi um choque, um choque terrível.

Laurel mordeu o lábio. No íntimo, um soluço que ela não percebera ameaçou irromper.

– Sua mãe é uma mulher corajosa.

Laurel balançou a cabeça, concordando.

– É uma sobrevivente, e você também. Você se portou bem com aqueles policiais.

– Obrigada, papai – ela balbuciou, as lágrimas assomando aos olhos e fazendo-os arder.

– A polícia diz que provavelmente é aquele homem de que os jornais falaram, o que andava rondando perto do riacho. A descrição bate e não haveria mais ninguém que pudesse vir incomodar sua mãe.

Era o que tinha pensado. Assim que vira o homem, não se perguntara se não seria aquele dos jornais? Laurel sentiu-se repentinamente aliviada.

– Agora, escute bem, Lol. – Seu pai enfiou as mãos nos bolsos, sacudindo-as um pouco antes de continuar. – Sua mãe e eu, nós conversamos e achamos que é uma boa ideia não contar às meninas tudo que aconteceu. Não há necessidade e é demais para elas compreenderem. Se eu tivesse podido escolher, gostaria que você mesma estivesse a quilômetros de distância daqui, mas o fato é que não estava.

– Sinto muito.

– Não há nada para se desculpar. Não é culpa sua. Você ajudou a polícia, sua mãe também, e está tudo acabado. Um bandido veio até nossa casa, mas já está tudo certo agora. Tudo vai ficar bem.

Não era uma pergunta, não exatamente, mas soou como se fosse e, assim sendo, Laurel respondeu.

– Sim, papai. Tudo vai ficar bem.

Ele esboçou um sorriso enviesado.

– Você é uma boa menina, Laurel. Vou buscar suas irmãs agora. Vamos manter isso entre nós, hein? Esta é a minha garota.

E haviam mantido. Tornou-se o grande caso velado na história da família. Nada foi contado às suas irmãs e Gerry certamente era pequeno demais para se lembrar, embora estivessem errados quanto a isso, como se veria mais tarde.

As outras perceberam, obviamente, que alguma coisa extraordinária havia ocorrido – haviam sido levadas sem a menor cerimônia da festa de aniversário e depositadas diante do aparelho de televisão Decca novinho em folha da vizinha; seus pais ficaram estranhamente sombrios durante semanas; e dois policiais começaram a fazer visitas regulares, que envolviam portas fechadas e vozes graves e baixas – mas tudo fez sentido quando seu pai lhes contou sobre o pobre vagabundo que morrera na campina no dia do aniversário de Gerry. Era triste, mas, como ele disse, essas coisas às vezes acontecem.

Laurel, nesse ínterim, passou a roer seriamente as unhas. A investigação policial foi concluída em questão de semanas: a idade e aparência do homem combinavam com as descrições do vagabundo que rondava os piqueniques, a polícia disse que não era incomum nesses casos haver uma escalada de violência com o tempo, e o testemunho de Laurel deixou claro que sua mãe agira em autodefesa. Um arrombamento que dera errado; sorte em ter escapado; nada a ganhar em estampar os detalhes nos jornais.

Felizmente, era uma época em que a discrição era a norma, e um acordo de cavalheiros podia mudar uma manchete para a página três. A cortina caiu, fim da história.

E no entanto... Enquanto a vida de seus familiares retornara à programação regular, a de Laurel continuou um confuso ruído de estática. A sensação de que estava separada dos demais aprofundou-se e ela se tornou indescritivelmente irrequieta. O caso se repassava sem cessar em sua mente, e o papel que desempenhara na investigação policial, tudo que dissera aos policiais – pior ainda, o que não dissera – provocava um pânico tão forte às vezes que ela mal conseguia respirar. Aonde quer que fosse em Greenacres – dentro de casa ou lá fora no jardim – sentia-se presa numa armadilha pelo que vira e fizera. As lembranças estavam por toda parte; eram inevitáveis; tornadas mais insuportáveis porque o evento que as causara era inteiramente inexplicável.

Quando fez concurso para a Central School e conseguiu a vaga, Laurel ignorou as súplicas de seus pais para permanecer em casa, para adiar por um ano e terminar o esforço extra para se formar com grau A na escola, para pensar em suas irmãs e no irmãozinho que a amava mais do que a todas elas. Em vez disso, ela arrumou as malas, o mínimo possível, e deixou-os todos para trás. O rumo de sua vida mudou instantaneamente, exatamente como um cata-vento gira em círculos durante uma tempestade inesperada.

Laurel tomou o último gole de seu vinho e observou um casal de gralhas voando baixo sobre a campina de seu pai. Alguém havia acionado o interruptor do gigantesco redutor da luz e o mundo começava a mergulhar na escuridão. Toda atriz tem palavras favoritas, e "poente" era uma das de Laurel. Era uma delícia de pronunciar, a sensação da crescente penumbra e do inelutável pôr do sol inerente ao som da palavra, embora o fato de também evocar "ardente", "incandescente" lhe conferir igualmente uma ideia de brilho.

Era a hora do dia que ela associava especialmente à sua infância, à sua vida antes de partir para Londres: a volta de seu pai para casa depois de um dia trabalhando na fazenda, sua mãe enxugando Gerry perto do fogão, suas irmãs rindo no andar de cima enquanto Iris desfilava seu repertório de imitações (uma ironia, na verdade, que Iris tivesse se tornado a mais imitável de todas as figuras da infância, a diretora de escola), o ponto de transição quando as luzes se acendiam dentro de casa, quando havia um cheiro de sabonete no ar e a enorme mesa de carvalho era arrumada para o jantar. Ainda agora, Laurel sentia de forma inteiramente inconsciente a mudança natural do dia. Era o mais próximo que chegava a sentir de saudades do lar de sua infância quando estava em sua própria casa.

Alguma coisa se moveu lá na campina, o caminho que seu pai costumava percorrer todos os dias, e Laurel retesou-se; mas era apenas um carro, um carro branco – podia vê-lo mais claramente agora – subindo o sinuoso caminho de entrada. Levantou-se, sacudindo o copo para escorrer as últimas gotas do vinho. A temperatura caíra e Laurel passou os braços ao redor de si mesma, andando devagar para o portão. O motorista piscou os faróis com uma energia que só podia pertencer a Daphne, e Laurel ergueu a mão e acenou.

6

LAUREL PASSOU GRANDE PARTE do jantar observando o rosto da irmã mais nova. Algo fora feito a ele, e bem-feito, e o resultado era fascinante. "Um novo hidratante fabuloso", Daphne diria se lhe perguntassem, o que Laurel não fez, já que não gostava que mentissem para ela. Em vez disso, continuou balançando a cabeça, enquanto Daphne sacudia os cachos louros e fascinava todas elas com histórias do set de *La Breakfast Show,* onde ela lia a previsão do tempo e onde todas as manhãs flertava com um apresentador de notícias chamado Chip. Intervalos no prolixo monólogo eram raros e, quando a oportunidade finalmente se apresentou, Rose e Laurel imediatamente a agarraram.

– Você primeiro – Laurel disse, inclinando seu copo de vinho – vazio de novo, ela observou – para a irmã.

– Eu só ia dizer que talvez devêssemos conversar um pouco sobre a festa de mamãe.

– Acho que sim – Iris disse.

– Tenho algumas ideias – Daphne disse.

– Sem dúvida.

– É claro.

– Nós...

– Eu...

– O que *você* andou pensando, Rosie? – Laurel perguntou.

– Bem – Rose, que sempre se atrapalhava quando pressionada pelas irmãs, começou com uma tosse –, terá que ser no hospital, infelizmente, mas achei que podíamos pensar em algumas maneiras de tornar a ocasião especial para ela. Sabem como mamãe se sente em relação a aniversários.

– Exatamente o que eu ia dizer – adiantou-se Daphne, contendo um pequeno soluço por trás das unhas cor-de-rosa. – Afinal de contas, este vai ser seu último aniversário.

O silêncio estendeu-se entre elas, com a rude exceção do relógio suíço, até Iris dizer, fungando:

– Você ficou muito impertinente, sabe? – ela disse, mexendo nas pontas retas de seu cabelo curto e grisalho. – Desde que se mudou para os Estados Unidos.

– Eu só estava dizendo...

– Acho que todas nós sabemos o que você estava dizendo.

– Mas é a verdade.

– Pode-se argumentar que é exatamente por isso que você não precisava ter dito nada.

Laurel olhou para suas companheiras de mesa. Iris estava roxa de raiva, Daphne piscava os olhos azuis, mortificada, e Rose enrolava sua trança com tal angústia que ameaçava arrancá-la. Se apertasse um pouco os olhos, elas pareceriam as mesmas crianças que haviam sido. Suspirou dentro do seu copo.

– Talvez pudéssemos levar algumas das coisas prediletas de mamãe – ela disse. – Tocar alguns discos da coleção de papai. Era esse tipo de coisas que você estava pensando, Rosie?

– Sim – Rose disse, com uma gratidão enervante –, sim, é perfeito. Pensei até que poderíamos recontar algumas das histórias que ela costumava inventar para nós.

– Como aquela do portão nos fundos do jardim que levava a um mundo encantado.

– E a dos ovos de dragão que ela encontrou no bosque.

– E da ocasião em que ela fugiu para se juntar a um circo.

– Lembram-se – Iris disse de repente – do circo que tínhamos aqui?

– Meu circo – disse Daphne, radiante por trás de seu copo de vinho.

– Bem, sim – Iris interrompeu –, mas só porque...

— Porque eu tive aquele horrível sarampo e perdi o circo de verdade quando ele veio à cidade. — Daphne riu alegremente com a lembrança. — Ela fez papai construir uma tenda na ponta da campina, lembram-se?, e transformou vocês todas em palhaças. Laurel era um leão e mamãe andava na corda bamba.

— Até que ela era boa nisso — Iris disse. — Quase caiu da corda. Ela deve ter praticado durante semanas.

— Ou então sua história era verdadeira e ela realmente passou algum tempo em um circo — Rose disse. — Em se tratando de mamãe, eu quase chego a acreditar.

Daphne deu um suspiro de contentamento.

— Tivemos sorte de ter uma mãe como a nossa, não é? Tão brincalhona, quase como se não tivesse deixado realmente de ser criança; muito diferente das mães chatas que víamos por aí. Eu costumava me sentir um pouco presunçosa quando meus amigos da escola vinham aqui.

— Você? Presunçosa? — Iris fingiu surpresa. — Isso não me parece...

— Com relação à festa da mamãe — Rose abanou a mão, desesperada para evitar um novo mergulho em discussões —, pensei em fazer um bolo, pão de ló Victoria, seu pref...

— Vocês se lembram — disse Daphne com repentina animação — daquela faca, aquela com a fita...

— A fita vermelha — Iris disse.

— E o cabo de osso. Ela fazia questão de usá-la, todo aniversário.

— Dizia que era uma faca mágica, que podia realizar desejos.

— Sabem, eu acreditei nisso por muito tempo. — Daphne apoiou o queixo nas costas da mão com um suspiro. — O que será que aconteceu com aquela velha faca engraçada?

— Desapareceu — Iris disse. — Lembro-me disso agora. Teve um aniversário em que a faca não estava lá e, quando perguntei, ela disse que havia sumido.

— Sem dúvida, foi junto com as milhares de canetas e prendedores de cabelos que se perderam nesta casa — Laurel disse rapidamente. Limpou a garganta. – Estou morrendo de sede. Alguém quer mais vinho?

– Não seria incrível se pudéssemos encontrá-la? – ela ouviu enquanto atravessava o hall.

– Excelente ideia! Poderíamos levá-la para seu bolo...

Laurel chegou à cozinha e, assim, foi poupada dos animados preparativos para a busca. ("Para onde pode ter ido?", Daphne perguntava, entusiasmada.)

Acendeu a luz e a cozinha ganhou vida, como um velho e fiel empregado que tivesse ficado por ali muito tempo depois do prazo de validade expirado. Sem mais ninguém e com o tubo de luz fluorescente lançando uma luz fraca, a cozinha parecia mais triste do que Laurel se lembrava; os rejuntes dos ladrilhos estavam encardidos e as tampas das latas de mantimentos estavam sem brilho, com uma fina camada de poeira gordurosa. Teve a desconfortável sensação de que o que estava vendo era a prova da visão deficiente de sua mãe. Devia ter providenciado uma faxineira. Por que não pensara nisso? E enquanto se recriminava – por que parar aí? – pensava que devia ter ido visitá-la com mais frequência, limpado o lugar ela mesma.

A geladeira, ao menos, era nova; Laurel cuidara disso. Quando a velha Kelvinator finalmente deu o último suspiro, ela encomendou, por telefone, de Londres, uma nova para substituí-la: de consumo eficiente de energia e com um sofisticado dispositivo de fazer gelo que sua mãe nunca usara.

Laurel encontrou a garrafa de chablis que trouxera e fechou a porta. Com um pouco de força demais, talvez, porque um ímã da geladeira caiu e um pedaço de papel voou para o chão. Ele desapareceu para baixo da geladeira e ela praguejou. Ficou de quatro no chão para poder correr a mão pelos cotões embaixo da geladeira. O recorte de jornal era do *Sudbury Chronicle* e mostrava uma foto de Iris parecendo mesmo uma diretora de escola com um costume de tweed marrom e meias pretas, em frente à sua escola. O recorte não fora prejudicado com sua aventura e Laurel buscou uma brecha para recolocá-lo na geladeira. Era mais fácil dizer do que fazer. A geladeira dos Nicolson sempre fora um lugar apinhado, antes mesmo que alguém, em algum lugar, tivesse a ideia de vender ímãs com o propósito expresso de entulhar: qualquer coisa considerada digna de atenção era pregada com fita adesiva na enorme porta branca para a família ver. Fotografias, colagens, cartões e sem dúvida qualquer menção em jornais ou revistas.

Sem saber de onde, veio-lhe a lembrança: uma manhã de verão em junho de 1961 – um mês antes da festa de aniversário de Gerry. Os sete sentados ao redor da mesa do café da manhã, passando geleia de morango em torrada amanteigada, enquanto seu pai recortava o artigo do jornal local; a fotografia de Dorothy, sorrindo enquanto segurava no alto suas favas vencedoras do prêmio. Seu pai pregando o recorte na geladeira mais tarde, enquanto todos limpavam e arrumavam.

– Você está bem?

Laurel girou nos calcanhares e viu Rose parada na soleira da porta.

– Estou. Por quê?

– Faz algum tempo que você desapareceu. – Ela torceu o nariz, observando Laurel atentamente. – E devo dizer que está um pouco pálida.

– É a luz aqui – Laurel disse. – Dá às pessoas um charmoso ar tuberculoso. – Mostrou-se atarefada com o saca-rolha, virando-se de costas para que Rose não pudesse ler a expressão de seu rosto. – Como vão os planos para a Grande Caçada à Faca?

– Ah, sim. Realmente, quando aquelas duas se juntam...

– Se ao menos pudéssemos carrear o entusiasmo para uma boa causa...

– Estou de pleno acordo.

Uma baforada de vapor desprendeu-se do forno quando Rose abriu a porta para verificar a torta de framboesa, a sobremesa que era a marca registrada de sua mãe. O cheiro adocicado de calda de frutas quente encheu o ar e Laurel fechou os olhos.

Ela levara meses para reunir coragem para perguntar sobre o incidente. Tal era a feroz determinação de seus pais de olhar para a frente e para o alto, de negar todo o acontecimento, que ela talvez jamais o tivesse feito se não tivesse começado a sonhar com o homem. Mas foi o que aconteceu, toda noite o mesmo sonho. O homem ao lado da casa, chamando sua mãe pelo nome.

– Parece bom – Rose disse, deslizando a prateleira do forno para fora. – Provavelmente, não tão bom quanto o dela, mas não devemos esperar milagres.

Laurel encontrara a mãe na cozinha, naquele mesmo lugar, alguns dias antes de partir para Londres. Ela fizera a pergunta sem rodeios:

– Como aquele homem sabia o seu nome, mamãe?

Seu estômago se revirara quando as palavras saíram de seus lábios e uma parte dela, percebeu enquanto esperava, rezava para que a mãe dissesse que ela estava enganada. Que ela não ouvira direito e que o sujeito não dissera nada disso.

Dorothy não respondeu imediatamente. Em vez disso, dirigiu-se à geladeira, abriu a porta e começou a remexer lá dentro. Laurel ficou olhando suas costas por um tempo que lhe pareceu uma eternidade, e já havia quase perdido as esperanças quando a mãe finalmente começou a falar.

– O jornal – ela disse. – A polícia disse que ele deve ter lido o artigo no jornal. Havia uma cópia em sua sacola. Foi como ele soube aonde vir.

Fizera sentido.

Isto é, Laurel queria que fizesse sentido e, portanto, fizera. O homem lera o jornal, vira a foto de sua mãe e resolvera encontrá-la. E se uma voz fraca no fundo da mente de Laurel sussurrava *Por quê?*, ela a descartou. O homem era louco – quem saberia dizer por que com certeza? E que diferença fazia, de qualquer modo? Estava tudo acabado. Contanto que Laurel não puxasse nenhum fio delicado, a tapeçaria se manteria intacta.

Ao menos, se mantivera – até agora. Era incrível, na verdade, que, após cinquenta anos, bastara o reaparecimento de uma velha fotografia e o nome de uma mulher para o tecido da ficção de Laurel começar a se esgarçar.

A prateleira do forno deslizou para dentro outra vez com uma barulheira metálica.

— Mais cinco minutos — Rose disse.

Laurel serviu vinho em seu copo e esforçou-se para parecer indiferente.

— Rosie?

— Hum?

— Aquela fotografia de hoje, a do hospital. A mulher que deu o livro a ma...

— Vivien.

— Sim. — Laurel estremeceu ligeiramente enquanto deixava a garrafa na bancada. O nome causava-lhe uma sensação estranha.

— Mamãe alguma vez a mencionou para você?

— Um pouco — Rose disse. — Depois que encontrei a foto. Eram amigas.

Laurel lembrou-se do ano na fotografia, 1941.

— Durante a guerra.

Rose balançou a cabeça, dobrando o pano de prato em um perfeito retângulo.

— Ela não disse muita coisa. Apenas que Vivien era australiana.

— Australiana?

— Veio para cá quando criança, não sei exatamente por quê.

— Como as duas se conheceram?

— Ela não me contou.

— Por que nós nunca a conhecemos?

— Não faço a menor ideia.

— Engraçado ela nunca ter sido mencionada, não é? — Laurel tomou um pequeno gole do vinho. — Fico imaginando por quê.

O temporizador do fogão soou.

— Talvez tenham brigado. Se afastaram. Não sei. — Rose colocou as luvas. — Aliás, por que é que você está tão interessada?

— Não estou. Na verdade, não.

— Então, vamos comer — disse Rose, segurando a travessa da torta com as duas mãos. — Parece absolutamente perf...

– Ela morreu – Laurel disse com repentina convicção. – Vivien morreu.

– Como você sabe?

– Quero dizer – Laurel engoliu em seco e recuou rapidamente –, talvez tenha morrido. Havia uma guerra em andamento. É possível, não acha?

– Qualquer coisa é possível. – Rose espetou a crosta com um garfo. – Veja, por exemplo, este brilho realmente respeitável. Pronta para enfrentar as outras?

– Na verdade – a necessidade de ir para o quarto, de verificar seu lampejo de memória, era urgente e inadiável –, você tinha razão. Não estou me sentindo muito bem.

– Não quer torta?

Laurel sacudiu a cabeça, a meio caminho da porta.

– Acho que vou dormir cedo. Seria horrível estar doente amanhã.

– Posso pegar alguma coisa para você: paracetamol, uma xícara de chá?

– Não – Laurel disse. – Não, obrigada. Exceto, Rose...

– Sim?

– A peça.

– Que peça?

– *Peter Pan*, o livro de onde veio a foto. Está à mão?

– Você é mesmo engraçada – Rose disse, com um sorriso enviesado. – Vou procurá-lo para você. – Ela balançou a cabeça, indicando a torta. – Mais tarde, está bem?

– Claro, não há pressa, vou descansar. Aproveite a torta. E Rosie?

– Sim?

– Desculpe-me mandá-la de volta às feras sozinha.

~

Fora a menção à Austrália que a abalou. Quando Rose contou o que ouvira da mãe, uma lâmpada se acendeu na mente de Laurel e ela soube por que Vivien era importante. Lembrou-se, também, de quando se deparara com aquele nome pela primeira vez, há tantos anos.

Enquanto suas irmãs comiam a torta e procuravam a faca que jamais encontrariam, Laurel enfrentou o sótão em busca de seu baú. Havia um para cada uma delas; Dorothy fizera questão que assim fosse. Fora por causa da guerra, seu pai lhes dissera certa vez – tudo que ela amava se perdera quando uma bomba caiu sobre a casa de sua família em Coventry e transformou tudo em escombros. Ela estava resolvida a não deixar que seus filhos tivessem a mesma sorte. Ela podia não conseguir poupá-los de todas as tristezas, mas podia muito bem certificar-se de que soubessem onde encontrar a foto de sua turma da escola quando a quisessem. A paixão de sua mãe por objetos, por bens – pertences que pudessem ser segurados nas mãos e investidos de um significado mais profundo – chegava quase a ser obsessiva, seu entusiasmo em colecionar era tão grande que era difícil não se deixar contagiar. Tudo era guardado, nada se jogava fora, as tradições eram religiosamente seguidas. Um bom exemplo, a faca.

O baú de Laurel estava enfiado ao lado do aquecedor quebrado que seu pai acabara nunca consertando. Ela sabia que era o seu antes mesmo de ver o nome gravado em cima. As tiras de couro e a fivela quebrada eram uma prova definitiva. Seu coração palpitou quando o viu, já antevendo o que sabia que encontraria lá dentro. Era engraçada a maneira como um objeto em que não pensava havia décadas pudesse vir à sua mente com tanta precisão. Ela sabia exatamente o que estava procurando, qual a sensação de tê-lo nas mãos, as emoções que sua descoberta faria vir à tona. Uma vaga imagem de si mesma na última vez em que o tivera nas mãos ajoelhou-se ao seu lado enquanto ela desatava as correias.

O baú cheirava a poeira e mofo, e a uma colônia antiga com um nome de que se esquecera, mas uma fragrância que a fez se sentir com dezesseis anos outra vez. Estava cheio de papéis: diários, fotografias, cartas, boletins escolares, alguns moldes de costura para fazer calças "capri", mas Laurel não parou para inspecioná-los. Tirou uma pilha atrás da outra, passando os olhos rapidamente por elas.

No meio do lado esquerdo do baú, ela encontrou o que fora buscar. Um livro fino, totalmente desinteressante, mas para Laurel, no entanto, vibrante de recordações.

Haviam lhe oferecido o papel de Meg em *Festa de aniversário* há alguns anos; fora uma oportunidade de atuar no Lyttelton Theatre, mas Laurel recusara o convite. Foi a única vez de que se lembrava de ter colocado sua vida pessoal à frente de sua carreira. Ela culpara a sua programação de filmagens, o que não era totalmente improvável, mas também não era a verdade. A desculpa fora necessária. Ela não poderia ter feito o papel. A peça estava intrinsecamente ligada ao verão de 1961; lera-a inúmeras vezes depois que o rapaz – não conseguia lembrar seu nome; que ridículo, ela fora louca por ele – lhe dera o livro. Ela decorara as falas, imbuindo as cenas de toda a sua raiva e frustração reprimidas. E então o homem subira o caminho de entrada da casa e tudo ficara tão confuso em sua mente e em seu coração que considerar a peça, em qualquer nível de detalhe, deixava-a fisicamente doente.

Sua pele estava suada e pegajosa mesmo agora, seu pulso acelerado. Ainda bem que não era a peça o que ela queria, mas o que havia guardado dentro do livro. Ainda estavam lá, sabia-o pelas beiradas ásperas do papel que se projetavam do meio das páginas. Dois artigos de jornal: o primeiro, um vago relato do tabloide local sobre a morte de um homem no verão de Suffolk; o segundo, um obituário do *The Times*, rasgado, às escondidas, de um jornal que o pai de sua amiga trazia de Londres todos os dias.

– Veja isso – ele dissera certa noite, quando Laurel estava na casa de Shirley. – Um informe sobre aquele sujeito, o que morreu perto de sua casa, Laurel.

Era um extenso artigo, pois, como se verificou posteriormente, o homem não era o suspeito anunciado; houve épocas, muito antes de aparecer na porta de Greenacres, em que ele se destacara e fora até enaltecido. Não deixava filhos, mas tinha havido uma esposa no passado.

A lâmpada solitária balançando suavemente acima de sua cabeça não oferecia claridade suficiente para ler. Assim, Laurel fechou o baú e levou o livro para baixo com ela.

Elas haviam lhe designado o quarto de sua infância para dormir (outra concessão na complexa escala de antiguidade entre irmãs) e a cama estava feita, com lençóis limpos. Alguém – Rose, certamente – já havia trazido sua mala para cima, mas Laurel não a desfez. Abriu a janela de par em par e sentou-se no parapeito.

Segurando um cigarro entre dois dedos, Laurel retirou os recortes de jornal de dentro do livro, ignorou o relato do jornal local, pegando, em vez dele, o obituário. Ela examinou as linhas, esperando que seu olhar pousasse no que sabia que estava lá.

Quase na metade do artigo, o nome saltou aos seus olhos.
Vivien.

Laurel voltou atrás para ler a frase inteira: *Jenkins se casou em 1938 com a srta. Vivien Longmeyer, nascida em Queensland, Austrália, mas criada por um tio em Oxfordshire.* Um pouco mais abaixo, ela encontrou: *Vivien Jenkins foi morta em 1941 durante um intenso ataque aéreo em Notting Hill.*

Tragou seu cigarro profundamente e notou que seus dedos tremiam.

Era possível, é claro, que houvesse duas Viviens, ambas australianas. Era possível que a amiga de sua mãe do tempo da guerra nada tivesse a ver com a Vivien australiana cujo marido morrera na frente de sua casa. Mas não era provável, não é?

E se sua mãe conhecia Vivien Jenkins, então certamente também conhecia Henry Jenkins. "Olá, Dorothy. Já faz muito tempo", ele dissera, e então Laurel vira o medo estampado no rosto da mãe.

A porta se abriu e Rose surgiu.

– Está se sentindo bem? – perguntou, torcendo o nariz para a fumaça do cigarro.

– É medicinal – Laurel disse, gesticulando tremulamente com o cigarro antes de segurá-lo para fora da janela. – Não conte aos pais, eu detestaria ficar de castigo.

– O segredo está a salvo comigo. – Rose aproximou-se e entregou-lhe um pequeno livro. – Acho que está um pouco surrado.

Surrado era o mínimo que se podia dizer. A primeira capa estava pendurada, literalmente, por fios da lombada, e a placa de tecido verde por baixo tinha sido descolorida pela poeira; talvez, a julgar pelo cheiro vagamente defumado, até mesmo por fuligem. Laurel virou as páginas com cuidado até chegar à folha de rosto. No frontispício, escrita à mão em tinta preta, estava a inscrição: *Para Dorothy. Um verdadeiro amigo é uma luz na escuridão. Vivien.*

– Devia ser importante para ela – Rose disse. – Não estava na prateleira de livros, junto com os outros; estava dentro de seu baú. Ela o mantivera guardado lá durante todos esses anos.

– Você mexeu no baú dela? – Sua mãe tinha ideias muito rígidas sobre privacidade e sua observância.

Rose corou.

– Não precisa me olhar desse jeito, Lol; eu não quebrei o cadeado do baú com uma lixa de unha de metal. Ela me pediu para pegar o livro para ela uns dois meses atrás, pouco antes de ir para o hospital.

– Ela lhe deu a chave?

– Com relutância, e somente depois que a peguei tentando subir as escadas sozinha.

– Mentira.

– Verdade.

– Ela é incorrigível.

– Ela é como você, Lol.

Rose estava sendo gentil, mas suas palavras fizeram Laurel se encolher.

Um lampejo de memória aflorou: a noite em que ela disse aos seus pais que ia para Londres, frequentar a Central School. Eles ficaram chocados e contrariados, magoados que ela tivesse concorrido à vaga pelas suas costas, inflexíveis no argumento de que ela era muito nova para sair de casa, preocupados que não fosse terminar a escola com grau A. Sentaram-se com ela à mesa da cozinha, revezando-se em apresentar argumentos razoáveis em voz exageradamente calma. Laurel tentou parecer entediada e, quando finalmente terminaram, ela disse, com toda a veemência rabugenta que se poderia esperar de uma adolescente confusa e ressentida:

– Eu vou, mesmo assim. Nada do que vocês digam vai mudar minha decisão. É o que quero.

– Você é nova demais para saber realmente o que quer – sua mãe disse. – As pessoas mudam, elas crescem, tomam decisões melhores. Eu conheço você, Laurel...

– Não, não conhece.

– Sei que é obstinada. Sei que é teimosa e determinada a ser diferente, que é cheia de sonhos, exatamente como eu era.

– Não sou nem um pouco como você – Laurel dissera, suas palavras incisivas cortando como uma lâmina a postura já abalada da mãe. – Eu jamais faria as coisas que você faz.

– Já chega! – Stephen Nicolson colocou o braço em volta de sua mulher. Ele fez sinal para Laurel, indicando que ela devia subir para o seu quarto, mas avisou-a de que a conversa ainda estava longe de terminar.

Laurel ficou deitada na cama, exasperada, enquanto as horas se passavam; não sabia ao certo onde suas irmãs estavam, apenas que haviam sido instaladas em algum outro lugar para não quebrar sua prisão solitária. Era a primeira vez de que se lembrava de brigar com seus pais, e ela estava igualmente eufórica e arrasada. Parecia que a vida jamais poderia voltar a ser como era antes.

Ela ainda estava lá, deitada no escuro, quando a porta se abriu e alguém caminhou silenciosamente em sua direção. Laurel sentiu a beira da cama se afundar quando a pessoa sentou-se e, em seguida, ouviu a voz de sua mãe. Ela estivera chorando, Laurel podia perceber, e a constatação, a certeza de que era ela a culpada, a fez querer passar os braços ao redor do pescoço da mãe e nunca mais soltá-la.

– Sinto muito nós termos brigado – Dorothy disse, um banho de luar caindo pela janela e iluminando seu rosto. – É engraçado como as coisas acontecem. Eu nunca pensei que um dia discutiria com minha filha. Eu sempre me metia em confusão quando era jovem, sempre pensava de modo diferente dos meus pais. Eu os amava, é claro, mas não sei se eles sabiam bem o que fazer de mim. Eu achava que sabia mais do que eles e não ouvia nem uma palavra do que diziam.

Laurel sorriu debilmente, sem saber ao certo qual era o rumo da conversa, mas feliz por suas entranhas não estarem mais borbulhando como lava quente.

– Nós somos parecidas, você e eu – sua mãe continuou. – Acho que é por isso que estou tão ansiosa para que você não cometa os mesmos erros que cometi.

– Mas eu não estou cometendo um erro. – Laurel sentara-se empertigada na cama, as costas contra os travesseiros. – Não vê? Eu quero ser atriz, a escola de teatro é o lugar perfeito para alguém como eu.

– Laurel...

– Imagine que você tivesse dezessete anos, mamãe, e sua vida inteira estivesse à sua frente. Pode pensar em algum outro lugar onde preferisse ir que não Londres? – Fora a coisa errada a dizer; sua mãe nunca demonstrou o menor interesse em ir a Londres.

Houve uma pausa e um melro chamou seus companheiros lá fora.

– Não – Dorothy disse, por fim, baixinho e com certa tristeza, enquanto estendia a mão e acariciava as pontas dos cabelos de Laurel. – Não, acho que não posso.

Laurel percebia agora que já naquela época ela era muito egocêntrica para imaginar ou perguntar como a mãe realmente era aos dezessete anos, quais eram seus sonhos e que erros cometera que agora estava tão ansiosa para que sua filha não repetisse.

～

Laurel ergueu o livro que Rose lhe dera e disse, mais trêmula do que gostaria:

– É estranho ver algo que pertence a ela de antes, não é?

– De antes do quê?
– De antes de nós. Antes deste lugar, antes de ela ser nossa mãe. Imagine só, quando ela ganhou este livro, quando a fotografia com Vivien foi tirada, ela não fazia a menor ideia de que nós estávamos em algum lugar lá fora, esperando para existir.
– Não é de admirar que ela esteja tão sorridente na foto.
Laurel não riu.
– Você em algum momento pensa nela, Rose?
– Em mamãe? Claro.
– Não em mamãe, falo daquela jovem. Ela era uma pessoa diferente naquela época, com uma vida inteiramente diferente e da qual nada sabemos. Você pensa nela, sobre o que ela desejava, como se sentia em relação às coisas – Laurel lançou um olhar furtivo à irmã –, os segredos que guardava?
Rose sorriu, sem saber o que dizer, e Laurel sacudiu a cabeça.
– Não ligue para mim. Estou um pouco sentimental hoje. É o fato de estar aqui de novo, eu acho. No antigo quarto. – Forçou-se a demonstrar uma alegria que não sentia. – Lembra-se de como Iris costumava roncar?
Rose riu.
– Pior do que papai, hein? Será que ela melhorou?
– Acho que estamos prestes a descobrir. Já vai dormir?
– Pensei em tomar um banho, antes que elas terminem de arrumar lá embaixo e eu perca o espelho para Daphne. – Ela abaixou a voz e levantou a pele acima de um dos olhos. – Será que ela...?
– Parece que sim.
Rose fez uma careta que dizia "As pessoas não são estranhas?" e fechou a porta ao sair.
O sorriso de Laurel desfez-se assim que os passos da irmã se perderam no corredor. Voltou-se para olhar o céu noturno. A porta do banheiro fechou-se com um clique e os canos de água começaram a assoviar na parede às suas costas.
Há cinquenta anos, Laurel disse a um distante punhado de estrelas, minha mãe matou um homem. Ela alegou autodefesa, mas eu vi. Ela ergueu a faca e desceu-a com toda força, o homem caiu

para trás, no chão onde a grama estava gasta e as violetas floriam. Ela o conhecia, ela estava com medo, e eu não faço a menor ideia do motivo.

Repentinamente, pareceu a Laurel que todas as ausências em sua própria vida, cada perda e cada tristeza, cada pesadelo no escuro, cada melancolia inexplicada assumiam a forma nebulosa da mesma pergunta não respondida, algo que estava lá desde que tinha dezesseis anos – o segredo não revelado de sua mãe.

– Quem é você, Dorothy? – ela murmurou. – Quem era você, antes de se tornar nossa mãe?

7

O trem Coventry-Londres, 1938

DOROTHY SMITHAM TINHA DEZESSETE anos quando soube, com absoluta certeza, que havia sido roubada quando era bebê. Era a única explicação. A verdade abateu-se sobre ela, clara como a luz do dia, em uma manhã de sábado, por volta das onze horas, quando observava seu pai girar seu lápis entre os dedos, passar a língua devagar pelo lábio inferior, e depois registrar em seu caderninho preto a quantia exata que pagara ao motorista de táxi para levar a família (3 xelins e 5 pence) e mais um baú (3 pence adicionais) à estação de trem. A lista e sua criação o manteriam ocupado durante a maior parte de sua permanência em Bournemouth, e no retorno da família a Coventry, uma alegre noite seria despendida – da qual todos participariam, como convidados relutantes – analisando o conteúdo do pequeno caderno de anotações. Tabelas seriam elaboradas, comparações seriam feitas com os resultados do ano anterior (e dos que se estendiam até uma década atrás, se tivessem sorte), compromissos seriam assumidos de se saírem melhor da próxima vez, antes que ele, renovado por suas férias anuais, retornasse ao seu cargo de contador na H. G. Walker Ltd, Bicycle Manufacturers, e se lançasse com afinco a mais um ano de trabalho.

A mãe de Dolly sentava-se no canto do vagão, mexendo nas narinas com um lenço de algodão. Era um toque de leve, furtivo, o lenço quase inteiramente escondido dentro da mão, e era seguido, de vez em quando, por uma olhadela nervosa a seu marido, para ter certeza de que ele não fora perturbado e ainda franzia a testa com um sinistro prazer diante de seu caderninho preto. De fato, somente Janice Smitham conseguiria ficar resfriada na véspera das férias de verão anuais com tão assombrosa regularidade. A regularidade era quase admirável, e Dolly poderia até enaltecer a fidelidade de sua mãe ao hábito se não fosse pela concomitante fungação – tão dócil e tímida – que a fazia querer enfiar o lápis apontado de seu pai em seus próprios tímpanos. Os quinze dias à beira-mar de sua mãe seriam passados como todos os anos: fazendo seu pai se sentir como o Rei do Castelo de Areia, implicando com o corte do maiô de Dolly e se preocupando se Cuthbert estava fazendo amizade com "o tipo certo de meninos".

Coitado do Cuthbert. Ele fora um lindo bebê, cheio de risadinhas, sorrisos desdentados e um hábito bastante atraente de chorar sempre que Dolly deixava o aposento. No entanto, quanto mais velho ficava, quanto mais crescia, mais claro se tornava para todos que ele estava em rota de colisão com seu destino: se tornar um sósia do sr. Arthur Smitham. O que significava, infelizmente, que, apesar do afeto que os unia, Dolly e Cuthbert jamais poderiam ser "unha e carne" e evocava a questão: quem eram seus pais verdadeiros e como fora acabar envolvida com aquele melancólico grupinho, afinal?

Artistas de circo? Um fantástico casal de acrobatas que andava na corda bamba?

Era possível – olhou para as pernas, relativamente longas e esbeltas, as duas. Ela sempre fora boa em esportes: o sr. Anthony, o professor de esportes da escola, fazia questão de selecioná-la para o primeiro time de hóquei todos os anos; e, quando ela e Caitlin enrolaram o tapete da sala da mãe de Caitlin e colocaram Louis Armstrong no gramofone, Dolly teve certeza de que não se tratava de imaginação, mas que realmente dançava melhor do que Caitlin. Lá estava – Dolly cruzou as pernas e alisou a saia –, graciosidade natural, e isso provava tudo.

– Pode comprar um doce para mim na estação, papai?

– Um doce?

– Na estação. Naquela lojinha.

– Não sei, não, Cuthbert.
– Mas papai...
– Temos que pensar no orçamento.
– Mas mamãe, você disse...
– Ora, vamos, Cuthbert. Seu pai sabe o que faz.

Dolly voltou sua atenção para os campos que passavam rapidamente lá fora. Artistas de circo – podia ser. Lantejoulas e enfeites dourados, madrugadas sob a tenda do circo, vazio àquela hora, mas ainda inundado da veneração e do arrebatamento da multidão extasiada da noite. Glamour, êxtase, romance – sim, era bem mais provável que tivesse sido assim.

Tais fascinantes origens também explicariam as veementes repreensões dispensadas por seus pais sempre que o comportamento de Dolly ameaçava "chamar atenção". "As pessoas vão olhar, Dorothy", sua mãe advertia se a bainha de sua saia estivesse alta demais, sua risada alta demais, seu batom vermelho demais. "Você vai chamar a atenção das pessoas. Sabe o que seu pai pensa disso." De fato, Dolly sabia. Como seu pai gostava de lembrar-lhes, "tal pai, tal filho", e assim ele deve ter vivido com medo de que a índole cigana um dia penetraria, como fruta estragada, pelo invólucro de propriedade que ele e sua mãe tiveram o cuidado de construir ao redor de sua pequena filha roubada.

Furtivamente, Dolly retirou uma bala de menta do saquinho em seu bolso; empurrou-a com a língua para dentro da bochecha e apoiou o lado do rosto contra a janela. Como, exatamente, o roubo devia ter sido perpetrado era uma questão um pouco mais complicada. Por mais que tentasse se convencer, Arthur e Janice Smitham simplesmente não eram do tipo que rouba. Imaginá-los se aproximando sorrateiramente de um carrinho de bebê desacompanhado e raptar um bebê adormecido era decididamente problemático. As pessoas que roubavam o faziam porque desejavam ardentemente, apaixonadamente, aquele item, quer por necessidade ou ganância. Arthur Smitham, ao contrário, acreditava que "paixão" era uma palavra que devia ser banida do dicionário de inglês, se não da alma inglesa, e quem o fizesse devia aproveitar a oportunidade para também riscar a palavra "desejo". Um passeio ao circo? Ora, ora, isso simplesmente parecia diversão desnecessária.

Era muito mais provável – a bala de menta partiu-se ao meio – que tivessem encontrado Dolly na soleira da porta, e era dever, mais do que desejo, que a trouxera para o seio da família Smitham.

Reclinou-se ainda mais no banco do vagão de trem e fechou os olhos; podia ver a cena com clareza. A gravidez secreta, a ameaça do diretor do circo, a chegada do circo a Coventry... Durante algum tempo, o jovem casal lutou bravamente sozinho, alimentando o bebê com uma dieta de amor e esperança; mas, sem trabalho (não havendo, afinal, uma grande procura por equilibristas) e nenhum dinheiro para comida, o desespero apoderou-se do casal. Certa noite, quando passavam pelo centro da cidade, seu bebê agora fraco demais para chorar, uma casa chamou a sua atenção. Os degraus de entrada, mais limpos e brilhantes do que os outros, uma luz lá dentro, e o apetitoso aroma de carne assada (reconhecidamente saborosa) de Janice Smitham vazando por baixo da porta. Eles compreendem o que tinham que fazer.

– Mas eu não consigo segurar, não consigo!

Dolly abriu uma fresta dos olhos, suficiente para observar seu irmão pulando de uma perna para a outra no meio do vagão.

– Vamos, Cuthbert, já estamos quase...

– Mas eu preciso ir ao toalete agora!

Dolly fechou os olhos novamente, com mais força do que antes. Era verdade – não a parte sobre o trágico casal, ela não acreditava realmente naquilo – mas a parte sobre ser especial. Dolly sempre se sentira diferente, como se de algum modo tivesse mais vida do que as outras pessoas, e o mundo, a sorte ou o destino, o que fosse, tivesse grandes planos para ela. E também tinha provas agora – provas científicas. O pai de Caitlin, que era médico e devia saber essas coisas, dissera isso quando jogavam Blotto na sala de Caitlin; ele erguera um cartão manchado de tinta atrás do outro e Dolly não titubeara, dizendo a primeira coisa que lhe vinha à mente. "Incrível", ele murmurara com o cachimbo na boca quando estavam no meio do jogo; e "fascinante", sacudindo levemente a cabeça; antes de dizer "Bem, eu nunca..." e dar uma leve risada, revelando que ele era muito bonito para ser o pai de uma amiga. Somente o olhar furioso de Caitlin impedira Dolly de segui-lo ao seu gabinete quando o dr. Rufus declarou que suas respostas eram "excepcionais" e sugeriu – não, insistiu – que fizessem mais testes.

Excepcional. Dolly repassou a palavra mentalmente. Excepcional. Ela não era apenas mais um deles, os comuns Smitham, e certamente não iria se tornar um. Sua vida iria ser fulgurante e maravilhosa. Ela dançaria fora dos limites do quadrado de comportamento "adequado" em que seus pais estavam tão ansiosos para prendê-la. Talvez ela própria fugisse com o circo para tentar sua sorte sob a lona.

O trem estava reduzindo a velocidade agora que se aproximavam da estação Euston. As casas de Londres apareciam turvamente através da janela e Dolly sentiu um tremor de empolgação. Londres! A cidade que era um grande redemoinho (ou assim dizia na introdução do *Guia Lock & Co de Londres*, que ela mantinha escondido na gaveta com suas calcinhas), transbordante de teatros e de vida noturna, e de pessoas realmente magníficas que levavam vidas extraordinárias.

Quando Dolly era mais nova, seu pai costumava ir a Londres às vezes, a trabalho. Ela ficava acordada nessas noites, olhando através dos balaústres da escada quando sua mãe pensava que ela estava dormindo, ansiosa para vê-lo, ainda que de relance. Sua chave rangia na fechadura e ela prendia a respiração, e então ele entrava. Sua mãe tirava seu casaco e ele exibia aquele ar especial de Ter Estado em Algum Lugar, de ser Mais Importante do que era antes. Dolly jamais teria sonhado em perguntar sobre a viagem; já naquela época, ela imaginava que a verdade seria uma versão empobrecida de sua imaginação. Ainda assim, olhou para seu pai agora, esperando que ele também olhasse para ela, que ela visse nos olhos dele a prova de que ele, também, sentia a atração da grande cidade que estavam atravessando.

Mas ele não o fez. Arthur Smitham só tinha olhos para seu caderninho preto, agora a primeira página onde fizera suas cuidadosas anotações de horários de trens e números de plataformas. Os cantos de sua boca torciam-se e o coração de Dolly esmoreceu. Preparou-se para o pânico que sabia que estava vindo: que sempre vinha, por maior que fosse o intervalo de precaução que colocassem em seus horários de viagem, independentemente de fazerem a mesma viagem todo ano e mesmo que as pessoas em toda parte pegassem trens de A para B e de B para C e conseguissem fazer isso sem nenhuma afobação. Como previsto – ela encolheu-se, de antemão – ali vinha ele, o grito de guerra chamando para a batalha.

– Fiquem todos juntos enquanto procuramos um táxi.

Uma corajosa tentativa de seu líder de irradiar calma diante da iminente provação. Ele tateou pela prateleira de bagagem em busca de seu chapéu.

– Cuthbert – disse sua mãe, preocupada –, segure minha mão.

– Eu não quero.

– Cada um é responsável pela sua própria mala – seu pai continuou, a voz se erguendo em um raro afloramento de emoção. – Não larguem seus bastões e raquetes. E evitem ficarem presos atrás de pessoas com bengalas ou muletas. Não podemos nos atrasar.

Um homem bem-vestido que estava no mesmo vagão olhou de soslaio para seu pai e Dolly se perguntou – não pela primeira vez – se seria possível desaparecer simplesmente desejando com todas as forças.

∽

A família Smitham tinha o hábito, refinado e sedimentado ao longo dos anos de idênticas férias no balneário, de partir para o front diretamente após o café da manhã. Há muito tempo seu pai já descartara a ideia de alugar uma cabana de praia, declarando-as um luxo desnecessário que encorajava os exibicionistas e, assim, chegar bem cedo à praia era essencial se quisessem garantir um bom lugar, antes que a multidão se instalasse. Nessa manhã em particular, a sra. Jennings os retivera na sala de jantar do Bellevue um pouco mais do que o costume, tendo deixado o chá passar do ponto e depois fazendo uma terrível confusão com a troca do bule. Seu pai foi ficando cada vez mais agitado – seus sapatos brancos de lona queriam sair correndo, apesar dos esparadrapos que fora obrigado a colocar nos calcanhares depois dos esforços do dia anterior – mas interromper sua anfitriã era impensável, e Arthur Smitham não fazia nada impensável. Por fim, foi Cuthbert quem os salvou. Ele olhou para o relógio de navio acima da foto emoldurada do píer, engoliu um ovo escaldado inteiro e exclamou:

– Caramba! Já passa de nove e meia!

Nem mesmo a sra. Jennings podia discutir com isso, retirando-se para a cozinha e desejando-lhes uma bela manhã.

– E que dia vocês têm para aproveitar, um dia perfeito!

O dia *era* mesmo perfeito. Um desses maravilhosos dias de verão, de céu limpo e uma brisa leve e fresca, quando simplesmente dá para sentir que há alguma coisa emocionante no ar esperando por você. Um ônibus de turismo chegava quando eles alcançaram o passeio à beira-mar e o sr. Smitham apressou sua família, ansioso para alcançar a areia antes das hordas. Com o ar de proprietário dos que reservaram sua quinzena de férias em fevereiro e em março já tinham pago na íntegra, o sr. e a sra. Smitham tinham uma visão negativa dos turistas de um dia. Eram impostores e impositores, montando acampamento em sua praia, tumultuando seu píer e obrigando-os a entrar em fila para tomar um sorvete.

Dorothy deixou-se ficar alguns passos para trás enquanto o resto de sua família, manobrados por seu destemido líder, lançava-se ao redor do coreto para passar à frente dos invasores e cortar-lhes o caminho na entrada da passagem que levava à areia. Desceram as escadas com a majestade de vencedores e reivindicaram um lugar bem junto ao muro de pedras. Seu pai colocou no chão a cesta de piquenique e enfiou os polegares no cós da calça, olhando para a esquerda e para a direita antes de declarar que a posição era "perfeita". Acrescentou, com um sorriso de satisfação:

— E não fica nem a cem passos da nossa porta da frente. Nem cem passos.

— Poderíamos até acenar para a sra. Jennings daqui — disse sua mãe, sempre feliz com a oportunidade de agradar o marido.

Dorothy conseguiu esboçar um ligeiro sorriso de encorajamento e, em seguida, voltou sua atenção para o cuidadoso ato de estender sua toalha. Claro, eles não podiam realmente ver Bellevue de onde estavam sentados. Ao contrário do nome da pensão (atribuído com uma esperança surpreendente pelo circunspecto sr. Jennings que em certa época havia passado um "belo" mês em Paris), o prédio ficava no meio da Little Collins Street, que saía tortuosamente do passeio. A "vue", portanto, não era particularmente "belle" — trechos insípidos do centro da cidadezinha pelos quartos de frente, os canos de uma casa geminada pelos quartos dos fundos —, mas nem o prédio era francês, de modo que, para Dorothy, não fazia sentido discutir a questão. Em vez disso, ela passou creme Pond's em seus ombros queimados e escondeu-se atrás de sua revista, lançando olhares furtivos por cima de suas páginas para as pessoas mais ricas e mais bonitas, reclinadas em espreguiçadeiras e rindo nas sacadas das cabanas de praia.

Havia uma jovem em particular. Tinha cabelos louros, a pele suavemente bronzeada e lindas covinhas quando ria, o que fazia com frequência. Dolly não conseguia tirar os olhos dela. A maneira como se movia, como uma gata, naquela sacada, amável e confiante, tocando de leve o braço de um amigo, depois de outro; o queixo empinado, o sorriso mordendo o lábio, reservado para o rapaz mais atraente; o movimento suave de seu vestido de cetim prateado quando a brisa soprava. A brisa. Até a natureza conhecia as regras. Enquanto Dolly assava no acampamento da família Smitham, gotas de suor povoando a linha dos cabelos e fazendo

seu traje de banho grudar no corpo, aquele vestido prateado tremulava tentadoramente lá de cima.
– Quem quer jogar críquete?
Dolly encolheu-se ainda mais por trás da revista.
– Eu, eu! – disse Cuthbert, dançando de um pé (já queimado de sol) para o outro. – Eu arremesso, pai, eu arremesso. Posso? Posso? Por favor, por favor, *por favor*?
A sombra de seu pai lançou um breve alívio do calor.
– Dorothy? Você sempre gosta de ir na primeira rodada.
O olhar de Dorothy percorreu o taco oferecido, a barriga rotunda de seu pai, o pedacinho de ovo mexido preso no bigode. E uma imagem atravessou sua mente como um raio: a bela e sorridente garota de vestido prateado, gracejando e flertando com os amigos – nem um pai ou mãe à vista.
– Acho que vou me abster, obrigada, papai – ela disse, delicadamente. – Estou ficando com dor de cabeça.
As dores de cabeça carregavam o cheiro de "assunto de mulher" e os lábios do sr. Smitham cerraram-se com espanto e desgosto. Ele assentiu, afastando-se devagar.
– Descanse, então, não faça esforço, hein?
– Vamos, papai! – Cuthbert chamou. – Bob Wyatt está chegando. Mostre a ele como se faz!
Diante de tal brado de convocação, seu pai não tinha outra escolha senão agir. Ele girou nos calcanhares, partindo a passos firmes pela praia, o taco jogado sobre o ombro, à maneira alegre de um homem muito mais novo e em melhor forma física. O jogo começou e Dolly encolheu-se ainda mais contra o muro. O antigo talento de Arthur Smitham em críquete já fazia parte da Grande História Familiar e, assim, o jogo das férias já era uma instituição consagrada.
Uma parte de Dolly detestava-se pela maneira como estava agindo – afinal, era provavelmente a última vez que ela viria às férias anuais da família –, mas não conseguia se livrar desse horrível mau humor. A cada dia que passava, ela sentia o abismo entre ela e o resto de sua família aumentar. Não é que não os amasse; era só que ultimamente eles tinham um jeito, até Cuthbert, de deixá-la

completamente louca. Ela sempre se achara diferente, não havia nada de novo nisso, mas recentemente as coisas haviam dado uma guinada definitiva para pior. Seu pai começara a falar à mesa de jantar sobre o que iria acontecer quando Dolly terminasse o colégio em setembro. A fábrica de bicicletas estava abrindo uma vaga para iniciantes na secretaria – após trinta anos de serviços prestados, ele com certeza poderia mexer alguns pauzinhos junto à secretária chefe para que Dolly ocupasse a vaga. Seu pai sempre sorria e piscava o olho quando dizia isso, sobre os pauzinhos, como se estivesse fazendo um enorme favor a Dolly e ela devesse ficar agradecida. Na verdade, a ideia lhe dava vontade de gritar como a heroína de um filme de horror. Não podia pensar em nada pior. Mais ainda, não conseguia acreditar que após dezessete anos, Arthur Smitham – seu próprio pai – pudesse compreendê-la tão mal.

Da areia, veio um grito:

– Seis!

Dolly olhou por cima de sua *Woman's Weekly* e viu seu pai balançar o taco acima do ombro como um mosquete e começar a saltitar entre as metas improvisadas. Ao seu lado, Janice Smitham emitia sinais nervosos de encorajamento, com gritos hesitantes de "Bem jogado!" e "Bela jogada!", contrapostos rapidamente a berros desesperados de "Cuidado agora!" ou "Mais devagar!" ou "Respire, Cuthbert, lembre-se de sua asma", enquanto o menino corria atrás da bola em direção à água. Dolly examinou a perfeita onda de permanente de sua mãe, o sensato corte de seu maiô, o cuidado que tivera em se apresentar ao mundo de uma forma que causasse o menor impacto possível; e Dolly suspirou com acalorada perplexidade. Era a falta de compreensão de sua mãe sobre a questão do futuro de Dolly que mais a irritava.

Quando percebeu que o pai falava a sério sobre a fábrica de bicicletas, ela esperara que a mãe sorrisse afetuosamente diante da sugestão, antes de salientar que naturalmente havia coisas muito mais empolgantes destinadas à sua filha. Porque, apesar de Dolly se divertir às vezes imaginando que havia sido raptada ao nascer, ela não acreditava realmente nisso. Ninguém que a visse ao lado de sua mãe poderia acreditar nisso. Janice e Dorothy Smitham tinham os mesmos cabelos cor de chocolate, as mesmas maçãs do rosto altas e o mesmo busto generoso. Como Dolly havia constatado recentemente, tinham algo mais importante em comum também.

Ela estava procurando seu bastão de hóquei nas prateleiras da garagem quando fez a descoberta: uma caixa de sapatos azul-clara bem no fundo da prateleira mais alta. A caixa imediatamente lhe pareceu familiar, mas Dolly levou alguns segundos para recordar por quê. Veio-lhe a lembrança de sua mãe sentada à beira da sua cama individual no quarto que ela compartilhava com seu pai, a caixa azul no colo e uma expressão indecifrável no rosto, enquanto examinava o conteúdo da caixa. Era um momento privado e Dolly compreendeu instantaneamente que não devia interromper; mas ela ficou pensando naquela caixa, tentando imaginar o que poderia conter para deixar sua mãe com um ar tão sonhador, e distante, e de certo modo jovem e velha ao mesmo tempo.

Sozinha na garagem, Dolly levantara a tampa da caixa e tudo se revelara. A caixa estava repleta de pequenas lembranças de uma outra vida: programas de espetáculos de canto, fitas azuis do primeiro lugar em competições do festival galês de canções e poesias, certificados de mérito, proclamando a cantora Janice Williams a detentora da Voz Mais Bonita. Havia até mesmo um artigo de jornal com uma foto: uma jovem cheia de vida, sonhadora, com uma figura encantadora e o olhar de alguém que ia ser bem-sucedido; que não iria seguir as outras moças de sua turma da escola para a vida insípida e comum que se esperava delas.

Exceto que fora exatamente isso que ela fizera. Dolly ficou olhando durante muito tempo para aquela fotografia. Sua mãe, um dia, possuíra um talento – um talento de verdade, que a destacava das outras pessoas e a tornava especial – no entanto, em dezessete anos vivendo na mesma casa, Dolly nunca ouvira Janice Smitham cantar nada. O que poderia ter acontecido para silenciar a jovem que um dia declarara ao jornal: "Cantar é o que eu mais gosto de fazer; me faz sentir como se eu pudesse voar. Um dia, eu gostaria de cantar no palco diante do rei"?

Dolly tinha a sensação de que conhecia a resposta.

– Continue assim, rapaz – seu pai gritou para Cuthbert, do outro lado. – Fique esperto, hein? Não afrouxe.

Arthur Smitham: contador extraordinário, pilar da fábrica de bicicletas, defensor de tudo que era bom e apropriado. Inimigo de tudo que fosse excepcional.

Dolly suspirou, vendo-o saltando para trás da meta, preparando-se para arremessar a bola para Cuthbert. Ele deve ter convencido sua mãe a suprimir tudo que a tornasse especial, mas não iria fazer o mesmo com Dolly. Ela se recusava a permitir.

– Mamãe – ela disse repentinamente, deixando a revista cair no colo.

– Sim, querida? Quer um sanduíche? Eu trouxe alguns de pasta de camarão.

Dolly respirou fundo; não podia acreditar que ia falar, agora, ali, sem rodeios, mas o vento estava a seu favor e ela prosseguiu:

– Mamãe, não quero ir trabalhar com papai na fábrica de bicicletas.

– Oh?

– Não.

– Oh.

– Acho que não aguentaria fazer a mesma coisa todo dia, datilografando cartas cheias de bicicletas, referências de pedidos e tristes *Atenciosamentes*.

Sua mãe piscou para ela com uma expressão insípida e indecifrável no rosto.

– Sei.

– Pois é.

– E o que você pretende fazer, então?

Dolly não sabia ao certo como responder a essa pergunta. Não havia pensado nas especificidades, sabia apenas que havia algo lá fora à sua espera.

– Não sei. Eu só... Bem, a fábrica de bicicletas não é mesmo o tipo de lugar para alguém como eu, não acha?

– E por que não?

Ela não queria ter que dizer. Queria que a mãe compreendesse, concordasse, pensasse por conta própria, sem ser necessário que lhe dissessem. Dolly lutou para encontrar as palavras, enquanto a contracorrente da decepção puxava com força contra sua esperança.

– Já é hora de se estabilizar, Dorothy – disse suavemente a mãe. – Você é quase uma mulher.

– Sim, mas é exatamente por isso...

– Deixe de lado ideias infantis. A época para tudo que já passou. Ele mesmo queria lhe dizer, fazer uma surpresa, mas seu pai já falou com a sra. Levene na fábrica e arranjou uma entrevista para você.

– O quê?

– Eu não deveria dizer nada, mas a entrevista está marcada para a primeira semana de setembro. Você tem muita sorte de ter um pai com tal influência.

– Mas eu...

– Seu pai sabe o que faz. – Janice Smitham estendeu a mão para dar um tapinha na perna de Dolly, mas não chegou realmente a tocá-la. – Você vai ver. – Havia um indício de medo por trás da imitação de sorriso, como se ela soubesse que estava traindo sua filha de algum modo, mas não quisesse pensar em como o fazia.

Dolly ardia por dentro; tinha vontade de sacudir a mãe e fazê-la lembrar que um dia ela mesma já fora excepcional. Queria obrigá-la a contar-lhe por que havia mudado; dizer-lhe (embora Dolly soubesse que isso seria cruel) que ela, Dolly, estava com medo; que não suportava pensar que o mesmo podia acontecer a ela um dia. Mas nesse momento...

– Cuidado!

Um gritinho agudo veio da beira d'água de Bournemouth, atraindo a atenção de Dolly e poupando Janice Smitham de uma conversa que ela não queria ter.

Lá, em um maiô saído diretamente da *Vogue*, estava A Garota, anteriormente O Vestido Prateado. Sua boca fazia um lindo biquinho e ela esfregava o braço. Formou-se uma cena pitoresca onde os outros belos espécimes da elite da praia se aglomeravam, estalando a língua em sinal de reprovação e assumindo ares de simpatia e solidariedade com a jovem. Dolly esforçava-se para compreender o que acontecera. Viu quando um rapaz, mais ou menos da sua idade, abaixou-se, pegou alguma coisa na areia, endireitou-se e segurou-a no alto – uma bola de críquete. Dolly levou a mão à boca.

– Desculpe, pessoal – seu pai disse.

Os olhos de Dolly se arregalaram – o que diabos ele estava fazendo agora? Santo Deus, certamente ele não ia tentar abordá-los, não é? Mas, sim – ela prendeu a respiração –, era exatamente isso o que ele estava fazendo. Dolly queria desaparecer, se esconder, mas não conseguia desviar os olhos. Seu pai parou quando chegou perto do grupo e fez uma imitação rudimentar de lançar o taco. Os outros balançaram a cabeça e ficaram ouvindo, o rapaz com a bola disse alguma coisa e a garota tocou o braço, depois deu de ombros e sorriu para seu pai com aquelas covinhas. Dolly soltou a respiração; ao que parecia, o desastre fora evitado.

Logo em seguida, porém, ofuscado talvez pela aura de glamour em que se metera, seu pai se esqueceu de ir embora, virando-se e apontando para o alto da praia, direcionando a atenção coletiva dos outros para o local onde Dolly e sua mãe estavam. Janice Smitham, com uma falta de graciosidade que fez a filha se encolher, começou a se levantar sem pensar melhor no que estava fazendo, e como resultado, sem conseguir se sentar de novo, optou por ficar agachada, pairando no ar. De tal posição, ela ergueu a mão e acenou.

Algo dentro de Dolly se contraiu e morreu. As coisas não podiam ter sido piores.

Só que, de repente, elas pioraram.

– Olhem! Olhem!

Eles olharam. Cuthbert, com toda a paciência de um mosquito, cansara-se de esperar. Tendo esquecido o jogo de críquete, ele perambulara pela praia e fizera contato com um dos jumentos que havia na orla. Já com um pé no estribo, ele tentava se içar para montar. Era horrível de ver, mas foi o que Dolly fez; e ver – um olhar furtivo confirmou – foi o que todos fizeram.

O espetáculo de Cuthbert quase fazendo o pobre burro se vergar foi a gota d'água. Ela sabia que provavelmente devia ajudá-lo, mas Dolly não conseguiu, não desta vez. Murmurou alguma coisa sobre dor de cabeça e sol demais, pegou sua revista e correu de volta para o sombrio consolo de seu minúsculo quarto com a triste vista do encanamento.

∽

Lá fora, dos fundos do coreto, um rapaz de cabelos meio longos e um terno surrado assistira a tudo. Ele estava cochilando embaixo de seu chapéu quando o grito "Cuidado!" interrompeu seu sonho e o acordou. Ele esfregou os olhos com as palmas das mãos e olhou à sua volta para identificar a origem do grito. Foi então que os viu à beira da água, o pai e o filho que haviam passado toda a manhã jogando críquete.

Houve uma espécie de comoção, o pai acenando para um grupo na água rasa – os jovens ricos, ele percebeu, que pouco antes agiam de forma tão presunçosa na cabana de praia próxima dali. A cabana estava vazia agora, exceto por uma faixa de tecido prateado tremulando do corrimão da sacada. O vestido. Ele já o havia notado – era difícil não notar, o que sem dúvida era a intenção. Aquele não era um vestido de praia; era um vestido de baile.

"Olhem!", alguém gritou, "Olhem!". E o rapaz, obedientemente, olhou. O garoto que jogava críquete agora estava fazendo papel de asno com, ao que parecia, um asno. O resto da multidão observava o desenrolar do entretenimento.

Mas não ele. Tinha outras coisas a fazer. A linda garota com lábios em forma de coração e o tipo de curvas que o faziam ansiar de desejo estava sozinha agora, deixando a família e saindo da praia. Ele levantou-se, jogando a mochila sobre o ombro e abaixando o chapéu sobre o rosto. Estivera esperando por uma oportunidade como essa e não pretendia desperdiçá-la.

8

No começo, Dolly não o viu. Não estava vendo muita coisa mesmo. Estava ocupada demais piscando para conter as lágrimas de frustração enquanto se arrastava pela praia em direção à calçada. Tudo se resumia em uma mancha quente e raivosa de areia, gaivotas e sórdidos rostos sorridentes. Sabia que não estavam rindo dela, mas não importava. A alegria daquelas pessoas era um golpe pessoal; tornava tudo mil vezes pior. Dolly não podia ir trabalhar naquela fábrica de bicicletas, simplesmente não podia. Casar-se com uma versão mais jovem de seu pai e, pouco a pouco, ficar igual à sua mãe? Era inconcebível – tudo bem para eles dois, estavam felizes com sua vida, mas Dolly queria mais do que isso... Ela só não sabia ainda o que era ou onde encontrar.

Parou de repente. Uma rajada de vento, mais forte do que as anteriores, escolheu o exato momento em que ela chegou perto das cabanas de praia para levantar o vestido prateado, tirá-lo do corrimão e precipitá-lo, rolando, pela areia. O vestido parou bem à sua frente, um exuberante jorro de prata. Por que – inspirou ruidosamente – a loura das covinhas não teve o cuidado de prender o vestido? Como alguém podia se importar tão pouco com uma roupa tão bonita? Para que alugar uma cabana se não era para ter o lugar perfeito onde guardar objetos de valor enquanto ia nadar? Dolly sacudiu a cabeça; uma garota com tão pouca consideração por seus próprios pertences não merecia possuí-los. Era o tipo de vestido digno de uma princesa – uma estrela de cinema americana, uma modelo glamourosa em uma revista, uma rica herdeira de férias na Riviera Francesa – e se Dolly não estivesse ali bem na hora, ele poderia ter continuado seu voo pelas dunas e se perder para sempre.

O vento recomeçou e o vestido rolou mais para cima da praia, desaparecendo por trás das cabanas. Sem mais nem um momento de hesitação, Dolly começou a correr atrás dele: a garota era uma tola, é verdade, mas Dolly não estava disposta a deixar aquela divina peça prateada se estragar.

Podia imaginar o quanto a garota ficaria agradecida quando o vestido fosse devolvido. Dolly explicaria o que havia acontecido – tomando cuidado para que a garota não se sentisse pior ainda – e as duas começariam a rir e dizer que fora por um triz que o vestido não se perdera, e a jovem ofereceria a Dolly um copo de limonada gelada, limonada de verdade, não aquela bebida aguada que a sra. Jennings servia no Bellevue. Elas começariam a conversar e descobririam que tinham muita coisa em comum e, finalmente, o sol deslizaria no céu, Dolly diria que realmente precisava ir embora, a garota sorriria, desapontada, antes de abrir um largo sorriso e tocar o braço de Dolly. "Por que não se junta a nós aqui amanhã de manhã?", ela perguntaria. "Estamos pensando em jogar um pouco de tênis na areia. Vai ser divertido. Vamos, diga que virá."

Correndo, Dolly virou a esquina da cabana atrás do vestido prateado, descobrindo, então, que ele já parara de rolar, tendo ficado preso nos tornozelos de outra pessoa. Era um homem de chapéu, abaixando-se agora para pegar o vestido, e conforme seus dedos seguravam o tecido e os grãos de areia escorregavam do vestido, também se esvaíam todas as esperanças de Dolly.

Por uma fração de segundo, ela honestamente achou que poderia matar o homem de chapéu, desmembrá-lo, parte por parte, com satisfação. Seu pulso latejava furiosamente, a pele formigava e a visão estava turva. Olhou para trás, na direção do mar: para seu pai, marchando com firmeza em direção ao pobre e desnorteado Cuthbert; para sua mãe, ainda paralisada naquela atitude de penosa súplica; e os outros, os que estavam com a garota loura, rindo agora, batendo nos joelhos enquanto apontavam para a ridícula cena.

O jumento soltou um sofrido e patético zurro, fazendo eco tão completamente aos sentimentos de Dolly que, antes que ela se desse conta do que estava fazendo, começou a gritar com o homem:

– Ei, você aí! – Ele estava prestes a roubar o vestido da garota loura e cabia a Dolly impedi-lo. – O que pensa que está fazendo?

O homem ergueu os olhos, surpreso, e quando Dolly viu o rosto bonito por baixo do chapéu sentiu-se momentaneamente desorientada. Ficou parada, arfando, imaginado o que fazer em seguida, mas, quando a boca do rapaz começou a se levantar nos cantos de uma maneira sugestiva, ela compreendeu.

– Eu disse – Dolly estava zonza, estranhamente empolgada – o que acha que está fazendo? Este vestido não é seu.

O rapaz abriu a boca para falar e, ao fazê-lo, um policial corpulento, que vinha se arrastando pela praia, aproximou-se deles.

～

O policial Basil Suckling passara a manhã inteira percorrendo o passeio, atento, de olho em sua praia. Ele havia notado a garota de cabelos escuros assim que ela chegou, e ficara observando-a atentamente desde então. Só se virara por um breve instante, por causa da maldita confusão com o jumento, mas, quando voltou a olhar, a garota sumira. O policial Suckling levou alguns tensos minutos para encontrá-la outra vez, atrás das cabanas de praia, empenhada no que lhe pareceu uma discussão acalorada. Seu companheiro, o mesmo rapaz que andara espreitando por baixo do chapéu dos fundos do coreto a manhã inteira.

Com a mão no cassetete, o policial abriu caminho pela praia. A areia tornava seu progresso mais desajeitado do que gostaria, mas fez o melhor possível. Quando se aproximou, ouviu a garota dizer "Este vestido não é seu".

– Está tudo bem aí? – perguntou o policial, encolhendo um pouco a barriga quando parou. Ela era ainda mais bonita de perto

do que ele imaginara. Lábios bem desenhados, os cantos levantados. Pele de pêssego, lisa, podia dizer só de olhar, macia. Cachos sedosos ao redor do rosto em formato de coração. Ele acrescentou: – Este rapaz a está incomodando, senhorita?
– Oh. Oh, não, senhor. Absolutamente. – Seu rosto estava afogueado e o policial Suckling percebeu que ela ficara ruborizada. Não era todo dia que ela conhecia um homem de uniforme, pensou. Ela era realmente encantadora. – Este senhor estava justamente me devolvendo o vestido.
– É isso mesmo? – Ele franziu a testa para o rapaz, notando a expressão insolente, seu jeito confiante, as maçãs do rosto altas e arrogantes olhos negros. Eles lhe conferiam um ar decididamente estrangeiro, um aspecto irlandês, aqueles olhos, e o inspetor Suckling apertou os próprios olhos. O rapaz mudou de posição de uma perna para outra e deu um pequeno suspiro, cuja natureza queixosa deixou o policial inesperadamente irritado. Mais alto desta vez, ele repetiu: – É isso mesmo?
Ainda assim, não obteve nenhuma resposta e o policial Suckling levou a mão ao cassetete. Ele apertou os dedos ao redor do cabo que lhe era tão familiar. Às vezes, considerava seu cassetete o melhor parceiro que já tivera, certamente o mais cordato. A ponta de seus dedos comichava com lembranças agradáveis, e foi quase uma decepção quando o rapaz, intimidado, fez um sinal afirmativo com a cabeça.
– Muito bem – disse o policial. – Ande logo. Devolva isso à jovem.
– Obrigada – ela disse ao policial –, é muita gentileza sua. – Então, ela sorriu novamente, desencadeando uma sensação de movimento nada desagradável na calça do policial. – Foi o vento, sabe.
O policial Suckling limpou a garganta e adotou sua expressão mais característica de policial.
– Muito bem, senhorita – ele disse. – Vamos, vou acompanhá-la até sua casa. Longe do vento e longe do perigo.

Dolly conseguiu se desvencilhar do zeloso cuidado do inspetor Suckling quando chegaram à entrada do Bellevue. Parecera um pouco difícil no começo – ele começara a falar em acompanhá-la até lá dentro e ir buscar uma boa xícara de chá para "acalmar os nervos" –, mas Dolly, depois de não pouco esforço, convenceu-o de que ele não devia desperdiçar seu tempo em tarefas tão insignificantes e que, na verdade, devia voltar à sua ronda.

– Afinal, deve haver muita gente precisando que o senhor as salve.

Ela agradeceu profusamente – ao se despedir, ele segurou sua mão um pouco mais de tempo do que o estritamente necessário, o que foi desconfortável, pois sua pele era pegajosa – e então Dolly fez uma espalhafatosa encenação ao abrir a porta e entrar. Ela fechou a porta, mas não completamente, deixando uma fenda por onde ficou observando o policial pavonear-se com seu gingado de volta ao passeio à beira-mar. Somente quando ele já se tornara uma cabeça de alfinete ao longe foi que ela enfiou o vestido prateado debaixo de uma almofada e saiu sorrateiramente outra vez, refazendo seus passos pelo caminho que haviam feito ao longo do passeio.

O rapaz fazia hora, esperando por ela, encostado à pilastra de uma das mais bonitas hospedarias. Dolly nem sequer olhou de relance ao passar por ele, continuou apenas andando, ombros para trás, cabeça erguida. Ele a seguiu pela rua, ela sabia que ele estava lá, e também entrou atrás dela em uma viela que saía em zigue-zague da orla. Dolly podia sentir as batidas de seu coração se acelerando e, quando o barulho do mar desapareceu nos frios muros de pedra dos prédios, ela também podia ouvi-las. Ela continuou andando, mais depressa do que antes. Seus sapatos de lona e sola de borracha friccionavam o pavimento, sua respiração estava ficando curta, mas ela não parou, nem olhou para trás. Havia um lugar que ela conhecia, um cruzamento escuro onde ficara perdida certa vez quando criança, escondida do mundo enquanto seus pais a chamavam, aterrorizados, temendo que algo lhe tivesse acontecido.

Dolly parou ao chegar ao local, mas não se virou. Ficou parada, imóvel, ouvindo, esperando até que ele estivesse bem atrás dela, até poder sentir a respiração dele em sua nuca, a própria proximidade dele aquecendo a sua pele.

Ele tomou sua mão e ela soltou a respiração. Deixou que ele a virasse lentamente, para ficar de frente para ele, e ela esperou, muda, quando ele levou seu pulso à boca e roçou os lábios por ele, no tipo de beijo que a fez estremecer de dentro de suas entranhas.

– O que você está fazendo aqui? – ela sussurrou.

Os lábios dele ainda tocavam sua pele.

– Senti sua falta.

– Só se passaram três dias.

Ele encolheu os ombros e aquela mecha de cabelos escuros que se recusava a permanecer no lugar caiu em sua testa.

– Você veio de trem?

Ele balançou a cabeça devagar, uma única vez.

– Só para passar o dia?

Outra confirmação, um meio sorriso.

– Jimmy! Mas é tão longe!

– Eu tinha que vê-la.

– E se eu tivesse ficado com minha família na praia? E se eu não tivesse voltado sozinha, como seria?

– Ainda assim, eu a teria visto, não é?

Dolly sacudiu a cabeça, satisfeita, mas fingindo não estar.

– Meu pai vai matá-lo, se descobrir.

– Acho que eu posso com ele.

Dolly riu, ele sempre a fazia rir. Era uma das coisas que mais gostava nele.

– Você é louco.

– Por você.

E depois, havia isso. Ele era louco por ela. O estômago de Dolly deu uma cambalhota.

– Venha – ela disse. – Há um caminho por aqui que leva para os campos. Ninguém nos verá lá.

– Você percebe, naturalmente, que quase fez com que eu fosse preso.

– Oh, Jimmy! Você está sendo sério demais.

– Você não viu a expressão do rosto daquele policial; ele estava pronto para me trancar numa cela e jogar a chave fora. Sem falar da maneira como ele a olhava.

Jimmy virou a cabeça para ficar de frente para ela, mas ela não o encarou. A grama era alta e macia onde estavam deitados, e ela fitava o céu, cantarolando baixinho uma música para dançar e desenhando losangos com os dedos, Jimmy traçou seu perfil com o olhar – o arco suave da testa, o declive da fronte que se erguia novamente para formar aquele nariz determinado, a queda brusca e, então, a curva cheia do seu lábio superior. Meu Deus, como ela era bonita. Ela fazia todo o seu corpo arder de desejo e precisava de todas as suas forças para se conter e não pular em cima dela, prender seus braços atrás da cabeça e beijá-la como um louco.

Mas ele não fez isso, nunca, não assim. Jimmy mantinha o relacionamento casto apesar de isso quase matá-lo. Ela ainda era uma colegial e ele era um homem adulto, dezenove anos contra os dezessete dela. Dois anos podiam não parecer muito, mas eles dois eram de mundos diferentes. Ela vivia numa casa limpa e bonita com sua família limpa e bonita; ele não frequentava mais a escola desde os treze anos, tomando conta do pai e aceitando qualquer trabalho vil que encontrasse para fazer face às despesas. Ele fora o garoto da espuma no barbeiro por 5 xelins por semana, o ajudante do padeiro por 7 xelins e 6 pence, um carregador de material em um canteiro de obras fora da cidade por qualquer coisa que lhe pagassem; depois, em casa toda noite para juntar todas as aparas e miudezas do açougueiro para o caldo do pai. Era uma vida, eles sobreviviam bem. Ele sempre mantivera suas fotografias para diversão; mas agora, de algum modo, por razões que Jimmy não compreendia e não queria deslindar por medo de estragar tudo, ele também tinha Dolly e o mundo se tornara um lugar melhor; certamente não ia apressar as coisas e pôr tudo a perder.

Mas, por Deus, era difícil. Desde o primeiro instante em que a vira, sentada com as amigas à mesa da calçada de um café de esquina, ele se tornara um caso perdido. Levantara os olhos da entrega de mantimentos do armazém que estava fazendo e ela sorrira para ele, como se fossem velhos amigos, e depois rira e ficara ruborizada, por trás de sua xícara de chá de baunilha. E ele soube, naquele momento, que ainda que vivesse cem anos, jamais teria uma visão mais bela. Sentiu a vibração elétrica do amor à primeira vista. Aquele seu riso, que o fez sentir a pura alegria que se lembrava de sentir quando era criança, a maneira como cheirava a calda de açúcar e óleo de bebê, as curvas dos seus seios sob o leve vestido de algodão – Jimmy virou a cabeça, frustrado, e concentrou-se em uma gaivota barulhenta, que voava baixo, acima deles, em direção ao mar.

O horizonte era de um azul irretocável, a brisa era suave e o cheiro de verão estava por toda parte. Ele suspirou e com isso deixou tudo se distanciar – o vestido prateado, o policial, o constrangimento que sentira ao ser considerado alguma espécie de perigo para ela. Não valia a pena. O dia estava perfeito demais para discussões e, na verdade, nenhum mal resultara do episódio. Nenhum mal nunca resultava. As brincadeiras de Dolly de "fazer de conta" o deixavam confuso, ele não compreendia a necessidade que ela parecia ter de fantasiar, e não gostava daquilo, particularmente, mas isso a fazia feliz e, assim, Jimmy concordava.

Como para provar a Dolly que ele já se esquecera de tudo, Jimmy sentou-se repentinamente e retirou sua fiel câmera Brownie da mochila.

– Que tal uma foto? – ele disse, avançando o rolo de filme. – Uma pequena lembrança do seu encontro à beira-mar, srta. Smitham?

Ela se animou, exatamente como ele esperava – Dolly adorava ser fotografada – e Jimmy olhou à sua volta, procurando a melhor posição em relação ao sol. Caminhou até o outro lado do terreno em que faziam seu piquenique.

Dolly sentara-se e se espreguiçava como uma gata.

– Assim? – ela perguntou.

Suas faces estavam coradas do sol e os lábios, bem desenhados e cheios, vermelhos dos morangos que ele comprara em um quiosque à beira da estrada.

– Perfeito – ele disse, e realmente estava. – Ótima luz.

– E exatamente o que você gostaria que eu fizesse na ótima luz?

Jimmy coçou o queixo, fingindo considerar profundamente a questão.

– O que eu quero que você faça? Responda com cuidado, Jimmy, esta é a sua chance, não a estrague... Pense, droga, pense...

Dolly riu e ele também. Então, ele coçou a cabeça e disse:

– Quero que seja você mesma, Doll. Quero me lembrar de hoje exatamente como é. Se eu não puder vê-la pelos próximos dez dias, ao menos posso carregá-la comigo no bolso.

Ela sorriu, um leve e enigmático sorriso, e em seguida assentiu.

– Algo para se lembrar de mim.

– Exatamente – ele disse. – Só vai levar um minuto agora, vou acertar a máquina. – Ele ajustou a lente Diway e, como o sol estava luminoso demais, fechou um pouco a abertura do diafragma. Melhor prevenir do que remediar. Por essa mesma razão, ele tirou um pano de limpar lentes do bolso e deu uma boa esfregada no vidro.

– Muito bem – ele disse, fechando um dos olhos e olhando no visor. – Estamos prontos. – Jimmy atrapalhava-se com a câmera na mão, mas não ousava erguer os olhos.

Dolly fitava-o do meio do visor. Seus cabelos castanhos, caindo em suaves ondulações sopradas pelo vento, beijavam seu pescoço, mas abaixo deles ela havia desabotoado o vestido e deixado os ombros à mostra.

Sem tirar os olhos da câmera, ela começou a tirar a alça de seu maiô lentamente pelo braço.

Santo Deus. Jimmy engoliu em seco. Ele devia dizer alguma coisa; sabia que devia dizer alguma coisa. Fazer uma piada, ser espirituoso, mostrar-se inteligente. Mas diante de Dolly, ali sentada daquele jeito, o queixo empinado, os olhos desafiando-o, a curva dos seios exposta – bem, dezenove anos de discurso se evaporaram em um instante. Sem sua presença de espírito para ajudá-lo, Jimmy fez a única coisa com que sempre podia contar. Tirou sua foto.

∾

– Trate de revelá-la você mesmo – Dolly disse, abotoando o vestido com dedos trêmulos. Seu coração disparara e ela se sentia viva e resplandecente, estranhamente poderosa. Sua própria ousadia, a expressão no rosto dele quando a viu, o modo como ele ainda não conseguia fitá-la nos olhos sem corar – tudo aquilo era inebriante. Mais do que isso – era uma prova. Prova de que ela, Dorothy Smitham, era excepcional, exatamente como o dr. Rufus dissera. Ela não estava destinada à fábrica de bicicletas, claro que não; sua vida seria extraordinária.

– Acha que eu deixaria algum outro homem ver você assim? – Jimmy disse, prestando uma atenção excepcional às alças de sua câmera.

Será que essas coisas realmente aconteciam? Não de onde Dolly vinha, os falsos Tudors, distantes e orgulhosos em seus novos subúrbios sem alma; ela não conseguia imaginar Arthur Smitham arregaçando as mangas para defender a honra de sua mulher; mas Jimmy não era como o pai de Dolly. Ele era o oposto: um trabalhador com braços longos e fortes, um rosto honesto e o tipo de sorriso que surgia do nada e fazia o estômago de Dolly dar cambalhotas. Ela fingiu não ouvir, pegando a câmera das mãos dele e fitando-a pensativa.

Com a máquina em uma das mãos e um olhar travesso por baixo das pestanas, ela disse:

– Sabe, isto que você carrega é um equipamento muito perigoso, sr. Metcalfe. Pense em todas as coisas que poderia captar e que as pessoas iriam preferir que você não fizesse.

– Como o quê, por exemplo?

– Ora – ela ergueu o ombro –, pessoas fazendo coisas que não deviam, uma jovem estudante inocente sendo desencaminhada por um homem mais experiente; pense no que o pobre pai da garota diria se soubesse. – Ela mordeu o lábio inferior, nervosa, mas tentando não deixar transparecer, e aproximou-se dele, quase, mas não de fato, tocando seu braço firme e queimado de sol. A eletricidade pulsava entre eles. – Uma pessoa pode se meter em muita confusão se ficar do lado errado de você e sua Box Brownie.

– É melhor então permanecer do meu lado bom, não é? – Por baixo da mecha da testa, ele lançou-lhe um sorriso que desapareceu tão rápido quanto surgiu.

Ele não desviou os olhos e Dolly sentiu sua respiração se acelerar. O ar havia mudado ao redor deles. Naquele momento, sob a intensidade do olhar de Jimmy, tudo mudara. A balança do autocontrole se inclinou e Dolly sentiu a cabeça rodopiar. Engoliu em seco, incerta, mas excitada também. Alguma coisa ia acontecer, algo que ela provocara e era impotente para impedir. Ela não queria impedir.

Um leve ruído, um pequeno suspiro que escapou dos lábios entreabertos de Jimmy, e Dolly desfaleceu.

Os olhos dele continuavam fixos nos seus, e ele levou a mão aos seus cabelos e ajeitou-os para trás da orelha. Manteve a mão onde estava, mas pressionou-a um pouco mais, segurando sua nuca com firmeza. Ela podia sentir seus dedos tremerem. A proximidade a fez se sentir repentinamente sem ar e Dolly abriu a boca para dizer alguma coisa (dizer o quê?), mas ele sacudiu a cabeça, um único movimento rápido, e ela a fechou. Um músculo no maxilar dele se contraiu; ele inspirou fundo; em seguida, puxou-a para si.

Dolly já imaginara mil vezes como seria ser beijada, mas jamais sonhara com isso. No cinema, o beijo entre Katharine Hepburn e Fred MacMurray parecera bastante agradável, e Dolly e sua amiga Caitlin praticaram em seus braços para que soubessem o que fazer quando chegasse a hora, mas isto era diferente. Tinha calor, peso e premência; ela podia sentir o gosto de sol e de morangos, sentir o cheiro de sal na pele dele, sentir a pressão do calor conforme o corpo dele movia-se contra o seu; o mais emocionante de tudo era que podia sentir o quanto ele a desejava, sua respiração entrecortada, seu corpo forte e musculoso, mais alto do que ela, maior, lutando contra o próprio desejo.

Ele apartou-se dela e abriu os olhos. Em seguida, riu, de alívio e surpresa, um som cálido e rouco.

– Eu te amo, Dorothy Smitham – ele disse, encostando a testa na dela. Puxou delicadamente um dos botões de seu vestido. – Eu te amo e vou me casar com você um dia.

～

Dolly não disse nada enquanto desciam pela relva da colina; sua mente girava a toda velocidade. Ele ia pedi-la em casamento: a viagem a Bournemouth, o beijo, a intensidade do que ela sentira... O que mais tudo isso poderia significar? A compreensão viera com absoluta clareza, e agora, esperando no limbo, ela ansiava que ele fizesse o pedido em voz alta, tornasse o pedido oficial. Até seus dedos dos pés formigavam de desejo.

Era perfeito. Ela iria se casar com Jimmy. Como não fora isso a primeira coisa em que ela pensou quando sua mãe lhe perguntou o que ela queria fazer em vez de começar a trabalhar na fábrica do seu pai? Era a única coisa que ela queria fazer. O que realmente devia fazer.

Dolly olhou de soslaio, notando o feliz alheamento no rosto de Jimmy, seu silêncio incomum, e compreendeu que ele estava pensando a mesma coisa; que estava ocupado neste exato instante, arquitetando a melhor maneira de pedi-la em casamento. Sentiu-se exultante; tinha vontade de saltar, rodopiar e dançar.

Não era a primeira vez que ele dizia que queria casar-se com ela; brincaram com a questão antes, conversas sussurradas de

"Imagine se..." nos fundos de cafés escuros nas partes da cidade aonde seus pais nunca iam. Ela sempre achara o assunto extremamente excitante; não declarado, mas implícito nas descrições divertidas da casa de fazenda onde viveriam e na vida que teriam juntos estava a sugestão de portas fechadas, de uma cama compartilhada e uma promessa de liberdade – tanto física quanto moral – que era irresistível para uma jovem estudante como Dolly, cuja mãe ainda passava e engomava as blusas de seu uniforme.

Imaginar os dois juntos assim deixava-a zonza e ela estendeu a mão para seu braço quando deixaram os campos ensolarados e começaram a descer de volta pela viela sinuosa e sombreada. Quando o fez, ele parou de andar e puxou-a com ele para junto do muro de pedra de um prédio próximo.

Ele sorriu na sombra, nervosamente, pareceu a ela, e disse:
– Dolly.
– Sim. – Estava acontecendo. Dolly mal conseguia respirar.
– Há uma coisa que estou querendo lhe dizer, uma coisa importante.

Ela sorriu e seu rosto estava tão radiante em sua franqueza e expectativa que o peito de Jimmy queimava. Mal podia acreditar que finalmente tivera coragem de beijá-la, como queria fazer, e que tinha sido tão mágico quanto ele imaginara. Melhor do que tudo fora a maneira como Dolly correspondera ao beijo; havia um futuro naquele beijo. Eles podiam vir de lados opostos da cidade, mas não eram tão diferentes assim, não no que importava; não na maneira como se sentiam em relação um ao outro. As mãos dela eram macias dentro das suas, e ele disse o que vinha revirando em sua mente o dia inteiro.

– Recebi um telefonema de Londres no outro dia, um sujeito chamado Lorant.

Dolly balançou a cabeça.

– Ele está lançando uma revista de fotojornalismo chamada *Picture Post*, um periódico dedicado a publicar fotos que contam histórias. Ele viu minhas fotos no *Telegraph*, Doll, e me convidou para trabalhar com ele.

Ficou esperando que ela desse um gritinho agudo, pulasse, agarrasse seus braços de empolgação. Era tudo que ele havia sonhado fazer, desde que encontrara a velha câmera e o tripé de seu pai no sótão, a caixa com as fotos em sépia. Mas Dolly não se mexeu. Seu sorriso estava enviesado agora, congelado.

– Em Londres? – ela perguntou.
– Sim.
– Você vai para Londres?
– Sim. Sabe, palácio grande, relógio grande, fumaça grande.

Ele estava tentando fazer graça, mas ela não riu; Dolly piscou algumas vezes e disse, soltando o ar ruidosamente:

– Quando?
– Setembro.
– Para viver lá?
– E trabalhar. – Jimmy hesitou; algo estava errado. – Uma revista de fotografias – ele disse vagamente, antes de franzir a testa. – Doll?

O lábio inferior de Dorothy começara a tremer e ele achou que ela ia chorar.

Jimmy alarmou-se.

– Doll? O que foi?

Mas ela não chorou. Lançou os braços para os lados e trouxe-os de volta para o rosto, as mãos nas faces.

– Nós íamos nos casar.
– O quê?
– Você disse... e eu pensei... mas agora...

Ela estava furiosa com ele, e Jimmy não fazia a menor ideia do motivo. Ela agora gesticulava com as duas mãos, as faces vermelhas, e falava rapidamente, as palavras indistintas, de modo que tudo que ele conseguiu compreender foi "casa no campo" e "papai" e depois, estranhamente, "fábrica de bicicletas".

Jimmy tentava acompanhá-la, mas não conseguia, e estava se sentindo completamente desamparado quando finalmente ela deu um enorme suspiro, colocou as mãos nos quadris e pareceu tão exausta com todo o monólogo, tão indignada, que ele não sabia o que fazer, exceto tomá-la nos braços e alisar seus cabelos como faria com uma criança caprichosa. Podia dar certo ou errado, então ele sorriu consigo mesmo ao sentir que ela se acalmava. Jimmy era bastante estável emocionalmente, e as paixões de Dolly às vezes o pegavam de surpresa. Entretanto, eram inebriantes: ela nunca estava satisfeita, se pudesse estar encantada; nunca estava aborrecida, se pudesse estar furiosa.

– Pensei que você quisesse se casar comigo – ela disse, erguendo o rosto para fitá-lo –, mas em vez disso você vai para Londres.

Jimmy não pôde deixar de rir.

– Não *em vez de*, Dolly. O sr. Lorant vai me pagar e eu vou economizar tudo que puder. Eu quero me casar com você mais do que qualquer outra coisa; está brincando? Só quero ter certeza de que estou fazendo da maneira certa.

– Mas está certa, Jimmy. Nós nos amamos; queremos ficar juntos. A casa de fazenda, as galinhas gordas, uma rede e nós dois dançando descalços...

Jimmy sorriu: ele contara a Dolly tudo sobre a infância de seu pai na fazenda, as mesmas histórias de aventuras que costumavam empolgá-lo quando era pequeno, mas ela as havia embelezado e se apoderado delas. Ele adorava a maneira como Dolly podia pegar uma simples verdade e transformá-la em algo maravilhoso com os fios prateados de sua incrível imaginação. Jimmy segurou seu rosto.

– Eu ainda não posso comprar uma casa de fazenda, Doll.

– Uma caravana cigana, então. Com margaridas nas cortinas. E uma única galinha... talvez duas para não se sentirem solitárias.

Ele não conseguiu se conter: beijou-a. Ela era jovem, romântica, e era dele.

– Logo, Doll, teremos tudo com que sonhamos. Vou trabalhar muito, espere e verá.

Uma dupla de gaivotas estridentes cortou a viela acima de suas cabeças e ele correu os dedos pelos seus braços quentes do sol. Ela deixou que ele tomasse sua mão e ele apertou-a com firmeza, conduzindo-a de volta em direção ao mar. Ele adorava os sonhos de Dolly, seu entusiasmo contagiante; Jimmy nunca se sentira tão vivo como se sentia desde que a conhecera. Mas cabia a ele ser sensato sobre o futuro deles, ser bastante prudente pelos dois. Não podiam ambos se deixar levar por sonhos e fantasias; não conseguiriam nada de bom com isso. Jimmy era inteligente, todos os seus professores haviam lhe dito isso, quando ele ainda estava na escola, antes de seu pai adoecer. Ele também aprendia rápido; tomava livros emprestados da Boots Library e já lera quase toda a seção de ficção. Tudo que lhe faltava era uma oportunidade e, agora, finalmente, ela chegara.

Percorreram o resto da viela em silêncio até avistarem o passeio, fervilhando de banhistas, todos os seus sanduíches de pasta de camarão já terminados, e retornando para a areia. Ele parou e tomou a outra mão de Dolly também, entrelaçando seus dedos com os dela.

– Bem – ele disse, suavemente.

– Bem.

– Eu a vejo em dez dias.

– Não se eu o vir primeiro.

Jimmy sorriu e inclinou-se para dar-lhe um beijo de despedida, mas uma criança passou correndo por eles exatamente naquele instante, gritando atrás de uma bola que rolara para dentro da viela, estragando o momento. Ele recuou, estranhamente encabulado com a intromissão do menino.

Dolly gesticulou indicando o passeio.

– Acho melhor eu ir voltando.

– Tente ficar longe de confusão, sim?

Ela hesitou e em seguida inclinou-se e plantou um beijo diretamente nos lábios dele; com um sorriso que fez seu peito doer, ela correu de volta para a luz do sol, a barra do vestido batendo contra as pernas nuas.

– Doll – ele chamou, pouco antes de sua figura desaparecer.

Ela virou-se e o sol por trás dela fez seus cabelos parecerem um halo escuro.

– Você não precisa de roupas sofisticadas, Doll. Você é mil vezes mais bonita do que aquela garota.

Ela sorriu para ele, ao menos ele achou que ela sorrira; era difícil saber com seu rosto contra o sol, e então ela ergueu a mão, acenou e desapareceu.

෴

Com o sol, os morangos e o fato de ter tido que correr para não perder seu trem, Jimmy dormiu durante a maior parte da viagem de volta. Sonhou com sua mãe, a mesma velha história que havia anos povoava seu sono. Estavam no parque de diversões, os dois, assistindo ao espetáculo de mágica. O mágico acabara de fechar sua bela assistente dentro de uma caixa (que sempre tinha uma surpreendente semelhança com os caixões que seu pai fazia no andar de baixo, na W. H. Metcalfe & Sons, funerária e fabricante de brinquedos), quando sua mãe inclinou-se e disse:

– Ele vai tentar fazer você desviar sua atenção, Jim. O truque consiste em distrair a plateia. Não desvie os olhos.

Jimmy, com mais ou menos oito anos, balançava a cabeça enfaticamente, arregalando os olhos e recusando-se a deixá-los piscar, mesmo quando começavam a lacrimejar tanto que ardiam. Mas ele devia ter feito alguma coisa errada, porque a porta da caixa abriu-se de par em par e – puf! – a mulher não estava mais lá, desaparecera, e Jimmy, de algum modo, perdera tudo que acontecera. Sua mãe ria, e isso o fazia se sentir estranho, os membros frios e trêmulos, mas, quando ele a procurava, ela já não estava mais ali ao seu lado. Estava dentro da caixa agora, dizendo-lhe que ele devia estar sonhando acordado, e seu perfume era tão forte que...

– Bilhete, por favor.

Jimmy acordou com um sobressalto e sua mão foi direto para a mochila no banco ao seu lado. Ainda estava lá. Graças a Deus.

Tolice ter adormecido dessa forma, especialmente quando sua máquina fotográfica estava ali dentro. Não podia perdê-la; a câmera de Jimmy era seu passaporte para o futuro.

– Eu disse "bilhete", senhor. – O inspetor estreitou os olhos.

– Sim, desculpe-me. Só um minuto. – Retirou o bilhete do bolso e entregou-o para ser perfurado.

– Vai continuar até Coventry?

– Sim, senhor.

Com um ligeiro sopro de pesar por não ter, afinal, descoberto uma fraude na passagem, o inspetor devolveu o bilhete a Jimmy e bateu no seu chapéu antes de continuar ao longo do vagão.

Jimmy pegou o livro da biblioteca na mochila, mas não o leu. Estava muito eufórico com lembranças de Dolly e do dia, pensamentos de Londres e do futuro, para se concentrar em *Ratos e homens*. Ele ainda estava um pouco confuso quanto ao que acontecera entre eles. Pretendera surpreendê-la com a notícia, não preocupá-la – havia algo quase sacrílego em decepcionar uma pessoa tão entusiástica e radiante quanto Dolly –, mas Jimmy sabia que fizera a coisa certa.

Ela não queria se casar com um homem sem nada, certamente não. Doll adorava "coisas": bugigangas, enfeites, lembrancinhas. Ele a observara hoje e a vira olhando para as pessoas na cabana de praia, para a garota de vestido prateado; ele sabia que, fossem quais fossem suas fantasias a respeito de uma casa de fazenda, ela ansiava por glamour, emoção e todas as coisas que o dinheiro pode comprar. Claro que sim. Ela era bonita, divertida e encantadora; tinha dezessete anos; vivia em um mundo de pessoas adoráveis e coisas finas. Dolly não sabia o que era passar necessidade, nem deveria. Ela merecia um homem que pudesse lhe oferecer o melhor, não uma vida de aparas baratas do açougueiro e uma gota de leite condensado no chá quando não podiam se dar ao luxo de comprar açúcar. Jimmy estava se esforçando para se tornar esse homem e, assim que o fizesse, por Deus, iria se casar com ela e nunca deixá-la ir embora.

Mas não enquanto não chegasse lá.

Jimmy sabia em primeira mão o que acontecia com pessoas sem nada que se casavam por amor. Sua mãe desobedecera seu rico pai para se casar com o pai de Jimmy e, por algum tempo, os dois foram bem-aventurados e felizes. Mas não durara muito tempo. Jimmy ainda podia se lembrar de sua confusão quando acordou um dia e descobriu que a mãe fora embora. "Simplesmente se levantou e desapareceu", ele ouvira as pessoas sussurrando na rua; e Jimmy pensou naquele espetáculo de mágica a que haviam assistido juntos na semana anterior. Ele ficara assombrado, imaginando a mãe desaparecendo, a carne quente de seu corpo se desintegrando em partículas de ar diante de seus olhos. Se alguém era capaz de tal mágica, Jimmy concluiu, era sua mãe.

Como acontece com tantas outras grandes questões da infância, foram seus pares na escola que lhe mostraram a luz, muito antes de um adulto bondoso pensar em fazer o mesmo. *O pequeno Jimmy Metcalfe tinha uma mãe que era uma renegada; fugiu com um homem rico, deixou o pobre Jim sem nada.* Jimmy levou o versinho para casa, mas seu pai tinha muito pouco a dizer sobre a questão; ele ficara muito magro, o ar cansado, e começara a passar muito tempo à janela, fingindo estar esperando pelo carteiro com uma importante carta comercial. Ficava dando tapinhas na mão de Jimmy e dizendo que eles ficariam bem, que os dois iriam se ajeitar, que ainda tinham um ao outro. A maneira como seu pai repetia isso sem parar deixava Jimmy nervoso. Era como se ele estivesse tentando convencer a si próprio, e não ao filho.

Jimmy apoiou a testa contra a vidraça da janela do trem e ficou olhando os trilhos passarem zumbindo abaixo dele. Seu pai. Seu velho pai era o único obstáculo em seus planos para Londres.

Ele não podia ser deixado sozinho em Coventry, não atualmente, mas ele era sentimental em relação à casa onde Jimmy crescera. Ultimamente, com sua mente vagando como acontecia, Jimmy às vezes o encontrava botando a mesa para a mulher, ou pior, sentado à janela, como costumava fazer, esperando que ela chegasse.

O trem entrou na estação de Waterloo e Jimmy jogou a mochila sobre o ombro. Ele encontraria uma solução. Sabia que encontraria. O futuro se estendia à sua frente e Jimmy estava disposto a corresponder a ele. Segurando sua câmera com força, saltou do vagão e dirigiu-se ao metrô para pegar o trem de volta a Coventry.

∽

Dolly, enquanto isso, estava diante do espelho do guarda-roupa em seu quarto em Bellevue, envolta em um magnífico traje de seda prateada. Ela iria devolvê-lo mais tarde, é claro, mas teria sido um crime não experimentá-lo primeiro. Ela empertigou-se e ficou observando-se por um instante. O subir e descer de seus seios quando respirava, os ossos do decote, a maneira como o vestido ondulava com vida pela sua pele. Nunca vestira nada semelhante, nem havia nada semelhante entre as roupas sem graça de sua mãe. Nem mesmo a mãe de Caitlin tinha um vestido como aquele. Dolly se transformara.

Quisera que Jimmy pudesse vê-la agora, assim. Dolly tocou os lábios e sua respiração se acelerou ao se lembrar do beijo, da intensidade do olhar dele sobre ela, sua expressão quando a fotografara. Fora seu primeiro beijo de verdade. Ela agora era uma pessoa diferente da que era naquela manhã. Imaginava se seus pais notariam; se era evidente para qualquer pessoa que um homem como Jimmy, um homem adulto, musculoso, com mãos calejadas de trabalho e um emprego em Londres tirando fotos, a tivesse olhado com desejo e a beijado de verdade.

Dolly alisou o vestido sobre os quadris. Sorriu com um leve cumprimento para um colega invisível. Riu de uma piada silenciosa. E depois, com um rodopio, deixou-se cair atravessada na cama estreita, os braços abertos. Londres – ela disse em voz alta para a pintura que se descascava do teto em caracóis. Dolly tomara uma decisão, e a empolgação quase a matava. Ela ia para Londres; diria a seus pais assim que as férias terminassem e todos eles voltassem para Coventry. Seu pai e sua mãe detestariam a ideia, mas era a sua vida e ela se recusava a se deixar intimidar pelas convenções; ela não tinha nada a ver com uma fábrica de bicicletas; ia fazer exatamente o que queria. Havia uma vida de aventuras esperando por ela no vasto mundo lá fora: Dolly só precisava ir ao seu encontro.

9

Londres, 2011

ESTAVA CINZENTO E LÚGUBRE LÁ fora, e Laurel ficou satisfeita por ter trazido seu casaco mais pesado. Os produtores do documentário ofereceram um carro para buscá-la, mas ela recusou, o hotel não ficava distante e ela preferia caminhar. Era verdade. Ela gostava de caminhar, sempre gostara, e atualmente vinha com o bônus de manter os médicos felizes. Hoje, no entanto, estava particularmente satisfeita de ir a pé; com sorte, o ar puro ajudaria a desanuviar sua cabeça. Sentia-se excepcionalmente nervosa em relação à entrevista da tarde. O simples pensamento nos refletores, no olhar fixo da câmera, nas perguntas do amável e jovem jornalista, fez os dedos de Laurel buscar um cigarro na bolsa. Lá se vai a alegria dos médicos.

Ela parou na esquina da Kensington Church Street para acender um fósforo, consultando seu relógio enquanto sacudia o fósforo para apagar a chama. Haviam terminado os ensaios para o filme antes do programado e a entrevista só aconteceria às três. Tragou o cigarro pensativamente; se andasse depressa, ainda haveria tempo para fazer um pequeno desvio ao longo do caminho. Laurel olhou em direção a Notting Hill. Não ficava longe, não levaria muito tempo; ainda assim, hesitou. Sentia-se em uma espécie de encruzilhada, uma série de implicações nebulosas espreitando por trás da decisão aparentemente simples. Mas, não, estava exagerando – é claro que devia ir dar uma olhada. Seria tolice deixar de fazê-lo, estando tão perto. Apertando a bolsa contra o corpo, começou a andar rapidamente para fora da High Street.

("Depressa, abelhinhas. Não fiquem aí fazendo cera", sua mãe costumava dizer, só porque ela achava engraçado.)

Laurel se vira olhando fixamente para o rosto da mãe durante a festa de aniversário, como se pudesse encontrar respostas ao enigma estampado ali. (Como você conheceu Henry Jenkins, mamãe? Parece-me que não eram muito amigos.) Fizeram a festa na quinta-feira de manhã, no jardim do hospital – o tempo estava bom e, como Iris ressaltou, depois do triste arremedo de verão que tiveram, seria um crime não aproveitar o dia ensolarado.

Que magnífico rosto, o de sua mãe. Quando jovem, ela fora linda, muito mais do que Laurel, mais do que qualquer uma das filhas, com exceção talvez de Daphne. Ela certamente não seria requisitada pelos diretores para interpretar personagens específicos. Mas uma coisa era certa: a beleza, cuja origem está na juventude, não dura, e sua mãe envelhecera. Sua pele estava flácida, manchas haviam surgido, juntamente com misteriosas depressões e descolorações; seus ossos pareciam ter diminuído conforme o resto do corpo encolhia e os cabelos rareavam. Ainda assim, aquele rosto permaneceu, cada aspecto resplandecente de malícia, mesmo agora. Seus olhos, apesar de cansados, tinham o brilho de alguém que está sempre pronta a se divertir, e a boca tinha os cantos levantados como se ela tivesse acabado de se lembrar de uma piada. Era o tipo de rosto que atraía estranhos; que os encantava e os fazia querer conhecê-la melhor. O jeito que tinha, com um leve tremor do maxilar, de fazer uma pessoa sentir que ela também sofrera como você, que tudo seria melhor agora simplesmente por você ter entrado em sua órbita: essa era sua verdadeira beleza – sua presença, sua alegria, seu magnetismo. Isso e sua esplêndida disposição para brincar de faz de conta.

– Meu nariz é grande demais para o meu rosto – ela disse certa vez, quando Laurel era pequena e a observava enquanto se vestia para alguma ocasião. – Meus talentos concedidos por Deus foram desperdiçados. Eu teria dado uma excelente *parfumier*. – Ela se voltara do espelho e dera aquele sorriso brincalhão que sempre fazia o coração de Laurel bater um pouco mais depressa de expectativa. – Você consegue guardar um segredo?

Laurel, sentada à beira da cama dos pais, balançou a cabeça e sua mãe se inclinou para a frente, de modo que a ponta de seu nariz tocasse o próprio narizinho de Laurel, e então ela sussurrou:

– É porque eu já fui um crocodilo. Há muito tempo, antes de me tornar mãe.

– É mesmo? – Laurel exclamou, soltando o ar.

– Sim, mas isso se tornou cansativo. Toda aquela natação e abrir e fechar a boca... E a cauda pode ser muito pesada, sabia? Especialmente quando está molhada.

– Foi por isso que você resolveu se transformar em minha mãe?

– Não, de jeito nenhum. Caudas pesadas não são agradáveis, mas não são motivo para você se esquivar dos seus deveres. Um dia, eu estava deitada na margem de um rio...

– Na África?

– Claro. Você não achava que tivéssemos crocodilos aqui na Inglaterra, não é?

Laurel sacudiu a cabeça.

– Lá estava eu, tomando banho de sol, quando uma menininha se aproximou com sua mãe. Elas estavam de mãos dadas e eu compreendi que gostaria muito de fazer o mesmo. Então, eu fiz. Tornei-me uma pessoa. E depois eu tive você. Tudo funcionou muito bem, devo dizer, exceto por esse nariz.

– Mas como? – Laurel piscou, fascinada. – Como você se transformou numa pessoa?

– Bem. – Dorothy voltou-se novamente para o espelho e ajeitou as alças nos ombros. – Não posso lhe contar todos os meus segredos, não é? Não de uma vez. Pergunte-me de novo em outro dia, quando você for mais velha.

Sua mãe sempre tivera muita imaginação.

– Bem, ela tinha que ter, não é? – Iris dissera, com uma risadinha de deboche, quando as levava para casa em seu carro, depois da festa de aniversário. – Tinha que aguentar todas nós. Qualquer outra mulher teria ficado completamente louca.

O que era verdade, Laurel tinha que concordar. Sabia que, se fosse ela, certamente teria ficado. Cinco crianças berrando e brigando nos seus calcanhares, uma casa que apresentava uma nova goteira toda vez que chovia, pássaros fazendo ninho nas chaminés. Era uma espécie de pesadelo.

Mas, na verdade, não fora assim. Fora perfeito. O tipo de vida doméstica sobre a qual falavam os romancistas sentimentais nos livros considerados nostálgicos pelos críticos. (Até acontecer aquela história com a faca. O mais provável era mesmo que os críticos dessem uma risadinha irônica.) Laurel podia se lembrar vagamente de ter revirado os olhos das profundezas de suas melancolias de adolescente e se perguntado como alguém podia se contentar com uma vida tão insípida. A palavra bucólica ainda não tinha sido inventada, não para Laurel, que estava muito ocupada em 1958 com romancistas como Kingsley Amis, que retratava a realidade da vida moderna na Inglaterra, para se preocupar com *The Darling Buds of May*, uma quase comédia sobre a vida idílica no campo. Mas ela não queria que seus pais mudassem. A juventude é um estágio arrogante da vida, e acreditar simplesmente que eles eram menos aventureiros do que ela já era o suficiente para Laurel. Nem por um instante ela considerara que pudesse haver alguma coisa além da aparência de sua mãe como uma feliz esposa e mãe; que ela pudesse ter sido jovem um dia e determinada a não se transformar em sua mãe; que pudesse até mesmo estar se escondendo de alguma coisa em seu passado.

Agora, no entanto, o passado estava por toda parte. Invadira Laurel no hospital, quando ela viu a foto de Vivien, e não a deixara desde então. Ele esperava por ela em cada esquina; sussurrava em seu ouvido na calada da noite. Era cumulativo, adquirindo mais peso a cada dia, trazendo com ele pesadelos, facas reluzentes e garotinhos com foguetes de lata e a promessa de voltar no tempo para consertar tudo. Ela já não conseguia se concentrar adequadamente em mais nada, nem no filme, cuja produção deveria começar na semana seguinte, nem na série de entrevistas que estava gravando para o documentário. Nada parecia importar, exceto conhecer a verdade sobre o passado secreto de sua mãe.

E realmente havia um passado secreto. Se Laurel já não tivesse certeza, a mãe havia confirmado. Em seu aniversário de noventa anos, enquanto suas três bisnetas faziam guirlandas de margaridas e seu neto amarrava um lenço em volta do joelho machucado de seu próprio filho, enquanto suas filhas se certificavam de que todos tivessem bolo e chá e alguém gritava "Discurso! Discurso!", Dorothy Nicolson sorrira de felicidade. As últimas rosas da estação despontavam nas moitas por trás dela; Dorothy entrelaçou as mãos e, ociosamente, ficou girando os anéis agora frouxos nos dedos. Então, ela suspirou.

– Tenho tanta sorte – ela disse, numa voz lenta e vacilante. – Vejam todos vocês, vejam meus filhos. Sou muito agradecida, tenho tanta sorte de ter tido... – Seus lábios enrugados estremeceram e suas pálpebras também se fecharam com um tremor. Todos haviam acorrido para o seu lado com beijos e exclamações de "Querida mamãe!", de modo que não ouviram quando ela disse:
– ... uma segunda chance.

Mas Laurel ouviu. E olhou ainda mais intensamente para o adorável, cansado, familiar e misterioso rosto da mãe. Em busca de respostas. Respostas que ela sabia que estavam lá, esperando para serem descobertas. Porque pessoas que levaram uma vida impecável e monótona não agradeciam por segundas chances.

༄

Laurel entrou na Campden Grove e deparou-se com um grande redemoinho de folhas. O varredor de ruas ainda não passara por ali e ela ficou satisfeita com isso. Foi triturando o amontoado maior de folhas sob os pés e o tempo pareceu voltar, de modo que ela estava ali, agora, e com oito anos novamente, brincando no bosque atrás de Greenacres. "Encham os sacos até a borda, meninas. Queremos que nossas labaredas cheguem até a lua." Essa era sua mãe e era a Noite da Fogueira. Laurel e Rose, de galochas e cachecol, Iris uma trouxinha toda agasalhada, piscando de dentro de um carrinho de bebê. Gerry, que viria a amar o bosque mais do que todas elas, não passava de um sussurro, um vaga-lume distante no céu rosado. Daphne também ainda não era nascida, mas já fazia sentir sua presença, nadando, girando e saltando na barriga de sua mãe: *Estou aqui! Estou aqui! Estou aqui!* ("Isso aconteceu quando você estava morta", costumavam dizer-lhe quando a conversa se voltava para algo que acontecera antes do seu nascimento. A sugestão de morte não a aborrecia, mas a ideia de que toda a algazarra se desenrolara sem a sua presença a mortificava.)

Mais ou menos na metade da rua, logo depois de Gordon Place, Laurel parou. Lá estava, número 25. Encaixada entre o 24 e o 26, exatamente como devia ser. A casa propriamente dita era muito parecida com as demais, branca, estilo vitoriano, com gradis de ferro pretos na sacada do primeiro andar e uma janela de sótão sob o raso telhado de ardósia. No chão de mosaico da entrada principal, havia um carrinho de bebê, do tipo que parecia capaz de ser dobrado e transformado num módulo lunar, e via-se também uma guirlanda de cabeças de abóbora de Halloween, desenhada por uma criança, pendurada de um lado ao outro da janela do andar térreo. Não havia nenhuma placa azul na fachada, apenas o número da rua. Evidentemente, ninguém achara adequado sugerir ao Patrimônio Histórico que a permanência de Henry Ronald Jenkins em Campden Grove 25 deveria ser assinalada para a posteridade. Laurel se perguntou se os atuais residentes saberiam que sua casa um dia pertencera a um famoso escritor. Provavelmente não, e por que deveriam? Muita gente em Londres vivia em uma casa que podia reivindicar o status de já ter sido ocupada por Alguém, e a fama de Henry Jenkins fora fugaz.

Laurel, porém, o encontrara na internet. Ali, o problema era o oposto – era impossível se desvencilhar daquela rede por mais que se tentasse. Henry Jenkins era um de milhões de espectros que viviam dentro da rede, rodando em círculos fantasmagóricos, até que a combinação certa de letras fosse digitada e eles fossem ressuscitados por um curto espaço de tempo. Em Greenacres, Laurel havia feito uma tentativa de navegar na Web em seu novo telefone, mas exatamente quando descobriu onde deveria digitar os termos da pesquisa, a bateria acabou. Tomar emprestado o laptop de Iris para uma finalidade tão clandestina estava fora de questão, então ela passara suas últimas horas em Suffolk em mudo sofrimento, ajudando Rose a esfregar os rejuntes mofados dos ladrilhos do banheiro.

Quando Neil chegou, como combinado, na sexta-feira, eles conversaram informalmente sobre o tráfego, a próxima temporada teatral, a probabilidade das obras por todo o caminho de volta pela estrada M11 ficarem prontas a tempo para as Olimpíadas. Uma vez em Londres, Laurel forçou-se a ficar parada no crepúsculo com sua mala, acenando adeus até o carro desaparecer de vista, e somente depois subiu calmamente as escadas, abriu a porta do apartamento sem nenhum sinal de afobação com as chaves, e entrou. Fechou a porta silenciosamente atrás de si e então, somente então, na segurança de sua própria sala de estar, largou a mala – e a máscara caiu. Sem sequer parar para acender as luzes, ela ligou seu laptop e digitou o nome dele no Google. Na fração de tempo que levou para os resultados aparecerem, Laurel voltou a ser uma roedora de unhas.

A página da Wikipedia sobre Henry Jenkins não era detalhada, mas fornecia uma bibliografia e uma curta biografia (nascido em Yorkshire, 1901, casado em Oxford, 1938, morava em Campden Grove 25, London, morreu em Suffolk, 1961); seus romances estavam listados em alguns poucos sites de livros de segunda mão (Laurel encomendou dois); era também mencionado em páginas tão distintas quanto a lista de ex-alunos da Nordstrom School e "Mais estranho do que a ficção: mortes literárias misteriosas". Laurel conseguiu colher algumas informações sobre sua obra – ficção semiautobiográfica, um foco em ambientes sombrios e anti-heróis da classe trabalhadora, até seu sucesso com uma história de amor em 1939, seu trabalho para o Ministério da Informação durante a guerra; mas havia muito mais material sobre o seu desmascaramento como o homem que andava rondando as áreas de piquenique no verão de Suffolk. Ela debruçou-se sobre isso, página por página, oscilando à beira do pânico enquanto esperava que um nome ou endereço familiar saltasse da tela e a mordesse.

Não aconteceu. Não havia nenhuma menção em parte alguma a Dorothy Nicolson, mãe da atriz vencedora do Oscar e (segundo) Rosto Predileto da Nação, Laurel Nicolson; nenhuma referência geográfica mais específica do que "uma campina próxima a Lavenham, Suffolk"; nenhum mexerico libidinoso quanto a facas de aniversário ou bebês chorando ou festas de família à margem do rio. Claro. Claro que não havia. A cavalheiresca fraude de 1961 fora bem apoiada pelos historiadores online: Henry Jenkins era um autor que desfrutara de sucesso antes da Segunda Guerra Mundial, mas cuja estrela entrara em declínio depois disso. Ele perdeu influência, dinheiro, amigos e, por fim, sua noção de decoro; o que ele conseguiu, em vez disso, foi infâmia, e mesmo isso já desaparecera em grande parte. Laurel leu a mesma triste história inúmeras vezes e, a cada vez, o retrato desenhado a lápis se tornava mais definido. Ela soltou a respiração. Deu um descanso ao seu mastigado polegar. Ela própria quase começou a acreditar na ficção.

Porém, ela deu um clique a mais no teclado. Um link aparentemente inocente a um website intitulado "O imaginário de Rupert Holdstock". A fotografia aparecia na tela como um rosto à janela: Henry Jenkins, inconfundível, embora mais novo do que se lembrava, quando o vira subindo o caminho de entrada da casa. A pele de Laurel ficou vermelha e quente e, em seguida, fria. Nenhuma das duas notícias de jornal que encontrara na época incluía uma fotografia, e esta era a primeira vez que ela via seu rosto desde aquela tarde, na casa da árvore.

Não conseguiu se conter; fez uma busca de imagens. Dentro de 0.27 segundo, o Google já havia montado uma tela com fotografias idênticas, de proporções apenas ligeiramente diferentes. Vistas assim em conjunto, davam-lhe um ar macabro. (Ou seriam as suas próprias associações que faziam isso? O rangido da dobradiça do portão; o rosnado de Barnaby; o lençol branco manchado de vermelho-escuro.) Fileira após fileira de retratos em preto e branco: trajes formais, bigode escuro, sobrancelhas grossas emoldurando um olhar surpreendentemente direto. "Olá, Dorothy", os múltiplos lábios finos pareciam se mover na tela. "Já faz muito tempo."

Laurel fechou o laptop abruptamente, deixando o aposento às escuras.

~

Ela se recusara a continuar fitando Henry Jenkins, mas continuara pensando nele, e pensara naquela casa, logo depois da esquina de seu próprio apartamento, e quando o primeiro embrulho chegou pelo correio no dia seguinte e ela se instalou para ler o livro de ponta a ponta, ela pensara em sua mãe também. *A criada* foi o oitavo romance de Henry Jenkins, publicado em 1940 e detalhando o caso amoroso entre um renomado escritor e o misto de criada e dama de companhia de sua mulher. A jovem – Sally, era seu nome – era atrevida e audaciosa, e o protagonista um sujeito torturado, cuja mulher era bela, mas fria. Não era uma leitura ruim, se não se levasse em conta a prosa convencional e enfadonha; os personagens eram muito bem construídos e o dilema do narrador era atemporal, particularmente quando Sally e a esposa se tornaram amigas. O final mostrava o narrador prestes a romper o caso, mas angustiado com as possíveis repercussões. A pobre garota se tornara irremediavelmente obcecada por ele, e quem poderia culpá-la? Como o próprio Henry Jenkins – isto é, o protagonista – escreveu, ele era um excelente partido.

Laurel olhou novamente para a janela do sótão de Campden Grove 25. Henry Jenkins era conhecido por escrever com base na vida real; sua mãe trabalhara por algum tempo como empregada (foi assim que ela foi parar na pensão de sua avó Nicolson); sua mãe e Vivien tinham sido amigas, sua mãe e Henry Jenkins, no final, decididamente não. Seria um exagero dizer que a história de Sally poderia ser a de sua mãe? Que Dorothy um dia vivera naquele pequeno quarto lá em cima, sob o telhado de ardósia, que ela se apaixonara pelo patrão e que fora abandonada? Isso explicaria o que Laurel havia testemunhado em Greenacres, a fúria de uma mulher desprezada?

Talvez.

Enquanto Laurel se perguntava como iria descobrir se uma jovem chamada Dorothy havia trabalhado para Henry Jenkins, a porta da frente do número 25 – que era vermelha; Laurel achava que havia muito de positivo a ser dito a respeito de uma pessoa que tinha a porta da frente vermelha – se abriu e um emaranhado barulhento de pernas gorduchas de meias e gorros de tricô com pompom jorrou sobre a calçada. Os donos geralmente não gostam de ver estranhos sondando suas casas, de modo que Laurel abaixou a cabeça e começou a remexer na bolsa, tentando parecer uma mulher perfeitamente normal com uma missão a cumprir e não alguém que passara a tarde inteira caçando fantasmas. Como qualquer intrometido que se preze, ela ainda conseguiu ficar de olho na cena, observando quando uma mulher surgiu, com um bebê num carrinho, três criancinhas ao redor de suas pernas e – meu Deus! – outra voz infantil soando para ela de algum lugar de dentro da casa.

A mulher empurrava o carrinho de lado em direção ao topo das escadas, e Laurel hesitou. Estava prestes a oferecer ajuda quando a quinta criança, um menino, mais alto do que as outras crianças, mas ainda assim de apenas cinco ou seis anos, surgiu da casa e segurou a frente do carrinho. Juntos, ele e a mãe carregaram o carrinho pelas escadas. A família partiu em direção à Kensington Church Street, as meninas saltitando à frente, mas o menino deixou-se ficar um pouco para trás. Laurel observou-o. Ela gostou da maneira como seus lábios se moviam ligeiramente, como se ele estivesse cantarolando para si mesmo, e da maneira como usava as mãos, espalmando-as para fora e depois inclinando a cabeça para vê-las ondularem em direção uma à outra, como folhas flutuantes. Ele estava completamente alheio ao ambiente à sua volta e sua concentração o tornava fascinante. Ele a fazia lembrar Gerry quando era pequeno.

Querido Gerry. Ele nunca fora comum, seu irmão. Ele não falara sequer uma palavra pelos seis primeiros anos de vida, e as pessoas que não o conheciam geralmente presumiam que fosse retardado. (Aquelas que realmente conheciam as barulhentas meninas Nicolson viam seu silêncio como nada menos do que inevitável.) Esses estranhos estavam errados. Gerry não era retardado, ele era inteligente, extremamente inteligente. Inteligente para a ciência. Ele coletava fatos e provas, verdade e teoremas, e respostas a questões sobre tempo e espaço, e a matéria entre eles, que Laurel nem sequer sonhara em perguntar. Quando ele finalmente resolveu se comunicar em palavras, em voz alta, foi para perguntar se algum deles tinha uma opinião sobre como os engenheiros planejavam ajudar a evitar que a Torre Inclinada de Pisa tombasse (o assunto estivera no noticiário algumas noites antes).

– Julian!

As lembranças de Laurel se dissolveram e ela ergueu os olhos para ver a mãe do menino chamá-lo, como se o fizesse de outro planeta.

– Juju-bean!

O menino guiou a mão para uma aterrissagem segura antes de levantar a cabeça. Seus olhos encontraram-se com os de Laurel e se arregalaram. Primeiro, surpresa, mas depois alguma outra coisa. Reconhecimento, ela sabia; acontecia o tempo todo, ainda que nem sempre acompanhado de uma percepção concreta. ("Eu a conheço? Já nos conhecemos? Você trabalha no banco?")

Ela fez um sinal com a cabeça e começou a ir embora, até que o menino, com um ar impassível, disse:

– Você é a mulher do papai.

– *Ju-li-an.*

Laurel virou-se para encarar o estranho homenzinho.

– O quê?
– Você é a mulher do papai.

Antes, porém, que ela pudesse perguntar a ele o que estava querendo dizer, o garoto saiu correndo, tropeçando nos pés para ir ao encontro da mãe, as duas mãos navegando pelas invisíveis correntezas de Campden Grove.

10

Laurel parou um táxi na Kensington High Street.
– Para onde, querida? – perguntou o motorista, enquanto ela subia na parte de trás do veículo e se livrava da chuva repentina.
– Soho, Charlotte Street Hotel, por gentileza.
Seguiu-se uma pausa, acompanhada do escrutínio pelo espelho retrovisor e, em seguida, à medida que o carro dava uma guinada para o meio do trânsito, veio o comentário:
– Você me parece familiar. O que você faz?
Você é a mulher do papai – o que diabos aquilo significava?
– Eu trabalho no banco.
Enquanto o motorista lançava uma invectiva contra os banqueiros e a crise global de crédito, Laurel fingia uma grande concentração na tela de seu celular. Ela percorreu aleatoriamente a lista de contatos até encontrar Gerry.
Ele chegara tarde à festa de sua mãe, coçando a cabeça e tentando lembrar onde havia deixado o presente. Ninguém esperava nada diferente de Gerry, e todas elas estavam tão eletrizadas como sempre ficavam quando o viam. Agora com cinquenta e dois anos, mas de algum modo ainda o adorável garoto avoado, vestindo calça mal-ajustada e o suéter marrom cheio de calombos que Rose tricotara para ele uns trinta Natais atrás. Fez-se um grande estardalhaço, as outras irmãs atropelando-se para lhe servir chá e bolo. Até mesmo sua mãe acordara de sua sonolência, o rosto velho e cansado brevemente transformado pelo radiante sorriso de pura alegria que guardara para seu único filho.

De todos os filhos, ela sentia falta especialmente dele. Laurel sabia disso porque a enfermeira mais amável lhe dissera. Ela parara Laurel no corredor quando estavam arrumando a festa e dissera:
— Eu queria falar com você.
Laurel, sempre pronta a levantar a guarda, disse:
— O que foi?
— Não precisa entrar em pânico, nada grave. É que sua mãe tem perguntado por uma pessoa. Um homem, eu acho. Jimmy? Seria isso? Ela queria saber onde ele estava, por que não vinha visitá-la.

Laurel franzira a testa e sacudira a cabeça, depois dissera a verdade à enfermeira. Não achava que sua mãe conhecesse nenhum Jimmy. Não acrescentou que ela era a pessoa errada para perguntar, que havia outras muito mais zelosas entre as irmãs. (Embora não Daphne. Graças a Deus por Daphne! Em uma família de filhas, era uma felicidade não ser a pior.)

— Não se preocupe. — A enfermeira deu um sorriso tranquilizador. — Ela tem entrado e saído de um estado de semiconsciência ultimamente. Não é incomum eles ficarem confusos, no final.

Laurel contraíra-se diante do impessoal "eles", a terrível rispidez de "final", mas Iris surgira nesse momento com uma chaleira defeituosa e um ar de grande preocupação, e Laurel abandonou o assunto. Somente mais tarde, quando fumava furtivamente na entrada do hospital, é que Laurel percebeu a confusão, que naturalmente o nome que sua mãe estava dizendo era Gerry, e não Jimmy.

❦

O motorista mudou repentinamente de direção, saindo da Brompton Road, e Laurel agarrou-se ao assento.
— Canteiro de obras — ele explicou, dando a volta por trás da Harvey Nichols. — Apartamentos de luxo. Já faz doze meses e aquele maldito guindaste ainda está lá.
— Irritante.

– A maior parte já foi vendida, sabe? Quatro milhões de libras cada. – Ele assoviou entre os dentes. – É muita grana, eu compraria uma ilha para mim com esse dinheiro.

Laurel sorriu de uma maneira que esperava que não fosse encorajadora – ela detestava ser arrastada para uma conversa sobre o dinheiro de outras pessoas – e segurou o telefone mais perto do rosto.

Ela sabia por que tinha Gerry no pensamento; sabia por que estava encontrando semelhanças a Gerry no rosto de meninos estranhos. Eles foram muito unidos um dia, os dois, mas as coisas mudaram quando ele tinha dezessete anos. Ele fora ficar no apartamento de Laurel em Londres antes de seguir para Cambridge (uma bolsa de estudos integral, como Laurel dizia a todos que conhecia, às vezes até a quem não conhecia) e eles se divertiram juntos – sempre se divertiam. Uma sessão vespertina de *Monty Python – Em busca do Cálice Sagrado*, e depois jantar no restaurante de curry no final da rua. Mais tarde, depois de um delicioso *tikka masala*, os dois saíram pela janela do banheiro, levando almofadas e um cobertor com eles, e compartilharam um baseado no telhado de Laurel.

A noite estava excepcionalmente límpida – estrelas, mais estrelas do que o normal, sem dúvida – e mais abaixo na rua, os sons agradáveis e distantes das comemorações de outras pessoas. Fumar deixou Gerry excepcionalmente falador, o que estava bom para Laurel porque fumar a deixava em um estado de deslumbramento. Ele estava tentando explicar as origens de tudo, apontando para aglomerações de estrelas e galáxias, e fazendo gestos de explosão com suas mãos delicadas e febris, enquanto Laurel estreitava os olhos, fazendo as estrelas ficarem turvas e entortarem, deixando que as palavras dele se fundissem como água corrente. Ela se perdera numa correnteza de nebulosas, penumbras e supernovas, e só percebeu que o monólogo de Gerry havia terminado quando o ouviu dizer "Lol" daquele jeito que as pessoas fazem quando já repetiram a palavra mais de uma vez.

– Hein? – Fechava um dos olhos e depois o outro, de modo que as estrelas saltassem pelo céu.
– Eu queria lhe fazer uma pergunta.
– Sim?
– Meu Deus... – Ele riu. – Eu já disse isso mentalmente tantas vezes e agora não consigo encontrar as palavras. – Ele passou os dedos pelos cabelos, frustrado, e fez um ruído de respiração animal. – Huuum. Ok, lá vai: eu queria lhe perguntar se alguma coisa aconteceu, Lol, quando nós éramos pequenos? Algo... – Ele deixou a voz se transformar num sussurro. – Algo violento?

Foi então que ela soube. Algum sexto sentido fez seu pulso se acelerar sob a pele e ela sentiu uma onda de calor por todo o corpo. Ele se lembrava. Todos haviam simplesmente presumido que ele era pequeno demais, mas ele se lembrava.

– Violento? – Ela sentou-se, mas não se virou para encará-lo. Achava que não conseguiria olhá-lo nos olhos e mentir. – Quer dizer, além de Iris e Daphne numa briga pelo banheiro?

Ele não riu.

– Sei que é tolice, só que às vezes eu tenho essa sensação.
– Você tem uma sensação?
– Lol...
– Porque se é de sensações assustadoras que você quer falar, na verdade seria Rose.
– Santo Deus.
– Eu podia fazer uma ligação para o *ashram*, se você quiser...

Ele atirou uma almofada em cima dela.

– Estou falando sério, Lol. Isso está me deixando louco. Estou perguntando a você porque eu sei que me dirá a verdade.

Ele sorriu ligeiramente, porque seriedade não era algo que usassem bem ou com frequência, e Laurel pensou pela milionésima vez em quanto o amava. Tinha certeza de que não poderia amar seu próprio filho mais do que a ele.

– É como se eu me lembrasse de alguma coisa, só que não consigo saber o que é. Como se o acontecimento tivesse desapare-

cido, mas os sentimentos, o horror e o medo, sombras deles pelo menos, ainda estivessem lá. Sabe o que quero dizer?
Laurel balançou a cabeça. Ela sabia perfeitamente o que ele queria dizer.
– E então? – Ele ergueu um dos ombros, em dúvida, e deixou-o cair outra vez, quase derrotado, embora ela ainda não o tivesse decepcionado. – Houve alguma coisa? Qualquer coisa?
O que ela poderia ter dito? A verdade? Dificilmente. Havia certas coisas que não se contavam ao irmão mais moço por mais tentador que fosse. Não na véspera de sua ida para a universidade, não no telhado de um prédio de quatro andares. Nem mesmo quando repentinamente aquilo fosse o que ela mais desejava compartilhar com ele.
– Não, nada de que eu me lembre, G.
Ele não perguntou novamente, nem deu qualquer sinal de que não acreditava nela. Após algum tempo, ele voltou a explicar estrelas, buracos negros e o começo de tudo, e o peito de Laurel doeu de amor e de remorso. Laurel fez questão de não olhar muito atentamente para ele porque havia uma expressão em seus olhos, naquele momento, que a fazia lembrar do lindo bebê que chorara quando sua mãe o colocou no chão de cascalhos, embaixo das glicínias, e ela achava que isso não poderia suportar.
No dia seguinte, Gerry partiu para Cambridge e lá permaneceu, um aluno brilhante, ganhador de prêmios, inovador, versado em expansão do universo. Encontraram-se várias vezes e trocaram correspondência sempre que possível – relatos apressadamente rabiscados de palhaçadas dos bastidores (ela) e bilhetes cada vez mais enigmáticos, esboçados no verso de guardanapos da lanchonete (ele) – porém, de uma maneira inexplicável, nunca mais o relacionamento entre eles fora o mesmo. Uma porta, que ela não sabia que estava aberta, se fechara. Laurel não sabia se fora apenas ela ou se ele, também, havia percebido que uma fenda se abrira silenciosamente na superfície da amizade entre eles naquela noite no telhado. Ela lamentara a decisão de não lhe contar, porém somente muito mais tarde. Na ocasião, achara que

estava fazendo o que era certo, protegendo-o, mas agora já não tinha tanta certeza.

– Aqui estamos, querida. Charlotte Street Hotel. São doze paus.

– Obrigada. – Laurel colocou o telefone na bolsa e deu ao motorista uma nota de dez e outra de cinco libras. Ocorria-lhe agora que Gerry poderia ser a única pessoa, fora sua mãe, com quem ela devia conversar sobre a questão; ele também estivera presente naquele dia; eles estavam ligados, os dois, um ao outro e àquilo que testemunharam.

Laurel abriu a porta, quase atingindo sua agente, Claire, que pairava na calçada com um guarda-chuva.

– Meu Deus, Claire, você me assustou – ela disse, enquanto o táxi se afastava.

– Faz parte do serviço. Como vai? Tudo bem?

– Tudo bem.

Beijaram-se nas faces e correram para dentro do hotel quente e seco.

– A equipe ainda está se preparando – Claire disse, sacudindo o guarda-chuva. – Luzes e tudo o mais. Gostaria de alguma coisa no restaurante enquanto esperamos? Chá ou café?

– Uma dose de gim puro?

Claire ergueu uma sobrancelha fina.

– Você não vai precisar. Já fez isso mais de cem vezes e eu vou estar presente o tempo todo. Se o jornalista sequer pensar em se desviar do roteiro, vou cair em cima dele como uma praga.

– Uma ideia realmente agradável.

– Eu daria uma boa praga.

– Não tenho a menor dúvida quanto a isso.

Tinham acabado de servir-lhes um bule de chá quando uma jovem de rabo de cavalo e uma camiseta com os dizeres "Tanto faz" aproximou-se da mesa e anunciou que a equipe já estava pronta e quando elas quisessem poderiam começar. Claire chamou a garçonete, que disse que levaria o chá para elas na suíte, e elas tomaram o elevador.

– Tudo bem? – Claire perguntou quando as portas se fecharam na recepção.
– Tudo bem – Laurel respondeu, tentando com todas as forças acreditar.

A equipe do documentário havia reservado os mesmos aposentos da vez anterior. Não era ideal filmar uma única conversa ao longo de uma semana, e era necessário se preocupar com a questão da continuidade (a bem do que Laurel trouxera com ela, conforme fora instruída, a mesma blusa que usara na última sessão).

O produtor veio recebê-las à porta e o responsável pelo guarda-roupa conduziu Laurel para o quarto da suíte, onde uma tábua de passar fora montada. O nó em seu estômago se apertou e talvez isso tenha transparecido em seu rosto, pois Claire sussurrou-lhe:

– Quer que eu vá com você?

– Claro que não – Laurel respondeu, forçando-se a afastar todos os pensamentos sobre a mãe, Gerry e os obscuros segredos do passado. – Acho que sou perfeitamente capaz de me vestir sozinha.

༄

O entrevistador – "Me chame de Mitch" – abriu um largo sorriso ao vê-la e indicou-lhe uma poltrona ao lado de um antigo manequim de costureira.

– Estou muito contente de podermos fazer isso outra vez – ele disse, segurando a mão de Laurel entre as suas e sacudindo-a enfaticamente. – Estamos muito entusiasmados com o resultado até agora. Assisti a algumas sequências gravadas na semana passada e estão muito boas. O seu episódio vai ser um dos destaques da série.

– Fico feliz em saber.

– Não precisamos de muita coisa hoje, há somente alguns detalhes que eu gostaria de cobrir, se você estiver de acordo. Só para não termos nenhum ponto negro quando fizermos a montagem da história completa.

– Claro. – Não havia nada que ela quisesse mais do que explorar alguns de seus pontos negros, exceto talvez tratamento dentário de canal.

Minutos depois, ela já estava maquiada e com os microfones instalados. Laurel acomodou-se na poltrona e aguardou. Finalmente, os refletores foram acesos e uma assistente comparou o cenário com polaroides da semana anterior; foi pedido silêncio e alguém segurou uma claquete diante do rosto de Laurel. O crocodilo fechou a boca com um estalo.

Mitch inclinou-se para frente na cadeira.

– E estamos gravando – disse o *cameraman*.

– Srta. Nicolson – ele começou a dizer –, falamos muito sobre os altos e baixos de sua carreira no teatro, mas o que nossos telespectadores querem saber é como nossos heróis foram formados. Pode nos falar de sua infância?

O roteiro era bastante objetivo; a própria Laurel o escrevera. Era uma vez uma menina que morava em uma fazenda no campo, com uma família perfeita, de muitas irmãs, um irmão caçula e um pai e uma mãe que se amavam quase tanto quanto amavam seus filhos. A infância da menina foi tranquila e normal, repleta de espaços ensolarados e brincadeiras improvisadas. Quando os anos 1950 chegaram ao fim e os anos 1960 tomaram impulso, ela partiu para as luzes da vida urbana em Londres, aterrissando no meio de uma revolução cultural. Ela tivera sorte (a gratidão caía bem em entrevistas), se recusara a desistir (somente os inconsequentes atribuíam toda a boa sorte ao acaso), nunca ficara sem trabalho desde que terminara a escola de teatro.

– Sua infância parece idílica.

– Acredito que tenha sido.

– Até mesmo perfeita.

– Nenhuma família é perfeita. – Laurel sentiu a boca seca.

– Acha que sua infância a formou como atriz?

– Creio que sim. Nós todos somos moldados pelas experiências anteriores. Não é o que dizem aqueles que parecem saber tudo?

Mitch sorriu e rabiscou alguma coisa no bloco de notas sobre o joelho. Sua caneta arranhou a superfície do papel e, ao fazê-lo, a memória de Laurel deu um salto. Tinha dezesseis anos e estava sentada na sala em Greenacres, enquanto um policial anotava cada palavra que ela dizia.

– Você era uma de cinco irmãos; havia uma disputa por atenção? Isso a forçou a desenvolver maneiras de ser notada?

Laurel precisava de um pouco de água. Olhou à volta à procura de Claire, que parecia ter desaparecido.

– Absolutamente. Ter tantas irmãs e um irmão bem pequeno ensinou-me a desaparecer no segundo plano. – Com tanta eficácia que ela pôde se esgueirar de um piquenique de família no meio de um jogo de esconde-esconde.

– Como atriz, você dificilmente pode ser acusada de desaparecer no pano de fundo.

– Mas atuar não tem a ver com ser notada ou se exibir, tem a ver com observação. – Um homem dissera isso certa vez na entrada do palco. Ela estava saindo, após uma sessão de uma peça de teatro, ainda zonza com a adrenalina da apresentação, e ele a parou para dizer o quanto gostara de seu desempenho. "Você tem muito talento para a observação", ele dissera. "Ouvidos, olhos e coração, tudo ao mesmo tempo." Aquelas palavras lhe soaram familiares, uma citação de alguma peça, mas Laurel não conseguia se lembrar de qual.

Mitch inclinou a cabeça.

– Você é boa observadora?

Que coisa estranha para lembrar agora. A citação que ela não conseguia localizar, tão familiar, tão elusiva. Aquilo a deixara louca por algum tempo. E continuava fazendo um bom trabalho agora. Seus pensamentos estavam confusos. Ela estava com sede. Lá estava Claire, observando das sombras junto à porta.

– Srta. Nicolson?

– Sim?

– Você é boa observadora?

– Oh, sim. Sim, de fato. – Escondida em uma casa na árvore, o mais silenciosa possível. O coração de Laurel se acelerava. O calor no aposento, todas aquelas pessoas fitando-a, os refletores...
– Você disse, srta. Nicolson, que sua mãe é uma mulher forte. Ela sobreviveu à guerra, perdeu a família na Blitz, recomeçou. Você acha que herdou sua força? Foi isso que permitiu que sobrevivesse, na verdade, prosperasse, em um ramo reconhecidamente difícil?

A próxima fala era fácil, Laurel já a havia proferido muitas vezes antes. Agora, no entanto, as palavras se recusavam a vir à tona. Permaneceu ali sentada como um peixe estupefato, enquanto elas secavam e se transformavam em serragem em sua boca. Seus pensamentos pareciam flutuar – a casa de Campden Grove, a fotografia de Dorothy e Vivien sorridentes, sua velha mãe, cansada, em uma cama de hospital – o tempo parecia condensado, de modo que segundos se passavam como anos. O *cameraman* empertigou-se, os assistentes começaram a sussurrar entre si, mas Laurel continuou presa sob as luzes terrivelmente ofuscantes, incapaz de enxergar além da claridade, vendo, em vez disso, sua mãe, a jovem da foto, que deixara Londres em 1941, fugindo de alguma coisa, buscando uma segunda chance.

Um toque em seu joelho. O jovem entrevistador, Mitch, com uma expressão preocupada: ela precisava de um intervalo, gostaria de beber alguma coisa, um pouco de ar fresco, havia alguma coisa que ele pudesse fazer por ela?

Laurel conseguiu balançar a cabeça.

– Água – ela disse. – Um copo d'água, por favor.

Logo Claire surgiu ao seu lado.

– O que foi?

– Nada, é só que aqui está um pouco quente.

– Laurel Nicolson, eu sou sua agente e, mais ainda, sua velha amiga. Vamos tentar de novo, sim?

– Minha mãe – Laurel disse, apertando os lábios que ameaçavam estremecer. – Ela não está bem.

– Oh, querida. – Claire segurou a mão de Laurel.

– Ela está morrendo, Claire.

– Diga-me do que você precisa.

Laurel cerrou os olhos. Ela precisava de respostas, da verdade, saber com certeza que sua família feliz e toda a sua infância não foram uma mentira.

– Tempo – disse, finalmente. – Preciso de tempo. Não resta muito.

Claire apertou sua mão.

– Então, terá algum tempo.

– Mas o filme...

– Não pense mais nisso, eu vou cuidar de tudo.

Mitch voltou com um copo de água. Ficou pairando por perto enquanto Laurel bebia.

– Tudo bem? – Claire perguntou a Laurel e, quando ela balançou a cabeça, voltou-se para Mitch. – Só mais uma pergunta e depois, infelizmente, vamos ter que encerrar os trabalhos. A srta. Nicolson tem que atender a outro compromisso.

– Claro. – Mitch engoliu em seco. – Espero que eu não tenha... Certamente, não tive nenhuma intenção de ofendê-la...

– Não seja tolo, não houve nenhuma ofensa. – Claire sorriu com todo o calor de um inverno ártico. – Vamos continuar, está bem?

Laurel tirou os óculos e se preparou. Um grande peso havia saído de seus ombros, substituído pela clareza de uma firme determinação: durante a Segunda Guerra Mundial, enquanto bombas caíam sobre Londres, e residentes corajosos se ajeitavam resignadamente como podiam e passavam as noites amontoados em abrigos precários; enquanto ansiavam por uma laranja, amaldiçoavam Hitler e desejavam o fim da devastação; enquanto alguns encontravam uma coragem que nunca haviam sentido antes e outros experimentavam um medo que não haviam imaginado, a mãe de Laurel havia sido um deles. Ela tivera vizinhos, e provavelmente amigos, ela trocara cupons por ovos e ficara encantada quando conseguia um par de meias de nylon, e, no meio de tudo isso, seu caminho se cruzara com os de Vivien e Henry Jenkins. Uma amiga que perderia e um homem que um dia ela mataria.

Alguma coisa terrível acontecera entre eles três. Era a única explicação para o aparentemente inexplicável, algo horrível o suficiente para justificar o que sua mãe fizera. No pouco tempo que restava, Laurel pretendia descobrir o que era. Provavelmente não iria gostar do que descobriria, mas esse era um risco que estava disposta a correr. Um risco que precisava correr.

– Última pergunta, srta. Nicolson – Mitch disse. – Na semana passada, falamos sobre sua mãe, Dorothy. Você disse que ela era uma mulher forte. Ela sobreviveu à guerra, perdeu a família na Blitz de Coventry, casou-se com seu pai e recomeçou a vida. Você acha que herdou essa força? Foi isso que permitiu que você sobrevivesse, na verdade prosperasse, em um ramo notoriamente difícil?

Dessa vez Laurel estava preparada, a resposta na ponta da língua, sem nenhuma necessidade do *prompt*.

– Minha mãe foi uma sobrevivente; ela ainda é uma sobrevivente. Se eu tiver herdado metade da sua coragem, posso me considerar uma mulher de sorte.

PARTE DOIS

DOLLY

11

Londres, dezembro de 1940

– MUITA FORÇA, SUA TOLA. Força demais! – A velha mulher bateu o cabo de sua bengala com um *golpe seco* no seu lado na cama. – Será que preciso lembrá-la que sou uma *dama* e não tenho cascos de cavalo?

Dolly sorriu docemente e afastou-se um pouco mais para trás na cama, fora do alcance de algum dano. Havia várias coisas em seu emprego das quais ela particularmente não gostava, mas não teria sido necessário pensar muito para responder, se lhe perguntassem, que a pior parte de trabalhar como acompanhante de Lady Gwendolyn Caldicott era manter as unhas dos pés da velha senhora bem lixadas. A tarefa semanal parecia trazer à tona o pior em cada uma das duas, mas era um mal necessário e, assim, Dolly o realizava sem se queixar. (Isto é, na hora; mais tarde, na sala de estar com Kitty e as outras, ela se queixava com tal profusão de detalhes que as colegas tinham que implorar, através das lágrimas de riso, para que ela parasse.)

– Pronto, aí está – ela disse, enfiando a lixa de unha no estojo e esfregando os dedos empoeirados. – Perfeito.

Lady Gwendolyn pigarreou com ar de reprovação e arrumou seu turbante com a base da mão, conseguindo derrubar cinzas do cigarro murcho que se esquecera de que ainda estava segurando. Ela olhou para baixo do nariz e pelo vasto oceano de cor púrpura do seu corpo enrolado em chiffon, enquanto Dolly erguia o minúsculo par de pés para inspeção.

— Acho que vai ter que servir — ela disse, e começou a resmungar, lamentando-se que já não fosse mais como nos velhos e bons tempos, quando uma dama podia ter uma criada decente sempre às ordens.

Dolly colou um novo sorriso no rosto e foi buscar os jornais. Fazia pouco mais de dois anos que ela deixara Coventry, e tudo indicava que o segundo ano seria uma grande melhoria em relação ao primeiro. Ela era muito inexperiente quando chegou — Jimmy a ajudara a encontrar um pequeno quarto só seu (em uma parte da cidade melhor do que a dele, como ele dissera com um largo sorriso) e um emprego vendendo vestidos, e então a guerra começara e ele desaparecera.

— As pessoas querem histórias diretamente do front — ele lhe dissera pouco antes de partir para a França, quando estavam sentados à margem do Serpentine, ele lançando barcos de papel, ela fumando com mau humor. — Alguém tem que lhes contar.

O mais próximo que Dolly chegara do glamour naquele primeiro ano fora um vislumbre ocasional de uma mulher elegantemente vestida passando pela John Lewis em direção à Bond Street e o fascínio que exercia sobre suas colegas da pensão da sra. White. De olhos arregalados, quando se reuniam na sala depois do jantar, elas suplicavam a Dolly que lhes contasse outra vez como seu pai gritara com ela quando ela saíra de casa e lhe dissera que não queria mais ver nem a sua sombra na porta de entrada. Ela se sentia interessante e empolgante quando descrevia como o portão se fechara atrás dela, como lançara o cachecol por cima do ombro e marchara para a estação de trem — sem sequer um olhar para trás, para a casa de sua família; mais tarde, porém, sozinha na cama estreita em seu quarto minúsculo e escuro, a lembrança a fazia tremer um pouco de frio.

No entanto, tudo mudara depois que ela perdera o emprego de vendedora na John Lewis. (Uma confusão tola, na verdade; não era culpa de Dolly se algumas pessoas não apreciavam a honestidade, e o fato inalienável era que saias mais curtas não caíam bem em qualquer pessoa.) Foi o dr. Rufus, pai de Caitlin, que viera em seu resgate. Ao saber do incidente, ele mencionou que um conhecido seu estava procurando uma acompanhante para a tia.

— Uma senhora incrível — ele dissera durante um almoço no Savoy. Todo mês, quando vinha a Londres, ele levava Dolly para almoçar, geralmente quando sua mulher estava fazendo compras com Caitlin. — Um pouco excêntrica, eu acho. Solitária. Nunca se recuperou da morte da irmã. Você se dá bem com idosos?

— Sim — Dolly disse, concentrando-se em seu coquetel de champanha. Era a primeira vez que tomava um desses e sentia-se um pouco tonta, embora de uma maneira muito agradável e inesperada. — Acredito que sim. Por que não?

Foi o bastante para o radiante dr. Rufus. Ele escreveu uma carta de referência para ela e exaltou as qualidades de Dolly junto à amiga; até se prontificou a levar Dolly de carro para a entrevista. O sobrinho teria preferido fechar a casa ancestral pelo tempo que fosse necessário, explicou o dr. Rufus enquanto rodavam pelas ruas de Kensington, mas sua tia pusera um ponto final na ideia. A velha teimosa (era realmente preciso admirar sua tenacidade) se recusara a ir com a família do sobrinho para a segurança de sua propriedade no campo, fincando os pés e ameaçando chamar seu advogado se não fosse deixada em paz.

Dolly ouvira a história novamente muitas vezes desde então, nos dez meses em que estava trabalhando para Lady Gwendolyn. A velha senhora, que auferia grande prazer em revisitar as ofensas que lhe foram infligidas, dizia que seu pérfido sobrinho tinha tentado fazê-la ir embora dali "contra a sua vontade", mas ela insistia em permanecer "no único lugar em que fui feliz. Foi aqui que crescemos, Henny Penny e eu. Eles vão ter que me levar num caixão se quiserem me tirar daqui. Pode ter certeza que encontrarei um modo de assombrar Peregrine, mesmo assim, se ele ousar levar a ideia adiante."

Dolly, por sua vez, estava encantada com a postura de Lady Gwendolyn, pois fora a insistência da velha dama em permanecer onde estava que a trouxera para viver na magnífica casa em Campden Grove.

E, ah, como *era* magnífica! A fachada do número 7 era clássica: três andares para cima e um para baixo, reboco branco amenizado com detalhes em preto, afastada da calçada por um pequeno jardim; o interior, entretanto, era sublime. Papéis de parede William Morris em todos os cômodos, mobília esplêndida, ostentando a divina pátina de gerações, estantes rangendo sob o peso requintado de raros cristais, pratas e porcelanas. Em comparação com a pensão da sra. White em Rillington Place, onde Dolly entregava metade de seu salário semanal de vendedora de loja pelo privilégio de dormir em um antigo closet que parecia estar sempre cheirando a comida barata, o contraste era absoluto. Desde o primeiro instante em que pusera os pés na residência de Lady Gwendolyn, Dolly soube que, custasse o que custasse, tinha que morar dentro de suas paredes.

E assim fizera. O único problema era Lady Gwendolyn: o dr. Rufus tinha razão quando dissera que ela era excêntrica; ele deixara de mencionar, no entanto, que ela ficara marinando nos sucos amargos do abandono durante a maior parte das últimas três décadas. Os resultados eram um pouco assustadores e, nos primeiros seis meses, Dolly ficou convencida de que sua patroa estava à beira de despachá-la para a B. Cannon & Co. para ser transformada em cola. Agora, já sabia que Lady Gwendolyn podia ser ríspida às vezes, mas que esse era apenas seu jeito. Dolly também havia descoberto recentemente, para sua grande satisfação, que no que, dizia respeito à acompanhante da velha senhora, toda aquela aspereza mascarava uma verdadeira afeição.

– Vamos ver as manchetes? – Dolly indagou animadamente, retornando e empoleirando-se no pé da cama.

– Como quiser. – Lady Gwendolyn deu de ombros, batendo uma das mãos pequenas e úmidas sobre a outra na barriga. – Tenho certeza que para mim tanto faz.

Dolly abriu a última edição de *The Lady* e folheou as páginas até a seção de colunas sociais; limpou a garganta, adotou uma voz apropriada de reverência e começou a ler em voz alta sobre as ações e comportamentos de pessoas cujas vidas soavam como pura fantasia. Era um mundo que Dolly nunca soubera que existia; oh, ela tinha visto as casas imponentes nos arredores de Coventry e ouvido seu pai falar em tom deferente de vez em quando sobre uma encomenda especial para uma das *melhores* famílias da região; mas as histórias que Lady Gwendolyn contava (quando lhe dava na veneta) sobre as aventuras que ela vivera com sua irmã, Penelope – passando o tempo despreocupadamente no Café Royal, morando por algum tempo em Bloomsbury, posando para um escultor apaixonado pelas duas –, bem, elas estavam além das mais espantosas fantasias de Dolly, e isso realmente não era pouca coisa.

Enquanto Dolly lia sobre os melhores e mais festejados do dia, Lady Gwendolyn, recostada e esparramada sobre suas almofadas de cetim, fingia desinteresse enquanto ouvia atentamente cada palavra. Era sempre assim; sua curiosidade era tal que ela nunca conseguia fingir por muito tempo.

– Oh, meu Deus! Parecem que as coisas não vão nada bem para Lorde e Lady Horsquith.

– Divórcio, hein? – A velha senhora torceu o nariz.

– Lendo nas entrelinhas. Ela está saindo com aquele sujeito outra vez, o pintor.

– Não é de admirar. Aquela mulher não tem nenhuma discrição, é inteiramente dominada por suas horríveis – o lábio superior de Lady Gwendolyn curvou-se ao cuspir o culpado – *paixões*. – Só que ela pronunciou *paixões* de uma maneira esnobe e elegante, que Dolly adorava praticar quando sabia que estava sozinha. – Igualzinha à mãe antes dela.

– Quem era ela mesmo?

Lady Gwendolyn ergueu os olhos para o medalhão Bordeaux no teto.

– Francamente, tenho certeza que Lionel Rufus nunca disse que você era retardada. Posso não gostar inteiramente de mulheres espertas, mas certamente não tolero uma idiota. Você é uma idiota, srta. Smitham?

– Espero que não, Lady Gwendolyn.

Ela limpou novamente a garganta, com um tom que indicava que ainda iria fazer seu julgamento final.

– A mãe de Lady Horsquith, Lady Prudence Dyer, era uma chata tagarela que costumava nos cansar com suas agitações pelo voto feminino. Henny Penny costumava fazer uma imitação muito engraçada de Lady Prudence Dyer; ela podia ser muito divertida quando queria. Como costuma acontecer, Lady Prudence cansou as pessoas ao limite de sua paciência, até que ninguém na alta sociedade podia tolerar nem um minuto a mais em sua companhia. Você pode ser egoísta, intratável, ousada ou má, mas nunca, Dorothy, *nunca*, seja entediante. Depois de algum tempo, ela simplesmente desapareceu.

– Desapareceu?

Lady Gwendolyn fez um preguiçoso floreio com a mão, derrubando cinza como pó mágico.

– Pegou um navio para a Índia, Tanzânia, Nova Zelândia... só Deus sabe. – Sua boca desfez-se num biquinho parecido ao de uma truta e ela pareceu estar mastigando alguma coisa. Se era uma migalha do seu almoço que ela encontrara entre os dentes ou um suculento bocado de inteligência secreta, era difícil dizer. Até que, finalmente, com um sorriso dissimulado, ela acrescentou: – Isto é, Deus e o passarinho que me contou que ela estava amancebada com um nativo em um lugar horroroso chamado Zanzibar.

– *É mesmo?*

– Sem dúvida. – Lady Gwendolyn tragou seu cigarro com tanta força que seus olhos se tornaram duas pequenas fendas. Para uma mulher que não se aventurara fora de seu *boudoir* nos trinta anos desde a partida da irmã, ela de fato era tremendamente bem informada. Havia bem poucas pessoas nas páginas de *The Lady* que ela não conhecesse, e ela era notavelmente hábil em conseguir que seus conhecidos fizessem exatamente o que queria. Ora, até mesmo Caitlin Rufus se casara com o homem com o qual Lady Gwendolyn decidira que ela deveria se casar – um sujeito mais velho, maçante – era preciso que se dissesse –, mas incrivelmente rico. Caitlin, por sua vez, se tornara insuportável, passando horas se queixando das agruras de estar finalmente casada ("Oh, *tão* bem casada, Doll") e comprando sua própria casa quando todos os melhores papéis de parede estavam sendo retirados das lojas. Dolly se encontrara com O Marido uma ou duas vezes e rapidamente concluiu que tinha que haver uma maneira melhor de adquirir coisas boas do que se casando com um homem que achava que um jogo de cartas e uma agarração com a empregada por trás das cortinas da sala de jantar eram uma grande diversão.

Lady Gwendolyn bateu a mão com impaciência para que Dolly continuasse e Dolly prontamente aquiesceu.

– Oh, veja só. Aqui está uma notícia mais alegre. Lorde Dumphee ficou noivo da Honorável Eva Hastings.

– Não há nada de alegre a respeito de um noivado.

– Claro que não, Lady Gwendolyn. – Era sempre um assunto onde era necessário pisar com cuidado.

– Tudo bem que uma garota sem atrativos queira se atrelar a um sujeito, mas considere-se avisada, Dorothy: os homens gostam de jogos e diversão, e todos querem ganhar o melhor prêmio, mas e depois que conseguem? É quando os jogos e a diversão terminam. Os jogos para ele, a diversão para ela. – Lady Gwendolyn revirou o pulso. – Continue, leia o resto. O que diz aí?

– Vai haver uma festa para comemorar o noivado na noite de sábado.

A notícia provocou um resmungo levemente interessado.

– Dumphee House? Um lugar incrível. Henny Penny e eu fomos lá certa vez, a um grandioso baile. No final, as pessoas já tinham tirado os sapatos e dançavam no chafariz... Vai ser realizada na Dumphee House, não?

– Não. – Dolly passou os olhos pela notícia. – Parece que não. A festa será realizada no 400 Club, somente para convidados.

Enquanto Lady Gwendolyn deslanchava um agressivo discurso sobre o baixo nível de tais lugares – Boates! –, os pensamentos de Dolly vagavam. Ela só estivera no 400 uma vez, com Kitty e alguns de seus amigos soldados. Bem no fundo dos porões ao lado de onde antes ficava o Alhambra Theatre em Leicester Square, mergulhado em penumbra, aconchegante e vermelho-escuro até onde os olhos podiam alcançar: a seda nas paredes, os bancos acolchoados, com uma única vela bruxuleante na mesinha à frente, as cortinas de veludo que se derramavam como vinho ao encontro dos carpetes escarlates.

Havia músicas, risos e seguranças por toda parte, casais oscilando sonhadoramente na pequena pista de dança à meia-luz. E quando um soldado com uísque demais embaixo do cinto e um volume um pouco desconfortável na calça inclinou-se sobre ela e começou a sussurrar melosamente todas as coisas que gostaria de fazer quando estivessem a sós, Dolly espiou por cima do ombro para um fluxo de jovens radiantes – mais bem-vestidos, mais bonitos, simplesmente *mais*, do que o resto dos frequentadores do clube noturno – passando para trás de um cordão vermelho e sendo recebidos por um homenzinho com um longo bigode preto. ("Luigi Rossi", Kitty dissera, balançando a cabeça com autoridade, quando tomavam o último drinque da noite, gim puro, embaixo da mesa da cozinha, na volta a Campden Grove. "Não sabia? É ele quem dirige todo o negócio.")

– Já estou cansada disso – disse Lady Gwendolyn, esmagando o toco do cigarro na vasilha de pomada removedora de calos aberta na mesinha ao seu lado. – Estou cansada e não estou me sentindo bem, preciso de uma das minhas balas. Ah, acho que não vou ficar muito mais tempo neste mundo. Quase não dormi esta noite, com todo aquele barulho, aquele barulho terrível.

– Pobre Lady Gwendolyn – disse Dolly, deixando *The Lady* de lado e indo buscar o saco de balas da grande dama. – Temos esse desgraçado sr. Hitler a quem agradecer, seus bombardeiros realmente são...

– Não me refiro aos bombardeiros, sua tola. Estou falando *delas*. As outras, com sua infernal – ela estremeceu de forma teatral e abaixou o tom da voz – risadinha.

– Oh – Dolly exclamou. – *Elas*.

– Um bando medonho – declarou Lady Gwendolyn, que ainda não conhecia nenhuma delas. – Garotas de *escritório*, aliás, datilografando para os ministérios, têm que ser rápidas. O que o Departamento de Guerra estava pensando? Eu entendo, é claro, que elas têm que ser acomodadas, mas *aqui*? Em minha bela casa? Peregrine está fora de si... as cartas que tenho recebido! Não pôde suportar a ideia de tais criaturas vivendo entre as relíquias de família. – O descontentamento de seu sobrinho ameaçou provocar um sorriso, mas a profunda amargura no íntimo de Lady Gwendolyn rapidamente o suprimiu. Ela estendeu a mão e agarrou o pulso de Dolly. – Elas não estão recebendo *homens* na minha casa, estão, Dolly?

– Oh, não, Lady Gwendolyn. Elas sabem como a senhora se sente em relação a isso. Fiz questão de deixar claro.

– Porque eu não vou admitir nada disso. Não vou permitir nenhuma fornicação sob meu teto.

Dolly balançou a cabeça gravemente. Essa, ela sabia, era a Grande Questão no âmago da rispidez de sua patroa. O dr. Rufus explicara tudo a respeito da irmã de Lady Gwendolyn, Penelope. Elas eram inseparáveis quando jovens, ele disse, tão parecidas nos modos e na aparência que a maioria das pessoas pensava que eram gêmeas, embora houvesse uma diferença de dezoito meses entre elas. As duas iam sempre juntas a bailes, fins de semana em casas de campo – até que Penelope cometeu o crime pelo qual sua irmã jamais a perdoaria. "Ela se apaixonou e se casou", o dr. Rufus dissera, soltou uma baforada de seu charuto com a satisfação de um contador de histórias quando alcança o ponto alto da trama: "E, no processo, partiu o coração da irmã."

– Vamos, vamos – disse Dolly, procurando tranquilizá-la. – Não vai chegar a esse ponto, Lady Gwendolyn. Antes que se dê conta, a guerra estará terminada e elas voltarão para o lugar de onde vieram. – Dolly não fazia a menor ideia se isso era verdade. Por ela, esperava que não fosse: a casa grande ficava muito silenciosa à noite, e Kitty e as outras eram divertidas. No entanto, era o que deveria dizer, especialmente se a velha senhora estava tão preocupada. Coitada, devia ser terrível perder sua alma gêmea. Dolly não podia imaginar a vida sem a sua.

Lady Gwendolyn deixou-se cair contra seu travesseiro. O virulento ataque contra os clubes noturnos e seus males, sua rica imaginação sobre o comportamento babilônico que devia ocorrer lá dentro, as recordações de sua irmã e a ameaça de "fornicação" sob seu teto – tudo isso havia cobrado seu preço. Ela estava cansada e abatida, tão amarfanhada quanto o balão de barragem que caíra sobre Notting Hill no outro dia.

– Pronto, Lady Gwendolyn – Dolly disse. – Veja este delicioso caramelo que encontrei. Vamos colocá-lo na boca e vou ajeitá-la para um bom descanso, está bem?

– Está bem, então – ela resmungou –, mas só uma hora mais ou menos, Dorothy. Não me deixe dormir até depois das três, não quero perder nosso jogo de cartas.

– Nem pensar – Dolly disse, colocando a bala através dos lábios franzidos da patroa.

Enquanto a velha dama chupava a bala furiosamente, Dolly foi até a janela para cerrar as cortinas. Sua atenção recaiu, ao soltar as braçadeiras que prendiam as cortinas, na casa do outro lado da rua, e o que ela viu fez seu coração dar um salto.

Vivien estava lá novamente. Sentada à sua escrivaninha por trás da janela cruzada com fita adesiva, imóvel como uma estátua, exceto pelos dedos de uma das mãos, torcendo a ponta de seu longo colar de pérolas. Dolly acenou ansiosamente, querendo que a outra mulher a visse e acenasse de volta, mas ela não o fez, estava imersa em seus pensamentos.

– Dorothy?

Dolly piscou. Vivien (escrito como Vivien Leigh, que sorte a dela) era provavelmente a mulher mais bela que já vira. Seu rosto tinha a forma de um coração, cabelos castanho-escuros brilhantes, lábios cheios e bem delineados, pintados de vermelho vivo. Seus olhos eram grandes e afastados, emoldurados por sobrancelhas dramaticamente desenhadas, exatamente como as de Rita Hayworth ou Gene Tierney, mas era mais do que isso o que a tornava linda. Não eram as saias e blusas finas e elegantes que usava, era a maneira como as usava, de um modo natural, descontraído; eram os colares de pérolas tão casualmente pendurados no pescoço; o Bentley marrom que costumava dirigir antes de ser doado como um par extra de botas ao Serviço de Ambulâncias da guerra. Era a história trágica que Dolly ouvira a conta-gotas – a criança órfã, criada por um tio, casada com um escritor rico e bem-apessoado chamado Henry Jenkins, que tinha um cargo importante no Ministério das Informações.

– Dorothy? Venha ajeitar minhas cobertas e pegue minha máscara de dormir.

Normalmente, Dolly se sentiria um pouco invejosa por ter uma mulher com tal descrição vivendo tão perto, mas com Vivien era diferente. Durante toda a sua vida, Dolly ansiara por uma amiga como Vivien. Alguém que *realmente* a compreendesse (não como a estúpida Caitlin ou a tola e frívola Kitty), alguém com quem ela poderia passear de braços dados pela Bond Street, elegantes e alegres, enquanto as pessoas se viravam para olhar para elas, sussurrando por trás das mãos sobre as beldades de longas pernas e cabelos escuros, seu charme descontraído. E agora, finalmente, ela encontrara Vivien. Desde a primeira vez em que se cruzaram na rua, quando seus olhos se encontraram e trocaram aquele sorriso – sigiloso, intencional, cúmplice – ficara claro para ambas que formavam um par e estavam destinadas a ser grandes amigas.

– Dorothy!

Dolly sobressaltou-se e virou-se da janela. Lady Gwendolyn conseguira se transformar num amontoado incrível de chiffon roxo e travesseiros de penas, e olhava de cara feia, o rosto vermelho, do meio da confusão.

– Não consigo encontrar minha máscara de dormir em lugar algum.

– Bem, vamos ver se podemos encontrá-la – Dolly disse, lançando mais um olhar para Vivien, antes de cerrar as cortinas.

Após uma breve, mas bem-sucedida busca, a máscara foi descoberta, achatada e quente sob a substancial coxa esquerda de Lady Gwendolyn. Dolly removeu seu turbante prateado e colocou-o em cima do busto de mármore sobre a cômoda, em seguida passou a máscara de cetim pela cabeça da patroa.

— Cuidado — Lady Gwendolyn repreendeu-a asperamente. — Vai tampar minha respiração se colocá-la assim sobre o meu nariz.

— Oh, meu Deus — Dolly disse. — Não queremos que isso aconteça, não é?

Lady Gwendolyn limpou ruidosamente a garganta. A velha dama deixou a cabeça afundar tão para trás nos travesseiros que seu rosto pareceu flutuar acima do resto do corpo, uma ilha em um mar de pregas de pele.

— Setenta e cinco anos, todos eles longos, e o que me resta? Abandonada pela pessoa mais íntima e mais querida, minha companheira mais próxima uma jovem que recebe dinheiro em troca de seu trabalho comigo.

— Ora, vamos — Dolly disse, como se falasse a uma criança amuada —, que conversa é essa sobre trabalho? Não deve nem brincar com isso, Lady Gwendolyn. Sabe que eu cuidaria da senhora mesmo que não recebesse um tostão.

— Sim, sim — resmungou a velha senhora. — Bem. Chega de conversa fiada.

Ela puxou as cobertas de Lady Gwendolyn bem para cima. A velha senhora ajustou os queixos sobre as bordas de fita de cetim e disse:

— Sabe o que eu deveria fazer?

— O que, Lady Gwendolyn?

— Eu devia deixar tudo para você. Isso ensinaria uma lição ao meu traiçoeiro sobrinho. Igual ao pai, aquele rapaz, disposto a roubar tudo que mais prezo. Estou realmente pensando em chamar meu advogado e tornar isso oficial.

Na verdade, nada havia a dizer diante de tais comentários; certamente, era estimulante saber que Lady Gwendolyn a tinha em tão alta estima, mas mostrar-se satisfeita teria sido terrivelmente rude. Transbordante de orgulho e prazer, Dolly virou-se e ocupou-se em ajeitar o turbante da velha senhora.

Foi o dr. Rufus quem primeiro alertou Dolly para as intenções de Lady Gwendolyn. Estavam em um de seus almoços algumas semanas antes e, após uma longa conversa sobre a vida social de Dolly ("E quanto a namorados, Dorothy? Sem dúvida, uma jovem como você deve ter dezenas de rapazes perseguindo-a pelo quarteirão, não? Quer um conselho? Procure um sujeito mais velho, um *profissional*, alguém que possa lhe dar tudo que você merece."), ele lhe perguntara sobre a vida em Campden Grove. Quando ela lhe disse que achava que tudo estava indo bem, ele girara seu uísque no copo, fazendo as pedras de gelo tilintar, e piscara o olho para ela.

– Mais do que bem, pelo que ouvi dizer. Recebi uma carta do velho Peregrine Wolsey na semana passada. Ele escreveu dizendo que sua tia gostava tanto da "minha garota", como ele disse – com isso, o dr. Rufus pareceu divagar em seus próprios pensamentos, antes de se lembrar de onde havia parado e continuar –, que ele estava preocupado com sua herança. Ele estava terrivelmente aborrecido comigo por ter colocado você no caminho da tia. – Ele riu, mas Dolly conseguiu apenas esboçar um sorriso pensativo. Ela continuou a pensar sobre o que ele dissera pelo resto do dia e durante toda a semana seguinte.

O fato é que aquilo que o dr. Rufus dissera era verdade. Após um começo difícil, Lady Gwendolyn, com grande reputação (inclusive, segundo ela própria) de menosprezar todos os seres humanos, se apegara muito à sua jovem companheira. O que só vinha em benefício de Dorothy. Só era uma pena que Dolly tivesse que pagar um preço tão alto pelo afeto de sua patroa.

O telefonema veio em novembro; a cozinheira atendera e chamara Dorothy, dizendo que a chamada era para ela. Era doloroso se lembrar agora, mas Dolly ficara tão empolgada de ser requisitada ao telefone em uma casa tão grandiosa, que desceu as escadas correndo, agarrou o receptor e atendeu com seu tom de voz mais pomposo:

– Alô? É Dorothy Smitham quem fala.

Então, ela ouvira a sra. Potter, a amiga de sua mãe da casa ao lado em Coventry, gritando na linha que sua família estava morta. "Todos eles, estão todos mortos. Uma bomba incendiária, não houve tempo de fugir para o Andy."

Um abismo se abriu dentro de Dolly naquele momento: parecia que o estômago se desfizera, deixando uma grande e vertiginosa esfera de choque, perda e temor em seu lugar. Ela largara o telefone e ficara ali parada no imenso hall de entrada do número 7 de Campden Grove, sentindo-se infinitamente pequena e solitária, à mercê da próxima rajada de vento que soprasse. Todas as partes de Dolly, as lembranças que tinha das diferentes instâncias de sua vida, pareceram-lhe um maço de cartas de baralho caindo fora de ordem, as imagens já se desbotando, desaparecendo... A cozinheira entrou nesse momento e disse "Bom-dia". Dolly teve vontade de gritar que não era um bom dia de modo algum, que tudo havia mudado, a estúpida garota não podia ver isso? Mas não o fez. Ela devolveu o sorriso e respondeu "Bom-dia", depois subiu a escada para onde Lady Gwendolyn fazia soar o seu sino de prata furiosamente e tateava ao seu redor, em busca dos óculos que havia perdido.

No começo, Dolly não falou a ninguém a respeito de sua família, nem mesmo a Jimmy, que soubera da notícia, é claro, e estava desesperado para consolá-la. Quando ela lhe disse que estava bem, que havia uma guerra em andamento e que todo mundo devia sofrer suas perdas, ele achou que ela estava sendo corajosa; mas não era coragem que mantinha Dolly em silêncio. Seus sentimentos eram tão complicados, as lembranças da maneira como ela deixara sua casa tão recentes, que simplesmente lhe parecia melhor não começar a falar, por medo do que pudesse dizer e de como pudesse se sentir. Ela não vira mais nenhum dos seus pais desde que fora para Londres: o pai a proibira de fazer contato com eles, a não ser que fosse para dizer que ela iria "começar a se comportar adequadamente"; mas sua mãe escrevera cartas em segredo, regularmente, se não amorosamente, a mais recente insinuando uma viagem a Londres para ver por si mesma "a casa imponente e a grande dama sobre as quais você sempre escreve". Mas era tarde demais para tudo isso agora. Sua mãe jamais conheceria Lady Gwendolyn, nem pisaria no número 7 de Campden Grove, nem veria o grande sucesso que Dolly fizera de sua vida.

Quanto ao pobre Cuthbert, Dolly mal podia pensar nele. Lembrava-se de sua última carta também, cada palavra que ele escrevera: a maneira como descrevera com grande detalhe o abrigo Andersen – o Andy – que estavam construindo no quintal, as fotos de Spitfires e Hurricanes que ele colecionara para decorar o interior, o que ele planejava fazer com os pilotos alemães que capturasse. Ele estava tão orgulhoso e iludido, tão empolgado com a parte que iria desempenhar na guerra, era tão gorducho e desajeitado, um bebê tão alegre, e agora ele se fora. E a tristeza que Dolly sentia, a solidão em saber que era órfã agora eram tão imensas que ela não via saída senão dedicar-se ao trabalho que estava fazendo por Lady Gwendolyn e não tocar mais no assunto.

Até que um dia, quando a velha mulher arengava sobre a bela voz que tinha quando era jovem, Dolly pensou em sua mãe e na caixa azul que ela havia guardado, escondida, na garagem, embaixo da bomba de pneu de seu pai, cheia de sonhos e lembranças que agora não eram mais do que escombros, e ela caiu em prantos, bem ali, ao pé da cama da grande dama, a lixa de unhas na mão.

– O que foi? – Lady Gwendolyn perguntara, a boquinha abrindo-se para registrar o mesmo choque que ela teria sentido se Dolly tivesse tirado as roupas e começado a dançar pelo quarto.

Pega em um raro momento de descuido, Dolly contara tudo a Lady Gwendolyn. Sua mãe, seu pai e Cuthbert, como eles eram, o que costumavam dizer, as vezes em que quase a enlouqueceram, como sua mãe tentava escovar seus cabelos e deixá-los bem arrumados, e como Dolly resistia, as viagens para o balneário, o críquete e o jumento. Finalmente, Dolly recontou a maneira como se precipitara para fora de casa, quase não parando quando sua mãe gritara por ela – Janice Smitham que preferia ficar sem comida a erguer sua voz ao alcance dos ouvidos dos vizinhos – e saíra correndo em sua direção, brandindo o livro que havia comprado para Dolly como um presente de despedida.

Lady Gwendolyn limpou ruidosamente a garganta quando Dolly terminou de falar.

– É doloroso, é claro, mas você não é a primeira a perder a família.

– Eu sei. – Dolly inspirou fundo. O quarto parecia ressoar com o eco de sua própria voz de momentos antes, e ela se perguntou se não estaria prestes a ser despedida. Lady Gwendolyn não gostava de explosões de sentimentalismo (a não ser as suas próprias).

– Quando Henny Penny foi tirada de mim, eu achei que ia morrer.

Dolly balançou a cabeça, ainda esperando a guilhotina cair.

– Mas você é jovem; você vai se recuperar. Veja aquela do outro lado da rua.

Era verdade, a vida de Vivien se transformara em rosas no final, mas havia algumas diferenças marcantes entre elas.

– Mas um tio rico a acolheu – Dolly disse serenamente. – Ela é uma herdeira, casada com um famoso escritor. Ao passo que eu... – ela mordeu o lábio inferior, esforçando-se para não irromper em lágrimas outra vez. – Eu...

– Bem, você não está inteiramente sozinha, não é, tolinha?

Lady Gwendolyn havia estendido a mão com seu saco de balas e pela primeira vez oferecia uma a Dolly. Levou alguns instantes para Dorothy perceber o que a velha senhora estava sugerindo, mas, quando o fez, Dolly havia enfiado a mão no saco de balas e retirado um confeito vermelho e verde. Manteve-o na mão, os dedos fechados, ciente de que se derretia em sua palma quente. Dolly conseguiu emitir um solene sussurro:

– Eu tenho a senhora.

Lady Gwendolyn fungou e desviou o olhar.

– Temos uma à outra, imagino – disse, numa voz que a emoção inesperada tornara esganiçada.

Dolly chegou ao seu quarto e adicionou o exemplar mais recente de *The Lady* à pilha dos anteriores. Mais tarde, daria uma olhada mais cuidadosa e recortaria as melhores fotos para colar em seu Livro de Ideias, mas no momento tinha coisas mais importantes a fazer.

Abaixou-se no chão e começou a procurar embaixo da cama pela banana que estava guardando ali desde que o sr. Hoskins, da mercearia, a "encontrara" para ela sob o balcão, na terça-feira. Cantarolando baixinho consigo mesma, saiu de novo, furtivamente, pelo corredor. Na verdade, não havia absolutamente nenhum motivo para se esconder: Kitty e as outras estavam ocupadas em suas máquinas de escrever no Departamento de Guerra, a cozinheira estava na fila do açougue, mal-humorada e armada com um punhado de cupons de racionamento de comida, e Lady Gwendolyn roncava tranquilamente em sua cama – mas era muito mais divertido arrastar-se furtivamente do que caminhar normalmente. Especialmente quando tinha uma hora inteira de liberdade pela frente.

Subiu a escada depressa, pegou a pequena chave que mandara fazer e entrou no quarto de vestir de Lady Gwendolyn. Não o quartinho apertado onde Dolly selecionava uma veste flutuante toda manhã para cobrir o volumoso corpo da grande dama; não, não, nada disso. O quarto de vestir era um grandioso cômodo onde ficavam guardados incontáveis vestidos, sapatos, casacos e chapéus, do tipo que Dolly raramente vislumbrara fora das páginas de colunas sociais. Sedas e peles penduradas lado a lado em enormes armários abertos, e pares de pequenos sapatos de cetim feitos sob medida, cuidadosamente enfileirados sobre grandes prateleiras. As caixas redondas de chapéus, ostentando orgulhosamente os nomes de famosos chapeleiros de Mayfair – Schiaparelli, Coco Chanel, Rose Valois –, empilhadas em direção ao teto em colunas tão altas que uma delicada escadinha branca fora providenciada para permitir alcançar e retirar uma caixa. No espaço avançado da janela em arco, com suas suntuosas cortinas de veludo que roçavam o carpete (agora sempre cerradas por causa dos aviões alemães), uma mesa de pés torneados sustentava um espelho oval, um jogo de escovas de prata e muitas fotografias em ricas molduras. Cada qual retratava um par de jovens mulheres, Penelope e Gwendolyn Caldicott, a maioria era de retratos oficiais, com o nome do estúdio em letras cursivas no canto inferior, mas algumas haviam sido tiradas inesperadamente quando participavam de uma ou outra festa da alta sociedade. Havia uma fotografia em particular que sempre chamava a atenção de Dolly. As duas irmãs Caldicott já eram mais velhas ali – trinta e cinco anos no mínimo – e tinham sido fotografadas por Cecil Beaton em uma imponente escadaria em espiral. Lady Gwendolyn estava de pé com uma das mãos abaixo do quadril, fitando a câmera, enquanto sua irmã olhava para alguma coisa (ou alguém) fora da imagem. A fotografia fora tirada na festa em que Penelope se apaixonara, na noite em que o mundo de sua irmã desmoronara.

Pobre Lady Gwendolyn, ela não tinha como saber que sua vida estava destinada a mudar naquela noite. E ela estava muito bonita: era impossível acreditar que a mulher idosa lá em cima já havia sido tão jovem e atraente. (Dolly, provavelmente como todos os jovens, não imaginava nem por um segundo que o mesmo destino estava à sua espera.) Provava, ela pensava tristemente, o que a perda e a traição podiam fazer a uma pessoa, envenenando-a por dentro, mas também por fora. O vestido de noite que Lady Gwendolyn usava na fotografia era de cetim brilhante, de cor escura e corte enviesado, de modo que se ajustava e realçava suas curvas. Dolly vasculhara os armários de cima a baixo, até que finalmente o encontrara, dobrado em um cabide entre inúmeros outros – ficou encantada ao descobrir que ele era vermelho-escuro, sem dúvida a mais magnífica de todas as cores.

Foi o primeiro vestido de Lady Gwendolyn que ela provara, mas certamente não o último. Não, antes de Kitty e as outras chegarem, quando podia fazer o que quisesse em suas noites em Campden Grove, Dolly passara muito tempo ali em cima, uma cadeira enfiada embaixo da maçaneta enquanto ela se despia e brincava de se vestir a rigor. Às vezes, sentava-se à mesa de pés torneados, empoando o colo nu com nuvens de talco, escolhendo broches de brilhantes nas gavetas e penteando os cabelos com a escova de cerdas de javali – o que ela não daria para ter uma escova assim, com seu próprio nome, Dorothy, gravado no dorso...

Hoje, entretanto, não havia tempo para tudo isso. Dolly sentou-se de pernas cruzadas no canapé de veludo sob o candelabro e começou a descascar sua banana. Fechou os olhos quando deu a primeira mordida, deixando escapar um suspiro de suprema satisfação – era verdade, os frutos proibidos (ou ao menos severamente racionados) eram os melhores. Ela comeu toda a fruta, apreciando cada bocado, depois estendeu a casca delicadamente ao seu lado no assento. Agradavelmente saciada, Dolly limpou rapidamente as mãos e começou a trabalhar. Fizera uma promessa a Vivien e pretendia cumpri-la.

Ajoelhada junto à fileira de vestidos balançando-se em seus cabides, ela retirou a caixa de chapéu de onde a escondera. No dia anterior, ela encaixara o elegante chapéu de veludo com outro e usara a caixa vazia para abrigar a pequena pilha de roupas que reunira desde então. Era o tipo de coisa que Dolly imaginava que teria feito por sua própria mãe se tudo tivesse sido diferente. Ela aderira recentemente ao serviço voluntário feminino – o Women's Voluntary Service – WVS – e estava coletando roupas e acessórios usados, a serem consertados, lavados e doados, e Dolly estava ansiosa para fazer a sua parte. Na verdade, queria *surpreendê-los* com sua contribuição e, no processo, ajudar Vivien, que estava organizando a iniciativa.

Na última reunião, tinha havido uma discussão acalorada sobre toda a miscelânea que era necessária agora que os ataques aéreos haviam aumentado – ataduras, brinquedos para crianças sem teto, pijamas de hospital para os soldados – e Dolly ofereceu-se para levar um lote de roupas descartadas para serem cortadas e transformadas segundo as necessidades. Na verdade, enquanto as mais velhas implicavam umas com as outras sobre quem seria melhor costureira e que molde deveriam usar para as bonecas de pano, Dolly e Vivien (às vezes, parecia que eram os únicos membros com menos de cem anos!) trocaram um olhar divertido e silenciosamente prosseguiram com o resto dos afazeres, murmurando uma com a outra quando precisavam de mais linha ou de outro pedaço de pano, e tentando ignorar a tagarelice ao redor delas.

Fora maravilhoso passar um tempo juntas assim; era uma das razões principais que levaram Dolly a se alistar no WVS (isso e a esperança de que a Agência Nacional de Empregos não a recrutasse para algum trabalho horroroso como equipamentos de guerra).

Com o recente apego de Lady Gwendolyn – ela se recusava a abrir mão de Dolly por mais de um domingo por mês – e o horário apertado de Vivien como a esposa e a voluntária perfeitas, era praticamente impossível se verem de outra forma.

Dolly trabalhava depressa e inspecionava uma blusa um tanto insípida, tentando decidir se a etiqueta Dior na costura deveria merecer uma moratória da reencarnação como uma faixa de atadura, quando um barulho no térreo a sobressaltou. A porta bateu com estrondo, prontamente seguido pelo berro da cozinheira chamando a jovem que às vezes vinha à tarde para ajudá-la com a limpeza. Dolly olhou para o relógio na parede. Eram quase três horas e, portanto, hora de acordar a ursa dorminhoca. Ela fechou a caixa de chapéu e escondeu-a no fundo do armário, alisou a saia e preparou-se para mais uma tarde jogando cartas.

◦

– Outra carta do seu Jimmy – Kitty disse, sacudindo-a para Dolly quando ela entrou na sala de estar naquela noite. Ela estava sentada na *chaise longue* com as pernas cruzadas, enquanto Betty e Susan folheavam um velho exemplar da revista *Vogue* ao seu lado. Fazia meses que elas haviam tirado o grande piano do caminho, para horror da cozinheira, e a quarta jovem, Louisa, vestida apenas em roupas de baixo, empenhava-se em uma série de complicados exercícios de ginástica no tapete bessarabiano.

Dolly acendeu um cigarro e dobrou as pernas sob o corpo na velha poltrona de couro, de encosto alto com abas. As outras sempre deixavam a poltrona de couro para Dolly. Nunca nenhuma delas disse isso abertamente, mas sua posição como companheira de Lady Gwendolyn conferia-lhe certo status na casa. Não importava que Dorothy só tivesse vivido em Campden Grove 7 por um ou dois meses a mais do que as outras jovens, elas sempre se voltavam para Dolly, fazendo-lhe todo tipo de perguntas sobre como funcionava o ambiente doméstico e se elas podiam explorar o pequeno jardim interno, os aposentos dos criados e a cozinha. No começo, tudo aquilo divertia Dolly, mas agora não podia imaginar por quê: parecia absolutamente a maneira certa das garotas agirem.

Com um cigarro nos lábios, ela rasgou o envelope. A carta era breve, escrita, dizia, enquanto ele estava em pé em um trem de tropas lotado, espremido como sardinha em lata, e ela passou os olhos pelos rabiscos, procurando as partes importantes: ele andara fotografando os danos da guerra em algum lugar ao norte da Inglaterra, agora estava de volta a Londres por alguns dias e desesperado para vê-la – ela estaria livre no sábado à noite? Dolly teve vontade de soltar um gritinho.

Vendo o sorriso estampado no rosto de Dorothy, Kitty disse:

– Vamos, conte-nos o que ele diz.

Dolly manteve os olhos desviados. A carta não era nem um pouco interessante, mas não fazia mal deixar que as garotas pensassem que era, especialmente Kitty, que estava sempre lhes contando os detalhes mais fantásticos de sua última conquista.

– É pessoal – ela disse finalmente, acrescentando, de quebra, um sorriso enigmático.

– Desmancha-prazeres. – Kitty fez um beicinho de protesto. – Guardando um bonito piloto da RAF só para você! Quando é que vamos conhecê-lo?

– Pois é – Louisa entrou na conversa, as mãos nos quadris, enquanto se dobrava para a frente a partir da cintura. – Traga-o aqui uma noite dessas para que a gente possa ver se ele é o cara certo para a nossa Doll.

Dolly olhou para o busto arquejante de Louisa, enquanto ela arremetia os quadris de um lado ao outro. Não conseguia se lembrar exatamente de como as garotas ficaram com a impressão de que Jimmy era piloto da RAF; uma confusão que ocorrera muitos meses atrás e que Dolly não fizera questão de consertar na ocasião. Agora, parecia tarde demais.

– Sinto muito, meninas – ela disse, dobrando a carta ao meio. – Ele está ocupado demais no momento, voando em missões secretas, assuntos de guerra; na verdade, não tenho liberdade de dar os detalhes. E mesmo que ele não estivesse, vocês conhecem as regras.

– Ora, vamos – disse Kitty –, a velha rabugenta nunca vai ficar sabendo. Ela não vem aqui embaixo desde que as carruagens puxadas a cavalo saíram de moda, e é claro que nenhuma de nós vai contar a ela.

– Ela sabe mais do que vocês pensam – Dolly disse. – Além do mais, ela confia em mim, sou o mais próximo que tem de uma família. Ela me demitiria se sequer suspeitasse que eu estava saindo com alguém.

– Seria tão grave assim? – Kitty disse. – Você poderia vir trabalhar com a gente. Um sorriso e meu supervisor admitiria você na mesma hora. Ele é um pouco depravado, mas um sujeito muito divertido quando você descobre como manejá-lo.

– Ah, sim! – disseram Betty e Susan, que tinham uma maneira curiosa de falar em uníssono. Elas levantaram os olhos de sua revista. – Venha trabalhar com a gente.

– E abrir mão das minhas descomposturas diárias? Acho que não.

Kitty riu.

– Você é louca, Dol. Louca ou corajosa, não sei bem.

Dolly deu de ombros; ela certamente não iria discutir suas razões para permanecer no emprego com uma linguaruda como Kitty.

Em vez disso, pegou o livro que estava lendo. Estava na mesinha de canto, onde o deixara na noite anterior. O livro era novo, o primeiro que possuía (exceto pelo exemplar nunca lido de *O livro de administração doméstica da sra. Beeton* que sua mãe enfiara esperançosamente em suas mãos). Fora especialmente a Charing Cross Road em um de seus domingos de folga e o comprara em uma livraria de lá.

– *A musa relutante.* – Kitty inclinou-se para frente para ler o título. – Você já não leu esse?

– Duas vezes, na verdade.

– É tão bom assim?

– É, sim.

Kitty torceu o belo narizinho.

– Não sou uma grande leitora.

– Não? – Dolly também não era, geralmente não, mas Kitty não precisava saber disso.

– Henry Jenkins? Esse nome é familiar... ora, não é o sujeito do outro lado da rua?

Dolly abanou levemente a mão com o cigarro.

– Acho que ele mora em algum lugar por aqui.

Claro, essa era de fato a razão por ter escolhido o livro. Depois que Lady Gwendolyn deixara escapar que Henry Jenkins era conhecido nos círculos literários por inserir muitos fatos reais em sua ficção ("Sei de um conhecido que ficou furioso ao descobrir sua roupa suja lavada em público. Ameaçou processá-lo, mas morreu antes de ter a oportunidade – propenso a acidentes, exatamente como o pai. Sorte de Jenkins..."), a curiosidade de Dolly a consumira. Após uma cuidadosa conversa com o livreiro, ela concluiu que *A musa relutante* era sobre um caso de amor entre um atraente escritor e sua mulher muito mais nova, e ansiosamente entregara suas preciosas economias. Depois disso, Dolly passara uma deliciosa semana com os olhos fixos naquela janela para o casamento de Jenkins, tomando conhecimento de todo tipo de detalhe que ela jamais ousaria perguntar diretamente a Vivien.

– Um sujeito incrivelmente atraente – Louisa disse, agora deitada de bruços no tapete, arqueando a coluna como uma cobra para piscar os olhos para Dolly. – Casado com aquela mulher de cabelos escuros, a que anda por aí como se tivesse um cabo de vassoura enfiado no...
– Oh! – Betty e Susan exclamaram, de olhos arregalados. – *Ela*.
– Garota de sorte – Kitty disse. – Daria tudo para ter um marido como ele. Já viu como ele olha para ela? Como se ela fosse a perfeição em pessoa e ele não pudesse acreditar na própria sorte.
– Eu não me importaria se ele olhasse na *minha* direção – Louisa disse. – Como será que uma garota conhece um homem como ele?
Dolly sabia a resposta para isso – como Vivien conhecera Henry. Estava bem ali no livro, mas ela não disse nada. Vivien era sua amiga. Discutir sua vida pessoal dessa forma, saber que as outras também a haviam notado, que especulavam, imaginavam e tiravam suas próprias conclusões, faziam as orelhas de Dolly arder de indignação. Era como se algo que lhe pertencesse, algo precioso e particular pelo qual tivesse grande consideração, estivesse sendo remexido como – bem, como uma caixa de roupas doadas para reaproveitamento.
– Ouvi dizer que ela não está muito bem – Louisa disse –, é por isso que ele não tira os olhos dela.
Kitty zombou.
– Ela não me parece nem um pouco doente. Muito ao contrário. Eu a vi apresentando-se para o seu turno na cantina do WVS na Church Street, uma noite quando eu voltava para casa. – Abaixou a voz e as outras se inclinaram mais perto para ouvi-la. – Ouvi dizer que é porque *ela* é que gosta de "arrastar a asa".
– Uuuuh! – Betty e Susan exclamaram juntas. – Um amante!
– Não notaram como é cuidadosa? – Kitty continuou, para a extasiada plateia. – Sempre o recebendo à porta quando ele chega em casa, muito bem-vestida e colocando um copo de uísque na mão dele. Por favor! Isso não é amor. É consciência culpada.

Marquem as minhas palavras: essa mulher está escondendo alguma coisa, e acho que todas nós sabemos o que é. Dolly ouviu o máximo que pôde aguentar; na realidade, viu-se concordando plenamente com Lady Gwendolyn: quanto mais cedo as garotas deixassem Campden Grove 7, melhor. Elas sem dúvida eram um bando de bisbilhoteiras.

— Já é essa hora? — ela disse, fechando o livro com estrépito. — Vou tomar meu banho.

∽

Dolly esperou até a água atingir a linha de doze centímetros e fechou a torneira com o pé. Enfiou o dedão no bico da torneira para fazê-la parar de pingar. Sabia que devia chamar alguém para consertá-la, mas quem restara hoje em dia para fazer consertos? Os encanadores estavam ocupados demais apagando incêndios e fechando os canos principais da rede de abastecimento de água que tinham sido explodidos pelas bombas para se preocuparem com uma torneira pingando, além do mais ela sempre parecia acabar parando sozinha.

Ela recostou a nuca nua na borda fria da banheira e ajeitou-se para que os grampos e rolinhos do cabelo não machucassem seu couro cabeludo. Havia amarrado tudo para cima com um lenço de pescoço para que o vapor não deixasse seus cabelos escorridos — uma ilusão, é claro; Dolly não se lembrava da última vez que tomara um banho fumegante.

Ela pestanejou para o teto quando acordes de música dançante fluíram do rádio no andar de baixo e chegaram até ali em cima. Era realmente um belo cômodo, azulejos em preto e branco, e muitos cromados. O asqueroso sobrinho de Lady Gwendolyn, Peregrine, teria um ataque apoplético se visse as cordas atravessadas pelo banheiro com calcinhas, sutiãs e meias compridas penduradas para secar. A ideia, de certa forma, agradou Dolly.

Ela se esticou para fora da banheira e pegou um cigarro em uma das mãos, *A musa relutante* na outra. Mantendo ambas fora d'água (não era difícil – doze centímetros não eram muita coisa), ela folheou as páginas até encontrar a cena que procurava. Humphrey, o escritor inteligente, mas infeliz, foi convidado pelo antigo diretor de sua escola para retornar e dar uma palestra para os rapazes sobre literatura, seguida de um jantar na residência particular de seu mestre. Ele acabara de pedir licença e sair da mesa, deixando a residência para caminhar novamente pelo jardim que escurecia, até o lugar onde estacionara o carro. Pensava sobre o rumo que sua vida havia tomado, sobre os arrependimentos que adquirira e sobre "a cruel e inexorável passagem do tempo", quando chega ao velho lago da propriedade e algo chama sua atenção:

Humphrey reduziu a luz de sua lanterna e parou onde estava, imóvel e silencioso nas sombras da casa de banhos. Na clareira próxima, à margem do lago, lanternas de vidro haviam sido penduradas nos galhos e velas bruxuleavam no ar quente da noite. Uma jovem no limiar da vida adulta estava de pé entre elas, com os pés descalços e apenas o mais simples dos vestidos de verão roçando nos joelhos. Seus cabelos escuros caíam em ondas sobre os ombros e o luar tocava a cena, lançando prata em seu perfil. Humphrey podia ver que seus lábios estavam se movendo, como se recitasse baixinho os versos de um poema.

Seu rosto era perfeito – olhos puxados, sobrancelhas arqueadas, lábios bem delineados – e no entanto foram suas mãos que o hipnotizaram. Enquanto o resto de seu corpo permanecia absolutamente imóvel, seus dedos moviam-se à sua frente, os movimentos curtos, mas graciosos, de uma pessoa tecendo fios invisíveis. Humphrey não ficaria surpreso se ela estivesse enviando instruções ao sol e à lua.

Ele conhecera outras mulheres, belas mulheres, que bajulavam e seduziam, mas esta jovem era diferente. Havia beleza em sua concentração, uma pureza de propósito que o fazia lembrar a inocência de uma criança, embora ela fosse

sem dúvida alguma uma mulher. Vê-la naquele ambiente natural, observar a fluidez de seu corpo, a impetuosidade, o romantismo em seu rosto, encantaram-no.
Humphrey saiu das sombras. A jovem o viu, mas não se sobressaltou. Sorriu como se estivesse à espera dele e indicou o lago ondulante.
– Há algo mágico em nadar ao luar, não acha?

Era o final de um capítulo e o final de seu cigarro, e Dolly desfez-se dos dois. A água estava esfriando e ela queria se lavar antes que esfriasse de uma vez. Ensaboou os braços pensativamente, perguntando-se, enquanto se enxaguava, se era assim que Jimmy se sentia a seu respeito.

Dolly saiu da banheira e puxou uma toalha. Avistou-se inesperadamente no espelho e parou, imóvel, tentando imaginar o que um estranho via quando olhava para ela. Cabelos castanhos, olhos castanhos – não muito juntos, graças a Deus, um nariz um pouco atrevido. Ela sabia que era bonita, sabia disso desde que tinha onze anos e o carteiro começou a agir estranhamente quando a via na rua; mas sua beleza seria de um tipo diferente da beleza de Vivien? Um homem como Henry Jenkins teria parado, fascinado, para vê-la sussurrando ao luar?

Porque, obviamente, Viola era Vivien. À parte as semelhanças biográficas, havia a descrição da jovem parada ao luar, à beira do lago, os lábios curvos, os olhos puxados, a maneira como olhava tão fixa e intensamente para algo que ninguém mais conseguia ver. Ora, isso poderia ter sido escrito a partir da visão que Dolly tinha de Vivien da janela de Lady Gwendolyn.

Aproximou-se do espelho. Podia ouvir a própria respiração no silêncio do banheiro. Imaginava como deveria ter sido para Vivien saber que causara tal impressão em um homem como Henry Jenkins, mais velho, mais experiente, e com entrada livre nos melhores círculos literários e sociais. Ela devia ter se sentido uma verdadeira princesa quando ele lhe propôs casamento, quando ele a arrebatou da monotonia de sua existência normal e a levou de volta a Londres, para uma vida em que ela desabrocharia de uma jovem em estado bruto a uma beldade perfumada com Chanel nº 5, adornada de pérolas, ofuscando a todos pelo braço de seu marido, conforme o casal circulava pelos mais glamourosos clubes e restaurantes, bajulado por seus admiradores. Essa era a Vivien que Dolly conhecia; e, achava, aquela com quem mais se parecia.

Batidas na porta.

– Tem alguém vivo aí dentro?

A voz de Kitty do outro lado da porta do banheiro pegou Dolly de surpresa.

– Só um minuto – ela respondeu.

– Oh, ótimo, você *está* aí dentro. Estava começando a pensar que pudesse ter se afogado.

– Não.

– Vai demorar muito?

– Não.

– Só que já são mais de nove e meia, Doll, e eu vou me encontrar com um magnífico piloto no Caribbean Club. Veio de Biggin Hill para passar a noite. Você quer ir dançar? Ele disse que vai levar alguns amigos. Um deles perguntou especialmente a seu respeito.

– Esta noite, não.

– Você me ouviu dizer *pilotos*, Doll? Belos e corajosos heróis?

– Eu já tenho um desses, lembra-se? Além do mais, tenho um turno na cantina do WVS.

– Sem dúvida, as viúvas, virgens e solteironas podem se virar sem você por uma noite, não?

Dolly não respondeu e, após alguns instantes, Kitty disse:

– Bem, se você tem certeza... Louisa está doida para tomar seu lugar.

Como se ela pudesse, Dolly pensou.

– Divirtam-se – ela gritou de dentro do banheiro. Em seguida, esperou até os passos de Kitty se afastarem no corredor.

Somente quando ouviu Kitty descendo as escadas, foi que desfez o nó do lenço e tirou-o dos cabelos. Sabia que teria que prendê-los outra vez mais tarde, mas não tinha importância. Começou a retirar os rolinhos, jogando-os na pia vazia. Após ter retirado todos eles, penteou os cabelos com os dedos, puxando-os para baixo em ondas suaves sobre os ombros.

Pronto. Virou a cabeça de um lado para o outro; começou a sussurrar baixinho (Dolly não sabia nenhum poema de cor, mas achou que a letra de "Chattanooga Choo Choo" poderia servir); ergueu as mãos e moveu os dedos à sua frente, como se estivesse tecendo fios invisíveis. Dolly sorriu ligeiramente diante de sua imagem no espelho. Ela se parecia exatamente como a Viola do livro.

12

NOITE DE SÁBADO, FINALMENTE. Jimmy penteava os cabelos escuros para trás, tentando convencer a mecha maior na frente a permanecer no lugar. Sem Brylcreem era uma batalha perdida, mas ele não conseguira economizar o suficiente este mês para comprar uma lata nova do creme. Estava fazendo o melhor possível com água e um pouco de adulação, mas os resultados não eram animadores. A lâmpada no teto piscou e Jimmy olhou para cima, torcendo para que ela não se apagasse ainda; ele já havia roubado as lâmpadas da sala de estar e a do banheiro seria a próxima. Não pretendia tomar banho no escuro. A lâmpada esmaeceu e Jimmy ficou à meia-luz, o som de música do rádio do apartamento no térreo fluindo através do assoalho. Quando a lâmpada reacendeu, Jimmy se animou outra vez e começou a assoviar, acompanhando a música "In the Mood", com Glenn Miller.

O terno para noite pertencera a seu pai, da época de W. H. Metcalfe & Sons, e era muito mais formal do que qualquer coisa que Jimmy já tivesse vestido. Sentia-se um pouco pateta, para dizer a verdade – havia uma guerra em andamento e já era bastante ruim, ele sempre pensava, não estar de uniforme, quanto mais todo paramentado como um playboy. Mas Dolly lhe dissera para ir bem-vestido – "*Como um gentleman, Jimmy!*", ela escrevera na carta, "*um* verdadeiro *gentleman*" – e não havia muita coisa em seu armário que atendesse a esse requisito. O terno viera com eles quando se mudaram de Coventry para Londres, pouco antes do começo da guerra; era um dos poucos vestígios do passado do qual Jimmy não conseguira se desfazer. Tanto melhor, como se viu. Jimmy sabia que não devia desapontar Dolly quando ela metia uma ideia na cabeça, especialmente agora. Houve um distanciamento entre eles nas últimas semanas, desde que a família dela fora atingida; ela andava evitando sua solidariedade, fingindo coragem, enrijecendo-se se ele tentava abraçá-la. Recusava-se sequer a falar da morte da família, desviando a conversa para sua patroa, falando da velha mulher de uma maneira muito mais favorável do que costumava fazer. Jimmy estava contente por ela ter encontrado alguém para ajudá-la com sua dor, claro que estava; ele só desejava que esse alguém tivesse sido ele.

Sacudiu a cabeça – que idiota pretensioso ele era, com pena de si mesmo quando Doll estava tentando lidar com uma perda tão grande. Isso era tão contrário ao seu modo de agir, se fechar dessa maneira; aquilo assustava Jimmy; era como se o sol tivesse se escondido atrás de nuvens pesadas e o fizesse ter uma ideia de como seria frio se ele não a tivesse mais em sua vida. Era por isso que esta noite era tão importante. A carta que ela lhe enviara, sua insistência para que ele se vestisse como um almofadinha – era a primeira vez desde a Blitz de Coventry que ele vislumbrara o antigo estado de espírito de sua Dolly e não estava disposto a correr o risco de perdê-lo outra vez. Jimmy voltou sua atenção para o terno outra vez. Quase nem podia acreditar que ele caía tão bem: seu pai naquele terno sempre parecera um gigante a Jimmy. Agora, era possível que ele fosse apenas um homem.

Jimmy sentou-se na desgastada colcha de retalhos de sua cama estreita e pegou as meias. Havia um buraco em uma delas que havia semanas ele vinha pensando em cerzir. Em vez disso, virou a ponta da meia para o lado, para poder prendê-la por baixo, e resolveu que estava bom. Contorceu os dedos dos pés, examinou os sapatos, engraxados, no chão ao seu lado, e depois consultou seu relógio. Ainda faltava uma hora para o encontro. Ele se deixara levar e acabara se aprontando cedo demais. Não era de admirar, Jimmy estava assustado como um gato.

Acendeu um cigarro e deitou-se de costas na cama, um dos braços dobrado atrás da cabeça. Sentiu um objeto duro sob ele e enfiou a mão embaixo do travesseiro, retirando dali o exemplar de *Ratos e homens*. Era um exemplar de biblioteca, o mesmo que ele tomara emprestado no verão de 38, mas Jimmy preferira pagar a taxa de perda de livro a devolvê-lo. Gostara muito do romance, mas não fora a razão para querer ficar com ele. Jimmy era supersticioso: ele o carregava consigo naquele dia à beira-mar, e só de olhar a capa do livro já trazia de volta as mais doces lembranças. Era também o mais perfeito repositório de seu bem mais precioso. Enfiado em suas páginas, onde mais ninguém pensaria em olhar, estava a fotografia que ele tirara de Dolly naquele campo junto ao mar. Jimmy pegou-a e alisou a dobra que se formara em um dos cantos. Tragou o cigarro e expirou, correndo o polegar pelos contornos de seus cabelos, pelo ombro, pela curva do seio...

– Jimmy? – Seu pai estava vasculhando a gaveta de talheres do outro lado da parede. Jimmy sabia que devia ir ajudá-lo a encontrar o que quer que ele achava estar precisando. No entanto, hesitou. Uma busca dava ao seu pai alguma coisa para fazer e, na experiência de Jimmy, um homem sempre estava melhor quando estava ocupado.

Voltou sua atenção novamente para a fotografia, como fizera um milhão de vezes desde que fora tirada. Conhecia cada detalhe de cor, a maneira como enrolava o cabelo em um dedo, o queixo empinado, o desafio nos olhos tão característico de Dolly, sempre querendo se fazer de mais ousada do que realmente era ("Algo para se lembrar de mim." Ela certamente lhe dera isso); ele quase podia sentir o cheiro de sal e sentir o sol em sua pele, a pressão de seu corpo arqueando-se sob o dele quando a inclinara para trás e a beijara...

– Jimmy? Não consigo encontrar esse negócio, Jim.

Jimmy suspirou e disse a si mesmo para ter paciência.

– Está bem, papai – ele gritou. – Estarei aí em um minuto.

Lançou um sorriso pesaroso à fotografia – não era muito agradável olhar o seio nu de sua garota enquanto seu pai estava tendo um pequeno problema do outro lado da parede. Jimmy enfiou a foto de volta entre as páginas do livro e sentou-se.

Calçou os sapatos e amarrou os cordões, tirou o cigarro da boca e olhou ao redor das paredes de seu pequeno quarto; desde que a guerra começara, ele não parara de trabalhar e o papel de parede verde desbotado fora recoberto com cópias de suas melhores fotografias, suas favoritas, de qualquer modo. Havia as que ele tirara em Dunkirk, um grupo de homens tão cansados que mal conseguiam ficar em pé, cada um com um braço arriado em cima do ombro do outro, outro com uma bandagem manchada amarrada por cima do olho, todos eles se arrastando, sem dizer nenhuma palavra, olhando para o chão à sua frente e pensando apenas no próximo passo; um soldado adormecido na praia, sem as duas botas e abraçado ao seu imundo cantil de água como se sua vida dependesse disso; uma terrível confusão de barcos, aviões atirando do alto, e homens que já tinham vindo de tão longe somente para serem abatidos na água, enquanto tentavam escapar do inferno.

Além disso, havia as fotografias que ele tirara em Londres desde que a Blitz começara. Jimmy olhou para uma série de retratos na parede oposta. Levantou-se e foi examiná-los mais de perto. A família de East End puxando o que restara de seus pertences em um carrinho de mão; a mulher de avental pendurando roupa lavada em um varal estendido na cozinha de três lados, já que a quarta parede desmoronara, seu espaço privado de repente tornado público; a mãe lendo histórias na hora de dormir para seus seis filhos no abrigo Anderson; o panda de pelúcia sem metade da perna, arrancada numa explosão; uma mulher sentada em uma cadeira, com um cobertor em volta dos ombros e labaredas às suas costas, onde antes estava a sua casa; um velho procurando seu cachorro no meio dos escombros.

Eles o assombravam. Às vezes, achava que estava roubando um pedaço de suas almas, arrancando para si um momento privado quando tirava sua foto; mas Jimmy levava a sério a transação, eles estavam ligados, ele e os objetos de suas fotos. Eles o observavam de suas paredes e ele se sentia em dívida com eles, não só por ter testemunhado um determinado instante em sua experiência humana, como também pela permanente responsabilidade de manter suas histórias vivas. Jimmy geralmente ouvia as horrendas notícias na BBC: "Três bombeiros, cinco policiais e cento e cinquenta e três civis perderam suas vidas" (palavras tão precisas, tão calculadas para descrever o horror que ele vivenciara na noite anterior) e veria as mesmas parcas linhas impressas no jornal, e isso seria tudo. Não havia tempo para mais nada atualmente, nenhuma razão para deixar flores ou escrever epitáfios, porque tudo aconteceria de novo na noite seguinte, e na outra depois dela. A guerra não deixava nenhum espaço para o luto e o velório individual, do tipo que ele vira na funerária de seu pai quando menino, mas Jimmy gostava de pensar que suas fotografias ajudavam a manter um registro. Que um dia, quando tudo tivesse terminado, as imagens poderiam sobreviver e as pessoas do futuro diriam: "Foi assim que aconteceu."

Quando Jimmy finalmente chegou à cozinha, seu pai já havia esquecido sua busca pelo misterioso "negócio" e estava sentado à mesa, vestido com uma calça de pijama e uma camiseta. Alimentava seu canário dourado com farelos dos biscoitos quebrados que Jimmy conseguira para ele por uma ninharia.

– Tome, Finchie – ele dizia, enfiando o dedo pelas barras da gaiola. – Tome, Finchie, querido. Bom menino. – Ele se virou quando ouviu Jimmy atrás dele.

– Olá! Está bem-vestido, hein?

– Que nada, papai.

Seu pai olhava-o de cima a baixo, e Jimmy rezou para que ele não se lembrasse da procedência do terno. Não que o pai se importasse com o empréstimo, ele era muito generoso, mas todo o episódio era capaz de trazer de volta lembranças confusas que iriam transtorná-lo.

Por fim, seu pai apenas balançou a cabeça em aprovação.

– Você está muito elegante, Jimmy – ele disse, o lábio inferior trêmulo de orgulho paterno. – Muito elegante mesmo. Você dá orgulho a um pai.

— Está bem, papai, vai devagar — Jimmy disse delicadamente. — Se você não tomar cuidado, vou ficar convencido. Vai ficar insuportável conviver comigo.

Seu pai, ainda balançando a cabeça, sorriu debilmente.

— Onde está sua camisa, papai? Em seu quarto? Vou buscá-la. Não vamos querer que você pegue um resfriado, não é?

Seu pai seguiu-o arrastando os pés, mas parou no meio do corredor. Ainda estava lá quando Jimmy voltou do quarto, uma expressão intrigada no rosto, como se tentasse lembrar por que, afinal de contas, havia se levantado. Jimmy segurou-o pelo cotovelo e conduziu-o cuidadosamente de volta para a cozinha. Ajudou-o a vestir a camisa e sentou-o em sua cadeira de costume; seu pai ficava confuso se tivesse que usar qualquer uma das outras.

A chaleira ainda estava pela metade e Jimmy recolocou-a no fogão para ferver. Era um alívio ter o gás de volta; o encanamento principal fora atingido por uma bomba incendiária algumas noites atrás, e o pai de Jimmy tivera uma grande dificuldade em passar a noite sem sua xícara de chá com leite. Jimmy colocou uma porção pequena de chá no bule, mas se absteve de colocar um pouco mais. Os estoques estavam baixos na Hopwood's, e ele não podia se arriscar a ficar sem chá.

— Você vem para jantar, Jimmy?

— Não, papai. Vou ficar fora até tarde da noite hoje, lembra-se? Deixei algumas salsichas para você no fogão.

— Certo.

— Salsichas de coelho, infelizmente, mas encontrei algo especial para depois. Não vai nem acreditar: uma laranja!

— Uma laranja? — O rosto do pai de Jimmy se iluminou momentaneamente com a luz de uma lembrança fugaz. — Uma vez, eu ganhei uma laranja no Natal, Jimmy.

— É mesmo, papai?

— Quando eu era garoto, em uma fazenda. Uma laranja grande e bonita. Meu irmão Archie comeu-a quando eu me distraí.

A chaleira começou a assoviar e Jimmy encheu o bule. Seu pai chorava baixinho como sempre fazia quando o nome de Archie vinha à baila, seu irmão mais velho, morto nas trincheiras há uns vinte e cinco anos, mas Jimmy ignorou o fato. Ele aprendera com o tempo que as lágrimas do pai por tristezas passadas secariam tão rapidamente quanto haviam aflorado, que o melhor a fazer era continuar a falar alegremente.

– Bem, não desta vez, papai – ele disse. – Esta só você vai comer. – Despejou uma boa dose de leite na xícara de chá do pai. Seu pai gostava de chá com bastante leite, e isso era uma das poucas coisas que não lhes faltava, graças ao sr. Evans e às duas vacas que mantinha no celeiro ao lado de sua loja. Já o açúcar era outra história e, em seu lugar, Jimmy raspou uma pequena porção de leite condensado para dentro da xícara. Deu uma mexida e levou a xícara e o pires para a mesa.

– Agora, ouça bem, papai, as salsichas vão se manter quentes na panela até que você queira jantar, portanto não há nenhuma necessidade de ligar o fogão, está bem? – Seu pai coçava a cabeça, olhando fixamente para a toalha da mesa. – Certo, papai?

– O quê?

– As salsichas já estão cozidas, de modo que não acenda o fogão.

– Certo. – Seu pai tomou um gole do chá.

– Também não precisa abrir a torneira, papai.

– O que, Jimmy?

– Eu o ajudarei a se lavar quando eu voltar.

Seu pai ergueu os olhos para Jimmy, perplexo por um instante, e depois disse:

– Você está muito elegante, garoto. Vai sair esta noite, hein?

Jimmy suspirou.

– Sim, papai.

– Um lugar especial, não é?

– Só vou me encontrar com uma pessoa.

– Uma rapariga?

Jimmy não pôde deixar de sorrir diante do termo antiquado do pai.

– Sim, papai. Uma rapariga.

– Alguém especial?
– Muito.
– Precisa trazê-la aqui um dia desses. – Os olhos de seu pai brilharam com um vestígio de sua antiga astúcia e vivacidade, e Jimmy entristeceu-se repentinamente ao se lembrar de como as coisas costumavam ser, quando ele era a criança e o pai é que cuidava dele. Sentiu-se imediatamente envergonhado, já estava com vinte e dois anos, pelo amor de Deus, e velho demais para estar sentindo falta de situações infantis. Sua vergonha só aumentou quando o pai sorriu, ansioso, mas hesitante, e disse:
– Traga sua amiga aqui uma noite dessas, Jimmy. Deixe que sua mãe e eu vejamos se ela serve para nosso filho.

Jimmy inclinou-se e beijou a cabeça do pai. Ele já não se preocupava em dar explicações sobre sua mãe, dizer que ela fora embora, que abandonara os dois há mais de uma década para seguir um outro sujeito, que tinha uma mansão e um belo carro. De que serviria? Seu velho pai ficava feliz em pensar que ela acabara de sair para ficar na fila de mantimentos racionados, e quem era Jimmy para mostrar-lhe a realidade? A vida já podia ser bem cruel atualmente sem que a verdade a tornasse pior.

– Cuide-se bem, papai – ele disse. – Vou trancar a porta ao sair, mas a sra. Hamblin aí ao lado tem a chave e ela o ajudará a ir para o abrigo quando os ataques aéreos começarem.

– Nunca se sabe, Jimmy. Já são seis horas e ainda nenhum sinal de "chucrutes". Devem ter tirado a noite de folga.

– Eu não apostaria nisso. Há uma enorme lua lá fora. A sra. Hamblin virá buscá-lo, assim que o alerta soar.

Seu pai brincava com a borda da gaiola de Finchie.

– Está bem, papai?

– Sim, sim. Tudo bem, Jimmy. Vá se divertir e pare de se preocupar tanto. Seu velho pai não vai a lugar nenhum. Não me pegaram no último lote, não vão me pegar agora.

Jimmy sorriu e engoliu em seco, para desfazer o nó que estava sempre em sua garganta ultimamente. Um nó feito de amor e de uma tristeza que não conseguia exprimir, uma tristeza que vinha de tantas outras coisas além de seu pai doente.

– É assim que deve ser, papai. Agora, aprecie o seu chá e fique ouvindo o rádio. Não vou me demorar.

Dolly andava depressa por uma rua iluminada pelo luar, em Bayswater. Caíra uma bomba ali há duas noites, uma galeria de arte com um sótão cheio de quadros e um proprietário ausente que não tomara as devidas precauções. O lugar ainda estava em ruínas: tijolos e pedaços de madeira carbonizada, portas e janelas arrancadas, montes de cacos de vidro por toda parte. Dolly vira as labaredas de onde às vezes gostava de ficar sentada, no telhado do número 7, uma grande fogueira ao longe, com chamas ardentes e espetaculares, lançando nuvens de fumaça no céu iluminado.

Ela dirigiu o facho encoberto de sua lanterna para o chão, desviou-se de um saco de areia, quase perdeu o salto do sapato num buraco de explosão, e teve que se esconder de um guarda-noturno zeloso demais quando ele fez soar seu apito e lhe disse que ela devia ser uma moça sensata e entrar em casa – ela não via que havia uma lua própria para bombardeiros subindo no céu?

No começo, Dolly tivera medo das bombas como todo mundo, mas ultimamente descobrira que de certa forma gostava de estar nas ruas durante uma Blitz. Jimmy, quando ela mencionou isso para ele, preocupara-se, achando que depois do que acontecera a sua família, ela estava tentando ser atingida também, mas não era nada disso. Simplesmente havia algo extremamente estimulante nisso, e Dolly sentia uma curiosa leveza de espírito, uma sensação muito parecida com euforia, enquanto corria pelas ruas escuras. Não queria estar em nenhum outro lugar que não Londres; aquela Blitz era vida, nada como isso já acontecera antes, e provavelmente jamais voltaria a acontecer. Não, Dolly já não estava nem um pouco amedrontada, não de ser atingida pelos bombardeiros – era difícil explicar, mas de algum modo ela sabia que aquele não era seu destino.

Enfrentar o perigo e não sentir medo era emocionante. Dolly se sentia eletrizada, e não estava sozinha nisso; uma atmosfera especial tomara conta da cidade e às vezes parecia que todos em Londres estavam apaixonados. Esta noite, entretanto, o que a fazia andar depressa em meio aos escombros era algo acima e além do arrebatamento comum. Estritamente falando, ela não precisava de modo algum estar correndo – saíra de casa na hora, depois de ter administrado a Lady Gwendolyn seus três tragos de xerez de todas as noites, o suficiente para lançar a velha senhora nos braços de um sono abençoado e mantê-la ali mesmo durante o mais barulhento dos ataques aéreos – mas Dolly estava tão empolgada com o que fizera que caminhar era meramente uma impossibilidade física; ela era impelida pela força de sua própria ousadia; poderia correr cem quilômetros e ainda assim não perder o fôlego.

No entanto, não o fez. Tinha que pensar em suas meias finas, não? Era seu último par sem fio corrido e realmente não havia nada como um fragmento pontiagudo de entulho de Blitz para arruinar as meias de nylon de uma pessoa, Dolly sabia disso por experiência própria. Se estragasse essas, seria forçada a desenhar um fio preto na parte de trás das pernas com um lápis de sobrancelha, como Kitty fazia. Não, muito obrigada. Para não correr nenhum risco, quando um ônibus parou perto do Marble Arch, Dolly o pegou.

Havia um pequeno espaço em pé na parte de trás do ônibus e Dolly ocupou-o, tentando não inalar o hálito salgado de um homem que falava pomposamente, proferindo um discurso sobre racionamento de carne e a maneira certa de fritar fígado. Dolly teve que se conter para não lhe dizer que a receita parecia horrível, e assim que deram a volta em Piccadilly Circus, ela saltou. Conforme o ônibus se afastava, um homem de idade, vestido em um uniforme da ARP – a Air Raid Precautions, uma organização de defesa civil contra os bombardeios aéreos, gritou:

— Tenha uma boa noite, querida.

Dolly respondeu com um aceno. Dois soldados, de licença em casa e cantando "Nellie Dean" com voz de bêbados, deram-lhe o braço ao passar por ela, um de cada lado, fazendo-a dar um pequeno giro. Dolly riu quando cada um beijou uma de suas faces e depois deram adeus, seguindo adiante alegremente.

Jimmy esperava por ela na esquina da Charing Cross Road com Long Acre; Dolly podia vê-lo na praça iluminada pelo luar, exatamente onde ele dissera que estaria, e ela parou de repente. Não havia a menor dúvida, Jimmy Metcalfe era um homem bonito. Mais alto do que ela se lembrava, um pouco mais magro, mas os mesmos cabelos escuros penteados para trás e aquelas maçãs do rosto que o faziam parecer estar sempre prestes a dizer alguma coisa engraçada ou inteligente. Ele não fora o único homem bonito que conhecera, certamente não (em tempos como este, não era mais do que um dever cívico flertar com um soldado de licença), mas havia algo de especial a respeito dele, alguma obscura qualidade animal talvez — uma força ao mesmo tempo física e de caráter — que fazia o coração de Dolly palpitar contra as costelas como ninguém.

Ele era uma pessoa tão *boa*; tão honesta e sincera, que estar com ele fazia Dolly se sentir como se tivesse ganhado uma espécie de corrida. Vendo-o esta noite, trajando um terno social preto, exatamente como dissera a ele que fizesse, dava-lhe vontade de soltar um gritinho de contentamento. Caía-lhe tremendamente bem — se já não o conhecesse, Dolly presumiria que ele fosse um verdadeiro gentleman. Ela tirou o batom e o estojo de espelho da bolsa, virou-se ligeiramente para pegar um pouco do luar, e acentuou seu "arco de cupido". Pressionou um lábio contra o outro para o espelho e depois fechou o estojo com um clique.

Olhou para o casaco marrom que havia finalmente escolhido, ligeiramente preocupada com a gola e os punhos de pele, de marta, imaginava, embora muito possivelmente fosse de raposa. Não era exatamente o modelo mais recente — datado de pelo menos duas décadas — mas a guerra tornara esse tipo de coisa menos importante. Além do mais, casacos muito caros nunca realmente saem de moda; foi o que Lady Gwendolyn disse, e ela sabia muito a esse respeito. Dolly levou a manga do casaco ao nariz. O cheiro de naftalina era muito forte assim que ela tirara o casaco do quarto de vestir, mas ela o pendurara na janela do banheiro enquanto tomava banho, depois o vaporizara com o máximo de perfume que podia se dar ao luxo de usar, e agora ele estava realmente muito melhor. Mal dava para se notar, ainda mais com o cheiro de queimado generalizado por toda Londres atualmente. Ajeitou o cinto, tomando o cuidado de esconder o furo de traça na cintura, e sacudiu-se um pouco. Estava tão empolgada que seus nervos vibravam; mal podia esperar que Jimmy a visse. Dolly ajeitou o broche de brilhantes que prendera na gola do casaco, jogou os ombros para trás e arrumou os cachos presos com grampos na nuca. Com uma respiração profunda, emergiu das sombras – uma princesa, uma herdeira, uma jovem com o mundo inteiro aos seus pés.

Fazia frio e Jimmy acabara de acender um cigarro quando a viu. Teve que olhar duas vezes para ter certeza de que era Dolly caminhando em sua direção – o casaco sofisticado, as ondas escuras do cabelo brilhando ao luar, as pernas longas em passadas confiantes, marcadas pelo barulho do salto dos sapatos na calçada. Era uma visão – tão bela, tão viçosa e bem arrumada, que fez Jimmy sentir um aperto no coração. Ela havia amadurecido desde a última vez que a vira. Mais do que isso, percebeu repentinamente, ao ver sua nova postura e elegância, enquanto ele se remexia desconfortavelmente no velho terno do pai, que ela se distanciara – se afastara dele. Sentiu o distanciamento com um sobressalto.

Ela chegou, sem dizer nada, em uma nuvem de perfume. Jimmy queria ser espirituoso, queria ser educado, queria dizer-lhe que ela era a imagem da perfeição, a única mulher do mundo que ele jamais poderia amar. Queria dizer exatamente aquilo que transpusesse aquela nova e horrível distância entre eles de uma vez por todas; contar-lhe sobre seu progresso no trabalho, a conversa entusiasmada de seu editor nas noites quando finalmente conseguiam cumprir o prazo final de impressão, sobre as oportunidades que se estendiam à frente de Jimmy quando "toda aquela guerra tiver acabado", como ele poderia ficar famoso com suas fotografias, o dinheiro que poderia ganhar. Mas sua beleza, e seu contraste com a guerra e sua crueldade, os milhões de noites em que ele fora dormir imaginando o futuro dos dois, seu passado em Coventry e aquele piquenique à beira-mar tanto tempo atrás – tudo se combinava para cegá-lo e impedir que as palavras certas viessem. Conseguiu esboçar um sorriso e, em seguida, sem pensar duas vezes, segurou sua cabeça e beijou-a.

O beijo, Dolly pensou, foi como um tiro de largada. Sentiu imediatamente um bem-vindo apaziguamento dos nervos e uma grande onda de empolgação do que ainda estava para acontecer. Seus planos, desde que os fizera, a consumiram durante toda a semana e agora, finalmente, chegara a hora. Dolly estava ansiosa para impressioná-lo, mostrar-lhe o quanto era adulta, uma mulher do mundo, e não a colegial que era quando ele a conheceu. Permitiu-se um instante de relaxamento, para incorporar a personagem, antes de afastar-se e erguer os olhos para seu rosto.

– Ei – ela disse, no mesmo tom sussurrante que Scarlett O'Hara usaria.

– Ei.

– Que bom encontrar você aqui. – Ela correu os dedos de leve pelas lapelas do casaco dele. – E muito bem-vestido, pelo que estou vendo.

– O quê? – Ele ergueu um dos ombros. – Este terno velho?

Dolly sorriu, mas tentou não rir (ele sempre a fazia rir).

– Bem – ela disse, fitando-o por baixo das pestanas –, acho que devemos ir andando. Temos muita coisa a fazer esta noite, sr. Metcalfe.

Ela deu-lhe o braço e tentou não arrastá-lo, enquanto desciam rapidamente a Charing Cross Road para entrar na longa fila à porta do 400 Club. A fila andava devagar, enquanto as metralhadoras disparavam a leste e os holofotes de busca varriam o céu como muitas escadas de Jacob. Um avião sobrevoou suas cabeças quando estavam quase chegando à porta, mas Dolly ignorou-o; nem mesmo um ataque aéreo maciço a faria desistir de seu lugar na fila agora. Alcançaram o topo das escadas e a música chegou até eles, conversas e risos, e uma energia frenética e insone que deixou Dolly tão zonza que ela teve que se segurar com força no braço de Jimmy para não cair.

– Você vai adorar lá dentro – ela disse. – Ted Heath e sua banda realmente são geniais e o sr. Rossi, que administra o lugar, é muito simpático.

– Já esteve aqui antes?

– Ah, claro, muitas vezes. – Um pequeno exagero, estivera ali uma única vez, mas ele era mais velho do que ela, tinha um trabalho importante onde viajava e conhecia todo tipo de pessoas, e ela ainda era... bem, ela mesma. Queria desesperadamente que ele a achasse mais refinada do que da última vez que a vira, mais desejável. Dolly riu e apertou seu braço.

– Ora, vamos, não faça essa cara, Jimmy. Kitty nunca desistiria se eu não lhe fizesse companhia às vezes; você sabe que é o único que eu amo.

Ao pé da escada, eles atravessaram uma chapelaria e Dolly parou para deixar o casaco. Seu coração martelava no peito; ansiara tanto por este momento, praticando e planejando, e agora ele finalmente chegara. Pensou em todas as histórias de Lady Gwendolyn, nas coisas que ela e Penny fizeram juntas, os bailes, as aventuras, os belos homens que as perseguiam por toda Londres – deu as costas para Jimmy e deixou o casaco cair livremente. Quando ele o pegou, ela fez uma lenta pirueta, exatamente como fizera em todas as suas fantasias, e em seguida fez uma pose, revelando (rufar de tambores, minhas senhoras e meus senhores) O Vestido.

Era vermelho, fluido, brilhante, o tipo de corte feito para realçar todas as curvas do corpo de uma mulher, e Jimmy quase deixou o casaco cair quando o viu. Seu olhar percorreu-a de cima a baixo e novamente de baixo para cima; o casaco saiu de sua mão, um tíquete o substituiu, e ele não saberia dizer como acontecera.

— Você — ele começou. — Doll, você está... Este vestido é incrível.

— O quê? — Ela ergueu um dos ombros, exatamente como ele fizera lá fora. — Este vestido velho? — Então, ela riu para ele e voltou a ser sua Dolly. — Venha. Vamos entrar — ela disse, e ele não podia pensar em nenhum outro lugar onde preferiria estar.

Dolly passou os olhos pela área atrás do cordão vermelho, a pequena e apinhada pista de dança, a mesa que Kitty chamava de "Mesa Real", bem perto da banda de música; ela achou que talvez visse Vivien ali naquela noite, Henry Jenkins era amigo de Lorde Dumphee, os dois frequentemente fotografados juntos em *The Lady*, mas uma primeira inspeção não revelou ninguém que ela conhecesse. Não tinha importância, a noite mal começara — talvez os Jenkins aparecessem mais tarde. Ela conduziu Jimmy para os fundos do salão, pelo meio das mesas redondas pequenas e muito juntas, passando pelas pessoas que comiam, bebiam e dançavam, até que finalmente chegaram ao sr. Rossi e à entrada da área isolada pelo cordão.

— Boa-noite — ele disse ao vê-los, juntando as mãos e fazendo uma pequena reverência. — Vieram para o noivado Dumphee, naturalmente.

— Que clube maravilhoso — ronronou Dolly, sem responder exatamente à pergunta. — Já faz tanto tempo... Lorde Sandbrook e eu estávamos justamente dizendo que devíamos vir a Londres com mais frequência. — Ela olhou para Jimmy, sorrindo para encorajá-lo. — Não é, querido?

A testa de Rossi franziu-se ligeiramente, enquanto ele tentava desesperadamente situá-los, mas não por muito tempo. Anos no leme de seu clube noturno o deixaram apto a manter o navio da alta sociedade no curso e seus passageiros satisfeitos.

– Cara Lady Sandbrook – ele disse, tomando a mão de Dolly e roçando-a com um leve beijo –, o lugar andava escuro por causa de sua ausência, mas agora que está aqui, a luz retornou. – Voltou sua atenção para Jimmy. – E quanto ao senhor, Lorde Sandbrook. Quero crer que esteja indo muito bem.

Jimmy não disse nada e Dolly prendeu a respiração; ela sabia como ele se sentia a respeito de suas "brincadeiras", como ele as chamava, e ela sentira sua mão enrijecer-se contra as suas costas no instante em que ela começara a falar. Para ser honesta, a incerteza da reação dele só aumentava a emoção da aventura. Até ele responder, tudo o mais ficava ampliado e exagerado. Dolly podia ouvir as batidas de seu próprio coração enquanto esperava pela resposta dele, um gritinho de contentamento na multidão, o barulho de um copo se estilhaçando em algum lugar, a banda começando uma nova canção...

O pequeno italiano que chamara Jimmy pelo nome de outro homem aguardava atentamente por uma resposta, e Jimmy teve uma repentina visão de seu pai em casa em seu pijama listrado, as paredes de seu apartamento com o tristonho papel verde desbotado, Finchie em sua gaiola com os farelos de biscoito. Ele podia sentir o olhar fixo de Dolly sobre ele, instando-o a representar seu papel; ele sabia que ela estava esperando, sabia o que ela queria que ele dissesse, mas parecia a Jimmy que havia algo de certo modo constrangedor em atender a um nome como aquele. Algo profundamente desleal com seu pobre e velho pai, com sua mente tão confusa, que esperava por uma mulher que nunca viria e chorava por um irmão morto já há vinte anos e que dissera do apartamento acanhado quando chegaram a Londres: "É muito bom, Jimmy.

Você fez um bom trabalho, garoto. Sua mãe e eu estamos muito orgulhosos de você."

Ele olhou de lado para o rosto de Dolly e viu o que sabia que veria – esperança, estampada em suas feições. Essas brincadeiras de Dolly o deixavam louco, ainda mais porque, ultimamente, elas pareciam acentuar a distância entre o que ela queria da vida e o que ele podia lhe dar. Mas eram bastante inofensivas, não eram? Ninguém iria se machucar esta noite porque Jimmy Metcalfe e Dorothy Smitham passaram para o outro lado de um cordão vermelho. E ela desejava tanto aquilo, tivera tanto trabalho com o vestido e tudo o mais, fizera-o usar um terno – seus olhos, com todo o rímel que usava, estavam tão arregalados e esperançosos quanto os de uma criança, e ele a amava tanto, não podia ser ele quem iria estragar seus planos, não por causa de seu próprio orgulho tolo. Não por causa de alguma vaga noção de que sua falta de prestígio era algo ao qual devia se agarrar e certamente não nessa primeira vez, desde que sua família morrera, que Dolly voltara a ser como antes.

– Sr. Rossi – ele disse com um largo sorriso, estendendo a mão para apertar a do outro com firmeza. – Prazer em vê-lo, meu caro. – Foi a voz mais elegante que conseguiu imitar assim de improviso; esperava ardentemente que servisse.

Estar do outro lado era tão maravilhoso quanto Dolly sonhara que seria. Tão glorioso quanto ela deduzira das histórias de Lady Gwendolyn. Não era que tudo fosse *obviamente* diferente – os tapetes vermelhos e as paredes recobertas de seda eram exatamente os mesmos, os casais dançavam de rosto colado dos dois lados do cordão, os garçons carregavam drinques, pratos e copos de um lado para o outro – na verdade, um observador menos inteligente talvez nem percebesse que havia dois lados distintos; mas Dolly sabia. E se alegrava de estar naquele lado.

Claro, tendo conseguido o Santo Graal, estava um pouco desnorteada quanto ao próximo passo. Por falta de uma ideia melhor,

Dolly pegou uma taça de champanha, tomou Jimmy pela mão e deslizou para um banco estofado junto à parede. Na verdade, para ser honesta, observar já era suficiente: o carrossel em constante mudança de vestidos coloridos e rostos sorridentes a mantinha fascinada. Um garçom se aproximou e perguntou o que gostariam de comer, Dolly pediu ovos com bacon e eles vieram, sua taça de champanha nunca parecia ficar vazia, a música nunca parava.

– É como um sonho, não é? – ela disse, encantada. – Eles não são todos *maravilhosos*?

Jimmy interrompeu o gesto de riscar um fósforo e respondeu evasivamente:

– Claro.

Ele largou o fósforo em um cinzeiro de prata e tragou seu cigarro.

– E quanto a você, Doll? Como vai a velha Lady Gwendolyn? Ainda no comando dos nove círculos do inferno?

– Jimmy, você não devia dizer esse tipo de coisa. Sei que eu me queixava um pouco no começo, mas ela é realmente muito boa quando você passa a conhecê-la melhor. Ela tem me solicitado muito ultimamente, nos tornamos muito próximas, a nosso modo. – Dolly inclinou-se mais para perto, para que Jimmy acendesse seu cigarro. – O sobrinho dela está preocupado que ela vá deixar a casa para mim em seu testamento.

– Quem lhe disse isso?

– O dr. Rufus.

Jimmy emitiu um resmungo ambíguo. Ele não gostava de ouvi-la mencionar o dr. Rufus; não importa quantas vezes Dolly lhe assegurasse que o médico era amigo de seu pai e velho demais, na verdade, para estar interessado nela *dessa* forma, Jimmy apenas franzia a testa e mudava de assunto. Naquele momento, ele tomou sua mão por cima da mesa.

– E Kitty? Como vai?

– Ah, bem, Kitty – Dolly hesitou, lembrando-se da conversa sem fundamento sobre Vivien e casos amorosos na outra noite. – Ela está em forma. Claro, seu tipo sempre está.

— Seu tipo? – Jimmy repetiu, intrigado.

— Só quero dizer que ela faria melhor se prestasse mais atenção ao seu trabalho e menos ao que acontece na rua e nas boates. Acho que algumas pessoas simplesmente não conseguem se conter. – Olhou para Jimmy. – Acho que você não iria gostar dela.

— Não?

Dolly sacudiu a cabeça e tragou o cigarro.

— Ela é mexeriqueira e, devo dizer, meio libertina.

— Libertina? – Ele achou graça, um sorriso pairando nos lábios. – Minha nossa!

Ela falava a sério – Kitty tinha o costume de deixar entrar seus amigos homens às escondidas à noite, ela achava que Dolly não sabia, mas na verdade, com o barulho que faziam às vezes, seria preciso ser surdo para não perceber.

— Ah, sim – Dolly disse. Havia uma única vela bruxuleando em seu vidro sobre a mesa e ela a girava, ociosamente, de um lado para o outro. Ainda não contara a Jimmy a respeito de Vivien. Não sabia exatamente por quê. Não é que achasse que ele não aprovaria Vivien, claro que não, mas era como se ela tivesse tido o instinto de manter a florescente amizade em segredo, algo apenas seu. Esta noite, entretanto, vendo-o pessoalmente, um pouco zonza com o champanha doce que bebia, Dolly sentiu uma necessidade urgente de contar-lhe tudo.

— Sabe – ela disse, repentinamente nervosa –, não sei se já mencionei isso para você nas cartas, mas fiz uma nova amizade.

— Ah, é?

— Sim, Vivien. – Só o fato de pronunciar seu nome já fazia Dolly estremecer um pouco de felicidade. – Casada com Henry Jenkins, sabe, o escritor. Eles moram do outro lado da rua, no número 25, e nos tornamos boas amigas.

— É mesmo? – Ele riu. – Sabe, é uma incrível coincidência, mas eu acabei de ler um de seus livros.

Dolly teria perguntado qual, mas não o fez porque não estava realmente ouvindo; sua mente girava com todas as coisas que queria dizer sobre Vivien e andara reprimindo.

– Ela é realmente especial, Jimmy. Bela, é claro, mas não de uma maneira comum, vulgar. E é muito amável, sempre ajudando no WVS. Eu lhe falei da cantina que estamos mantendo para o pessoal em serviço, não? Acho que sim. Ela compreende, também, o que aconteceu... minha família, em Coventry, ela mesma é órfã, sabe, criada por um tio depois que seus pais morreram, uma escola antiga e imponente perto de Oxford, construída nas terras da família. Eu disse que ela é uma rica herdeira? Na verdade, é dona da casa em Campden Grove, não é do seu marido, é dela. – Dolly respirou fundo, mas somente porque não tinha certeza dos detalhes. – Não que ela fique falando sobre isso; ela não é desse tipo.

– Parece maravilhosa.

– E é.

– Gostaria de conhecê-la.

– Bem – Dolly gaguejou –, claro... um dia desses. – Tragou o cigarro com força, perguntando-se por que a sugestão a fez sentir uma espécie de pavor. Vivien e Jimmy se encontrando não estava entre os muitos cenários futuros que ela contemplava; para início de conversa, Vivien era extremamente reservada, e por outro lado, bem, Jimmy era Jimmy. Adorável, é claro, gentil e inteligente – mas não exatamente o tipo de pessoa que Vivien aprovaria, não como namorado de Dolly. Não é que Vivien fosse má; ela simplesmente pertencia a outra classe social – diferente de ambos, ela e Jimmy, na verdade, mas Dolly, depois que Lady Gwendolyn a tomara sob sua proteção, aprendera o suficiente para ser aceita por alguém como Vivien. Dolly detestava mentir para Jimmy, ela o amava; mas certamente não iria magoá-lo colocando a questão com absoluta franqueza para ele. Estendeu a mão e a apoiou em seu braço, tirando um fiapo do punho puído do casaco de seu terno.

– Todo mundo está tão ocupado com a guerra no momento, não é? Simplesmente, não há tempo para encontros sociais.

– Eu sempre poderia...

– Jimmy, ouça! Estão tocando a nossa música! Vamos dançar? Venha, vamos dançar!

Seus cabelos cheiravam a perfume, aquele aroma inebriante que ele notara assim que ela chegara, quase chocante em sua intensidade e presença, e Jimmy poderia ficar assim para sempre, a mão em suas costas, o rosto dela colado ao seu, seus corpos movendo-se lentamente, juntos. Sentiu-se inclinado a esquecer a maneira como Dolly ficara toda evasiva quando ele mostrou interesse em conhecer sua amiga; ele tivera a impressão de que a distância entre eles ultimamente não se devia inteiramente ao que acontecera à sua família, que essa Vivien, a rica vizinha do outro lado da rua, tinha algo a ver com isso. Dolly gostava de segredos, sempre gostara. E que importava, de qualquer modo, aqui e agora, desde que a música continuasse tocando?

Não continuou, é claro; nada dura para sempre e a música chegou ao fim. Jimmy e Dolly separaram-se para aplaudir e foi então que ele notou o homem do bigode fino observando-os do canto da pista de dança. O fato, em si, não seria motivo de alarme, mas o sujeito também estava conversando com Rossi, que coçava a cabeça com uma das mãos, fazendo gestos largos e extravagantes com a outra, e consultando uma lista.

Uma lista de convidados, Jimmy compreendeu com um sobressalto. O que mais seria?

Estava na hora de sair discretamente de cena. Jimmy tomou a mão de Dolly e fez menção de conduzi-la para fora dali, da maneira mais descontraída possível. Muito provavelmente, ele calculou, se fossem rápidos e discretos, poderiam passar por baixo do cordão vermelho, se misturar à multidão do outro lado e escapar silenciosamente, sem prejuízo para ninguém.

Dolly, infelizmente, tinha outras ideias; tendo chegado à pista de dança, agora ela hesitava em abandoná-la.

– Jimmy, não – ela dizia –, não, escute, é "Moonlight Serenade".

Jimmy começou a explicar e olhou para trás, para o homem com o bigode fino, descobrindo que ele já estava quase junto deles, um charuto preso entre os dentes, a mão estendida.

– Lorde Sandbrook – o homem dizia a Jimmy, com o sorriso largo e confiante de um homem com uma montanha de dinheiro escondida embaixo do colchão. – Ficamos muito felizes que tenham conseguido vir, meu caro.

– Lorde Dumphee. – Jimmy sentiu uma punhalada. – Parabéns a você e... sua noiva. Magnífica festa.

– Sim, bem, eu preferia ter feito uma comemoração íntima, mas você conhece Eva.

– De fato. – Riu nervosamente.

Lorde Dumphee soltou uma grande baforada de seu charuto, enviando um rolo de fumaça para o alto que mais parecia uma locomotiva a vapor; seus olhos se estreitaram quase imperceptivelmente e Jimmy percebeu que seu anfitrião também estava voando às cegas, esforçando-se para se lembrar de onde vinham seus convidados misteriosos.

– São amigos de minha noiva – ele disse.

– Sim, isso mesmo.

Lorde Dumphee balançava a cabeça.

– Claro, claro. – Então, seguiu-se nova baforada, mais fumaça, e quando Jimmy achava que já deviam estar a salvo...

– Deve ser minha memória. É impressionante, meu caro, é culpa da guerra e dessas malditas noites sem dormir por causa das explosões... mas acho que Eva não mencionou os Sandbrook. São velhos amigos?

– Oh, sim. Ava e eu nos conhecemos há muito tempo.

– Eva.

– Isso mesmo. – Jimmy puxou Dolly para a frente. – Conhece minha mulher, Lorde Dumphee, conhece...

– Viola – Dolly disse, sorrindo com ar inocente. – Viola Sandbrook.

Estendeu uma das mãos e Lorde Dumphee tirou o charuto da boca para beijá-la. Ele endireitou-se, mas não soltou sua mão, mantendo a mão de Dolly no ar e deixando seus olhos vagarem libidinosamente pelo seu vestido e cada curva sob ele.

— Querido! — O gritinho estridente veio do outro lado da pista. — Jonathan, querido!

Lorde Dumphee largou a mão de Dolly imediatamente.

— Ah — disse, como um estudante surpreendido pela governanta com fotos de mulheres nuas. — Eva está vindo ali.

— Já é essa hora? — Jimmy disse. Agarrou a mão de Dolly e apertou-a para sinalizar sua intenção. Ela imediatamente apertou a dele também. — Desculpe-nos, Lorde Dumphee — ele disse. — Muitas felicitações, mas Viola e eu temos que pegar um trem.

E com isso, saíram apressadamente. Dolly mal conseguia conter o riso enquanto abriam caminho pela apinhada boate, paravam na chapelaria para Jimmy apresentar o tíquete e pegar o casaco de Lady Gwendolyn, antes de subir a escada correndo, dois degraus de cada vez, e entrar na noite escura e fria de Londres.

Havia alguém atrás deles no 400 conforme corriam. Dolly olhara para trás e vira um homem com o rosto vermelho, arfando como um cão de caça grande e pesado demais, e Jimmy não parou enquanto não atravessaram a Litchfield Street, misturaram-se à multidão que saíra do teatro na St. Martin's e entraram na minúscula Tower Lane. Somente então, recostaram-se contra o muro de tijolos, ambos rindo, sem fôlego.

— A cara dele... — Dolly conseguiu dizer. — Oh, Jimmy, acho que nunca vou poder esquecer pelo resto da minha vida. Quando você falou do trem, ele ficou tão... tão *abobalhado*.

Jimmy ria também, um som caloroso na escuridão. Estava escuro como breu no lugar onde pararam; nem mesmo a lua cheia conseguia se derramar pelas calhas para inundar a estreita viela com sua luz prateada. Dolly estava exultante, plena de vida, de felicidade e da energia peculiar que vinha de ter entrado na pele de outra pessoa. Não havia nada que a deixasse tão eufórica quanto isso, o invisível momento de transição quando deixava de ser Dolly Smitham e se tornava Outra Pessoa. Os detalhes dessa Outra Pessoa não eram particularmente importantes; era o frisson da performance que ela adorava, o prazer sublime do disfarce. Era como assumir a vida de outra pessoa. Roubá-la por um determinado tempo.

Dolly olhou para o céu estrelado. Havia muito mais estrelas no blecaute; era uma das coisas belas da guerra. Ouviam-se erupções retumbantes ao longe, baterias antiaéreas retaliando como podiam; mas lá em cima as estrelas simplesmente continuavam a brilhar com todas as suas forças. Eram como Jimmy, ela compreendeu, leal, constante, alguém em quem você pode confiar.

– Você realmente faria qualquer coisa por mim, não é? – ela disse, com um suspiro de contentamento.

– Você sabe que sim.

Ele não estava mais rindo e, rápido como o vento, a atmosfera na viela mudou. *Você sabe que sim*. Ela realmente sabia e, naquele instante, o fato tanto a emocionou quanto amedrontou. Na verdade, foi sua reação que o fez. Ao ouvi-lo dizer aquilo, Dolly sentiu uma corda vibrar na parte baixa de sua barriga. Estremeceu. Sem pensar, tomou a mão dele no escuro.

Era quente, macia, grande, e Dolly levantou-a para roçar os lábios ao longo de seus dedos. Podia ouvi-lo respirar e igualou a sua própria respiração à dele.

Sentia-se ousada, adulta e poderosa. Sentia-se bela e viva. Com o coração disparado, tomou a mão dele e colocou-a sobre seu seio.

Um som suave em sua garganta, um suspiro.

– Dol...

Ela o silenciou com um beijo delicado. Não queria que ele falasse, não agora; talvez ela não tivesse coragem outra vez. Buscando se lembrar de tudo sobre o que ouvira Kitty e Louisa rirem na cozinha do número 7, Dolly abaixou a mão e pousou-a sobre o cinto dele. Deixou-a deslizar mais para baixo.

Jimmy gemeu, inclinou-se para beijá-la, a mão firme sobre seu seio agora, mas ela ergueu os lábios para sussurrar em seu ouvido:

– Você disse que faria qualquer coisa que eu pedisse?

Ele balançou a cabeça contra seu pescoço e respondeu:

– Sim.
– Que tal acompanhar uma garota até sua casa e colocá-la na cama?

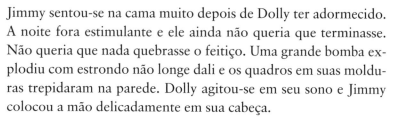

Jimmy sentou-se na cama muito depois de Dolly ter adormecido. A noite fora estimulante e ele ainda não queria que terminasse. Não queria que nada quebrasse o feitiço. Uma grande bomba explodiu com estrondo não longe dali e os quadros em suas molduras trepidaram na parede. Dolly agitou-se em seu sono e Jimmy colocou a mão delicadamente em sua cabeça.

Mal falaram no caminho de volta a Campden Grove, cada qual consciente demais do significado de suas palavras, do fato de que uma linha fora atravessada e que agora estavam em um caminho sem volta. Ele nunca estivera no lugar em que ela morava e trabalhava, Dolly era engraçada a respeito disso – a velha senhora tinha ideias muito definidas sobre o assunto, ela dissera, e Jimmy sempre respeitara o fato.

Quando chegaram ao número 7, ela o conduziu pelo meio dos sacos de areia e através da porta da frente, fechando-a silenciosamente atrás de si. A casa estava às escuras, mais escura do que lá fora, devido às cortinas, e Jimmy já quase tropeçara, quando Dolly acendeu um pequeno abajur de mesa ao pé da escada. A lâmpada lançou um círculo de luz oscilante pelo tapete e pela parede, e Jimmy vislumbrou pela primeira vez o quanto aquela casa de Dolly era realmente magnífica. Não se demoraram ali e ele ficou satisfeito com isso – toda aquela grandiosidade era perturbadora. Era prova de tudo que ele gostaria de lhe dar, mas não podia, e vê-la tão confortavelmente instalada ali o deixava ansioso.

Ela desafivelou as tiras de seus sapatos de salto alto, pendurou-os em um dedo e tomou-o pela mão. Levando um dedo aos lábios e fazendo um sinal com a cabeça, ela começou a subir a escada.

– Eu cuidarei de você, Doll – Jimmy sussurrara quando chegaram ao seu quarto. Já tinham dito tudo que queriam dizer um ao outro e estavam parados junto à cama, cada qual esperando que o outro desse o próximo passo. Ela riu quando ele disse isso, mas havia um traço nervoso em sua voz e ele a amara ainda mais pelo indício de incerteza juvenil que o riso traía. Sentira-se um pouco com o pé atrás desde que ela tomara a iniciativa no beco, mas naquele momento, ouvindo-a rir daquele modo, percebendo sua apreensão, Jimmy sentiu-se novamente no comando, e de repente o mundo voltou a girar em seus eixos.

Uma parte dele tinha vontade de rasgar seu vestido, arrancá-lo de seu corpo. Em vez disso, entretanto, ele estendeu a mão e deslizou o dedo por baixo de uma das alças finas. Sua pele estava quente, apesar da noite fria, e ele sentiu-a tremer sob seu toque. O leve e súbito movimento suspendeu sua respiração.

– Tomarei conta de você – ele disse novamente –, sempre.

Ela não riu dessa vez e ele inclinou-se para beijá-la. Meu Deus, como seu beijo era doce. Ele desabotoou seu vestido vermelho, deslizou as alças de seus ombros e deixou-o cair suavemente no chão. Ela ficou parada, fitando-o intensamente, os seios subindo e descendo a cada curta respiração, e depois ela sorriu, um daqueles leves sorrisos de Dolly, que o provocavam e o faziam arder de desejo, e, antes que ele soubesse o que estava acontecendo, ela havia puxado sua camisa para fora da calça...

Outra bomba explodiu e pó de gesso, do enfeite na parede acima da porta, esvoaçou lentamente para baixo. Jimmy acendeu um cigarro quando as baterias antiaéreas dispararam um contra-ataque. Dolly continuava a dormir, as pestanas negras contra a pele fresca das faces. Ele acariciou seu braço de leve. Que tolo ele fora – que grande tolo – recusando-se a desposá-la quando ela praticamente lhe implorara. E ele, que agora andava se torturando com a distância que pressentia crescer entre eles, não parara nem por um minuto para considerar seu papel em criar essa distância. Apegara-se a velhas ideias sobre casamento e dinheiro. No entanto, vendo-a esta noite, percebera como nunca antes que poderia perder Dolly facilmente para esse seu novo mundo, e tudo ficara claro para ele. Tinha sorte que Dolly tivesse esperado por ele; que ela ainda se sentisse do mesmo modo. Jimmy sorriu, alisando os cabelos escuros e brilhosos; o fato de estar ali deitado ao seu lado era prova disso.

No começo, teriam que viver em seu apartamento – não era o que ele sonhara para Dolly, mas seu pai estava instalado ali e não fazia muito sentido se mudar enquanto a guerra estivesse em andamento. Quando tudo tivesse terminado, poderiam pensar em alugar algo em uma área melhor, talvez até mesmo falar com o banco sobre um empréstimo para um lugar próprio. Jimmy tinha algum dinheiro guardado, vinha economizando havia anos, cada moeda excedente guardada em um pote, e seu editor mostrava-se muito encorajador a respeito de suas fotografias.

Tragou seu cigarro profundamente.

Por enquanto, porém, teriam um casamento de guerra, e não havia nenhuma vergonha nisso. Era romântico, ele pensou – amor em uma época conturbada. Dolly estaria linda de qualquer forma, poderia ter suas amigas como damas de honra – Kitty e a nova amiga, Vivien, cuja menção lhe causava uma sensação inquietante – e Lady Gwendolyn Caldicott, talvez, no lugar de seu pai e sua mãe; e Jimmy já possuía o anel perfeito para lhe dar. Fora de sua mãe e agora estava guardado em uma caixa de veludo preto no fundo da gaveta de sua cômoda. Ela o deixara quando fora embora, com um bilhete explicando a razão, sobre o travesseiro em que seu pai dormia. Jimmy, desde então, tomara conta dele; no começo, para poder devolvê-lo à mãe quando ela voltasse; mais tarde, como uma lembrança dela; cada vez mais, no entanto, conforme ficava mais velho, para que pudesse algum dia ter um novo começo com a mulher que amava. Uma mulher que não fosse deixá-lo.

Jimmy adorava sua mãe quando era pequeno. Ela fora seu encanto, seu primeiro amor, a enorme lua prateada, que em suas idas e vindas, aumentando e diminuindo, mantinha sua pequena alma sob seu fascínio. Ela costumava lhe contar uma história, lembrava-se agora, sempre que ele não conseguia dormir. Era sobre um navio, o *Nightingale Star*, ela dizia, um navio mágico – um grande e velho galeão, com suas amplas velas e um mastro forte, indestrutível, que velejava pelos mares do sono, noite após noite, em busca de aventura. Ela costumava sentar-se ao seu lado na cama, afagando seus cabelos e criando histórias do poderoso navio, e sua voz, quando falava das maravilhosas viagens, o acalmava como nada mais conseguiria fazê-lo. Somente quando ele já flutuava à beira do sono, o navio puxando-o na direção da grande estrela no oriente, é que ela se inclinava junto ao seu ouvido e sussurrava: "Agora durma, querido. Nos veremos hoje à noite, a bordo do *Nightingale Star*. Espere por mim, sim? Vamos partir numa grande aventura."

Ele acreditara nisso durante muito tempo. Depois que ela partiu com o outro sujeito, o homem rico de fala macia e um grande carro de luxo, ele contara a história para si mesmo todas as noites, certo de que a encontraria em seu sono e a traria de volta para casa.

Achara que nunca haveria outra mulher a quem pudesse amar tanto. Então, conhecera Dolly.

Jimmy terminou o cigarro e consultou seu relógio; quase cinco horas. Era melhor ir agora, se quisesse estar em casa a tempo de cozinhar um ovo para o café da manhã de seu pai.

Levantou-se o mais silenciosamente possível, vestiu a calça e afivelou o cinto. Demorou-se por alguns instantes, observando Dolly, depois se inclinou para plantar um beijo muito leve em seu rosto.

– Eu a verei a bordo do *Nightingale Star* – murmurou.

Dolly remexeu-se, mas não acordou, e Jimmy sorriu.

Desceu a escada silenciosamente e saiu para a Londres gelada e cinzenta de antes da aurora. Havia um cheiro de neve no ar, ele podia sentir, e sua respiração soltava grandes baforadas de névoa, mas Jimmy não sentia frio. Não nesta manhã. Dolly Smitham o amava, eles iriam se casar, e nada mais daria errado outra vez.

13

Greenacres, 2011

LAUREL PERCEBEU, DE REPENTE, quando se sentava para um jantar de torradas e feijão enlatado, que essa provavelmente era a primeira vez que já estivera sozinha em Greenacres. Nem pai, nem mãe no cômodo ao lado, nenhuma irmã endiabrada fazendo as tábuas do assoalho ranger no andar de cima, nenhum irmão bebê, nenhum animal de estimação. Nem mesmo uma galinha empoleirada no galinheiro lá fora. Laurel morava sozinha em Londres, assim vivera, a intervalos, durante a maior parte dos últimos quarenta anos; para ser franca, ela gostava da própria companhia. Esta noite, entretanto, cercada de imagens e sons de sua infância, sentiu uma solidão cuja intensidade a surpreendeu.

– Tem certeza que vai ficar bem? – Rose lhe perguntara naquela tarde, antes de ir embora. Demorara-se no hall de entrada, torcendo a ponta do seu longo cordão de contas africanas e inclinando a cabeça em direção à cozinha. – Porque eu poderia ficar, sabe. Não me incomodaria nem um pouco. Talvez eu *deva* ficar, não? Vou ligar para Sadie e dizer-lhe que não poderei ir.

Era uma estranha reviravolta, Rose ficar preocupada com Laurel, e Laurel ficara desconcertada.

– Bobagem – dissera, talvez um pouco rispidamente –, não vai fazer nada disso. Ficarei perfeitamente bem sozinha.

Rose não se convenceu.

– Não sei, Lol, é que você não costuma telefonar assim, de repente. Você está sempre tão ocupada, e agora... – O cordão ameaçava se arrebentar e lançar as contas em todas as direções. –

Vou lhe dizer o que vou fazer, vou ligar para Sadie e dizer-lhe que nos veremos amanhã. Realmente, não é problema algum.

– Rose, por favor – Laurel disse, exasperada –, pelo amor de Deus, vá ver sua filha. Já lhe disse, só estou aqui aproveitando uma folga antes de começar a filmar *Macbeth*. Para dizer a verdade, estou ansiosa por um pouco de paz e sossego.

Era verdade. Laurel estava agradecida a Rose por ter podido ir encontrá-la com as chaves, mas sua cabeça estava fervilhando com a lista do que ela sabia e do que ainda tinha que descobrir sobre o passado de sua mãe, e estava ansiosa para entrar e colocar os pensamentos em ordem. Ver o carro de Rose desaparecer no caminho de terra a enchera de uma sensação de enorme expectativa. Pareceu marcar o começo de algo. Estava ali, finalmente; ela conseguira, deixara sua vida em Londres a fim de chegar ao fundo do grande segredo de sua família.

Agora, entretanto, sozinha na sala de estar com um prato de janta vazio por companhia e uma longa noite à sua frente, via sua convicção minguar. Quisera ter considerado um pouco mais a oferta de Rose. A afável tagarelice de sua irmã era exatamente o que Laurel precisava para impedir que sua mente resvalasse para algum lugar obscuro; poderia usar sua ajuda agora. O problema eram os fantasmas, pois naturalmente ela não estava sozinha, de maneira alguma, eles estavam por toda parte: escondidos pelos cantos, vagando para cima e para baixo das escadas, ecoando contra os ladrilhos do banheiro. Meninas magricelas de pés descalços e vestidos largos, em vários estágios de crescimento; a figura alta e magra de seu pai assobiando nas sombras; mas, acima de tudo, sua mãe, que estava em toda parte ao mesmo tempo, que era a própria casa, Greenacres, cuja paixão e energia impregnavam cada tábua, cada vidraça, cada pedra.

Ela estava no canto da sala neste momento – Laurel podia vê-la ali, embrulhando um presente de aniversário para Iris. Era um livro sobre história antiga, uma enciclopédia infantil, e Laurel lembrava-se de ter ficado impressionada na época com as belas ilustrações em suas páginas, em preto e branco e, de alguma forma, misteriosas em sua descrição de lugares de outrora. O livro, como objeto, parecera especialmente importante a Laurel, e ela ficara com inveja quando Iris o desembrulhou na cama de seus pais na manhã seguinte, quando começou a virar as páginas com um cuidado de proprietária, ajustando a fita de marcar a página. Havia alguma coisa a respeito de um livro que inspirava dedicação e um crescente desejo de possuí-lo, especialmente em Laurel, que não tinha muitos.

Eles não tinham sido um tipo de família particularmente amante de livros – as pessoas sempre se admiravam ao ouvir isso –, mas nunca lhes faltaram histórias. Seu pai tinha uma reserva incomensurável de anedotas para a hora do jantar e Dorothy Nicolson era o tipo de mãe que preferia inventar seus próprios contos de fadas a lê-los em livros.

– Eu já lhe contei – ela disse certa vez quando Laurel era pequena e não queria ir dormir – sobre o *Nightingale Star*?

Laurel sacudira a cabeça ansiosamente. Ela gostava das histórias de sua mãe.

– Não? Bem, isso explica tudo. Eu sempre me perguntava por que eu nunca a via lá.

– Onde, mamãe? O que é o *Nightingale Star*?

– Ora, é o caminho de casa, é claro, querida. E é o caminho para lá, também.

Laurel ficara confusa.

– O caminho para lá?

– Lá, todo lugar, qualquer lugar. – Ela sorrira então, daquela maneira que sempre fizera Laurel se sentir feliz por estar perto dela, e inclinara-se para mais perto, como se fosse contar um segredo, os cabelos escuros caindo para frente por cima de um dos ombros. Laurel adorava ouvir segredos; também era muito boa em guardá-los, de modo que ouviu com atenção quando sua mãe disse:

– O *Nightingale Star* é um grande navio que parte toda noite da borda do sono. Você já viu o desenho de um navio pirata, aquele com velas brancas ondulantes e escadas de corda que balançam ao vento?

Laurel balançou a cabeça esperançosamente.

– Então, você o reconhecerá quando o vir, porque ele é assim: o mastro mais alto e mais reto que você possa imaginar, com uma bandeira no topo, de tecido prateado, com uma estrela branca e um par de asas no centro.

– Como eu subo a bordo, mamãe? Vou ter que nadar? – Laurel não era boa nadadora.

Dorothy riu.

– Essa é a melhor parte. Tudo que você precisa é fazer um pedido, e, quando adormecer esta noite, você se verá em seu confortável convés, prestes a zarpar para uma grande aventura.

– Você estará lá também, mamãe?

Dorothy tinha um olhar distante, uma expressão misteriosa que apresentava às vezes, como se lembrasse de alguma coisa que a deixava um pouco triste. Mas, em seguida, ela sorriu e agitou os cabelos de Laurel.

– Claro que estarei, boneca. Não pensou que eu iria deixar você ir sozinha, não é?

∽

Ao longe, um trem tardio assobiou ao entrar na estação e Laurel soltou um suspiro. Pareceu ecoar de uma parede a outra e ela pensou em ligar a televisão, apenas para ouvir alguém falando. Sua mãe recusara-se com firmeza a trocar o aparelho por outro mais moderno, com controle remoto, então ela ligou o velho rádio na BBC 3 e pegou seu livro.

Era o segundo romance de Henry Jenkins que ela lia, *A musa relutante*, e, para dizer a verdade, Laurel estava achando a leitura um pouco maçante. Na realidade, estava começando a suspeitar que o sujeito fosse um machista. Certamente, o personagem principal, Humphrey (tão irresistível quanto o protagonista masculino em seu outro livro), tinha algumas ideias questionáveis a respeito das mulheres. Adoração era uma coisa, mas ele parecia ver sua mulher, Viola, como um bem precioso que ele possuía;

não tanto uma mulher de carne e osso, quanto um espírito alegre e despreocupado que ele havia capturado e, portanto, salvo. Viola era "um elemento do mundo selvagem", trazida para Londres para ser civilizada – por Humphrey, é claro – mas que a cidade jamais deveria ter a permissão de "corromper". Laurel revirou os olhos com impaciência. Viu-se desejando que Viola simplesmente pegasse suas belas saias e corresse na direção oposta o mais rápido e o mais longe que pudesse.

Ela não fez isso, é claro, e aceitou casar-se com o herói – afinal, aquela era a história de Humphrey. Laurel gostara da jovem no começo, parecera uma heroína digna e valorosa, imprevisível e revigorante, porém quanto mais lia, menos via alguém assim. Laurel percebeu que estava sendo injusta – a pobre Viola mal chegara à idade adulta e, portanto, não podia ser culpada por ter uma capacidade de julgamento questionável. E na verdade, o que Laurel sabia? Nunca conseguira manter um relacionamento por mais de dois anos. No entanto, o casamento de Viola com Humphrey não era a ideia de Laurel de um belo romance. Ela persistiu por mais dois capítulos, que levaram o casal para Londres e estabeleceram a criação da gaiola dourada de Viola, até tudo se tornar insuportável e ela fechar o livro com um estalo, frustrada.

Eram apenas nove horas, mas Laurel decidiu que já era bastante tarde. Estava cansada da viagem e queria acordar cedo na manhã seguinte, de modo a chegar cedo ao hospital e, esperava, encontrar a mãe em sua melhor forma. O marido de Rose, Phil, deixara com ela um carro extra de sua garagem – um Mini, 1960, verde como um gafanhoto – e ela iria dirigindo até a cidade assim que se aprontasse de manhã. Enfiando *A musa relutante* debaixo do braço, lavou seu prato e subiu para a cama, deixando o escuro andar térreo de Greenacres entregue aos seus fantasmas.

∽

– Você está com sorte – a enfermeira antipática disse a Laurel quando ela chegou ao hospital na manhã seguinte, conseguindo soar como se isso fosse uma situação lamentável. – Ela está de pé e em forma. A festa da semana passada deixou-a exausta, sabe, mas visitas da família parecem lhe fazer muito bem. Apenas tente não agitá-la demais. – Então, sorriu com uma notável falta de calor humano e retornou sua atenção para a prancha de plástico que segurava.

Laurel abandonou os planos para uma animadora sessão de dança irlandesa na televisão da sala de espera e começou a descer o corredor bege. Chegou à porta do quarto da mãe e bateu de leve. Não obtendo resposta, abriu-a suavemente. Dorothy estava reclinada na poltrona, o corpo curvado para a parede oposta à porta, e o primeiro pensamento de Laurel foi de que ela estava dormindo. Somente quando se aproximou silenciosamente é que percebeu que sua mãe estava acordada e olhando atentamente algo que tinha nas mãos.

– Olá, mamãe – Laurel disse.

Dorothy sobressaltou-se e virou a cabeça. Seus olhos tinham um brilho vidrado, mas ela sorriu quando viu que era a filha.

– Laurel – disse baixinho. – Pensei que você estivesse em Londres.

– Estava, sim. Voltei por pouco tempo.

Sua mãe não lhe perguntou por que e Laurel imaginou que talvez uma pessoa atingisse uma idade em que tantas coisas não lhe eram contadas, tantos detalhes da vida discutidos e decididos em outra parte, mal ouvidos ou mal compreendidos, que ficar surpresa já não era desconcertante. Imaginou se ela, também, um dia acharia que a absoluta clareza não era nem possível, nem desejável. Que pensamento horrível. Ela empurrou a mesa-bandeja de rodinhas para o lado e sentou-se na poltrona extra, de vinil.

– O que é que você tem aí? – Indicou com a cabeça o objeto no colo da mãe. – É uma fotografia?

A mão de Dorothy tremeu ao estender a pequena moldura de prata que estava segurando. Era antiga e estava amassada em alguns pontos, mas recentemente polida. Laurel não achava que já a tivesse visto antes.

– De Gerry – ela disse. – Um presente pelo meu aniversário.

Era o presente perfeito para Dorothy Nicolson, a santa padroeira de todas as coisas jogadas fora, e isso era típico de Gerry. Exatamente quando ele parecia completamente desligado do mundo e de todos os seus habitantes, era capaz de um gesto, um golpe de visão de tirar o fôlego. Laurel sentiu uma pontada de dor ao pensar no irmão: deixara uma mensagem para ele em sua caixa postal na universidade – três mensagens, na verdade, desde que resolvera partir de Londres. A última, ela gravara no dia anterior, tarde da noite, depois de meia garrafa de vinho tinto, e temia que tivesse sido mais franca do que as anteriores. Dissera-lhe que estava em Greenacres, resolvida a descobrir o que acontecera "quando eram pequenos", que as outras irmãs ainda não sabiam os detalhes e que ela precisava da ajuda dele. Parecera-lhe uma boa ideia na hora, mas não tivera resposta.

Laurel colocou os óculos para olhar mais atentamente a fotografia amarelada.

– Uma festa de casamento – ela disse, vendo o grupo de estranhos vestidos formalmente, aglomerados por trás do vidro manchado. – Mas não é de ninguém que a gente conheça, é?

Sua mãe não respondeu, não exatamente.

– Algo tão precioso – ela disse, sacudindo a cabeça com tristeza, lentamente. – Um bazar de caridade, foi onde ele a encontrou. Essas pessoas... deviam estar na parede de alguém, não em uma caixa de objetos descartados... É terrível, não é, Laurel, a maneira como a gente descarta as pessoas?

Laurel concordou.

– A foto é linda, não é? – ela disse, passando o polegar pelo vidro. – Da época da guerra, pelo aspecto das roupas, embora ele não esteja de uniforme.

– Nem todos usavam uniforme.

– Fujões, você quer dizer.

– Havia outras razões. – Dorothy pegou a fotografia de volta. Examinou-a outra vez e depois estendeu o braço, tremulamente, para colocá-la ao lado da fotografia emoldurada de seu próprio casamento em período de austeridade.

À menção da guerra, Laurel sentira a oportunidade estender-se diante dela, a vertigem da expectativa. Certamente, não haveria momento mais propício para levantar a questão do passado de sua mãe.

– O que você fazia durante a guerra, mamãe? – perguntou, com cuidadosa descontração.

– Trabalhei no serviço voluntário feminino.

Simplesmente assim. Nenhuma hesitação, nenhuma relutância, nada que sugerisse que esta fosse a primeira vez que mãe e filha tocavam no assunto. Laurel agarrou-se firmemente ao fio da conversa.

– Tricotando meias e alimentando os soldados?

Sua mãe balançou a cabeça.

– Tínhamos uma cantina em uma cripta local. Servíamos sopa... Às vezes, levávamos uma cantina móvel.

– O quê? Nas ruas, desviando-se das bombas?

Outra confirmação com a cabeça.

– Mamãe... – Laurel não conseguia encontrar as palavras certas. A própria resposta, o fato mesmo de ter recebido uma resposta. – Você foi corajosa.

– Não – ela disse, de uma forma surpreendentemente incisiva. Seus lábios tremeram. – Havia gente muito mais corajosa do que eu.

– Você nunca mencionou isso antes.

– Não.

Por que não, Laurel tinha vontade de perguntar, *conte-me.* Por que tudo aquilo era um grande segredo? Henry Jenkins e Vivien, a infância de sua mãe em Coventry, os anos de guerra antes de conhecer seu pai... O que acontecera para fazer sua mãe agarrar sua segunda chance com tal intensidade, para transformá-la no tipo de pessoa que podia matar o homem que ameaçou trazer seu passado de volta para assombrá-la? Em vez disso, Laurel disse:

– Gostaria de ter conhecido você na época.

Dorothy esboçou um sorriso.

– Isso teria sido difícil.

– Sabe o que quero dizer.

Ela remexeu-se em sua poltrona, uma expressão funesta repuxou as rugas em sua testa semelhante a papel.

– Acho que você não teria gostado muito de mim.

– O que quer dizer? Por que não?

A boca de Dorothy torceu-se, como se não conseguisse dizer o que queria.

– Por que não, mamãe?

Dorothy forçou um sorriso, mas uma sombra em sua voz e em seus olhos o desmentia.

– As pessoas mudam quando ficam mais velhas... ficam mais sensatas, tomam decisões melhores... eu sou *muito* velha, Laurel. Qualquer um que viva tanto quanto eu só pode colecionar remorsos ao longo do caminho... coisas que fizeram no passado... coisas que desejariam ter feito de maneira diferente.

O passado, remorso, pessoas que mudam – Laurel sentiu a emoção de ter finalmente chegado aonde queria chegar. Tentou parecer natural, uma filha amorosa perguntando à sua velha mãe sobre a vida.

– Que tipo de coisas, mamãe? O que você teria feito diferente?

Mas Dorothy não estava ouvindo. Seu olhar parecia distante; seus dedos estavam ocupados torcendo a ponta do cobertor em seu colo.

– Meu pai costumava me dizer que eu iria me meter em encrenca se não tomasse cuidado...

– Todos os pais dizem esse tipo de coisa – Laurel disse com delicadeza, cautelosamente. – Tenho certeza que você nunca fez nada pior do que o resto de nós.

– Ele tentou me avisar, mas nunca lhe dei ouvidos. Eu achava que sabia tudo. Fui castigada por minhas decisões ruins, Laurel... Eu perdi tudo... tudo que amava...

– Como? O que aconteceu?

Mas o discurso anterior, as lembranças que trouxe, haviam cansado Dorothy – o vento literalmente desinflou suas velas – e agora ela estava arriada sobre as almofadas. Seus lábios moveram-se um pouco, mas nenhum som foi emitido e, após um instante, ela desistiu, virando a cabeça novamente para a janela embaçada.

Laurel examinou o perfil de sua mãe, desejando ter sido uma filha diferente, desejando que houvesse mais tempo, que ela pudesse voltar e fazer tudo de novo, e não deixar para o último instante e se ver sentada junto ao leito de hospital da mãe com tantas lacunas a preencher.

– Oh, vejamos – ela disse animadamente, tentando uma tática diferente. – Rose me mostrou algo especial. – Pegou o álbum de família da prateleira e retirou a foto de sua mãe e Vivien de dentro. Apesar de todos os seus esforços para se mostrar à vontade, ela notou que seus dedos tremiam. – Estava dentro de um baú, eu acho, em algum lugar em Greenacres.

Dorothy pegou a fotografia que lhe era oferecida e olhou-a.

Portas abriam-se e fechavam-se no corredor, uma campainha soou ao longe, carros paravam e partiam à entrada do hospital.

– Vocês eram amigas – Laurel incitou.

Sua mãe balançou a cabeça, hesitante.

– Durante a guerra.

Outra confirmação com a cabeça.

– O nome dela era Vivien.

Desta vez, Dorothy ergueu os olhos. Um ar de surpresa atravessou seu rosto enrugado, seguido por alguma outra coisa. Laurel estava prestes a explicar sobre o livro e sua inscrição, quando a mãe disse, tão baixinho que Laurel quase não conseguia ouvi-la:

– Ela morreu. Vivien morreu na guerra.

Laurel lembrava-se de ter lido a respeito da morte de Vivien no obituário de Henry Jenkins.

– Um bombardeio – ela disse.

Sua mãe não deu nenhum sinal de ter ouvido. Olhava a foto outra vez. Seus olhos se encheram repentinamente de lágrimas, que rolaram pelas faces.

– Eu mal me reconheço – ela disse com uma voz fina e fraca.

– Foi há muito tempo.

– Uma outra vida. – Dorothy tirou um lenço amarfanhado de algum lugar e pressionou-o contra o rosto.

Sua mãe continuava a falar baixinho por trás do lenço, mas Laurel não conseguia entender bem as palavras: algo sobre bombas, barulho e medo de recomeçar. Ela aproximou-se ainda mais, a pele arrepiando-se com uma sensação forte de que as respostas estavam muito perto.

– O que foi, mamãe?

Dorothy virou-se para Laurel e a expressão em seu rosto era de pavor, como se tivesse visto um fantasma. Ela estendeu a mão e agarrou a manga de Laurel; quando falou, sua voz era débil, quase imperceptível.

– Eu fiz uma coisa, Laurel – ela murmurou –, durante a guerra... Eu não estava pensando direito, tudo deu terrivelmente errado... eu não sabia o que mais fazer e parecia o plano perfeito, uma maneira de consertar as coisas, mas ele descobriu... ele ficou com raiva.

O coração de Laurel deu um salto. *Ele.*

– Foi por isso que aquele homem apareceu em casa, mamãe? Foi por isso que ele veio naquele dia, no aniversário de Gerry? – Sua respiração era entrecortada. Sentia-se com dezesseis anos outra vez.

Sua mãe ainda agarrava a manga de Laurel, o rosto lívido e a voz tão fina que Laurel mal conseguia ouvi-la.

– Ele me encontrou, Laurel... ele nunca deixou de me procurar.

– Por causa do que você fez durante a guerra?

– Sim. – Quase inaudível.

– O que foi, mamãe? O que foi que você fez?

A porta abriu-se e a enfermeira Ratched apareceu carregando uma bandeja.

– Hora do almoço – disse, rapidamente empurrando a mesinha e colocando-a na posição. Despejou chá morno até a metade de um copo de plástico e verificou se ainda havia água na jarra.

– Basta tocar o sino quando tiver terminado, querida – cantarolou, numa voz alta demais. – Eu voltarei e a ajudarei a ir ao toalete. – Olhou à volta da mesinha para ver se tudo estava como deveria estar. – Precisa de mais alguma coisa?

Dorothy estava confusa, exausta, os olhos investigando o rosto da outra mulher. A enfermeira sorriu animadamente, dobrando-se a partir da cintura para chegar bem perto de Dorothy.

– Precisa de mais alguma coisa, querida? – perguntou.

– Oh. – Dorothy piscou e esboçou um sorriso desnorteado que partiu o coração de Laurel. – Sim, sim, por favor. Preciso falar com o dr. Rufus...

– Dr. Rufus? Quer dizer, dr. *Cotter*, querida.

Uma nuvem de confusão lançou uma breve sombra em seu rosto pálido e, em seguida, ela disse, com um sorriso ainda mais fraco:

– Sim. Claro, dr. Cotter.

A enfermeira disse que o enviaria ali assim que fosse possível e, depois, virou-se para Laurel, batendo um dedo na testa e lançando-lhe um Olhar Significativo. Laurel resistiu à vontade de agarrá-la pelo pescoço com a alça de sua bolsa enquanto ela gritava com voz esganiçada, correndo pelo quarto com seus sapatos de sola macia.

A espera para que a enfermeira as deixasse parecia interminável: ela coletou copos vazios, fez anotações em seu boletim médico, parou para fazer um comentário inútil sobre a chuva forte. Laurel estava quase ardendo de suspense quando a porta finalmente se fechou atrás da enfermeira.

– Mamãe? – ela chamou, mais incisivamente do que gostaria.

Dorothy Nicolson olhou para a filha. Seu rosto estava agradavelmente inexpressivo, e Laurel compreendeu com um sobressalto que o que quer que a tivesse pressionado com tanta urgência antes da interrupção não estava mais lá. Havia recuado, de volta ao lugar para onde vão antigos segredos. A frustração foi estonteante. Ela podia perguntar novamente, digamos, "O que foi que você fez que levou aquele homem a persegui-la? Teve algo a ver com Vivien? Diga-me, por favor, para que eu possa esquecer esse assunto", mas o querido rosto, aquele rosto velho e cansado, a fi-

tava agora num estado de leve confusão, um sorriso leve e preocupado se formando quando disse:
— Sim, Laurel?
Com toda a paciência que conseguia reunir — sempre havia o dia de amanhã, ela tentaria de novo —, Laurel correspondeu ao sorriso e disse:
— Quer que eu a ajude com o almoço, mamãe?

Dorothy não comeu muito; ela havia definhado na última meia hora e Laurel admirou-se mais uma vez do quanto ela se tornara frágil. A poltrona verde era pequena e modesta, a que haviam trazido de casa, a mesma em que Laurel vira sua mãe sentada incontáveis vezes ao longo de décadas. De certa forma, entretanto, a cadeira mudara de proporções nos últimos meses e agora era um objeto monstruoso, que devorava a figura de sua mãe como um urso raivoso.
— Que tal escovar os cabelos? — sugeriu Laurel. — Gostaria que eu escovasse seus cabelos?
A sombra de um sorriso passou pelos lábios de Dorothy e ela balançou a cabeça ligeiramente.
— Minha mãe costumava escovar meus cabelos.
— É mesmo?
— Eu fingia que não gostava, queria ser independente, mas era muito agradável.
Laurel sorriu enquanto pegava a escova de cabelos antiga da prateleira atrás da cama; passou-a delicadamente pelos cabelos ralos, tentando imaginar como seria sua mãe quando menina. Com espírito aventureiro, sem dúvida, travessa às vezes, mas de um jeito que cativava as pessoas, ao invés de irritá-las. Laurel imaginou que jamais saberia, não até que sua mãe lhe contasse.
As pálpebras de Dorothy, finas como papel, haviam se fechado e os pequenos nervos em seu interior se contraíam de vez em quando diante das imagens misteriosas que se formavam na es-

curidão por baixo delas. Sua respiração se abrandou conforme Laurel alisava seus cabelos, e quando assumiu o ritmo da sonolência, Laurel devolveu a escova à prateleira o mais silenciosamente possível. Ela puxou mais para cima a coberta de crochê no colo da mãe e beijou-a de leve na face.

– Até logo, mamãe – sussurrou. – Voltarei amanhã.

Laurel saía sorrateiramente do quarto, com cuidado para não sacolejar sua bolsa ou fazer muito barulho com os sapatos, quando uma voz arrastada disse:

– Aquele rapaz.

Laurel virou-se, surpresa. Os olhos da mãe ainda estavam fechados.

– Aquele rapaz, Laurel – ela balbuciou.

– Que rapaz?

– Aquele com quem você anda saindo, Billy. – Seus olhos abriram-se, vagos e enevoados, e ela virou a cabeça em direção a Laurel. Ergueu um dedo franzino e sua voz, quando falou, era branda e triste. – Acha que não percebi? Acha que eu não fui jovem também um dia? Que eu não sei como é se encantar por um rapaz bonito?

Laurel percebeu, então, que sua mãe não estava mais no quarto do hospital; que estava de volta a Greenacres, falando com sua filha adolescente. O fato era desconcertante.

– Está me ouvindo, Laurel?

Ela engoliu em seco, encontrou sua voz.

– Estou ouvindo, mãezinha. – Fazia muito tempo que não a chamava assim.

– Se ele pedir você em casamento e você amá-lo, então deve aceitar... Entendeu?

Laurel balançou a cabeça. Sentia-se estranha, zonza e um pouco afogueada. As enfermeiras haviam dito que a mente de sua mãe andava vagando ultimamente, entrando e saindo do presente como um sintonizador de rádio deslizando de uma estação a outra. Mas o que a levara até ali? Por que se concentrou em um rapaz que mal conhecera, uma paixonite passageira de Laurel muito tempo atrás?

Os lábios de Dorothy se moveram suavemente um contra o outro e, em seguida, ela disse:

— Cometi tantos erros... tantos erros. — Suas faces estavam molhadas das lágrimas que escorriam. — Amor, Laurel, é a única razão para alguém se casar. Por amor.

❧

Laurel dirigiu-se ao toalete no corredor do hospital. Abriu a torneira, uniu as mãos em concha e juntou um pouco de água para jogar no rosto; apoiou a palma das mãos na pia. Havia pequenas fraturas, finas como fios de cabelo, perto do ralo, e elas se fundiram quando sua visão se turvou. Laurel fechou os olhos. O sangue latejava em seus ouvidos como uma britadeira. Meu Deus, como estava abalada.

Não se tratava apenas do fato de ser tratada como uma adolescente, a supressão instantânea de cinquenta anos, a evocação de um rapaz de um passado muito distante, a longínqua sensação do primeiro amor tocando sua lembrança. Foram as próprias palavras de sua mãe, a ansiedade em sua voz ao falar, a sinceridade que indicava que ela estava oferecendo à sua filha adolescente a riqueza de sua própria experiência. O fato de que estivesse pressionando Laurel a fazer escolhas que ela, Dorothy, não fizera — evitar os erros que ela cometera.

Mas não fazia sentido. Sua mãe amara seu pai; Laurel tinha tanta certeza quanto tinha de seu próprio nome. Tinham sido casados por cinco décadas e meia até a morte de seu pai, sem um vestígio sequer de desarmonia conjugal. Se Dorothy tivesse se casado por alguma outra razão, se tivesse se arrependido dessa decisão durante todo esse tempo, se saíra muito bem em fingir o contrário. Certamente, ninguém conseguiria manter uma encenação assim, não? Claro que não. Além do mais, Laurel ouvira centenas de vezes a história de como seus pais se conheceram e se apaixonaram; vira sua mãe contemplando o rosto de seu pai enquanto ele recontava como soubera imediatamente que tinham sido feitos um para o outro.

Laurel ergueu os olhos. Sua avó, no entanto, tivera suas dúvidas, não? Laurel sempre pressentira um desconforto entre a mãe e a avó – uma formalidade na maneira como falavam uma com a outra, o ar severo com que a mulher mais velha olhava para sua nora quando achava que ninguém estava vendo. Depois, quando Laurel tinha mais ou menos quinze anos e estavam visitando a pensão de sua avó à beira-mar, ela ouviu algo que não deveria ter ouvido. Passara muito tempo ao sol naquela manhã e voltara mais cedo com uma terrível dor de cabeça e um caso sério de ombros queimados. Estava deitada em seu quarto, no escuro, aplicando uma flanela úmida na testa e acalentando uma sensação de grande sofrimento no peito, quando sua avó Nicolson e sua inquilina mais antiga, srta. Perry, surgiram no corredor.

– Ele é um grande crédito para você, Gertrude – dizia a srta. Perry. – Claro, ele sempre foi um bom garoto.

– Sim, vale seu peso em ouro, o meu Stephen. Ele me ajuda mais aqui do que seu pai jamais ajudou. – Sua avó fez uma pausa, aguardando o resmungo de concordância que sua amiga iria proferir, e continuou: – E de bom coração. Nunca conseguiu resistir a uma pessoa sem rumo, um desgarrado perdido por aqui.

Foi quando o interesse de Laurel aumentou. As palavras carregavam o peso dos ecos de conversas anteriores, e certamente a srta. Perry parecia saber exatamente do que estavam falando.

– Não – ela disse. – O rapaz não tinha a menor chance, não é? Não com uma jovem tão bonita quanto ela.

– Bonita? Bem, creio que sim, se você gosta desse tipo de beleza. Um pouco... – sua avó parou para pensar e Laurel esticou o pescoço para ouvir cada palavra que ela diria – um pouco *exagerada*, para o meu gosto.

– Oh, sim – disse a srta. Perry, recuando rapidamente –, terrivelmente exagerada. E soube aproveitar uma boa oportunidade quando viu, não é?

– É verdade.

– Soube encontrar um ponto fraco quando achou.

– Sem dúvida.

— E pensar que ele poderia ter se casado com uma boa moça *do lugar*, como aquela Pauline Simmonds do final da rua. Sempre achei que tinha uma queda por ele.

— Claro que tinha. E quem poderia culpá-la? Mas não tínhamos contado com Dorothy, não é mesmo? A pobre Pauline não teve a menor chance, não contra alguém como ela, não contra ela quando mete alguma coisa na cabeça.

— Que pena. — A srta. Perry conhecia a sua deixa e a sua fala.

— Que vergonha.

— Ela o enfeitiçou. Meu menino não sabia o que o havia atingido. Ele achava que ela era uma moça inocente, é claro, e quem poderia culpá-lo? Tinha voltado da França apenas há alguns meses quando se casaram. Ela o deixou zonzo. É uma dessas pessoas que consegue o que quer, quando mete alguma coisa na cabeça.

— E ela o queria.

— Ela queria uma fuga, e meu filho lhe deu uma. Tão logo se casaram ela o afastou de tudo e de todos que ele conhecia, para recomeçar naquela fazenda caindo aos pedaços. Eu culpo a mim mesma, é claro.

— Mas você não deve!

— Fui eu quem a trouxe para dentro desta casa.

— Havia uma guerra, era quase impossível arranjar bons empregados, você não tinha como saber.

— Mas é por isso mesmo. Eu devia saber; eu devia ter procurado saber. Eu era crédula demais. Ao menos, no começo. Andei investigando a seu respeito, mas só depois, e então já era tarde demais.

— O que quer dizer? Tarde para o quê? O que você descobriu?

Mas o que quer que sua avó tenha descoberto permaneceu um mistério para Laurel, pois as duas saíram do alcance de seus ouvidos antes que sua avó pudesse explicar. Para ser franca, Laurel não se preocupara muito na ocasião. Sua avó era uma puritana que gostava de chamar atenção para si mesma e tornar a vida da neta um tormento, relatando aos seus pais se ela sequer olhasse para um rapaz na praia. O que quer que sua avó achasse que havia descoberto sobre sua mãe, Laurel decidira, lá deitada, amaldiçoando sua cabeça latejante, certamente se tratava de um exagero, se não de uma completa ficção.

Agora, entretanto... Laurel enxugou o rosto e as mãos... Agora, entretanto, não tinha tanta certeza. As suspeitas de sua avó – de que Dorothy buscava uma fuga, que ela não era tão inocente quanto parecia, que seu apressado casamento havia sido de conveniência – pareciam se ajustar, de certo modo, ao que sua mãe acabara de dizer.

Estaria Dorothy Smitham fugindo de um noivado rompido quando apareceu na pensão da sra. Nicolson? Era isso que sua avó havia descoberto? Era possível, mas devia haver mais alguma coisa. Um relacionamento anterior poderia ser o suficiente para azedar o humor de sua avó – Deus sabe que não era preciso muito para isso –, mas certamente não era o tipo de coisa pela qual sua mãe ainda pudesse estar chorando sessenta anos mais tarde (cheia de culpa, pareceu a Laurel, com toda aquela conversa sobre erros, sobre não pensar direito) –, a menos que tivesse fugido de seu noivo sem lhe dizer? Mas por que sua mãe faria isso, se o amava tanto? Por que simplesmente não se casara com ele? E o que isso tinha a ver com Vivien e Henry Jenkins?

Havia alguma coisa que Laurel não estava vendo, muitas coisas, provavelmente. Deixou escapar um acalorado suspiro de exasperação que ecoou pelo pequeno banheiro de ladrilhos. Sentia-se completamente frustrada. Tantas pistas disparatadas que não significavam nada sozinhas. Laurel rasgou um pedaço de toalha de papel e limpou o rímel que havia se espalhado sob os olhos. Todo o mistério era como o começo de uma brincadeira infantil de ligar os pontos ou uma constelação no céu noturno. Certa vez, quando Laurel era pequena, seu pai as levara para observar as estrelas. Montaram o acampamento em uma elevação acima de Blindman's Wood e, enquanto esperavam que o crepúsculo se tornasse noite e as estrelas aparecessem, ele lhes contara sobre a ocasião, quando era pequeno, em que se perdera e seguira as estrelas para voltar para casa.

– Você só tem que procurar as figuras – ele dissera, alinhando o telescópio no tripé. – Se algum dia vocês se virem sozinhas na escuridão, elas lhes mostrarão o caminho de volta.

– Mas eu não consigo ver figura nenhuma – Laurel protestara, esfregando as luvas e apertando os olhos para as estrelas cintilando no alto.

Seu pai sorrira amorosamente para ela.

– É porque você está olhando para cada estrela – ele dissera –, em vez de olhar para os espaços entre elas. Você tem que desenhar linhas mentalmente, só então você começará a ver a figura inteira.

Laurel olhou fixamente para sua imagem no espelho do banheiro do hospital. Ela piscou e a lembrança de seu adorável pai se dissipou. Uma dor repentina de profunda saudade assumiu seu lugar – sentia a falta dele, estava ficando velha, sua mãe se esvaía paulatinamente.

Estava com uma aparência horrível. Laurel pegou seu pente e fez o melhor que pôde com seus cabelos. Já era um começo. Forçou a respiração pelos lábios com cuidadosa regularidade. Encontrar figuras nas constelações nunca tinha sido seu ponto forte. Gerry é quem fora capaz de surpreender a todos eles entendendo o céu noturno; desde pequeno, ele apontava para figuras e formas onde Laurel via apenas o espaço profundo e escuro.

A lembrança de seu irmão deixou-a nervosa. Deviam estar juntos nessa busca, droga. Envolvia ambos. Tirou seu celular da bolsa e verificou as ligações perdidas.

Nada. Nada ainda.

Rolou a lista de contatos até encontrar o número dele e pressionou para fazer a chamada. Esperou, roendo a unha do polegar enquanto um telefone distante, em uma entulhada mesa de escritório em Cambridge, tocava, tocava, tocava. Finalmente, um clique e depois: "Você ligou para Gerry Nicolson. No momento, estou perseguindo estrelas cadentes. Por favor, deixe sua mensagem."

No entanto, não havia nenhuma promessa de que ele faria alguma coisa com a mensagem, Laurel observou ironicamente. Não deixou nenhum recado. Teria simplesmente que continuar, sozinha por enquanto.

14

Londres, janeiro de 1941

DOLLY ENTREGOU SUA ENÉSIMA tigela de sopa e sorriu para o que quer que o jovem bombeiro acabara de dizer. Os risos, as conversas, a música do piano eram altos demais para saber ao certo, mas, a julgar pela expressão de seu rosto, ele estava flertando com ela. Nunca fazia mal sorrir, e foi o que Dolly fez, e, quando ele pegou sua sopa e foi procurar um lugar para se sentar, ela foi recompensada, finalmente, com um intervalo no fluxo de bocas famintas para alimentar e uma oportunidade para se sentar e descansar seus pés castigados.

Eles a estavam *matando*. Ficara retida mais tempo em Campden Grove quando o saco de balas de Lady Gwendolyn "desapareceu" e a velha dama mergulhou em um estado de extrema aflição. Por fim, as balas reapareceram, pressionadas no colchão, sob o volumoso *derrière* da grande dama; mas, a essa altura, Dolly já estava tão atrasada que teve que correr todo o trajeto até a Church Street em um par de sapatos de cetim feitos apenas para serem admirados. Chegara sem fôlego e com os pés doendo, somente para ver frustradas suas esperanças de se imiscuir entre a balbúrdia dos soldados sem ser notada. Foi avistada em pleno voo pela chefe de equipe, sra. Waddingham, uma mulher nariguda, com um terrível caso de eczema que a mantinha de luvas e de mau humor, qualquer que fosse o tempo.

– Atrasada de novo, Dorothy – ela disse, com os lábios franzidos. – Preciso de você na cozinha servindo sopa, estivemos num corre-corre a noite toda, estou com os pés acabados.

Dolly conhecia a sensação. Pior ainda, uma olhada rápida confirmou que sua pressa havia sido em vão – Vivien nem sequer estava lá. O que não fazia nenhum sentido, porque Dolly havia verificado cuidadosamente que estariam trabalhando juntas no turno da noite; além do mais, ela havia acenado para Vivien da janela de Lady Gwendolyn há menos de uma hora, quando ela deixava o número 25 em seu uniforme do WVS.

– Ande logo, menina – disse a sra. Waddingham, fazendo sinal com as mãos enluvadas para ela se apressar. – Já para a cozinha. A guerra não vai esperar por uma garota como você, não é?

Dolly lutou contra a vontade de derrubar a mulher com um chute nas canelas, mas decidiu que não seria apropriado. Mordeu o lábio, reprimindo um sorriso – às vezes, imaginar era tão bom quanto fazer – e assentiu obedientemente para a sra. Waddingham.

A cantina fora montada na cripta da igreja St. Mary e a "cozinha" era uma pequena alcova fria ao longo da qual uma mesa de cavaletes fora enfeitada com uma saia e uma fileira de bandeirinhas britânicas para formar um balcão. Havia uma pequena pia no canto, um fogareiro a querosene para manter a sopa quente e, o melhor de tudo no que dizia respeito a Dolly no momento, um pequeno banco de igreja encostado à parede.

Deu uma última olhada na cantina, para se certificar de que sua ausência não seria notada: as mesas de cavaletes estavam cheias de soldados saciados, uma dupla de motoristas de ambulância jogava tênis de mesa e o restante das mulheres do WVS estava ocupado com suas agulhas de tricô e suas línguas no canto mais distante. A sra. Waddingham estava entre elas, de costas para a cozinha, e Dolly resolveu arriscar-se à ira do dragão. Duas horas era tempo demais para ficar trabalhando em pé. Sentou-se e tirou os sapatos; com um suspiro de alívio, mexeu os dedos dos pés para frente e para trás dentro das meias.

Os membros do WVS não podiam fumar dentro da cantina (normas dos bombeiros), mas Dolly enfiou a mão na bolsa e retirou um dos maços novinhos que comprara do sr. Hopton, dono da mercearia. Os soldados sempre fumavam – ninguém tinha coragem de impedi-los – e uma permanente nuvem cinzenta de fumaça de cigarro pairava junto ao teto; Dolly concluiu que ninguém iria notar se mais um pouco de fumaça esvoaçasse para o alto. Deixou-se arriar no chão de ladrilhos e riscou o fósforo, abandonando-se finalmente a pensamentos sobre o importante evento daquela tarde.

Tudo começara de uma forma bastante comum: Dolly fora despachada para a mercearia depois do almoço e, apesar de se sentir envergonhada ao se lembrar agora, a incumbência a deixara de mau humor. Não era fácil encontrar doces e confeitos ultimamente, com o racionamento de açúcar e tudo o mais, mas Lady Gwendolyn nunca foi de aceitar não como resposta e Dolly fora obrigada a percorrer as ruelas de Notting Hill à procura do amigo do senhorio do tio de alguém, que – corria à boca miúda – ainda tinha tal contrabando para vender. Ela acabara de entrar no número 7 duas horas mais tarde e ainda estava tirando o cachecol e as luvas, quando a campainha da porta tocou.

Pelo andamento do dia, Dolly esperava deparar-se com um bando de moleques coletando sucata para construir Spitfires; em vez disso, encontrara um homenzinho bem-vestido, com um bigode fino e uma mancha vermelha de nascença cobrindo uma das faces. Carregava uma enorme pasta preta de couro de crocodilo, estofada, cujo peso parecia estar lhe causando algum desconforto. Uma olhadela ao seu cuidadoso penteado para o lado, a fim de esconder a calvície, foi suficiente para Dolly perceber que ele não era do tipo que pudesse admitir nenhum vexame.

– Pemberly – ele disse, energicamente. – Reginald Pemberly, advogado, aqui para ver Lady Gwendolyn Caldicott. – Inclinou-se para mais perto para acrescentar, abaixando a voz sigilosamente:
– É um assunto de certa urgência.

Dolly já ouvira falar do sr. Pemberly ("Um homem fraco, nem uma sombra de seu pai, mas sabe manter um livro contábil, então eu deixo que ele cuide dos meus negócios..."), mas nunca estiveram frente a frente. Deixou-o entrar, para sair do frio cortante que fazia lá fora, e correu escada acima para verificar se Lady Gwendolyn ficaria satisfeita em vê-lo. Ela nunca ficava satisfeita, mas, quando se tratava de questões financeiras, sempre ficava alerta. Assim, apesar de sugar as bochechas para dentro com mal-humorado desdém, abanou a mão gorducha dando sinal para que o sujeito fosse admitido ao seu *boudoir*.

– Bom-dia, Lady Gwendolyn – ele disse, arfante (afinal, eram três lances de escada). – Sinto muito vir assim de repente, mas é o bombardeio, sabe? Fui gravemente atingido em dezembro e perdi todos os meus arquivos e documentos. Um grande aborrecimento, como pode imaginar, mas estou refazendo tudo. De agora em diante, carrego tudo comigo. – Deu um tapinha em sua pasta bojuda.

Dolly foi dispensada e passou a meia hora seguinte em seu quarto, cola e tesoura à mão, atualizando seu Livro de Ideias e consultando seu relógio de pulso com crescente ansiedade, conforme os minutos se passavam e se aproximava a hora de seu turno no WVS. Finalmente, o sino de prata tocou no andar de cima e ela foi convocada novamente ao quarto da patroa.

– Acompanhe o sr. Pemberly até a porta – Lady Gwendolyn disse, parando para dar um soluço inflado –, depois volte aqui para me arrumar na cama para dormir.

Dolly sorriu e assentiu, e esperava o advogado levantar sua pasta, quando a velha dama acrescentou, com a costumeira indiferença:

– Esta é Dorothy, sr. Pemberly, Dorothy Smitham. Aquela de quem eu lhe falei.

Houve uma mudança imediata na atitude do advogado depois disso.

– Muito prazer em conhecê-la – ele dissera, com grande deferência, recuando em seguida e segurando a porta para Dorothy. Mantiveram uma conversa educada enquanto desciam as escadas

e, quando chegaram à porta da frente e se despediam, ele se voltara para ela e dissera, com um toque de reverência:
— Você está fazendo um ótimo trabalho, minha jovem. Creio que nunca vi a querida Lady Gwendolyn tão *animada*, não desde o terrível acontecimento com sua irmã. Ora, ela não levantou a mão com raiva, muito menos a bengala, nem sequer uma vez durante todo o tempo que estive aqui. Fantástico. Não é de admirar que ela goste tanto de você. — E, então, ele deixara Dorothy perplexa ao piscar o olho para ela.

Um ótimo trabalho... desde o terrível acontecimento com sua irmã... goste tanto de você. Sentada nas lajotas do chão da cripta, Dolly sorriu levemente, repassando suas lembranças. Era muito para assimilar. O dr. Rufus havia insinuado que Lady Gwendolyn mudaria seu testamento para incluir Dolly, e a velha dama às vezes fazia comentários zombeteiros nesse sentido, mas não era o mesmo que falar com seu advogado, dizendo-lhe o quanto gostava de sua jovem acompanhante, que tinham se tornado como uma famí...

— Olá. — Uma voz familiar interrompeu os pensamentos de Dolly. — O que um sujeito precisa fazer para ser servido por aqui?

Dolly ergueu os olhos, surpresa, e viu Jimmy inclinando-se por cima do balcão para vê-la. Ele riu, e aquela mecha de cabelos escuros caiu em cima de seus olhos.

— Batendo gazeta, hein, srta. Smitham?

Dolly sentiu o sangue fugir de seu rosto.

— O que está fazendo aqui? — ela disse, levantando-se apressadamente.

— Estava aqui perto. Trabalhando. — Indicou a máquina fotográfica pendurada no ombro. — Pensei em passar por aqui e pegar minha namorada.

Ela levou um dedo aos lábios, indicando-lhe que fizesse silêncio, e apagou o cigarro na parede.

— Nós combinamos de nos encontrarmos no Lyons Corner House — ela sussurrou, correndo para o balcão e alisando a saia. — Ainda não terminei meu turno, Jimmy.

– E posso ver como você está ocupada. – Ele sorriu, mas Dolly não.

Ela olhou para além dele, para o salão movimentado. A sra. Waddingham ainda estava falando e tricotando, e não havia nenhum sinal de Vivien – de qualquer modo, era arriscado.

– Vá sem mim – disse ela em voz baixa. – Irei assim que puder.

– Não me importo de esperar. Assim, tenho a chance de ver minha garota em ação. – Inclinou-se por cima do balcão para beijá-la, mas Dolly recuou.

– Estou trabalhando – ela disse, como forma de explicação. – Estou de uniforme. Não seria adequado. – Ele não pareceu inteiramente convencido por sua repentina dedicação ao protocolo, e Dolly tentou uma tática diferente. – Ouça – ela disse, o mais descontraidamente possível. – Vá sentar-se. Tome, pegue uma tigela de sopa. Vou terminar, pegar meu casaco, e poderemos ir. Está bem?

– Está bem.

Ficou observando-o se afastar e só soltou a respiração depois que ele encontrou um lugar, do outro lado do salão. Os dedos de Dolly tremiam de nervoso. O que diabos ele estava pensando, indo até ali quando ela havia sido tão explícita sobre encontrá-lo no restaurante? Se Vivien estivesse trabalhando conforme estava escalada, não haveria nada que Dolly pudesse fazer, senão apresentá-lo a ela, e isso teria sido desastroso para Jimmy. Uma coisa era no 400, ele tão alinhado e bonito, disfarçado de Lorde Sandbrook, mas ali, esta noite, vestido com suas roupas comuns, puídas e sujas, depois de uma noite lá fora trabalhando na Blitz... Dolly estremeceu ao pensar no que Vivien diria se ela visse que Dolly tinha um namorado como ele. Pior ainda, o que aconteceria se Lady Gwendolyn descobrisse?

Até agora – e não tinha sido fácil – Dolly conseguira manter segredo sobre Jimmy com ambas, assim como tivera o cuidado de não sobrecarregá-lo com detalhes sobre sua vida em Campden Grove. Mas como conseguiria manter seus dois mundos separados se ele passava a fazer exatamente o oposto do que ela pedia? Enfiou os pés doloridos novamente dentro dos lindos sapatos e mordeu o lábio inferior. Era complicado, e ela jamais conseguiria lhe explicar, jamais conseguiria fazê-lo entender, mas eram os sentimentos de Jimmy que ela estava tentando poupar. Ele não se encaixava ali na cantina, assim como não se encaixava no número 7 de Campden Grove, nem atrás do cordão vermelho no 400. Não como Dolly.

Ela olhou para ele, tomando sua sopa. Haviam se divertido tanto juntos, eles dois – na outra noite no 400 e depois em seu quarto; mas as pessoas nessa parte de sua vida não podiam saber que haviam estado juntos daquela maneira, não Vivien e *certamente* não Lady Gwendolyn. O corpo inteiro de Dolly ardia de ansiedade, imaginando o que aconteceria se sua velha companheira descobrisse a respeito de Jimmy. A maneira como seu coração partiria de novo se achasse que corria o risco de perder Dolly, assim como perdera sua irmã...

Com um suspiro perturbado, Dolly deixou o balcão e foi buscar seu casaco. Iria precisar ter uma conversa com ele; encontrar uma maneira delicada de fazê-lo compreender que seria melhor para ambos se agissem com mais cautela. Ele não iria ficar satisfeito, ela sabia; ele detestava fazer de conta; era uma dessas pessoas terrivelmente íntegras, cheias de princípios, com uma maneira rígida demais de ver as coisas. Mas ele podia mudar de opinião; ela sabia que sim.

Dolly estava quase começando a se sentir otimista quando chegou ao depósito e tirou seu casaco do gancho, mas a sra. Waddingham apareceu e imediatamente derrubou seu estado de ânimo outra vez.

– Saindo mais cedo, Dolly? – Antes que ela pudesse responder, a mulher cheirou o ar com desconfiança e disse: – É de cigarro este cheiro que estou sentindo aqui?

◈

Jimmy enfiou a mão no bolso da calça. Ainda estava lá, a caixa de veludo negro, exatamente como estivera nas últimas vinte vezes que verificara. Aquilo estava se tornando quase uma compulsão, na verdade, e era por isso que, quanto mais cedo colocasse o anel no dedo de Dolly, melhor. Ele já repassara a cena inúmeras vezes em sua cabeça, mas ainda estava muito nervoso. O problema é que ele queria que fosse perfeito e Jimmy não acreditava em perfeição, de modo geral, não depois de tudo o que já vira, o mundo arruinado, tanta morte e sofrimento. Mas Dolly acreditava, portanto ele faria o melhor que pudesse.

Ele tentara fazer uma reserva em um dos restaurantes sofisticados com que ela sonhava ultimamente, o Ritz ou o Claridge's, mas constatou que estavam totalmente reservados e não houve explicação ou súplica que os convencesse a lhe dar uma mesa. Jimmy ficara decepcionado no começo, e a velha sensação de querer ser bem estabelecido, de ter mais dinheiro, veio à tona. Mas ele a afastara e decidira que era melhor assim: não gostava de toda aquela sofisticação, de qualquer maneira, e numa noite tão importante quanto essa, Jimmy não queria sentir que estava fingindo ser alguém que não era. De qualquer modo, como seu chefe dissera fazendo troça, com o racionamento do jeito que estava, provavelmente a Wooltons's Pie servida no Claridge's seria a mesma servida no Lyons Corner House, só que mais cara.

Jimmy olhou para trás, para o balcão, mas Dolly não estava mais lá. Imaginou que ela tivesse ido buscar seu casaco e estivesse retocando o batom, ou alguma outra coisa que as garotas achavam que tinham que fazer para ficar bonitas. Gostaria que ela não fizesse isso; ela não precisava de maquiagem, nem de roupas extravagantes. Eram como camadas de verniz, Jimmy pensava às vezes, ocultando a essência de uma pessoa, exatamente aquilo que a tornava vulnerável, autêntica e, portanto, ainda mais bonita para ele. As complicações e imperfeições de Dolly faziam parte do que ele amava nela.

Distraidamente, ele coçou o braço e se perguntou o que acontecera antes, por que ela agira de modo tão estranho ao vê-lo. Ele sabia que a pegara desprevenida, aparecendo na cantina daquela forma, chamando-a quando ela achava que estava sozinha, escondida com um cigarro e aquele sorriso distraído e sonhador no rosto. Em geral, Dolly adorava ser surpreendida – era a pessoa mais corajosa, mais ousada que ele conhecia, e nada a assustava – mas ela definitivamente ficara nervosa ao vê-lo. Parecera uma pessoa diferente daquela que dançara ao seu lado pelas ruas de Londres no outro dia, e depois o levara ao seu quarto.

A menos que ela tivesse alguma coisa atrás do balcão que não quisesse que ele visse – Jimmy pegou seu maço de cigarros e levou um aos lábios –, uma surpresa para ele, talvez, algo que ela estivesse planejando mostrar-lhe mais tarde no restaurante. Ou talvez a tivesse pego lembrando-se da noite que tiveram juntos, isso explicaria por que ela parecera tão espantada, quase envergonhada, quando ergueu os olhos e o viu parado lá. Jimmy acendeu o cigarro e tragou com força, refletindo. Após um instante, expirou, abandonando suas dúvidas. Era impossível adivinhar, e a menos que o comportamento estranho não fosse uma de suas brincadeiras de faz de conta (não esta noite, por favor, meu Deus, ele tinha que manter o controle esta noite), achava que não tinha importância.

Enfiou a mão no bolso e depois sacudiu a cabeça, porque é claro que a caixa do anel estava exatamente onde estivera há dois minutos. A compulsão estava se tornando ridícula; ele precisava encontrar uma maneira de se distrair até colocar o maldito anel no dedo de Dolly. Jimmy não havia levado um livro, então pegou a pasta preta de arquivo onde guardava suas fotografias. Geralmente, não a carregava consigo quando estava fora do local de trabalho, mas ele saíra direto de uma reunião com seu editor e não tivera tempo de levá-la para casa.

Ele se voltou para sua fotografia mais recente, que tirara em Cheapside, no sábado à noite. Era de uma menina, de quatro ou cinco anos, calculava, parada diante da cozinha comunitária da igreja local. Suas próprias roupas haviam sido destruídas no mesmo bombardeio aéreo que matara sua família, e o Exército da Salvação não tivera nenhuma roupa de criança para lhe dar. Ela vestia uma enorme calça franzida, um suéter de adulto e usava um par de sapatos próprios para dançar sapateado. Eram vermelhos e ela os adorara. As senhoras da igreja St. John estavam alvoroçadas ao fundo, procurando biscoitos para ela, e ela estava dançando, batendo os pés como Shirley Temple, quando Jimmy a viu, enquanto a mulher que tomava conta dela estava de olho na porta, na esperança de que alguém da família fosse aparecer milagrosamente, são e salvo, e pronto para levá-la para casa.

Jimmy havia tirado muitas fotos de guerra, suas paredes e suas lembranças estavam repletas de vários estranhos, que mantinham uma expressão desafiadora diante da devastação e da perda; só naquela semana ele estivera em Bristol, Portsmouth e Gosport; mas havia algo a respeito daquela garotinha – ele nem sequer sabia seu nome – que Jimmy não conseguia esquecer. Ele não queria esquecer. Seu rosto novamente feliz com tão pouco, após sofrer o que certamente era a maior perda de uma criança; uma ausência que iria repercutir ao longo dos anos e mudar toda a sua vida. Jimmy sabia como era – ele ainda se via examinando o rosto das vítimas das bombas, à procura de sua mãe.

Pequenas tragédias individuais como a daquela menina não eram nada na escala mais ampla da guerra; ela e seus sapatos de sapateado podiam ser varridos tão facilmente quanto pó para baixo do tapete da história. Mas aquela fotografia era real; capturara o momento e o preservara para o futuro como um inseto em âmbar. Fazia Jimmy lembrar por que o que ele fazia, registrar a verdade da guerra, era importante. Precisava ser lembrado disso às vezes, em noites como aquela, quando olhava ao redor do salão e o fato de não estar usando uniforme o incomodava de forma tão aguda.

Jimmy amassou seu cigarro na tigela de sopa que alguém antes dele havia prestativamente colocado ali para esse fim. Consultou seu relógio – haviam se passado quinze minutos desde que ele se sentara – e se perguntou o que estaria fazendo Dolly demorar. Jimmy estava considerando se deveria juntar suas coisas e ir procurar por ela, quando pressentiu uma presença atrás dele. Virou-se, esperando ver Doll, mas não era ela. Era outra pessoa, alguém que nunca vira antes.

Finalmente, Dolly conseguira se livrar da sra. Waddingham e estava voltando pela cozinha, perguntando-se como sapatos que pareciam um sonho podiam machucar tanto os pés, quando ergueu os olhos e o mundo simplesmente parou de girar. Vivien chegara. Estava parada junto a uma das mesas de cavalete.
Profundamente mergulhada em uma conversa.
Com Jimmy.

O coração de Dolly disparou no peito e ela se escondeu atrás da pilastra na ponta do balcão da cozinha. Tentou não ser vista, enquanto, ao mesmo tempo, podia ver tudo perfeitamente. Com os olhos arregalados, espreitou pela pilastra de tijolos e constatou com horror que a situação era pior do que imaginara. Não só os dois conversavam; pela maneira como gesticulavam em direção à mesa, para a pasta de Jimmy aberta sobre sua superfície – Dolly ficou na ponta dos pés e contraiu-se horrorizada –, eles estavam discutindo as fotografias dele.

Ele as havia mostrado a Dolly certa vez e ela ficara horrorizada. Eram terríveis, inteiramente diferentes das que ele costumava tirar antes, em Coventry, de crepúsculos, árvores e lindas casas em campinas ondulantes; nem eram como nenhum dos cinejornais que ela e Kitty viam no cinema, as imagens sorridentes de soldados voltando para casa, cansados e sujos, mas vitoriosos; crianças em fila, acenando de estações de trem; mulheres robustas entregando laranjas a alegres soldados britânicos. As fotos de Jimmy eram de homens alquebrados, de faces encovadas, com olhos sombrios de quem havia visto coisas que não deveriam ter visto – Dolly não soubera o que dizer; para início de conversa, preferia que ele não as tivesse mostrado.

O que ele estava pensando, mostrando-as a Vivien agora? Ela, que era tão linda e perfeita, a última pessoa no mundo que deveria ser perturbada com aquele tipo de feiura. Dolly queria proteger sua amiga, uma parte dela queria correr até lá, fechar a pasta bruscamente e acabar com tudo aquilo, mas não podia. Era provável que Jimmy quisesse beijá-la outra vez, ou pior, referir-se a ela como sua noiva e fazer Vivien pensar que iam se casar. O que não era verdade, não oficialmente – haviam conversado sobre isso, é claro, quando eram crianças, mas isso era diferente. Eram adultos agora e a guerra mudava tudo, mudava as pessoas. Dolly engoliu com força: este momento era tudo que mais temia e, agora que havia acontecido, ela não tinha escolha senão esperar num limbo angustiante até que tudo estivesse terminado.

Parecia que horas haviam se passado até Jimmy finalmente fechar sua pasta e Vivien dar sinais de ir embora. Dolly soltou um longo suspiro de alívio e em seguida entrou em pânico. Sua amiga vinha direto pela ala entre as mesas, a testa ligeiramente franzida, dirigindo-se à cozinha. Dolly esperara ansiosamente para vê-la, mas não assim, não antes de ficar sabendo exatamente o que Jimmy havia lhe dito. Quando Vivien se aproximava da cozinha, Dolly tomou uma decisão imediata. Agachou-se e escondeu-se atrás do balcão, sob a saia vermelha e verde da bancada, com a atitude de alguém empenhado em um assunto de guerra terrivelmente importante. Assim que sentiu Vivien passar, Dolly agarrou sua bolsa e correu para onde Jimmy a aguardava. Tudo em que conseguia pensar era em sair da cantina antes que Vivien os visse juntos.

꩜

No final das contas, acabaram não indo ao Lyons Corner House. Havia um restaurante ao lado da estação de trem, um prédio comum, com janelas protegidas com tábuas e um buraco de explosão remendado com um cartaz que dizia *Mais aberto do que o normal*. Quando chegaram ao local, Dolly disse que não conseguia dar nem mais um passo.

– Estou com bolhas nos pés, Jimmy – ela disse, achando que ia começar a chorar. – Vamos entrar aqui mesmo, está bem? Está congelando aqui fora, tenho certeza que vai nevar esta noite.

Estava mais quente ali dentro, graças a Deus, e o garçom conduziu-os a um compartimento reservado bastante bom, com um aquecedor aceso bem perto. Jimmy pegou o casaco de Dolly para pendurá-lo ao lado da porta e ela tirou o chapéu do WVS, colocando-o sobre a mesa, junto ao sal e à pimenta. Um de seus grampos a incomodara a noite inteira e ela esfregou o lugar energicamente enquanto se livrava dos malditos sapatos. Jimmy parou no caminho de volta e falou rapidamente com o garçom que os atendera, mas Dolly estava aflita demais com o que ele poderia ter dito a Vivien para se preocupar com isso. Sacudiu o maço de cigarros, tirou um e riscou o fósforo com tanta força que ele se quebrou. Tinha certeza que Jimmy estava escondendo alguma coisa, agia com nervosismo desde que deixaram a cantina, e agora, voltando à mesa, ele mal conseguia fitá-la nos olhos sem desviar rapidamente o olhar.

Assim que ele se sentou, o garçom trouxe uma garrafa de vinho e serviu dois copos quase cheios. O gorgolejar do líquido parecia alto demais, até mesmo embaraçoso, e Dolly olhou além de Jimmy para assimilar todo o resto do ambiente. Três garçons entediados, murmurando entre si, estavam parados no canto, enquanto o barman lustrava seu bar já limpo. Havia apenas um outro casal jantando, os dois sussurrando por cima da mesa, enquanto Al Jolson cantava de um gramofone no bar. A mulher tinha um ar exageradamente apaixonado, mais ou menos como Kitty com seu novo namorado – da RAF, ou assim ela disse –, correndo a mão pela camisa do sujeito e dando risadinhas de suas piadas.

O garçom deixou a garrafa na mesa e adotou uma voz elegante, dizendo-lhes que não haveria menu à la carte naquela noite devido à falta de alguns produtos, mas que o chef poderia lhes preparar o prato do dia.

– Está bem – Jimmy disse, mal olhando para o garçom. – Sim, obrigado.

O garçom se afastou e Jimmy acendeu um cigarro também, sorrindo ligeiramente para Dolly, antes de desviar sua atenção para algo logo acima de sua cabeça.

Dolly não conseguia mais se conter; seu estômago dava voltas; precisava saber o que ele andara dizendo a Vivien, se mencionara seu nome.

– Bem – ela disse.
– Bem.
– Eu estava me perguntando...
– Há uma coisa...
Ambos pararam, ambos tragaram seus cigarros. Cada qual considerou o outro através de uma névoa de fumaça.
– Você primeiro – Jimmy disse com um sorriso, abrindo as mãos e fitando-a diretamente nos olhos de uma forma que ela teria achado excitante se não estivesse tão ansiosa.
Dolly escolheu as palavras cuidadosamente.
– Eu o vi – ela disse, batendo a cinza do cigarro no cinzeiro –, na cantina. Vocês estavam conversando. – Era difícil ler seu rosto; ele a observava atentamente. – Você e Vivien – ela acrescentou.
– Aquela era a Vivien? – Jimmy disse, arregalando os olhos. – Sua nova amiga? Não sabia, ela não disse seu nome. Oh, Doll, se você tivesse chegado antes, poderia nos ter apresentado.
Ele parecia genuinamente decepcionado, e Dolly soltou um suspiro quase de alívio. Ele não sabia o nome de Vivien. Talvez isso significasse que ela também não sabia o dele; nem por que estava ali na cantina naquela noite. Ela tentou mostrar-se despreocupada.
– Sobre o que estavam falando, então, vocês dois?
– A guerra – ele deu de ombros e tragou nervosamente seu cigarro. – Você sabe. O de sempre.
Ele estava mentindo para ela, Dolly podia ver – Jimmy não era um bom mentiroso. Nem estava gostando da conversa; respondera rapidamente, rapidamente demais, e agora evitava o seu olhar. Sobre o que poderiam ter discutido que o estava deixando tão cauteloso? Teria conversado a respeito dela? Oh, meu Deus – o que ele teria dito?
– A guerra – ela repetiu, fazendo uma pausa para lhe dar a oportunidade de explicar melhor. Ele não o fez. Ofereceu-lhe apenas um sorriso frágil. – É um tópico um tanto geral.
O garçom aproximou-se da mesa, empurrando um prato fumegante diante de cada um.

— Vieiras falsas — ele disse, pomposamente.
— Vieiras *falsas*? — Jimmy gaguejou.
A boca do garçom se torceu e ele perdeu um pouco a pose.
— Alcachofras, eu acho, senhor — disse em voz baixa. — O chefe as cultiva em seu terreno.

⁓

Jimmy olhou para Dolly do outro lado da toalha branca da mesa. Não fora assim que ele planejara, pedi-la em casamento em uma espelunca vazia, depois de um jantar de alcachofras esmigalhadas e vinho azedo, deixando-a ardendo de raiva. O silêncio se instalou entre eles e a caixa do anel começou a pesar no bolso da calça de Jimmy. Ele não queria discutir, queria deslizar o anel em seu dedo, não apenas porque isso a ligava a ele — embora é claro que ele ansiava por isso —, mas porque honrava algo bom e verdadeiro. Remexeu a comida em seu prato.

Não poderia ter estragado mais a noite, ainda que tivesse tentado. Pior ainda, não conseguia pensar em nada que pudesse fazer para consertar a situação. Dolly estava com raiva porque ela sabia que Jimmy não estava lhe dizendo tudo, mas a mulher, Vivien, pedira-lhe para não contar a ninguém o que ela havia dito. Mais do que isso, ela lhe suplicara, e alguma coisa na maneira como olhara para ele o fizera calar-se e assentir. Arrastou sua alcachofra pelo meio de um deprimente molho branco.

No entanto, talvez ela não tivesse se referido a Dolly. Bem, essa era uma possibilidade — eram amigas. Dolly provavelmente iria rir se ele lhe contasse, abanar a mão e dizer que é claro que ela já sabia. Jimmy tomou um gole do vinho, considerando a possibilidade, perguntando-se o que seu pai teria feito na mesma situação. Tinha o pressentimento de que o pai teria cumprido a promessa feita a Vivien, mas, por outro lado, veja o que lhe acontecera — ele perdera a mulher que amava. Jimmy não pretendia deixar que o mesmo acontecesse com ele.

– Sua amiga – ele disse descontraidamente, como se não houvesse nenhum constrangimento entre eles –, Vivien, ela viu uma das minhas fotos.

A atenção de Dolly concentrou-se nele, mas ela não disse nada.

Jimmy engoliu em seco, afastando qualquer pensamento sobre seu pai, aquelas conversas que ele tivera com Jimmy quando ele crescia, sobre coragem e respeito. Ele não tinha escolha esta noite, tinha que contar a verdade a Dolly e, na verdade, que mal poderia fazer?

– Era de uma menina cuja família foi morta uma noite dessas, num bombardeio aéreo para os lados de Cheapside. Foi triste, Doll, terrivelmente triste, ela sorria, sabe, e usava... – Parou e abanou a mão, podia dizer, pela expressão de Dolly, que ela estava perdendo a paciência. – Isso não importa. A questão é que sua amiga a conhecia. Vivien a reconheceu da foto.

– Como?

Era a primeira palavra que ela dizia desde que seus pratos chegaram, e embora não significasse exatamente perdão irrestrito, Jimmy se sentiu aliviado.

– Ela me disse que tem um amigo, um médico, que administra um pequeno hospital particular em Fulham. Ele transformou uma parte do hospital em abrigo para órfãos de guerra e ela o ajuda às vezes. Foi onde ela conheceu Nella, a menina na foto. Ela foi acolhida lá, sabe, quando não apareceu ninguém para resgatá-la. – Dolly o observava, esperando que ele continuasse, mas não havia mais nada que ele pudesse pensar em dizer.

– Só isso? – Dolly disse. – Você não lhe contou nada sobre si mesmo?

– Nem mesmo meu nome, não houve tempo.

Ao longe, de algum lugar na noite escura e fria de Londres, veio uma série de explosões. Jimmy perguntou-se repentinamente quem estaria sendo atingido, quem estaria gritando neste momento de dor, de sofrimento e de horror, conforme seu mundo desmoronava ao redor.

– E ela não disse mais nada?
Jimmy sacudiu a cabeça.
– Não a respeito do hospital. Eu estava prestes a lhe perguntar se eu poderia ir com ela um dia, levar alguma coisa para Nella...
– Mas não perguntou, não é?
– Não tive a chance.
– E essa é a única razão para você estar sendo tão evasivo: porque Vivien lhe disse que ela ajuda seu amigo médico em seu hospital?
Ele se sentiu um tolo diante da incredulidade de Dolly. Sorriu, encolheu-se um pouco e se amaldiçoou por sempre levar as coisas tão a sério, por não perceber que obviamente Vivien andara exagerando, e é claro que Dolly já sabia, por estar se angustiando sem motivo. Disse, um pouco frouxamente:
– Vivien me implorou para não contar a ninguém.
– Oh, Jimmy – Dolly disse, rindo enquanto estendia a mão por cima da mesa para afagar seu braço levemente. – Vivien não se referia a *mim*. Ela quis dizer que você não deveria contar a outras pessoas, estranhos.
– Eu sei. – Jimmy prendeu a mão de Dorothy na sua, sentiu seus dedos macios sob seus próprios dedos. – Foi tolice minha não ter percebido. Estou meio descontrolado esta noite. – Percebeu, de repente, que estava no limiar de alguma coisa; que o resto de sua vida, a vida deles juntos, começava do outro lado. – Na realidade – falou novamente, a voz um pouco entrecortada –, há uma coisa que venho querendo lhe perguntar, Doll.

※

Dolly estivera sorrindo distraidamente enquanto Jimmy acariciava sua mão. Um amigo médico, um *amigo* – Kitty tinha razão, Vivien tinha um amante, e repentinamente tudo fez sentido. O sigilo, as frequentes ausências de Vivien da cantina do WVS, a expressão distante em seu rosto quando estava sentada à janela do número 25 de Campden Grove, sonhando.

— Como será que eles se conheceram? — ela disse, exatamente quando Jimmy dizia "Há uma coisa que venho querendo lhe perguntar, Doll".

Era a segunda vez que falavam ao mesmo tempo naquela noite, e Dolly riu.

— Temos que parar de fazer isso — ela disse. Sentia-se inesperadamente radiante, como se pudesse rir a noite inteira. Talvez tivesse sido o vinho. Bebera mais do que se dera conta. E depois, o alívio de saber que Jimmy não revelara quem ele era a deixara um pouco eufórica.

— Eu só estava dizendo...

— Não — ele estendeu o braço e pressionou um dedo nos lábios dela. — Deixe-me terminar, Doll. Eu tenho que terminar.

A expressão em seu rosto a pegou de surpresa, uma expressão que ela não via com frequência, determinada, premente, e embora estivesse desesperada para saber mais a respeito de Vivien e seu amigo médico, Dolly calou-se.

Jimmy deixou sua mão deslizar pelo seu rosto, acariciando-o.

— Dorothy Smitham — ele disse, e algo na maneira como disse seu nome a enterneceu. — Eu me apaixonei por você desde a primeira vez em que a vi. Lembra-se, aquele café em Coventry?

— Você carregava um saco de farinha.

Ele riu.

— Um verdadeiro herói. Este sou eu.

Ela sorriu e afastou o prato vazio. Acendeu um cigarro. Fazia frio, percebeu, o aquecedor parara de funcionar.

— Bem, era um saco bem grande.

— Já lhe disse antes que não há nada que eu não faria por você.

Ela balançou a cabeça. Sim, é claro, muitas vezes. Era meigo e ela não queria interrompê-lo enquanto ele dizia isso outra vez, mas Dolly não sabia quanto mais tempo ela conseguiria impedir que os pensamentos e perguntas sobre Vivien subissem, borbulhando, à superfície.

— Falo a sério, Doll. Faria qualquer coisa que você me pedisse.

– Acha que poderia pedir ao garçom para verificar o aquecimento?
– Estou falando a sério.
– Eu também, ficou gelado aqui, de repente. – Ela cruzou os braços junto ao corpo. – Não está sentindo? – Jimmy não respondeu, estava ocupado demais procurando alguma coisa no bolso da calça. Dolly avistou o garçom que os atendia e tentou chamar sua atenção. Ele pareceu vê-la, mas logo se virou e retornou em direção à cozinha. Ela notou, então, que o outro casal já tinha ido embora e só restaram eles dois no restaurante. – Acho que deveríamos ir embora – ela disse. – Já é tarde.
– Só um minuto.
– Mas está frio.
– Esqueça o frio.
– Mas Jimmy...
– Estou tentando pedi-la em casamento, Doll. – Ele surpreendeu a si mesmo, ela sabia pela expressão em seu rosto, e ele riu. – Parece que estou fazendo uma grande confusão disso tudo... nunca fiz isso antes. Nem pretendo fazer de novo. – Ele deslizou de seu banco e foi ajoelhar-se diante dela, respirando fundo. – Dorothy Smitham – ele disse –, quer me dar a honra de se tornar minha esposa?

Dolly demorou a compreender, esperava que ele abandonasse o personagem que estava representando e começasse a rir. Sabia que ele estava brincando; fora ele quem insistira, quando estavam em Bournemouth, que esperassem até ele ter economizado o suficiente. A qualquer momento, ele iria rir e perguntar a ela se gostaria de pedir uma sobremesa. Mas ele não o fez. Permaneceu onde estava, com os olhos erguidos, olhando fixamente para ela.

– Jimmy? – disse. – Vai pegar um resfriado aí embaixo. Levante-se, rápido.

Ele não se levantou. Sem desviar os olhos, ergueu a mão esquerda e revelou um anel entre seus dedos. Era de ouro amarelo com uma pequena pedra engastada em garras – bastante antigo para não ser novo, moderno demais para ser uma verdadeira antiguidade. Ele havia trazido um objeto cênico, ela concluiu, piscando de surpresa. Ele estava realmente fazendo um excelente trabalho na encenação de sua parte. Tinha que admirá-lo. Gostaria de poder dizer o mesmo por si própria, mas ele a pegara desprevenida. Dolly não estava acostumada a ver Jimmy tomar a iniciativa em brincadeiras de faz de conta – isso era função dela; não estava certa se gostava disso em Jimmy.

– Deixe-me lavar meus cabelos e pensar no assunto – ela disse, com sarcasmo.

Uma mecha dos cabelos de Jimmy havia caído sobre um dos olhos e ele jogou a cabeça para trás para afastá-la. Não havia nem uma sombra de sorriso em seu rosto quando a fitou por um instante, como se estivesse ordenando seus pensamentos, e suspirou.

– Estou lhe pedindo em casamento, Doll – disse, e algo no tom sincero e franco de sua voz, a completa ausência de subterfúgios e de duplo sentido, fez Dolly sentir o primeiro indício de suspeita de que ele pudesse de fato estar falando a sério.

Ela achou que ele estava brincando. Jimmy quase deu uma risada quando compreendeu. Mas não riu; tirou os cabelos de cima dos olhos e pensou na maneira com que ela o levara para seu quarto na outra noite, a maneira com que olhara para ele quando seu vestido vermelho caiu no chão, quando levantou o queixo e fitou-o nos olhos. Ele se sentira jovem e forte, e incrivelmente contente por estar vivo naquela hora, ali, com ela. Pensou na maneira como se sentara na cama depois, incapaz de dormir por causa do abençoado conhecimento de que uma garota como Dolly pudesse estar apaixonada por ele, como tivera certeza, enquanto a observava sonhar, que a amaria por toda a vida, até ficarem velhos juntos, sentados em poltronas confortáveis em sua casa no campo, seus filhos já tendo crescido e alçado seus próprios voos, os dois revezando-se no preparo de xícaras de chá um para o outro.

Queria dizer tudo isso a ela, fazê-la lembrar, ver a imagem com a mesma clareza com que ele via, mas Jimmy sabia que Dolly era diferente, que ela gostava de surpresas e não precisava ver o final quando ainda estavam bem no começo. Em vez disso, quando conseguiu reunir todos os seus pensamentos como folhas ao léu, ele expirou devagar e disse com toda a clareza possível:

– Estou pedindo que se case comigo, Doll. Continuo não sendo rico, mas eu a amo, e não quero desperdiçar nem mais um dia sem você.

E então, ele notou quando sua fisionomia mudou, e viu nos cantos de sua boca e no ínfimo movimento de suas sobrancelhas que ela finalmente compreendera.

Enquanto Jimmy esperava, Dolly suspirou, profunda e lentamente. Estendeu a mão e pegou seu chapéu, franzindo um pouco a testa enquanto o girava, sem parar, pela aba. Ela sempre gostara de uma pausa dramática, de modo que ele não ficou realmente preocupado enquanto seguia a linha perfeita do seu perfil, exatamente como fizera naquela colina à beira-mar; nem quando ela se voltou para ele e disse, numa voz muito diferente, e ele viu uma lágrima escorrer pela sua face:

– Oh, Jimmy, o que você foi fazer? Que coisa impensável para me perguntar bem agora.

Antes que Jimmy pudesse lhe perguntar o que ela estava querendo dizer, Dorothy passou correndo por ele, batendo o quadril em outra mesa, na pressa de fugir dali, desaparecendo na Londres fria e escura da guerra, sem sequer olhar para trás. Somente depois que vários minutos já haviam se passado e ela não retornara, é que Jimmy finalmente compreendeu o que acontecera. E ele se viu, de repente, como se olhasse para si mesmo de algum lugar no alto, como se fosse o objeto de sua própria fotografia, um homem que de certa forma havia perdido tudo, ajoelhado sozinho no chão sujo de um restaurante barato que se tornara muito frio.

15

Suffolk, 2011

LAUREL REALMENTE SE PERGUNTOU mais tarde como era possível que ela tivesse chegado até ali sem pensar em procurar no Google pelo nome da mãe. Por outro lado, nada que ela soubesse sobre Dorothy Nicolson a levava a suspeitar, nem por um segundo, que ela pudesse ter uma presença online.

Não esperou até chegar em Greenacres. Sentou-se no carro estacionado no pátio do hospital, pegou seu celular e digitou "Dorothy Smitham" na janela de busca. Ela foi rápida demais, é claro, soletrou incorretamente e teve que fazer tudo de novo. Preparou-se contra quaisquer resultados que pudessem aparecer e, então, pressionou o botão de pesquisa. Havia 127 respostas. Laurel soltou a respiração. Um site de genealogia nos Estados Unidos, uma Thelma Dorothy Smitham procurando amigos no Facebook, um catálogo de páginas brancas na Austrália e, depois, mais ou menos no meio da página, um registro nos arquivos do programa People's War, da BBC, onde a geração que viveu a guerra contava suas histórias, com o subtítulo "Uma telefonista de Londres relembra a Segunda Guerra Mundial". O dedo de Laurel tremia ao selecionar essa opção.

A página continha as lembranças dos tempos de guerra de uma mulher chamada Katherine Frances Barker, que trabalhara como telefonista para o Departamento de Guerra em Westminster durante a Blitz. Fora submetido, dizia a nota no começo, por Susanna Barker, em nome de sua mãe. No alto da matéria, havia uma fotografia de uma mulher de idade, de aparência animada e jovial, posando de uma forma faceira, contra um sofá de veludo vermelho com apoios para cabeça de crochê. A legenda dizia:

> Katherine "Kitty" Barker, em sua casa. Quando a Segunda Guerra Mundial começou, Kitty mudou-se para Londres, onde trabalhou como telefonista durante todo o período de guerra. Kitty quis alistar-se no WRNS – Women's Royal Naval Service, o ramo feminino da Marinha Real, mas as comunicações eram consideradas um serviço essencial, e ela não pôde sair.

O artigo em si era um pouco longo e Laurel passou os olhos por ele, procurando ver o nome de sua mãe. Alguns parágrafos adiante, ela o encontrou:

> Eu cresci nas Midlands e não tinha família em Londres, mas durante a guerra havia serviços encarregados de encontrar acomodações para quem trabalhava diretamente em assuntos de guerra. Tive sorte, em comparação com outras pessoas, tendo sido instalada na mansão de uma grande dama. A casa ficava em Campden Grove número 7, Kensington, e embora se possa pensar o contrário, o tempo que passei ali durante a guerra foi muito feliz. Havia três outras jovens que trabalhavam em serviço de escritório e que também moravam nessa casa, e dois membros da equipe doméstica de Lady Gwendolyn Caldicott, que permaneceram ali depois que a guerra eclodiu, uma cozinheira e uma moça chamada Dorothy Smitham, uma espécie de acompanhante da dona da casa. Nós nos tornamos amigas, Dorothy e eu, mas perdemos o contato quando me casei com meu marido, Tom, em 1941. As amizades eram forjadas com muita rapidez durante a guerra – acredito que isso não seja nenhuma novidade – e eu sempre me perguntei o que teria acontecido com minhas amigas daquela época. Espero que tenham sobrevivido.

A cabeça de Laurel estava zunindo. Era incrível, o efeito de ver o nome de sua mãe, seu nome de solteira, impresso. Especialmente em um documento como aquele, relatando o próprio local e época sobre os quais Laurel estava curiosa.

Leu o parágrafo outra vez e sua empolgação não diminuiu. Dorothy Smitham fora real. Trabalhara para uma mulher chamada Lady Gwendolyn Caldicott, morara em Campden Grove 7 (a mesma rua de Vivien e Jenkins, Laurel notou com um estremecimento) e tivera uma amiga chamada Kitty. Laurel procurou a data da submissão do registro, 25 de outubro de 2008 – uma amiga, que provavelmente ainda estava viva e disposta a conversar com Laurel. Cada descoberta era outra estrela brilhante no imenso céu negro, formando a figura que levaria Laurel aonde ela queria ir.

∽

Susanna Barker convidou Laurel para um chá naquela tarde. Encontrá-la fora tão fácil que Laurel, que nunca acreditava em facilidade, sentira uma onda de profunda desconfiança. Não tivera que fazer nada além de digitar os nomes Katherine Barker e Susanna Barker na página online do catálogo telefônico Numberway e depois começar a discar cada um dos números resultantes. Acertou em cheio no terceiro número.

– Mamãe joga golfe às quintas-feiras e conversa com alunos do colégio local às sextas-feiras – Susanna disse. – Mas há uma vaga em sua agenda hoje, às quatro.

Laurel aceitou o encaixe de bom grado e agora seguia as indicações precisas de Susanna por uma estrada sinuosa que cortava campos verdes e alagados na periferia de Cambridge.

Uma mulher gorda e alegre, com uma cabeleira crespa, cor de cobre, a aguardava no portão da frente. Usava um cardigã amarelo por cima de um vestido marrom, e segurava um guarda-chuva com as duas mãos, numa atitude de educada expectativa. Às vezes, pensava a atriz dentro de Laurel ("ouvidos, olhos e coração, tudo ao mesmo tempo"), você podia saber tudo que era preciso a respeito de uma pessoa por um único gesto. A mulher com o guarda-chuva estava nervosa, confiável e agradecida.

— Olá, como vai? — ela disse alegremente quando Laurel atravessou a rua em sua direção. Seu sorriso expôs uma extensão magnífica de gengiva reluzente.

— Sou Susanna Barker e é um grande prazer conhecê-la.

— Laurel. Laurel Nicolson.

— Mas é claro que eu sei quem você é! Entre, entre, por favor. Que tempo horrível, hein? Mamãe diz que é porque eu matei uma aranha dentro de casa. Que tolice, a essa altura eu já devia saber que não devia fazer isso. Sempre traz chuva, não é?

~

Kitty Barker era alegre e espirituosa, e tinha a língua afiada como a espada de um pirata.

— A filha de Dolly Smitham — ela disse, abatendo seu minúsculo punho cerrado sobre a mesa com um baque surdo. — Que surpresa maravilhosa!

Quando Laurel tentou se apresentar e explicar como encontrara o nome de Kitty na internet, a mão frágil abanou-se com impaciência e sua dona gritou:

— Sim, sim, minha filha já me disse, você contou ao telefone.

Laurel, que já fora, ela própria, acusada de rispidez mais de uma vez, achou a eficiência da mulher revigorante — por enquanto. Provavelmente, aos noventa e dois anos de idade, uma pessoa nem afetava uma falsa delicadeza, nem desperdiçava um momento. Ela sorriu e disse:

— Sra. Barker, minha mãe nunca falou muito sobre a guerra enquanto eu crescia, acho que ela queria deixar tudo aquilo para trás, mas ela agora está doente e para mim tornou-se importante saber tudo que eu puder sobre o seu passado. Achei que talvez você pudesse me contar um pouco sobre a Londres do tempo da guerra, em particular sobre a vida de minha mãe naquela época.

Kitty Barker concordou com grande satisfação. Isto é, ela aproveitou para atender com entusiasmo a primeira parte do pedido de Laurel, deslanchando uma aula sobre a Londres do tempo da Blitz, enquanto sua filha trazia chá e bolinhos. Laurel prestou total atenção durante algum tempo, mas sua concentração começou a falhar quando ficou claro que Dorothy Smitham iria representar apenas uma pequena parte da história. Examinou as lembranças da guerra na parede da sala de estar, cartazes solicitando às pessoas que não desperdiçassem, nem esbanjassem quando fossem às compras, e que se lembrassem de seus legumes.

Kitty continuava a descrever as maneiras com que uma pessoa podia se acidentar durante o blecaute e, quando Laurel viu o relógio passar da meia hora, sua atenção se voltou para Susanna Barker, olhando extasiada para sua mãe e acompanhando com muita atenção cada frase. A filha de Kitty já tinha ouvido essas histórias muitas vezes antes, Laurel percebeu, e repentinamente ela compreendeu a dinâmica perfeitamente – o nervosismo de Susanna, sua vontade de agradar, a reverência com que falava de sua mãe – Kitty era o oposto da mãe. Ela criara uma mitologia dos seus anos de guerra da qual sua própria filha jamais poderia escapar.

Talvez todos os filhos fossem, até certo ponto, subjugados pelo passado de seus pais. O que, afinal, poderia a pobre Susanna jamais esperar realizar em comparação às histórias de heroísmo e de sacrifício de sua mãe? Pela primeira vez, Laurel sentiu uma pequena gratidão por seus pais terem poupado os filhos de um fardo tão pesado. (Ao contrário, foi a *falta* de história de sua mãe que manteve Laurel aprisionada. Era impossível não apreciar a ironia.)

Então, algo inusitado aconteceu: exatamente quando Laurel estava perdendo a esperança de tomar conhecimento de qualquer coisa importante, Kitty parou no meio de seu relato para censurar Susanna por ter levado tempo demais para servir o chá. Laurel aproveitou sua chance, fazendo a conversa voltar para Dorothy Smitham.

– Que história incrível, sra. Barker – ela disse, usando seu tom mais elegante, mais teatral. – Fascinante. Muita bravura. Mas e quanto à minha mãe? Pode me contar alguma coisa sobre ela?

Interrupções, obviamente, não eram comuns, e um silêncio estupefato se abateu sobre a cena. Kitty inclinou a cabeça como se tentasse descobrir uma explicação para tal desaforo, enquanto Susanna tomava um cuidado especial em evitar os olhos de Laurel, servindo o chá de maneira vacilante.

Laurel não se deixou abater. Uma pequena parte dela se aprazia em ter calado o monólogo de Kitty. Ela começara a gostar de Susanna, e a mãe da mulher era uma tirana; Laurel aprendera a enfrentar esses tipos. Continuou alegremente:

– Mamãe ajudou com os esforços de guerra?

– Dolly fez a sua parte – Kitty respondeu, de má vontade. – Todos nós em casa fazíamos parte de uma escala, nos revezávamos sentadas no telhado com um balde de areia e uma bomba de água de pedal.

– E socialmente?

– Ela se divertia, como todas nós. Havia uma guerra em andamento. Era preciso se divertir quando e onde fosse possível.

Susanna ofereceu a bandeja de leite e açúcar, mas Laurel abanou a mão, recusando.

– Imagino que duas jovens bonitas como vocês devem ter tido um monte de namorados também, hein?

– Claro.

– Havia alguém especial para minha mãe, você sabe?

– Havia, de fato, um rapaz – Kitty disse, tomando um gole de chá preto. – Só que eu não consigo lembrar qual era o nome dele.

Mas Laurel tinha uma ideia – veio-lhe à mente de repente. Na última quinta-feira, na festa de aniversário, a enfermeira dissera que sua mãe andara perguntando por alguém, perguntando por que ele não viera visitá-la. Na ocasião, Laurel presumira que a enfermeira tivesse se enganado, que ela estava perguntando por Gerry; agora, no entanto, tendo visto a maneira como os pensa-

mentos de sua mãe iam e vinham entre o presente e o passado, Laurel compreendeu que estava errada.
– Jimmy – disse. – O nome do homem seria Jimmy?
– Sim! – Kitty exclamou. – Isso mesmo. Lembro-me agora, eu costumava troçar dela, dizendo que era seu próprio Jimmy Stewart. Não que eu o tivesse conhecido, veja bem, eu só imaginava a aparência dele, pelo que ela me contava.
– Nunca o encontrou? – Isso era estranho, sua mãe e Kitty tinham sido amigas, viveram na mesma casa, eram jovens; certamente, era de se esperar que conhecessem os namorados umas das outras.
– Nem uma vez. Ela era muito específica a esse respeito. Ele era da RAF e ocupado demais para fazer visitas. – Kitty franziu os lábios com um sorriso maroto. – Ao menos, era o que ela dizia.
– O que quer dizer?
– Apenas que meu Tom era da RAF e certamente não estava ocupado demais para me visitar, se entende o que eu quero dizer. – Ela riu maliciosamente e Laurel sorriu para mostrar que sim, ela compreendia perfeitamente.
– Acha que minha mãe podia estar mentindo? – pressionou.
– Não mentindo, exatamente, mas floreando a verdade. Era sempre difícil saber, quando se tratava de Dolly. Tinha uma imaginação muito fértil.
Laurel sabia disso muito bem. Ainda assim, parecia estranho que fizesse segredo do homem que amava para suas amigas. As pessoas apaixonadas geralmente querem alardear isso para o mundo, e sua mãe nunca fora uma pessoa capaz de esconder suas emoções.
A menos que houvesse alguma coisa a respeito de Jimmy que significasse que sua identidade *devia* ser mantida em segredo. Havia uma guerra em andamento; talvez ele na verdade fosse um espião. Isso sem dúvida explicaria o sigilo de Dorothy, a impossibilidade de se casar com o homem que amava, sua própria necessidade de fugir. Ligar Henry e Vivien ao cenário seria um pouco mais problemático, a menos que Henry tivesse descoberto

a respeito de Jimmy e isso significasse uma ameaça à segurança nacional...

– Dolly nunca levou Jimmy onde morávamos porque a grande dama, proprietária da casa, não aceitava visitas masculinas – Kitty disse, despreocupadamente furando o balão da grandiosa teoria de Laurel. – A velha Lady Gwendolyn teve uma irmã, elas eram unha e carne quando jovens. Moravam juntas na casa de Campden Grove, e aonde uma ia, a outra ia atrás. No entanto, tudo desmoronou quando a mais jovem se apaixonou e se casou. Mudou-se com o marido e a irmã jamais a perdooou. Trancou-se em seu quarto durante décadas, recusando-se a ver qualquer pessoa. Ela detestava as pessoas, embora evidentemente não sua mãe. Eram muito unidas; Dolly era leal à velha mulher e cumpridora ferrenha dessa norma. Veja bem, ela não tinha nenhuma dificuldade em quebrar qualquer outra regra. Não tinha escrúpulo em comprar meias de nylon e batons no mercado negro, mas apegava-se a essa como se sua vida dependesse disso.

Algo na maneira como Kitty colocou esse último comentário fez Laurel parar para pensar.

– Sabe, pensando melhor agora, acho que isso foi o começo – Kitty franziu a testa com o esforço de olhar através do túnel de velhas lembranças.

– O começo de quê? – Laurel disse, um pressentimento fazendo a ponta dos seus dedos formigar.

– Sua mãe mudou. Dolly era tão divertida assim que nós chegamos a Campden Grove, mas depois ficou toda preocupada em deixar a velha feliz.

– Bem, Lady Gwendolyn era sua patroa. Imagino que...

– Havia mais alguma razão. Começou a falar sempre em como Lady Gwendolyn a considerava como se fosse da família. Começou a agir como se fosse uma grã-fina também, tratando-nos como se já não fôssemos bastante boas para ela; até fez *novos* amigos.

– Vivien – Laurel disse, de repente. – Está se referindo a Vivien Jenkins.

– Vejo que sua mãe lhe contou a respeito *dela* – Kitty disse, com um trejeito irônico da boca. – Esqueceu-se do resto de nós, sem dúvida, mas não de Vivien Jenkins. Não há nenhuma surpresa nisso, é claro, absolutamente nenhuma. Ela era mulher de um escritor, morava do outro lado da rua. Terrivelmente esnobe. Bonita, sem dúvida, não se podia negar, mas muito fria. Ela não se rebaixaria a parar e conversar com você na rua. Uma influência terrível sobre Dolly, ela achava que Vivien era uma pessoa maravilhosa.

– Elas se viam sempre?

Kitty pegou um bolinho e despejou uma grande quantidade de geleia em cima.

– Com certeza eu não saberia os detalhes – ela disse com sarcasmo, espalhando a geleia vermelha. – Nunca fui convidada a sair com elas e, a essa altura, Dolly parara de me contar seus segredos. Acho que foi por isso que eu não soube que havia alguma coisa errada até ser tarde demais.

– Tarde demais para o quê? O que havia de errado?

Kitty colocou uma boa colherada de creme em seu bolinho e olhou para Laurel por cima.

– Algo aconteceu entre elas, sua mãe e Vivien, alguma coisa muito desagradável. Começo de 1941. Lembro-me porque eu acabara de conhecer meu Tom. Acho que foi por isso que não me incomodei tanto com a atitude de Dolly. Ela passou a ficar sempre de mau humor, ríspida, recusando-se a sair conosco, evitando Jimmy. Parecia uma pessoa diferente, deixou até mesmo de ir à cantina.

– A cantina do WVS?

Kitty balançou a cabeça enquanto dava uma pequena mordida no bolinho.

– Ela adorava trabalhar lá, estava sempre enganando a velha dama, saindo pelo meio do bombardeio para cobrir um turno. Muito corajosa, sua mãe, nunca tinha medo das bombas. Mas de repente ela parou. Não quis mais voltar lá.

– Por que não?

– Ela não disse, mas sei que teve algo a ver com *ela*, a outra, do outro lado da rua. Eu as vi junto no dia em que brigaram, sabe. Eu estava voltando do trabalho, um pouco mais cedo do que o normal por causa de uma bomba não explodida que haviam encontrado perto do meu escritório, e eu vi sua mãe saindo da casa dos Jenkins. Nossa! A expressão do seu rosto... – Kitty sacudia a cabeça. – Esqueça as bombas, era *ela* que parecia prestes a explodir.

Laurel tomou um gole do chá. Ela só podia pensar em um único cenário que pudesse fazer uma mulher se voltar contra sua amiga e seu namorado ao mesmo tempo. Teriam Jimmy e Vivien se envolvido em um caso? Teria sido por isso que sua mãe rompeu o noivado e fugiu para recomeçar a vida? Certamente, isso explicaria a raiva de Henry Jenkins – mas certamente não com Dolly; também não explicava as recentes expressões de remorso de sua mãe em relação ao passado. Não havia nada de lamentável em se levantar, sacudir a poeira e recomeçar: era uma atitude de coragem.

– O que você acha que aconteceu? – ela sondou delicadamente, pousando a xícara de volta no pires.

Kitty ergueu os ombros ossudos, mas havia algo evasivo no gesto.

– Dolly nunca lhe contou realmente nada, não é? – Sua expressão era de surpresa, disfarçando uma satisfação mais profunda. Suspirou dramaticamente. – Bem, acho que ela sempre gostou de guardar segredos. Algumas mães e filhas simplesmente não são tão próximas quanto outras, não é?

Susanna sorriu, radiante; sua mãe deu outra mordida no bolinho.

Laurel tinha a forte sensação de que Kitty estava escondendo alguma coisa. Sendo uma de quatro irmãs, ela também tinha uma boa ideia de como fazê-la falar. Não havia muitas confidências que a indiferença não fizesse se soltar.

– Já tomei muito do seu tempo, sra. Barker – ela disse, dobrando seu guardanapo e realinhando a colher de chá. – Muito obrigada por me receber. Foi muito útil. Por favor, me diga se lembrar de mais alguma coisa que possa esclarecer o que aconteceu entre Vivien e minha mãe. – Laurel levantou-se e empurrou a cadeira. Começou a se dirigir à porta.

– Sabe – disse Kitty, que vinha seguindo cada passo de Laurel –, há uma outra coisa, agora que penso nisso.

Não foi fácil, mas Laurel conseguiu conter o sorriso.

– Ah, sim? – exclamou. – O que é?

Kitty sugou os lábios para dentro, como se estivesse prestes a falar contra a vontade e não soubesse ao certo como a conversa chegara àquele ponto. Gritou para a filha ir encher o bule de chá e, depois que ela saiu da sala, Kitty conduziu Laurel apressadamente de volta à mesa.

– Eu lhe falei sobre o péssimo humor em que Dolly estava – ela começou. – Horrível, mesmo. Terrivelmente sombrio. E durou por todo o resto do tempo que vivemos em Campden Grove. Certa noite, algumas semanas depois do meu casamento, meu marido voltara ao serviço e eu combinei de sair para dançar com algumas das meninas do trabalho. Quase não chamei Doll, ela andava tão insuportável ultimamente, mas convidei, e muito inesperadamente ela concordou.

– Ela chegou à boate, muito bem-vestida e rindo como se tivesse começado a tomar uísque antes de chegar ali. Levou uma amiga com ela, uma jovem com quem crescera em Coventry. Caitlin alguma coisa, muito esnobe no começo, mas depois relaxou. Impossível não se animar com Doll por perto. Ela era uma dessas pessoas... estimulantes. Fazia você querer se divertir também, só porque ela estava se divertindo.

Laurel sorriu debilmente, reconhecendo sua mãe na descrição.

– Ela sem dúvida estava se divertindo naquela noite, vou lhe contar. Tinha um olhar meio desvairado, ria e dançava, dizendo coisas estranhas. Quando chegou a hora de ir embora, ela me agarrou pelos braços e disse que tinha um plano.

– Um plano? – Laurel sentiu cada fio de cabelo em sua nuca se arrepiar.

– Disse que Vivien Jenkins tinha feito algo terrível com ela, mas ela, Dolly, tinha um plano que iria fazer tudo entrar nos eixos. Ela e Jimmy viveriam felizes para sempre depois disso; todo mundo ia ter o que merecia.

Fora exatamente como sua mãe lhe dissera no hospital. Mas as coisas não saíram conforme planejado e ela não se casara com Jimmy. Em vez disso, Henry Jenkins ficara com raiva. O coração de Laurel disparara, mas fez todo o possível para se mostrar impassível.

– Ela lhe contou qual era o plano?

– Não contou e, para ser honesta, não dei muita importância ao fato na ocasião. As coisas eram diferentes durante a guerra. As pessoas estavam sempre dizendo e fazendo coisas que normalmente não diriam ou fariam. Nunca se sabia como seria o dia seguinte, se você sequer ia se levantar para vê-lo; esse tipo de incerteza tem um jeito de afrouxar os escrúpulos de uma pessoa. E sua mãe sempre teve uma queda para o dramático. Achei que toda a sua conversa de vingança era exatamente isso: conversa. Somente mais tarde é que me perguntei se ela não estaria falando mais a sério do que eu pensara.

Laurel aproximou-se um pouco mais.

– Mais tarde?

– Ela simplesmente se evaporou. Naquela noite, na boate, foi a última vez que eu a vi. Nunca mais tive notícias dela, nem uma palavra, e ela nunca respondeu a nenhuma de minhas cartas. Achei que pudesse ter sido atingida por uma bomba, até receber a visita de uma mulher mais velha, pouco depois do fim da guerra. Foi algo muito sigiloso. Ela perguntava a respeito de Doll, querendo saber se havia alguma coisa "inadequada" que ela pudesse ter cometido no passado.

Laurel teve um flashback do quarto de hóspedes, frio e escuro, de sua avó Nicolson.

– Uma mulher alta, com um rosto bonito e uma expressão de alguém que andou chupando limão?

Kitty ergueu uma única sobrancelha.

– Amiga sua?

– Minha avó. Por parte de pai.

– Ah – Kitty sorriu, exibindo os dentes –, a sogra. Ela não mencionou isso, disse-me apenas que era a patroa de sua mãe e estava fazendo uma pequena pesquisa sobre seus antecedentes. Mas, então, eles se casaram, sua mãe e seu pai. Ele devia ser apaixonado por ela.

– Por quê? O que você disse à minha avó?

Kitty pestanejou com um ar de inocência.

– Eu estava magoada. Preocupei-me com ela quando não tive notícias, para depois ficar sabendo que ela simplesmente fizera as malas e fora embora, sem nem se importar de dizer uma palavra. – Abanou a mão vagamente. – Eu devo ter floreado um pouco, atribuído a Dolly mais alguns namorados do que ela realmente teve, uma queda por bebidas... nada muito grave.

Mas o suficiente para explicar o azedume de sua avó: namorados já era algo bastante ruim, mas uma queda por bebidas? Isso era quase um sacrilégio.

De repente, Laurel ficou ansiosa para sair daquela casinha entulhada, ficar sozinha com seus pensamentos. Agradeceu Kitty Barker e começou a pegar suas coisas.

– Dê lembranças minhas a sua mãe, sim? – Kitty disse, acompanhando Laurel até a porta.

Laurel assegurou-lhe que o faria e vestiu seu casaco.

– Eu nunca consegui me despedir adequadamente. Pensei nela, ao longo dos anos, especialmente quando soube que havia sobrevivido à guerra. Mas não havia muito que eu pudesse ter feito, Dolly era muito determinada, uma dessas garotas que sempre conseguem exatamente o que querem. Se ela quisesse desaparecer, ninguém poderia impedi-la ou encontrá-la.

Exceto Henry Jenkins, Laurel pensou, enquanto a porta de Kitty Barker fechava-se atrás de si. Ele conseguira encontrá-la, e Dorothy fizera questão de garantir que, qualquer que fosse o motivo que ele tivesse para procurá-la, esse motivo deveria morrer com ele naquele dia em Greenacres.

∽

Laurel ficou sentada dentro do Mini verde, em frente à casa de Kitty Barker, o motor ligado. Os ventiladores estavam no máximo e ela torceu para que o aquecimento se apressasse e esquentasse o interior do carro. Eram quase cinco horas e a escuridão já começara a pairar do lado de fora da janela. As espirais da Universidade de Cambridge eram reflexos visíveis contra o céu sombrio, mas Laurel não as viu. Estava ocupada demais imaginando sua mãe – a jovem naquela fotografia que encontrara – em uma boate, agarrando Kitty Barker pelos pulsos e dizendo-lhe numa voz alterada que tinha um plano, que iria acertar as contas.

– O que era, Dorothy? – Laurel balbuciou para si mesma, procurando seus cigarros. – O que foi que você fez?

Seu celular tocou enquanto ela remexia na bolsa e ela o fisgou, a esperança se cristalizando no mesmo instante de que fosse Gerry, finalmente respondendo às suas chamadas.

– Laurel? É Rose. Phil tem sua reunião dos Toastmasters esta noite e eu estava pensando que você talvez apreciasse um pouco de companhia. Eu posso levar o jantar, talvez um DVD?

Laurel exalou a fumaça do cigarro, protelando enquanto inventava uma desculpa. Sentia-se desleal em mentir, especialmente para Rose, mas essa sua busca incansável ainda não era algo que ela pudesse compartilhar, não com sua irmã, de qualquer forma; aguentar toda uma comédia romântica, jogando conversa fora, enquanto sua mente trabalhava a toda velocidade tentando desatar o nó do passado da mãe seria uma agonia. Uma pena – parte dela teria adorado entregar toda a terrível confusão a outra pessoa e dizer: "Veja o que você pode concluir disso." Mas o fardo era seu e, embora tivesse toda intenção de por fim contar às suas irmãs, recusava-se a fazê-lo – na verdade, não poderia fazê-lo – até que soubesse muito bem toda a história que havia para ser contada.

Desgrenhou os cabelos, ainda quebrando a cabeça para encontrar uma razão para recusar o jantar (Santo Deus, mas ela estava com fome, agora que pensava nisso), quando notou as imponentes torres da universidade, majestosas na distância sombria.

– Lol? Você está aí?

– Sim. Sim, estou.

– A ligação não está muito boa. Eu perguntei se você gostaria que eu levasse o jantar para você.

– Não – Laurel respondeu rapidamente, vislumbrando repentinamente uma boa desculpa. – Obrigada, Rosie, mas não. Eu ligo para você amanhã, está bem?

– Está tudo bem? Onde você está?

A linha estava cada vez mais entrecortada e Laurel teve que gritar.

– Está tudo bem. É que... – Riu quando seu plano se tornou claro. – Não vou estar em casa esta noite, só bem mais tarde.

– Ah, é?

– Sim, receio que sim. Acabo de me lembrar, Rose, há uma pessoa que eu preciso visitar.

16

Londres, janeiro de 1941

A ÚLTIMA QUINZENA FORA terrível e Dolly não podia deixar de culpar Jimmy. Se ele ao menos não tivesse estragado tudo forçando a situação daquela maneira... Ela já estava preparada para ter uma conversa com ele, propondo que mantivessem uma relação discreta, quando ele vai e propõe casamento, abrindo uma fenda dentro dela que agora se recusava a fechar. De um lado estava Dolly Smitham, a jovem ingênua de Coventry que achava que se casar com seu amado e viver para sempre em uma casa de fazenda junto a um riacho era a resposta a todos os seus anseios de vida. No outro, estava Dorothy Smitham, amiga da fascinante e rica Vivien Jenkins, herdeira e acompanhante de Lady Gwendolyn Caldicott – uma mulher adulta que não precisava inventar futuros fantasiosos e complicados para si mesma porque sabia exatamente as imensas aventuras que se estendiam à sua frente.

O que não quer dizer que Dolly não se sentiu mal saindo do restaurante daquela maneira, todos os garçons olhando, espantados; mas ela tivera a premente sensação de que se ficasse ali mais um instante acabaria dizendo sim, só para fazê-lo sair do chão. E aonde isso a levaria? A compartilhar aquele pequeno apartamento com Jimmy e o sr. Metcalfe, preocupando-se o tempo todo em saber de onde iriam tirar a próxima jarra de leite? E aonde isso a levaria em relação a Lady Gwendolyn? A velha senhora demonstrava tanta bondade com ela, passara a considerá-la praticamente como da família; como iria suportar ser abandonada pela segunda vez? Não, Dolly fizera o que era certo; o dr. Rufus concordara com ela quando começou a chorar durante o almoço; ela era jovem, ele dissera, tinha toda a vida pela frente, não fazia sentido se prender agora.

Kitty (é claro) notara que havia algo errado e reagira desfilando com seu próprio bom partido da RAF em frente ao número 7 sempre que tinha oportunidade, faiscando seu pequeno e insignificante anel de noivado, e fazendo perguntas incisivas sobre o paradeiro de Jimmy. O trabalho na cantina era quase um alívio em comparação. Ao menos seria se Vivien aparecesse por lá para animar seu estado de espírito. Fazia tanto tempo que não a via que Dolly até já se esquecera de sua aparência. Haviam se visto de relance apenas uma vez depois da noite em que Jimmy aparecera por lá de surpresa. Vivien fora entregar uma caixa de roupas doadas, e Dolly podia jurar que Vivien sorrira para ela do outro lado da sala. Dolly começara a caminhar em sua direção para cumprimentá-la quando a sra. Waddingham mandou que ela voltasse para a cozinha sob pena de morte. Bruxa. Quase valia a pena se inscrever na Agência Nacional de Empregos só para não ter que ver aquela mulher outra vez. Sem a menor chance, no entanto. Dolly recebera uma carta do Ministério do Trabalho, mas quando Lady Gwendolyn ficou sabendo, prontamente fez saber aos funcionários do alto escalão que Dolly era indispensável em sua função atual e não podia ser cedida para fabricar bombas de fumaça.

Nesse momento, dois bombeiros com o rosto coberto de fuligem preta aproximaram-se do balcão e Dolly forçou um sorriso, colocando uma covinha em cada face enquanto servia sopa em duas tigelas.

– Noite cheia, rapazes? – ela perguntou.

– Maldito gelo nas mangueiras – o mais baixo respondeu. – Você devia ver o que está acontecendo lá fora. A gente está combatendo as chamas em uma casa e pingentes de gelo vão se formando na casa ao lado conforme a água bate lá.

– Que horror – Dolly disse, e os homens concordaram, antes de se arrastarem até a próxima mesa e desmoronarem, deixando-a novamente sozinha na cozinha.

Ela apoiou o cotovelo no balcão e descansou o queixo na mão. Sem dúvida, Vivien estava ocupada ultimamente com aquele seu médico. Dolly se sentira um pouco decepcionada quando Jimmy lhe contou. Ela teria preferido ficar sabendo diretamente por Vivien, mas compreendia a necessidade de sigilo. Henry Jenkins não era o tipo de homem que aturasse uma mulher que pulasse a cerca, dava para saber só de olhar para ele. Se alguém ouvisse por acaso a confidência de Vivien ou visse algo suspeito e fosse contar ao seu marido, tudo viraria um inferno. Não era de admirar que ela tivesse insistido tanto para que Jimmy não revelasse a ninguém o que ela lhe contara.

– Sra. Jenkins? Olá, sra. Jenkins.

Dolly ergueu os olhos rapidamente. Teria Vivien chegado enquanto ela se distraíra?

– Oh, srta. Smitham – a voz pareceu decepcionada –, é apenas você.

A impecavelmente arrumada Maud Hoskins estava parada junto ao balcão, um broche fechando sua blusa no pescoço como o colarinho de um padre. Vivien não estava em parte alguma e o coração de Dolly esmoreceu.

– Apenas eu, sra. Hoskins.

– Sim – a velha senhora fungou –, é verdade. – Ela olhou à sua volta como uma galinha aturdida, batendo o bico e dizendo: – Oh, meu Deus, não creio que você a tenha visto, a sra. Jenkins, não é?

– Deixe-me ver... – Dolly tamborilou os dedos nos lábios pensativamente enquanto forçava os pés para dentro dos sapatos outra vez, embaixo do balcão. – Não, acho que não vi.

– Que pena. Tenho algo para lhe entregar, sabe. Ela deve tê-lo perdido na última vez que esteve aqui e eu o estou guardando desde então, na esperança de encontrá-la. Mas há dias ela não vem aqui.

– Ah, não? Eu não tinha notado.

– Não veio a semana inteira. Espero que não haja nada de errado.

Dolly considerou a possibilidade de dizer à sra. Hoskins que ela via Vivien todos os dias, viva e perfeitamente bem, da janela do quarto de dormir de Lady Gwendolyn, mas achou que isso iria suscitar mais perguntas do que responder.

– Tenho certeza que ela está bem.

– Espero que tenha razão, tão bem quanto qualquer um de nós pode esperar estar em tempos de provação como estes.

– Sim.

– Só que é um contratempo. Vou para Cornwall para ficar com minha irmã por algum tempo e eu esperava devolver o objeto para ela antes de partir. – A sra. Hoskins olhou ao redor, sem saber o que fazer. – Acho que vou ter que...

– Deixá-lo aqui comigo? Claro que pode. – Dolly exibiu seu sorriso mais convincente. – E eu vou garantir que ela o receba.

– Oh. – A sra. Hoskins espreitou por trás de seus minúsculos óculos. – Eu não tinha pensado em... Não sei se eu deveria simplesmente deixá-lo.

– Sra. Hoskins, por favor. Fico muito feliz em ajudar. Eu certamente logo vou me encontrar com Vivien.

A mulher mais velha inspirou, uma respiração curta, precisa, registrando o fato de Dolly tratar Vivien pelo nome.

– Bem – ela disse, um novo tom de admiração insinuando-se em sua voz –, se você tem certeza...

– Claro que tenho.

– Obrigada, srta. Smitham. Muito obrigada por sua gentileza. Certamente, vai me deixar mais tranquila. Acho que é uma peça muito valiosa. – A sra. Hoskins abriu a bolsa e retirou um pequeno embrulho em papel de seda. Passou-o por cima do balcão e colocou-o na mão de Dolly. – Eu o embrulhei por segurança. Tenha cuidado, querida. Não iríamos querer que fosse cair em mãos erradas, não é mesmo?

Dolly não desfez o embrulho enquanto não chegou a casa. Precisou de todas as suas forças para se controlar e não rasgar o papel no mesmo instante em que a sra. Hoskins lhe deu as costas. Porém, não o fez. Enfiou o pequeno embrulho na bolsa e lá ficou durante o resto de seu turno na cantina e da volta apressada para Campden Grove.

Quando fechou a porta de seu quarto, a curiosidade de Dolly já se tornara uma dor física. Ela pulou em cima da cama, de sapatos e tudo, e retirou o embrulho de papel de seda da bolsa. Quando o desembrulhava, alguma coisa caiu em seu colo. Dolly pegou-o e revirou-o entre os dedos, um delicado medalhão oval em um lindo cordão de ouro rosado. Um dos elos, ela notou, abrira-se ligeiramente, permitindo que seu parceiro se libertasse. Ela engatou uma ponta na outra e em seguida usou as costas da unha do polegar para forçar o elo – tudo com muito cuidado – a fechar.

Pronto – consertado. E, aliás, muito bem; qualquer um teria dificuldade em descobrir onde o cordão arrebentara. Dolly sorriu satisfeita, enquanto voltava sua atenção novamente para o medalhão. Era do tipo usado para guardar uma fotografia, ela percebeu, passando o polegar sobre o elegante e rebuscado desenho gravado na frente. Quando Dolly finalmente o abriu, viu uma fotografia de quatro crianças, duas meninas e dois meninos, sentados em um conjunto de cadeiras de madeira, apertando os olhos contra a luz do sol. A foto fora cortada ao meio para caber na moldura de dois lados.

Dolly reconheceu Vivien imediatamente, a menor das meninas, de pé, com um braço apoiado no corrimão da escada e a outra mão pousada no ombro de um dos meninos, um garotinho com um ar abobalhado. Aqueles eram seus irmãos, Dolly compreendeu, em casa na Austrália, o retrato obviamente tirado algum tempo antes de Vivien ser enviada para viver na Inglaterra. Antes de conhecer seu tio há muito tempo perdido e crescer em uma torre na grandiosa propriedade da família, o mesmo lugar onde um dia conheceria e se casaria com o atraente Henry Jenkins.

Dolly estremeceu de prazer. Era como um conto de fadas – exatamente como o livro de Henry Jenkins, na verdade.

Sorriu ao ver Vivien quando pequena.

– Quisera ter conhecido você naquela época – Dolly disse suavemente, o que era uma tolice, porque é claro que era muito melhor conhecê-la agora, ter a oportunidade de ser uma das metades de Dolly e Viv de Campden Grove. Ela estudou atentamente o rosto da menina, identificando a versão infantil das feições que tanto admirava na mulher adulta, e pensou em como era estranho que pudesse amar tanto uma pessoa que conhecia havia muito pouco tempo.

Fechou o medalhão e notou que havia uma gravação na parte de trás.

– Isabel – leu em voz alta a rebuscada letra manuscrita. Um nome. Da mãe de Vivien, talvez? Dolly achava que não sabia o nome da mãe de Vivien, mas fazia sentido. Parecia o tipo de fotografia que uma mãe manteria junto ao seu coração, a prole toda reunida, sorrindo para o fotógrafo itinerante. Dolly ainda era muito nova para pensar em filhos, mas sabia que quando os tivesse, carregaria com ela uma foto exatamente como aquela.

Uma coisa era certa, aquele medalhão devia ser incrivelmente importante para Vivien se um dia tivesse pertencido a sua mãe. Dolly teria que guardá-lo com a própria vida. Refletiu por um instante e um amplo sorriso se instalou em seu rosto – ora, iria guardá-lo no lugar mais seguro que conhecia. Dolly abriu o fecho e passou o cordão ao redor do pescoço, prendendo o engate na nuca, por baixo dos cabelos. Suspirou de satisfação, de alegria, também, quando o medalhão deslizou abaixo do decote de sua blusa e o metal frio tocou sua pele quente.

Dolly tirou os sapatos, atirou o chapéu sobre a bancada embaixo da janela e lançou-se sobre os travesseiros com os pés cruzados nos tornozelos. Acendeu um cigarro e soprou anéis de fumaça para o teto, imaginando como Vivien ficaria empolgada quando ela lhe devolvesse o medalhão. Provavelmente, ela iria envolver Dolly em seus braços, abraçá-la e chamá-la de "querida", os lindos olhos castanhos marejados de lágrimas. Ela faria Dolly sentar-se ao seu lado no sofá e conversariam sobre todo tipo de assunto. Dolly tinha o pressentimento de que Vivien até lhe falaria do sujeito, o médico seu amigo, quando finalmente passassem um tempo juntas.

Puxou o medalhão do meio dos seios e olhou sua bela superfície floreada. A pobre Vivien devia estar arrasada, achando que perdera a joia para sempre. Dolly perguntou-se se deveria dizer imediatamente a ela que o cordão estava em segurança – talvez uma carta enfiada pela abertura da porta da frente – mas rapidamente desistiu da ideia. Não tinha papel de carta, não sem o monograma de Lady Gwendolyn, e isso não lhe pareceu adequado. Melhor ir pessoalmente, de qualquer modo. A verdadeira questão era o que ela deveria usar.

Dolly virou-se de barriga para baixo e tirou seu Livro de Ideias de onde o guardava, embaixo da cama. *O livro de administração doméstica da sra. Beeton* não fora do menor interesse para Dolly quando sua mãe o deu para ela, mas o papel valia seu peso em ouro atualmente e as páginas do livro provaram ser o repositório perfeito para todas as suas fotos favoritas de *The Lady*. Dolly vinha recortando-as e colando-as em cima das normas e receitas da sra. Beeton havia mais de um ano. Folheou as páginas, observando cuidadosamente tudo que as mulheres mais importantes estavam usando, comparando as fotos com as roupas e acessórios que vira no quarto de vestir no andar superior. Parou diante de uma das fotos mais recentes. Era Vivien, fotografada em uma tarde beneficente no Ritz, magnífica em um delicado vestido de seda pura. Dolly correu o dedo pensativamente ao longo dos contornos da blusa e da saia – havia um exatamente como aquele no andar de cima; com algumas pequenas modificações, seria perfeito. Sorriu consigo mesma ao imaginar-se com uma bela aparência, desfilando pela rua até o outro lado, tão logo fosse conveniente, para tomar chá com Vivien Jenkins; imaginou, também, quanto tempo teria que esperar.

Três dias depois, numa feliz e atípica reviravolta, Lady Gwendolyn livrou-se do seu saquinho de balas e mandou Dolly fechar as cortinas e deixá-la sozinha para tirar uma soneca. Eram quase três da tarde e Dolly não esperou que lhe dissessem duas vezes. Aguardou até ter certeza que Lady Gwendolyn dormia, enfiou-se num vestido amarelo que já estava de prontidão, pendurado em seu quarto, e atravessou a rua.

Parada na entrada de ladrilhos, no topo da escada, preparando-se para tocar a campainha, Dolly imaginou o rosto de Vivien quando abrisse a porta e a visse ali; o sorriso agradecido, de alívio, quando se sentassem para tomar chá e o medalhão lhe fosse entregue. Quase podia dançar de expectativa.

Parando um segundo para dar um último retoque nos cabelos, saboreando o momento com o coração acelerado, Dolly tocou a campainha.

Esperou, procurando ouvir o farfalhar revelador do outro lado, e então a porta abriu de repente e uma voz disse:

– Oi, que...

Dolly não pôde deixar de recuar um passo. Henry Jenkins estava parado à sua frente, mais alto assim de perto do que parecera a distância, vistoso como todo homem poderoso. Havia algo quase brutal em sua atitude, mas logo se dissipou, e ela concluiu que provavelmente devia ser sua própria surpresa desvirtuando suas impressões. Em todas as suas fantasias, ela nunca contemplara esta situação. Henry Jenkins tinha um cargo importante no Ministério das Informações e raramente estava em casa durante o dia. Ela sentiu-se intimidada por sua presença, por seu tamanho e pela expressão soturna de seu rosto.

– Sim? – ele disse.

Tinha a pele corada e passou pela cabeça de Dolly que ele devia ter bebido.

– Está buscando pedaços de tecido? Porque já doamos tudo que tínhamos para doar.

Dolly recuperou a voz.

– Não. Não, desculpe-me. Não estou aqui por causa de tecidos. Vim ver Vivien, sra. Jenkins. – Pronto, estava recuperando seu traquejo. Sorriu para ele. – Sou amiga de sua mulher.

– Compreendo. – Sua surpresa era óbvia. – Amiga de minha mulher. E qual seria o nome da amiga de minha mulher?

– Dolly, quero dizer, Dorothy. Dorothy Smitham.

– Muito bem, Dorothy Smitham, imagino que deva entrar, não? – Ele deu um passo para trás e fez um gesto com a mão, convidando-a a entrar.

Ocorreu a Dolly, ao atravessar a soleira da porta e entrar na casa de Vivien, que durante todo o tempo em que morava em Campden Grove, era a primeira vez que colocava o pé no interior do número 25. Pelo que podia ver, tinha a mesma disposição da casa onde vivia, um hall de entrada com um lance de escadas levando ao andar superior e uma porta na parede à esquerda. Enquanto seguia Henry Jenkins à sala de estar, entretanto, viu que as semelhanças terminavam aí. A decoração do número 25 era evidentemente deste século e, em contraste com a mobília de mogno, pesada e curva, e as paredes entulhadas de Lady Gwendolyn, aquele lugar era somente luz e linhas retas.

Era magnífico: o assoalho era de tacos de madeira e um conjunto de candelabros de tubos de vidro fosco pendurava-se do teto. Fotografias surpreendentes de arquitetura contemporânea enfileiravam-se ao longo de cada parede, e o sofá verde-limão tinha uma pele de zebra jogada sobre um dos braços. Tão elegante, tão moderno... Dolly teve que tomar cuidado para não ficar de boca aberta enquanto assimilava tudo aquilo.

– Sente-se. Por favor – disse Henry Jenkins, indicando uma poltrona em forma de concha, junto à janela. Dolly sentou-se, ajeitando a bainha do vestido antes de cruzar as pernas. Sentiu-se constrangida, de repente, com o que estava usando. Era bastante apropriado, para a sua época, mas sentada ali, naquela sala esplêndida, parecia uma peça de museu. Ela se achara muito elegante no quarto de vestir de Lady Gwendolyn, virando-se de um lado para o outro diante do espelho; agora, tudo que conseguia ver eram os enfeites e babados antiquados – realmente tão diferentes (por que não notara isso antes?) das linhas sóbrias do vestido de Vivien.

– Eu lhe ofereceria chá – disse Henry Jenkins, tocando de leve as pontas de seu bigode, de um modo envergonhado que chegava a ser encantador –, mas perdemos nossa empregada esta semana. Uma decepção, foi flagrada roubando.

Ele estava olhando, Dolly percebeu com um rubor de empolgação, para suas pernas cruzadas. Ela sorriu, pouco à vontade – afinal, ele era o marido de Vivien –, mas lisonjeada também.

– Sinto muito – ela disse, e então se lembrou de algo que ouvira Lady Gwendolyn dizer. – É terrivelmente difícil encontrar bons empregados atualmente, não?

– Sim, é verdade. – Henry Jenkins estava parado junto à maravilhosa lareira, de azulejos em branco e preto, como um tabuleiro de xadrez. Ele olhou inquisitivamente para Dolly e perguntou: – Diga-me, como é que conhece minha mulher?

– Nós nos conhecemos no Women's Voluntary Service e acabamos vendo que temos muito em comum.

– Que horários vocês têm... – Sorriu, mas não francamente, e a pausa que fez, a maneira como a olhava, deu a Dolly a nítida sensação de que havia alguma coisa que ele queria saber, algo mais que queria que ela dissesse. Não conseguia imaginar o que poderia ser, de modo que devolveu o sorriso e não disse nada. Henry Jenkins consultou seu relógio. – Veja hoje, por exemplo. No café da manhã, disse-me que terminaria sua reunião às duas. Vim para casa mais cedo para fazer-lhe uma surpresa, mas já são três e quinze e ainda nenhum sinal dela. Só posso imaginar que tenha ficado envolvida, mas a gente se preocupa.

A irritação alterava sua voz e Dolly podia entender por quê – ele era um homem importante que deixara um trabalho de guerra essencial apenas para ficar em casa esperando enquanto sua mulher flanava pela cidade.

– Vocês tinham combinado de se encontrar? – ele perguntou repentinamente, como se tivesse acabado de lhe ocorrer que o atraso de Vivien também estava causando uma inconveniência a Dolly.

– Oh, não – ela respondeu rapidamente. Ele parecia ofendido com a ideia e ela queria tranquilizá-lo. – Vivien não sabia que eu viria. Eu lhe trouxe algo, algo que ela perdeu.

– É mesmo?

Dolly tirou o cordão da bolsa e estendeu-o delicadamente sobre os dedos. Ela havia pintado as unhas especialmente para a ocasião com o resto do Coty Crimson de Kitty.

– Seu medalhão – ele disse, a voz baixa, estendendo a mão para pegá-lo. – Ela o usava quando nos conhecemos.

– É um lindo cordão.

– Ela o usa desde criança. Não importa o que eu compre para ela, por mais belo ou grandioso que seja, ela não usa nenhum no lugar deste. Ela o usa até mesmo com seu colar de pérolas. Acho que ela nunca o tira, e no entanto... – ele inspecionava o cordão – está intacto, então ela deve tê-lo tirado.

Ele olhou de soslaio para Dolly e ela encolheu-se ligeiramente sob a intensidade de seu olhar. De que modo ele olharia para Vivien, ela se perguntou, quando estava levantando seu vestido, afastando seu medalhão para beijá-la?

– Disse que foi encontrado? – ele continuou. – Onde?

– Eu... – os pensamentos de Dolly a fizeram corar. – Receio não saber. Não fui eu quem o encontrou, sabe, só foi confiado a mim para devolver a Vivien. Por causa de nossa proximidade.

Ele balançou a cabeça devagar.

– Eu me pergunto, sra. Smitham...

– *Srta.* Smitham.

– Srta. Smitham – seus lábios torceram-se, a insinuação de um sorriso que só fez aumentar seu rubor –, com o risco de parecer impertinente, eu me pergunto por que não devolveu isto à minha mulher na cantina do WVS? Certamente, teria sido mais conveniente para uma jovem ocupada como a senhorita.

Uma jovem ocupada. Dolly gostou da maneira como Henry disse isso.

– Não tem nada de impertinente, sr. Jenkins. É que eu sabia o quanto ele é importante para Vivien e queria que ela o tivesse de volta o mais rápido possível. Nossos turnos nem sempre coincidem, sabe?

– Que estranho. – Sua mão se cerrou pensativamente em volta do medalhão. – Minha mulher se apresenta no serviço todos os dias.

Antes que Dolly pudesse lhe dizer que ninguém ia à cantina todo dia, que havia um escala de turnos e que a sra. Waddingham comandava o navio com mão de ferro, uma chave virou na fechadura da porta da frente.

Vivien chegara.

Tanto Dolly quanto Henry olharam incisivamente para a porta fechada, procurando ouvir seus passos no assoalho de madeira do hall de entrada. O coração de Dolly começou a gorjear ao imaginar como Vivien ficaria contente quando Henry lhe mostrasse o medalhão; quando ele explicasse que fora Dolly quem o devolvera; a maneira como Vivien seria tomada de gratidão e, sim, de amor, e um sorriso radiante se espalharia em seu rosto e ela diria: "Henry, querido. Estou muito feliz por você finalmente ter conhecido Dorothy. Venho pretendendo convidá-la para o chá há tanto tempo, querida, mas todo mundo tem andado terrivelmente ocupado ultimamente, não é?" Então, ela faria uma piada sobre a severa chefe dos serviços na cantina e as duas se desmanchariam em risadas, e Henry sugeriria que jantassem todos juntos, talvez em seu clube...

A porta da sala de estar se abriu e Dolly sentou-se na borda de sua poltrona. Henry adiantou-se rapidamente para tomar sua mulher nos braços. O abraço foi demorado, romântico, como se ele estivesse inspirando seu cheiro, e Dolly compreendeu, com uma pontada de inveja, o quanto Henry Jenkins amava apaixonadamente sua mulher. Ela já sabia disso, é claro, tendo lido *A musa relutante*, mas estando na mesma sala, vendo-os, ela teve certeza.

O que Vivien estava pensando, envolvendo-se com aquele médico quando era tão amada por um homem como Henry?

O médico. Dolly olhou para o rosto de Henry, os olhos cerrados enquanto pressionava a cabeça de Vivien com firmeza contra seu peito; enquanto ele a mantinha no tipo de abraço que se esperaria caso meses tivessem se passado desde que a vira pela última vez e ele temesse o pior; e ela percebeu, de repente, que ele sabia. Sua agitação com o fato de Vivien estar atrasada, as perguntas incisivas que fizera a Dolly, a maneira frustrada que ele falara de sua amada mulher... Ele *sabia*. Isto é, suspeitava. E ele esperara que Dolly confirmasse suas suspeitas de uma maneira ou de outra. *Oh, Vivien*, pensou, entrelaçando os dedos enquanto olhava para suas costas, *tenha cuidado*.

Henry afastou-se finalmente, erguendo o queixo de sua mulher para olhar seu rosto de perto.

– Como foi o seu dia, meu amor?

Vivien esperou até ele soltá-la e, então, tirou o chapéu do WVS.

– Atarefado – ela disse, alisando os cabelos. Colocou o chapéu em uma mesinha próxima, ao lado de um porta-retratos com a foto de seu casamento. – Estamos encaixotando cachecóis e a demanda é enorme. Está levando muito mais tempo do que deveria. – Ela parou, prestando grande atenção à aba de seu chapéu. – Não sabia que você iria voltar para casa mais cedo; eu teria saído a tempo de encontrá-lo.

Ele sorriu, sem alegria, pareceu a Dolly, e disse:

– Quis lhe fazer uma surpresa.

– Eu não sabia.

– Não tinha como saber. Essa é a natureza das surpresas, não é? Pegar uma pessoa desprevenida?

Ele segurou-a pelo cotovelo e girou seu corpo levemente, para que ela olhasse para dentro da sala.

– Por falar em surpresas, querida, você tem uma visita. A srta. Smitham está aqui.

Dolly levantou-se, o coração batendo com força. Finalmente, seu momento chegara.

— Sua amiga veio vê-la — Henry continuou. — Estivemos conversando sobre todo o excelente trabalho que vocês fazem no WVS.

Vivien pestanejou para Dolly, o rosto completamente impassível, e em seguida disse:

— Eu não conheço esta mulher.

A respiração de Dolly parou. A sala começou a girar.

— Mas querida — Henry disse —, claro que conhece. Ela veio lhe devolver isso. — Ele tirou o cordão do bolso e colocou-o nas mãos de sua mulher. — Você deve tê-lo esquecido quando o tirou.

Vivien revirou-o nas mãos, abriu o medalhão e olhou para a fotografia ali dentro.

— Como foi que conseguiu meu cordão? — ela perguntou, a voz tão fria que fez Dolly se encolher.

— Eu... — A cabeça de Dolly flutuava, não entendia o que estava acontecendo, por que Vivien estava se comportando daquela maneira; depois de todos os olhares que haviam trocado, breves, sem dúvida, mas carregados de companheirismo; depois de todas as vezes que haviam se observado através de suas respectivas janelas; depois de tudo que Dolly imaginara para o futuro delas. Seria possível que Vivien não tivesse compreendido? Que ela não tivesse percebido o que representavam uma para a outra? Que ela não tivesse sonhado com Dolly e Viv também?

— Foi deixado na cantina. A sra. Hoskins encontrou-o e pediu-me para devolvê-lo, sabendo que — *sabendo que somos grandes amigas, que estamos sempre juntas, que temos os mesmos interesses* — sabendo que somos vizinhas.

As perfeitas sobrancelhas de Vivien ergueram-se e ela olhou fixamente para Dolly. Houve um momento de consideração e então sua expressão desanuviou, apenas um pouco.

— Sim. Agora eu sei. Esta mulher é a criada de Lady Gwendolyn Caldicott.

A palavra *criada* foi dita por ela com um olhar significativo para Henry, e a mudança no comportamento dele foi instantânea. Dolly lembrou-se da maneira como ele havia se referido à própria criada, a jovem demitida recentemente por roubo. Ele olhou para a preciosa joia e disse:

– Não é uma amiga, então?

– Claro que não – Vivien disse, como se a própria ideia fosse inconcebível. – Não existe nenhuma amiga minha que você não tenha conhecido, Henry, querido. Você sabe disso.

Ele olhou, perplexo, para sua mulher e, em seguida, balançou a cabeça levemente.

– Eu achei estranho, mas ela foi muito insistente.

Então, ele se voltou para Dolly, toda a dúvida e frustração cristalizando-se em uma carranca sombria que franzia sua testa. Estava decepcionado com ela, Dolly compreendeu; pior do que isso, sua expressão demonstrava verdadeira aversão.

– Srta. Smitham – ele disse –, obrigada por devolver o cordão de minha mulher, mas é hora da senhorita ir embora.

Dolly não conseguiu dizer nada. Só podia ser um pesadelo, sem dúvida – não foi isso que ela imaginara, o que ela merecia, a maneira como deveria ser a sua vida. A qualquer momento, ela acordaria e se veria rindo com Vivien e Henry, enquanto tomavam uma dose de uísque e se sentavam para conversar sobre as provações da vida, e ela e Vivien, juntas no sofá, se voltariam uma para a outra, rindo da sra. Waddingham da cantina, e Henry sorriria afetuosamente para as duas, dizendo que dupla elas formavam, que dupla adorável e incorrigível.

– Srta. Smitham?

Ela conseguiu balançar a cabeça, pegando sua bolsa e passando apressadamente pelos dois no caminho de volta ao hall de entrada.

Henry Jenkins seguiu-a, hesitando um pouco antes de abrir a porta. Seu braço barrou o caminho e Dolly não teve escolha senão ficar onde estava e esperar que ele a deixasse partir. Ele parecia estar decidindo o que dizer.

– Srta. Smitham? – Henry Jenkins disse, e ela teve que se esforçar para encará-lo. Ele falou como um adulto falaria a uma criança malcriada, pior ainda, a uma humilde empregada doméstica que se esquecera de seu lugar, entregando-se a intricadas fantasias e sonhos de uma vida muito superior à sua posição social. – Saia depressa, agora, seja uma boa menina – ele disse. – Cuide de Lady Gwendolyn e tente não se meter em mais nenhuma confusão.

Começava a anoitecer e do outro lado da rua Dolly viu Kitty e Louisa, chegando em casa de volta do trabalho. Kitty ergueu os olhos e sua boca formou um "o" quando viu o que estava acontecendo, mas Dolly não teve oportunidade de sorrir, nem de acenar, nem de colocar uma expressão radiante no rosto.

Como poderia, quando tudo estava perdido? Quando tudo que almejava, todas as suas esperanças, tinha desencadeado tamanha crueldade?

17

Universidade de Cambridge, 2011

A CHUVA CESSARA E UMA lua cheia, prateada, brilhava através das nuvens esparsas. Já tendo feito uma visita à Cambridge University Library, Laurel agora estava sentada do lado de fora da Clare College Chapel, esperando ser derrubada por alguém de bicicleta. Não simplesmente qualquer pessoa, tinha um ciclista particular em mente. As orações da tarde já estavam quase terminadas; ela ficara ouvindo do banco sob a cerejeira durante a última meia hora, deixando o grandioso órgão e as vozes do coro a arrebatarem. A qualquer instante, entretanto, tudo terminaria e um bando de gente se precipitaria das portas, os fiéis pegariam suas bicicletas das trinta e tantas estacionadas em cavaletes de metal perto da entrada e passariam zunindo por ela, em diferentes direções. Um deles, Laurel esperava, seria Gerry; era algo que sempre compartilharam, os dois, o amor pela música – o tipo de música que fazia uma pessoa vislumbrar respostas a questões que nem sabiam que estavam buscando – e assim que ela chegara a Cambridge e vira cartazes do lado de fora da faculdade anunciando as vésperas, ela percebeu que era sua melhor chance de encontrar seu irmão.

De fato, poucos minutos depois de *Rejoice in the Lamb*, de Britten, chegar ao seu empolgante final, quando as pessoas começaram a emergir em pares e pequenos grupos através das portas da capela, uma delas saiu sozinha. Uma figura alta e magra, cuja chegada ao topo da escada fez Laurel sorrir porque sem dúvida era uma das bênçãos mais singelas da vida conhecer alguém tão bem que era possível identificá-lo imediatamente desde o outro lado de um pátio escuro. A figura montou em uma bicicleta e deu impulso com um dos pés, oscilando um pouco até pegar velocidade e se estabilizar.

Laurel saiu para o meio do caminho quando ele se aproximou, acenando e chamando-o. Ele quase a atropelou, antes de parar e pestanejar para ela através da escuridão atenuada apenas pelo luar. Um sorriso maravilhoso iluminou seu rosto e Laurel se perguntou por que ela não ia visitá-lo mais frequentemente.

– Lol – ele disse. – O que está fazendo aqui?

– Eu queria vê-lo. Tentei ligar; deixei recados.

Gerry sacudia a cabeça.

– A secretária eletrônica não parava de bipar, aquela luzinha vermelha na frente não parava de piscar para mim. Acho que estava com defeito, tive que desligar da tomada.

A explicação fazia tanto sentido em se tratando de Gerry que, por mais irritante que tivesse sido não conseguir contatá-lo, por mais que se preocupasse que ele pudesse estar aborrecido com ela, Laurel não pôde deixar de sorrir.

– Bem – ela disse –, de qualquer maneira, isso me deu uma desculpa para vir visitá-lo. Já comeu?

– Comeu?

– Comida. Um hábito irritante, eu sei, mas eu tento fazer isso algumas vezes por dia.

Ele desgrenhou ainda mais seu emaranhado de cabelos escuros, como se tentasse se lembrar.

– Vamos – Laurel disse –, eu pago.

Gerry foi andando ao lado de Laurel, empurrando sua bicicleta, e conversaram sobre música enquanto se dirigiam a uma pequena pizzaria construída em um buraco no muro que dava para o Arts Theatre. O mesmo lugar, Laurel notou, onde fora quando adolescente para ver *Festa de aniversário*, de Pinter.

Era escuro lá dentro, com toalhas de xadrez vermelho e branco, e pequenas velas bruxuleantes dentro de redomas de vidro em cima das mesas. O lugar estava apinhado de gente, mas eles foram conduzidos a uma mesa livre nos fundos, perto do forno de pizza.

Laurel tirou o casaco e um rapaz de cabelos louros e compridos, com uma onda cuidadosamente elaborada caindo sobre os olhos, limpou a superfície da mesa e anotou seu pedido de pizzas e vinho. Ele voltou em poucos minutos com uma garrafa de Chianti e dois copos.

– Bem – Laurel disse, servindo o vinho para ambos –, posso perguntar em que anda trabalhando?

– Exatamente hoje, terminei um artigo sobre os hábitos alimentares de galáxias adolescentes.

– São famintas?

– Muito, ao que parece.

– E com mais de treze anos, imagino.

– Pouco. Cerca de três a cinco bilhões de anos depois do Big Bang.

Laurel ficou observando enquanto seu irmão continuava, falando com entusiasmo sobre o VLT – Very Large Telescope, o maior telescópio do ESO – European Southern Observatory, no Chile ("É como um microscópio para um biólogo"), a maneira como fracas manchas no céu eram, na realidade, galáxias distantes, e como algumas ("É incrível, Lol") pareciam não ter rotação alguma de seu gás ("nenhuma das teorias atuais as predizem"). Laurel balançava a cabeça e reagia, embora com certa culpa, já que não estava ouvindo-o realmente; ela pensava na maneira como Gerry atropelava as palavras quando estava entusiasmado, como se sua boca tivesse dificuldade em acompanhar a rapidez de sua bela mente; a maneira como ele respirava somente quando absolutamente necessário; a maneira como suas mãos se abriam expressivamente e seus longos dedos se estendiam, tensos, mas com precisão, como se equilibrassem estrelas em suas pontas. Eram as mãos de seu pai, Laurel percebeu, observando-o; eram de seu pai também as maçãs do rosto e os olhos meigos por trás dos óculos. Na verdade, havia muito de Stephen Nicolson em seu único filho. No entanto, Gerry herdara a risada da mãe.

Ele parara de falar e tomava um grande gole de seu vinho. Apesar de todo o nervosismo que Laurel sentia sobre essa investigação em que estava empenhada, em particular sobre a conversa que sabia que a aguardava, havia uma simplicidade em estar com Gerry que a fazia ansiar por algo que não conseguia explicar. Aquele momento era o eco de uma lembrança de como as coisas costumavam ser entre eles dois, e ela queria prolongar a sensação um pouco mais antes de estragá-la com sua confissão. Ela disse:

– E depois? O que pode competir com os hábitos alimentares de galáxias adolescentes?

– Estou criando O mais novo mapa de tudo.

– Ainda estabelecendo pequenas metas factíveis para si próprio, hein?

Ele riu.

– Deve ser fácil. Não estou incluindo todo o espaço, apenas o céu. Somente 560 milhões de estrelas, galáxias e outros corpos celestes, e estará feito.

Laurel refletia sobre aquele número quando suas pizzas chegaram, e o cheiro de alho e manjericão a fez lembrar que não tinha comido nada desde o café da manhã. Comeu com a tenacidade de uma galáxia adolescente, com absoluta certeza de que nunca havia comido algo tão saboroso. Gerry perguntou sobre seu trabalho e, entre um e outro pedaço de pizza, Laurel lhe contou sobre o documentário e a nova versão de *Macbeth* que estava filmando.

– Ao menos, vou filmar. Tirei um tempo de folga.

Gerry ergueu a mão enorme.

– Espere. Tempo de folga?

– Isso mesmo.

Ele inclinou a cabeça.

– Qual é o problema?

– Por que todo mundo fica me perguntando isso?

– Porque você não tira folga.

– Bobagem.

Gerry ergueu as sobrancelhas.

– Está brincando? Já me disseram que eu às vezes não entendo uma brincadeira.

– Não, não estou brincando.
– Então, tenho que informá-la de que todas as evidências empíricas vão contra sua asserção.
– Evidências empíricas? – Laurel zombou. – Por favor. Quem é você para falar. Quando foi a última vez que tirou uma folga?
– Junho de 1985, casamento de Max Seerjay, em Bath.
– Está vendo?
– Eu não disse que era diferente de você. Nós dois somos iguais, casados com nosso trabalho. É por isso que eu sei que há algo errado. – Ele passou o guardanapo de papel pelos lábios e reclinou-se contra a parede de tijolos enegrecidos de carvão. – Uma folga anômala, uma visita anômala para me ver. Só posso deduzir que as duas estão relacionadas.
Laurel suspirou.
– Respiração entrecortada. Toda prova de que preciso. Quer me dizer o que está acontecendo, Lol?
Ela dobrou seu guardanapo ao meio e novamente ao meio. Era agora ou nunca; durante todo o tempo ela desejara que Gerry estivesse ao seu lado nessa busca. Agora era a hora de envolvê-lo.
– Lembra-se daquela vez que você veio ficar comigo em Londres? Pouco antes de começar aqui?
Gerry respondeu afirmativamente citando *Monty Python – Em busca do Cálice Sagrado*:
– "Por favor! Esta deve ser uma ocasião feliz."
Laurel sorriu.
– "Não vamos implicar e discutir sobre quem matou quem." Adoro esse filme.
Ela empurrou um pedaço de azeitona de um lado do prato para o outro, ganhando tempo, buscando as palavras certas. Impossível, porque não havia nenhuma, era melhor ir direto ao assunto.
– Você me perguntou uma coisa, naquela noite no telhado; você perguntou se alguma coisa tinha acontecido quando éramos crianças. Algo violento.
– Lembro-me.

– Lembra-se?

Gerry fez um sinal curto e afirmativo com a cabeça.

– Lembra-se do que eu disse?

– Disse-me que não havia nada de que você se lembrasse.

– Sim, é verdade. Foi o que eu disse – ela concordou, baixinho. – Mas eu menti para você, Gerry. – Não acrescentou que tinha sido para o próprio bem dele, nem que achava que estava fazendo o que devia ser feito. Ambos eram verdadeiros, mas o que importava agora? Não queria se desculpar, certamente não, ela mentira e merecia quaisquer recriminações que lhe fizessem, não só por esconder a verdade de Gerry, mas pelo que dissera àqueles policiais. – Eu menti.

– Sei que mentiu – ele disse, terminando um pedaço de crosta.

Laurel pestanejou.

– Sabe? Como?

– Você não quis olhar para mim quando perguntei e me chamou de "G" quando respondeu. Você nunca faz isso, a menos que estivesse disfarçando. – Sacudiu os ombros com indiferença. – A maior atriz do país, talvez; ainda assim, não é páreo para meu poder de dedução.

– E as pessoas dizem que você não presta atenção.

– Dizem isso? Eu não fazia ideia. Estou arrasado. – Sorriram um para o outro, porém com cuidado, e em seguida Guerry disse: – Quer me contar agora, Lol?

– Quero, sim. Muito. Você ainda quer saber?

– Quero. Muito.

Ela balançou a cabeça.

– Muito bem, então. Muito bem.

E, assim, ela começou do começo: uma garota em uma casa na árvore em um dia de verão de 1961, um estranho no caminho de entrada, um menininho nos braços da mãe. Ela tomou um cuidado especial em descrever o quanto aquela mãe amava aquele menino, a maneira como parou na soleira da porta apenas para sorrir para ele, sentir seu cheiro de leite e fazer cócegas em seus pezinhos gorduchos; então, o homem de chapéu entrou em cena e os refletores se voltaram para ele. Seus passos furtivos quando atravessou o portão ao lado da casa, o modo como o cachorro sabia antes de qualquer pessoa que dali vinha a escuridão; a maneira como ele latiu para alertar sua mãe, que se virou e viu o homem e, enquanto a menina na casa da árvore observava, ficou repentinamente com muito medo.

Quando ela chegou à parte da história que envolvia facas, sangue e um garotinho chorando no chão de cascalhos, Laurel pensou, enquanto ouvia a própria voz como se viesse de fora do seu corpo e observava o rosto adulto de seu irmão do outro lado da mesa, o quanto era estranho estar tendo esta conversa tão privada em público; no entanto, o barulho e o burburinho do lugar eram imprescindíveis à sua capacidade de contar a história. Ali, numa pizzaria em Cambridge, com estudantes rindo e se divertindo à sua volta, professores jovens e inteligentes com toda a vida ainda à sua frente, Laurel sentiu-se protegida, segura, de certo modo mais à vontade, e capaz de proferir palavras que achava que não conseguiria dizer no silêncio de seu alojamento na universidade, palavras como:

– Ela o matou, Gerry. O homem, o nome dele era Henry Jenkins, ele morreu lá, naquele dia, na frente de nossa casa.

Gerry ouvira atentamente, olhando fixamente para um ponto na toalha de mesa, o rosto impassível. Depois, um músculo torcera-se em seu maxilar sombreado e ele balançou ligeiramente a cabeça, mais para assinalar o fim da história do que para reagir ao seu conteúdo. Laurel esperou, terminou seu copo de vinho e serviu mais um pouco para ambos.

– Bem – ela disse. – Isso é tudo. Foi isso que eu vi.

Por fim, Gerry ergueu os olhos para ela.

– Então, acho que isso explica tudo.

– Explica o quê?

Seus dedos tremeram com uma energia nervosa enquanto falava.

– Eu costumava ver essa cena quando era pequeno, pelo canto do olho, essa sombra escura que me dava medo sem nenhuma razão. Difícil de descrever. Eu me virava e não havia nada lá, apenas essa horrível sensação de que eu me virara tarde demais. Meu coração costumava disparar e eu não fazia a menor ideia do motivo. Uma vez, contei à mamãe; ela me levou para fazer exame de vista.

– Foi por isso que você passou a usar óculos?

– Não, verificou-se que eu era míope. Os óculos não ajudaram com a sombra, mas certamente melhorou o rosto das pessoas.

Laurel sorriu.

Gerry, não. O cientista que havia nele sentia-se aliviado, Laurel sabia, por ter obtido uma explicação para algo antes inexplicável, mas a parte dele que era o filho de uma mãe muito amada não pôde ser facilmente aplacada.

– Pessoas boas fazem coisas ruins – ele disse, e depois agarrou a cabeleira com as duas mãos. – Caramba! Que clichê que eu arranjei para dizer!

– Mas é verdade – disse Laurel, querendo confortá-lo. – Fazem, sim. Às vezes, com boa razão.

– Que razão? – Ele olhou para ela, como se fosse uma criança outra vez, desesperado para que Laurel explicasse tudo. Teve pena dele: em um momento, estava feliz, considerando as maravilhas do universo; no seguinte, sua irmã lhe contava que sua mãe havia matado um homem. – Quem era esse sujeito? Por que ela fez isso?

Da maneira mais franca que podia imaginar – era o melhor a fazer com Gerry, apelar para o seu senso de lógica –, Laurel lhe disse o que sabia sobre Henry Jenkins, que ele era um escritor, casado com uma amiga de sua mãe, Vivien, durante a guerra. Disse-lhe, também, o que Kitty Barker havia dito, que algo terrível acontecera entre Dorothy e Vivien no começo de 1941.

– Você acha que a briga entre elas está relacionada ao que aconteceu em Greenacres em 1961 – ele disse. – Você não mencionaria isso se não fosse.

– Sim. – Laurel lembrou-se do relato de Kitty da noite em que saiu com sua mãe, seu comportamento, as coisas que dissera. – Acho que mamãe ficou transtornada com o que quer que tenha acontecido entre elas e fez alguma coisa para se vingar de sua amiga. Acho que seu plano, qualquer que tenha sido, deu errado, muito pior do que ela imaginara; mas, então, já era tarde demais para consertar. Mamãe fugiu de Londres e Henry Jenkins ficou com raiva pelo que tinha acontecido, raiva suficiente para procurar por ela vinte anos depois.

Laurel se perguntou como alguém podia esboçar teorias tão terríveis de forma tão franca e prosaica. Para um observador, Laurel sabia, ela pareceria fria, calma e decidida a chegar ao fundo da questão; ela não dava nenhuma demonstração da profunda angústia que estava consumindo suas entranhas. Laurel abaixou a voz.

– Até me pergunto se ela não foi responsável, de alguma forma, pela morte de Vivien.

– Meu Deus, Lol.

– Se ela teve que viver com sua culpa durante todo esse tempo e a mulher que conhecemos se formou em consequência disso; se ela passou o resto de sua vida procurando expiar o que fizera.

– Sendo a mãe perfeita para nós.

– Sim.

– O que estava dando certo, até Henry Jenkins aparecer para acertar as contas.

– Sim.

Gerry ficara em silêncio; com a pele entre as sobrancelhas franzida, ele estava pensando.

– E então? – Laurel pressionou, inclinando-se para ele. – Você é o cientista. A teoria tem fundamento?

– É plausível – Gerry disse, balançando a cabeça devagar. – Não é difícil acreditar que o remorso pode agir como motivação para uma mudança. Nem que um marido possa querer se vingar de uma ofensa feita à sua mulher. E se o que ela fez a Vivien tiver sido muito ruim, posso entender que ela tenha pensado que sua única escolha era silenciar Henry Jenkins de uma vez por todas.

O coração de Laurel esmoreceu. Havia uma parte dela, muito pequena, reconhecia, que se agarrara à esperança de que ele desse uma gargalhada, apontasse furos em sua teoria com a acuidade de

seu estupendo cérebro e lhe dissesse que ela devia tirar um bom descanso e parar de ler Shakespeare por algum tempo.
Mas ele não o fez. O especialista em lógica que havia nele tomou as rédeas e disse:
— Pergunto-me o que ela pode ter feito a Vivien, do qual veio a se arrepender tanto.
— Não sei.
— O que quer que tenha sido, acho que você tem razão — ele disse devagar. — Deve ter sido pior do que ela pretendera. Mamãe jamais teria prejudicado sua amiga de propósito.
Laurel fez um ruído neutro em resposta, lembrando-se da maneira como sua mãe descera a faca sobre o peito de Henry Jenkins sem um instante sequer de hesitação.
— Não teria, Lol.
— Não, eu também acredito que não. Não no começo. Mas você já considerou que talvez estejamos apenas arranjando desculpas porque ela é nossa mãe e nós a conhecemos e amamos?
— Provavelmente, estamos — Gerry concordou —, mas tudo bem. Nós *realmente* a conhecemos.
— Achamos que sim. — Algo que Kitty Barker dissera ressoava na mente de Laurel, sobre a época da guerra e a maneira como isso intensificava as paixões; a ameaça de invasão, o medo e o escuro, noite após noite de sono interrompido... — E se ela fosse uma pessoa diferente naquela época? E se a pressão da guerra a tivesse afetado? E se ela tivesse mudado depois que se casou com papai e teve filhos? Depois que ganhou uma segunda chance.
— Ninguém muda tanto assim.
Do nada, a história do crocodilo veio à mente de Laurel. *Foi por isso que você resolveu se transformar em minha mãe?*, ela perguntara. Dorothy respondera que abandonara sua vida de crocodilo quando se tornara mãe. Seria exagero pensar que a história pudesse ter sido uma metáfora, que mesmo então sua mãe pudesse estar confessando um outro tipo de transformação? Ou Laurel estaria indo longe demais em uma história cujo objetivo era meramente divertir uma criança? Imaginou Dorothy naquela tarde,

voltando novamente para seu espelho, endireitando as alças do seu lindo vestido, enquanto Laurel, uma menina de oito anos, perguntava, os olhos arregalados, como tal fantástica transformação ocorrera. *Bem*, sua mãe dissera, *não posso lhe contar todos os meus segredos, não é? Não de uma vez. Pergunte-me de novo em outro dia. Quando você for mais velha.*

E Laurel pretendia fazer exatamente isso. Sentia-se afogueada, de repente, os outros clientes riam e enchiam o lugar, e o forno de pizza emitia enormes ondas de ar quente. Laurel abriu a carteira e puxou duas notas de vinte e uma de cinco, enfiando o dinheiro embaixo da conta e abanando a mão para descartar as tentativas de Gerry de contribuir.

– Eu lhe disse, eu pago.

Não acrescentou que era o mínimo que podia fazer, tendo levado sua sombria obsessão para o seu mundo iluminado pelas estrelas.

– Vamos – ela disse, vestindo o casaco. – Vamos dar uma caminhada.

～

A algazarra dos restaurantes dissipou-se atrás deles enquanto atravessavam o pátio central do King's College, a caminho do encontro com o rio Cam. Estava sossegado e tranquilo à margem do rio e Laurel podia ouvir os barcos de fundo chato, empurrados a vara, deslizando suavemente pela superfície prateada de luar. Um sino soou ao longe, firme e estoico, e em uma sala, em algum lugar da universidade, alguém praticava violino. A música bela e triste tocou o coração de Laurel e ela compreendeu, repentinamente, que cometera um erro ao ir ali.

Gerry não falara muito desde que deixaram o restaurante, e naquele momento caminhava silenciosamente ao seu lado, empurrando a bicicleta com uma das mãos. Mantinha a cabeça baixa, o olhar fixo no terreno à sua frente. Ela deixara que o peso do passado a levasse a querer compartilhá-lo; convencera a si mesma de que Gerry devia saber, que também ele estava ligado à cena monstruosa que ela presenciara. Mas ele não passava de um bebê naquela época, um minúsculo bebê, e agora era um homem meigo, o favorito de sua mãe, incapaz de considerar que ela pudesse um dia ter cometido um ato terrível. Laurel estava prestes a dizer isso, a pedir desculpas e de certo modo diminuir a importância de seu próprio interesse obsessivo, quando Gerry disse:

– O que vem em seguida? Tem alguma ideia?

Laurel olhou para ele.

Ele parara embaixo da claridade amarela da luz da rua e empurrava seus óculos mais para cima no nariz.

– O quê? Você não estava pretendendo deixar pra lá, estava? Obviamente, temos que descobrir o que aconteceu. É parte de nossa história, Lol.

Laurel achava que nunca o amara tanto quanto naquele momento.

– Há uma coisa – ela disse, a respiração difícil –, agora que você mencionou. Fui visitar mamãe hoje de manhã e ela acordou toda confusa e pediu à enfermeira para mandar o dr. Rufus lá quando o visse.

– Não é muito estranho em um hospital, hein?

– Em si mesmo, não, exceto que o nome do médico é Cotter, não Rufus.

– Apenas um lapso, talvez?

– Acho que não. Havia uma certeza na maneira como disse isso. Além do mais... – A vaga imagem de um jovem chamado Jimmy, que sua mãe um dia amara e cuja perda agora lamentava, veio à mente de Laurel. – Não é a primeira vez que ela fala de alguém que conheceu. Acho que o passado está indo e vindo de sua mente; acho que ela quase *deseja* que a gente saiba as respostas.

– Você perguntou a ela sobre isso?

– Não a respeito do dr. Rufus, mas perguntei sobre algumas outras coisas. Ela respondeu com bastante clareza, mas a conversa a perturbou. Falarei com ela outra vez, é claro, mas se houver algum outro modo, estou interessada em tentar também.

– Concordo.

– Fui à biblioteca mais cedo para ver se havia algum modo de encontrar detalhes sobre um médico que atuava em Coventry e talvez em Londres também, nos anos 30 e 40. Eu tinha apenas seu sobrenome e nenhuma ideia de que tipo de médico ele era, de modo que a bibliotecária sugeriu que começássemos verificando o banco de dados do *Lancet*.

– E?

– Encontrei um dr. Lionel Rufus, Gerry. Estou quase certa de que é ele. Morou em Coventry na época certa e publicou artigos no campo da psicologia da personalidade.

– Acha que ela era paciente dele? Que mamãe pode ter sofrido de algum tipo de condição médica naquela época?

– Não faço a menor ideia, mas pretendo descobrir.

– Eu faço isso – Gerry disse repentinamente. – Sei de algumas pessoas a quem posso perguntar.

– É mesmo?

Ele balançou a cabeça e suas palavras se amontoavam de empolgação ao dizer:

– Volte para Suffolk. Eu lhe direi assim que descobrir alguma coisa.

Era mais do que Laurel ousara esperar – não, não era, era *exatamente* o que ousara esperar. Gerry iria ajudá-la; juntos, descobririam o que tinha realmente acontecido.

– Você sabe – ela não queria assustá-lo, mas tinha que preveni-lo – que pode descobrir algo terrível. Algo que transforme em mentira tudo que achávamos que sabíamos sobre ela.

Gerry sorriu.

– Não é você a atriz? Não é agora que você devia me dizer que as pessoas não são uma ciência, que a personalidade é multifacetada e que uma nova variável não invalida o teorema inteiro?

– Só estou dizendo. Esteja preparado, irmãozinho.

– Eu estou sempre preparado – ele disse, com um largo sorriso – e ainda apoio nossa mãe.

Laurel ergueu as sobrancelhas, desejando ter a sua fé. Mas tinha visto o que acontecera naquele dia em Greenacres, sabia do que a mãe deles era capaz.

— Não é muito científico de sua parte — ela disse com severidade. — Não quando tudo aponta para uma única conclusão.

Gerry tomou sua mão.

— As galáxias adolescentes famintas não lhe ensinaram nada, Lol? — ele disse suavemente, e Laurel sentiu uma onda de preocupação e amor protetor, porque viu em seus olhos o quanto ele precisava acreditar que tudo daria certo no final, e ela sabia no fundo do coração o quanto isso era improvável. — Nunca descarte a possibilidade de encontrar uma resposta que nenhuma das teorias existentes previa.

18

Londres, janeiro de 1941

DOLLY TINHA CERTEZA DE que nunca fora tão humilhada em toda a sua vida como naquela tarde no número 25. Ainda que vivesse até os cem anos, sabia que não esqueceria a maneira como Henry e Vivien Jenkins ficaram encarando-a enquanto ela ia embora, aquela expressão perplexa e desdenhosa distorcendo suas feições. Eles quase conseguiram fazer Dolly se sentir como se ela não fosse mais do que a empregada de uma vizinha, que fora à casa deles em um vestido antigo que pegara emprestado do armário de sua patroa. Quase. Dolly, entretanto, era feita de matéria mais resistente do que isso; como o dr. Rufus costumava dizer: "Você é uma em um milhão, Dorothy, realmente é."

Na última vez que almoçaram juntos, dois dias depois do que acontecera, ele se reclinara para trás em sua cadeira no Savoy e a examinara por cima de seu charuto.

– Diga-me, Dorothy – ele dissera –, por que você acha que essa mulher, essa Vivien Jenkins, a tratou com tanto desprezo?

Dolly balançara a cabeça pensativamente antes de lhe dizer o que agora acreditava.

– Acho que, quando se deparou com nós dois, o sr. Jenkins e eu, ali juntos na sala de estar... – Dolly desviou o olhar, ligeiramente envergonhada, ao se lembrar do modo como Henry Jenkins olhara para ela – bem, eu havia me arrumado especialmente naquele dia, sabe, e acho que foi mais do que Vivien podia suportar.

Ele balançara a cabeça compreensivamente e depois seus olhos se estreitaram, enquanto ele coçava o queixo:

— E como foi que *você* se sentiu, Dorothy, quando ela a destratou dessa forma?

Dolly achou que iria chorar quando o dr. Rufus lhe fez essa pergunta. Mas não chorou; sorriu corajosamente, cravando as unhas na palma das mãos e orgulhando-se da maneira como conseguira manter o autocontrole quando disse:

— Eu me senti mortificada, dr. Rufus, e muito, muito magoada. Acho que nunca fui tão ofendida, e por alguém que eu considerava uma amiga. Eu realmente me senti...

— Pare! Pare agora mesmo! — No quarto profusamente iluminado de Campden Grove número 7, Dolly sobressaltou-se quando Lady Gwendolyn chutou um minúsculo pé libertando-o das mãos de Dolly e gritou: — Você vai arrancar meu dedo fora se não tomar cuidado, sua tola.

Dolly notou com pesar o triângulo branco, minúsculo, onde a unha rosada da velha senhora estivera. Foram os pensamentos em Vivien que haviam causado aquilo. Dolly lixara com muito mais força e rapidez do que deveria.

— Sinto muito, Lady Gwendolyn — disse. — Vou ser mais delicada.

— Já basta disso. Vá pegar minhas balas, Dorothy. Passei uma noite horrível. Essas malditas receitas do racionamento, patinho de vitela com repolho roxo cozido para o jantar. Não é de admirar que eu tenha ficado me virando de um lado para o outro, sonhando com coisas horripilantes.

Dolly obedeceu, esperando pacientemente enquanto a velha dama remexia no saco de balas para escolher o maior caramelo.

A humilhação passara rapidamente a indignação e vergonha, para chegar a uma raiva explosiva. Ora, Viven e Henry Jenkins tinham simplesmente a chamado de ladra e mentirosa, quando tudo que ela quis foi devolver o precioso cordão de Vivien. A ironia era quase insuportável, que fosse Vivien — a que estava traindo o marido pelas costas, mentindo para todos que se importavam com ela, pedindo a quem não se importava que não revelasse seus segredos – a lançar seu julgamento frio e maldoso sobre Dolly; a mesma pessoa que se levantara em sua defesa tantas vezes, quando outras falavam mal dela.

Bem – Dolly franziu a testa com determinação enquanto guardava a lixa de unhas e arrumava a mesinha de cabeceira –, ia dar um basta naquilo. Dolly arquitetara um plano. Não falara com Lady Gwendolyn, ainda não, mas quando a velha senhora soubesse o que acontecera – que sua jovem amiga fora traída daquela maneira –, Dolly tinha certeza de que ela daria a sua bênção. Dariam uma grande festa quando a guerra terminasse, um acontecimento grandioso, um incrível baile de máscaras, com fantasias, lanternas e engolidores de fogo. Todas as pessoas mais importantes da alta sociedade estariam presentes, haveria fotografias na *The Lady* e o evento seria comentado por muitos anos. Dolly já podia imaginar os convidados chegando em Campden Grove, elegantemente vestidos e desfilando pela frente do número 25 onde Vivien Jenkins ficaria observando da janela, sem ter sido convidada.

Enquanto isso, estava fazendo todo o possível para evitar o casal. Havia algumas pessoas, Dolly aprendera, que era melhor *não* conhecer. Não era difícil se esquivar de Henry Jenkins – Dolly nunca o via muito, de qualquer forma; e ela conseguira ficar longe de Vivien afastando-se do WVS. Fora um alívio, na verdade – com um único golpe, ela se livrara do jugo da sra. Waddingham e recuperara o tempo para se dedicar mais plenamente a manter Lady Gwendolyn feliz. E fora melhor assim, como se viu. No outro dia, a uma hora em que normalmente estaria trabalhando na cantina, Dolly estava massageando as pernas com cãibra de Lady Gwendolyn quando a campainha tocou. A velha dama girou o pulso em direção à janela e disse a Dolly para espiar e ver quem viera incomodá-la àquela hora.

Dolly, no começo, receara que pudesse ser Jimmy – ele já fora visitá-la algumas vezes, durante o dia, quando, graças a Deus, não havia mais ninguém em casa e ela pudera evitar uma cena –, mas não era ele. Quando Dolly espreitou pela janela do quarto de Lady Gwendolyn, as vidraças cruzadas de fita adesiva como proteção contra as explosões, ela viu Vivien Jenkins embaixo, olhando por cima do ombro, como se fosse impróprio para sua posição social estar tocando a campainha do número 7 e tivesse vergonha até mesmo de ser vista na soleira da porta.

Dolly ficou afogueada no mesmo instante porque sabia o motivo da presença de Vivien ali – era o tipo de maldade mesquinha que Dolly passara a esperar dela. Vivien pretendia relatar a Lady Gwendolyn os hábitos de furtar de sua "criada". Dolly podia imaginar Vivien, elegantemente sentada na surrada poltrona de chintz encardido ao lado da cama da velha senhora, as pernas longas e esbeltas cruzadas, inclinando-se para frente de forma conspiratória para deplorar a qualidade dos empregados domésticos atualmente. "É tão difícil encontrar alguém de *confiança*, não é, Lady Gwendolyn? Ora, nós tivemos esse mesmo dissabor recentemente..."

Enquanto Dolly observava Vivien na entrada, ainda olhando para trás por cima do ombro, a grande dama berrou de sua cama:

– Bem, Dorothy, eu não vou viver para sempre. Quem é?

Dolly reprimiu um tremor de pânico e disse, no tom mais despreocupado possível, que era apenas uma mulher qualquer arrecadando roupas para caridade. Lady Gwendolyn fez um muxoxo.

– Não atenda! Ela não vai botar as mãos sujas no *meu* quarto de vestir!

Dolly ficou feliz em aquiescer, de pleno acordo.

Ahrraaã. Dolly sobressaltou-se. Sem perceber, ela havia se aproximado da janela e olhava, fixamente e sem expressão, para o número 25. *Ahrraaã, ahrraaã*. Virou-se e se deparou com Lady Gwendolyn fitando-a intensamente. Suas bochechas estavam infladas, tentando acomodar o enorme caramelo, e ela batia a bengala de um lado para o outro em cima da cama para chamar atenção.

– O que foi, Lady Gwendolyn?

A velha senhora passou os braços em volta do corpo e tremeu, como se estivesse congelando.

– Está com um pouco de frio?

Ela balançou a cabeça várias vezes.

Dolly disfarçou um suspiro com um sorriso de complacência – ela acabara de remover as cobertas após reclamações de superaquecimento – e dirigiu-se à cama.

– Vamos acomodá-la melhor, está bem?

Lady Gwendolyn fechou os olhos e Dolly começou a puxar as cobertas para cima, mas a tarefa não se mostrou simples. A movimentação da velha dama com a bengala embolara a roupa de cama e um cobertor ficara preso sob sua perna. Dolly correu para o outro lado da cama e puxou a coberta com toda força para soltá-la.

Mais tarde, ela olharia para trás e culparia o pó pelo que aconteceu em seguida. Na hora, entretanto, ela estava ocupada demais arfando e puxando para perceber. Finalmente, o cobertor se soltou e Dolly sacudiu-o, estendendo-o o mais alto possível para enfiá-lo sob o queixo da velha senhora. Quando dobrava a barra do cobertor, Dolly espirrou com uma força dramática. *Ahh-tchiiiim!*

Lady Gwendolyn sacudiu-se com o susto e seus olhos se arregalaram.

Dolly desculpou-se, coçando a ponta de seu nariz. Piscou para clarear a vista lacrimejante e então viu que a grande dama começara a debater-se, agitando os braços como um passarinho assustado.

– Lady Gwendolyn? – ela disse, aproximando-se. O rosto da velha senhora ficara roxo como uma beterraba. – Lady Gwendolyn, querida, o que foi?

Um som rouco e arranhado saiu da garganta de Lady Gwendolyn e sua pele ficou escura como uma berinjela. Ela se debatia freneticamente agora, apontando para sua garganta. Algo a estava impedindo de falar.

O caramelo, Dolly compreendeu com uma arfada; estava engastalhado como uma rolha na garganta de Lady Gwendolyn. Dolly não sabia o que fazer. Ficou desesperada. Sem pensar, enfiou os dedos na boca de Lady Gwendolyn, tentando arrancar a bala.

Não conseguia alcançá-la.

Dolly entrou em pânico. Será que deveria bater nas costas da velha senhora? Ou apertá-la pela cintura?

Dolly tentou as duas medidas, o coração disparado, os ouvidos latejando. Tentou levantar Lady Gwendolyn, mas ela era muito pesada, sua colcha de seda muito escorregadia.

– Está tudo bem – Dolly ouviu-se dizendo, enquanto lutava para não soltá-la. – Vai dar tudo certo.

Continuou repetindo isso, tentando suspendê-la com todas as suas forças, enquanto Lady Gwendolyn se debatia em seus braços:

– Está tudo bem. Vai dar tudo certo. Vai dar tudo certo.

Até que Dolly finalmente perdeu o fôlego e parou de falar, e quando o fez, percebeu que sua companheira ficara mais pesada, que já não se debatia nem arquejava tentando respirar, que tudo ficara estranhamente quieto.

Então, fez-se um silêncio absoluto no suntuoso quarto, exceto pela respiração de Dolly e pelos estranhos estalos da cama quando ela esgueirou-se de baixo de sua patroa morta e deixou o corpo ainda quente afundar-se para trás em sua costumeira posição.

୭

O médico, quando chegou, ficou parado na beira da cama e declarou que se tratava de "um caso óbvio de morte natural". Olhou para Dolly, que segurava a mão fria de Lady Gwendolyn, enxugando os olhos com um lenço, e acrescentou:

– Ela sempre teve um coração fraco. Escarlatina quando criança.

Dolly contemplou o rosto de Lady Gwendolyn, especialmente severo na morte, e balançou a cabeça. Ela não mencionara nem o caramelo nem o espirro; não parecera haver nenhuma razão para isso. Não mudava nada e ela teria parecido uma idiota, falando bobagens sobre balas e espirros. A bala se dissolvera, de qualquer modo, no tempo que o médico levou para atravessar as ruas destruídas pelos ataques aéreos da noite anterior.

– Vamos, vamos, minha querida – o médico disse, dando uns tapinhas na mão de Dolly. – Sei que gostava dela. E ela também de você, devo acrescentar.

A seguir, ele recolocou o chapéu na cabeça, pegou sua maleta e disse que deixaria o nome da funerária preferida da família Caldicott na mesa lá embaixo.

~

O derradeiro testamento de Lady Gwendolyn foi lido na biblioteca do número 7 de Campden Grove no dia 29 de janeiro de 1941. Estritamente falando, não precisaria em absoluto ter sido lido, não publicamente; uma carta discreta a cada pessoa mencionada no testamento era a preferência do advogado, sr. Pemberly (ele sofria terrivelmente de "medo do palco"), mas Lady Gwendolyn, com uma queda para o drama, insistira. Dolly não se surpreendeu, como uma das beneficiárias, com o convite para comparecer à leitura do testamento. O ódio de Lady Gwendolyn por seu único sobrinho não era nenhum segredo, e que melhor maneira de puni-lo de seu túmulo do que negar-lhe sua esperada herança e fazê-lo sofrer pela vergonha pública de ver toda a fortuna passar para outras mãos?

Dolly se vestiu com esmero, exatamente como Lady Gwendolyn teria desejado que ela o fizesse, ansiosa pelo papel de grande herdeira, porém sem parecer interessada demais.

Estava nervosa enquanto esperava que o sr. Pemberly desse prosseguimento à cerimônia. O pobre homem gaguejava e balbuciava pelos artigos preliminares, sua mancha de nascença ainda mais vermelha ao lembrar aos presentes (Dolly e Lorde Wolsey) que a vontade de sua cliente, tendo sido ratificada por ele próprio, um advogado qualificado e imparcial, era imperiosa e definitiva. O sobrinho de Lady Gwendolyn era um homem corpulento e mal-encarado, e Dolly esperava que ele estivesse ouvindo atentamente os avisos legais. Imaginava que ele não iria ficar nem um pouco satisfeito quando descobrisse o que sua tia havia feito.

Dolly tinha razão. Lorde Peregrine Wolsey chegou às raias da apoplexia quando o testamento foi finalmente lido. Ele era um cavalheiro impaciente, para dizer o mínimo, e começara a soltar fumaça pelos ouvidos muito antes do sr. Pemberly sequer terminar os preâmbulos. Dolly podia ouvi-lo bufar e resfolegar a cada nova frase que não começava com "É meu desejo e vontade legar a meu sobrinho, Peregrine Wolsey..." Por fim, após um longo tempo, o advogado respirou fundo, tirou um lenço do bolso para enxugar a testa e passou à tarefa de distribuição das benesses de sua cliente.

– "Eu, Gwendolyn Caldicott, revogando todos os testamentos feitos por mim anteriormente, deixo à mulher de meu sobrinho, Peregrine Wolsey, todo o meu guarda-roupa, e ao meu próprio sobrinho, todo o conteúdo do guarda-roupa do meu falecido pai."

– *O quê?* – o sujeito rugiu tão repentinamente que cuspiu o toco de seu charuto. – Qual é o maldito significado de tudo isso?

– Por favor, Lorde Wolsey – falou o sr. Pemberly, atabalhoadamente, sua mancha de nascença ficando ainda mais escura –, peço-lhe *p-p-por favor,* espere em silêncio até eu t-t-terminar.

– Ora, eu vou *processá-lo,* desgraçado. Sei que foi você que ficou enchendo os ouvidos de minha tia.

– Lorde Wolsey, *p-p-por favor,* eu lhe rogo.

O sr. Pemberly continuou sua leitura, encorajado por um amável sinal de Dolly com a cabeça.

– "Deixo o restante de meus bens e propriedades, reais, pessoais e mistos, inclusive minha residência em Campden Grove 7, Londres, à exceção de alguns itens abaixo relacionados, ao Abrigo de Animais Kensington, cujo representante não pôde hoje comparecer..."

E foi nesse ponto que Dolly parou de ouvir qualquer coisa que não o repicar ensurdecedor dos sinos da traição em seus ouvidos.

༄

Lady Gwendolyn, é claro, tinha feito uma provisão para "minha jovem acompanhante, Dorothy Smitham", mas Dolly estava em estado de choque e perturbada demais para ouvir quando o dispositivo foi lido. Somente mais tarde naquela noite, na privacidade de seu próprio quarto, quando se debruçou sobre a carta que o sr. Pemberly colocara em suas mãos trêmulas enquanto se esquivava das ameaças de Lorde Wolsey, é que ela compreendeu que sua herança compreendia uma pequena seleção de casacos do quarto de vestir no andar superior. Dolly reconheceu imediatamente os itens relacionados. À exceção de um casaco de pele, branco, um pouco surrado, ela já havia doado todos eles, nas caixas de chapéu que tão alegremente entregara à arrecadação de roupas que Vivien Jenkins organizara no WVS.

Dolly estava lívida. Fervia de raiva. Depois de tudo que fizera por aquela mulher, as incontáveis afrontas que fora obrigada a aturar – as sessões de limpeza de ouvidos e unhas dos pés, o veneno que destilava por qualquer motivo. Não sofrera de bom grado, Dolly jamais afirmaria isso, mas sofrera ainda assim, e para nada. Abrira mão de tudo por Lady Gwendolyn; achara que era considerada da família; fora levada a acreditar que uma grande herança a aguardava, recentemente pelo sr. Pemberly, mas também pela própria Lady Gwendolyn. Dolly não conseguia entender o que podia ter acontecido para fazê-la mudar de ideia.

A menos que... A resposta caiu como uma guilhotina, rápida e absoluta. Dolly respirou fundo. Suas mãos começaram a tremer e a carta do advogado caiu no chão. Mas é claro, tudo fazia sentido. Vivien Jenkins, aquela mulher desprezível, fizera uma visita a Lady Gwendolyn, afinal. Era a única explicação. Ela deve ter sentado à sua janela, aguardando uma oportunidade, uma das raras ocasiões nos últimos quinze dias em que Dolly não tivera escolha senão deixar a casa para atender algum pedido de sua patroa. Vivien esperara e então atacara. Sentara-se com Lady Gwendolyn, enchendo sua cabeça de mentiras maldosas sobre Dolly, ela que sempre zelara pelos melhores interesses da grande dama.

A primeira providência do abrigo de animais Kensington como proprietário de Campden Grove 7 foi entrar em contato com o Departamento de Guerra e insistir que fossem arranjadas outras acomodações para as funcionárias atualmente instaladas na casa. A residência seria imediatamente adaptada para utilização como hospital veterinário e centro de resgate de animais. A decisão não preocupou Kitty e Louisa, que se casariam com seus respectivos pilotos da RAF, com diferença de apenas alguns dias, no começo de fevereiro. As outras duas continuaram tão indiscerníveis na morte como eram em vida, atingidas por uma bomba quando saltitavam de braços dados, a caminho de um baile em Lambeth, em 30 de janeiro.

O que deixava apenas Dolly. Não era fácil encontrar um quarto em Londres, não para alguém que se acostumara às melhores coisas da vida, e Dolly visitou três dependências esquálidas antes de voltar para a pensão de Notting Hill em que morara anos antes, nos dias em que era vendedora de loja, quando Campden Grove era apenas um nome no mapa e não o repositório dos grandes sonhos e decepções de sua vida. A sra. White, a viúva proprietária de Rillington Place 24, ficou encantada em ver Dolly outra vez (embora "ver" fosse uma descrição otimista demais, a velha matraca era cega como um morcego sem os seus óculos) e mais encantada ainda em anunciar que o antigo quarto de Dolly ainda estava disponível – assim que ela lhe entregasse seu carnê de bônus de guerra e de cupons de racionamento de comida, é claro.

Não era de admirar que o quarto ainda estivesse livre. Havia poucas pessoas, Dolly tinha certeza, mesmo na Londres da guerra, que estivessem tão desesperadas por um lugar para morar que concordassem em pagar um bom dinheiro para dormir entre aquelas paredes. Era mais um adicional, na verdade, do que um aposento: o que restara de um quarto de dormir que fora dividido em duas partes desiguais. A janela ficara com a outra parte, deixando uma área muito pequena, muito escura, mais parecida com um closet, no lado de Dolly da parede. Havia espaço somente para uma cama estreita, uma mesinha de cabeceira, uma pia minúscula e pouca coisa mais. Ainda assim, a falta de luz e de ventilação mantinha o preço mais baixo, e Dolly não tinha muitos pertences – tudo que possuía estava na mala que levara com ela quando deixou a casa de seus pais, há três anos.

Uma das primeiras coisas que fez ao chegar foi arrumar seus dois livros, *A musa relutante* e o Livro de Ideias de Dorothy Smitham, na única prateleira, acima da pia. Parte dela não queria ver nunca mais o livro de Jenkins, mas restavam-lhe tão poucos bens e Dolly gostava tanto de itens especiais, que não suportava a ideia de se livrar dele. Ainda não. Em vez disso, virou-o, de modo que a lombada ficasse voltada para a parede. O arranjo ainda lhe parecia um pouco tristonho, então Dolly acrescentou a Leica que Jimmy lhe dera em um aniversário. Dolly nunca se interessara muito por fotografia – exigia muita imobilidade e tempo de espera para Dolly –, mas o quarto estava tão vazio e espartano que ela teria exibido orgulhosamente um toalete portátil, se tivesse. Por fim, pendurou num cabide o casaco de pele que herdara e colocou-o no gancho atrás da porta: tanto melhor que poderia vê-lo onde quer que estivesse no minúsculo quarto. Aquele velho casaco branco tornara-se, de certo modo, o símbolo de todos os sonhos de Dolly que haviam se reduzido a frangalhos. Olhou fixamente para ele, sua raiva cresceu e ela lançou todo o ódio que sentia por Vivien Jenkins na pele surrada do casaco.

Dolly arranjou emprego numa fábrica de munições próxima porque a sra. White não hesitaria em despejá-la se ela não fizesse seu pagamento semanal e porque era o tipo de trabalho que podia ser feito sem que fosse necessário dedicar-lhe mais do que um por cento de sua atenção. O que deixava o resto da mente de Dolly livre para se concentrar nos males feitos a ela. Voltava para casa à noite, forçava-se a engolir um pouco da mistura de carne enlatada da sra. White e depois deixava as outras moças rindo de histórias sobre seus namorados e gritando com Lorde Haw-Haw no rádio, enquanto ela ia para sua cama estreita e fumava os últimos maços de cigarros que lhe restavam, pensando em tudo que havia perdido: sua família, Lady Gwendolyn e Jimmy... Pensava, também, na maneira como Vivien dissera "Eu não conheço esta mulher"

– sua mente sempre voltava a essa frase; e ela via Henry Jenkins indicando-lhe a porta de saída; e sentia novamente as ondas de frio e calor, de raiva e vergonha, percorrerem seu corpo.

E assim continuou, dia após dia, sempre o mesmo, até que certa noite, em meados de fevereiro, as coisas aconteceram de modo diferente. A maior parte do dia tinha sido igual aos outros; Dolly trabalhara uma dupla jornada na fábrica e depois parara para jantar em um British Restaurant – como eram chamadas as cantinas comunitárias criadas pelo governo durante a guerra –, porque ela simplesmente não aguentava mais a horrível comida da sra. White. Ficou lá sentada no canto até o lugar fechar, observando todos os outros clientes por trás de seu cigarro, especialmente os casais, enquanto roubavam beijos por cima das mesas e riam como se o mundo fosse um bom lugar; Dolly mal se lembrava de se sentir desse modo, alegre, feliz e cheia de esperança.

Na volta para casa, tomando um atalho por uma viela enquanto os bombardeiros roncavam ao longe, Dolly tropeçou na escuridão do blecaute – ela havia deixado sua lanterna em Campden Grove quando tivera que sair (culpa de Vivien) – e caiu dentro de uma cratera de bomba. Dolly torceu o tornozelo e seu joelho sangrou através do rasgo produzido em suas meias de nylon novas, mas foi seu orgulho que sofreu o maior golpe. Teve que ir mancando por todo o caminho de volta à pensão da sra. White (Dolly recusava-se a chamá-la de "casa", isso lhe fora roubado – culpa de Vivien), no frio e na escuridão, e quando finalmente chegou, a porta já estava trancada a sete chaves. A sra. White levava o horário de recolher muito a sério: não para barrar a entrada de Hitler (apesar de ter grande receio de que o endereço de Rillington Place 24 fosse o primeiro na lista das forças invasoras), mas para fazer de exemplo aquelas entre as suas inquilinas que gostavam de uma noitada de farra. Dolly cerrou os punhos e foi mancando pelo beco lateral ao prédio. Seu joelho ardia e ela contraiu-se de dor ao escalar o muro, usando o velho ferrolho de metal do portão dos fundos como apoio para os pés. O blecaute tornava tudo ainda mais escuro do que o normal e não havia lua nessa noite, mas ela conseguiu atravessar a confusão do quintal e alcançar a janela do depósito que tinha uma tranca fraca. Com o maior cuidado possível, Dolly forçou-a com o ombro, até que a tranca cedeu e ela pôde empurrá-la para cima e passar pela janela.

O corredor cheirava a gordura rançosa e carne velha e estragada, Dolly prendeu a respiração enquanto galgava os degraus encardidos. Quando chegou ao primeiro andar, notou uma fina faixa de luz sob a porta dos aposentos da sra. White. Ninguém sabia ao certo o que se passava por trás daquela porta, apenas que era rara a noite em que a luz da sra. White se apagava antes que a última inquilina tivesse voltado. No que dizia respeito a Dolly, ela podia estar comungando com os mortos ou enviando mensagens de rádio secretas para os alemães – e francamente ela não se importava. Desde que isso mantivesse a senhoria ocupada, enquanto suas inquilinas festeiras entravam sorrateiramente para dormir, todos ficavam satisfeitos. Dolly continuou ao longo do corredor, tomando um cuidado extra para evitar as tábuas rangentes do assoalho, abriu a porta do quarto, entrou e fechou-se ali dentro.

Somente então, com as costas pressionadas com força contra a porta, foi que Dolly finalmente rendeu-se à dor latejante que crescera em seu peito a noite inteira. Sem sequer largar a bolsa no chão, ela começou a chorar, soluçando como uma criança; lágrimas quentes e abundantes, de vergonha, dor e raiva. Olhou para sua roupa suja, o joelho ferido, o sangue que se misturara a terra e se espalhara por toda parte; piscou através das lágrimas escaldantes para assimilar o pequeno quarto sombrio e nu, a colcha com buracos, a pia com manchas marrons em volta do ralo; e percebeu com esmagadora certeza a ausência de qualquer coisa em sua vida que fosse boa, preciosa ou verdadeira. Ela sabia, também, que tudo era culpa de Vivien Jenkins – *tudo*: a perda de Jimmy, a destituição de Dolly, seu emprego enfadonho na fábrica. Até mesmo o acidente desta noite – o joelho ferido e as meias estragadas, ficar trancada para fora da pensão, ter que sofrer o insulto de arrombar um lugar onde pagava um bom dinheiro para morar – nada disso teria acontecido se Dolly não tivesse colocado os olhos em Vivien, se não tivesse se oferecido para devolver aquele cordão, se não tivesse tentado ser uma boa amiga para uma mulher tão desprezível.

O olhar cheio de lágrimas de Dolly recaiu na prateleira onde estava o Livro de Ideias. Viu a lombada do livro, e a dor e a tristeza se avolumaram em seu peito a ponto de explodir. Dolly se lançou sobre o livro. Sentou-se no chão com as pernas cruzadas, os dedos folheando as páginas atropeladamente, até chegar a uma parte onde, com tanto carinho, havia reunido e colado as fotografias de Vivien Jenkins em eventos sociais. Eram fotos sobre as quais havia se debruçado anteriormente, memorizando e sorvendo cada detalhe. Não podia acreditar que tivesse sido tão idiota, que tivesse se deixado iludir daquela maneira.

Com todas as forças que pôde reunir, Dolly arrancou aquelas páginas do livro. Canalizou toda a sua raiva para a tarefa, rasgou-as como um gato selvagem, transformando as imagens daquela mulher em pedacinhos de papel, destruindo a maneira fria e reservada com que encarava a câmera, sem nunca sorrir abertamente. Vejamos como Vivien Jenkins se sente sendo tratada como lixo.

Dolly estava empenhada em continuar rasgando – teria prazer em continuar a noite inteira – quando algo chamou sua atenção. Ficou paralisada, examinando mais de perto o pedaço de papel em sua mão, respirando pesadamente. Sim, lá estava.

Em uma das fotografias, o medalhão deslizara de dentro da blusa de Vivien e era claramente visível, pousado de lado, sobre os babados de seda. Dolly tocou o lugar com a ponta do dedo e expirou com uma arfada ao sentir novamente a vergonha do dia em que fora devolver o medalhão.

Deixando o pedaço de papel cair no chão ao seu lado, Dolly recostou a cabeça para trás, contra o colchão, e fechou os olhos.

Sua cabeça girava. Seu joelho doía. Estava exausta, esgotada.

Com os olhos ainda fechados, pegou o maço e acendeu um cigarro, fumando-o quieta e em silêncio.

Tudo ainda era tão recente. Dolly reviu toda a cena mentalmente – a surpresa de ser admitida na casa por Henry Jenkins, as perguntas que ele lhe fizera, suas óbvias suspeitas sobre as andanças de sua mulher.

O que teria acontecido, ela se perguntou, se tivessem tido mais algum tempo juntos? Já estava na ponta de sua língua corrigi-lo naquele dia, explicar como funcionavam os turnos na cantina. E se tivesse feito isso? E se tivesse tido a oportunidade de dizer: "Ora, não, sr. Jenkins, receio que não seja possível. Não sei o que ela lhe disse, mas Vivien não se apresenta para trabalhar na cantina mais do que, oh, uma vez por semana."

Mas Dolly não dissera isso, não dissera nada, não é mesmo? Desperdiçara a única oportunidade que tivera de fazer Henry Jenkins saber que não estava imaginando coisas; que sua mulher estava de fato mais envolvida em outros afazeres do que ele gostaria. Jogara fora a única chance de colocar Vivien Jenkins no meio de uma grande confusão causada por ela própria. Porque certamente não podia contar a ele agora, não é? Não era provável que Henry Jenkins lhe desse atenção, não agora que – graças a Vivien – ele achava que ela era uma criada e uma ladra, não agora que sua situação estava tão precária e certamente não sem nenhuma prova.

Era inútil – Dolly soltou uma longa e desanimada baforada de fumaça. A menos que ela pegasse Vivien com um homem que não era seu marido, a menos que conseguisse uma foto dos dois juntos, uma imagem que confirmasse todos os temores de Henry, era inútil. E Dolly não tinha tempo de se esconder em becos escuros, convencer a recepcionista a admiti-la em hospitais desconhecidos e de algum modo estar de prontidão exatamente no lugar certo e na hora certa. Talvez, se ela soubesse onde e quando Vivien se encontraria com seu médico, mas quais eram as chances de...

Dolly arfou e sentou-se completamente ereta. Era tão simples que teve até vontade de rir. Ela *realmente* riu. Durante todo esse tempo, ficara remoendo o quanto todo o episódio fora injusto, desejando que houvesse algum modo de consertar as coisas, enquanto a oportunidade perfeita estivera bem à sua frente.

19

Greenacres, 2011

– Ela diz que quer ir para casa.

Laurel esfregou os olhos com uma das mãos e tateou pela mesinha de cabeceira com a outra. Finalmente, encontrou seus óculos.

– Ela quer o quê?

A voz de Rose veio pela linha outra vez, agora mais devagar e extremamente paciente, como se falasse com alguém para quem o inglês fosse uma segunda língua.

– Ela me disse hoje de manhã. Ela quer ir para casa. Para Greenacres. – Outra pausa. – Em vez do hospital.

– Ah. – Laurel colocou os óculos por baixo do telefone e estreitou os olhos em direção à janela. Meu Deus. Como o dia estava luminoso. – Ela quer vir para casa. E o médico? O que ele disse?

– Vou falar com ele depois que terminar de ver seus pacientes, mas... oh, Lol – ela abaixou a voz –, a enfermeira disse que achava que estava na hora.

Sozinha no quarto de sua infância, vendo o sol da manhã subir pelo desbotado papel de parede, Laurel suspirou. Já estava na hora. Não havia necessidade de perguntar o que a enfermeira queria dizer com isso.

– Muito bem, então.

– Sim.

– Para casa ela deve vir.

– Sim.

– E tomaremos conta dela aqui. – Não houve resposta e Laurel disse: – Rose?

– Estou aqui. É sério, Lol? Você vai ficar, você também vai estar aí?

Laurel falou com um cigarro na boca, enquanto tentava acendê-lo.

– Claro que sim.

– Você está com uma voz engraçada. Você está... *chorando*, Lol?

Ela sacudiu o fósforo e libertou a boca.

– Não, não estou chorando. – Outra pausa e Laurel quase podia ouvir sua irmã torcendo e dando nós em seu cordão de contas, preocupada. Disse, mais delicadamente desta vez: – Rose, eu estou bem. Nós duas vamos ficar bem. Vamos fazer isso juntas, você vai ver.

Rose fez um pequeno ruído estrangulado, provavelmente de concordância, talvez de dúvida, e então mudou de assunto.

– Chegou bem em casa ontem à noite?

– Cheguei, sim. Embora um pouco mais tarde do que esperava. – Na realidade, eram três da manhã quando finalmente entrou em casa. Ela e Gerry tinham voltado para os aposentos dele depois do jantar e haviam passado a maior parte da noite especulando sobre sua mãe e Henry Jenkins. Haviam decidido que, enquanto Gerry procurava um dr. Rufus, Laurel tentaria descobrir o que pudesse sobre a esquiva Vivien. Afinal, ela era o elo entre sua mãe e Henry Jenkins, e provavelmente a razão pela qual ele fora procurar Dorothy Nicolson em 1961.

Na ocasião, a tarefa lhe parecera perfeitamente realizável; agora, à clara luz do dia, Laurel não se sentia tão segura. O plano inteiro parecia ter a fragilidade de um sonho. Olhou para seu pulso, perguntando-se vagamente onde teria deixado seu relógio.

– Que horas são, Rosie? O dia parece tão ofuscante.

– Acaba de dar dez horas.

Dez? Santo Deus. Dormira demais.

– Rosie, vou desligar agora, mas vou direto para o hospital. Você ainda vai estar aí?

– Até meio-dia, quando pego o bebê de Sadie na creche.
– Certo. Vejo você daqui a pouco, então. Conversaremos juntas com o médico.

~

Rose já estava com o médico quando Laurel chegou. A enfermeira na recepção disse a Laurel que eles a aguardavam e apontou em direção à lanchonete ao lado da recepção. Rose devia estar atenta à sua chegada porque começou a acenar antes mesmo de Laurel colocar o pé lá dentro. Laurel começou a se esgueirar entre as mesas e, quando se aproximou, viu que Rose andara chorando, copiosamente. Havia bolas de lenço de papel sobre a mesa e manchas pretas de rímel borrado sob seus olhos úmidos. Laurel sentou-se ao seu lado e cumprimentou o médico.

– Eu estava acabando de dizer à sua irmã – ele falou exatamente no tipo de tom amável e profissional que Laurel teria usado para representar um agente de saúde dando notícias ruins, mas inevitáveis – que, em minha opinião, já esgotamos todas as vias de tratamento. Não deve ser nenhuma surpresa para vocês, eu creio, quando eu lhe digo que agora é apenas uma questão de administrar a dor e mantê-la o mais confortável possível.

Laurel assentiu.

– Minha irmã me disse que nossa mãe quer ir para casa, dr. Cotter. É possível?

– Não faríamos objeção a isso. – Sorriu. – Naturalmente, se ela preferisse permanecer no hospital, poderíamos acomodar essa vontade, também. Na realidade, a maior parte de nossos pacientes fica conosco até o fim.

O fim. A mão de Rose buscou a de Laurel por baixo da mesa.

– Mas se estão dispostas a cuidar dela em casa...

– Estamos – Rose disse rapidamente. – Claro que estamos.

– Então acho que esta é provavelmente a hora certa para conversarmos sobre a ida dela para casa.

Os dedos de Laurel formigavam por falta de um cigarro.

— Não resta muito tempo a nossa mãe — ela disse. Era uma afirmação, não uma pergunta, uma parte do próprio processamento do fato para Laurel, mas o médico respondeu mesmo assim.

— Já fui surpreendido antes — ele disse —, mas em resposta à sua pergunta, não, ela não tem muito tempo.

∞

— Londres — Rose disse, enquanto caminhavam juntas pelo linóleo pontilhado do corredor do hospital, em direção ao quarto da mãe. Quinze minutos haviam se passado desde que se despediram do médico, mas Rose ainda segurava um lenço de papel molhado na mão fechada. — Uma reunião de trabalho, então, não é?

— Trabalho? Que trabalho? Eu lhe disse, Rose, estou de folga.

— Esperava que você não dissesse isso, Lol. Você me deixa nervosa quando diz essas coisas. — Rose ergueu uma das mãos, cumprimentando uma enfermeira que passou por elas.

— Que coisas?

— Você, de folga.

Rose parou e deu de ombros; seus cabelos rebeldes e lanosos sacudiram-se com ela. Rose usava um macacão de brim com um broche divertido na frente, parecendo um ovo frito.

— Não é natural; não é normal. Sabe que eu não gosto de mudanças, me deixa preocupada.

Laurel não pôde deixar de rir.

— Não há nada para se preocupar, Rosie. Eu só vou dar um pulo em Euston para procurar um livro.

— Um livro?

— Uma pesquisa que estou fazendo.

— Ha! — Rose recomeçou a andar. — Pesquisa! Eu sabia que você não estava realmente tirando uma folga do trabalho. Oh, Lol, que alívio — ela disse, abanando com a mão o rosto manchado de lágrimas. — Tenho que dizer que me sinto muito melhor.

Laurel não pôde deixar de sorrir.

— Muito bem, então — ela disse —, fico feliz em saber.

Fora ideia de Gerry começar a pesquisa sobre Vivien na British Library. Uma sessão de Google tarde da noite os levara apenas a sites de rúgbi galês e outros becos sem saída em curiosas e longínquas ondulações da Web, mas a biblioteca, Gerry insistira, não os decepcionaria.

— Três milhões de novos itens todo ano, Lol — ele dissera, enquanto preenchia os detalhes da inscrição —, são dez quilômetros de espaço em prateleiras; eles têm que ter alguma coisa. — Ele ficara entusiasmado ao descrever o serviço online. — Eles enviam cópias de qualquer coisa que você tenha encontrado, diretamente para sua casa pelo correio.

Laurel, entretanto, decidira (perversamente, Gerry disse com um sorriso) que era mais fácil simplesmente fazer a viagem pessoalmente. Perversidade, uma ova — Laurel havia atuado em seriados policiais antes, ela sabia que às vezes não havia nada para um detetive como percorrer as ruas em busca de pistas. E se as informações que encontrasse levassem a outras? Muito melhor estar no local do que ter que fazer outro pedido eletrônico e ficar aguardando; muito melhor agir do que esperar.

Chegaram à porta de Dorothy e Rose abriu-a. Sua mãe dormia na cama, aparentemente mais magra e mais fraca do que na manhã anterior, e o fato atingiu Laurel como um soco — seu declínio estava se tornando mais rápido. As irmãs permaneceram sentadas por algum tempo, observando o peito de Dorothy subir delicadamente, descer delicadamente. Em seguida, Rose tirou um pano de pó da bolsa e começou a limpar a série de molduras com suas fotografias.

— Acho que devíamos embalar isso — disse em voz baixa. — Deixar pronto para levar para casa.

Laurel assentiu.

— São tão importantes para ela, suas fotos. Sempre foram, não é?

Laurel balançou a cabeça outra vez, mas não respondeu. A referência a fotos a fez pensar sobre aquela de Dorothy e Vivien juntas na Londres da época da guerra. Tinha a data de abril de 1941, somente um mês antes de sua mãe começar a trabalhar na pensão de sua avó Nicolson e Vivien Jenkins ter morrido em um bombardeio aéreo. Onde a foto tinha sido tirada?, perguntou-se. E por quem? Seria o fotógrafo alguém que as duas conhecessem – Henry Jenkins, talvez? Ou o namorado de sua mãe, Jimmy? Laurel suspirou. Pareciam estar faltando muitas peças do quebra-cabeça.

Nesse momento, a porta se abriu e sons do mundo exterior vieram no rastro da enfermeira de sua mãe – pessoas rindo, campainhas soando, telefones tocando. Laurel ficou observando a enfermeira mover-se pelo quarto com eficiência, verificando o pulso de Dorothy, sua temperatura, anotando no gráfico ao pé da cama. Brindou Laurel e Rose com um sorriso amável quando terminou e disse-lhes que reteria o almoço de sua mãe até mais tarde, caso ela acordasse e estivesse com fome. Laurel agradeceu e ela saiu, fechando a porta novamente atrás de si e lançando o quarto de volta à imobilidade e ao silêncio da espera. Mas espera de quê? Não era de admirar que Dorothy quisesse voltar para casa.

– Rose? – Laurel disse repentinamente, observando enquanto sua irmã ajeitava as molduras limpas.

– Hum?

– Quando ela lhe pediu que pegasse aquele livro para ela, aquele com a fotografia dentro, foi estranho ver o interior de seu baú? – Mais especificamente, havia alguma outra coisa lá que pudesse ajudar a solucionar o mistério de Laurel? Imaginou se haveria alguma outra maneira de perguntar sem levantar as suspeitas de Rose para a sua pesquisa.

– Na verdade, não. Não pensei muito sobre isso, para ser sincera. Fiz uma busca o mais rápida possível, por receio de que ela me seguisse escada acima, se achasse que eu estava demorando demais. Felizmente, ela foi sensata e permaneceu na cama, onde eu a colocara – Rose prendeu a respiração repentinamente.

– O quê? O que foi?

Rose expirou com alívio, afastando os cabelos da testa.

– Não, tudo bem – ela disse, abanando a mão. – Eu simplesmente não conseguia me lembrar o que tinha feito com a chave.

Ela estava sendo difícil, sabe; ficou toda agitada quando viu que eu havia encontrado o livro. Estava satisfeita, eu acho. Quero dizer, devia estar, foi ela quem o pediu, para começar. Mas também estava irritada, quase ranzinza; você sabe como ela pode ficar às vezes.

– Mas agora já se lembrou?

– Oh, sim, claro. Coloquei de volta na sua mesinha de cabeceira. – Sacudiu a cabeça para Laurel e sorriu ingenuamente. – Na verdade, às vezes fico espantada com meu cérebro.

Laurel devolveu o sorriso. Querida, inocente Rose.

– Desculpe-me, Lol. Você estava me perguntando alguma coisa... sobre o baú?

– Oh, não, não foi nada. Só conversando.

Rose consultou seu relógio e anunciou que teria que ir embora para pegar sua neta na creche.

– Volto mais tarde esta noite e acho que Iris estará aqui amanhã de manhã. Nós três devemos conseguir empacotar tudo para a mudança na sexta-feira... Sabe, quase me sinto animada. – Seu rosto, no entanto, anuviou-se. – Acho que isso é uma coisa terrível para sentir, nas circunstâncias.

– Não creio que haja nenhuma regra sobre essas coisas, Rosie.

– Não, talvez você tenha razão. – Rose inclinou-se para beijar o rosto de Laurel e saiu, deixando para trás um rastro de sua fragrância de lavanda.

Fora diferente com Rose no quarto, outro corpo movendo-se, agitando-se, respirando. Sem ela, Laurel ficou ainda mais consciente do que antes do quanto sua mãe definhara. Seu telefone tocou anunciando a chegada de uma mensagem e ela levantou-se para verificar, agarrando-se agradecidamente à tábua de salvação para o mundo exterior. Era um formulário da British Library enviado por e-mail, confirmando que o livro que ela solicitara estaria disponível na manhã seguinte e lembrando-a para levar um documento de identidade a fim de completar seu registro e obter a carteirinha de usuário. Laurel leu a mensagem duas vezes e em seguida deslizou o telefone com relutância para dentro da bolsa outra vez. A mensagem lhe proporcionara um momento de bem-vinda distração; agora estava de volta onde começara, no imobilismo estupidificante do quarto de hospital.

Não conseguia suportar mais aquilo. O médico lhe dissera que sua mãe provavelmente iria dormir o resto da tarde devido aos remédios para dor, mas Laurel pegou o álbum de retratos mesmo assim. Às vezes, os desgastados papéis e padrões de comportamento eram realmente o melhor. Sentou-se junto à cabeceira da cama e começou do início, a fotografia tirada quando Dorothy era jovem, trabalhando para sua avó Nicolson em sua pensão à beira-mar. Ela atravessou os anos, recontando a história da família, ouvindo o som reconfortante da própria voz, sentindo vagamente que ao continuar a falar com a voz tão normal, ela pudesse, de certo modo, manter a vida no quarto.

Finalmente, ela chegou a uma fotografia de Gerry em seu segundo aniversário. Fora tirada no começo do dia, enquanto preparavam o piquenique na cozinha, pouco antes de partirem para o riacho. Laurel, adolescente – Olhe aquela franja! –, carregava Gerry montado em seu quadril, e Rose fazia cócegas em sua barriguinha, fazendo-o rir e gorgolejar; o dedo apontado de Iris conseguira aparecer na foto (furiosa com alguma coisa, sem dúvida) e sua mãe estava ao fundo, a mão na cabeça, enquanto olhava o conteúdo da cesta de piquenique. Sobre a mesa – o coração de Laurel quase parou – ela nunca a notara antes – estava a faca. Ao lado do jarro de dálias. *Lembre-se, mamãe,* Laurel se viu pensando, *guarde a faca na cesta e nunca terá de voltar para pegá-la. Nada acontecerá. Eu descerei da casa na árvore antes do homem vir pelo caminho de entrada e ninguém ficará sabendo que ele esteve ali naquele dia.*

Mas essa era uma lógica infantil. Quem poderia dizer que Henry Jenkins não teria voltado outra vez se tivesse encontrado a casa vazia? E talvez sua visita seguinte tivesse sido pior. A pessoa errada podia ter sido morta.

Laurel fechou o álbum. Perdera o entusiasmo de narrar o passado. Em vez disso, alisou o lençol da mãe sobre seu peito e disse:
– Fui ver Gerry ontem, mamãe.
De longe, como se fosse um som ao vento:
– Gerry...
Laurel olhou para os lábios da mãe. Estavam imóveis, mas ligeiramente afastados. Seus olhos estavam fechados.
– Isso mesmo – Laurel disse, mais ansiosamente. – Gerry. Fui vê-lo em Cambridge. Ele estava tão bem, é um rapaz tão inteligente. Ele está mapeando o céu, sabia? Algum dia você pensou que seu garotinho faria coisas tão incríveis? Ele diz que estão pensando em enviá-lo para fazer pesquisa por um tempo nos Estados Unidos, uma tremenda oportunidade.
– Oportunidade... – Sua mãe respirou a palavra, mais do que a pronunciou. Seus lábios estavam secos, e Laurel pegou o copo de água, levando o canudinho envergado delicadamente à boca da mãe.
Ela bebeu com esforço, porém muito pouco. Seus olhos se abriram ligeiramente.
– Laurel – ela disse, baixinho.
– Estou aqui, não se preocupe.
As pálpebras delicadas de Dorothy estremeceram com o esforço de se manterem abertas.
– Parecia... – respirava superficialmente. – Parecia inofensivo.
– O quê?
Lágrimas começaram não tanto a rolar, como a minar de seus olhos. As rugas profundas de seu rosto pálido brilharam. Laurel pegou um lenço de papel e enxugou as faces da mãe, tão delicadamente quanto o teria feito a uma criança pequena e assustada.
– O que parecia inofensivo, mamãe? Conte-me.
– Era uma oportunidade, Laurel. Eu aproveitei... eu aproveitei...
– Aproveitou o quê? – Uma joia, uma fotografia, *a vida de Henry Jenkins*?

Dorothy apertou a mão de Laurel com mais força e abriu os olhos lacrimejantes o máximo possível. Havia um novo tom de desespero em sua voz quando continuou, de determinação também – como se tivesse esperado um longo tempo para dizer o que queria dizer e, apesar do imenso esforço que exigia, estava decidida a ir até o fim.

– Era uma oportunidade, Laurel. Achei que não faria mal a ninguém. Eu só queria... achei que merecia... que era justo. – Dorothy inspirou fundo, uma respiração áspera e entrecortada que enviou um calafrio pela espinha de Laurel. Suas palavras seguintes se desenrolaram como um fio de teia de aranha:

– Você acredita em justiça, que se formos roubados devemos poder tomar algo de volta para nós?

– Não sei, mamãe. – Todo o corpo de Laurel doía de ver sua mãe, a mulher idosa e doente que havia expulsado todos os demônios e secado todas as lágrimas com seus beijos, devastada agora pela culpa e pelo arrependimento. Laurel queria desesperadamente oferecer conforto; queria igualmente saber o que sua mãe fizera. Disse, delicadamente: – Imagino que dependa do que nos foi roubado e o que é que pretendemos tomar para nós mesmos em troca.

A intensidade da expressão de sua mãe dissolveu-se e seus olhos lacrimejaram diante da claridade da janela.

– Achei que era justo – ela disse outra vez. – Achei que a justiça seria feita.

Mais tarde naquela mesmo dia, Laurel sentou-se, fumando, no meio do chão do sótão de Greenacres. As tábuas esbranquiçadas do assoalho eram lisas, sólidas e os últimos raios de sol do final de tarde atravessavam a pequena janela de quatro vidraças no topo do telhado, aterrissando como um refletor no baú trancado da mãe. Laurel tragou lentamente. Já estava sentada ali havia meia hora, apenas com o cinzeiro, a chave do baú e sua consciência como companhia. A chave fora muito fácil de achar, guardada onde Rose dissera que estaria, bem no fundo da gaveta da mesinha de cabeceira de sua mãe. Tudo que Laurel tinha que fazer agora era enfiá-la no cadeado, girar e, então, ela saberia.

Mas saberia o quê? Mais sobre a oportunidade que Dorothy vislumbrara? O que ela fizera ou tomara para si?

Não que esperasse encontrar uma confissão completa e por escrito ali dentro; nada disso. Só que parecia um lugar importante, bastante óbvio, para procurar pistas do mistério da mãe. Sem dúvida, se ela e Gerry estavam dispostos a percorrer o país incomodando outras pessoas por informações que pudessem ajudar a preencher os espaços vazios, seria uma falha gritante não terem feito tudo que pudessem em casa primeiro. E na verdade, não era mais invasivo da privacidade de sua mãe do que a investigação que começaram a fazer em outra parte, não é? Abrir o baú não era pior do que falar com Kitty Barker, procurar as anotações do dr. Rufus ou ir à biblioteca amanhã em busca de Vivien Jenkins. Só dava a *sensação* de ser pior.

Laurel olhou para o cadeado. Com sua mãe fora de casa, era quase capaz de se convencer de que não era grande coisa – sua mãe deixara Rose retirar o livro para ela, afinal, e ela não costumava favorecer nenhum dos filhos (exceto no que dizia respeito a Gerry, e todas elas eram culpadas disso). Portanto, sua mãe não iria se importar que Laurel visse o conteúdo do baú também. Uma lógica tênue, talvez, mas era tudo que tinha. E quando Dorothy voltasse para Greenacres, tudo estaria terminado. Não haveria nenhuma possibilidade, Laurel sabia, de ser capaz de levar adiante sua busca sabendo que sua mãe estava bem ali, no andar de baixo. Era agora ou nunca.

– Desculpe-me, mamãe – Laurel disse, esmagando o cigarro com decisão –, mas eu preciso saber.

Levantou-se com cuidado, sentindo-se um gigante ao se dirigir para a parte inclinada do sótão. Ajoelhou-se para inserir a chave no cadeado e abri-lo. Era esse o momento; sentiu-o no fundo do seu coração; ainda que ela nunca abrisse a tampa do baú, o crime já teria sido cometido.

Então, perdido por cem, perdido por mil. Laurel ficou em pé e começou a levantar a tampa do velho baú; mas não olhou para dentro. As velhas e enrijecidas dobradiças de couro rangeram com a falta de uso e Laurel prendeu a respiração. Era uma criança outra vez, quebrando uma regra imutável. Sentia a cabeça leve. E agora a tampa estava aberta até onde era possível. Laurel retirou a mão e as dobradiças se distenderam sob seu peso. Inspirando fundo com determinação, ela atravessou o Rubicão e olhou dentro do baú.

Havia algo em cima, um envelope, velho e amarelado, que fora endereçado a Dorothy Nicolson na Fazenda Greenacres. O selo era verde-oliva e mostrava a jovem rainha Elizabeth em sua coroação; Laurel sentiu um tremor na memória ao ver aquela imagem da rainha, como se fosse importante, embora não pudesse imaginar de que maneira era importante. Não havia remetente, e ela mordeu o lábio ao abrir o envelope e retirar um cartão retangular, creme, de dentro. Havia apenas uma palavra escrita no meio, em tinta preta: *Obrigado*. Laurel virou-o e não encontrou mais nada. Sacudiu o cartão de um lado para o outro, intrigada.

Havia muita gente que deve ter tido motivos para agradecer a sua mãe ao longo dos anos, mas fazê-lo de forma tão anônima – sem nome ou endereço do remetente, nenhuma assinatura no cartão – era decididamente estranho; o fato de Dorothy tê-lo guardado a sete chaves era ainda mais estranho. Era prova, Laurel concluiu, de que sua mãe devia saber precisamente de quem viera; mais ainda, que qualquer que fosse a razão para a pessoa estar agradecendo sua mãe, era um segredo.

Tudo aquilo era extremamente misterioso – o suficiente para fazer o coração de Laurel bater mais depressa – mas não necessariamente relevante para a sua busca. (Por outro lado, havia grandes chances de que fosse a pista vital, mas Laurel não conseguia pensar em nenhuma maneira de ficar sabendo com certeza, não até o momento; não, a menos que ela perguntasse diretamente à mãe, e ela não pretendia fazer isso, ainda não.) Devolveu o cartão ao seu envelope e inseriu-o pela lateral do baú, onde ele se alojou ao lado de um pequeno boneco de madeira; Sr. Punch, Laurel compreendeu com um sorriso, pensando nas férias que costumavam passar na casa de sua avó Nicolson.

Havia outro item no baú, um objeto tão grande que quase ocupava todo o espaço. Parecia um cobertor, mas quando Laurel tirou-o e sacudiu-o, estendendo-o em todo o seu comprimento, viu que se tratava de um casaco, um casaco de pele um pouco surrada que um dia devia ter sido branca. Laurel segurou-o pelos ombros com os braços estendidos à sua frente, deixando-o pendurado, avaliando-o como faria uma pessoa antes de decidir comprar um casaco em uma loja.

O guarda-roupa no fundo do sótão tinha uma porta de espelho. Elas costumavam brincar dentro daquele guarda-roupa quando eram crianças, ao menos Laurel costumava; as outras ficavam amedrontadas, o que o tornara o lugar perfeito para ela se esconder quando precisava da liberdade de desaparecer dentro das histórias que inventava.

Laurel levou o casaco até o guarda-roupa e enfiou os braços em suas mangas. Olhou-se no espelho, virando-se devagar de um lado para o outro. O casaco caía até abaixo dos joelhos, com botões na frente e um cinto. Um belo corte, independentemente do que se achasse de casaco de pele, a atenção ao detalhe, as linhas elegantes. Laurel podia apostar que alguém pagara muito dinheiro por aquele casaco, quando era novo. Imaginou se teria sido sua mãe e, se assim fosse, como uma jovem que trabalhava como criada pôde comprar um casaco tão fino?

Enquanto observava sua imagem no espelho, uma lembrança distante veio à tona. Não era a primeira vez que Laurel vestia aquele casaco. Fora em um dia chuvoso, quando ela era bem pequena. Tinham passado a manhã inteira enlouquecendo sua mãe, correndo para cima e para baixo da escada, e Dorothy as banira para o sótão para uma brincadeira de se fantasiar. As crianças Nicolson tinham uma enorme caixa de roupas que sua mãe mantinha guardada com velhos chapéus, camisas e echarpes, coisas engraçadas que ela ia guardando ao longo do tempo e que podiam se transformar por mágica infantil em uma divertida brincadeira.

Enquanto suas irmãs se recobriam com seus velhos favoritos, Laurel avistara uma saca no canto do sótão, algo branco e peludo espreitando do topo. Ela tirara o casaco e o vestira imediatamente. Então, ela ficara diante daquele mesmo espelho, admirando-se, pensando em como ele a fazia parecer majestosa: como uma malvada, porém maravilhosa Rainha da Neve.

Laurel era uma criança e, portanto, não via as partes desgastadas da pele, nem as curiosas manchas escuras à volta da bainha; mas ela reconhecia a suntuosa autoridade inerente àquele casaco. Ela passou algumas horas magníficas dando ordens e prendendo suas irmãs em jaulas, ameaçando soltar seus lobos sobre elas se não obedecessem a suas ordens, dando risadas malignas. Quando sua mãe as chamou, mandando-as descer para o almoço, Laurel se apegara tanto ao casaco e ao seu curioso poder que nem pensou em tirá-lo. A expressão de Dorothy quando viu a filha mais velha chegar à cozinha fora difícil de interpretar. Ela não ficara satisfeita, mas também não a repreendera. Fora pior do que isso. Seu rosto ficou lívido e, quando falou, sua voz tremia.

– Tire-o – ela dissera –, tire-o agora mesmo.

Quando Laurel não obedeceu de imediato, sua mãe aproximou-se rapidamente de onde ela estava e começou a puxar o casaco de seus ombros, murmurando alguma coisa sobre o dia estar muito quente, o casaco ser comprido demais, a escada do sótão muito íngreme para usar aquilo. Laurel tinha sorte de não ter tropeçado, caído e se matado. Então, ela olhara para Laurel, o casaco de pele embolado em seus braços, e a expressão de seu rosto fora quase acusadora, uma mistura de aflição e traição, quase de medo. Por um terrível instante, Laurel achou que sua mãe fosse chorar. Mas não o fez; mandou Laurel sentar-se à mesa e depois desapareceu, levando o casaco com ela.

Laurel não viu mais o casaco de pele. Ela perguntou por ele uma vez, alguns meses mais tarde, quando precisava de um figurino para uma peça na escola, mas Dorothy apenas dissera, sem a olhar nos olhos:

– Aquele casaco velho? Joguei fora. Só servia de comida para os ratos lá no sótão.

Mas ali estava ele agora, guardado no baú de sua mãe, há décadas mantido a sete chaves. Laurel expirou pensativamente, enfiando as mãos dentro dos bolsos do casaco. Havia um buraco no forro de cetim de um dos bolsos e seus dedos se enfiaram por ele. Tocou em alguma coisa; parecia o canto de um pedaço de papelão. O forro da bainha, talvez, rasgado do restante? Laurel pegou o que quer que fosse e retirou-o pelo buraco.

Era um pedaço de cartão branco, retangular, com algo impresso. As letras haviam desbotado e Laurel teve que levá-lo para o que restava da luz do sol a fim de decifrar as palavras. Era um bilhete de trem, ela compreendeu, apenas de ida, de Londres à estação mais próxima da cidade de sua avó Nicolson. A data no bilhete era 23 de maio de 1941.

20

Londres, fevereiro de 1941

JIMMY ATRAVESSAVA LONDRES ÀS pressas, uma rapidez pouco familiar em seus passos. Fazia semanas desde que tivera qualquer contato com Dolly – ela se recusara a vê-lo quando ele tentara visitá-la em Campden Grove e não havia respondido a nenhuma de suas cartas – mas agora, finalmente, isto. Podia sentir a carta em seu bolso, o mesmo lugar onde ele carregara o anel naquela noite terrível – Santo Deus, esperava que isso não fosse um mau agouro. A carta chegara à redação do jornal no começo da semana, um simples bilhete implorando-lhe que se encontrasse com ela num banco do parque em Kensington Gardens, o mais perto da escultura de Peter Pan. Havia algo sobre o qual ela queria lhe falar, algo que esperava que fosse agradá-lo.

Ela mudara de opinião e queria casar-se com ele. Tinha que ser isso. Jimmy estava tentando ser cauteloso, detestava tirar conclusões apressadas, não depois de ter sofrido tanto quando ela o rejeitou, mas não conseguia deter seus pensamentos – vamos admitir, suas esperanças. O que mais poderia ser? Algo que iria agradá-lo – havia apenas uma coisa que poderia fazer isso. E Deus sabia que Jimmy estava precisando de alguma boa notícia.

Eles haviam sido bombardeados dez dias atrás. Tudo acontecera de repente. Tinha havido uma trégua ultimamente, de certo modo mais estranha e assustadora do que o pior da Blitz – toda aquela quietude e calmaria deixavam as pessoas com os nervos à flor da pele –, mas em 18 de janeiro, uma bomba perdida caíra bem em cima do prédio onde Jimmy morava. Ele voltara para casa depois de uma noite fora, trabalhando, e vira o caos revelador quando dobrara a esquina. Meu Deus, como ele prendera a respiração enquanto corria para o fogo e os escombros. Ele parara de ouvir qualquer coisa que não fosse sua própria voz e seu próprio corpo trabalhando, respirando e bombeando sangue, enquanto vasculhava os destroços, gritando o nome de seu pai, amaldiçoando-se por não ter encontrado um lugar mais seguro, por não estar lá quando seu velho pai mais precisou dele. Quando Jimmy virou para cima a gaiola esmagada de Finchie, ele soltou um espantoso berro animal de dor e pesar, do tipo que não se julgava capaz de emitir. E tivera a terrível experiência de repentinamente fazer parte de uma cena de suas próprias fotografias, exceto que a casa destruída era a *sua* casa, os bens destroçados eram os *seus* bens, o ente querido que perdera era o seu pai, e compreendeu, naquele momento, que por maiores que fossem os elogios com que seus editores o cobriam, ele fracassara seriamente em suas tentativas de captar a verdade inerente àquele momento; o medo, o pânico e a assombrosa *realidade* de ter repentinamente perdido tudo.

Ele se virara e caíra pesadamente de joelhos. Foi então que viu a sra. Hamblin do apartamento vizinho, acenando desorientadamente para ele do outro lado da rua. Ele foi até ela, tomou-a nos braços e deixou que ela soluçasse em seu ombro, e ele também chorara, lágrimas quentes de impotência, raiva e tristeza. Então, ela levantou a cabeça e disse:

– Você já viu seu pai?

Jimmy respondeu:

– Não consegui encontrá-lo.

Ela apontou para o fim da rua.

– Ele foi com a Cruz Vermelha, eu acho. Um médico jovem muito amável ofereceu-lhe uma xícara de chá e você sabe como ele é para chá, ele...

Jimmy não esperou para ouvir mais nada. Começou a correr para o salão da igreja onde sabia que a Cruz Vermelha estava instalada. Arremessou-se pelas portas da frente e viu seu pai quase imediatamente, o velho garoto sentado a uma mesa com uma xícara de chá à sua frente e Finchie em seu braço. A sra. Hamblin o levara para o abrigo a tempo, e Jimmy achou que nunca se sentira tão agradecido a uma pessoa em sua vida. Ele teria lhe dado o mundo se pudesse, de modo que era uma grande pena que não tivesse nada apropriado para oferecer. Ele perdera todas as suas economias na explosão, junto com todo o resto. Só ficara com a roupa do corpo e a câmera que estava carregando. E graças a Deus por isso – de outra forma, como ele iria sobreviver?

Jimmy afastou os cabelos dos olhos enquanto caminhava. Tinha que tirar seu pai da mente, suas apertadas acomodações temporárias. Seu velho pai o deixava vulnerável, e ele não queria ser fraco hoje. Não podia se dar ao luxo de ser. Hoje era importante que estivesse no controle, sentindo-se digno, talvez até mesmo um pouco reservado. Talvez isso fosse um orgulho odioso de sua parte, mas queria que Dolly o visse e soubesse que cometera um erro. Ele não estava todo paramentado com o terno de seu pai desta vez – nem poderia – mas se esforçara para se apresentar bem.

Saiu da rua e entrou no parque, atravessando o gramado que fora transformado em hortas da Vitória, pelos caminhos que pareciam desguarnecidos sem suas cercas de ferro, e preparou-se para revê-la. Ela sempre exercera um poder sobre ele, uma forma, só de olhar, de fazê-lo dobrar-se à sua vontade. Aqueles olhos, brilhantes e risonhos, que o fitaram por cima de sua xícara de chá em um café de Coventry; a curva de seus lábios quando sorria, um pouco provocante às vezes, mas, meu Deus, tão excitante, tão cheia de vida. Estava se enternecendo só de pensar nela, e tentou se recompor, concentrar-se em se lembrar exatamente do quanto ela o magoara, o envergonhara também – a expressão no rosto dos garçons quando viram Jimmy sozinho no restaurante, ainda segurando o anel; nunca se esqueceria do modo como olharam para ele, de como deveriam ter rido depois que ele foi embora. Jimmy tropeçou na beira do caminho. Meu Deus. Ele tinha que se controlar, sufocar o otimismo e o desejo, proteger-se contra a possibilidade de nova decepção.

Ele fez o possível, realmente fez, mas a amara por muito tempo (foi o que pensou mais tarde, quando estava de volta ao seu quarto, quando repassou os acontecimentos do dia); e o amor deixava os homens tolos, todo mundo sabia disso. Exemplo: inteiramente sem pensar e contra a sua vontade, quando Jimmy Metcalfe aproximava-se do local do encontro, ele começou a correr.

∽

Dolly estava sentada no banco, exatamente onde havia dito que estaria. Jimmy a viu primeiro e parou onde estava, recuperando o fôlego e ajeitando os cabelos, os punhos da camisa, a postura, enquanto a observava. Sua empolgação inicial, no entanto, transformou-se rapidamente em encantamento. Fazia apenas três semanas (embora as circunstâncias de sua separação dessem a impressão de que fazia mais de três anos), mas ela havia mudado. Era a Dolly, era linda, mas havia algo errado com ela, ele percebeu mesmo à distância. Jimmy sentiu-se repentinamente deslocado; se preparara para ser severo, petulante se provocado, mas vê-la ali sentada, os braços ao redor do corpo, cabisbaixa, parecendo menor do que ele se lembrava – era a última coisa que ele esperava, e isso o pegou desprevenido.

Ela o avistou e ergueu a mão para acenar, mas recolheu-a a tempo e, em vez disso, sorriu, uma tentativa de iluminar seu rosto. Jimmy retribuiu o sorriso e foi ao seu encontro, imaginando o que poderia ter acontecido; se alguém a havia magoado, feito alguma coisa que lhe tirasse toda a alegria, sabendo no mesmo instante que mataria quem quer que fosse culpado.

Ela se levantou quando ele se aproximou e eles se abraçaram, os ossos dela tão finos como os de um passarinho sob suas mãos. Ela não estava usando roupas suficientes; estivera nevando e seu velho e surrado casaco não era bastante quente. Ela continuou abraçada a ele por um longo tempo, e Jimmy – que estava tão magoado com ela, tão furioso com a maneira como o tratara, com sua recusa de explicar-se; ele, que havia prometido a si mesmo não se esquecer da amargura que sentia quando estivesse em sua presença – viu-se afagando seus cabelos como faria a uma criança vulnerável e perdida.

– Jimmy – ela disse finalmente, o rosto ainda pressionado contra sua camisa. – Oh, Jimmy...

– Shhh. Pronto, calma, não chore.

Mas ela chorou, lágrimas copiosas, que não pareciam ter fim, e agarrou-se aos lados de seu peito com as mãos, fazendo-o se sentir preocupado e estranhamente excitado também. Meu Deus, o que havia com ele?

– Oh, Jimmy – ela disse outra vez. – Eu sinto muito. Estou tão envergonhada.

– De que está falando, Doll? – Segurou-a pelos ombros e ela, relutantemente, fitou-o nos olhos.

– Cometi um erro, Jimmy – ela disse. – Cometi tantos. Nunca deveria tê-lo tratado daquele modo. Naquela noite no restaurante, o que eu fiz... saindo daquela maneira, fugindo. Eu sinto muito, muito mesmo.

Ele não tinha um lenço, mas tinha um pequeno pano de limpar as lentes de sua câmera e usou-o para enxugar suas faces delicadamente.

– Não espero que me perdoe – ela disse. E sei que não podemos voltar no tempo, eu sei disso, mas eu tinha que lhe dizer. Tenho me sentido tão culpada e precisava me desculpar pessoalmente, para que você pudesse ver que estou sendo sincera. – Ela pestanejou através das lágrimas e disse: – Falo a sério, Jimmy. Eu lamento muito.

Então, ele balançou a cabeça. Devia ter dito alguma coisa, mas estava surpreso e enternecido demais para encontrar as palavras certas. Deve ter sido o suficiente, porque ela sorriu, mais amplamente agora, em resposta. Jimmy vislumbrou um lampejo de sua antiga vitalidade naquele sorriso e teve vontade de congelá-lo naquele momento para que não desaparecesse outra vez. Compreendeu que ela era o tipo de pessoa que precisava ser mantida feliz. Não como uma expectativa egoísta, mas como um simples fato de concepção, como um piano ou uma harpa, ela fora feita para funcionar melhor em certo diapasão.

– Pronto – ela soltou um suspiro de alívio –, consegui.

– Sim – ele disse, a voz embargada, e não conseguiu se conter, traçando o contorno de seus lábios com o dedo.

Ela pressionou os lábios para beijar seu dedo de leve e depois fechou os olhos. Suas pestanas eram escuras e úmidas contra as faces.

Ela permaneceu assim por algum tempo, como se ela, também, quisesse de certo modo parar o mundo, impedir que continuasse a girar. Quando finalmente se afastou, ergueu os olhos para ele, timidamente.

– Bem – ela disse.

– Bem.

Ele tirou seu maço de cigarros do bolso e lhe ofereceu um. Ela aceitou-o com satisfação.

– Você leu meus pensamentos. Estou sem nenhum.

– Isso não é próprio de você.

– Não? Bem, acho que mudei.

Ela disse isso descontraidamente, mas combinava tanto com o que ele vira quando chegara, que Jimmy franziu a testa. Ele acendeu os dois cigarros e depois gesticulou com o seu na direção de onde tinha vindo.

– Devíamos ir – ele disse –, vamos ser acusados de espionagem se ficarmos aqui parados, sussurrando, por mais tempo.

Voltaram para onde os portões de ferro do parque costumavam estar antes da guerra, conversando como educados estranhos sobre coisas sem importância. Quando chegaram à rua, pararam, cada qual esperando que o outro decidisse o que fazer em seguida. Dolly tomou a iniciativa, virando-se para ele e dizendo:

– Fiquei feliz por você ter vindo, Jimmy. Eu não merecia, mas obrigada.

Havia um tom de despedida em sua voz que no começo ele não entendeu, mas quando ela sorriu corajosamente e estendeu a mão, ele compreendeu que ela estava indo embora. Que apresentara seu pedido de desculpas, fizera o que achava que ele gostaria que ela fizesse, e agora estava partindo.

Naquele segundo, Jimmy viu a verdade como uma luz brilhante. A única coisa que o deixaria feliz era casar-se com ela, levá-la com ele, cuidar dela e consertar tudo entre eles.

– Doll, espere...

Ela pendurara a bolsa no braço e começava a se virar, mas olhou para trás quando ele falou.

– Venha comigo – ele continuou –, só vou trabalhar mais tarde. Vamos comer alguma coisa.

Em outra época, Jimmy teria agido de forma diferente, planejado tudo e tentado tornar a ocasião perfeita, mas não agora. Que o orgulho e a perfeição se danassem, ele tinha muita pressa; ele já vira em primeira mão que certos momentos da vida não duravam, uma bomba perdida e tudo estava acabado. Esperou somente o tempo necessário para fazer o pedido à garçonete, depois se preparou e disse:

– Minha oferta, Doll, ainda está de pé. Eu a amo, sempre a amei. Não quero mais nada além de me casar com você.

Ela fitou-o, os olhos arregalados de surpresa. E quem poderia culpá-la? Ela apenas acabara de contemplar os méritos de ovos sobre carne de coelho, e agora isto.

– É verdade? Mesmo depois...?

– Mesmo depois. – Ele estendeu o braço por cima da mesa e ela colocou suas mãos delicadas na dele. Sem seu casaco branco de pele, ele podia ver seus braços finos e pálidos. Olhou novamente para seu rosto, mais resolvido do que nunca a cuidar dela. – Não posso lhe dar um anel, Doll – ele disse, entrelaçando seus dedos nos dela. – Meu apartamento foi bombardeado e eu perdi tudo, durante um certo tempo até pensei que tivesse perdido meu pai. – Dolly balançou a cabeça devagar, aparentemente ainda estupefata, e Jimmy continuou. Tinha a vaga sensação de estar saindo do curso, falando demais, falando as coisas erradas, mas não conseguia parar. – Mas não perdi, graças a Deus. Ele é um sobrevivente, meu pai, ele tinha conseguido chegar à Cruz Vermelha quando eu o encontrei. Estava lá, bem confortável, com uma xícara de chá. – Jimmy sorriu brevemente diante da lembrança e depois sacudiu a cabeça. – Bem, o que eu quero dizer é que o anel se perdeu. Mas eu lhe comprarei um novo assim que puder.

Dolly engoliu em seco e, quando falou, sua voz era doce e triste.

– Oh, Jimmy – ela disse –, como você deve pensar pouco de mim, achar que eu me importaria com isso.

Foi a vez de Jimmy ficar surpreso.

– Não se importa?

– Claro que não. Não preciso de um anel para me ligar a você. – Apertou as mãos dele e seus olhos ficaram marejados de lágrimas. – Eu também o amo, Jimmy. Sempre amei. O que posso fazer para convencê-lo disso?

෴

Comeram em silêncio, revezando-se em tirar os olhos do prato e sorrir um para o outro. Quando terminaram, Jimmy acendeu um cigarro e disse:

– Imagino que sua velha dama vai querer que você se case em Campden Grove, não?

A expressão de seu rosto se desfez quando ele disse isso.

– Doll? O que foi?

Então, ela lhe contou tudo, que Lady Gwendolyn havia morrido e que ela, Dolly, já não estava em Campden Grove, mas vivendo novamente no minúsculo quarto em Rillington Place. Que ficara sem nada e estava trabalhando longos turnos em uma fábrica de munição para pagar a pensão.

– Mas eu pensei que Lady Gwendolyn tivesse se incumbido de lhe deixar alguma coisa em seu testamento – Jimmy disse. – Não foi o que você me disse, Doll?

Ela olhou para a janela, uma expressão amarga apagando a felicidade de momentos atrás.

– Sim – ela disse. – Ela me prometeu, mas isso foi antes. Antes de tudo mudar.

Da expressão abatida de seu rosto, Jimmy compreendeu que o que quer que tivesse acontecido entre Dolly e sua patroa era o motivo pelo desalento que vira nela anteriormente.

– O que foi, Doll? O que mudou?

Ela não queria recontar a história, ele percebeu pela maneira como se recusou a olhar para ele, mas Jimmy precisava saber. Era egoísta, mas ele a amava, ia se casar com ela, e recusava-se a continuar ignorando o que se passara, por mais difícil que fosse para ela lhe contar. Permaneceu sentado em silêncio, deixando claro que esperaria o quanto fosse necessário, e ela deve ter percebido que ele não iria aceitar não como resposta, porque finalmente suspirou e disse:

– Uma mulher interferiu, Jimmy, uma mulher poderosa. Ela ficou com raiva de mim e fez questão de arruinar a minha vida. – Ela desviou os olhos da janela e fitou-o. – Eu estava sozinha. Eu não tinha a menor chance contra Vivien.

– Vivien? Aquela da cantina? Mas pensei que vocês fossem amigas, não?

– Eu também pensei – Dolly disse, sorrindo melancolicamente. – Éramos, no começo, eu acho.

– O que aconteceu?

Dolly estremeceu em sua blusa branca fina e olhou para a mesa; havia algo contido em suas feições, e Jimmy imaginou se ela estaria envergonhada do que estava prestes a lhe contar.

– Fui devolver algo para ela, um cordão que ela havia perdido, mas quando bati à sua porta, ela não estava em casa. Seu marido me convidou a entrar. Eu lhe falei dele, Jimmy, o escritor. Ele me convidou a entrar e esperar, e eu aceitei. – Ela abaixou a cabeça e as ondas de seus cabelos sacudiram-se levemente. – Talvez eu não devesse, não sei, porque quando Vivien chegou e me viu, ficou furiosa. Pude ver em seu rosto, ela suspeitou que nós...

bem... você pode imaginar. Tentei explicar, eu tinha certeza que podia fazê-la recuperar o bom senso, mas... – Ela voltou sua atenção para a janela novamente e um toque de luz do sol iluminou sua maçã do rosto. – Bom, digamos apenas que eu me enganei.

O coração de Jimmy começara a bater com força, de indignação, mas também de horror.

– O que ela fez, Doll?

A garganta de Dorothy moveu-se, um rápido movimento de subida e descida ao engolir em seco, e Jimmy achou que ela fosse chorar. Mas Dorothy não chorou, virou-se para encará-lo, e a expressão do seu rosto – tão triste, tão magoada – fez alguma coisa dentro dele se quebrar. Sua voz era apenas um sussurro.

– Ela inventou mentiras horríveis a meu respeito, Jimmy. Tratou-me como uma impostora diante do marido, mas depois, pior ainda, disse a Lady Gwendolyn que eu era uma ladra e não merecia confiança.

– Mas isso, isso. – Ele estava perplexo, indignado por ela. – É desprezível.

– O pior, Jimmy, é que ela própria é uma mentirosa. Há meses ela vem tendo um caso. Lembra-se na cantina quando ela lhe falou sobre o médico amigo dela?

– O que administra o hospital infantil?

– Tudo é uma fachada, quero dizer, o hospital é real, o médico também, mas ele é seu amante. Ela usa isso como disfarce, para que ninguém desconfie quando ela vai visitar o lugar.

Dorothy tremia, ele notou, e quem poderia culpá-la? Quem não ficaria transtornado ao descobrir que seu amigo o havia traído de uma forma tão cruel?

– Sinto muito, Doll.

– Não precisa ficar com pena de mim – ela disse, tentando tanto ser corajosa que ele sentiu uma dor no peito. – Doeu muito, mas prometi a mim mesma que não iria deixar que ela me derrotasse.

– É assim que se fala.

– Mas...

A garçonete chegou para retirar os pratos, olhando de um para o outro, enquanto Dolly mexia com a faca de Jimmy. Ela pensou que estavam brigando, Jimmy percebeu; o modo como fizeram silêncio quando ela se aproximou, a maneira como Doll havia rapidamente se virado de costas enquanto Jimmy se esforçava para responder à conversa sobre banalidades da experiente garçonete – "O Big Ben não pulou nenhum toque hoje, sabe", "Desde que a catedral de St. Paul esteja em pé..." Ela lançava olhares furtivos a Dolly, que fazia todo o possível para esconder o rosto. Mas Jimmy podia ver seu perfil e que seu lábio inferior começara a tremer.

– É só, obrigado – ele disse, tentando apressar a garçonete. – É tudo, obrigado.

– Não querem pudim? Posso lhes assegurar que...

– Não, não, isso é tudo.

Ela fungou.

– Como quiserem – e girou nos calcanhares, com sua sola de borracha.

– Doll? – Jimmy disse, quando ficaram sozinhos novamente. – O que você estava dizendo?

Dolly tinha os dedos pressionados levemente contra a boca para conter o choro.

– É que eu amava Lady Gwendolyn, Jimmy, eu a amava como uma mãe. Só em pensar que ela foi para seu túmulo achando que eu era uma ladra e uma mentirosa. – Ela desatou a chorar, as lágrimas escorrendo pelas faces.

– Shhhh. Vamos, não precisa chorar. – Ele mudou-se para o lugar ao seu lado, beijando cada nova lágrima que caía. – Lady Gwendolyn sabia como você se sentia em relação a ela. Você lhe mostrou isso todos os dias durante anos. E sabe de uma coisa?

– O quê?

– Você estava certa. *Não* vai deixar Vivien derrotá-la. Eu vou cuidar disso.

– Oh, Jimmy. – Ela brincou com o botão meio solto da camisa dele, torcendo-o. – É muita bondade sua, mas como? Como eu poderia vencer contra uma pessoa assim?

— Levando uma vida longa e feliz.

Dolly pestanejou.

— Comigo. — Ele sorriu, ajeitando uma mecha dos cabelos dela atrás da orelha. — Vamos derrotá-la juntos nos casando, economizando e depois nos mudando para a beira-mar ou para o campo, o que você preferir, como sempre sonhamos; vamos derrotá-la levando uma vida feliz para sempre. — Beijou a ponta de seu nariz.

— Certo?

Um momento se passou e então ela balançou a cabeça devagar, um pouco em dúvida, segundo pareceu a Jimmy.

— Certo, Doll?

Desta vez, ela sorriu. Mas foi um sorriso breve, que desapareceu tão rápido quanto surgiu. Ela suspirou, apoiando o rosto na mão.

— Não quero ser mal-agradecida, Jimmy, só queria fazer isso mais depressa, ir embora agora mesmo e começar do zero. Às vezes, acho que é a única maneira de eu me sentir melhor.

— Não vai demorar muito, Doll. Estou trabalhando o tempo todo, tirando fotos todos os dias, e o editor afirma que eu tenho muito futuro. Acho que se eu...

Dolly prendeu a respiração e agarrou seu pulso. Jimmy parou no meio da frase.

— Fotografias — ela disse, recuperando o fôlego. — Oh, Jimmy, você acaba de me dar uma ideia, uma maneira de *podermos* ter tudo, agora mesmo: um lugar à beira-mar e tudo de que você estava falando, e ao mesmo tempo ainda podemos dar uma lição em Vivien. Oh, Jimmy. — Seus olhos brilhavam. — É o que você quer, não é? Irmos embora juntos, começar uma nova vida?

— Você sabe que sim, mas o dinheiro, Doll eu não tenho.

— Você não está me ouvindo. Não vê, é exatamente isso que estou dizendo, sei de um jeito de conseguirmos o dinheiro.

Seus olhos estavam fixos nos dele, brilhantes, quase desvairados, e apesar de ainda não ter lhe contado o resto de sua ideia, algo dentro dele começou a esmorecer. Jimmy recusava-se a deixar que isso acontecesse. Não iria deixar que nada arruinasse a felicidade deste dia.

– Você se lembra? – ela disse, pegando um cigarro do maço de Jimmy que estava sobre a mesa. – Um dia, você me disse que faria qualquer coisa por mim, não foi?

Jimmy observou-a enquanto Dorothy acendia um fósforo. Ele se lembrava de ter dito isso, e falara a sério. Mas algo na maneira como seus olhos cintilavam, como os dedos tateavam a caixa de fósforos, o encheu de um mau pressentimento. Ele não sabia o que ela ia dizer em seguida, apenas que tinha a forte sensação de que não queria ouvir.

Dolly tragou seu cigarro com força, soltando uma grande bafonada de fumaça.

– Vivien Jenkins é uma mulher muito rica, Jimmy. Também é uma mentirosa e uma vigarista que fez tudo para me prejudicar, para virar as pessoas que eu amava contra mim e me tirar a herança que Lady Gwendolyn me prometera. Mas eu a conheço e sei que ela tem um ponto fraco.

– Sim?

– Um marido desconfiado que ficaria arrasado se soubesse que ela estava sendo infiel.

Jimmy balançou a cabeça como uma máquina programada para concordar.

Dolly continuou.

– Sei que pode parecer engraçado, Jimmy, mas ouça-me até o fim. E se alguém tivesse uma fotografia incriminadora, algo que mostrasse Vivien e outro homem juntos?

– E daí? – Sua voz soou sem emoção, completamente diferente de sua verdadeira voz.

Ela olhou para ele, um sorriso nervoso aflorando aos seus lábios.

– Tenho a impressão de que ela pagaria muito dinheiro para ficar com essa foto. O suficiente para dois jovens amantes que merecem uma chance de poder fugir juntos para longe.

Ocorreu a Jimmy, naquele momento, enquanto se esforçava para apreender o que ela estava dizendo, que tudo aquilo fazia parte de mais uma das brincadeiras de Dolly. Que ela iria abandonar o personagem a qualquer momento, desatar a rir e dizer "Jimmy, estou brincando, é claro! Quem você pensa que eu sou?"

Mas ela não o fez. Em vez disso, estendeu o braço pelo banco de couro, tomou a mão dele e beijou-a de leve.

– Dinheiro, Jimmy – ela sussurrou, pressionando a mão dele em seu rosto afogueado. – Exatamente como você costumava dizer. Dinheiro suficiente para nós nos casarmos, recomeçarmos e vivermos felizes para sempre. Não é isso que você sempre quis?

Era, é claro, ela sabia que era.

– Ela merece, Jimmy. Você mesmo disse isso; ela merece pagar por tudo que fez. – Dolly tragou seu cigarro, falando rapidamente através da fumaça. – Foi ela quem me convenceu a terminar com você, sabe. Ela me envenenou contra você, Jimmy, me fez pensar que não devíamos ficar juntos. Você não vê quanto sofrimento ela nos causou?

Jimmy não sabia o que sentir. Odiava o que ela estava sugerindo. Odiava-se ainda mais por não lhe dizer isso. Ouviu-se dizendo:

– Imagino, então, que você queira que eu tire essa fotografia, não é?

Dolly sorriu para ele.

– Oh, não, Jimmy, não é isso, absolutamente. Há muitas possibilidades envolvidas, muito risco em esperar para pegá-los em flagrante. Minha ideia é muito mais simples do que isso, uma brincadeira de criança em comparação.

– Muito bem, então – ele disse, olhando fixamente para a borda de metal do tampo da mesa. – O que é, então, Doll? Diga-me.

– *Sou eu* quem vai tirar a fotografia. – Deu um puxão por brincadeira no botão da camisa dele e o botão caiu em seus dedos. – E é você quem vai estar *nela*.

21

Londres, 2011

O TRAJETO PELA AUTOESTRADA fora tranquilo, e antes das onze horas Laurel já estava descendo a Euston Road, procurando uma vaga para estacionar. Encontrou uma perto da estação de trem e estacionou o Mini verde em uma pequena vaga. Perfeito – a British Library ficava a um pulo dali, e ela avistara o toldo preto e azul de um Caffè Nero depois da esquina. A manhã inteira sem cafeína e seu cérebro ameaçava derreter.

Vinte minutos mais tarde, uma Laurel muito mais concentrada atravessava o *foyer* cinza e branco da biblioteca, em direção ao guichê de registro de leitores. A jovem com um crachá onde se lia "Bonny" não pareceu reconhecê-la e, tendo visto sua imagem de relance ao atravessar a porta espelhada da entrada, Laurel tomou o fato como um elogio. Após rolar na cama a maior parte da noite, seus pensamentos dando nós tentando imaginar o que sua mãe poderia ter tirado de Vivien Jenkins, ela dormira até tarde novamente nesta manhã e dera a si mesma apenas dez minutos em Greenacres, desde a cama até o carro. Sua rapidez fora louvável, mas não podia dizer que fizera a transição nas melhores das condições. Ajeitou um pouco os cabelos e quando Bonny perguntou se podia ajudá-la, Laurel respondeu:

– Querida, eu realmente espero que sim. – Tirou da bolsa o pedaço de papel em que Gerry anotara seu número de leitor. – Acredito que haja um livro à minha espera na Sala de Leitura de Humanidades?

– Vamos verificar, sim? – Bonny disse, digitando em seu teclado. – Só vou precisar de um documento de identidade e um comprovante de residência para completar o registro.

Laurel entregou os dois documentos e Bonny sorriu.

– Laurel Nicolson. Igual à atriz.

– Isso mesmo – Laurel disse. Sem dúvida.

Bonny arranjou o passe de leitor e apontou em direção a uma escadaria curva.

– É no segundo andar. Vá direto à recepção; o livro deve estar lá à sua espera.

Foi o que Laurel fez. Ou melhor, ela encontrou um cavalheiro muito amável, usando um colete vermelho de tricô e uma barba branca emaranhada, esperando por ela. Laurel explicou o que estava buscando, entregou-lhe a folha impressa que haviam lhe dado no térreo e, em poucos instantes, ele se dirigiu às prateleiras às suas costas e retirou um volume fino, encadernado em couro preto, que lhe passou por cima do balcão. Laurel leu o título baixinho e sentiu um frisson de expectativa: *Henry Jenkins: a vida de um escritor, amores e perdas*.

Encontrou um assento no canto e acomodou-se, virando a capa e respirando o glorioso e empoeirado cheiro de papel que promete infinitas possibilidades. Não era um livro particularmente longo, publicado por uma editora da qual Laurel nunca ouvira falar e com uma aparência definitivamente pouco profissional – algo no tamanho e na tipologia, a falta de margens e as poucas fotografias mal reproduzidas; também parecia confiar demais, para aumentar o número de páginas, na reprodução de trechos dos romances de Henry Jenkins. Mas era um ponto de partida, e Laurel estava ansiosa para começar. Ela passou os olhos pelo sumário, o coração começando a acompanhar sua pressa, quando encontrou o capítulo intitulado "Vida matrimonial", que havia despertado sua atenção quando o viu na listagem da internet.

Mas Laurel não foi direto à página 97. Ultimamente, toda vez que fechava os olhos, o vulto escuro do estranho de chapéu preto estava lá, gravado em sua retina, subindo o caminho de entrada iluminado pelo sol. Tamborilou os dedos de leve na página do sumário. Ali estava sua chance de descobrir mais a respeito dele; acrescentar cores e detalhes à silhueta que fazia sua pele arrepiar; talvez até mesmo vislumbrar a razão para o que sua mãe fizera naquele dia. Laurel já tivera medo antes, quando procurara por Henry Jenkins na internet, mas isso – esse livro aparentemente insignificante – não a amedrontava do mesmo modo. As informações nele contidas tinham sido publicadas havia muito tempo (em 1963, ela viu ao verificar o ano de impressão na página de *copyright*), o que significava, considerando-se o desgaste natural, que deveriam restar bem poucos exemplares, a maioria perdida em locais obscuros e inacessíveis. Aquele exemplar em particular estivera escondido por décadas entre quilômetros e quilômetros de outros livros esquecidos; se Laurel encontrasse alguma coisa ali dentro de que não gostasse, poderia simplesmente fechar o livro outra vez e mandá-lo de volta à prateleira. E nunca mais falar nisso. Hesitou, mas apenas por um breve instante, antes de se preparar. Com os dedos formigando, abriu rapidamente no Prólogo. Respirando fundo, com uma repentina e estranha empolgação, começou a ler sobre o estranho no caminho de entrada de sua casa.

> *Quando Henry Ronald Jenkins tinha seis anos de idade, viu um homem ser surrado quase até a morte por policiais na High Street em seu vilarejo natal em Yorkshire. O homem, comentava-se entre os habitantes locais reunidos, era morador do vizinho Denaby – um "inferno na Terra", situado no vale dos Crags e considerado por muitos como "o pior vilarejo da Inglaterra". Foi um incidente do qual o pequeno Jenkins nunca se esqueceu, e em seu romance de estreia,* Diamantes negros, *publicado em 1928, ele deu vida a um dos personagens mais notáveis da ficção britânica entre as duas guerras, um homem de surpreendente honestidade e dignidade, cujo drama gerou enorme simpatia tanto dos leitores quanto da crítica.*

No *capítulo de abertura de* Diamantes negros, *a polícia, de botas pesadas com biqueira de metal, ataca o desafortunado protagonista, Benny Baker, um homem analfabeto, mas trabalhador, cujos infortúnios pessoais o levam a incitar protestos por mudanças sociais, o que por fim resulta em sua morte prematura. Jenkins falou do evento real e de sua profunda influência em seu trabalho "e em minha alma", em uma entrevista de rádio em 1935 na BBC: "Compreendi naquele dia, vendo aquele homem reduzido a nada por policiais uniformizados, que há fracos e há poderosos em nossa sociedade, e que a bondade não é um fator determinante do lado em que você cai." Esse era um tema recorrente, que encontrou expressão em muitos dos romances futuros de Henry Jenkins.* Diamantes negros *foi considerado "uma obra-prima" e, no rastro das críticas iniciais, tornou-se um sucesso editorial. Suas primeiras obras, em particular, foram elogiadas por sua verossimilhança e pelos retratos fortes e inflexíveis que apresentavam da vida da classe operária, inclusive intransigentes descrições da pobreza e da violência física.*

O próprio Jenkins cresceu em uma família da classe operária. Seu pai era um supervisor de nível inferior nas minas de carvão dos Fitzwilliam; um homem severo que bebia demais – "mas somente aos sábados" – e que comandava a família "como se fôssemos seus subordinados nas minas". Jenkins foi o único de seus seis irmãos a deixar o vilarejo e as expectativas de seu nascimento para trás. De seus pais, Jenkins disse: "Minha mãe era uma mulher bonita, mas era fútil também e decepcionada com sua sina; ela não tinha nenhuma ideia real ou definida de como a sua situação poderia ser melhorada, e suas frustrações a deixaram amarga. Ela implicava com meu pai, atormentando-o com a primeira coisa que lhe viesse à cabeça; ele era um homem de grande força física, mas fraco em outros aspectos para ser casado com uma mulher como minha mãe. Nossa vida doméstica não era feliz." Quando perguntado pelo entrevistador da BBC se a vida de seus pais lhe fornecera material para seus romances, Jenkins riu ligeiramente e depois acrescentou: "Mais do que isso, eles me deram um sólido exemplo da vida da qual eu mais queria escapar."

E da qual, de fato, escapou. De infância muito humilde, Jenkins, graças à sua tenacidade e inteligência precoce, conseguiu se livrar das minas e tomar de assalto o mundo literário. Quando indagado por The Times sobre sua subida meteórica, Jenkins atribuiu a um professor do colégio de seu vilarejo, Herbert Taylor, o reconhecimento de sua aptidão intelectual. Ele o encorajou a candidatar-se e fazer exames para obter uma bolsa de estudos nas melhores escolas públicas. Aos dez anos de idade, Jenkins obteve uma vaga na pequena, mas prestigiosa Nordstrom School, em Oxfordshire. Ele deixou a casa de sua família em 1911, tomando um trem sozinho para uma viagem à desconhecida região sul do país. Henry Jenkins nunca retornou à Yorkshire de sua infância.

Enquanto alguns ex-alunos de escola pública, particularmente aqueles que provinham de uma classe social diferente da maioria, falam de uma deprimente experiência escolar, Jenkins nunca se inspirou, nem se aproveitou do assunto, dizendo apenas que: "A admissão em uma escola como Nordstrom mudou minha vida da melhor forma possível." Seu professor, Jonathan Carlyon, disse de Jenkins: "Ele era um aluno extremamente aplicado. Passou nos exames finais com notas formidáveis e foi diretamente aceito na Oxford University no ano seguinte para estudar na faculdade de sua escolha." Ao mesmo tempo em que reconhecia a inteligência de Jenkins, um amigo de Oxford e também escritor, Allen Hennessy, fez referências jocosas a outro grupo de talentos que inspiravam Jenkins: "Nunca conheci um homem com mais carisma do que Jenkins", ele disse. "Se você estivesse interessado em uma garota, logo aprendia a não apresentá-la a Henry Jenkins. Ele só precisava *lançar-lhe um de seus famosos olhares e suas chances se reduziam a zero."* O que não quer dizer que Jenkins abusasse de seus supostos "poderes": *"Ele era bonito e charmoso, atraía a atenção das mulheres, mas nunca foi um playboy"*, disse Roy Edwards, o editor de Jenkins na Macmillan.

Qualquer que fosse o efeito de Jenkins sobre o sexo feminino, sua vida pessoal não seguiu o mesmo caminho suave de sua carreira de escritor. Em 1930, ele sofreu o rompimento do noivado com a srta. Eliza Holdstock cujos detalhes ele se recusou a discutir publicamente, antes de finalmente se casar com Vivien Longmeyer, a sobrinha do diretor da escola Nordstrom, em 1938. Apesar de uma diferença de idade de quase vinte anos, Jenkins considerava seu casamento como *"o glorioso coroamento de minha vida"*. O casal se estabeleceu em Londres, onde desfrutaram de uma feliz situação doméstica no último ano antes da Segunda Guerra Mundial. Assim que a guerra foi declarada, Jenkins começou a trabalhar para o Ministério das Informações; era um cargo em que ele se distinguia, o que não foi uma surpresa para os que o conheciam bem. Como Allen Henessy disse: *"Tudo que [Jenkins] fazia, fazia com perfeição. Ele era ágil, inteligente, fascinante... o mundo foi feito para homens assim."* Seja como for, o mundo nem sempre é benévolo com homens como Jenkins. Após a morte de sua mulher em um bombardeio aéreo durante as semanas finais da Blitz de Londres, o sofrimento de Jenkins foi tão grande que sua vida começou a desmoronar. Nunca mais publicou outro livro, na verdade continua a ser um mistério, juntamente com outros detalhes da última década de sua vida, se ele continuou ou não a escrever. Quando morreu em 1961, a estrela de Henry Ronald Jenkins caíra tanto que o acontecimento mal registrou uma menção nos próprios jornais que um dia o descreveram como *"um gênio"* e *"alguém a observar"*. Houve boatos no começo da década de 1960 de que Jenkins fosse responsável por atos de atentado público que angariaram ao perpetrador do crime o apelido de "Bandido dos piqueniques de Suffolk", mas as alegações nunca foram provadas. Independentemente de Jenkins ter sido ou não culpado de tal crime, o fato de que esse homem que um dia fora tão celebrado ser alvo de tal especulação demonstra o quanto ele havia caído em desgraça. O rapaz a quem um dia seu professor se referira como "capaz de conseguir tudo o que almejasse" morreu sem nada e sem descendentes. A pergunta que permanece para os admiradores de Henry Jenkins é como um homem que um dia tivera tudo pôde chegar a um final como esse; um final que carrega semelhanças trágicas com o personagem Walter Harrison, cujo destino também foi morrer uma morte solitária e silenciosa, após uma vida em que amor e perda se entrelaçavam.

Laurel reclinou-se para trás em sua cadeira na biblioteca e soltou o ar que andara prendendo. Não havia muita informação ali que ela já não tivesse coletado no Google, e o alívio foi extraordinário. Sentia-se muitos quilos mais leve. Melhor ainda, apesar da referência ao infame fim de Jenkins, não houve menção alguma a Dorothy Nicolson, nem a uma fazenda chamada Greenacres. Graças a Deus. Laurel não tinha percebido o quanto estivera nervosa com o que pudesse encontrar. Verificou-se que o mais perturbador a respeito do Prólogo era o retrato que ele pintava de um *self-made man*, cujo sucesso resultara simplesmente do trabalho árduo e de um considerável talento. Laurel, de certo modo, esperara descobrir algo que justificasse os sentimentos de ódio e rancor que ela desenvolvera pelo homem que vira no caminho de entrada de sua casa.

Imaginou se haveria a possibilidade de o biógrafo ter entendido tudo errado. Era possível; tudo era possível. Porém, no mesmo momento em que seu estado de ânimo se elevava, Laurel revirou os olhos. Francamente, sua própria arrogância não conhecia limites – uma desconfiança era uma coisa, pressupor saber mais sobre Henry Jenkins do que o sujeito que pesquisara e escrevera a história de sua vida, outra bem diferente.

Havia uma fotografia de Jenkins no frontispício do livro, e ela voltou para lá, resolvida a olhar além das camadas do seu preconceito e ver o jovem escritor inteligente, carismático e encantador descrito no Prólogo. Ele era mais jovem nesta foto do que naquela que encontrara na internet, e Laurel teve que admitir que era bonito. Na realidade – ocorreu-lhe ao examinar as feições bem definidas – ele a fazia lembrar, de certo modo, de um ator por quem estivera mais ou menos apaixonada um dia. Tinham sido escalados juntos para uma peça de Chekhov, nos anos 1960, e iniciado um caso louco e tempestuoso. Não dera certo – romances no teatro raramente davam – mas, oh, foi fascinante e intenso enquanto durou.

Laurel fechou o livro – suas faces estavam afogueadas e uma agradável sensação de nostalgia a excitava. Muito bem. Era de se esperar. Um pouco desconfortável, também, nas atuais circunstâncias. Engolindo em seco para desfazer um pequeno nó de inquietação na garganta, Laurel lembrou-se de seu objetivo e passou à página 97. Com uma respiração funda para se concentrar, ela começou o capítulo intitulado "Vida matrimonial".

Se Henry Jenkins até então fora infeliz em seus relacionamentos pessoais, as coisas estavam prestes a mudar para melhor. Na primavera de 1938, seu antigo professor, sr. Jonathan Carlyon, convidou Jenkins a retornar a Nordstrom School e falar aos alunos do último ano sobre as agruras da vida literária. Foi ali, quando passeava pela propriedade à noite, que Jenkins conheceu a sobrinha e tutelada do professor, Vivien Longmeyer, uma bela jovem com dezessete anos na época. Jenkins escreveu sobre esse encontro em A musa relutante, *um de seus romances de maior sucesso e um notável afastamento dos temas espinhosos de sua obra anterior.*

Como Vivien Jenkins se sentiu vendo os detalhes do seu namoro e casamento precoce relatados de uma maneira tão pública permanece um mistério, como a própria mulher.

A jovem sra. Jenkins mal começara a deixar sua marca no mundo quando sua vida foi tragicamente ceifada durante a Blitz de Londres. O que se sabe, graças à evidente adoração de seu marido por sua "musa relutante", é que ela era uma mulher de notável beleza e fascínio, sobre quem os sentimentos de Jenkins foram evidentes desde o começo.

Seguiu-se uma longa passagem de *A musa relutante*, onde Henry Jenkins escreveu arrebatadamente sobre o encontro e o namoro com sua amada. Tendo sofrido recentemente com o livro inteiro, Laurel pulou essa parte, retomando o fio da meada quando o biógrafo redirecionou o foco para os fatos da vida de Vivien:

Vivien Longmeyer era filha da única irmã de Jonathan Carlyon, Isabel, que fugira da Inglaterra com um soldado australiano depois da Primeira Guerra Mundial. Neil e Isabel Longmeyer se estabeleceram em uma pequena comunidade de extração de cedro em Tamborine Mountain, a sudeste de Queensland, e Vivien era a mais nova de seus quatro filhos. Nos primeiros oito anos de sua vida, Vivien Longmeyer viveu uma modesta existência colonial, até ser enviada de volta à Inglaterra para ser criada por seu tio do lado materno em uma escola que ele construíra na grandiosa e ancestral propriedade da família.

A referência mais antiga a Vivien Longmeyer vem da srta. Katy Ellis, uma renomada educadora, que recebeu o encargo de acompanhar a menina na longa viagem marítima da Austrália à Inglaterra em 1929. Katy Ellis mencionou a menina em seu livro de memórias, Nascida para ensinar, *sugerindo que fora o encontro com a criança que pela primeira vez despertou o interesse que manteve por toda a vida de educar os jovens sobreviventes de um trauma.*

"A tia australiana da menina dera um aviso, quando me pediu para servir de acompanhante, de que a menina era

retardada e eu não deveria ficar surpresa se ela se recusasse a se comunicar comigo durante a viagem. Eu era jovem na época e, portanto, não estava preparada para censurar a mulher pela falta de compaixão que chegava às raias da insensibilidade, mas confiava bastante em minhas próprias impressões para não aceitar sua avaliação. Vivien Longmeyer não era retardada, eu podia afirmar isso só de olhá-la; no entanto, eu também podia ver o que fazia sua tia descrevê-la dessa maneira. Vivien tinha uma capacidade, quase perturbadora, de ficar sentada e imóvel às vezes por longos períodos de tempo, seu rosto – não inexpressivo, certamente isso não – de certa forma iluminado pela eletricidade de seus pensamentos, mas de uma maneira reservada, introspectiva, que fazia quem quer que a estivesse observando sentir-se excluído.

"*Eu mesma fui uma criança muito imaginativa, geralmente repreendida pelo meu severo pai protestante por sonhar acordada e escrever em meus diários – um hábito que cultivo até hoje. Parecia-me evidente que Vivien tinha uma vibrante vida interior na qual ela desaparecia. Mais ainda, parecia-me natural e compreensível que uma criança que sofria a perda simultânea de sua família, de sua casa e do país onde nascera devesse necessariamente procurar preservar quaisquer certezas de identidade que lhe restassem, por menor que fossem, internalizando-as.*

"*Durante o curso de nossa longa viagem marítima, consegui conquistar um pouco da confiança de Vivien, suficiente para estabelecer um relacionamento que continuou por muitos anos. Nós nos correspondemos por carta com amorosa regularidade até sua morte trágica e prematura durante a Segunda Guerra Mundial. E embora eu nunca tenha sido oficialmente sua professora ou conselheira, tenho o prazer de dizer que nos tornamos amigas. Ela não tinha muitos amigos: era o tipo de pessoa por quem os outros ansiavam ser amados, entretanto não fazia amizades facilmente. Olhando em retrospecto, considero um dos pontos altos de minha carreira que ela tenha me falado abertamente e com detalhes do mundo particular que construíra para si mesma. Era um lugar 'seguro' para o qual ela podia se retirar sempre que estivesse sozinha ou com medo, e eu tive a honra de poder olhar, ainda que de relance, por trás do véu."*

A descrição de Katy Ellis do retraimento de Vivien para um "mundo particular" combina com relatos sobre a vida adulta de Vivien: "Ela era fascinante, o tipo de pessoa que atraía o olhar, mas que depois você não podia dizer que realmente conhecia." "Ela lhe dava a sensação de que havia muito mais acontecendo sob a superfície do que podia parecer." "De certo modo, era sua própria autossuficiência que a tornava magnética – ela não parecia precisar de outras pessoas." Talvez fosse o "ar estranho, quase sobrenatural" de Vivien que tenha atraído a atenção de Henry Jenkins naquela noite na Nordstrom School. Ou talvez fosse o fato de Vivien, assim como ele, ter sobrevivido a uma infância marcada pela violência trágica e logo depois ter sido removida para um mundo povoado por pessoas com antecedentes inteiramente diferentes dos seus. "Éramos ambos intrusos, a nosso modo", Henry Jenkins disse à BBC. "Pertencíamos um ao outro, nós dois. Eu soube disso desde a primeira vez que a vi. Vê-la caminhar em minha direção, perfeita em seu vestido de renda branca, era o término, de certo modo, de uma jornada que tivera início desde que cheguei a Nordstrom School."

Havia uma reprodução precária de uma fotografia dos dois, tirada no dia do casamento, quando saíam da capela da escola. Vivien tinha os olhos erguidos para Henry, seu véu de renda ondulando ao vento, enquanto ele segurava seu braço e sorria diretamente para a câmera. As pessoas reunidas ao redor, jogando arroz dos degraus da capela, estavam felizes; no entanto, a fotografia deixou Laurel triste. Fotografias antigas tinham esse poder sobre ela; o mesmo se dava com sua mãe: havia algo terrivelmente sério sobre pessoas sorridentes que ainda não sabiam que destino as aguardava. Ainda mais em um caso como este, em que Laurel sabia precisamente os horrores que espreitavam da esquina. Ela testemunhara em primeira mão a morte violenta que Henry Jenkins sofreria; e sabia também que a jovem Vivien Jenkins, tão perfeita em sua foto de casamento, estaria morta dali a apenas três anos...

> *Não havia dúvidas de que Henry Jenkins adorava sua mulher a ponto da adulação. Ele não fazia segredo do que ela significava para ele, chamando-a alternadamente de sua "bênção" e sua "salvação", expressando o sentimento, em mais de uma ocasião, de que sem ela sua vida não valeria a pena ser vivida. Suas declarações provariam ser tristemente visionárias, pois depois da morte de Vivien em um ataque aéreo em 21 de maio de 1941, o mundo de Henry Jenkins começou a desmoronar. Apesar de trabalhar no Ministério das Informações e de ter acesso em primeira mão à relação de civis mortos durante a Blitz, Jenkins recusou-se a aceitar que a morte da mulher pudesse ter tido uma causa tão banal. Em retrospecto, as declarações um pouco desordenadas de Jenkins – de que havia um crime envolvendo a morte de Vivien, que ela fora vítima de obscuros charlatães, que de outro modo ela jamais teria ido ao local do ataque aéreo – foram os primeiros indícios de uma loucura que por fim o destruiria. Ele recusava-se a aceitar a morte dela como um simples acidente de guerra, prometendo "pegar as pessoas responsáveis e levá-las ao tribunal". Jenkins foi hospitalizado após um colapso nervoso em meados de 1940, mas infelizmente sua obsessão permaneceria para o resto de sua vida, levando-o de volta para a periferia da sociedade educada e, por fim, para sua morte solitária em 1961, um homem destituído e alquebrado.*

Laurel fechou o livro com força como se quisesse prender o assunto entre as capas. Não queria ler mais nada a respeito da certeza de Henry Jenkins de que havia mais alguma coisa por trás da morte da mulher, nem sobre sua promessa de descobrir a pessoa responsável. Tivera a premente e desagradável sensação de que ele fizera exatamente isso e que ela, Laurel, havia testemunhado o resultado. Porque sua mãe, com seu "plano perfeito", era a pessoa que Henry Jenkins culpava pela morte de sua mulher, não era? O "obscuro charlatão" que procurara "tirar" algo de Vivien; que fora responsável por atrair Vivien ao local de sua morte; um lugar que de outra forma ela jamais visitaria.

Com um estremecimento involuntário, Laurel olhou para trás. Sentia-se em evidência, repentinamente, como se olhos invisíveis a observassem. Seu estômago, também, parecia liquefeito. Era culpa, ela compreendeu, culpa por associação. Pensou na mãe no hospital, o remorso que demonstrara, sua conversa sobre "tomar" alguma coisa, de ser grata por uma "segunda chance" – eram como estrelas, todos eles, aparecendo no escuro céu noturno; Laurel podia não gostar das figuras que começava a ver, mas não podia negar que estavam lá.

Olhou para a aparentemente inócua capa preta da biografia. Sua mãe sabia todas as respostas, mas não fora a única; Vivien também as soubera. Até agora, Vivien parecera apenas uma sugestão – um rosto sorridente em uma fotografia, um nome na frente de um velho livro, um produto da imaginação que escorregara pelas fendas da história e fora esquecido.

Mas ela era importante.

Laurel teve a repentina e ardente convicção de o que quer que tivesse dado errado com o plano de Dorothy tinha tudo a ver com Vivien. Que alguma coisa intrínseca ao caráter daquela mulher fazia dela a pior pessoa com quem se envolver.

A descrição de Vivien quando criança fornecida por Katy Ellis fora bastante gentil; mas Kitty Barker descrevera uma mulher "esnobe", "má influência", que era fria e arrogante. Teria o sofrimento de Vivien na infância destruído alguma coisa em seu íntimo, endurecido seu coração e a transformado no tipo de mulher – bela e rica – cujo poder residia justamente em sua frieza, sua introspecção, sua inacessibilidade? As informações na biografia de Henry Jenkins, a maneira como ele não conseguira superar a sua morte e durante décadas continuara a procurar aqueles que considerava responsáveis, sem dúvida sugeriam uma mulher cuja natureza exercia grande influência sobre as outras pessoas.

Com um ligeiro sorriso, Laurel abriu a biografia outra vez e folheou as páginas rapidamente até achar a que procurava. Lá estava. Atrapalhando-se um pouco com a caneta de tanta empolgação, ela anotou o nome "Katy Ellis" e o título de suas memórias *Nascida para ensinar.* Vivien pode não ter precisado ou, na verdade, não ter tido muitos amigos, mas ela escrevera cartas para Katy Ellis, cartas nas quais (seria esperar demais?) ela deve ter confessado as verdades mais profundas e sombrias. Era muito provável que essas cartas ainda existissem em algum lugar – muitas pessoas podem não guardar sua correspondência, mas Laurel podia apostar que a srta. Katy Ellis, renomada educadora e autora de suas próprias memórias, não era uma delas.

Porque, quanto mais Laurel refletia, mais claro se tornava: Vivien era a chave. Descobrir mais sobre sua figura elusiva era a única maneira de desvendar o plano de Dorothy; mais importante ainda, onde tudo dera errado. E agora – Laurel sorriu – ela a encurralara no canto de sua própria sombra.

PARTE TRÊS

VIVIEN

22

Tamborine Mountain, Austrália, 1929

VIVIEN FOI CASTIGADA, antes de mais nada, porque tivera a infelicidade de ser pega em flagrante na frente da loja do sr. McVeigh, na Main Street. Seu pai não queria castigá-la, qualquer um podia ver isso. Ele era um homem de coração mole, que tivera toda a dureza arrancada de seu espírito na Grande Guerra, e, verdade seja dita, sempre admirara o gênio surpreendente da filha mais nova. Mas normas eram normas, e o sr. McVeigh não parava de reclamar e berrar sobre a varinha e a criança, sobre mimar e ficar com pena, e uma multidão já se reunia e, meu Deus, como estava quente... Ainda assim, nunca um filho seu seria espancado, não por sua mão, e certamente não por enfrentar valentões como aquele moleque Jones. E assim ele tomara a única decisão que podia: proibir publicamente que ela saísse de casa. O castigo fora dado precipitadamente e mais tarde foi motivo de profundo arrependimento e frequentes discussões a altas horas da noite com sua mulher, mas não havia como voltar atrás. Muitas pessoas haviam presenciado e ouvido quando ele decretara o castigo. As palavras saíram de sua boca e quando chegaram aos ouvidos de Vivien ela soube, mesmo aos oito anos de idade, que não restava mais nada a fazer senão empinar o queixo, cruzar os braços e mostrar a todos eles que ela não dava a mínima, nunca quisera ir de qualquer modo.

E foi assim que ela se viu em casa, sozinha, no dia mais quente do verão de 1929, enquanto sua família partia para o piquenique anual dos apanhadores de cedro em Southport. Durante o café da manhã, o pai lhe dera instruções rígidas, uma longa lista do que fazer e outra mais longa ainda do que não fazer, sua mãe torcera as mãos angustiadamente quando achou que ninguém a observava, depois ministrou a todas as crianças uma dose preventiva de óleo de rícino, uma dose dupla para Vivien porque ela certamente precisaria do dobro, e em seguida, num grande alvoroço e rebuliço de preparativos de última hora, todo o resto da família se amontoou no Lizzie Ford e partiu pela trilha das cabras.

A casa ficou silenciosa sem eles. E de certa forma mais sombria. As partículas de poeira pairavam, imóveis, sem os costumeiros corpos em movimento para gravitarem ao redor. A mesa da cozinha, onde haviam rido e discutido minutos antes, estava agora livre dos pratos, coberta, em vez disso, com um variado sortimento de vidros cheios da geleia feita por sua mãe, ali espalhados para esfriar. Sobre a mesa, também, estava o bloco que seu pai deixara ali para que Vivien pudesse escrever pedidos de desculpas ao sr. McVeigh e Paulie Jones. Até agora, Vivien tinha escrito "Caro sr. McVeigh", riscado "Caro" e colocado "Para" acima. Depois disso, ficara sentada, olhando fixamente para a página em branco, imaginando quantas palavras seriam necessárias para enchê-la. Desejando que elas surgissem antes que seu pai voltasse para casa.

Quando se tornou evidente que os bilhetes de desculpas não se escreveriam por si próprios, Vivien largou a caneta, esticou os braços acima da cabeça, balançou um pouco os pés para frente e para trás, e examinou o resto do aposento: os quadros com pesadas molduras na parede, a mobília escura de mogno, o sofá-cama de junco com sua manta de crochê. Isso era "Dentro de casa", pensou com desgosto; o lugar dos adultos e dos deveres da escola, de limpeza de dentes e corpos, de "Silêncio" e "Não corra", de pentes e fitas, de sua mãe tomando chá com tia Ada, de visitas do reverendo e do médico. Era maçante e sombrio, um lugar que ela sempre procurava evitar, e no entanto – Vivien mordeu o interior de sua bochecha, com um pensamento repentino – hoje "Dentro de casa" era só dela, e muito provavelmente pela primeira e única vez.

Vivien leu o diário de sua irmã Ivy primeiro; em seguida, folheou todas as revistas de passatempos de Robert; examinou a coleção de bolas de gude de Pippin; e depois voltou sua atenção para o guarda-roupa de sua mãe. Enfiou os pés no interior frio de sapatos que pertenciam a uma outra época, antes de Vivien nascer, encostou o tecido sedoso da melhor blusa de sua mãe contra o rosto, colocou no pescoço colares de contas brilhantes, que tirou da caixa de nogueira de cima da cômoda. Na gaveta de seu pai, ela manuseou as moedas egípcias que ele trouxera da guerra, os documentos de quitação do serviço militar, cuidadosamente dobrados, um maço de cartas amarrado com uma fita e um papel intitulado *Certidão de Casamento*, com os verdadeiros nomes de seu pai e sua mãe, quando ela era *Isabel Carlyon*, de *Oxford, Inglaterra*, e não um deles.

As cortinas de renda esvoaçaram e o cheiro doce e pungente do "Lado de fora" atravessou a janela de guilhotina aberta. Eucalipto, murta-limão e mangas maduras que já começavam a ferver na mangueira preferida de seu pai. Vivien recolocou os papéis de volta na gaveta e ficou em pé. O céu estava azul e espelhado como o oceano, sem sequer uma nuvem. As folhas da figueira brilhavam sob a ofuscante luz do sol, os jasmins-manga cintilavam em rosa e amarelo, os pássaros chamavam uns aos outros na densa floresta tropical atrás da casa. O dia ia ser maravilhoso, Vivien constatou com satisfação, e mais tarde haveria uma tempestade. Ela adorava tempestades: as nuvens negras e as primeiras gotas, grossas e mornas, o cheiro de ferrugem da terra vermelha e seca, a chuva açoitando as paredes da casa, enquanto seu pai andava de um lado para o outro na varanda, com seu cachimbo na boca e um brilho nos olhos, tentando controlar sua empolgação enquanto as palmeiras gemiam e envergavam-se.

Vivien girou nos calcanhares. Já fizera explorações suficientes; não iria desperdiçar nem mais um precioso segundo "Dentro de casa". Parou na cozinha apenas o tempo suficiente para embrulhar o almoço que sua mãe deixara para ela e arranjou alguns biscoitos extras. Uma fileira de formigas marchava ao redor da pia e subia pela parede. Elas também sabiam que a chuva viria. Sem nem mais um olhar à carta de desculpas que não fora escrita, Vivien saiu dançando alegremente para a varanda dos fundos. Se pudesse evitar, ela nunca andava simplesmente.

Estava quente do lado de fora, e quieto, e o ar estava úmido e morno. Seus pés queimaram-se instantaneamente nas tábuas do assoalho da varanda. Era um dia perfeito para a praia. Imaginou onde os outros estariam agora, se já teriam chegado a Southport, se as mães, pais e filhos nadavam, riam e arrumavam as comidas, ou se, em vez disso, sua família teria tomado um barco de passeio. Segundo Robert, que ouvira a conversa dos colegas de seu pai da associação de ex-combatentes, havia um novo píer. Vivien imaginou-se saltando da ponta do píer, afundando como uma noz-macadâmia, tão depressa que sua pele pinicava e a água fria do mar entrava em seu nariz.

Ela bem que podia ir nadar na Cachoeira das Bruxas, mas em um dia como este o poço de pedras não era como o oceano salgado; além do mais, ela não devia sair de casa e algum tagarela da cidade certamente iria notar. Pior ainda, se Paulie Jones estivesse lá, bronzeando sua gorda barriga branca como uma velha baleia, ela achava que não conseguiria se conter. Ele que tentasse chamar Pippin de "retardado" outra vez para ver o que ia acontecer. Vivien o desafiara a fazer isso. Ela o desafiaria de novo.

Abrindo os punhos cerrados, olhou para o barracão. O Velho e falante Mac estava lá, trabalhando em consertos, e em geral valia a pena visitá-lo, mas seu pai a proibira de importuná-lo com suas perguntas. Ele tinha muito trabalho a fazer, seu pai dissera, e não estava lhe pagando um dinheiro que não tinha para ficar fazendo chá na fogueira e se vangloriando com uma garotinha que tinha suas próprias tarefas a cumprir. O Velho Mac sabia que ela estava em casa hoje, ele ficaria atento a qualquer problema, mas a menos que ela estivesse vomitando ou sangrando, o barracão estava fora de cogitação.

O que só deixava um lugar para ir.

Vivien desceu correndo a larga escada, atravessou o gramado, deu a volta nos canteiros do jardim, onde sua mãe tentava desesperadamente cultivar rosas e seu pai amorosamente lhe lembrava que eles não estavam na Inglaterra; em seguida, dando três perfeitas cambalhotas consecutivas, partiu em direção ao riacho.

～

Vivien costumava ir lá desde que aprendera a andar, dando voltas entre os eucaliptos, colhendo flores de acácia e de calistemos, com cuidado para não pisar em formigas-saltadoras ou aranhas, à medida que se afastava cada vez mais das pessoas, prédios, professores e normas. Era seu lugar preferido em todo o mundo; era só seu; pertencia a ela, e ela pertencia a ele.

Naquele dia, ela estava mais ansiosa do que normalmente para ir até o fundo. Depois da primeira plataforma de rocha escarpada, onde o terreno ficava íngreme e os formigueiros altos, ela segurou com força seu almoço e começou a correr, deliciando-se com as batidas de seu coração contra as costelas, com a assustadora vibração de suas pernas, girando, girando, sob ela, quase tropeçando, escorregando às vezes quando se desviava de um galho, saltando por cima de pedras, deslizando por montes de folhas secas.

Pássaros-chicote chilreavam no alto, insetos zumbiam, a cascata no Vale do Morto cantarolava. Fragmentos de luz e cor agitavam-se como um caleidoscópio, enquanto ela corria. O matagal estava vivo; as pequenas árvores conversavam entre si em vozes baixas e áridas, milhares de olhos invisíveis piscavam dos arbustos e dos troncos caídos, e Vivien sabia que se ela parasse e pressionasse o ouvido no solo duro, ouviria a terra chamando-a, com sons de canções antigas. Mas ela não parou; estava desesperada para chegar ao riacho que serpenteava pelo desfiladeiro.

Ninguém mais sabia, mas o riacho era mágico. Havia uma curva em particular onde as margens se afastavam formando um círculo escarpado; o leito desse lago formado pelo rio se formara há milhões de anos, quando a Terra suspirava e se mexia, e grandes placas de pedra eram amontoadas irregularmente, de modo que se as bordas eram rasas, o centro tornava-se fundo e escuro repentinamente, como um poço. E fora lá que Vivien fizera sua descoberta.

Ela estivera pescando com os vidros que havia roubado da cozinha de sua mãe e agora mantinha guardados no tronco caído e apodrecido, por trás das samambaias. Vivien guardava todos os seus tesouros dentro daquele tronco. Sempre havia alguma coisa a encontrar dentro das águas do riacho: enguias e girinos, às vezes gatos afogados, filhotes amarrados em sacos e jogados na correnteza rio acima por fazendeiros que não os queriam, velhos baldes enferrujados da época da corrida do ouro. Certa vez, ela achara até mesmo um par de dentaduras.

No dia em que descobriu as luzes, Vivien estava deitada de barriga para baixo sobre uma rocha, o braço esticado bem fundo dentro do poço, tentando pegar o maior girino que já vira. Ela havia varrido a mão e não conseguira, varrido a mão outra vez e não conseguira, então enfiou o braço ainda mais fundo de modo que seu rosto quase tocava a água. Foi quando ela as notou, várias delas, todas cintilando, cor de laranja, piscando para ela do fundo do poço. Primeiro, ela achara que era o sol e apertou os olhos para as nesgas de céu ao longe. Não era. O céu de fato se refletia na superfície da água, mas aquilo era diferente. Aquelas luzes eram muito fundas, além dos juncos e musgos escorregadios que cobriam o leito do rio. Eram alguma outra coisa. Em algum *outro lugar*.

Vivien pensara muito sobre as luzes. Ela não era muito dada à aprendizagem nos livros, isso era com Robert, ou com sua mãe, mas era boa em fazer perguntas. Ela sondara o Velho Mac e depois seu pai; finalmente, ela se deparara com Black Jackie, um batedor, colega de seu pai, que conhecia o matagal melhor do que ninguém. Ele parou o que estava fazendo e colocou a mão atrás das costas, na cintura, arqueando seu corpo magro e rijo.

– Você viu as luzinhas no fundo do poço do rio, hein?

Ela balançou a cabeça e ele olhou para ela sem piscar. Por fim, um ligeiro sorriso aflorou aos seus lábios.

– Já tocou o fundo desse poço?

— Não. — Ela abanou uma mosca do seu nariz. — Profundo demais.

— Eu também não. — Ele coçou a cabeça por baixo da aba do chapéu e fez menção de recomeçar a cavar. Antes de enfiar a pá no solo, virou a cabeça para ela. — O que a faz pensar que existe um, se não viu por si mesma?

Foi então que Vivien compreendeu: havia um buraco em seu rio que ia até o outro lado do mundo. Era a única explicação. Ouvira seu pai falar em cavar um buraco até a China e ela agora o encontrara. Um túnel secreto, um caminho ao centro da Terra — o lugar de onde brotara toda a magia, toda a vida e todo o tempo — e mais além, até às estrelas brilhantes de um céu longínquo. A questão era: o que ela iria fazer com ele?

Explorá-lo, isso é o que iria fazer.

Vivien estancou de repente com uma derrapagem na grande e plana laje de pedra que formava a ponte entre o mato e o riacho. A água estava plácida naquele dia, densa e turva, na parte rasa à beira das margens. Uma fina camada de lodo vinda da parte de cima do rio se estendera pela superfície como uma pele gordurosa.

O sol estava diretamente acima e o chão cozinhava. Os galhos dos enormes eucaliptos rangiam com o calor.

Vivien enfiou seu almoço embaixo das samambaias que se debruçavam sobre a rocha; algo deslizou na fria vegetação rasteira, afastando-se dali sem ser notado.

No começo, a água estava muito fria ao redor de seus tornozelos nus. Ela vadeou pelo raso, os pés agarrando-se às pedras cobertas de limo, repentinamente afiadas e pontiagudas em alguns lugares. Seu plano, para começar, era avistar as luzes, certificar-se de que ainda estavam onde deveriam estar, depois ela iria nadar o mais fundo que pudesse para vê-las melhor. Havia semanas ela vinha praticando prender a respiração e trouxera um dos pregadores de roupa de sua mãe para o nariz porque Robert achava que se ela conseguisse impedir que o ar escapasse pelas narinas, ela iria aguentar mais tempo.

Quando chegou à beira da rocha onde o leito do rio mergulhava no abismo, Vivien espreitou as águas escuras. Levou alguns segundos, apertando os olhos e se inclinando para baixo, mas logo... lá estavam elas!

Ela riu e quase perdeu o equilíbrio.

Um par de cucaburras sobrevoou a borda da rocha, com seu canto semelhante a risos histéricos.

Vivien correu de volta para a margem do lago formado pelo riacho, escorregando às vezes, em sua pressa. Atravessou correndo a rocha plana, os pés espadanando água, depois remexeu no embrulho do seu almoço para tirar dali o pregador de roupa.

Foi quando estava decidindo a melhor maneira de prendê-lo no nariz, que ela notou uma coisa preta em seu pé.

Uma colossal sanguessuga – grande e gorda.

Vivien abaixou-se, agarrou-a entre o polegar e o dedo indicador, e puxou com todas as forças.

O maldito bicho escorregadio recusava-se a se soltar.

Ela sentou-se e fez nova tentativa, porém, por mais que apertasse e puxasse, ela não se movia. O corpo da sanguessuga escorregava em seus dedos, molhado e maleável. Ela se enrijeceu, preparando-se, fechou os olhos com força e deu um último puxão.

Vivien praguejou com cada palavrão proibido (*Merda! Desgraçado! Filho da mãe!*) que ela coletara em sete anos espionando seu pai trabalhando no barracão. A sanguessuga se soltara, mas um fio de sangue corria em seu lugar.

Sua cabeça começou a girar, sentiu-se confusa, e ficou contente por ainda estar sentada. Ela podia ver o Velho Mac cortar a cabeça de galinhas, sem nenhum problema; ela segurara a ponta do dedo de seu irmão Pippin, decepada por um machado, durante todo o trajeto até a clínica do dr. Farrell; ela limpava os peixes melhor e mais depressa do que Robert quando acampavam perto do rio Nerang. Entretanto, diante de seu próprio sangue, ela se tornava uma inútil.

Foi mancando de volta até à beira d'água e mergulhou os pés, balançando-os de um lado para o outro. Toda vez que tirava o pé ferido da água, o sangue ainda escorria. Nada a fazer senão esperar.

Sentou-se na laje de pedra e desembrulhou seu almoço. Fatias do rosbife do jantar da noite anterior, o molho brilhando, frio, sobre elas; batata inglesa e batata-doce cozidas, que ela comeu com as mãos; uma fatia de pudim de pão, lambuzada com a geleia que sua mãe acabara de fazer; três biscoitos e uma laranja vermelha, recém-tirada do pé.

Um bando de gralhas se materializou nas sombras enquanto ela comia, fitando-a com olhos frios e fixos. Quando terminou, Vivien atirou as migalhas no mato e uma confusão de asas pesadas lançou-se sobre elas. Vivien sacudiu sua roupa e bocejou.

Seu pé finalmente parara de sangrar. Ela queria explorar o buraco no fundo do lago, mas sentia-se cansada repentinamente; muito cansada, como a menina em uma daquelas histórias que sua mãe lia para eles às vezes numa voz distante que a cada palavra ficava mais diferente da voz deles. Aquilo fazia Vivien sentir-se estranha, aquela voz de sua mãe; era fantasia, e apesar de Vivien admirar sua mãe por isso, também sentia ciúmes dessa parte da mãe que eles não conheciam.

Vivien bocejou outra vez, abrindo tanto a boca que seus olhos doeram.

E se ela se deitasse, só um pouquinho?

Arrastou-se para a beirada da rocha e enfiou-se embaixo das folhas de samambaia, tão no fundo que quando ela rolou e ficou de costas, oscilando um pouco para a esquerda, o último pedaço de céu desapareceu. A folhagem se estendia, fria e macia, sob seu corpo, grilos cantavam na vegetação rasteira e em algum lugar um sapo preparava-se para arfar a tarde inteira.

O dia estava quente e ela era pequena, não era de surpreender que Vivien adormecesse. Ela sonhou com as luzes no fundo do poço do riacho, com o tempo que levaria para nadar até a China e com um longo píer de tábuas de madeira quentes, seus irmãos e irmã mergulhando da ponta do píer. Sonhou com a tormenta que estava a caminho e com seu pai na varanda, com a pele inglesa da mãe, cheia de sardas depois de um dia na praia, e com a mesa de jantar naquela noite, toda a família ao redor.

O sol inclemente lançava suas chamas sobre a superfície da Terra, a luz infiltrava-se e movia-se pela folhagem, a umidade repuxava ainda mais a pele dos tambores e pequenas gotas de suor apareceram na linha do cabelo da menina. Insetos clicavam e estalavam, a criança adormecida remexeu-se quando uma folha de samambaia roçou sua face, e então:

– *Vivien!*

Seu nome veio de repente, deslizando pela encosta da colina, atravessando a vegetação rasteira até alcançá-la.

Ela acordou com um sobressalto.

– Viv-i-*en*?

Era sua tia Ada, a irmã mais velha de seu pai.

Vivien sentou-se ereta, afastando fios de cabelo da testa úmida de suor com as costas da mão. Abelhas zumbiam perto dali. Ela bocejou.

– Mocinha, se você está aí, pelo amor de Deus, apareça.

Na maioria das vezes, Vivien não dava a menor importância à obediência, mas a voz de sua tia, em geral imperturbável, estava tão transtornada que a curiosidade a dominou e ela rolou para fora das samambaias, pegando os utensílios do seu almoço. O dia escurecera; nuvens cobriam o céu azul e o desfiladeiro já estava mergulhado nas sombras.

Com um olhar cobiçoso por cima do ombro para o riacho, uma promessa de voltar assim que pudesse, ela começou a voltar para casa.

✑

Sua tia Ada estava sentada na escada dos fundos, a cabeça entre as mãos, quando Vivien emergiu do matagal. Algum sexto sentido deve tê-la avisado de que tinha companhia porque ela olhou para o lado, pestanejando para Vivien com a mesma expressão perplexa que exibiria se um espírito da mata tivesse aparecido no quintal diante dela.

— Venha cá, criança — ela disse finalmente, chamando-a com uma das mãos enquanto se apoiava com a outra para se levantar.

Vivien caminhou devagar. Havia uma estranha sensação trepidante em seu estômago para a qual ela não tinha nenhum nome, mas que um dia reconheceria como pavor. As faces de sua tia Ada brilhavam, vermelhas, e havia alguma coisa incontrolável em seu comportamento; ela parecia prestes a gritar ou a dar um tapa no ouvido de Vivien, mas não fez nada disso, irrompendo em lágrimas escaldantes e dizendo:

— Pelo amor de Deus, entre e lave essa sujeira do rosto. O que sua pobre mãe iria pensar?

∽

Vivien estava "Dentro de casa" outra vez. Estava sempre "Dentro de casa" desde o acontecido. A primeira semana, quando as caixas de madeira, ou caixões, como sua tia Ada as chamava, foram enfileiradas na sala de estar; as longas noites durante as quais as paredes de seu quarto de dormir recuavam e desapareciam na escuridão; os dias parados, úmidos e quentes, em que os adultos sussurravam, estalavam a língua diante do inesperado de tudo aquilo e suavam em roupas já úmidas da chuva que desabava do lado de fora das janelas embaçadas.

Ela fizera um ninho contra a parede, enfiara-se entre o aparador e as costas da poltrona de seu pai, e ali permanecera. Palavras e expressões zumbiam como mosquitos no ar abafado – *o Lizzie Ford... pela ribanceira... incinerado... quase irreconhecíveis* – mas Vivien bloqueou seus ouvidos e, em vez de ouvir, ficou pensando no túnel do lago do rio e na grande sala de engrenagens em seu centro, que fazia o mundo girar.

Durante cinco dias, ela recusou-se a deixar o lugar, e os adultos procuravam agradá-la, traziam-lhe pratos de comida e sacudiam a cabeça com pena, até que finalmente, sem nenhum sinal ou aviso prévio, a linha invisível de complacência foi recolhida e ela arrastada de volta para o mundo.

A estação das chuvas já estava em pleno andamento a essa altura, mas houve um dia em que o sol brilhara e ela sentiu um leve frêmito do seu antigo eu, saindo sorrateiramente para a claridade do quintal e encontrando o Velho Mac no barracão. Ele falou muito pouco, colocando a mão grande e ossuda em seu ombro e apertando com força, depois colocou o martelo em sua mão para que ela pudesse ajudar com a cerca. Com o transcorrer do dia, ela pensara em visitar o riacho, mas não o fez, e depois a chuva veio e sua tia Ada voltou com caixas de papelão e tudo na casa foi empacotado e levado embora. Os sapatos preferidos de sua irmã, de cetim, que ficaram a semana inteira no tapete, no mesmo lugar em que ela os deixara quando sua mãe lhe disse que eram bons demais para o piquenique, foram jogados numa caixa com os lenços e o cinto velho de seu pai. Em seguida, quando Vivien percebeu, havia um cartaz "À venda" no gramado da frente e ela estava dormindo em um chão estranho, enquanto suas primas piscavam com curiosidade para ela de suas próprias camas.

A casa da tia Ada era diferente da sua. A pintura da parede não estava descascando, não havia formigas passeando pela bancada da cozinha, não havia cascatas de flores do jardim jorrando de jarras. Era uma casa em que não se toleravam derramamentos de nenhuma espécie. Um lugar para tudo e tudo em seu lugar, sua tia costumava dizer, numa voz estridente como uma corda de violino esticada demais.

Enquanto a chuva continuava lá fora, Vivien passara a ficar deitada embaixo do sofá na sala de estar, imprensada contra o painel de madeira da parede. Havia uma parte caída do forro de juta do sofá, invisível da porta, e espremer-se atrás dele era se tornar invisível também. Era reconfortante, aquela base solta do sofá, fazia-a se lembrar de sua própria casa, sua família, sua feliz desordem. Fora o mais próximo que chegara das lágrimas. Na maioria das vezes, entretanto, ela se concentrava apenas em sua respiração, inalando a menor quantidade possível de ar e soltando-a lentamente, de modo que seu peito quase não se movesse. Horas – dias inteiros – podiam se passar assim, a chuva gorgolejando pelas calhas do lado de fora, Vivien com os olhos cerrados, a caixa torácica quase imóvel. Às vezes, quase podia se convencer de que conseguira parar o tempo.

A maior virtude do aposento, no entanto, era sua designação como terreno estritamente proibido. A regra foi transmitida a Vivien em sua primeira noite na casa – a sala de estar devia ser usada somente para receber visitas, somente por sua tia e somente quando o status da visita o exigia. Vivien assentira solenemente, quando perguntada, para mostrar que sim, ela compreendia. E compreendera, perfeitamente. Ninguém usava a sala, a não ser para espanar o pó diariamente, o que significava que ela podia ter certeza de que ficaria sozinha entre suas paredes.

E assim fizera, até aquele dia.

O reverendo Fawley já estava sentado na poltrona junto à janela havia uns quinze minutos enquanto sua tia se alvoroçava em torno do chá e bolo. Vivien estava enfiada embaixo do sofá, mais especificamente presa pela depressão do traseiro da tia.

– Não preciso relembrá-la o que o Senhor aconselharia, sra. Frost – disse o reverendo na voz melosa que em geral guardava para o pequeno menino Jesus. – "Não se esqueça de receber estranhos, pois ao fazê-lo poderá estar recebendo anjos sem o saber."

– Se essa menina é um anjo, então eu sou a rainha da Inglaterra.

– Sim, bem – o tilintar piedoso de uma colher contra a porcelana –, a criança sofreu uma grande perda.

– Mais açúcar, reverendo?

– Não, obrigado, sra. Frost.

A base do sofá afundou mais ainda quando sua tia suspirou.

– Todos nós sofremos uma grande perda, reverendo. Quando penso no meu querido irmão, morrendo dessa forma... despencando lá de cima, todos eles, o Lizzie Ford lançando-se da beira da montanha. Harvey Watkins, que os encontrou, disse que o carro estava tão queimado que ele não sabia o que estava vendo. Foi uma tragédia...

– Uma terrível tragédia.

– Mesmo assim – os sapatos de sua tia remexeram-se sobre o tapete e Vivien pôde ver a ponta de um deles arranhando o joanete preso dentro do outro. – Não posso mantê-la aqui. Eu mesma tenho seis, e agora mamãe virá morar com a gente. Você sabe como mamãe está desde que o médico teve que amputar sua perna. Sou uma boa cristã, reverendo, estou na igreja todos os domingos, faço minha parte para levantar fundos para as festas e para a Páscoa, mas isso eu não posso fazer.

– Compreendo.

– O senhor mesmo sabe, a menina não é fácil.

Houve uma pausa na conversa enquanto tomavam um gole do chá e a natureza particular da falta de maleabilidade de Vivien era considerada.

– Se fosse qualquer um dos outros – sua tia pousou a xícara no pires –, até mesmo o pobre, retardado Pippin... mas eu simplesmente não posso. Perdoe-me, reverendo, sei que é pecado dizer isso, mas não posso olhar para a menina sem culpá-la por tudo que aconteceu. Ela devia ter ido com eles. Se não tivesse se metido em confusão e recebido um castigo... Eles saíram mais cedo do piquenique, sabe, porque meu irmão não queria deixá-la tanto tempo sozinha, ele sempre teve o coração mole... – Ela parou com um longo e entrecortado gemido, e Vivien pensou em como os adultos podiam ser cruéis, como podiam ser fracos. Tão acostumados a conseguir o que queriam que não sabiam nada sobre ter coragem.

– Vamos, vamos, sra. Frost. Pronto, pronto.

O choro era abundante e forçado, como o de Pippin quando queria a atenção da mãe. A poltrona do reverendo rangeu e seus pés se aproximaram. Ele deu alguma coisa para sua tia, deve ter dado, porque ela agradeceu, através das lágrimas, e depois assoou o nariz com força.

– Não, fique com ele – o reverendo disse, voltando para sua poltrona. Sentou-se com um profundo suspiro. – Mas a gente fica pensando o que vai ser da menina.

Sua tia Ada fez pequenos ruídos de recuperação e depois sugeriu:
– Achei que talvez o orfanato da igreja em Toowoomba?

O reverendo cruzou os pés.

– Acho que as freiras cuidam bem das meninas – sua tia continuou –, são firmes, mas justas, e a disciplina não lhe faria nenhum mal; David e Isabel sempre foram moles demais.

– Isabel – disse o reverendo de repente, inclinando-se para frente. – E a família de Isabel? Não há uma pessoa que pudesse ser contatada?

– Receio que ela nunca tenha falado muito sobre eles... Mas, agora que mencionou isso, acho que realmente há um irmão.

– Um irmão?

– Um professor, na Inglaterra. Perto de Oxford, eu acho.

– Muito bem, então.

– Como?

– Sugiro que comecemos por aí.

– Quer dizer... entrar em contato com ele? – A voz de sua tia Ada animou-se.

– Podemos tentar, sra. Frost.

– Mandar-lhe uma carta?

– Eu mesmo escreverei para ele.

– Oh, reverendo...

– Vou ver se ele pode ser persuadido a um ato de compaixão cristã.

– Fazer o que é certo.

– Seu dever de família.

– Seu dever de família. – Havia uma nova animação na voz de sua tia. – E que tipo de homem se recusaria? Eu mesma ficaria com ela, se pudesse, se não fosse por mamãe e meus próprios seis filhos e a falta de espaço... – Ela levantou-se e a base do sofá suspirou de alívio. – Posso lhe servir outra fatia de bolo, reverendo?

Constatou-se que, de fato, havia um irmão, e ele *foi* induzido pelo reverendo a agir corretamente. E foi assim, dessa forma, que a vida de Vivien mudou outra vez. No final das contas, tudo se passou muito rapidamente. Sua tia conhecia uma mulher que conhecia um sujeito cuja irmã iria atravessar o oceano para um lugar chamado Londres, a fim de se encontrar com um homem a respeito de um cargo de governanta, e ela levaria Vivien com ela. Foram tomadas todas as decisões e os detalhes resolvidos no fluxo de conversas entre adultos, o que sempre parecia fluir por cima da cabeça de Vivien.

Um par de sapatos quase novos foi encontrado, os cabelos de Vivien perfeitamente presos em tranças, o resto dela metido em um vestido engomado com uma fita na cintura. Seu tio desceu de carro pela montanha, até a estação ferroviária para pegar o trem para Brisbane. Ainda chovia e continuava quente, e Vivien desenhou com o dedo na janela embaçada de vapor.

A praça em frente ao Railway Hotel estava cheia quando chegaram, mas encontraram a srta. Katy Ellis exatamente onde ela havia combinado de encontrá-los, embaixo do relógio do guichê de passagens.

Vivien nunca havia imaginado, nem por um segundo, que houvesse tanta gente no mundo. Estavam por toda parte, cada qual diferente do outro, correndo para todos os lados com seus afazeres, como formigas gigantes na terra escura e úmida onde havia um tronco podre. Guarda-chuvas pretos e enormes caixotes de madeira, e cavalos com grandes olhos castanhos e narinas dilatadas.

A mulher limpou a garganta e Vivien percebeu que haviam lhe dirigido a palavra. Rebuscou suas lembranças para se lembrar do que havia sido dito. Cavalos e guarda-chuvas, formigas gigantes na lama, pessoas apressadas – seu nome. A mulher lhe perguntara se ela se chamava Vivien.

Ela balançou a cabeça.

– Não esqueça as boas maneiras, menina – sua tia Ada repreendeu-a, arrumando a gola do vestido de Vivien. – É o que seu pai e sua mãe iriam gostar que fizesse. Diga "Sim, senhorita", quando lhe fizerem uma pergunta.

– A menos que você discorde, é claro, quando então "Não, senhorita" servirá perfeitamente bem. – A mulher deu um bonito sorriso que indicava que ela estava fazendo um gracejo. Vivien olhou de um para o outro do par de rostos que a fitava de cima, com ar de expectativa. As sobrancelhas de sua tia uniram-se enquanto aguardava.

– Sim, senhorita – Vivien disse.

– E você vai bem, nesta manhã?

A submissão nunca fora fácil para Vivien e teve vontade de dizer o que pensava, gritado que não ia nem um pouco bem, que não queria ir embora, que não era justo e não podiam obrigá-la... Mas não agora. Vivien compreendeu naquele momento que era muito mais fácil dizer o que as pessoas queriam ouvir. Que diferença faria, de qualquer modo? As palavras eram desajeitadas; não conseguia pensar em nenhuma naquele momento que descrevesse o terrível buraco negro e sem fundo que se abrira dentro dela; a dor que consumia suas entranhas toda vez que pensava ouvir os passos de seu pai pelo corredor, sentia a colônia de sua mãe ou, pior de tudo, via algo que simplesmente tinha que compartilhar com Pippin...

– Sim, senhorita – ela disse, para a mulher alegre, de cabelos ruivos e uma saia longa e bem-arrumada.

Tia Ada entregou a valise de Vivien a um carregador, deu uns tapinhas na cabeça da sobrinha e disse-lhe para ser uma boa menina. A srta. Katy Ellis conferiu seus bilhetes cuidadosamente e imaginou se o vestido que ela havia colocado na mala para sua entrevista em Londres iria servir tão bem como esperava. E, quando o trem anunciou com um apito sua partida iminente, uma garotinha com tranças perfeitamente arrumadas e sapatos de outra pessoa galgou os degraus de ferro. A fumaça encheu a plataforma; as pessoas acenavam e gritavam; um cachorro de rua correu pelo meio da multidão. Ninguém notou quando a garotinha ultrapassou o limiar sombreado; nem mesmo sua tia Ada – que alguns esperavam que estivesse conduzindo a sobrinha órfã em direção ao seu futuro incerto. Assim, quando a essência de luz e vida que havia sido Vivien Longmeyer contraiu-se para se proteger e desapareceu no fundo de si mesma, o mundo continuou se movendo e ninguém viu isso acontecer.

23

Londres, março de 1941

VIVIEN ESBARROU NO HOMEM porque não estava olhando para onde ia. Também estava indo muito depressa – depressa demais, como de costume. E assim eles colidiram, na esquina da Fulham Road com a Sydney Street, em um dia cinzento e frio de Londres, em março.

– Desculpe-me – ela disse, depois que o choque se transformou em culpa e constrangimento. – Eu não o vi. – Ele tinha uma expressão ligeiramente confusa no rosto, e no começo ela pensou que tivesse lhe causado uma concussão. Disse, como forma de mais explicação. – Eu ando depressa demais. Sempre faço isso. – *Rápida como um raio*, seu pai costumava dizer quando ela era pequena e corria pelo mato. Vivien sacudiu a cabeça, afastando a lembrança.

– Foi minha culpa – ele disse, abanando a mão. – Eu sou difícil de ser visto, às vezes praticamente invisível. É uma verdadeira chateação.

O comentário dele a pegou desprevenida, e Vivien sentiu o começo de um sorriso de surpresa. Foi um erro, porque ele inclinou a cabeça e olhou-a atentamente, estreitando ligeiramente os olhos escuros.

– Já nos vimos antes.

– Não. – Seu sorriso desapareceu instantaneamente. – Acho que não.

– Sim, tenho certeza disso.

– Está enganado. – Ela balançou a cabeça, sinalizando, esperava, o fim da questão, e depois, antes de continuar seu caminho, disse: – Tenha um bom dia.

Alguns instantes se passaram. Ela já estava quase em Cale Street, quando o ouviu gritar atrás dela:
— Na cantina do WVS, em Kensington. — Você viu minha fotografia e me contou sobre o hospital de seu amigo.

Ela parou.

— O hospital para crianças órfãs, certo?

O rosto de Vivien ficou vermelho, ela se virou e correu de volta para onde ele estava.

— Pare — ela sibilou, erguendo um dedo aos lábios quando o alcançou. — Pare de falar, agora.

Ele franziu o cenho, evidentemente confuso, e ela olhou além dos ombros dele, em seguida por cima de seus próprios ombros, antes de puxá-lo com ela para trás da frente de uma loja destruída por uma bomba, fora dos olhos curiosos da rua.

— Tenho certeza que deixei bem claro para você que não deveria repetir o que eu disse...

— Então você *realmente* se lembra.

— Claro que eu me lembro. Pareço uma idiota? — Lançou um olhar para a rua e esperou enquanto uma mulher com um cesto de compras passava por eles devagar. Quando a mulher se foi, ela sussurrou:

— Eu disse a você para não mencionar o hospital para ninguém.

Ele também sussurrou.

— Não sabia que isso incluía você.

A frase seguinte de Vivien travou antes que pudesse proferi-la. Ele mantinha o rosto impassível, mas alguma coisa no tom de sua voz a fez pensar que ele estava brincando. Ela, porém, não se permitiu reconhecer a piada, isso só o iria encorajar e essa era a última coisa que ela queria fazer.

— Bem, incluía, sim — ela disse. — Também me incluía.

— Compreendo. Bem. Agora eu sei. Obrigado por me esclarecer. — Um ligeiro sorriso brincava em seus lábios quando ele disse:

— Espero não ter estragado tudo contando-lhe o seu segredo.

Vivien percebeu que estivera segurando-o pelo pulso e soltou-o como se queimasse sua mão, dando um passo para trás em meio aos escombros, ajeitando o perfeito rolo de cabelos que havia deslizado para a frente, sobre a sua testa. O grampo de rubis que Henry lhe dera em seu aniversário de casamento era lindo, mas não prendia tão bem quanto um grampo comum.

– Eu preciso ir agora – ela disse sumariamente e, em seguida, sem mais nenhuma palavra, caminhou o mais rapidamente possível de volta à rua.

Lembrara-se dele imediatamente, é claro. No instante em que colidiram, ela dera um passo para trás e vira seu rosto, ela o reconhecera, e sentira o reconhecimento como uma descarga elétrica em seu corpo. Ainda não conseguia explicar o que ocorrera, nem sequer para si mesma; o sonho que tivera depois que se encontraram naquela noite na cantina. Meu Deus, mas fora o tipo de sonho de fazê-la prender a respiração quando seus ecos vieram à sua mente no dia seguinte. Não fora sexual; fora mais inebriante do que isso, e muito mais perigoso. O sonho a enchera com uma profunda e inexplicável ânsia por um lugar e uma época distantes; um desejo que Vivien achava já ter superado fazia muito tempo, cuja ausência ela sentia como a morte de alguém querido, quando acordava na manhã seguinte e compreendia que teria que continuar vivendo sem isso. Ela tentara de tudo para tirar aquele sonho de sua cabeça, suas sombras devoradoras que se recusavam a se dissipar; não conseguia olhar Henry nos olhos na mesa do café na manhã seguinte sem ter certeza de que ele veria o que estava escondido ali – ela que se tornara tão boa em esconder as coisas dele.

– Espere um minuto.

Oh, meu Deus, era ele outra vez; ele a estava seguindo. Vivien continuou andando, mais depressa agora, o queixo um pouco mais empinado. Não queria que ele a alcançasse; era melhor para todos os envolvidos que ele não a alcançasse. E mesmo assim... Havia uma parte dela – a mesma parte curiosa e incauta que a governara quando criança e a metera em tanta confusão; a parte que exasperara sua tia Ada e que seu pai cultivava; a pequena parte escondida que se recusava a morrer independentemente do que atirassem nela – que queria saber o que o homem do sonho iria dizer em seguida.

Vivien amaldiçoou esta parte de si mesma. Atravessou a rua e andou ainda mais rápido ao longo das pedras do calçamento, os sapatos clicando friamente. Tola. Ele visitara sua mente naquela noite simplesmente porque seu cérebro de algum modo lançara sua imagem na confusão inconsciente que dava origem aos sonhos.

– Espere – ele disse, bem perto agora. – Nossa, você não estava brincando quando falou que andava rápido. Devia considerar as Olimpíadas. Uma campeã como você... seria bom para o moral do país, não acha?

Ela sentiu que diminuíra ligeiramente o passo quando ele chegou ao seu lado, mas não olhou para ele, ficou apenas ouvindo quando ele disse:

– Desculpe se começamos com o pé errado. Não tive a intenção de importuná-la lá atrás. É só que eu fiquei tão contente de tê-la encontrado assim, por acaso.

– Oh, é mesmo? E por quê?

Ele parou de andar e houve alguma coisa na seriedade de sua expressão que a fez parar também. Ela olhou de um lado para o outro da rua, verificando se não fora seguida por alguma outra pessoa, enquanto ele dizia:

– Não precisa se preocupar, é só que... estive pensando muito sobre o hospital desde que nos encontramos, sobre Nella, a menina da foto.

– Sei quem é Nella – Vivien retrucou. – Eu a vi esta semana mesmo.

– Então, ela ainda está no hospital?

– Está.

A brevidade de sua resposta, ela viu, o fez se contrair – ótimo – mas logo ele sorriu, provavelmente tentando enternecê-la.

– Olhe, eu gostaria de visitá-la, só isso. Não tive intenção de incomodá-la, e prometo não interferir em seu caminho. Se pudesse me levar até ela, um dia desses, eu ficaria muito agradecido.

Vivien sabia que devia dizer não. A última coisa que precisava – ou queria – era um homem como ele acompanhando-a quando ia ao hospital do dr. Tomalin. O caso inteiro já era suficientemente perigoso do jeito que estava; Henry já estava começando a desconfiar. Mas ele a olhava com tanta franqueza e, droga, seu rosto era tão cheio de luz e, de certo modo, bondade, esperança, e aquela sensação retornou, a fugidia ânsia do sonho.

– Por favor? – Ele ergueu sua mão para ela; no sonho, ela a segurara.

– Vai ter que acompanhar meu passo – ela disse, enfaticamente. – E é somente desta vez.

– O quê? Quer dizer agora? É para lá que você está indo?

– Sim. E estou ficando muito atrasada. – Ela não disse "graças a você", mas esperava que estivesse implícito. – Eu tenho... um compromisso.

– Não vou atrapalhá-la. Prometo.

Ela não tivera a intenção de encorajá-lo, mas sabia pelo sorriso dele que o fizera.

– Vou levá-lo até lá hoje – ela disse –, mas depois disso você tem que desaparecer.

– Sabe que eu não sou realmente invisível, não sabe?

Ela não sorriu.

– Você deve voltar para o lugar de onde veio e esquecer tudo que lhe falei na outra noite na cantina.

– Tem a minha palavra. – Ele estendeu a mão para ela apertar. – Meu nome é...

– Não. – Ela interrompeu-o rapidamente e viu, pelo seu rosto, que o pegara de surpresa. – Nada de nomes. Amigos é que trocam nomes, e nós não somos isso.

Ele pestanejou e depois assentiu.

Seu modo de falar fora bem frio; estava satisfeita; já tinha sido bastante tola.

– Mais uma coisa – ela disse. – Depois que eu levá-lo para visitar Nella, nós nunca mais vamos nos encontrar outra vez.

Jimmy não estava brincando, não completamente – Vivien Jenkins andava como alguém que tivesse um alvo pintado nas costas. Ou melhor, como alguém tentando se manter dois passos à frente do sujeito que ela relutantemente concordara em acompanhar ao seu local de encontro com o amante. Ele quase tinha que correr para não ficar para trás, enquanto ela apressava-se pelo labirinto de ruas à margem do rio, e não havia a menor condição de poder manter uma conversa ao mesmo tempo. Tanto melhor, aliás: quanto menos fosse dito entre eles, melhor. Como a própria Vivien dissera, não eram amigos, nem iriam ser. Ainda bem que ela deixara isso muito claro – era um lembrete que vinha na hora certa para Jimmy, acostumado a se dar bem com todo mundo, já que ele não queria conhecer Vivien Jenkins tanto quanto ela não queria conhecê-lo.

Ele concordara com o plano de Doll no final em parte porque ela lhe prometera que ninguém se machucaria.

– Não vê como é simples? – ela dissera, apertando sua mão com força no Lyons Corner House, perto do Marble Arch. – Você esbarra nela acidentalmente, ou assim parece, e enquanto você estiver tagarelando sobre a coincidência de se encontrarem, você diz que gostaria de visitar a menina, aquela da explosão de bomba, a órfã.

– Nella – ele dissera, observando a maneira como a luz do sol não conseguia fazer brilhar a borda de metal da mesa.

– Ela vai concordar. Quem não concordaria? Especialmente quando você lhe disser como ficou comovido com o infortúnio da menina, o que é verdade, não é, Jimmy? Você mesmo me disse que queria ir ver como a garota está indo.

Ele assentiu, ainda sem conseguir fitá-la nos olhos.

– Assim, você a acompanha, descubra um modo de combinar mais um encontro e então eu apareço e tiro uma fotografia de vocês dois parecendo, você sabe, íntimos. Nós lhe enviaremos uma carta, anônima, é claro, dizendo-lhe o que eu tenho e então ela vai fazer o que for necessário para manter isso em segredo. – Dolly apagara o cigarro esmagando-o violentamente no cinzeiro. – Viu? É tão simples que não pode falhar.

Simples, talvez, até mesmo infalível, mas ainda assim não era certo.

– Isso é extorsão, Doll – ele disse, a voz baixa, e em seguida, virando a cabeça para olhá-la: – É *roubo*.

– Não – Dolly mostrou-se inflexível –, é *justiça*. É o que ela merece depois do que fez a mim, a *nós*, Jimmy, sem mencionar o que está fazendo com o marido. Além do mais, ela tem muito dinheiro, não vai nem sentir falta da pequena quantia que vamos pedir.

– Mas o marido dela, ele vai...

– Ele nunca vai saber; isso é o melhor de tudo, Jimmy, a fortuna é toda dela. A casa em que moram em Campden Grove, a renda privada... a avó de Vivien deixou tudo para ela com a condição de que ela deveria deter o controle mesmo *depois* de casada. Você devia ter ouvido Lady Gwendolyn falando sobre isso, ela achava que era uma tremenda sorte.

Ele não havia respondido e Dolly deve ter pressentido sua relutância, porque começou a entrar em pânico. Seus olhos já naturalmente grandes se arregalaram, suplicantes, e ela cruzou os dedos, como se rezasse.

– Não vê? – disse. – Ela nem vai sentir a diferença, mas nós poderemos viver juntos, homem e mulher. Felizes para sempre, Jimmy.

Ele ainda não sabia o que dizer, de modo que não disse nada, brincando com um fósforo enquanto a tensão entre eles continuava a aumentar, e seus pensamentos começaram a vagar, como sempre acontecia quando Jimmy estava angustiado, como uma espiral de fumaça, para longe do problema em questão. Viu-se pensando em seu pai. O quarto que estavam compartilhando até encontrarem algo melhor e a maneira como seu velho pai ficava sentado à janela, observando a rua, imaginado se a mãe de Jimmy iria saber como encontrá-los agora, imaginando que talvez fosse por isso que ela não tinha vindo e perguntando a Jimmy toda noite se agora, por favor, eles não podiam voltar para o antigo apartamento. Às vezes, ele chorava e partia o coração de Jimmy ouvi-lo soluçar no travesseiro, repetindo sem parar, para ninguém em particular, que ele simplesmente gostaria que tudo voltasse a ser como era antes. Quando tivesse filhos, Jimmy esperava que ele soubesse as palavras certas a dizer para consolá-los quando eles chorassem como se o mundo fosse se acabar, mas de certa forma era mais difícil quando a pessoa que chorava era seu pai. Havia tanta gente chorando sobre o travesseiro ultimamente – Jimmy pensou em todas as almas perdidas que ele fotografara desde o começo da guerra, os desamparados e os enlutados, os desesperançados e os corajosos, e olhou para Doll, agora acendendo outro cigarro e fumando ansiosamente, tão diferente da jovem à beira-mar, com os olhos sorridentes, e pensou que provavelmente havia muita gente que, como seu pai, gostaria de voltar no tempo.

Ou ir para o futuro. O fósforo se quebrou entre seus dedos. Afinal, não se podia voltar atrás, isso não passava de um desejo vão, mas havia outro caminho para sair do presente, e era seguir em frente. Lembrou-se de como se sentira nas semanas seguintes à noite em que Dolly disse que não podia se casar com ele, o imenso vazio que se estendera, escuro, à sua frente, a solidão que o mantivera acordado à noite, ouvindo as infindáveis, infelizes, batidas de seu próprio coração e os soluços de seu pai; e pensou, por fim, se haveria algo realmente tão terrível no que Doll sugerira.

Normalmente, Jimmy teria respondido que sim, havia. Antes, ele tinha ideias muito claras sobre o que era certo e o que era errado. Agora, porém, com a guerra, tudo explodindo e desmoronando ao seu redor, bem – Jimmy sacudiu a cabeça, em dúvida – as coisas, de certo modo, eram diferentes. Havia momentos, ele percebia, em que uma pessoa se aferrava às suas ideias rígidas por sua própria conta e risco.

Ele uniu os pedaços de fósforo em perfeito alinhamento e, enquanto o fazia, ouviu Doll suspirar ao seu lado. Olhou para ela, que se deixou afundar contra o banco de couro e enterrou o rosto nas mãos pequenas. Ele notou novamente os arranhões em seus braços, o quanto ela estava magra.

— Sinto muito, Jimmy — ela disse através dos dedos. — Sinto muito. Eu não devia ter lhe pedido isso. Foi só uma ideia. Eu só... eu só queria... — Sua voz não passava de um sussurro agora, como se não pudesse suportar ouvir a si mesma dizendo a terrível e simples verdade. — Ela me fez sentir como se eu não fosse *nada*, Jimmy.

Dolly gostava de brincar de faz de conta e não havia ninguém igual a ela para desaparecer sob a pele de um personagem imaginário, mas Jimmy a conhecia bem e naquele momento sua franca honestidade penetrou fundo no peito dele. Vivien Jenkins havia feito sua linda Doll — ela, tão inteligente e efervescente, cuja risada o fazia se sentir mais vivo, que tinha tanto a oferecer ao mundo — sentir como se não fosse ninguém. Jimmy não precisava ouvir mais nada.

∽

— Depressa. — Vivien Jenkins havia parado de andar e esperava por ele na entrada do prédio de tijolos vermelhos, idêntico aos outros dois prédios que o ladeavam, exceto por uma placa de metal na porta: *Dr. M. Tomalin, MD*. Ela verificava o elegante relógio de ouro que usava como um bracelete e seus cabelos escuros refletiram a luz do sol quando ela inclinou a cabeça para olhar para baixo da rua, além dele. — Tenho que andar depressa, senhor — ela prendeu a respiração, lembrando-se do que haviam combinado — bem, *você*, de qualquer modo. Já estou bastante atrasada.

Jimmy seguiu-a para dentro, entrando no que um dia devia ter sido o hall de uma residência majestosa, mas que agora era usado como área de recepção. Uma mulher, cujos cabelos prateados estavam arrumados patrioticamente em um decidido *Victory roll*, ergueu os olhos de onde estava sentada, atrás de uma escrivaninha de pés torneados.

— Este senhor veio visitar Nella Brown — Vivien disse.

A atenção da enfermeira voltou-se para Jimmy. Ela fitou-o por um instante, por cima dos óculos minúsculos de meia lente, sem piscar. Ele sorriu; ela, não; ele compreendeu que era necessário dar maiores explicações, que ela esperava por isso. Jimmy deu um passo à frente, aproximando-se da escrivaninha. De repente, sentiu-se como um personagem de Dickens, o menino da forja puxando seu topete diante da magnitude e do poder.

– Eu conheço Nella – ele disse –, mais ou menos. Quer dizer, nos encontramos no dia em que sua família foi morta. Sou fotógrafo. Para os jornais. Vim só cumprimentar, ver como está passando. – Então, obrigou-se a se calar. Olhou para Vivien, na esperança de que ela interviesse a seu favor, mas ela não o fez.

Um relógio prosseguia com seu tique-taque em algum lugar, um avião sobrevoou no alto e, por fim, a enfermeira soltou um suspiro pensativo.

– Sei – ela disse, como se não achasse uma boa ideia admiti-lo. – Um fotógrafo. Para os jornais. E qual é mesmo o seu nome?

– Jimmy – ele disse, olhando novamente para Vivien. Ela desviou o olhar. – Jimmy Metcalfe. – Ele podia ter mentido, provavelmente deveria ter mentido, mas não pensou nisso a tempo. Nunca teve muita prática com duplicidade. – Só queria ver como Nella está passando.

A mulher examinou-o, os lábios perfeitamente cerrados, e assentiu com um breve movimento da cabeça.

– Está bem, então, sr. Metcalfe, siga-me. Mas já vou avisando, não vou permitir que meu hospital ou meus pacientes sejam perturbados. Qualquer sinal de problemas e o senhor terá que ir embora.

Jimmy sorriu, agradecido. Um pouco temeroso, também.

Ela arrumou a cadeira perfeitamente junto da mesa, ajeitou a cruz de ouro pendurada no pescoço por um bonito cordão, e em seguida, sem olhar para trás, começou a subir a imponente escadaria com uma clareza de propósito que implicava que ele deveria segui-la. Foi o que Jimmy fez. Estava no meio da escada quando verificou que Vivien não os acompanhava. Virou-se para trás e viu-a parada junto a uma porta na parede ao fundo, ajeitando-se em um espelho oval.

– Você não vem? – ele disse. Deveria ser um sussurro, mas a disposição do aposento, a abóboda do teto, fez sua voz ressoar com um eco terrível.

Ela sacudiu a cabeça.

– Tenho outra coisa a fazer, tenho que ver uma pessoa... – Ela corou. – Vá, vá! Não posso ficar conversando, já estou atrasada.

∾

Jimmy demorou-se cerca de uma hora, vendo a menina dançar sapateado, e então uma campainha soou e Nella disse:

– É o almoço.

Ele entendeu que era hora de se despedir. Ela segurou sua mão enquanto desciam juntos pelo corredor e, quando chegaram à escada, ela ergueu os olhos para ele e perguntou:

– Quando você vai vir me visitar outra vez?

Jimmy hesitou, ele não havia pensado nisso, mas viu seu rostinho ansioso e franco, teve a repentina e premente lembrança de sua mãe indo embora, seguida por um ofuscante lampejo de consciência que veio tarde demais para ele entender, mas que tinha algo a ver com a inocência das crianças, a facilidade com que confiavam nos outros, e como lhes custava tão pouco colocar sua mãozinha macia na sua e presumir que você não as decepcionaria.

– Que tal daqui a dois dias? – ele disse.

Ela sorriu, deu adeus e seguiu pelo corredor com seus passos de sapateado, em direção ao refeitório.

∾

– Foi a coisa perfeita a fazer – Doll disse mais tarde naquela noite, quando ele lhe contou tudo que se passara. Ela ouvira avidamente o relato inteiro, os olhos se arregalando quando ele mencionou o espelho do lado de fora das salas do médico, a maneira como

Vivien se ruborizara – por culpa, concordaram – quando percebeu que Jimmy a vira se arrumando diante do espelho. ("Eu lhe disse, não foi, Jimmy? Ela está se encontrando com esse médico pelas costas do marido.") Agora, Doll sorria.

– Oh, Jimmy, estamos tão perto!

Jimmy não se sentia tão seguro. Acendeu um cigarro.

– Não sei, Doll. É complicado. Prometi a Vivien que não voltaria ao hospital.

– Sim, e prometeu a Nella que voltaria.

– Então, você compreende o meu problema.

– Que problema? Você não vai quebrar sua promessa a uma criança, vai? Uma órfã, coitada.

Ele não iria, claro que não, mas obviamente ele não conseguira fazer Doll compreender o quanto Vivien fora cáustica. Antes de subir a escada com a mulher de cabelos prateados, ele começara a sugerir que os dois deviam se encontrar mais tarde para a caminhada de volta a Kensington, e Vivien o olhara como se a ideia a repugnasse.

– Jimmy? – Dolly disse outra vez. – Você não vai decepcionar Nella, vai?

– Não, não – ele abanou a mão que segurava o cigarro. – Eu vou voltar lá. Mas Vivien não vai ficar nada satisfeita. Ela fez questão de deixar isso bem claro.

– Você vai convencê-la. – Dolly tomou seu rosto delicadamente entre as mãos. – Acho que você não percebe, Jimmy, como as pessoas ficam afetuosas com você. – Ela aproximou seu rosto de modo que seus lábios tocassem sua orelha. Sussurrou, maliciosamente. – Veja só como estou afetuosa com você.

Jimmy sorriu, porém distraidamente, quando ela o beijou de leve. Estava ocupado visualizando a expressão de desagrado no rosto de Vivien Jenkins quando o visse no hospital outra vez, desafiando suas ordens explícitas. Ele ainda estava tentando descobrir como iria explicar seu reaparecimento – seria suficiente dizer que Nella lhe pedira para voltar? – quando Dolly recostou-se para trás e disse:

– Realmente, é a maneira mais simples.
Jimmy balançou a cabeça. Doll tinha razão; sabia que tinha.
– Visitar Nella, dar de cara com Vivien, marcar hora e lugar, e deixar o resto comigo. – Ela inclinou a cabeça e sorriu para ele; ela parecia ainda mais jovem quando sorria. – Simples, não?
Jimmy esboçou um leve sorriso em resposta.
– Simples.

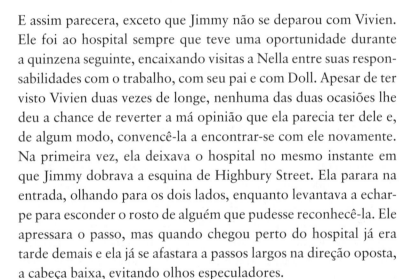

E assim parecera, exceto que Jimmy não se deparou com Vivien. Ele foi ao hospital sempre que teve uma oportunidade durante a quinzena seguinte, encaixando visitas a Nella entre suas responsabilidades com o trabalho, com seu pai e com Doll. Apesar de ter visto Vivien duas vezes de longe, nenhuma das duas ocasiões lhe deu a chance de reverter a má opinião que ela parecia ter dele e, de algum modo, convencê-la a encontrar-se com ele novamente. Na primeira vez, ela deixava o hospital no mesmo instante em que Jimmy dobrava a esquina de Highbury Street. Ela parara na entrada, olhando para os dois lados, enquanto levantava a echarpe para esconder o rosto de alguém que pudesse reconhecê-la. Ele apressara o passo, mas quando chegou perto do hospital já era tarde demais e ela já se afastara a passos largos na direção oposta, a cabeça baixa, evitando olhos especuladores.

Na segunda vez, ela não fora tão cuidadosa. Jimmy acabara de chegar à recepção do hospital e aguardava para avisar Myra (a recepcionista de cabelos prateados – a relação entre eles havia se tornado bastante amistosa ao longo das semanas) que ele estava subindo para ver Nella, quando notou que a porta atrás da escrivaninha estava entreaberta. Ele podia ver dentro do escritório do dr. Tomalin, e lá ele vira Vivien de relance, rindo suavemente para alguém oculto atrás da porta. Enquanto ele observava, a mão de um homem descansou em seu braço despido e Jimmy sentiu o estômago se revirar.

Lamentou não ter levado sua câmera; ele não podia ver bem o médico, mas podia ver Vivien perfeitamente: a mão do homem em seu braço, a expressão feliz em seu rosto...

Logo naquele dia ele não levava seu equipamento com ele – teria sido tudo de que precisavam. Jimmy ainda estava furioso consigo mesmo quando Myra apareceu do nada, fechou a porta e perguntou-lhe como estava passando.

Então, finalmente, na terceira segunda-feira de Jimmy, quando ele dobrou o topo da escada e começou a percorrer o corredor em direção ao dormitório de Nella, ele viu uma figura familiar andando à sua frente. Era Vivien. Jimmy deixou-se ficar para trás, prestando uma atenção inusitada ao cartaz do governo na parede, *Dig for Victory*, incentivando as pessoas a plantar uma horta, examinando a criança com pés para dentro, como os de um pombo, e carregando sua pá e enxada. Ao mesmo tempo, seus ouvidos acompanhavam os passos cada vez mais distantes de Vivien. Quando ela virou o corredor, ele correu atrás dela, com passos miúdos e silenciosos, o coração começando a bater com força, enquanto a observava de longe. Ela chegou a uma porta, uma porta pequena que Jimmy nunca havia notado antes, e abriu-a. Ele seguiu-a, ficando surpreso ao descobrir um lance de escada estreita por trás, levando para cima. Ele subiu a escada, rapidamente, mas sem ruído, até uma fenda de luz à frente revelar a porta por onde ela passara. Ele fez o mesmo, vendo-se em um nível da casa antiga em que o teto era mais baixo do que nos andares inferiores e onde praticamente não havia um ar de hospital. Ele podia ouvir seus passos distantes, mas não sabia ao certo que direção ela havia tomado, até que olhou para a esquerda e viu sua sombra deslizar pelo papel de parede desbotado, azul e dourado. Sorriu consigo mesmo – o menino que havia nele estava gostando da perseguição – e continuou atrás dela.

Jimmy tinha a sensação de que sabia aonde ela estava indo; estava dirigindo-se furtivamente para um encontro secreto com o dr. Tomalin, nas dependências silenciosas e particulares do sótão da casa, escondidos onde ninguém pensaria em procurar por eles. Exceto Jimmy. Ele enfiou a cabeça pela esquina e viu Vivien parar. Desta vez, ele *realmente* carregava sua câmera. Muito melhor tirar uma fotografia genuinamente incriminadora do que pôr em prática todo aquele plano complicado de um falso encontro que poderia, na fotografia, parecer comprometedor. Dessa forma, Vivien seria culpada de uma verdadeira indiscrição e isso, de certa forma, fazia Jimmy se sentir bem mais à vontade. Restava a questão do envio da carta (Chantagem, não? Era preciso dar nome aos bois) – Jimmy ainda achava a ideia detestável, mas tratou de endurecer o coração.

Observou-a abrir a porta e, quando entrou, ele aproximou-se furtivamente, retirando a tampa da lente da câmera. Enfiou o pé na porta, bem a tempo de impedir que se fechasse. Em seguida, levantou a câmera para tirar a foto.

O que ele viu através do visor, no entanto, o fez abaixá-la imediatamente.

24

Greenacres, 2011

AS IRMÃS NICOLSON (MENOS Daphne, que permanecera em Los Angeles para filmar uma nova promoção de vendas da rede, mas prometera pegar o voo noturno de volta para Londres "assim que puderem me liberar") levaram Dorothy para casa em Greenacres em uma manhã de sábado. Rose estava preocupada porque não conseguira entrar em contato com Gerry, mas Iris – que sempre gostara de ser uma autoridade – declarou que já havia telefonado para a faculdade e que lhe haviam dito que ele estava fora, tratando de um assunto "muito importante"; na secretaria, prometeram dar o recado a ele. Inconscientemente, Laurel levara a mão ao celular enquanto Iris fazia sua proclamação, virando-o na palma da mão, perguntando-se por que ainda não tinha recebido nenhuma notícia sobre o dr. Rufus, mas resistiu à vontade de telefonar. Gerry trabalhava a seu próprio modo, em seu próprio ritmo, e sabia, por experiência, que não adiantava ligar para o número de seu escritório.

Na hora do almoço, Dorothy já estava instalada em seu quarto, profundamente adormecida, os cabelos brancos espalhados como um halo na fronha cor de vinho. As irmãs entreolharam-se e chegaram a um acordo silencioso de deixá-la sossegada. O tempo tinha clareado e ficado extraordinariamente quente para a época. Elas saíram para se sentar no balanço sob a árvore e comer os pãezinhos que Iris insistia em fazer sozinha, abanando as moscas e desfrutando do que certamente deveria ser o último dia quente do ano.

O fim de semana transcorreu tranquilamente. Elas se instalaram ao redor da cama de Dorothy, lendo silenciosamente ou conversando em voz baixa, em determinado momento até mesmo tentando um jogo de palavras no tabuleiro (embora não por muito tempo – Iris nunca conseguia jogar uma partida inteira sem perder a cabeça diante do notável conhecimento de Rose de capciosas palavras de duas letras). Porém, na maior parte do tempo, apenas revezaram-se, fazendo companhia silenciosa à mãe adormecida. Fora uma decisão acertada, Laurel pensou, que tivessem trazido a mãe para casa. O lugar de Dorothy era em Greenacres, naquela casa engraçada, antiga e acolhedora, que ela descobrira por acaso e imediatamente reconhecera como o lugar que deveria possuir e habitar.

– Eu sempre sonhei com uma casa como esta – ela costumava dizer-lhes, um largo sorriso estampado no rosto, quando entravam, vindos do jardim. – Durante algum tempo, achei que havia perdido a minha chance, mas tudo deu certo no final. Assim que a vi, sabia que era ela...

Laurel imaginou se a mãe pensara nesse dia longínquo quando a transportavam pelo caminho de entrada na sexta-feira; se vira com os olhos da mente o velho fazendeiro que fizera chá para ela e seu pai quando bateram à sua porta em 1947, os pássaros que ficaram observando-os de trás da lareira fechada com tábuas, e a jovem que ela era na época, agarrando com força a sua segunda chance, enquanto olhava para o futuro e tentava escapar do que quer que tivesse feito antes. Ou Dorothy, em vez disso, teria pensado, enquanto seguiam pelo caminho sinuoso, nos acontecimentos que se desenrolaram naquele dia de verão de 1961 e na impossibilidade de uma pessoa jamais realmente escapar do seu passado? Ou Laurel estava sendo sentimental e as lágrimas que sua mãe derramou no banco do passageiro do carro de Rose, lágrimas suaves e silenciosas, teriam sido simplesmente o efeito da idade avançada e dos defeituosos canais lacrimais?

Qualquer que fosse o caso, a mudança do hospital para a casa evidentemente a deixara cansada, e ela dormiu a maior parte do fim de semana, comendo pouco e falando ainda menos. Laurel, quando era sua vez à cabeceira da cama, desejava que a mãe despertasse, abrisse os olhos cansados e reconhecesse sua filha mais velha, para retomar a conversa do outro dia. Ela precisava saber o que a mãe havia tirado de Vivien Jenkins – era o ponto crucial do mistério. Henry estivera certo o tempo inteiro, ao insistir que havia mais do que parecia na morte de sua mulher, que ela fora o alvo de trapaceiros. (Trapaceiros no plural, Laurel notara – seria apenas uma maneira de dizer ou sua mãe agira com mais alguém? Poderia ter sido Jimmy, o homem que ela amara e perdera? Teria sido por isso, talvez, que tinham se afastado?) Mas ela teria que esperar até segunda-feira, porque Dorothy não estava falando. Na verdade, parecia a Laurel, vendo sua velha mãe dormindo tão tranquilamente e as cortinas esvoaçando na leve brisa, que Dorothy atravessara alguma porta invisível, para aquele lugar onde os fantasmas do passado já não podiam alcançá-la.

Apenas uma vez, na madrugada de segunda-feira, ela foi visitada pelos terrores que a perseguiram nas últimas semanas. Rose e Iris haviam voltado para suas respectivas casas para passar a noite, e foi Laurel quem acordou no escuro com um sobressalto e saiu atabalhoadamente pelo corredor, tateando as paredes para encontrar os interruptores de luz enquanto avançava. Ocorreu-lhe o pensamento sobre as muitas noites em que a mãe fizera o mesmo por ela: acordar de seu sono por um grito no escuro e sair às pressas pelo corredor para afugentar os monstros da filha, para afagar seus cabelos e sussurrar em seu ouvido:

– Está tudo bem, querida... pronto, já passou.

Independentemente dos sentimentos conflitantes de Laurel em relação à mãe ultimamente, parecia um privilégio poder retribuir-lhe o gesto do passado, particularmente para Laurel, que deixara a casa dos pais de modo tão intempestivo, que não estivera presente quando o pai morreu, que passara a vida inteira sem se dedicar a nada ou a ninguém, a não ser a si mesma e à sua arte.

Laurel deitou-se na cama com a mãe, abraçando-a com firmeza, mas delicadamente. O algodão da longa camisola branca de

Dorothy estava úmido com os estertores de seu pesadelo, e seu corpo frágil estremeceu.

– Foi minha culpa, Laurel – ela dizia. – Foi minha culpa.

– Pronto, pronto – Laurel sussurrou. – Pronto, está tudo bem.

– Foi por minha culpa que ela morreu.

– Eu sei, eu sei que foi. – Henry Jenkins voltou à mente de Laurel; sua insistência de que Vivien morrera porque fora levada a um lugar onde normalmente nunca teria ido, levada por alguém em quem ela confiava. – Pronto, pronto, mamãe. Já passou.

A respiração de Dorothy acalmou-se em um ritmo lento e regular, e Laurel pensou na natureza do amor. Poder continuar a senti-lo tão intensamente, apesar do que sabia sobre a mãe, era extraordinário. Parecia que os erros cometidos não faziam o amor desaparecer; mas, oh, a decepção, se Laurel permitisse, poderia esmagá-la. Era uma palavra anódina, decepção, mas a vergonha e a sensação de desamparo intrínsecas a ela eram surpreendentes. Não é que Laurel esperasse perfeição. Ela não era criança. E não compartilhava a fé cega de Gerry de que só porque Dorothy Nicolson era a mãe deles, de algum modo eles iriam descobrir que ela era milagrosamente inocente de qualquer transgressão. Absolutamente. Laurel era realista, ela compreendia que a mãe era um ser humano e que naturalmente nem sempre agira como santa; ela odiara, desejara e cometera erros que nunca se apagaram – assim como a própria Laurel. Mas o quadro que Laurel estava começando a formar do que realmente acontecera no passado de Dorothy, o que ela vira a mãe fazer...

– Ele acabou me encontrando.

Laurel divagava em seus pensamentos e a voz fraca da mãe a sobressaltara.

– O que, mamãe?

– Eu tentei me esconder, mas ele me encontrou.

Ela falava de Henry Jenkins, Laurel compreendeu. Parecia que se aproximavam cada vez mais do que acontecera naquele dia de 1961.

– Ele já se foi, mamãe, e não vai voltar.

Um sussurro:
– Eu o matei, Laurel.
Laurel prendeu a respiração. Sussurrou em resposta:
– Eu sei, mamãe.
– Pode me perdoar, Laurel?
Não era uma pergunta que a própria Laurel não tivesse feito a si mesma, quanto mais respondido. Defrontada com a pergunta naquele instante, no silêncio escuro do quarto da mãe, tudo que conseguiu dizer foi:
– Fique tranquila. Tudo vai dar certo, mamãe. Eu amo você.

Algumas horas mais tarde, quando o sol começava a se levantar acima das copas das árvores, Laurel passou o bastão a Rose e dirigiu-se para o Mini verde.
– Londres outra vez? – Rose perguntou, acompanhando-a pelo caminho do jardim.
– Oxford, hoje.
– Oh, Oxford. – Rose torceu seu colar de contas. – Mais pesquisa?
– Sim.
– Está chegando perto do que está procurando?
– Sabe, Rosie – Laurel respondeu, sentando-se atrás do volante, estendendo o braço para puxar e fechar a porta –, acho que estou. – Sorriu, acenou e colocou o carro em marcha a ré, feliz em escapar antes que Rose pudesse perguntar alguma coisa que fosse requerer uma forte dissimulação.
O sujeito na recepção da sala de leitura da British Library parecera satisfeito na sexta-feira com seu pedido para localizar um "livro de memórias um tanto obscuro", mais ainda quando ela quis saber como uma pessoa faria para descobrir o que aconteceu à correspondência da srta. Katy Ellis depois de sua morte. Ele franziu a testa com ar determinado na frente da tela do computador, parando de vez em quando para fazer anotações em seu blo-

co, e as esperanças de Laurel subiram e desceram com as sobrancelhas, até que evidentemente sua atenção extasiada tornou-se um estorvo e o homem insinuou que poderia levar algum tempo, mas que teria prazer em continuar a pesquisa enquanto ela fazia alguma outra coisa. Laurel acatou a sugestão, esgueirando-se para fora para fumar um cigarro (está bem, três) e caminhar neuroticamente de um lado para o outro, antes de correr de volta à Sala de Leitura para ver o que ele conseguira.

Como pôde constatar, ele se saíra bastante bem. Ele deslizou a folha por cima do balcão com o sorriso de satisfeita exaustão de um maratonista e disse:

– Encontrei-a.

O depósito de seus papéis particulares, ao menos. Verificou-se que estavam localizados nos arquivos do New College Library, Oxford. Katy Ellis havia estudado lá, fazendo o doutorado, e seus documentos haviam sido doados após sua morte, em setembro de 1983. Também havia uma cópia disponível do livro de memórias, mas Laurel imaginou que era muito mais provável que encontrasse o que estava procurando em meio aos seus documentos principais.

Laurel deixou seu Mini verde no estacionamento do terminal de ônibus e pegou um deles para Oxford. O motorista orientou-a para que descesse na High Street, o que ela fez, bem em frente ao Queen's College; ela seguiu as indicações depois de uma breve caminhada até a Bodleian Library e seguiu pela Holywell Street, chegando à entrada principal do New College. Ela nunca se cansava da extraordinária beleza da universidade; cada pedra, cada torreão e cada espiral apontando para o céu, marcados pelo peso do passado. Neste dia, porém, Laurel não tinha tempo para turismo. Enfiou as mãos nos bolsos da calça, abaixou a cabeça contra o vento frio e atravessou depressa o pátio em direção à biblioteca.

Foi recebida por um jovem de cabelos negro-azulados, despenteados. Laurel explicou quem era e por que estava ali, mencionando que o bibliotecário da British Library ligara com antecedência na sexta-feira para marcar hora.

– Sim, sim – disse o rapaz (cujo nome soube-se que era Ben e que estava – entusiasticamente, é preciso que se diga – trabalhando por um ano como *trainee* na biblioteca, antes de iniciar o mestrado em administração de registros e arquivos). – Eu mesmo falei com ele. Você veio ver a coleção de um de nossos ex-alunos.

– Os documentos pertencentes a Katy Ellis.

– Isso mesmo. Eu trouxe tudo da torre de documentos.

– Excelente. Muito obrigada.

– Não tem de quê. Aproveito qualquer desculpa para subir a torre. – Ele sorriu e inclinou-se um pouco mais para perto, com um ar conspiratório. – Fica no alto de uma escada em espiral, sabe, acessada através de uma porta escondida no painel da parede do Salão. Como algo saído de Hogwarts.

Laurel lera *Harry Potter*, é claro, e não era menos imune aos encantos de prédios antigos do que qualquer outra pessoa; mas o horário aberto ao público era limitado e as cartas de Katy Ellis estavam ali ao alcance da mão – a combinação desses dois fatores deixou-a quase em pânico à ideia de passar mais um minuto discutindo arquitetura ou ficção com Ben. Ela sorriu com um ar estupefato de falta de compreensão (Hogwarts?), ele a confrontou com um ar de benevolente compreensão (Trouxa) e ambos seguiram em frente.

– A coleção está à sua espera na sala de leitura dos arquivos – ele disse. Vou acompanhá-la até lá, está bem? É mais ou menos como um labirinto para quem nunca esteve aqui antes.

Laurel seguiu-o ao longo de um corredor de pedras, Ben falando alegremente o tempo todo sobre a história do New College, até finalmente chegarem, depois de voltas e mais voltas, a uma sala com mesas dispostas em toda a sua extensão e janelas dando para um magnífico paredão medieval coberto de hera.

– Pronto, aqui está – ele disse, parando junto a uma mesa com cerca de vinte caixas iguais empilhadas em cima. – Vai ficar bem instalada aqui?

– Tenho certeza que sim.

– Ótimo. Há luvas junto às caixas. Por favor, use-as quando tocar no material. Estarei bem ali, se precisar de mim – ele indicou uma pilha de papéis em uma escrivaninha no canto mais distante da sala –, transcrevendo – ele acrescentou, como explicação.

Laurel não perguntou o que ele estava transcrevendo por medo que ele fosse lhe contar e assim, com um cumprimento da cabeça, Ben se afastou.

Laurel esperou um instante e depois soltou a respiração pesadamente no silêncio pétreo da biblioteca. Finalmente estava a sós com as cartas de Katy Ellis. Sentou-se diante da mesa e estalou os nós dos dedos – não metaforicamente, mas literalmente; pareceu-lhe o certo a fazer. Em seguida, colocou os óculos de leitura e o par de luvas brancas, e começou a busca por respostas.

As caixas eram idênticas – papelão marrom, livre de ácidos, cada qual do tamanho de uma enciclopédia. Estavam identificadas e numeradas com um código que Laurel não compreendia inteiramente, mas que parecia indicar uma complexa catalogação de itens. Pensou em pedir uma explicação a Ben, mas receou que isso resultasse em uma fervorosa aula sobre a história da administração de registros. Parecia que as caixas tinham sido arrumadas em ordem cronológica... Laurel resolveu correr o risco de que tudo começaria a fazer sentido depois que ela iniciasse.

Ela abriu a tampa da caixa número um e, dentro, encontrou vários envelopes em papel livre de ácido. O primeiro continha mais ou menos vinte cartas presas com uma cinta branca e apoiadas em um pedaço de cartão rígido, um pouco maior do que as cartas. Laurel olhou para a enorme pilha de caixas. Ao que parecia, Katy Ellis era uma correspondente prolífica, mas com quem ela se correspondia...? As cartas pareciam arrumadas em ordem de recebimento, mas tinha que haver um método melhor de encontrar o que estava procurando do que simplesmente por tentativa e erro.

Laurel tamborilou os dedos, pensando, e depois olhou para a mesa por cima dos óculos. Sorriu ao avistar o que lhe faltava – a ficha de arquivo. Pegou-a rapidamente e correu os olhos por ela para verificar se continha, como esperava, uma lista dos remetentes e destinatários. Continha. Prendendo a respiração, Laurel correu o dedo pela coluna de remetentes, hesitando primeiro na letra "J", de Jenkins, depois em "L", de Longmeyer, e finalmente em "V", de Vivien.

Nenhuma das opções estava listada.

Laurel olhou outra vez, agora com mais cuidado. Ainda assim, não encontrou nada. Não havia nenhuma referência no índice a quaisquer cartas de Vivien Longmeyer ou Vivien Jenkins. No entanto, Katy Ellis se referira a essas cartas no trecho de *Nascida para ensinar* citado na biografia de Henry Jenkins. Laurel pegou a fotocópia que tirara na British Library. Ali, lia-se claramente: *Durante o curso de nossa longa viagem marítima, consegui conquistar um pouco da confiança de Vivien, suficiente para estabelecer um relacionamento que continuou por muitos anos. Nós nos correspondemos por carta com amorosa regularidade até sua morte trágica e prematura durante a Segunda Guerra Mundial.* Laurel rangeu os dentes e verificou a lista uma derradeira vez.

Nada.

Não fazia sentido, Katy Ellis disse que havia cartas – uma vida inteira de cartas, *afetuosamente regulares*. Onde estariam? Laurel olhou para as costas curvadas de Ben e decidiu que não havia outro remédio.

– Estas são todas as cartas que recebemos – ele disse depois que ela explicou. Laurel mostrou-lhe o trecho das memórias de Katy e Ben franziu a testa e concordou que era estranho, mas em seguida seu rosto se iluminou:

– Talvez ela tenha destruído as cartas antes de morrer! – Ele não podia saber que estava destruindo os sonhos de Laurel como uma folha seca entre os dedos. – Isso acontece, às vezes – ele continuou –, particularmente no caso de pessoas que pretendem doar sua correspondência. Elas se certificam de que qualquer coisa que não queiram que seja vista não faça mais parte da coleção. Sabe se existe alguma razão para ela ter feito isso?

Laurel refletiu sobre a pergunta. Era possível, concluiu. As cartas de Vivien deviam conter alguma coisa que Katy Ellis considerou delicada ou incriminadora – meu Deus, qualquer coisa era possível a esta altura. A cabeça de Laurel doía.

– Poderiam estar guardadas em algum outro lugar? – ela perguntou.

Ben sacudiu a cabeça.

– A New College Library foi a única beneficiária dos registros de Katy Ellis. Tudo que ela deixou está aqui.

Laurel teve vontade de atirar as caixas tão bem-arrumadas pela sala; dar um verdadeiro espetáculo ao pobre Ben. Ter chegado tão perto somente para ser frustrada neste ponto – a decepção era insuportável. Ben sorriu compreensivamente e Laurel estava prestes a se arrastar de volta à sua mesa quando uma ideia lhe ocorreu.

– Diários – ela disse rapidamente.

– O quê?

– Diários. Katy Ellis mantinha diários, ela os menciona em suas memórias. Sabe se fazem parte da coleção?

– Sim, fazem parte da coleção – ele respondeu. – Eu os trouxe para você.

Ele indicou uma pilha de livros de anotações no chão junto à mesa e Laurel teve vontade de beijá-lo. Conteve-se e, em vez disso, sentou-se em seu lugar e pegou o primeiro volume encadernado em couro. Datava de 1929, o ano, Laura lembrava-se, que Katy Ellis acompanhou Vivien Longmeyer na longa viagem marítima da Austrália à Inglaterra. A primeira página tinha uma foto em preto e branco, cuidadosamente presa com cantoneiras douradas, mas já manchada pelo tempo. Era o retrato de uma jovem de saia longa e uma blusa clássica, os cabelos – era difícil dizer, mas Laurel achava que eram ruivos – repartidos do lado e depois pressionados em ondas perfeitamente arrumadas. Tudo em sua aparência era modesto e conservador, próprio de uma mulher educada, mas os olhos brilhavam de determinação. Ela levantara o queixo para a câmera e não parecia estar sorrindo, mas tinha o ar de alguém satisfeito consigo mesmo. Laurel concluiu que gostava da srta. Katy Ellis, mais ainda quando leu a pequena anotação ao pé da página: *Uma pequena e atrevida vaidade, mas a autora inclui aqui esta fotografia, tirada no Hunter & Gould Studios, em Brisbane, como o registro de uma jovem à beira de sua grande aventura no ano de Nosso Senhor de 1929.*

Laurel virou para a primeira página de perfeita caligrafia, um registro datado de 18 de maio de 1929, com o cabeçalho "Semana um – Novo começo". Ela sorriu diante do tom ligeiramente pomposo do registro de Katy Ellis e em seguida prendeu a respiração quando o nome "Vivien" saltou diante de seus olhos. Em meio a uma descrição superficial do navio – as acomodações, os outros passageiros e (a mais detalhada de todas) as refeições, Laurel leu o seguinte:

Minha companheira de viagem é uma menina, de oito anos, chamada Vivien Longmeyer. Ela é uma criança incomum, até mesmo desconcertante. De aparência bastante agradável – cabelos escuros, repartidos ao meio e mantidos (por mim) em tranças pelas costas, grandes olhos castanhos e lábios cheios, de uma cor de cereja muito viva e que ela mantém cerrados com uma firmeza que dá a impressão de petulância ou de força de vontade – ainda tenho que descobrir qual das duas. Ela é de natureza orgulhosa e obstinada, sei disso pela maneira como aqueles olhos escuros fitam diretamente os meus (e sem dúvida a tia me brindou com toda espécie de relatos quanto à língua ferina e os punhos rápidos da menina); até agora, entretanto, não presenciei nenhuma evidência de sua suposta agressividade, nem ela emitiu mais do que cinco palavras, ferinas ou não, ao alcance dos meus ouvidos. Desobediente, sem dúvida ela é; sem bons modos, certamente; e ainda assim, no entanto, em uma das inexplicáveis peculiaridades da personalidade humana, a criança é estranhamente adorável. Ela me atrai; mesmo quando não está fazendo nada além de permanecer sentada no convés, observando o mar passar diante de seus olhos; não se trata meramente de beleza física, apesar de suas

*feições serem sem dúvida muito bonitas – é um aspecto
de si mesma que vem de seu íntimo e se revela de maneira
absolutamente involuntária, de modo que não se pode deixar
de notá-la.
Devo acrescentar que existe uma estranha quietude em
seus modos. Ela prefere, quando outras crianças estariam
correndo e fazendo travessuras pelo convés, esconder-se e
ficar sentada quase imóvel. É uma imobilidade anormal
e para a qual eu não estava preparada.*

Aparentemente, Vivien Longmeyer continuou a intrigar Katy Ellis, pois juntamente com mais comentários sobre a viagem e anotações para planos de aula que pretendia usar quando chegasse à Inglaterra, os registros no diário durante as semanas seguintes continham relatos semelhantes. Katy Ellis observava Vivien de longe, interagindo apenas quando necessário para ambas em sua viagem compartilhada, até que finalmente, no registro do dia 5 de julho de 1929, intitulado "Sétima semana", pareceu haver um progresso.

*Estava quente hoje de manhã e uma leve brisa soprava do
norte. Estávamos sentadas juntas no convés da frente após
o café da manhã, quando algo muito peculiar aconteceu.
Eu disse a Vivien para voltar à cabine e pegar o livro de
exercícios, para que pudéssemos repassar algumas lições –
eu havia prometido a sua tia antes de partir que as aulas de
Vivien não seriam negligenciadas enquanto estivéssemos no
mar (ela teme, creio eu, que se a inteligência da menina for
considerada insatisfatória pelo tio inglês, ela seja enviada
imediatamente de volta à Austrália). Nossas aulas são uma
interessante charada e sempre igual: eu desenho e aponto
para o livro, explicando vários princípios até minha cabeça
doer com a eterna busca de clareza na explicação; e Vivien
olha fixamente para os frutos dos meus esforços com um
tédio inexpressivo.*

Ainda assim, eu fiz uma promessa e, portanto, persisto. Hoje de manhã, não pela primeira vez, Vivien não fez o que lhe pedi. Ela nem se dignou a me olhar nos olhos, e fui forçada a me repetir, não duas, mas três vezes, e em tons cada vez mais severos. Ainda assim, a menina continuou a me ignorar, até que finalmente (a vontade de chorar dando um nó em minha garganta), implorei que me dissesse por que ela sempre se comporta como se não pudesse me ouvir.

Talvez minha perda de controle tenha comovido a menina, porque ela soltou um suspiro e me disse a razão. Olhou-me diretamente nos olhos e explicou que, vendo que eu era meramente parte de seu sonho, uma invenção de sua própria imaginação, não via razão em ouvir, a menos que o assunto da minha "conversa" (palavra dela) fosse de interesse.

Outra criança poderia ter sido considerada insolente e levado um puxão de orelha por dar tal resposta; mas Vivien não é uma criança qualquer. Para começar, ela não mente – sua tia, apesar de estar sempre pronta a criticar a menina, admitiu que eu nunca ouviria uma mentira da boca de Vivien (Essa daí é franca a ponto de ser mal-educada) – e assim, fiquei intrigada. Tentei manter minha voz firme, perguntando, com tanta naturalidade como se estivesse querendo saber as horas, o que ela queria dizer com eu ser parte de um sonho. Ela piscou os grandes olhos castanhos e disse: "Eu adormeci ao lado do riacho perto da minha casa e ainda não acordei." Tudo que acontecera desde então, ela me disse – a notícia do acidente de carro de sua família, sua remoção, como se fosse um pacote indesejado, para a Inglaterra, esta longa viagem marítima com somente uma professora como companhia – nada mais era do que um grande pesadelo.

Eu lhe perguntei por que ela não havia acordado, como era possível que alguém pudesse dormir por tanto tempo, e ela respondeu que era a mágica do matagal. Que adormecera embaixo de algumas samambaias na margem do riacho encantado (o que tinha as luzinhas, ela disse, e o túnel que levava até uma grande sala de máquinas, do outro lado do mundo) – e que tinha sido por isso que ela não acordara como deveria. Eu lhe perguntei, então, de que maneira ela ficaria sabendo quando finalmente acordasse, e ela inclinou a cabeça como se eu fosse retardada: "Quando eu abrir meus olhos e conseguir ver que estou em casa outra vez." Claro, seu rostinho acrescentou com firmeza.

Laurel folheou os diários até que, duas semanas mais tarde, Katy Ellis voltou ao assunto:

Tenho investigado – delicadamente, é claro – esse mundo dos sonhos de Vivien, pois me interessa muito que uma criança queira compreender um acontecimento traumático desse modo. Imagino, pelas migalhas de informação que me fornece, que ela criou um território de sombras ao seu redor, um lugar de escuridão que deve atravessar a fim de voltar ao próprio corpo adormecido no "mundo real", na margem do riacho na Austrália. Ela me disse que acredita que às vezes quase chega a acordar; se permanecer muito, muito quieta, ela diz que pode vislumbrar o outro lado do véu; pode ver e ouvir sua família levando sua vida normal, alheia a ela, parada ao lado deles, observando-os. Ao menos, agora eu compreendo por que a criança exibe uma quietude e uma imobilidade tão profundas.

A teoria da menina de seu sonho desperto é uma coisa – posso compreender muito bem o instinto de uma pessoa de se refugiar na segurança de um mundo imaginário e seguro. O que mais me perturba é a aparente satisfação de Vivien diante do castigo. Ou – se não satisfação, porque não é exatamente isso – sua resignação, quase alívio, quando repreendida. Testemunhei um pequeno incidente no outro dia, em que ela foi erroneamente acusada de ter apanhado

*o chapéu de uma senhora do convés de cima. Ela era inocente
do crime, um fato do qual eu tinha absoluta certeza, tendo
presenciado o medonho chapéu ser levado pela brisa até
cair ao mar. Entretanto, enquanto eu observava, muda por
um instante com a surpresa, Vivien apresentou-se como
culpada para receber o castigo e recebeu uma tremenda
repreensão da mulher. Quando ameaçada com uma surra
de correia, a menina pareceu absolutamente preparada para
aceitá-la. A expressão de seus olhos enquanto estava sendo
repreendida era quase de alívio. Recuperei meus brios e me
intrometi no imbróglio para impedir que uma injustiça fosse
cometida, informando os acusadores no tom de voz mais
frívolo possível sobre o verdadeiro destino do chapéu, antes
de conduzir Vivien para a segurança. Mas a expressão que
eu vi nos olhos da menina continuou me perturbando ainda
por muito tempo. Por que, eu me perguntava, uma criança
aceitaria um castigo voluntariamente, especialmente por um
crime que não cometeu?*

Algumas páginas adiante, Laurel encontrou o seguinte:

*Acredito que tenha encontrado a resposta a uma das minhas
mais prementes perguntas. Ouvi algumas vezes Vivien
gritar durante o sono – os episódios são geralmente curtos,
terminando assim que a menina se vira na cama, mas na
outra noite a situação atingiu um ápice e eu corri da minha
cama para acalmá-la. Ela falava muito depressa, enquanto
se agarrava aos meus braços – a mais efusiva conversa que já
ouvi de uma criança – e pude apreender pelo que dizia que ela
acreditava que a morte de sua família era, de algum modo,
culpa sua. Uma ideia ridícula, do ponto de vista da percepção
de um adulto, pois sei que eles morreram em um acidente de
carro enquanto ela estava a quilômetros de distância do
local. A infância, porém, não é um lugar de lógica e precisão
dos fatos, e de algum modo (não posso deixar de pensar que*

a tia da menina deva ter contribuído para essa noção) a ideia encontrou solo fértil.

Laurel ergueu os olhos do diário de Katy Ellis. Ben fazia ruídos de quem estava arrumando suas coisas para ir embora, e ela olhou, alarmada, para seu relógio. Dez para uma – droga – e fora avisada de que a biblioteca fechava por uma hora para almoço. Laurel agarrava-se a qualquer referência a Vivien, sentindo que estava chegando a algum lugar, mas não havia tempo para ler tudo. Passou os olhos pelo resto da viagem marítima, até finalmente chegar a um registro em letras mais trêmulas do que as anteriores – escrito, Laurel compreendeu, quando Katy Ellis pegou o trem para York, onde iria se empregar como governanta.

O condutor já está vindo, de modo que vou registrar rapidamente, antes que eu me esqueça, o estranho comportamento de minha jovem incumbência quando desembarcamos em Londres ontem. Assim que deixamos a rampa de desembarque e enquanto eu olhava de um lado para o outro na tentativa de discernir para onde deveríamos ir em seguida, ela saltou de quatro no chão – lá se foi o vestido que eu havia especialmente limpado e preparado para ela usar no encontro com seu tio – e pressionou o ouvido no solo. Eu não sou de ficar facilmente embaraçada, portanto não foi tal emoção tão reles que me fez dar um berro agudo quando a vi, mas sim a preocupação de que a criança pudesse ser pisoteada pela multidão de pedestres ou pelos cascos de um cavalo empinado.
Não consegui me conter e gritei, alarmada:
– O que está fazendo? Levante-se!
Para o que – não era de surpreender – não houve nenhuma resposta.
– O que está fazendo, menina? – perguntei, categoricamente.
Ela sacudiu a cabeça e disse rapidamente:

– Não consigo ouvir.
– Ouvir o quê? – retruquei.
– O barulho das engrenagens girando.
Lembrei-me de quando ela me contou sobre a casa de máquinas no centro da Terra, o túnel que a levaria para casa.
– Não consigo mais ouvi-las.
Ela estava começando a constatar, é claro, o caráter definitivo de sua situação, pois, assim como eu, ela não verá sua terra natal por muitos anos, se é que um dia voltará a vê-la, e certamente não a versão para a qual anseia retornar. Embora meu coração tivesse doído pela obstinada criança, não lhe ofereci palavras inúteis de incentivo, pois é melhor, sem dúvida, que ela venha, com o tempo, a escapar das garras de suas fantasias. Na verdade, não me pareceu haver nada a dizer ou fazer, senão tomar sua mão delicadamente e conduzi-la para o local do encontro que sua tia havia combinado com seu tio inglês. A declaração de Vivien, no entanto, me perturbou, pois eu sabia o tumulto que devia estar ocorrendo em seu íntimo, e sabia também que o momento aproximava-se rapidamente em que eu teria que me despedir dela
e enviá-la em seu próprio caminho.

Talvez eu me sentisse menos inquieta agora se tivesse pressentido mais calor humano no tio. Mas não foi o que senti. Seu novo guardião é o diretor da Nordstrom School em Oxfordshire, e talvez fosse algum aspecto de orgulho (masculino?) profissional que erigiu uma barreira entre nós, pois ele parecia resolvido a não notar minha presença, parando apenas para inspecionar a criança, antes de dizer-lhe para acompanhá-lo, pois não tinham nem um minuto
a perder.

Não, ele não me pareceu o tipo de sujeito capaz de abrir seu lar com o calor e a compreensão de que uma menina sensível, cuja história recente contém tanto sofrimento, irá precisar.

Escrevi para a tia australiana com os meus temores, mas não tenho esperanças de que ela corra em auxílio da menina e exija sua volta imediata. Enquanto isso, prometi escrever regularmente a Vivien em Oxfordshire, e pretendo fazê-lo. Se meu novo cargo não me levasse para o outro lado do país, com satisfação eu colocaria a menina embaixo da minha asa e a manteria a salvo de qualquer mal. A despeito de mim mesma, e contra as melhores teorias da carreira que escolhi, observar, mas não absorver, desenvolvi fortes sentimentos pessoais por ela. Realmente espero que o tempo e as circunstâncias – talvez o cultivo de uma boa amizade por perto? – conspirem para sarar a profunda ferida rasgada no íntimo da menina pelos seus sofrimentos recentes. Pode ser que a forte emoção me faça exagerar os perigos e me preocupar demais com o futuro, me faça ser vítima de meus piores receios, mas temo pelo pior. Vivien corre o risco de desaparecer no fundo da segurança do mundo de sonhos que ela criou, permanecendo uma estranha para o mundo real de seres humanos, e assim se tornar presa fácil, na idade adulta, daqueles que procurariam tirar vantagem de seu estado emocional. Eu me questiono (estarei sendo muito desconfiada?) em relação à motivação do tio em aceitar a criança sob sua custódia. Dever? É possível. Afeição por crianças? Receio que não. Com a beleza que ela certamente terá e a grande fortuna que eu soube que herdará na maioridade, preocupo-me que ela venha a ser alvo fácil da cobiça alheia.

Laurel inclinou-se para trás e ficou olhando fixamente, sem ver, para o muro medieval do outro lado da janela. Ela mordeu a unha do polegar enquanto as palavras giravam em sua cabeça: *... preocupo-me que ela venha a ser alvo fácil da cobiça alheia.* Vivien Jenkins tinha uma herança. Isso mudava tudo. Ela era uma mulher rica com o tipo de personalidade, ou assim sua confidente temia, que a tornava a vítima perfeita para aqueles que queriam tirar proveito dela.

Laurel tirou os óculos, fechando os olhos enquanto esfregava os pontos sensíveis dos dois lados do nariz. Dinheiro. Era um dos mais antigos motivadores, não? Suspirou. Era tão comum, tão previsível, mas tinha que ser isso. Sua mãe absolutamente não parecia o tipo de pessoa que deseja mais do que possui, quanto mais alguém capaz de fazer planos para tirar o que outros possuem; mas isso era agora. A Dorothy Nicolson que Laurel conhecia estava décadas distante da jovem ávida que ela costumava ser; uma jovem de dezoito anos que perdera a família na Blitz de Coventry e tinha que se sustentar sozinha na Londres do tempo da guerra.

Sem dúvida, o remorso que sua mãe expressava agora, sua conversa sobre erros, segundas chances e perdão, tudo encaixava-se na teoria. E o que era mesmo que ela costumava dizer a Iris – ninguém gosta de uma menina que sempre quer ter mais do que as outras? Isso pode ter sido uma lição que ela aprendeu por experiência própria? Quanto mais Laurel pensava a respeito, mais certa parecia sua teoria. Era de dinheiro que sua mãe precisara, dinheiro que tentara tirar de Vivien Jenkins, mas tudo dera terrivelmente errado. Perguntou-se mais uma vez se Jimmy teria estado envolvido, se teria sido o fracasso do plano que estragara o relacionamento entre eles. E se perguntava exatamente que parte o plano havia desempenhado na morte de Vivien. Henry considerara Dorothy responsável pela morte de sua mulher: ela deve ter fugido para uma vida de expiação, mas o marido de Vivien recusara-se a desistir de sua busca e, por fim, a encontrara. Laurel vira com seus próprios olhos o que acontecera em seguida.

Ben estava atrás dela agora, fazendo pequenos ruídos, limpando a garganta, enquanto o ponteiro dos minutos do relógio de parede passava da hora certa. Laurel fingia não ouvi-lo, imaginando o que poderia ter acontecido com o plano da mãe. Teria Vivien percebido o que estava acontecendo e colocado um ponto final naquilo, ou seria alguma outra coisa, algo pior, que fez tudo ir pelos ares? Ela olhou para a pilha de diários, examinando as lombadas em busca do ano de 1941.

– Eu a deixaria aqui, realmente deixaria – Ben disse –, mas o chefe é capaz de me enforcar. – Engoliu em seco. – Ou pior.

Ah, que sujeito chato. Droga. O coração de Laurel estava pesado, havia uma sensação doentia na boca do seu estômago, e agora teria que esfriar sua ansiedade e esperar cinquenta e sete minutos, enquanto o diário que devia conter as respostas de que tanto precisava ficava ali na sala fechada.

25

Londres, abril de 1941

JIMMY FICOU PARADO, o pé pressionado contra a porta do sótão do hospital, olhando fixamente para Vivien através da fresta. Estava intrigado e perplexo. Aquele não era o cenário ilícito de um encontro extraconjugal como ele esperava. Havia crianças por toda parte, brincando com quebra-cabeças no assoalho, pulando em círculos ao redor, uma de cabeça para baixo, apoiada nas mãos. Ele estava no sótão, Jimmy compreendeu, este era um antigo quarto infantil, estas crianças, provavelmente, eram os pacientes órfãos do dr. Tomalin. Com uma percepção muda e coletiva, a atenção de todas elas voltou-se para Vivien. Enquanto Jimmy observava, todas as crianças correram ao encontro de Vivien, os braços abertos como asas de avião. Ela, também, exultava, um enorme sorriso no rosto quando se deixou cair de joelhos e abriu os próprios braços para abraçar o maior número possível das crianças quando se lançaram sobre ela.

Então, todas começaram a falar ao mesmo tempo, rapidamente e com certa agitação, sobre voar, navios, cordas e fadas, e Jimmy percebeu que testemunhava uma conversa com raízes em encontros prévios. Vivien parecia saber do que elas estavam falando, balançava a cabeça ponderadamente, e não daquela maneira fingida que os adultos adotam quando interagem com crianças – ela estava realmente ouvindo e considerando, e a testa ligeiramente franzida deixava claro que tentava encontrar soluções. Ela agora parecia diferente da Vivien que falara com ele na rua, mais à vontade, mais descontraída. Quando todas disseram o que tinham a dizer, e a algazarra desapareceu – como às vezes parece acontecer, de repente –, ela ergueu as mãos e disse:

– Por que simplesmente não começamos e resolvemos cada problema à medida que forem surgindo?

As crianças concordaram, ao menos foi o que Jimmy presumiu que tivesse acontecido, porque, sem nenhuma palavra de queixa, elas se dispersaram outra vez, ocupando-se em arrastar cadeiras e outros objetos inexplicáveis – cobertores, cabos de vassoura, ursinhos de pelúcia com tapa-olho – para o espaço vazio no centro do aposento, arrumando-os em uma espécie de estrutura cuidadosamente arquitetada. Ele compreendeu, então, e isso o fez rir consigo mesmo com uma satisfação inesperada. Um navio se formava bem diante de seus olhos – havia a proa, o mastro, uma rampa de embarque formada por uma tábua apoiada em uma das pontas por um banquinho para apoio de pés, a outra por um banco de madeira. Enquanto Jimmy observava, uma vela foi içada, um lençol dobrado em um triângulo com cordas finas prendendo cada canto com firmeza e altivez.

Vivien sentara-se em um caixote emborcado e tirara um livro de algum lugar – sua bolsa, Jimmy imaginava. Ela correu os dedos pelas margens centrais, pressionando para deixar o livro aberto, e depois disse:

– Vamos começar com o Capitão Gancho e os Meninos Perdidos. Bem, onde está Wendy?

– Estou aqui – disse uma menina de cerca de onze anos, o braço na tipoia.

– Ótimo – disse Vivien. – Agora, apronte-se para a sua entrada. Vai ser logo em seguida.

Um menino, com um tapa-olho de pirata e um gancho feito de uma espécie de papelão brilhante na mão, começou a andar em direção a Vivien de uma maneira bamboleante que a fez rir.

Estavam ensaiando uma peça, Jimmy compreendeu, *Peter Pan*. Sua mãe o levara para assistir a essa peça certa vez, quando ele era pequeno. Fizeram a viagem a Londres e depois tomaram chá na Liberty's, um chá sofisticado, durante o qual Jimmy permanecera sentado e deslocado, lançando olhares de soslaio à expressão sonhadora e tensa da mãe, conforme ela espreitava por cima do ombro para os cabides de roupas. Houve uma briga entre seus pais depois disso por causa de dinheiro (por que mais?), e Jimmy ouvira de seu quarto quando alguma coisa se espatifara no chão. Ele fechara os olhos e pensara outra vez na peça, seu momento preferido, quando Peter abrira os braços e se dirigira a toda a plateia que pudesse estar sonhando com a Terra do Nunca: "Vocês acreditam em fadas, meninos e meninas?", ele gritara. "Se acreditam, batam palmas; não deixem a Fada Sininho morrer." E Jimmy se emocionara a ponto de se levantar de sua poltrona, as pernas finas tremendo esperançosamente, enquanto batia palmas e gritava "Isso mesmo!" com toda a impetuosa confiança de que, ao fazê-lo, estaria trazendo Sininho de volta à vida e salvando tudo que era bom e mágico no mundo.

– Nathan, está preparado com a lanterna?

Jimmy pestanejou, voltando ao presente.

– Nathan? – chamou Vivien. – Estamos prontos, à sua espera.

– Já estou com a lanterna acesa – disse um garotinho de cabelos ruivos encaracolados e o pé engessado. Ele estava sentado no chão, apontando sua lanterna para a vela.

– Oh, sim – Vivien disse. – Aí está. Muito bem.

– Mas a gente quase não consegue ver – disse outro menino, parado com as mãos na cintura no lugar onde estaria a plateia. Ele esticava o pescoço para a vela, apertando os olhos por trás de seus óculos para o fraco facho de luz.

– Não adianta nada se não pudermos ver a Fada Sininho – disse o menino que representava o Capitão Gancho. – Não vai funcionar.

– Vai, sim – disse Vivien com determinação. – Claro que vai. O poder da sugestão é tremendo. Se todos nós dissermos que podemos ver a fada, então a plateia também verá.

– Mas nós não podemos vê-la.

– Bem, não, mas se *dissermos* que podemos...

– Quer dizer, mentir?

Vivien olhou para o teto, buscando as palavras certas para explicar, e as crianças começaram a discutir entre si.

– Com licença – interrompeu Jimmy de onde estava na entrada. Ninguém pareceu ouvi-lo, então ele repetiu, mais alto desta vez. – Com licença.

Então, todos se voltaram para ele. Vivien prendeu a respiração ao vê-lo, e em seguida franziu a testa. Jimmy admitiu sentir um certo prazer em perturbá-la, em mostrar-lhe que as coisas nem sempre saíam conforme ela queria.

– Eu só estava pensando... – disse ele. – E se usassem um refletor de fotógrafo? É parecido com uma lanterna, porém muito mais forte.

Sendo as crianças como são, nenhuma reagiu com desconfiança ou mesmo surpresa ao ver que um estranho tinha se juntado a elas na sala das crianças no sótão e dado palpite naquela conversa muito específica. Em vez disso, fez-se silêncio, enquanto elas consideravam sua sugestão, em seguida ouviram-se leves sussurros enquanto discutiam a proposta, e então um dos meninos gritou "Sim!", ficando de pé num salto, empolgado.

– Perfeito! – disse outro.

– Mas nós não temos isso – disse o menino de óculos, desanimado.

– Eu posso lhes arranjar um – ofereceu Jimmy. – Eu trabalho em um jornal, temos um estúdio cheio de refletores.

Mais gritos e conversas entusiasmadas entre as crianças.

– Mas como faríamos parecer uma fada, esvoaçando de um lado para o outro? – disse o mesmo menino desanimado, acima da algazarra.

Jimmy saiu da ombreira da porta e entrou na sala. Agora, todas as crianças haviam se voltado para ele. Vivien estava furiosa, seu exemplar de *Peter Pan* fechado no colo. Jimmy ignorou-a.

– Acho que teriam que projetá-la de algum lugar alto. Sim, isso funcionaria, e se colocassem sempre num ângulo virado para o palco, a luz ficaria mais focalizada, em vez de espalhar uma claridade geral, mais ampla, e talvez se criasse uma espécie de funil...

– Mas nenhum de nós tem altura para operar a luz. – Novamente o menino de óculos. – Não lá de cima. – Órfão ou não, Jimmy estava começando a antipatizar com ele.

Vivien observava a conversa com uma expressão firme no rosto, querendo que Jimmy, ele sabia, se lembrasse do que ela dissera, que abandonasse a sugestão e simplesmente desaparecesse, mas ele não podia fazer aquilo. Ele já previa como iria ficar estupendo, e podia imaginar cem maneiras de fazer a ideia funcionar. Se colocassem uma escada no canto ou fixassem a lâmpada em uma vassoura – prendendo-a de alguma forma – e usassem a vassoura como uma espécie de vara de pescar, ou então...

– Eu farei isso – ele disse, de repente. – Vou operar a luz.

– Não! – retrucou Vivien, ficando em pé.

– Sim! – as crianças gritaram.

– Você não pode. – Lançou-lhe um olhar pétreo. – Você *não* vai fazer isso.

– Pode, sim! Ele vai fazer! Ele *tem* que fazer! – gritaram as crianças ao mesmo tempo.

Nesse instante, Jimmy viu Nella, sentada no chão. Ela acenou para ele e depois olhou ao redor para as outras crianças, um brilho de inequívoco orgulho e direito de propriedade nos olhos. Como ele poderia dizer não? Jimmy ergueu as mãos espalmadas para Vivien em um gesto de desculpas não inteiramente genuíno, depois abriu um largo sorriso para as crianças.

– Está resolvido – concluiu ele. – Contem comigo. Vocês acabaram de encontrar uma nova Fada Sininho.

෴

Mais tarde, pareceu difícil de acreditar, mas quando Jimmy se oferecera para representar Sininho na peça do hospital, ele não pensara – nem remotamente – no encontro que deveria arranjar com Vivien Jenkins. Apenas se deixara levar em sua grandiosa visão de como as crianças poderiam representar a fada com sua luz de fotografia. Para Dolly, qualquer modo servia.

— Oh, Jimmy, que ideia brilhante — ela disse, tragando seu cigarro entusiasticamente. — Eu sabia que você iria descobrir uma maneira.

Jimmy aceitou o elogio e deixou que ela acreditasse que tudo fazia parte de seu plano. Ela andava tão feliz ultimamente, e era um alívio ter a sua antiga Doll de volta.

— Estive pensando sobre um lugar à beira-mar — ela disse, certa vez, à noite, quando o deixara entrar furtivamente através da janela da despensa da sra. White e os dois ficaram deitados juntos naquela sua cama estreita, afundada no meio. — Pode nos imaginar, Jimmy? Envelhecendo juntos, nossos filhos à nossa volta, netos um dia, vindo nos visitar em seus carros velozes... podíamos comprar um daqueles balanços para dois... O que me diz, bonitão?

Jimmy disse, sim, claro. Depois, beijou-a novamente no pescoço nu, a fez rir e agradeceu a Deus por essa nova intimidade que estavam compartilhando. Sim, ele queria o que ela descrevia, queria tanto que até doía. Se lhe agradava pensar que Jimmy e Vivien estavam trabalhando juntos e se tornando mais próximos, era uma ficção que ele estava feliz em alimentar.

A realidade, como ele sabia muito bem, era um pouco diferente. Durante as duas semanas seguintes, quando Jimmy aparecia a cada ensaio programado que conseguia, a hostilidade de Vivien o surpreendia. Ele não podia acreditar que ela fosse a mesma pessoa que ele encontrara na cantina naquela noite, que vira a fotografia de Nella e lhe contara sobre seu trabalho no hospital. Agora, era como se fosse indigno dela trocar mais do que umas poucas palavras com ele. Jimmy tinha certeza de que ela o teria ignorado completamente, se pudesse. Ele já esperava uma certa frieza — Doll o preparara para o quanto Vivien Jenkins podia ser cruel quando se voltava contra alguém — o que o surpreendeu foi o quanto esse ódio era pessoal. Eles mal se conheciam e, além do mais, ela não tinha como sequer suspeitar de sua ligação com Dolly.

Certo dia, ambos riam de algo engraçado que uma das crianças fizera, e Jimmy olhou para ela, como acontece entre dois adultos, não querendo nada além de compartilhar o momento. Ela pressentiu seu olhar e encarou-o, mas no instante em que o viu sorrindo, apagou do rosto qualquer expressão de felicidade. O estado de ânimo de Vivien colocava Jimmy entre a cruz e a espada. Em alguns aspectos, convinha-lhe ser assim odiado – a ideia de chantagem não agradava Jimmy nem um pouco, mas ele se sentia melhor e mais justificado com o plano quando Vivien o tratava mal. No entanto, sem ganhar sua confiança, ainda que não seu afeto, ele não poderia fazer o plano funcionar.

Assim, Jimmy continuou tentando. Obrigava-se a afastar o ressentimento que sentia com a hostilidade de Vivien, com sua deslealdade em relação a Doll, com a maneira com que havia rejeitado sua linda garota e a menosprezado tanto, e se concentrava, em vez disso, na sua maneira de agir com os órfãos do hospital. Vivien criou um mundo dentro do qual eles podiam desaparecer quando atravessavam a porta. Seus verdadeiros problemas eram deixados para trás, nos dormitórios do andar inferior e nas enfermarias do hospital. As crianças a fitavam, fascinadas, quando o ensaio terminava, e ela inventava histórias para elas sobre túneis que atravessavam o centro da Terra, riachos escuros e mágicos, sem fundo, e pequenas luzes sob a água que atraíam as crianças, chamando-as para se aproximarem um pouco mais...

Por fim, à medida que os ensaios continuaram, Jimmy começou a suspeitar de que a antipatia de Vivien Jenkins estivesse desaparecendo, que ela já não o odiava tanto quanto no começo. Ela continuava a não entabular conversa, e tampouco reconhecia sua presença senão com o mais curto dos sinais com a cabeça, mas às vezes Jimmy a flagrava olhando-o, quando achava que ele não estava vendo, e parecia-lhe que a expressão de seu rosto não era de raiva, porém pensativa, até mesmo curiosa. Talvez por isso ele tenha cometido seu erro. Ele começara a perceber um crescente – bem, não afeto, mas ao menos um crescente degelo entre eles, e um dia quase no final de abril, quando as crianças saíram correndo para o almoço, e Vivien e ele ficaram para desmontar o navio, ele lhe perguntou se tinha seus próprios filhos.

Era para ser o começo de uma conversa leve e descontraída, mas o corpo inteiro de Vivien pareceu congelar, e Jimmy soube no mesmo instante que cometera um erro – embora não soubesse exatamente qual – e que era tarde demais para retirar o que dissera.

– Não. – A resposta, quando veio, foi como uma pedrada. Ela limpou a garganta. – Eu não posso ter filhos.

Jimmy foi quem desejou que um túnel se abrisse pelo centro da Terra para que ele pudesse cair e desaparecer por ali. Murmurou um "Sinto muito", que produziu um leve sinal de cabeça de Vivien, depois ela terminou de dobrar a vela e deixou o sótão, fechando a porta com um baque seco atrás de si, em sinal de censura.

Ele se sentiu como um palhaço insensível. Não que tivesse esquecido por que realmente estava ali – quem ela era, o que fazia, não havia mudado – era só que, bem, Jimmy não gostava de magoar ninguém daquela maneira. Lembrar-se do modo como Vivien se retesara quando ele dissera aquilo o fazia se contrair, e, assim, ele ficava relembrando a cena incessantemente, punindo-se por ser tão otário. Naquela noite, quando estava em campo fotografando os danos da última bomba, apontando sua câmera para as mais novas almas a se juntarem às fileiras de sem-teto e aflitos, metade de seu cérebro continuava trabalhando, tentando encontrar formas de se desculpar com ela.

∾

Jimmy chegou cedo ao hospital no dia seguinte e esperou por Vivien do outro lado da rua, fumando nervosamente. Ele teria se sentado nos degraus da entrada se não tivesse a sensação de que ela se voltaria e começaria a andar na direção oposta se o visse ali.

Quando ela surgiu, apressada, descendo a rua, ele se livrou do cigarro e foi ao seu encontro. E entregou-lhe uma fotografia.

– O que é? – ela perguntou.
– Nada, na verdade – ele disse, observando enquanto ela a revirava nas mãos. – Tirei-a para você. Ontem à noite. Me fez lembrar de sua história, sabe, o riacho com as luzinhas no fundo, e as pessoas... a família do outro lado do véu.

Ela olhou a fotografia.

Ele a tirara quando rompia a aurora, a luz do sol fizera cacos de vidro nas ruínas brilharem e cintilarem, e, além da fumaça que se erguia dos escombros, podiam-se divisar os vultos da família que acabara de emergir do abrigo Anderson que salvara suas vidas. Jimmy não dormira depois de tirar a foto, dirigira-se diretamente à redação do jornal para revelar o filme e levar a fotografia para Vivien.

Ela ficou calada, e a expressão em seu rosto fez Jimmy pensar que estava prestes a chorar.

– Sinto-me muito mal – disse ele.

Vivien o olhou.

– O que eu disse ontem. Aquilo a perturbou. Desculpe-me.

– Você não podia saber. – Ela guardou a fotografia na bolsa cuidadosamente.

– Mesmo assim...

– Você não podia saber. – Então, ela quase sorriu, ao menos ele achou que sim, era difícil saber, porque ela se virou rapidamente em direção à porta e correu para dentro.

O ensaio naquele dia foi um dos últimos antes da grande apresentação. As crianças entraram correndo na sala e encheram-na de luz e barulho, depois a sineta do almoço tocou e elas desapareceram tão depressa quanto haviam aparecido. Uma parte de Jimmy se sentiu tentada a ir com elas, para evitar o constrangimento de ficar a sós com Vivien, mas ele teria detestado a si mesmo por sua fraqueza se o tivesse feito, portanto permaneceu ali para ajudar a desmontar o navio.

Ele sentiu que ela o fitava enquanto ele empilhava cadeiras, mas não levantou os olhos. Não sabia o que veria em seu rosto

e não queria se sentir pior do que já se sentia. Sua voz, quando ela falou, soou diferente:
— Por que você estava na cantina naquela noite, Jimmy Metcalfe?

Diante disso, Jimmy realmente olhou de viés. Ela voltara sua atenção para o pano de fundo que estava pintando, com palmeiras e areia, para a peça. Havia uma estranha formalidade na maneira como usara seu nome completo e, por alguma razão, aquilo provocou em Jimmy uma sensação nada desagradável pela espinha dorsal. Não podia lhe contar a respeito de Dolly, sabia disso, mas Jimmy não era mentiroso.

— Eu ia me encontrar com alguém — respondeu ele.

Ela olhou para ele, e o mais leve dos sorrisos animou seus lábios.

Jimmy na verdade nunca sabia quando devia se calar.

— Devíamos nos encontrar em outro lugar — ele disse —, mas resolvi ir à cantina.

— Por quê?

— Por quê?

— Por que não seguiu o plano original?

— Não sei. Achei que era o melhor a fazer.

Vivien ainda o estudava, sem que sua expressão desse qualquer indício do que se passava em sua mente. Então, voltou-se novamente para a folha de palmeira em que estava trabalhando.

— Fico feliz — ela disse, uma certa tensão na voz normalmente muito clara. — Fico muito feliz que o tenha feito.

✥

Tudo mudou a partir daquele dia. Não foi o que ela disse, embora tivesse sido muito gentil, mas uma sensação inexplicável que se abatera sobre Jimmy quando ela o olhou, uma sensação de conexão entre eles que tornava a inundá-lo sempre que mais tarde voltava a pensar na conversa que tiveram. Nenhum dos dois havia dito mais do que dez palavras, e nenhuma delas fora particularmente significativa. O episódio inteiro, no entanto, significara alguma coisa. Jimmy soube disso na ocasião e também mais tarde, quando Dolly pediu seu costumeiro relatório dos progressos do dia e ele recontou cada detalhe, mas sem mencionar essa parte. Doll teria ficado satisfeita, ele sabia, teria visto o incidente como prova de que ele estava conseguindo se aproximar e ganhar a confiança de Vivien, mas Jimmy não disse nada. A conversa com Vivien pertencia a ele, representava uma espécie de ruptura, e não da maneira como Dolly queria. Ele não quis compartilhar aquele momento, não quis estragá-lo.

No dia seguinte, Jimmy apareceu no hospital com passos mais leves e confiantes. Mas quando abriu a porta e entregou a Myra (era seu aniversário) o presente de uma gloriosa laranja madura, ela lhe disse que Vivien não estava.

– Ela não está bem. Telefonou hoje de manhã e disse que não conseguia sair da cama. Perguntou se você poderia assumir o ensaio.

– Sim, posso fazer isso – respondeu Jimmy, perguntando-se, de repente, se a ausência de Vivien não teria algo a ver com o que acontecera entre eles, se ela talvez não tivesse se arrependido de ter baixado a guarda. Ele franziu o cenho, olhando para o chão, depois olhou para Myra por baixo de sua mecha de cabelos na testa.

– Você disse que ela está doente?

– Ela não pareceu nada bem, coitada. Mas não precisa ficar tão abatido. Ela vai se recuperar. Ela sempre se recupera. – Myra levantou a laranja. – Vou guardar metade para ela, está bem? Entregarei a ela no próximo ensaio.

Só que Vivien também não estava lá no ensaio seguinte.

– Ainda de cama – Myra disse a Jimmy quando ele atravessou a porta alguns dias depois. – É melhor assim.

– É grave?

– Creio que não. Ela realmente parece ter pouca sorte, coitada, mas logo estará de pé outra vez, não consegue ficar longe das crianças por muito tempo.

– Isso já aconteceu antes?

Myra sorriu, mas o gesto foi contido por algum outro fator, um elemento de percepção e quase de afetuosa preocupação.

– Todo mundo fica mal de vez em quando, sr. Metcalfe. A sra. Jenkins tem sua cota de reveses, mas todos nós temos, não é? – Ela hesitou e quando voltou a falar, sua voz era suave, mas firme. – Ouça, Jimmy querido, vejo que se importa com ela e é muita bondade sua. Deus sabe que ela é um anjo, tudo que faz pelas crianças aqui... Mas tenho certeza de que não é nada de grave e que o marido está cuidando bem dela. – Sorriu de maneira maternal. – Tire-a da cabeça agora, está bem?

Jimmy disse-lhe que o faria, e começou a subir a escada, mas o conselho de Myra lhe deu o que pensar. Vivien não estava bem, sem dúvida pensar nela pareceria natural – então por que Myra fazia tanta questão de que Jimmy a tirasse da cabeça? O modo como Myra dissera "o marido" fora bem incisivo, também. Era o tipo de coisa que ela deveria ter dito a alguém como o dr. Tomalin, um sujeito que tinha envolvimento com a mulher de outro homem...

Ele não tinha uma cópia da peça, mas Jimmy fez o melhor possível no ensaio. As crianças facilitaram a tarefa para ele, apresentando suas falas, quase nunca discutindo, e tudo correu muito bem. Ele estava até começando a se sentir satisfeito consigo mesmo, quando terminaram de desmontar o cenário e as crianças se reuniram no chão perto de seu caixote emborcado, suplicando que contasse uma história. Jimmy disse-lhes que não conhecia nenhuma, e, quando se recusaram a acreditar, ele fez uma tentativa fracassada de recontar uma das histórias de Vivien, antes de se lembrar – bem a tempo de evitar uma revolta – do *Nightingale Star*. Elas ouviram, os olhos arregalados, e Jimmy compreendeu, como nunca antes compreendera, o quanto tinha em comum com os pacientes do hospital do dr. Tomalin.

Com tanta atividade, ele se esqueceu dos comentários de Myra, e foi somente depois que se despediu das crianças e que se dirigia à escada que Jimmy começou a pensar na melhor maneira de convencê-la de que ela estava imaginando coisas, ou até mesmo se isso seria necessário. Dirigiu-se à mesa da recepção quando chegou ao vestíbulo, mas, antes que pudesse dizer qualquer coisa, tranquilizadora ou não, Myra disse, com o mesmo tipo de reverência que teria usado se o próprio rei tivesse resolvido passar por ali e manifestado interesse em conhecê-lo:

– Aqui está você, Jimmy. O dr. Tomalin quer cumprimentá-lo.

Ela estendeu a mão e tirou um fiapo do colarinho dele.

Jimmy esperou, consciente de um crescente sabor amargo na garganta, uma velha sensação familiar que costumava sentir quando menino, ao imaginar confrontando-se com o homem que roubara sua mãe deles. Os minutos pareceram intermináveis, até que finalmente a porta atrás da recepção se abriu e um senhor de aspecto muito digno surgiu. O antagonismo de Jimmy se dissolveu, deixando-o completamente confuso. O médico tinha cabelos brancos, muito bem cortados, e óculos muito grossos, com lentes tipo fundo de garrafa; devia ter uns oitenta anos, no mínimo.

– Muito bem. Então, você é Jimmy Metcalfe – disse o velho doutor, os olhos azul-claros lacrimejantes quando estendeu a mão para cumprimentá-lo. – Como vai?

– Bem, obrigado, senhor. Muito bem. – Jimmy estava atrapalhado, tentando compreender o significado de tudo aquilo. A idade do médico não o excluía de um caso amoroso com Vivien Jenkins, não inteiramente, mas ainda assim...

– Na rédea curta, imagino – continuou o médico –, entre Myra aqui e a sra. Jenkins. Neta de um velho amigo meu, sabe, a jovem Vivien.

– Não sabia.

– Não? Bem. Agora sabe.

Jimmy balançou a cabeça e tentou sorrir.

– Você está fazendo um grande trabalho, ajudando com as crianças. Muita bondade sua. Fico muito agradecido. – E com isso, ele balançou a cabeça e retirou-se para seu escritório, mancando um pouco da perna esquerda.

– Ele gosta de você – Myra disse, os olhos arregalados quando a porta se fechou.

Os pensamentos de Jimmy giravam enquanto ele tentava separar suas certezas de suas suspeitas.

– É mesmo?

– Oh, sim.

– Como pode saber?

– Reconheceu sua existência. Ele não tem muito tempo para adultos. Prefere crianças, sempre foi assim.

– Você o conhece há muito tempo?

– Trabalho para ele há trinta anos. – Ela estufou o peito orgulhosamente, ajeitando seu crucifixo no meio do V da gola de sua blusa. – Sabe – ela continuou, olhando para Jimmy por cima dos seus minúsculos óculos –, ele não tolera muitos adultos no hospital. Você é o único que eu conheço que ele se esforçou para aceitar.

– Exceto Vivien, é claro. – Jimmy especulava. Myra, sem dúvida, seria capaz de esclarecer a situação. – A sra. Jenkins, quero dizer.

– Oh, sim – Myra abanou a mão –, claro. Mas ele a conhece desde que ela própria era uma criança, não é a mesma coisa. É como um avô para ela. Na realidade, aposto que você deve agradecer a ela por ele ter se afastado de seus afazeres para vir conhecê-lo. Ela deve ter falado bem de você para ele. – Myra, então, se conteve. – Seja como for, ele gosta de você. Isso é ótimo. Agora, você não tem fotografias para tirar para o meu jornal de amanhã de manhã?

Jimmy fingiu bater continência, fazendo Myra sorrir, e em seguida dirigiu-se à saída.

Sua cabeça girava enquanto andava de volta para casa.

Dolly estava errada – por mais certeza que tivesse, ela entendera tudo errado. Não havia nenhum caso amoroso entre o dr. Tomalin e Vivien. O velho doutor era "como um avô" para ela.

E ela – Jimmy sacudiu a cabeça, horrorizado com tudo que andara pensando, com o modo como a julgara – não era nenhuma adúltera, era apenas uma mulher, uma *boa* mulher, aliás, que abrira mão de seu tempo para levar um pouco de felicidade a um grupo de órfãos que perdera tudo.

Era estranho, talvez, quando tudo em que ele acreditara com tanta convicção não passava de uma mentira, mas Jimmy sentia-se estranhamente leve. Mal podia esperar para contar a Doll, não havia nenhuma necessidade agora de levar o plano a cabo, Vivien não era culpada de nada.

– Exceto de ter sido sórdida comigo – Dolly retrucou, quando ele lhe contou –, mas imagino que isso não valha mais nada, agora que são tão amigos.

– Pare com isso, Doll – retrucou Jimmy. – Não é nada disso. Olhe – ele estendeu os braços por cima da mesa para tomar suas mãos, adotando o tipo de voz suave e afável que sugeria que tudo fora uma espécie de travessura, mas que agora era hora de colocar um ponto final no caso. – Sei que ela a tratou mal e não a desculpo por isso. Mas este plano... isso não vai funcionar. Ela não é culpada, ela leria a carta e daria uma risada, se você a enviasse. Provavelmente, a mostraria para o marido e ele também daria boas risadas.

– Não, ela não faria isso. – Dolly retirou as mãos das de Jimmy e cruzou os braços. Ela era teimosa, ou talvez estivesse apenas desesperada. Às vezes, era difícil saber a diferença. – Nenhuma mulher quer que seu marido pense que ela está tendo um caso com outro homem. Ainda assim, ela nos dará o dinheiro.

Jimmy tirou um cigarro e acendeu-o, examinando Doll por trás da chama. Antigamente, ele teria procurado bajulá-la, sua adoração o deixaria cego aos seus defeitos. Agora, entretanto, tudo era diferente. Havia uma fissura que cortava o coração de Jimmy de cima a baixo, uma linha fina que aparecera na noite em que Dolly lhe disse que não se casaria com ele e o deixou no chão do restaurante. A fenda fora remendada desde então, e na maioria das vezes nem podia ser vista, mas assim como o jarro que sua mãe atirara ao chão no dia em que foram à Liberty's e que seu pai havia refeito, colando caco por caco outra vez, as linhas das falhas sempre seriam visíveis sob a luz. Jimmy amava Dolly, isso nunca iria mudar – para ele, a lealdade era como respirar –, mas enquanto olhava para ela do outro lado da mesa, pensou que naquele momento não gostava muito dela.

◦

Vivien voltou. Ela se ausentara por um pouco mais de uma semana, e quando Jimmy dobrou o corredor em direção ao sótão, abriu a porta e a viu no centro de um bando de crianças, todas falando ao mesmo tempo, algo inesperado aconteceu. Jimmy ficou feliz ao vê-la. Não apenas feliz, mas o mundo pareceu um pouco mais brilhante do que apenas um minuto antes.

Ele parou onde estava.

– Vivien Jenkins – ele disse, fazendo com que ela erguesse a cabeça e o fitasse diretamente nos olhos.

Ela sorriu para ele e Jimmy retribuiu o sorriso, e então ele soube que estava numa situação difícil.

26

New College Library, Oxford, 2011

LAUREL PASSOU OS CINQUENTA e sete minutos seguintes, cada um deles excruciante, andando de um lado para o outro nos jardins do New College. Quando as portas foram finalmente abertas, ela simplesmente bateu um recorde na biblioteca, parecendo um freguês de loja no dia anual de liquidações, ao se lançar à frente de outras pessoas, na pressa de voltar à sua mesa. Certamente Ben pareceu impressionado ao chegar e encontrá-la já mergulhada no trabalho.

– Legal – ele disse, os olhos arregalados de admiração ao considerar a possibilidade de ela ter retornado com um estalo dos dedos e um meneio do nariz. A reverente perplexidade deu lugar a uma preocupação expressa em voz muito baixa:

– Eu não a deixei aqui dentro por engano, deixei?

Laurel assegurou-lhe que não e voltou a passar os olhos pelo primeiro diário de Katy para 1941, em busca de qualquer coisa que pudesse lhe dizer como o plano de sua mãe dera errado. Não havia quase nenhuma menção a Vivien nos primeiros meses do ano, além das anotações ocasionais registrando que Katy havia escrito ou recebido uma carta, e declarações discretas ao longo das anotações dizendo que "tudo parece estar do mesmo jeito para a sra. Jenkins". Porém, em 5 de abril de 1941, as coisas começaram a se animar:

O correio de hoje trouxe notícias da minha jovem amiga, Vivien. Foi uma carta longa, pelos seus padrões, e eu imediatamente percebi que algo havia mudado no tom de suas palavras. No começo, fiquei satisfeita, parecia que uma descarga de seu antigo estado de espírito havia retornado e imaginei que uma nova paz poderia ter aplacado suas preocupações. Mas, infelizmente, não, pois a carta não descrevia um compromisso renovado com seu lar e sua vida doméstica. Em vez disso, escreveu com longos e profusos detalhes sobre o trabalho voluntário que vem fazendo no hospital para crianças do dr. Tomalin, em Londres, pedindo-me, como sempre, para destruir sua carta depois e para não mencionar seu trabalho em minha resposta.

Naturalmente, farei o que me pediu, mas pretendo implorar a ela outra vez, nos termos mais enfáticos possíveis, para cessar qualquer envolvimento com o lugar, ao menos até eu poder encontrar uma solução duradoura para os seus problemas. Não basta ela insistir em fazer doações às despesas correntes do hospital? Ela não se importa nem um pouco com a própria saúde? Ela não vai desistir, eu sei, já tem vinte anos, mas Vivien ainda é aquela menina teimosa que eu conheci em nosso navio, recusando-se a acatar meus conselhos se não lhe convinham. Escreverei, de qualquer modo. Jamais poderia me perdoar se o pior viesse a acontecer e eu não tivesse feito todo o possível para colocá-la no caminho certo.

Laurel franziu a testa. O que era o pior? Obviamente, ela estava deixando escapar algo – por que Katy Ellis, professora e amiga de pequenos seres traumatizados em toda parte, tinha uma opinião tão firme de que Vivien devia deixar de trabalhar como voluntária no hospital para órfãos de guerra do dr. Tomalin? A menos que o próprio dr. Tomalin fosse um perigo. Seria isso? Ou o hospital estaria, talvez, localizado em uma área muito visada pelos bombardeios alemães? Laurel refletiu sobre a pergunta por um minuto, antes de decidir que era impossível saber exatamente o que Katy temia, sem embarcar em uma linha tangencial de pesquisa que ameaçava absorver o pouco tempo que lhe restava. A questão era intrigante, mas irrelevante, em sua opinião, para a missão em que estava empenhada de descobrir mais sobre o plano de sua mãe. Continuou a ler:

> *A causa da melhoria do estado de ânimo de Vivien me foi revelada na segunda página de sua carta. Parece que ela conheceu alguém, um rapaz, e apesar de ter dificuldade de sequer mencioná-lo nos termos mais fortuitos – "Um outro voluntário se associou a mim no projeto com as crianças, um homem que parece saber tão pouco a respeito de limites quanto eu sei sobre transformar luzes em fadas"–, conheço bem minha jovem amiga e desconfio que essa aparência alegre e jovial seja uma encenação para mim, destinada a esconder algo mais profundo. O que exatamente isso pode ser, eu não sei, apenas sei que não é próprio dela dedicar tantas linhas à discussão de um indivíduo – amigo ou inimigo – que ela acabou de conhecer. Estou temerosa. Meus instintos nunca me decepcionaram antes e pretendo escrever para ela agora mesmo, rogando-lhe que tenha a devida cautela.*

Katy Ellis deve ter feito exatamente isso, pois o registro seguinte em seu diário contém uma longa citação direta de uma carta escrita por Vivien Jenkins, evidentemente em resposta às suas preocupações:

> *Quanta falta eu sinto de você, Katy, querida – faz mais de um ano desde a última vez em que nos encontramos, parece que faz dez. Sua carta me fez desejar que estivéssemos sentadas juntas sob aquela árvore em Nordstrom, aquela na margem do lago onde costumávamos fazer piquenique quando você vinha me visitar. Lembra-se da noite em que nos esgueiramos da casa grande e penduramos lanternas de papel nas árvores*

do bosque? Dissemos ao meu tio que deviam ter sido ciganos, e ele passou todo o dia seguinte de tocaia no terreno com aquela espingarda no ombro e seu pobre cachorro, cheio de artrite, nos seus calcanhares – velho e querido Dewey. Um cachorro tão fiel.

Você me repreendeu depois pela travessura, mas lembro-me, Katy, que foi você quem descreveu com grandes detalhes à mesa do café da manhã os "apavorantes" ruídos que ouvira à noite, quando os "ciganos" deviam estar invadindo as terras sagradas de Nordstrom. Oh, mas não foi formidável nadar à luz da grande lua prateada? Como eu adoro nadar – é como cair da borda do mundo, não é? Acho que nunca deixei de acreditar que talvez eu consiga descobrir o buraco no leito do rio que me levará de volta.

Ah, Katy – pergunto-me que idade deverei atingir antes de você parar de se preocupar comigo. Que fardo deve ser para você. Acha que ainda estará tomando conta de mim, lembrando-me para manter a saia limpa e o nariz assoado quando eu for velha, batendo minhas agulhas de tricô, na cadeira de balanço? Como você cuidou tão bem de mim ao longo dos anos, como dificultei essa tarefa para você às vezes, e que sorte eu tenho de ter sido você quem foi ao meu encontro naquele dia terrível na estação de trem de Southport.

Você, como sempre, é muito sábia em seus conselhos, e por favor, querida, tenha certeza de que sou igualmente sábia em meus atos. Não sou mais uma criança e conheço muito bem as minhas responsabilidades – você não está tranquilizada, não é? No momento mesmo em que lê esta carta, está sacudindo a cabeça e pensando em como sou imprudente. Para aplacar seus temores, deixe-me assegurar-lhe que eu mal falei com o homem em questão (seu nome é Jimmy, aliás – vamos chamá-lo assim, está bem? – "o homem' soa um pouco sinistro), na verdade, em todas as ocasiões, fiz o máximo para desencorajar qualquer contato, *até mesmo enveredando, quando necessário, pelos domínios da grosseria. Desculpe-me por isso, querida Katy, sei que você não gostaria de ver sua jovem pupila ganhando a reputação de mal-educada, e eu, de minha parte, detesto fazer o que possa levar seu bom nome ao descrédito.*

Laurel sorriu. Ela gostava de Vivien. A resposta era bem-humorada, sem resvalar para a indelicadeza com a maternal Katy e seu incômodo instinto de se preocupar. Até Katy havia escrito sob o trecho da carta de Vivien: "É bom ver que minha jovem amiga atrevida está de volta. Senti sua falta nestes últimos anos." Laurel gostava menos do fato de Vivien nomear o rapaz que estava trabalhando como voluntário no hospital com ela. Seria ele o mesmo Jimmy por quem sua mãe estivera apaixonada? Claro que sim. Poderia ser uma coincidência que ele estivesse trabalhando com Vivien no hospital do dr. Tomalin? Claro que não. Laurel sentiu os murmúrios do mau presságio quando o plano dos amantes começou a tomar forma.

Evidentemente, Vivien não fazia a menor ideia da ligação entre o bom rapaz no hospital e sua antiga amiga, Dorothy – o que não era de surpreender, Laurel imaginou. Kitty Barker mencionara o quanto sua mãe era cuidadosa em manter seu namorado longe de Campden Grove. Ela também descrevera a maneira como as emoções eram intensificadas e as certezas morais diluídas durante a guerra. O ambiente perfeito, Laurel percebia agora, em que um par de malfadados amantes podia se deixar levar em uma *folie à deux*.

Os registros do diário na semana seguinte não continham nenhuma menção nem a Vivien Jenkins, nem "à questão do rapaz". Katy Ellis dedicou-se, em vez disso, às preocupações imediatas com a política de vigilância noturna e às conversas sobre invasão no rádio. Em 19 de abril, ela registrou sua preocupação com o fato de fazer algum tempo que Vivien não escrevia, mas notou, no dia seguinte, um telefonema do dr. Tomalin, informando-a de que Vivien não estava bem. Isso era interessante – parecia que os dois se conheciam, afinal, e não era uma objeção ao caráter do médico que colocara Katy tão firmemente contra o hospital. Quatro dias depois, o seguinte:

> *Uma carta, hoje, que me angustia muito. Não consigo captar o tom em um resumo, e eu não saberia por onde começar ou terminar ao citar o que me perturba. Assim, vou contrariar a vontade da minha querida (enfurecedora!) amiga, apenas desta vez, e não destruirei a carta na lareira esta noite.*

Laurel nunca havia virado uma página mais depressa. Lá estava, em um fino papel branco e numa caligrafia um pouco confusa – escrita com muita pressa, ao que parecia –, a carta de Vivien Jenkins a Katy Ellis, datada de 23 de abril de 1941. Um mês antes de sua morte, Laurel percebeu, sombriamente.

> *Estou escrevendo para você do restaurante de uma estação de trem, querida Katy, porque fui tomada pelo medo de que se eu não registrasse tudo sem demora, o episódio inteiro desapareceria e eu acordaria amanhã e descobriria que não passara de uma invenção da minha imaginação. Nada do que eu vou escrever vai lhe agradar, mas você é a única pessoa a quem posso contar, e eu preciso contar a alguém. Perdoe-me, portanto, querida Katy, e aceite antecipadamente meu mais sincero pedido de desculpas pelo nervosismo que eu sei que esta confidência provocará em você. Se tiver que pensar mal de mim, faça-o com leniência e lembre-se de que eu ainda sou sua pequena companheira de viagem.*
>
> *Algo aconteceu hoje – eu estava saindo do hospital do dr. Tomalin e havia parado na escada para ajeitar minha echarpe. Eu juro para você, Katy, e você sabe que eu não minto, que não hesitei de propósito – ainda assim, quando ouvi a porta abrir-se atrás de mim, eu soube, sem me virar, que era o rapaz – creio que o mencionei para você uma ou duas vezes em minhas cartas – Jimmy? – que estava parado lá.*

Katy Ellis havia sublinhado essa frase e feito uma anotação na margem, a observação escrita com uma caligrafia tão pequena e perfeita que Laurel pôde imaginar a cara feia de desaprovação de quem a escreveu: *Mencionado uma ou duas vezes! As ilusões de uma pessoa apaixonada nunca deixam de surpreender.* Apaixonados. Laurel sentiu uma bola de preocupação no estômago ao concentrar sua atenção novamente na carta de Vivien. Ela teria se apaixonado por Jimmy? Fora isso que virara o plano "inofensivo" de cabeça para baixo?

De fato, era ele. Jimmy uniu-se a mim nos degraus da entrada e trocamos ali algumas palavras sobre um incidente engraçado que acontecera entre as crianças. Ele me fez rir – ele é engraçado, Katy – eu gosto muito de pessoas engraçadas. Meu pai era um homem muito engraçado, ele sempre nos fazia rir – e então ele perguntou, muito naturalmente, se podíamos ir andando juntos para casa já que íamos na mesma direção, ao que, contra todo e qualquer preceito sensato, eu disse "Sim".

Agora, enquanto você está aí sacudindo a cabeça, Katy (posso imaginá-la nessa pequena escrivaninha sob a janela de que me falou – você tem prímulas frescas em um jarro no canto da mesa? Tem, sim, eu sei), deixe-me dizer-lhe por que respondi dessa forma. Já faz um mês que venho agindo como você me aconselhou e feito de tudo para ignorá-lo, mas no outro dia ele me deu algo – um presente, como pedido de desculpa, a razão para a qual não vou entrar em detalhes aqui, depois que tivemos um pequeno mal-entendido. O presente foi uma fotografia. Não vou descrevê-la aqui, além de dizer que em sua representação era como se ele houvesse de certo modo olhado dentro de minha alma e visto o mundo que mantenho escondido lá desde pequena.

Levei essa fotografia para casa comigo e a guardo como uma criança ciumenta, pegando-a sempre que tenho oportunidade, examinando cada pequeno detalhe, antes de

*trancá-la no armário de parede oculto atrás do retrato de
minha avó no segundo quarto – assim como uma criança
esconde um objeto precioso, sem nenhuma outra razão senão
ocultá-lo, ao guardá-lo somente para mim, seu valor de
certa forma aumentou. Ele me ouviu contar histórias para as
crianças no hospital, é claro, e não estou sugerindo que tenha
havido algo mais "mágico" na escolha desse presente, mas
ainda assim isso me comoveu.*

A palavra "mágico" estava sublinhada e sujeita a outra anotação de Katy Ellis:

*É exatamente o que ela está sugerindo: eu conheço Vivien
e conheço a força com que ela acredita. Uma das coisas que
aprendi com mais certeza no meu trabalho é que uma pessoa
nunca consegue fugir inteiramente do sistema de crença
adquirido na infância; ele pode ficar submerso por algum
tempo, mas sempre aflora nos tempos difíceis para clamar
a alma daquela que ele moldou.*

Laurel pensou em sua própria infância, imaginando se o que Katy dissera seria verdade. Acima de qualquer outro sistema teísta, seus pais pregaram os valores de família. Sua mãe, em particular, sempre lhes dizia, melancolicamente, que ela só compreendera o valor da família muito tarde. E Laurel tinha que admitir que, se olhasse além das implicâncias bem-humoradas, os Nicolson sempre se uniam nos tempos difíceis, exatamente como tinham aprendido a fazer quando crianças.

*Talvez, também, minha recente indisposição tenha me
deixado mais imprudente do que o normal – depois de
uma semana na escuridão do meu quarto, aviões alemães
roncando no alto, Henry sentado à minha cabeceira em uma
noite, agarrando minha mão, desejando que eu me curasse,
é realmente maravilhoso sair outra vez, absorver o ar fresco*

de Londres na primavera. (Como uma observação adicional: você não acha incrível, Katy, que o mundo inteiro possa estar envolvido nesta loucura que chamamos de guerra e, enquanto isso, as flores, as abelhas e as estações do ano continuem a fazer o que devem fazer, sábias, mas nunca cansadas de esperar que os seres humanos recuperem a razão e se lembrem da beleza da vida? É estranho, mas meu amor e minha ânsia pelo mundo são sempre ampliados pela minha ausência dele. É assombroso, não acha, que uma pessoa possa oscilar do desespero ao regozijo, e que mesmo durante esses dias sombrios seja possível encontrar felicidade nas menores coisas?)

De todo modo, qualquer que tenha sido a razão, ele me pediu para caminhar com ele e eu aceitei, e assim caminhamos e eu me permiti rir. Eu ri porque ele me contou histórias engraçadas, e tudo era tão cômodo e tão descontraído. Percebi quanto tempo fazia desde que desfrutei do mais simples dos prazeres: companhia e conversa em uma tarde de sol. Eu anseio por prazeres como esses, Katy. Já não sou uma criança – sou uma mulher e quero muitas coisas, coisas que não terei, mas é humano, não é, desejar aquilo que não podemos ter?

Que coisas? O que Vivien não podia ter? Não pela primeira vez, Laurel tinha a sensação de que lhe faltava uma parte importante do quebra-cabeça. Passou os olhos pelos registros da quinzena seguinte, até Vivien ser mencionada outra vez, na esperança de que tudo se esclarecesse.

Ela continua a vê-lo – no hospital, o que já é bastante ruim, mas em outros lugares também, quando deveria estar trabalhando na cantina do WVS ou em alguma missão doméstica. Ela me diz que não devo me preocupar, que "ele é um amigo e nada mais". Ela submete como prova o fato do rapaz ser noivo: "Ele está noivo e vai se casar, Katy, eles

estão muito apaixonados e têm planos de se mudar para
o campo quando a guerra terminar. Pretendem encontrar
uma casa grande e antiga, e enchê-la de crianças. Portanto,
como vê, não corro o perigo de quebrar meus próprios votos
de matrimônio, como você parece temer."

Diante disso, Laurel sentiu uma tontura ao compreender. Era Dorothy, Vivien estava escrevendo sobre sua mãe. A interseção daquela época e do presente, da história aprendida e da experiência vivida, por um instante foi esmagadora. Ela tirou os óculos e esfregou a testa, concentrando-se no muro de pedra do lado de fora da janela por um instante.

Então, deixou que Katy continuasse:

Ela sabe que esse não é meu único temor. A menina está deliberadamente entendendo mal minhas preocupações. Também não sou ingênua, sei que o compromisso desse rapaz não é nenhum impedimento para o coração humano. Não posso saber quais sãos os sentimentos dele, mas conheço os de Vivien muito bem.

Seguiam-se outras extravagantes preocupações por parte de Katy, e no entanto Laurel não se sentia mais perto de compreender por quê: Vivien declarava que os temores de Katy advinham de sua visão rígida sobre o que constituía o comportamento adequado de um cônjuge. Vivien teria feito da deslealdade um hábito? Não havia muito para prosseguir, mas Laurel *quase* podia interpretar as reflexões mais românticas de Vivien sobre a vida, um espírito de amor livre – mas somente porque ela, Laurel, queria assim.

Então, Laurel encontrou um registro, dois dias mais tarde, que a fez imaginar se Katy, de alguma forma, havia intuído o tempo inteiro que Jimmy constituía uma ameaça a Vivien:

*Terríveis notícias da guerra – Westminster Hall foi atingido
a noite passada, assim como a Abbey e as Houses of*

Parliament. No começo, pensaram que o Big Ben tivesse sido destruído! Em vez de pegar o jornal ou ouvir o rádio esta noite, resolvi limpar o armário da sala de estar para abrir espaço para as minhas novas anotações de ensino. Confesso ser um pouco como o pássaro-cetim – uma característica que me envergonha, eu preferia ser tão eficiente com a casa quanto sou com a mente – e encontrei ali a mais impressionante coleção de quinquilharias. Entre elas, uma carta recebida do tio de Vivien há três anos. Juntamente com a descrição da "agradável obediência" de Vivien (eu fiquei tão irritada ao ler essa linha esta noite como fiquei na época – como ele via tão pouco da verdadeira Vivien!), ele havia anexado uma fotografia, ainda dentro da carta dobrada. Vivien tinha dezessete anos de idade quando a foto fora tirada, e era linda – lembro-me de pensar, quando a vi, que ela parecia a personagem de um conto de fadas, Chapeuzinho Vermelho, talvez. Olhos grandes e lábios em coração, e ainda o olhar franco e inocente de uma criança. Lembro-me de ter desejado, também, que não houvesse nenhum Lobo Mau esperando por ela na floresta.

O fato de a carta e a fotografia terem vindo à luz hoje, depois de tanto tempo, me fez refletir. Eu não estava errada da última vez que tive um dos meus "pressentimentos". Na ocasião, eu não agi, para meu eterno pesar, mas não vou ficar parada e deixar minha jovem amiga cometer outro erro de terríveis consequências. Considerando-se que não posso expressar minhas preocupações como desejaria por escrito, farei a viagem a Londres e falarei com ela pessoalmente.

Uma viagem que ela evidentemente fez – e prontamente – pois o registro seguinte no diário foi escrito dois dias depois:

Estive em Londres e foi pior do que eu esperava. Ficou óbvio para mim que minha querida Vivien se apaixonou pelo rapaz, Jimmy. Ela não disse isso, é claro, ela é muito experiente para isso, mas eu a conheço desde que ela era criança e pude constatar isso em cada expressão do seu rosto, ouvir isso em cada palavra não pronunciada. Pior ainda, parece que ela lançou ao vento qualquer tipo de cautela. Tem estado inúmeras vezes na casa do rapaz, onde ele mora com seu pobre pai. Ela insistiu em afirmar que "tudo é inocente", ao que retruquei que isso não existe e que tais distinções não a ajudariam em nada se ela tivesse que explicar essas visitas. Ela me disse que não iria "abrir mão" dele – criança teimosa – ao que reuni todas as minhas forças e disse: "Minha querida, você é casada." Eu a relembrei da promessa que fizera ao seu marido na igreja de Nordstrom, que o amaria, honraria e obedeceria, até que a morte os separasse etc. etc. Ah, mas não esquecerei facilmente o olhar que ela me lançou então – a decepção em seus olhos ao me dizer que eu não compreendia.

Compreendo muito bem o que é amar o que é proibido, e eu lhe disse isso, mas ela é jovem e os jovens costumam achar que somente eles possuem sentimentos fortes. Lamento dizer que não nos separamos em bons termos – eu fiz uma última tentativa de convencê-la a desistir de seu trabalho no hospital, ela se recusou. Eu a fiz lembrar que ela precisava levar sua saúde em consideração, ela descartou minhas preocupações. Decepcionar uma pessoa como ela – aquele rosto que se revela como um retrato sob o pincel de um grande mestre da pintura – é se sentir tão culpado como se tivesse extinguido toda a bondade da face da Terra. Ainda assim, não desistirei – tenho uma última carta na manga. Arrisco-me a ser alvo de sua eterna indignação, mas decidi, quando meu trem partia de Londres, que vou escrever a esse Jimmy Metcalfe e explicar-lhe o mal que está lhe causando. Talvez ele se comporte com a cautela necessária, já que ela não o faz.

O sol começara a se pôr e a sala de leitura ficava mais fria e escura a cada minuto. Os olhos de Laurel estavam cansados de ler a caligrafia perfeita, mas minúscula de Katy Ellis, sem pausa, nas últimas duas horas. Ela reclinou-se para trás e fechou os olhos, a voz de Katy girando em sua cabeça. Ela teria escrito a carta a Jimmy?, Laurel se perguntou. Fora isso que estragara o plano de sua mãe? O que quer que Katy tivesse incluído na carta – algo que ela obviamente considerava bastante persuasivo para fazer Jimmy desistir da amizade quando Vivien não queria desistir – teria sido suficiente para causar o rompimento entre sua mãe e Jimmy também? Em um livro, Laurel pensou, seria exatamente isso o que aconteceria. Era certo, em uma narrativa, que um casal de jovens amantes fosse separado pelo próprio compromisso que haviam planejado a fim de comprar sua felicidade em comum. Seria nisso que sua mãe estava pensando naquele dia no hospital quando disse a Laurel que ela deveria se casar por amor, que não devia esperar, que nada mais tinha importância? Teria Dorothy esperado demais, e ambicionado demais, e nesse ínterim perdido seu amante para a outra mulher?

 Laurel imaginava que havia algo particular em Vivien Jenkins que a tornava a pior pessoa contra a qual Dorothy e Jimmy podiam aplicar seu plano. Seria simplesmente o fato de que Vivien fosse exatamente o tipo de mulher por quem Jimmy poderia se apaixonar? Ou Laurel estaria intuindo alguma outra coisa? Katy Ellis – a perfeita filha de um pastor de igreja – estava obviamente preocupada que Vivien não estivesse sendo cuidadosa com seus votos matrimoniais, mas havia alguma coisa a mais em andamento. Laurel imaginou se Vivien estaria doente. Katy era uma pessoa preocupada demais, mas sua preocupação com a saúde de Vivien era do tipo geralmente reservado a uma amiga com doença crônica, não a uma jovem mulher de vinte anos, cheia de vida. A própria Vivien havia se referido a "ausências" do mundo exterior, quando seu marido Henry sentava-se à sua cabeceira e afagava sua mão em sua convalescença. Teria Vivien Jenkins sofrido de uma condição que a tornava mais vulnerável ao mundo do que seria se fosse saudável? Teria ela sofrido algum tipo de colapso, físico ou emocional, que a deixasse suscetível a uma recaída?

Ou – Laurel sentou-se ereta na cadeira – ela teria talvez sofrido uma série de abortos após seu casamento com Henry? Isso certamente explicaria o zelo do marido, até mesmo, até certo ponto, o impulso de Vivien de sair de casa uma vez recuperada, deixar o ambiente doméstico de sua infelicidade e fazer mais do que era realmente capaz. Isso explicaria até mesmo a preocupação específica de Katy Ellis sobre o fato de Vivien trabalhar com crianças no hospital. Seria isso? Katy teria se preocupado que sua amiga estivesse aumentando sua tristeza fazendo-se cercar de crianças que a lembravam de sua esterilidade? Vivien escrevera em sua carta sobre fazer parte da natureza humana, e sem dúvida da própria, desejar aquilo que se sabe que não se pode ter. Laurel tinha certeza de que estava descobrindo alguma coisa – até mesmo os eufemismos de que Katy Ellis tanto gostava eram consistentes com *esse* assunto *nessa* época.

Laurel gostaria de conhecer mais lugares onde buscar respostas. Ocorreu-lhe que a máquina do tempo de Gerry seria muito útil agora. No entanto, estava presa aos diários de Katy. Havia mais alguns registros onde a amizade de Vivien e Jimmy parecia crescer, apesar dos permanentes receios de Katy, e então, de repente, em 20 de maio, um registro relatando que Vivien escrevera para dizer que ela não se encontraria mais com Jimmy, que era hora de Jimmy começar uma nova vida e que lhe desejara felicidades e dissera adeus.

Laurel prendeu a respiração, imaginando se Katy enviara sua carta a Jimmy, afinal, e se o que quer que ela tenha lhe dito tivesse sido o motivo desta repentina mudança de atitude. Contra todas as probabilidades, ela teve pena de Vivien Jenkins – apesar de Laurel saber que a amizade de Jimmy escondia mais intenções do que se podia notar à primeira vista, ela não pôde deixar de ter pena da jovem que ficara tão feliz com tão pouco. Laurel imaginou se sua compaixão teria sido influenciada pelo conhecimento do que aguardava Vivien, mas até mesmo Katy, que fora tão categórica quanto ao fim do relacionamento, pareceu ambivalente quanto ao desfecho:

Eu estava preocupada com Vivien, queria que o caso com o jovem rapaz terminasse. Agora sofro o peso do fardo de ter tido meu desejo atendido. Recebi uma carta dando alguns detalhes, mas em um tom que não é nem um pouco difícil de decifrar. Ela escreve com resignação. Diz apenas que eu tinha razão, que a amizade terminou, e que eu não preciso me preocupar, pois tudo se resolveu para melhor. Desespero ou raiva eu poderia aceitar, mas é o tom submisso de sua carta que me deixa preocupada. Não posso deixar de temer que seja um mau presságio. Esperarei por sua próxima carta na expectativa de que haja uma melhora em seu estado de espírito e me agarrarei à minha certeza de que o que eu fiz foi pelas melhores razões.

Mas não houve mais carta alguma. Vivien Jenkins morreu três dias depois, um fato registrado por Katy Ellis com o tipo de dor e tristeza que bem se pode imaginar.

Trinta minutos depois, Laurel atravessava correndo o gramado do New College, já envolto na penumbra do anoitecer, em direção ao ponto de ônibus, remoendo tudo que ficara sabendo, quando seu telefone começou a tocar no bolso. Ela não reconheceu o número do autor da chamada, mas respondeu mesmo assim.

– Lol? – disse a voz.

– Gerry?

– Oh, ótimo, é o seu número.

Laurel tinha que se esforçar para ouvir através do barulho na outra ponta da linha.

– Gerry? Onde você está?

– Londres. Uma cabine telefônica na Fleet Street.

– A cidade ainda tem cabines telefônicas em funcionamento?

– Parece que sim. A menos que isso seja a Tardis, e nesse caso estarei em sérias dificuldades.

– O que está fazendo em Londres?
– Correndo atrás do dr. Rufus.
– Ah, é? – Laurel pressionou a mão contra o outro ouvido, para poder ouvir melhor. – E então? Pegou-o?
– Sim, peguei. Seus diários, ao menos. O médico morreu de uma infecção no final da guerra.

O coração de Laurel batia com força. Ela desconsiderou a morte prematura do médico. Na busca de respostas a esse mistério, não havia lugar para mais nada.

– E então? O que descobriu?
– Eu não sei por onde começar.
– Pelo mais importante. E por favor, ande depressa.
– Continue na linha. – Ela o ouviu colocar outra moeda no telefone. – Ainda está aí?
– Sim, sim.

Laurel parou sob um poste de luz com uma brilhante iluminação cor de laranja, enquanto Gerry dizia:

– Elas nunca foram amigas, Lol. Mamãe e essa Vivien Jenkins, segundo o dr. Rufus, elas nunca foram amigas.

– O quê? – Ela achou que tinha compreendido mal.
– Elas mal se conheciam.
– Mamãe e Vivien Jenkins? De que você está falando? Eu vi o livro, a fotografia... é claro que eram amigas.

– Mamãe *queria* que fossem amigas. Pelo que eu li, era quase como se ela quisesse *ser* Vivien Jenkins. Ela ficou obcecada com a ideia de que eram inseparáveis... "como gêmeas", foram suas palavras exatas, mas isso só existia na cabeça dela.

– Mas... eu não...

– E então algo aconteceu, não fica claro exatamente o que foi, mas Vivien Jenkins fez alguma coisa que deixou evidente para mamãe que elas não eram absolutamente amigas.

Laurel pensou na discussão que Kitty Barker mencionara: algo acontecendo entre as duas que deixara Dorothy de terrível mau humor e atiçara seu desejo de vingança.

– O que foi, Gerry? – ela disse. – Você sabe o que Vivien fez? Ou tomou de Dorothy?

– Ela... espere. Droga, acabaram-se minhas moedas. – Ouviu-se o barulho enfurecido de bolsos sendo vasculhados, o receptor do telefone sendo manuseado atabalhoadamente. – A ligação vai ser cortada, Lol...

– Ligue-me de volta. Encontre mais moedas e me ligue de volta.

– Tarde demais, não tenho mais moedas. Mas logo falo com você, vou para Greenac.

A voz de Gerry desapareceu, substituída pelo tom contínuo da linha.

27

Londres, maio de 1941

JIMMY FICARA ENVERGONHADO NA primeira vez que levara Vivien a sua casa para visitar seu pai. O pequeno quarto já parecia bem ruim aos olhos dele, mas vê-lo através dos olhos de Vivien fazia as poucas providências que tomara para torná-lo mais aconchegante parecerem realmente desesperadas. Ele realmente pensara que colocar uma velha toalha de prato sobre o baú de madeira o transformava em uma mesa de jantar? Aparentemente, sim. Vivien, de sua parte, conseguiu fingir com perfeição que não havia absolutamente nada de estranho em tomar chá preto em xícaras desencontradas, empoleirada ao lado de um pássaro ao pé da cama de um velho. Ao fim e ao cabo, tudo parecia ter dado razoavelmente certo.

Uma das dificuldades tinha sido a insistência de seu pai em chamar Vivien de "sua garota" o tempo inteiro e depois perguntar a Jimmy – na voz mais clara e aguda possível – quando o casal planejava se casar. Jimmy corrigiu o pai ao menos três vezes antes de encolher os ombros para Vivien como forma de desculpas e dar o caso por encerrado como uma piada. O que mais ele podia ter feito? Era apenas um erro de um homem senil – ele só vira Doll uma vez antes, em Coventry, antes da guerra – e não havia nenhum mal nisso. De sua parte, Vivien não pareceu se importar, e o pai de Jimmy ficou feliz. Extremamente feliz. Ele ficou encantado com Vivien. Nela, ao que parecia, ele encontrara a plateia que esperara por toda a sua vida.

Havia ocasiões em que Jimmy ficava observando os dois, rindo junto diante de alguma lembrança de seu pai, tentando ensinar um novo truque a Finchie, discutindo alegremente sobre a melhor maneira de colocar uma isca no anzol, e Jimmy achava que seu coração iria explodir de gratidão. Fazia muito tempo, ele percebia – anos – desde que vira seu pai sem a ruga de preocupação entre as sobrancelhas quando tentava se lembrar quem ele era e onde estava.

De vez em quando, Jimmy via-se tentando imaginar Doll no lugar de Vivien, imaginar que era ela indo buscar uma nova xícara de chá para seu pai, adicionando o leite condensado da maneira como ele gostava, contando histórias que faziam seu velho pai sacudir a cabeça de surpresa e prazer... mas, por alguma razão, não conseguia visualizar a cena. Ele caçoava de si mesmo até por tentar. Comparações eram irrelevantes, ele sabia disso, e injustas com as duas mulheres. Doll iria visitar seu pai, se pudesse. Seu turno na fábrica de munição era longo e ela estava sempre tão cansada depois – ela não era uma mulher rica, que não precisava trabalhar. Era natural, portanto, que preferisse preencher suas raras noites de lazer revendo os amigos.

Vivien, por outro lado, parecia apreciar genuinamente o tempo que passava naquele pequeno quarto. Jimmy cometera o erro de agradecer-lhe certa vez, como se ela estivesse lhe fazendo um grande favor pessoal, mas ela apenas o olhou como se ele houvesse enlouquecido e disse: "Agradecer o quê?" Ele se sentira um tolo diante de sua perplexidade e mudou de assunto fazendo uma piada, mas viu-se, mais tarde, considerando que talvez ele tivesse entendido tudo errado e que fosse apenas pela companhia do seu pai que Vivien mantinha o relacionamento com ele. Parecia uma explicação tão boa quanto qualquer outra. Que outra razão poderia haver para ela mudar de atitude tão radicalmente?

Ele ainda refletia sobre isso às vezes, perguntando-se por que ela dissera "sim" naquele dia no hospital, quando ele propusera que caminhassem juntos. Ele não precisava se perguntar por que tinha feito a proposta: era por tê-la de volta depois de sua doença, por tudo ter ficado iluminado quando ele abriu a porta do sótão e a viu ali inesperadamente. Ele correra para alcançá-la quando ela saiu, abrindo a porta da frente tão depressa que ela ainda estava parada no primeiro degrau, ajeitando a echarpe. Ele não esperava que ela aceitasse, sabia apenas que pensara nisso durante todo o tempo do ensaio. Queria passar algum tempo em sua companhia, não porque Dolly lhe dissera para fazer isso, mas porque gostava dela, gostava de estar com ela.

– Você tem filhos, Jimmy? – ela lhe perguntara enquanto caminhavam juntos. Ela movia-se mais devagar do que o normal, ainda frágil depois da doença que a mantivera de cama. Ele notara uma certa reticência o dia inteiro – ela rira com as crianças como sempre, mas havia algo em seu olhar, uma cautela ou reserva a que ele não estava acostumado. Jimmy tivera pena dela, embora não soubesse exatamente por quê.

Ele sacudira a cabeça.

– Não.

E ele sentira seu rosto se ruborizar. Lembrando-se de como ele a transtornara quando fizera a ela a mesma pergunta. Desta vez, entretanto, era Vivien quem dirigia a conversa, e ela continuou a pressionar.

– Mas você vai querer tê-los um dia.

– Sim.

– Só um ou dois?

– Para começar. Depois mais seis.

Ela sorrira diante de sua resposta.

– Eu fui filho único – ele disse, como forma de explicação. – Sentia-me solitário.

– Eu era uma de quatro. Era barulhento.

Fora a vez de Jimmy rir, e ele ainda sorria quando percebeu o que não havia percebido antes.

– As histórias que você conta no hospital – ele disse, quando dobraram a esquina, pensando na fotografia que tirara para ela –, aquelas sobre as casas de madeira sobre estacas, a floresta encantada, a família através de um véu... é a sua família, não é?

Vivien balançou a cabeça.

Jimmy não tinha certeza do que o fizera falar de seu pai naquele dia – algo em sua maneira de olhar quando falou de sua própria família, as histórias que ele a ouvira contar, repletas de magia e nostalgia, e que faziam o tempo desaparecer, a necessidade que ele sentiu subitamente de deixar alguém entrar na sua intimidade. Qualquer que fosse a razão, ele lhe *contara*, e Vivien fizera perguntas e Jimmy lembrou-se do dia em que ele a vira com as crianças pela primeira vez, aquela qualidade que ele notara na sua maneira de ouvir as crianças. Quando ela disse que gostaria de conhecer seu pai, Jimmy achou que se tratava apenas de uma daquelas coisas que as pessoas dizem quando estão pensando no trem que têm que pegar e se perguntando se conseguirão chegar à estação a tempo. Mas no ensaio seguinte ela voltou ao assunto.

– Trouxe algo para ele – ela acrescentou –, algo que acho que ele vai gostar.

Na semana seguinte, quando Jimmy finalmente concordou em levá-la para conhecer seu pai, ela o presenteou com uma bela lula, "Para Finchie". Ela a encontrara na praia, disse, quando ela e Henry visitavam a família do editor dele.

– Ela é adorável, garoto – o pai de Jimmy dissera em voz alta. – Muito bonita, parece que saiu de uma pintura. E gentil, também. Vocês vão esperar e se casar quando formos para o litoral?

– Não sei, papai – Jimmy disse, olhando para Vivien, que fingia um grande interesse em algumas de suas fotografias pregadas na parede. – Vamos esperar para ver, hein?

– Não espere muito, Jimmy. Sua mãe e eu, nós não estamos ficando mais jovens.

– Certo, papai. Você será o primeiro a saber, eu prometo.

Mais tarde, quando acompanhava Vivien de volta à estação do metrô, ele explicou sobre a mente confusa do pai, esperando que ela não tivesse ficado muito constrangida.

Ela pareceu surpresa.

– Você não tem que se desculpar por seu pai, Jimmy.

– Não, eu sei. É só que... eu não queria que você se sentisse desconfortável.

– Ao contrário. Não me sinto tão à vontade há muito tempo.

Caminharam um pouco mais sem conversar e, então, Vivien disse:
– Você vai mesmo viver à beira-mar?
– Esse é o plano. – Jimmy contraiu-se. *Plano*. Dissera a palavra sem pensar e amaldiçoou a si mesmo. Havia algo extremamente desconfortável em delinear para Vivien o mesmo cenário futuro que em sua mente ficara ligado ao plano de Dolly.
– E você vai se casar.
Ele balançou a cabeça.
– Isso é maravilhoso, Jimmy, fico feliz por você. Ela é uma boa moça? Ora, claro que é. Que pergunta tola.
Jimmy sorriu debilmente, esperando que esse fosse o fim do assunto, mas então Vivien disse:
– E então?
– E então?
Ela riu.
– Fale-me a respeito dela.
– O que quer saber?
– Não sei ao certo, as coisas de sempre, imagino... Como vocês se conheceram?
A mente de Jimmy retrocedeu para o café em Coventry.
– Eu estava carregando uma saca de farinha de trigo.
– E ela não resistiu. – Vivien caçoou dele delicadamente. – Portanto, evidentemente, ela adora farinha. De que mais ela gosta? Como ela é?
– Alegre e brincalhona – Jimmy disse, um nó na garganta –, cheia de vida, cheia de sonhos. – Ele não estava gostando nem um pouco da conversa, mas viu-se pensando em Doll, a jovem que ela fora, a mulher que era agora. – Ela perdeu a família na Blitz.
– Oh, Jimmy. – Seu rosto se contraiu. – Pobre garota. Ela deve ter ficado arrasada.
Sua compaixão era profunda e sincera, e Jimmy não conseguiu suportar. Sua vergonha com o embuste, o papel que ele já representara, seu desalento com a duplicidade – tudo o levava à honestidade. Talvez, no fundo de sua mente, ele até esperasse

que a verdade de alguma forma sabotasse o plano de Doll. – Na verdade, acho que você deve conhecê-la.

– O quê? – Ela lançou-lhe um olhar penetrante, aparentemente alarmada com a ideia. – Como?

– O nome dela é Dolly. – Ele prendeu a respiração, lembrando-se de como a situação entre elas se deteriorara. – Dolly Smitham.

– Não. – Vivien estava visivelmente aliviada. – Não, acho que não conheço ninguém com esse nome.

Jimmy ficou confuso. Sabia que eram amigas, isto é, que tinham sido amigas um dia, Dolly lhe falara sobre isso.

– Vocês trabalharam juntas no WVS. Ela morava em frente à sua casa em Campden Grove. Era a acompanhante de Lady Gwendolyn.

– Oh! – A clara compreensão de quem se tratava ficou estampada no rosto de Vivien. – Oh, Jimmy – ela disse, parando e segurando-o pelo braço, os olhos escuros arregalados de pânico. – Ela sabe que temos trabalhado juntos no hospital?

– Não – Jimmy mentiu, odiando a si mesmo.

O alívio de Vivien era palpável, um esboço de sorriso, apenas para ser apagado rapidamente por nova preocupação. Ela suspirou com pesar, pressionando os dedos de leve contra os lábios.

– Meu Deus, Jimmy, ela deve me odiar. – Seus olhos buscaram os dele. – Foi um incidente horrível, não sei se ela comentou com você, ela me fez um grande favor certa vez, devolvendo o medalhão que eu havia perdido, mas eu... acho que a tratei muito mal. Eu tinha tido um dia ruim, algo inesperado acontecera. Eu não estava me sentindo bem e fui indelicada com ela. Fui procurá-la, para me desculpar e explicar, bati na porta do número 7, mas ninguém atendeu. Depois, a dona da casa morreu e todos foram embora, se mudaram dali. Tudo aconteceu muito rápido. – Os dedos de Vivien recaíram sobre seu medalhão enquanto ela falava. Ela o torcia, girando-o na base da garganta. – Pode dizer a ela, Jimmy? Pode dizer a ela que não tive a intenção de tratá-la mal?

Jimmy disse que falaria com ela. Ouvir a explicação de Vivien o deixara inexplicavelmente feliz. Confirmava o relato de Dolly, mas também provava que todo o incidente, a aparente frieza de Vivien, não passara de um grande mal-entendido.

Caminharam um pouco mais em silêncio, cada qual mergulhado em seus pensamentos, até que Vivien disse:

– Por que você está esperando para se casar, Jimmy? Vocês estão apaixonados, não estão? Você e Dolly?

Seu contentamento se dissipou. Pediu a Deus que ela abandonasse o assunto.

– Sim.

– Então, por que não fazer isso já?

As palavras que ele encontrou para mascarar a mentira foram banais.

– Queremos que seja perfeito.

Ela balançou a cabeça, refletindo, e em seguida disse:

– O que poderia ser mais perfeito do que se casar com a pessoa que ama?

Talvez tenha sido a desagradável sensação de vergonha que ele sentia que o fez se apressar a se justificar, talvez tenham sido as lembranças latentes de seu pai esperando em vão pela volta de sua mãe, mas Jimmy repetiu sua pergunta:

– O que poderia ser mais perfeito do que o amor? – Então, riu com amargura. – Saber que você pode proporcionar o suficiente para manter sua amada feliz, para começar. Que você pode colocar comida na mesa, pagar para manter a casa aquecida, manter um teto acima de sua cabeça. Para aqueles que como nós não têm nada, isso não é uma questão banal. Não é tão romântica como a sua ideia, admito, mas a vida é assim, não é?

O rosto de Vivien empalidecera. Ele a magoara, podia ver, com sua amargura, mas o próprio humor de Jimmy fervia de raiva a essa altura, e apesar de estar aborrecido consigo mesmo, e não com ela, ele não pediu desculpas.

– Você tem razão – ela disse, finalmente. – Sinto muito, Jimmy. Falei sem pensar, foi muito insensível de minha parte. Não é da minha conta, de qualquer forma. É que você pintou um quadro tão vívido, a casa, a praia, tudo tão maravilhoso... Fui levada pelo seu entusiasmo.

Jimmy não respondeu. Ele a olhava enquanto ela falava, mas logo desviou o olhar. Algo em seu rosto enquanto a observava inspirou uma imagem nítida e luminosa em sua mente dos dois – ele e ela – correndo para a praia juntos, e isso o fez querer pará-la, bem ali na rua, segurar seu rosto nas mãos e beijá-la longamente e com força. Santo Deus. O que havia de errado com ele?

Jimmy acendeu um cigarro enquanto caminhavam.

– E quanto a você? – ele murmurou, envergonhado, tentando consertar a situação. – O que a espera no futuro? Com o que você sonha?

– Oh. – Ela abanou a mão. – Não gasto muito tempo pensando no futuro.

Chegaram à estação do metrô e despediram-se desajeitadamente. Jimmy sentia-se desconfortável, para não dizer culpado, especialmente porque iria ter que correr para se encontrar com Dolly no Lyons, como haviam combinado. Ainda assim...

– Deixe-me ir com você até Kensington – ele gritou atrás de Vivien. – Garantir que chegue a salvo a sua casa.

Ela virou-se para ele.

– Vai pegar a bomba com o meu número?

– Vou tentar.

– Não – ela disse. – Não, obrigada. Prefiro ir sozinha. – E com isso um vislumbre da antiga Vivien estava de volta, a que andara à sua frente na rua, recusando-se sequer a sorrir.

Dolly sentava-se à janela do restaurante, fumando, enquanto observava Jimmy aproximando-se. De vez em quando, ela desviava o olhar da vidraça, afagando a manga do casaco de pele branco. Na verdade, estava muito quente para usar casaco de pele, mas Dolly não gostava de tirá-lo. Ele a fazia se sentir importante – até mesmo poderosa – e ela precisava disso agora mais do que nunca. Ultimamente, tinha a impressão de que os cordões estavam escorregando pelo meio de seus dedos e que ela estava começando a perder o controle. O medo embrulhava seu estômago – pior de tudo era a insinuante incerteza que se abatia sobre ela à noite.

O plano, quando o concebera, parecera perfeito – uma maneira simples de dar uma lição em Vivien Jenkins, enquanto ao mesmo tempo melhorava as condições para ela e Jimmy viverem juntos – mas à medida que o tempo passava e Jimmy não marcava o encontro para tirar a fotografia, conforme Dolly notava que crescia a distância entre eles, a dificuldade que ele tinha de olhá-la nos olhos, ela começou a perceber que cometera um grande erro, que jamais deveria ter pedido a Jimmy para fazer aquilo. Nos momentos de maior depressão, Dolly começara até mesmo a imaginar que ele já não a amava do mesmo modo, que talvez ele já não achasse que ela era excepcional. E esse pensamento a deixava realmente assustada.

Eles haviam discutido terrivelmente na outra noite. Tudo começara sem nenhum motivo, algum comentário que ela fizera sobre Caitlin Rufus, a maneira como Caitlin se comportara quando saíram para dançar recentemente, com Kitty e as outras. Era o tipo de comentário que ela já fizera inúmeras vezes no passado, mas por alguma razão dessa vez se transformou em uma grande discussão. Ela ficara chocada com a maneira ríspida com que ele se dirigira a ela, com o que ele dissera, que ela devia escolher amigos melhores, se os antigos eram tão decepcionantes, que da próxima vez, ela devia pensar em visitar seu pai e ele, em vez de sair com pessoas de quem ela claramente não gostava. Parecera-lhe tão imerecido, tão cruel, que ela começara a chorar no meio da rua. Geralmente, quando Dolly chorava, Jimmy percebia o quanto ela ficara magoada e tentava consertar a situação, mas não dessa vez. Ele só exclamara "Santo Deus!" e fora embora, os punhos cerrados ao lado do corpo.

Dolly engolira seus soluços, ouvindo e esperando no escuro, e por um instante não ouviu nada. Pensou que estava realmente sozinha agora, que de algum modo ela o pressionara demais e que, desta vez, ele realmente a havia deixado.

Ele não a deixara, ele voltou, mas em vez de pedir desculpas como ela esperava, ele disse numa voz que ela quase não reconheceu:

– Você devia ter se casado comigo, Doll. Você devia ter aceitado o maldito pedido de casamento.

Dolly sentira um soluço subir dolorosamente à sua garganta quando ele disse isso e ouvira a si mesma gritando:

– Não, Jimmy, você devia ter me pedido há mais tempo!

Fizeram as pazes depois disso, nos degraus da pensão da sra. White. Despediram-se com um beijo, cautelosamente, educadamente, e concordaram que tinham se deixado levar pelas emoções. Isso foi tudo. Mas Dolly sabia que era mais do que isso. Ela permaneceu acordada durante horas depois disso, repensando as últimas semanas, lembrando-se de cada vez que o vira, do que ele havia dito, de como se comportara, e ao fazê-lo, conforme tudo atravessava sua mente, ela compreendera. Fora o plano, o que ela pedira a ele que fizesse. Ao invés de consertar a situação entre eles, como ela esperara, seu brilhante plano corria o risco de estragar tudo...

Agora, no café, Dolly apagou o cigarro e tirou a carta da bolsa. Sacudiu-a do envelope e leu-a outra vez. Uma oferta de trabalho de uma pensão chamada Sea Blue. Foi Jimmy quem encontrara o anúncio no jornal e o recortara para ela.

– Parece ótimo, Doll – ele dissera. – Um lugar maravilhoso no litoral: gaivotas, sal no ar, sorvete... E eu posso arranjar um emprego como... bem, encontrarei alguma coisa.

Dolly não conseguira realmente ver a si própria varrendo o chão, atrás de turistas branquelos e cheios de areia, mas Jimmy insistira até vê-la escrever a carta, e houve uma parte dela que gostou bastante de vê-lo assim tão empenhado. Por fim, ela havia decidido, por que não? Isso manteria Jimmy feliz e atencioso e, se ela conseguisse o emprego, poderia sempre escrever de volta, sem que ele soubesse, e recusá-lo. Na ocasião, Dolly achara que não iria precisar de um emprego como aquele, não quando Jimmy finalmente arranjasse a fotografia com Vivien...

A porta do café abriu-se e Jimmy entrou. Ele estivera correndo, ela podia ver – ansioso para vê-la, esperava. Dolly acenou e observou-o, enquanto ele atravessava o salão até a mesa. Seus cabelos escuros haviam caído na testa, tornando-o despenteado e atraente de uma maneira estranha e perigosa.

– Olá, Doll – ele disse, beijando-a no rosto. – Um pouco quente para casaco de pele, não?

Dolly sorriu e sacudiu a cabeça.

– Estou bem.

Ela deslizou no banco do compartimento, abrindo espaço para ele, mas Jimmy sentou-se em frente a ela, erguendo a mão para chamar a garçonete.

Dolly esperou até terem pedido chá e então não conseguiu mais se conter. Respirou fundo e disse:

– Tive uma ideia.

O rosto de Jimmy ficou tenso e ela sentiu uma pontada de autorrecriminação ao perceber o quanto ele se tornara desconfiado. Estendeu o braço por cima da mesa para afagar delicadamente sua mão.

– Oh, Jimmy, não é nada disso – parou, mordendo o interior de sua bochecha. – Na realidade – ela abaixou a voz –, estive pensando sobre aquele outro assunto, *o plano*.

Ele ergueu o queixo, na defensiva, e ela continuou, apressadamente.

– Achei que talvez você devesse esquecê-lo, essa história de marcar um encontro, a fotografia.

– É mesmo?

Ela balançou a cabeça e, pela expressão do rosto de Jimmy, Dolly viu que tomara a decisão certa.

– Eu jamais deveria ter pedido isso a você – suas palavras se amontoavam agora –, eu não estava pensando direito. Toda aquela situação com Lady Gwendolyn, minha família... isso me deixou um pouco enlouquecida, eu acho, Jimmy.

Ele foi sentar-se ao seu lado e tomou seu rosto nas mãos. Os olhos escuros de Jimmy buscaram os seus.

– Claro que sim, minha pobre garota.

– Eu nunca deveria ter pedido isso a você – ela disse outra vez enquanto ele a beijava. – Não era justo. Desc...

– Shhh – ele disse, a voz terna de alívio. – Agora esqueça isso. Faz parte do passado. Você e eu temos que deixar tudo isso para trás e olhar para a frente.

– Sim, eu gostaria disso.

Ele distanciou-se um pouco, para examiná-la. Sacudiu a cabeça e depois riu com uma mistura de surpresa e satisfação. Era um som tão agradável que fazia a coluna de Dolly formigar.

– Eu também gostaria disso – ele disse. – Vamos começar com a sua ideia. Você ia me dizer alguma coisa assim que cheguei.

– Oh, sim – Dolly disse, empolgada. – O espetáculo que vocês estão montando. Eu tenho que ir trabalhar, mas acho que poderia bater gazeta e ir com você à apresentação.

– É mesmo?

– Claro. Adoraria conhecer Nella e as outras, e quando vou ter outra chance de ver meu namorado representar a Fada Sininho?

A primeira e última apresentação de *Peter Pan* pelos jovens atores dramáticos do Hospital de Órfãos de Guerra do dr. Tomalin foi um sucesso absoluto. As crianças voaram, lutaram e fizeram mágicas no sótão empoeirado com alguns lençóis velhos. Os que estavam doentes demais para participar gritavam, aclamavam e torciam do lugar para onde tinham sido levados para formar a plateia, e a Fada Sininho, sob as mãos firmes de Jimmy, saiu-se admiravelmente. As crianças surpreenderam Jimmy, mais tarde, tirando a placa *Jolly Roger* e substituindo-a por outra com *Nightingale Star*, e então encenando uma versão da história que ele lhes contara e que vinham ensaiando havia semanas, em segredo. O dr.

Tomalin fez um discurso depois que o elenco atendeu (mais uma vez) à última chamada ao palco, e fez um gesto indicando a Vivien e Jimmy que também fizessem uma mesura de agradecimento ao público. Jimmy olhou para Doll na plateia, acenando para ele. Jimmy devolveu o sorriso e piscou o olho para ela.

Ele se preocupara em levá-la naquela noite, apesar de agora já não saber por quê. Imaginou, quando ela propôs ir, sentir uma onda de culpa por causa de sua intimidade com Vivien, uma ansiedade de que a situação entre eles desandasse. No instante em que ficou claro que não iria conseguir fazê-la desistir de ir, Jimmy entrara em modo de controle de danos. Ele não confessou sua amizade com Vivien, mas, em vez disso, concentrara-se em explicar como a repreendera por tratar Dolly de maneira tão cruel quando ela foi lhe devolver o medalhão.

– Você falou com ela a meu respeito?

– Claro – Jimmy disse, tomando a mão de Doll quando saíram do café e entraram no blecaute. – Você é minha namorada. Como eu poderia não falar de você?

– O que ela disse? Ela admitiu o que fez? Ela lhe contou como foi má?

– Contou. – Jimmy parou de andar enquanto Doll acendia um cigarro. – Ela se sentiu muito mal a respeito disso. Disse que tinha sofrido um choque naquele dia, mas que isso não desculpava seu comportamento.

Ao luar, ele viu o lábio inferior de Dolly tremer de emoção.

– Foi horrível, Jimmy – ela disse num sussurro. – As coisas que ela disse. A maneira como elas me fizeram sentir.

Ele ajeitou os cabelos dela atrás da orelha.

– Ela quis pedir desculpas a você, ela tentou, aparentemente, mas, quando foi à casa de Lady Gwendolyn, não havia ninguém.

– Ela foi *me* ver?

Jimmy balançou a cabeça e notou seu rosto se abrandar. Assim, sem mais nem menos, toda a amargura desapareceu de sua expressão. A transição foi impressionante e, no entanto, ele não deveria ter se surpreendido. As emoções de Doll eram como pipas com linhas compridas, tão logo uma mergulhava, outra cor brilhante se erguia no vento.

Foram dançar depois disso e, pela primeira vez em muitas semanas, sem aquele maldito plano pairando acima de suas cabeças, Jimmy e Dolly se divertiram bastante, como costumavam fazer. Riram, brincaram um com o outro, e quando ele lhe deu um beijo de boa-noite e saiu pela janela baixa da sra. White, Jimmy começou a pensar que não era má ideia, afinal, levar Doll com ele à apresentação da peça.

E tivera razão. Após um começo turbulento, o dia transcorrera melhor do que ele poderia ter sonhado. Vivien estava prendendo a vela do navio quando eles chegaram. Ele vira a surpresa em seu rosto quando se virou e o viu com Doll, a maneira como seu sorriso começara a se desfazer antes que ela se recobrasse, e ele sentira uma fisgada inicial de apreensão. Ela descera cuidadosamente enquanto Jimmy pendurava o casaco branco de Doll, e quando as duas se cumprimentaram, Jimmy prendeu a respiração. Mas tudo correu bem. Ele ficara satisfeito e orgulhoso com a maneira como Dolly se comportara. Ela fizera todo o possível para deixar o passado para trás e mostrar-se amável com Vivien. Ele pôde notar que Vivien, também, ficara aliviada, embora mais quieta do que o normal, e talvez menos afetuosa. Quando ele perguntou se Henry viria para ver a apresentação, ela o olhara como se ele a tivesse insultado, antes de lembrá-lo que o marido tinha um cargo muito importante no Ministério.

Graças a Deus por Dolly, que sempre tivera o dom de tornar um clima mais leve.

– Vamos, Jimmy – ela dissera, dando o braço a Vivien enquanto as crianças começavam a chegar. – Por que não tira uma foto? Suas duas garotas favoritas.

Vivien começara a objetar, dizendo que não gostava de ser fotografada, mas Doll estava se esforçando tanto para ser amável que Jimmy não quis decepcioná-la.

– Prometo que não vai doer – ele disse com um sorriso, e por fim Vivien concordara, com um fraco e hesitante sinal da cabeça.

Os aplausos finalmente cessaram e o dr. Tomalin disse às crianças que Jimmy tinha algo para todos eles, e o anúncio foi recebido com nova rodada de aclamações. Jimmy acenou para eles e começou a distribuir cópias da fotografia. Ele a tirara duas semanas atrás, quando Vivien ainda estava ausente por causa da doença, com todo o elenco a caráter, de pé, no navio do cenário.

Jimmy revelara uma para Vivien também. Ele a viu no canto mais distante do sótão, recolhendo fantasias descartadas em um cesto de vime. O dr. Tomalin e Myra conversavam com Dolly, então Jimmy aproximou-se dela.

– Bem – ele disse, ao chegar ao seu lado.

– Bem.

– Críticas entusiásticas no jornal de amanhã, eu acho.

Ela riu.

– Sem dúvida.

Ele entregou-lhe a fotografia.

– Esta é para você.

Ela pegou-a, sorrindo ao ver o rosto das crianças. Inclinou-se para deixar o cesto no chão e, ao fazê-lo, sua blusa abriu-se ligeiramente e Jimmy viu de relance uma mancha roxa que se estendia de seu ombro ao esterno.

– Não é nada – ela disse, notando a direção do olhar dele, os dedos movendo-se depressa para ajeitar o tecido da blusa. – Caí no blecaute, a caminho do abrigo. Uma caixa de correio. Por que não usam tinta que brilha no escuro, não é?

– Tem certeza? Parece bem ruim.

– Eu tenho facilidade para ficar com manchas roxas. – Os olhos dela encontraram os dele e por uma fração de segundo Jimmy achou ter visto alguma coisa ali, mas logo ela sorriu. – Sem mencionar que eu ando depressa demais. Estou sempre esbarrando nas coisas, às vezes, em pessoas.

Jimmy retribuiu o sorriso, lembrando-se do dia em que se encontraram. Porém, quando uma das crianças tomou a mão de Vivien e levou-a dali, seus pensamentos se voltaram para a doença recorrente e sua incapacidade de ter filhos, e o que ele sabia de pessoas que adquirem manchas roxas facilmente fez Jimmy sentir um nó de preocupação no estômago.

28

VIVIEN SENTOU-SE NA BEIRADA da cama e pegou a fotografia que Jimmy lhe dera, a que tirara na Blitz, com a fumaça e os estilhaços de vidro cintilantes, e a família por trás. Sorriu ao examiná-la e, em seguida, recostou-se, fechando os olhos e levando a mente a resvalar pela borda e mergulhar em sua terra de sombras. O véu, as luzes brilhantes no fundo do túnel de água, sua família do outro lado, esperando por ela em casa.

Ficou ali deitada e tentou vê-los, depois tentou ainda com mais forças.

Em vão. Abriu os olhos. Ultimamente, tudo que Vivien conseguia ver quando fechava os olhos era Jimmy Metcalfe. A mecha de cabelos escuros caída na testa, a maneira de torcer os lábios quando estava prestes a dizer alguma coisa engraçada, o modo como suas sobrancelhas se uniam quando falava do pai...

Levantou-se abruptamente e dirigiu-se à janela, deixando a fotografia sobre a colcha. Já se passara uma semana desde a apresentação da peça e Vivien estava inquieta. Sentia falta do trabalho com as crianças, de Jimmy, e não suportava os dias infindáveis divididos ente a cantina e aquela casa enorme e silenciosa. Era uma casa silenciosa, terrivelmente silenciosa. Devia ter crianças correndo pelas escadas, escorregando pelo corrimão, batendo os pés no sótão. Até mesmo Sarah, a empregada, tinha ido embora – Henry insistira que a despedissem depois do que acontecera, mas Vivien não teria se importado se Sarah tivesse permanecido. Vivien não tinha se dado conta do quanto se acostumara ao barulho do aspirador de pó contra os rodapés, o rangido dos assoalhos antigos, o conhecimento intangível de que havia outra pessoa respirando, movendo-se, observando, no mesmo espaço que ela...

Um homem conduzindo uma velha bicicleta passou ziguezagueando na rua embaixo, o cesto do guidão cheio de ferramentas de jardinagem sujas de terra, e Vivien deixou a cortina fina usada durante o dia cair contra a vidraça entrecruzada. Sentou-se na beirada da poltrona próxima e tentou ordenar seus pensamentos mais uma vez. Havia dias, vinha escrevendo mentalmente, a intervalos, para Katy. Seria a primeira carta desde a recente visita de sua amiga a Londres, e Vivien estava determinada a esclarecer as coisas entre elas. Não ceder – Vivien nunca fora uma pessoa de pedir desculpas quando sabia que tinha razão –, mas, sim, explicar.

Queria fazer Katy compreender, como não fizera quando se encontraram, que sua amizade com Jimmy era verdadeira e boa. Acima de tudo, era inocente. Que ela não tinha nenhuma intenção de abandonar seu casamento ou pôr em risco sua saúde, nem nenhum dos outros terríveis cenários contra os quais Katy a advertiu. Ela queria explicar sobre o sr. Metcalfe e a maneira com que ele conseguia fazê-la rir, como se sentia à vontade na companhia dele, quando conversavam ou examinavam suas fotos, como ele sempre pensava o melhor das pessoas e a sensação que ele lhe transmitia de que jamais a faria sofrer. Queria convencer Katy de que seus sentimentos por Jimmy eram simplesmente os de um amigo por outro.

Ainda que não fosse exatamente verdade.

Vivien sabia qual tinha sido o instante em que se apaixonara por Jimmy Metcalfe. Foi quando estava sentada à mesa do café da manhã, no térreo, e Henry lhe falava de um trabalho que estava fazendo no Ministério e ela balançava a cabeça automaticamente, pensando em um incidente no hospital – algo engraçado que Jimmy fizera quando tentava animar um paciente recém-chegado. Então, ela rira, a despeito de si mesma, e graças a Deus deve ter sido em um ponto da história de Henry que ele achava engraçado, porque ele sorriu para ela e foi beijá-la, dizendo:

– Eu sabia que você também pensaria assim, querida.

Vivien também sabia que o caso era unilateral e que jamais compartilharia seus sentimentos com ele. Ainda que ele por acaso se sentisse do mesmo modo, não havia futuro para Jimmy e Vivien. Ela não podia lhe oferecer isso. O destino de Vivien estava selado. Sua condição não lhe causava angústia ou pesar, não mais. Já havia algum tempo aceitara a vida que lhe restava. Ela certamente não precisava de confissões ilícitas, sussurradas às escondidas, nem de expressões físicas de amor para se sentir completa.

Muito ao contrário. Vivien aprendera bem cedo, quando criança em uma solitária estação de trem, a caminho de subir a bordo de um navio para um país distante, que ela somente poderia controlar a vida que levava dentro de sua mente. Quando estava na casa em Campden Grove, quando podia ouvir Henry assoviando no banheiro, aparando o bigode e admirando seu perfil, era suficiente saber que o que ela carregava em seu íntimo pertencia somente a ela.

Mesmo assim, ver Jimmy junto a Dolly Smitham na apresentação da peça fora um choque. Haviam conversado uma ou duas vezes sobre sua noiva, mas Jimmy sempre se fechara quando o assunto vinha à baila e, assim, Vivien parara de perguntar. Acostumara-se a pensar nele como alguém que não tinha uma vida fora do hospital ou uma família além do pai. Vê-lo com Dolly, entretanto – a ternura com que ele segurava sua mão, o modo como a fitava –, forçara Vivien a confrontar a verdade. Ela podia amar Jimmy, mas Jimmy amava Dolly. Mais ainda, Vivien podia ver por quê. Dolly era bonita e engraçada, plena de uma espécie de vivacidade e aventura que atraíam as pessoas para ela. Jimmy certa vez a descrevera como esfuziante, e Vivien sabia exatamente o que ele queria dizer. É claro que ele a amava, não era de admirar que estivesse tão empenhado em prover o mastro para sua vela gloriosa e ondulante – ela era exatamente o tipo de pessoa que inspirava esse tipo de devoção de um homem como Jimmy.

E era exatamente isso que Vivien planejava dizer a Katy – que Jimmy estava noivo e ia se casar, sua noiva era uma mulher encantadora e não havia nenhuma razão para que ele e Vivien não pudessem ainda assim...

O telefone tocou na mesa ao seu lado e Vivien ergueu os olhos para ele, surpresa. Ninguém telefonava para Campden Grove 25 durante o dia. Os colegas de trabalho de Henry ligavam para o trabalho dele e Vivien não tinha muitos amigos, não do tipo que telefona. Pegou o receptor com hesitação.

A voz do outro lado da linha era masculina e desconhecida. Ela não apreendeu o nome do cavalheiro, ele o pronunciou muito rapidamente.

– Alô? – ela repetiu. – Quem fala?

– Dr. Lionel Rufus.

Vivien não se lembrava de conhecer ninguém com aquele nome, e imaginou se ele não seria talvez um colega do dr. Tomalin.

– Em que posso ajudá-lo, dr. Rufus?

Às vezes, Vivien notava que sua voz agora era muito parecida com a de sua mãe, aqui nesta outra vida; a voz de sua mãe quando lia histórias para eles – nítida, perfeita e distante, bem diferente de sua voz real.

– É Vivien Jenkins?

– Sim.

– Sra. Jenkins, eu poderia falar com a senhora sobre um assunto bastante delicado? Diz respeito a uma jovem que acredito que tenha encontrado uma ou duas vezes. Ela morou na casa em frente à sua por algum tempo, trabalhando como acompanhante de Lady Gwendolyn.

– Refere-se a Dolly Smitham?

– Sim. Bem, o que eu tenho a lhe dizer não é algo que eu normalmente discutiria, há questões de confidencialidade a serem consideradas, mas neste caso sinto que é do seu interesse. Talvez queira se sentar, sra. Jenkins.

Vivien já estava sentada, então fez um pequeno ruído de assentimento e em seguida ouviu com atenção enquanto um médico que ela não conhecia lhe contava uma história em que ela mal podia acreditar.

Vivien ouviu e disse muito pouco. Quando o dr. Rufus finalmente desligou, Vivien permaneceu sentada com o receptor na mão por muito tempo. Ela repassou as palavras dele mentalmente inúmeras vezes, tentando amarrar todas as pontas de modo que fizessem sentido. Ele falara de Dolly ("Uma boa moça, às vezes ao capricho de uma imaginação grandiosa") e seu jovem namorado ("Jimmy, eu acho, eu mesmo não o conheço"). Ele lhe contara da vontade que tinham de ficar juntos, a necessidade que tinham de dinheiro para que pudessem começar de novo. E então ele delineou o plano que haviam arquitetado, a parte em que a incluíam. Quando Vivien perguntou em voz alta por que a haviam escolhido, ele explicara o desespero de Dolly ao se ver "repudiada" por alguém que tanto admirava.

A conversa deixou Vivien anestesiada no começo – e ainda bem, pois a dor pelo que soubera, a mentira que fazia de coisas que considerara boas e verdadeiras, de outra forma teria sido insuportável. Disse a si mesma que o sujeito estava errado, que aquilo era uma piada cruel e de mau gosto, ou melhor, um engano. Depois, porém, lembrou-se da amargura que vira no rosto de Jimmy quando ela perguntou por que ele e Dolly não se casavam e mudavam imediatamente para o litoral, o modo como ele a repreendera, lembrando-lhe que ideais românticos eram para quem podia se dar ao luxo de tê-los. E, então, ela compreendeu.

Permaneceu sentada, imóvel, ouvindo o silêncio de sua imponente mansão, enquanto todas as esperanças se diluíam à sua volta. Vivien sabia muito bem como desaparecer por trás da tormenta de suas emoções. Tivera muita prática. Mas isso era diferente, isso a feria em uma parte de si mesma que há muito tempo ela guardara por segurança. Vivien viu claramente, como não vira antes, que não era apenas Jimmy que ela desejara, era o que ele representava. Uma vida diferente. Liberdade e o futuro que ela já deixara de imaginar. Um futuro que se estendia à frente sem uma muralha de tijolos barrando o caminho. Além disso, de modo estranho, o passado – não o passado de pesadelos, mas a oportunidade de construir uma ponte entre agora e então, reconciliar-se com os acontecimentos de outrora...

Somente quando ouviu o relógio do hall de entrada tocar é que Vivien pareceu se lembrar de onde estava. E foi então que ela percebeu que havia mais em jogo do que sua própria e dolorosa decepção. Muito mais. Sua mente incendiou-se de pavor. Recolocou o fone no gancho e consultou seu relógio de pulso. Duas horas. O que significava que tinha três horas antes de ter que se aprontar para um compromisso de Henry para jantar.

Não havia tempo para se lamentar agora. Vivien dirigiu-se à escrivaninha e fez o que tinha que fazer. Vacilou a caminho da porta, o único sinal exterior de seu tormento interno, e em seguida correu de volta para pegar o livro. Escreveu a mensagem apressadamente na página, recolocou a tampa na caneta na grande casa sonolenta e depois, sem mais um minuto de hesitação, desceu as escadas depressa e se pôs a caminho.

∽

A sra. Hamblin, a mulher que ia fazer companhia ao sr. Metcalfe quando Jimmy estava trabalhando, atendeu à porta. Sorriu ao ver Vivien e disse:

– Oh, que bom, é você, querida. Vou dar um pulo no mercado, se não se importa, já que está aqui para ficar de olho nele.

Enfiou uma bolsa de barbante no braço e correu para a porta:

– Ouvi dizer que há frutas escondidas embaixo do balcão para quem souber pedir por elas.

Vivien passara a gostar muito do pai de Jimmy. Às vezes, pensava que seu próprio pai teria sido igual a ele, se tivesse tido a chance de chegar a essa idade. O sr. Metcalfe havia crescido em uma fazenda, um de um bando de filhos, e muitas das histórias que ele contava eram do tipo com que Vivien podia se identificar – sem dúvida haviam influenciado as ideias de Jimmy sobre a vida que ele queria levar. Hoje, entretanto, não era um dos bons dias do pai de Jimmy.

– O casamento – ele disse, segurando o braço de Vivien, alarmado. – Não perdemos o casamento, não é?
– É claro que não – ela disse amavelmente. – Um casamento sem você? O que está pensando? Não há a menor chance de tal coisa acontecer.

O coração de Vivien doía por ele. Ser velho, confuso e amedrontado. Quisera que houvesse mais alguma coisa que ela pudesse fazer para ajudá-lo.

– Que tal uma xícara de chá? – ela ofereceu-lhe.
– Sim – ele disse –, sim, por favor. – Tão agradecido como se ela tivesse atendido o maior desejo de sua vida. – Isso é ótimo.

Ouviu-se o barulho da chave na fechadura quando Vivien misturava a colherinha de leite condensado no chá, exatamente como ele gostava.

Jimmy atravessou a porta e se ficou surpreso ao vê-la ali, não demonstrou. Sorriu calorosamente e Vivien retribuiu o sorriso, consciente do aperto que sentia no peito.

Ficou algum tempo conversando com eles, prolongando a visita o máximo possível. Finalmente, entretanto, ela precisava ir embora – Henry estaria à sua espera.

Jimmy acompanhou-a até a estação como sempre fazia, mas quando chegaram ao metrô, ela não atravessou imediatamente a entrada como costumava fazer.

– Tenho algo para você – ela disse, enfiando a mão na bolsa. Tirou o exemplar de *Peter Pan* e entregou-o a ele.

– Quer que eu fique com ele?

Ela assentiu.

Ele ficou enternecido, mas também, ela percebeu, confuso.

– Escrevi na frente – ela acrescentou.

Ele abriu o livro e leu em voz alta o que ela havia escrito.

– "Um verdadeiro amigo é uma luz na escuridão." – Ele sorriu, olhando para o livro, e em seguida, por baixo dos cabelos em sua testa, para ela. – Vivien Jenkins, este é o mais belo presente que eu já ganhei.

– Ótimo. – Seu peito doía. – Agora estamos quites. – Ela hesitou, sabendo que o que estava prestes a fazer iria mudar tudo. Então, lembrou a si mesma que já havia mudado. O telefonema do dr. Rufus fizera isso. Sua voz desapaixonada ainda ecoava em sua cabeça, o que ele lhe dissera ainda perfeitamente claro. – Tenho uma outra coisa para você.

– Não é meu aniversário. Sabe disso, não?

Ela entregou-lhe o pedaço de papel. Jimmy virou-o na mão, lendo o que estava escrito, e em seguida olhou para ela.

– O que é isto?

– Acho que é autoexplicativo.

Jimmy olhou por cima do ombro. Abaixou a voz.

– Quero dizer, é para *quê*?

– Pagamento. Por todo o seu estupendo trabalho no hospital.

Ele entregou o cheque de volta como se fosse veneno.

– Não pedi para ser pago, eu quis ajudar. Não quero o seu dinheiro.

Por uma fração de segundo, a dúvida atravessou-lhe o peito na forma de esperança, mas ela passara a conhecê-lo bem e viu como seus olhos desviaram-se dela rapidamente. Vivien não se sentia vingada pela vergonha de Jimmy, sentia-se apenas mais triste.

– Eu sei disso, Jimmy, e sei que nunca pediu pagamento. Mas quero que fique com ele. Tenho certeza de que encontrará alguma coisa para fazer com isso. Use-o para ajudar seu pai – ela disse. – Ou sua adorável Dolly. Se isso o faz se sentir melhor, pense nisso como minha forma de recompensá-la por sua grande gentileza de me devolver o medalhão. Use-o para se casar, para fazer tudo perfeito, exatamente como vocês dois querem. Mudar-se daqui e recomeçar. A beira-mar, os filhos, um bonito futuro.

A voz dele soou sem nenhuma expressão.

– Achei que tivesse dito que você não pensava no futuro.

– Eu me referia ao meu próprio futuro.

– Por que está fazendo isso?

– Porque eu gosto de você. – Ela tomou suas mãos, segurando-as com firmeza. Eram mãos quentes, gentis, inteligentes.

– Acho que você é um bom homem, Jimmy, um dos melhores, e quero que tenha uma vida feliz.

– Isto está soando como um adeus.

– É mesmo?

Ele balançou a cabeça.

– Acho que é porque é realmente um adeus. – Ela aproximou-se, então, e após uma hesitação muito breve, beijou-o, bem ali no meio da rua. Beijou-o suavemente, de leve, com decisão, e depois continuou segurando-o pela camisa, gravando o esplêndido momento em sua lembrança. – Adeus, Jimmy Metcalfe – ela disse. – E desta vez... desta vez nós realmente não nos veremos mais.

Jimmy ficou sentado muito tempo depois disso, fitando o cheque. Sentia-se traído, com raiva dela, mesmo sabendo que estava sendo totalmente injusto. No entanto... por que ela teria lhe dado aquilo? E por que agora, quando o plano de Dolly fora abandonado e eles estavam se tornando realmente amigos? Teria a ver com sua misteriosa doença? Havia algo de definitivo na maneira como Vivien falou. Ele ficou preocupado.

Durante toda a semana seguinte, enquanto ele respondia as perguntas do pai sobre quando sua linda garota iria voltar, Jimmy olhou para o cheque e se perguntou o que deveria fazer. Uma parte dele queria rasgar o odioso pedaço de papel em centenas de minúsculos pedacinhos. Mas não o fez. Não era idiota, sabia que era a resposta a todas as suas preces, ainda que o fizesse arder de vergonha e frustração, e de uma estranha tristeza que não sabia descrever.

No dia em que deveria encontrar-se com Dolly outra vez para tomar chá no Lyons, ele ponderou consigo mesmo se deveria ou não levar o cheque com ele. Na dúvida, ele ia e vinha. Tirava-o de dentro do exemplar de *Peter Pan*, colocando-o no bolso, depois recolocando-o de volta no livro e guardando-o, tirando o maldito cheque de sua frente. Consultou o relógio. Em seguida, olhou de novo. Estava ficando atrasado. Sabia que Dolly estaria esperando por ele. Disse que tinha algo importante para lhe mostrar. Ela estaria olhando para a porta, os olhos arregalados e brilhantes, e ele nunca conseguiria lhe explicar que ele havia perdido algo raro e precioso.

Sentindo como se todas as sombras do mundo estivessem se fechando sobre ele, Jimmy enfiou *Peter Pan* no bolso e foi ao encontro da noiva.

∽

Dolly estava sentada no mesmo banco em que se sentara no dia em que propusera o plano. Ele a viu imediatamente porque ela estava usando aquele seu terrível casaco branco. Já não fazia mais frio para usar casaco de pele, mas Dolly recusava-se a tirá-lo. O casaco tornara-se tão emaranhado como todo o terrível esquema na mente de Jimmy, que só vê-lo de relance era o suficiente para fazer uma sensação de mal-estar percorrer seu corpo.

– Desculpe o atraso, Doll, eu...

– Jimmy. – Seus olhos brilhavam. – Eu fiz.

– Fez o quê?

– Olhe. – Ela segurava um envelope entre os dedos das duas mãos e, então, puxou um pedaço quadrado de papel fotográfico de dentro. – Eu mesma fiz a revelação. – Ela deslizou a fotografia por cima da mesa.

Jimmy pegou-a e imediatamente, antes de poder se conter, sentiu uma onda de ternura. Fora tirada no hospital, no dia da peça. Vivien podia ser vista claramente e Jimmy também, perto dela, estendendo a mão para tocar seu braço. Eles olhavam um para o outro. Ele lembrou-se do momento, foi quando ele notou aquela mancha roxa... e então ele compreendeu o significado daquela foto.

– Doll...

– É perfeita, não é? – Ela sorriu para ele, um sorriso largo, orgulhoso, como se tivesse feito um grande favor a ele, quase como se esperasse que ele a agradecesse por isso.

Mais alto do que pretendera, Jimmy disse:
— Mas nós decidimos não fazer isso. Você disse que era um erro, que nunca devia ter pedido.
— A *você*, Jimmy. Eu nunca deveria ter pedido a *você*.
Jimmy olhou novamente para a fotografia e depois outra vez para Doll. Seu olhar era uma luz implacável que mostrava todas as emendas em seu belo vaso. Ela não havia mentido, ele é que simplesmente havia compreendido mal. Ela nunca esteve interessada nas crianças ou na peça, nem em fazer as pazes com Vivien. Ela apenas vira uma oportunidade.
— Jimmy. — Seu sorriso desapareceu. — Mas por que está me olhando desse modo? Achei que ia ficar feliz. Não mudou de ideia, mudou? Escrevi tão bem a carta, Jimmy, não fui nem um pouco rude, e ela será a única a ver a fo...
— Não — Jimmy reencontrou sua voz. — Não, ela não a verá.
— Jimmy?
— Era sobre isso que eu queria lhe falar. — Ele enfiou a fotografia de volta dentro do envelope e deslizou-o em direção a ela. — Livre-se disso, Doll. Não há mais nenhuma necessidade disso, não há mais.
— O que quer dizer? — Os olhos de Dolly estreitaram-se, desconfiada.
Jimmy pegou o *Peter Pan* do bolso, retirou o cheque e entregou-o a ela por cima da mesa. Dorothy revirou-o cautelosamente e leu o que fora escrito.
Seu rosto enrubesceu.
— Para que é isso?
— Ela o deu para mim, para nós. Por ter ajudado com a peça no hospital e para agradecer a você por ter devolvido o medalhão dela.
— Ela fez isso? — Lágrimas assomaram aos olhos de Dolly, não de tristeza, mas de alívio. — Mas, Jimmy... é de dez mil libras!
— Sim. — Ele acendeu um cigarro enquanto ela olhava confusamente para o cheque.
— Muito mais do que eu jamais pensaria em pedir.
— Sim.

Dolly ergueu-se num salto para beijá-lo, mas Jimmy não sentiu nada.

∽

Ele caminhou pelas ruas de Londres por muito tempo naquela tarde. Doll ficara com seu exemplar de *Peter Pan* – ele detestara ter que se separar dele, mas ela o agarrara e lhe suplicara que a deixasse levá-lo para casa, e que motivo ele poderia ter apresentado para explicar sua hesitação em concordar? O cheque, porém, ele havia retido consigo e parecia um peso em seu bolso, conforme ele vagava pelas ruas destruídas de Londres. Sem sua câmera, ele não via os poéticos efeitos visuais que via através das lentes, apenas a completa e terrível confusão da guerra. De uma coisa ele tinha certeza: jamais poderia usar nem um centavo daquele dinheiro, e achava que não conseguiria olhar para Doll outra vez se ela o fizesse.

Ele chorava quando voltou para seu quarto, quentes lágrimas de raiva que ele limpou com a palma da mão, porque tudo estava errado e ele não sabia como consertar. Seu pai notou que ele estava transtornado e perguntou se uma das crianças da vizinhança tinha implicado com ele na escola – ele queria que seu pai fosse lá fora resolver o caso? O coração de Jimmy, então, deu um solavanco pela vontade impossível que sentiu à ideia de voltar no tempo, de ser criança outra vez. Deu um beijo no topo da cabeça do pai e disse-lhe que ia ficar bem, e quando se refez, notou a carta sobre a mesa, endereçada em letras precisas e minúsculas, ao sr. J. Metcalfe.

A remetente era uma mulher chamada srta. Katy Ellis e ela estava escrevendo para Jimmy, dizia, a respeito da sra. Vivien Jenkins. Jimmy pegou a carta e, conforme a lia, seu coração começou a bater com força, de raiva, amor e finalmente determinação. Katy Ellis tinha razões muito convincentes para querer que Jimmy ficasse longe de Vivien, mas tudo o que Jimmy via era o quanto precisava ir procurá-la. Por fim, ele compreendeu tudo que o havia confundido anteriormente.

Quanto à carta que Dolly Smitham escrevera para Vivien Jenkins e a fotografia incluída no envelope, foram esquecidas. Dolly não tinha mais nenhuma necessidade agora para nenhuma das duas, de modo que ela não procurou pelo envelope e, assim, não notou que havia desaparecido. Mas havia. Afastado pela manga de seu grosso casaco de pele quando ela agarrou o cheque e se inclinou, exultante, para beijar Jimmy, o envelope deslizara até a borda da mesa, balançara-se por alguns segundos, antes de se inclinar, finalmente, e cair no fundo do estreito vão entre o banco e a parede.

O envelope ficou completamente fora de vista e provavelmente teria permanecido assim, acumulando poeira, sendo mordiscado pelas baratas, desintegrando-se no contínuo ir e vir das estações do ano, até muito tempo depois, quando os nomes ali dentro não eram mais do que ecos de vidas já extintas. Mas o destino tem maneiras engraçadas de agir, e não foi isso que aconteceu.

Mais tarde naquela noite, enquanto Dolly dormia, enroscada em sua cama estreita em Rillington Place, sonhando com o rosto da sra. White quando Dolly anunciasse que estava deixando a pensão, um Luftwaffe Heinkel 111, em seu caminho de volta a Berlim, soltou uma bomba-relógio que caiu silenciosamente pelo cálido céu noturno. O piloto teria preferido atingir o Marble Arch, mas estava cansado e sua mira estava desligada e, assim, a bomba caiu onde antes havia as grades de ferro, bem em frente ao Lyons Corner House. Ela explodiu às quatro horas da manhã seguinte, exatamente quando Dolly, que acordara cedo, agitada demais para conseguir dormir, estava sentada na cama, examinando o exemplar de *Peter Pan*, que ela trouxera do restaurante para casa, e escrevendo seu nome – Dorothy – com muito cuidado no topo da anotação. Que meiguice de Vivien dá-lo a ela – Dolly se entristecia ao pensar em como a julgara mal. Estava feliz por serem amigas agora. A bomba destruiu o restaurante e metade da casa vizinha. Houve vítimas, mas não tantas quanto poderia ter havido, e a equipe de ambulância da Estação 39 atendeu prontamente, vasculhando as ruínas em busca de sobreviventes. Uma bondosa agente chamada Sue, cujo marido Don voltara traumatizado de Dunkirk para casa e cujo único filho fora evacuado para um lugar em Wales com um nome que ela nem conseguia pronunciar, estava chegando ao fim de seu turno quando avistou algo no meio dos escombros.

Ela esfregou os olhos e bocejou, pensou em deixá-lo lá mesmo, mas depois se inclinou e pegou o envelope. Era uma carta, ela viu, endereçada e com selo, mas ainda não enviada. O envelope não estava fechado e a fotografia deslizou para a palma de sua mão. Ela podia ver com clareza agora, já que a aurora rompia, brilhante, sobre a orgulhosa e fumegante Londres. A fotografia era de um homem e de uma mulher, amantes – podia ver isso só de olhar para eles. A maneira como o rapaz fitava a bela jovem, ele não conseguia tirar os olhos dela. Ele não estava sorrindo como a mulher, mas tudo em seu rosto dizia a Sue que o homem na foto amava aquela mulher de todo coração.

Sorriu para si mesma, com certa tristeza, lembrando-se da maneira que ela e Don costumavam olhar um para o outro, e então ela colou o envelope e enfiou-o no bolso. Pulou para dentro do robusto Daimler marrom, ao lado de sua parceira de turno, Vera, e dirigiram de volta à estação. Sue acreditava em continuar otimista e em ajudar os outros – colocar a carta dos amantes no correio seria a primeira boa ação do dia. Ela depositou o envelope na caixa de correio a caminho de sua casa e, pelo resto de sua vida longa e bastante feliz, ela às vezes pensava nos amantes e esperava que as coisas tivessem dado certo para eles.

29

Greenacres, 2011

MAIS UM DIA DE verão tórrido e de uma névoa dourada, escaldante, pairando acima dos campos. Depois de passar toda a manhã sentada ao lado da mãe, Laurel entregara a tarefa a Rose e deixara as duas com o ventilador girando lentamente sobre a penteadeira enquanto se aventurava para fora de casa. Ela pretendera fazer um passeio até o riacho para esticar as pernas, mas a casa da árvore chamou sua atenção e ela resolveu subir a escada, em vez de dar uma caminhada. Seria a primeira vez que o faria em cinquenta anos.

Santo Deus, a entrada era muito mais baixa do que ela se lembrava. Laurel agachou-se e entrou, o traseiro empinado para trás em um ângulo lastimável, e em seguida sentou-se com as pernas cruzadas, examinando o interior. Sorriu ao ver o espelho de Daphne ainda empoleirado na viga transversal. Sessenta anos haviam feito o verso de mercúrio se esfarelar, de modo que, ao olhar seu reflexo no espelho, a imagem surgiu mosqueada, como se fosse através da água. Era realmente estranho, estar naquele lugar de lembranças de infância e ver seu rosto enrugado de adulto fitando-a. Como Alice caindo pela toca do coelho, ou melhor, caindo por ela *outra vez*, cinquenta anos mais tarde, para descobrir que somente ela havia mudado.

Laurel colocou o espelho de volta em seu lugar e permitiu-se olhar pela janela, exatamente como o fizera naquele dia. Quase podia ouvir Barnaby latindo, ver a galinha de uma só asa girando em círculos no chão de terra, sentir o clarão do verão erguendo-se das pedras do caminho de entrada. Já estava quase convencida de que, se olhasse de volta para a casa, veria o bambolê de Iris balançando-se contra a estaca onde estava apoiado, conforme a brisa quente soprava. E assim, ela não olhou. Às vezes, a distância dos anos – tudo que estava contido dentro de suas dobras – era sentida como uma dor física. Laurel, então, desviou o olhar.

Laurel havia levado com ela a fotografia de Dorothy e Vivien, aquela que Rose encontrara dentro do *Peter Pan*, e tirou-a do bolso. Juntamente com o próprio roteiro da peça, ela a vinha carregando consigo desde que voltara de Oxford. Haviam se tornado uma espécie de talismã, o ponto de partida deste mistério que ela estava tentando desvendar e – esperava –, com alguma sorte, a chave para sua solução. As duas mulheres não haviam sido amigas, Gerry disse, e no entanto parecia que sim, pois o que mais explicaria esta foto?

Laurel olhou atentamente para elas, de braços dados, sorrindo para o fotógrafo, resolvida a encontrar uma pista. Onde teria sido tirada?, perguntou-se. Em uma sala em algum lugar, isso era óbvio. Uma sala com um teto inclinado – um sótão, talvez? Não havia mais ninguém na foto, mas uma pequena mancha escura atrás das mulheres podia ser de outra pessoa movendo-se rapidamente. Laurel olhou mais de perto. Uma pessoa pequena, a menos que a perspectiva tivesse pregado uma peça. Uma criança? Talvez. Embora isso não ajudasse muito, havia crianças por toda parte. (Ou não haveria na Londres da guerra? Muitas haviam sido evacuadas, particularmente nos primeiros anos, quando Londres estava sujeita à Blitz.)

Laurel suspirou de frustração. Não adiantava. Por mais que tentasse, ainda era um jogo de adivinhações – uma opção era tão plausível quanto a próxima, e nada do que ela descobrira até então fornecia uma pista real quanto às circunstâncias que haviam levado àquela foto. Exceto, talvez, o livro onde ficara guardada durante todas essas décadas. Isso teria algum significado – teriam os dois objetos sempre andado juntos – teriam sua mãe e Vivien participado de uma peça? Ou seria apenas mais uma irritante coincidência?

Concentrou sua atenção em Dorothy, colocando os óculos e virando a fotografia para a luz da janela aberta, para poder ver melhor cada detalhe. Laurel percebeu que havia alguma coisa errada com o rosto da mãe. Estava tenso, como se o extremo bom humor que ela encontrara para o fotógrafo não fosse inteiramente genuíno. Não era antipatia. Certamente, não. Não havia nenhuma sugestão de que ela não gostasse da pessoa por trás da câmera – mas que a felicidade fosse um exagero. Que fora provocada por alguma emoção que não a alegria pura e simples.

– Ei!

Laurel deu um salto e soltou um gritinho como o de uma coruja. Olhou para a entrada da casa da árvore. Gerry estava de pé no topo da escada, rindo.

– Oh, Lol – ele disse, sacudindo a cabeça. – Você devia ter visto a sua cara.

– Sim, muito engraçada, tenho certeza.

– Foi mesmo.

O coração de Laurel ainda martelava.

– Para uma criança, talvez. – Olhou para fora, para o caminho de entrada vazio. – Como chegou aqui? Não ouvi nenhum carro.

– Temos trabalhado em teletransporte, sabe, aquilo de dissolver a matéria em nada e depois transmiti-la. Está indo muito bem até agora, embora eu ache que tenha deixado metade do meu cérebro em Cambridge.

Laurel sorriu com exagerada paciência. Apesar de estar encantada em ver seu irmão, não estava com nenhuma disposição para piadas.

– Não? Oh, está bem. Peguei o ônibus e vim andando desde a vila. – Entrou e sentou-se ao lado de Laurel. Ele parecia um gigante magro e desengonçado, esticando seu longo pescoço para analisar cada ângulo da casa da árvore. – Meu Deus, já faz algum tempo desde que estive aqui em cima. Eu realmente gosto de como você decorou o lugar.

– Gerry.

– Quero dizer, gosto do seu apartamento em Londres, mas este aqui é menos pretensioso, não é? Mais natural.

– Já terminou? – Laurel piscou para ele com ar severo.

Ele fingiu considerar a pergunta, batendo de leve no queixo, depois empurrou os cabelos indisciplinados para trás.

– Bem... acho que sim.

– Ótimo, então, poderia me dizer, por favor, o que descobriu em Londres? Não quero ser indelicada, mas estou tentando resolver um mistério de família bastante importante aqui.

– Certo, certo. Quando você coloca a questão assim... – Ele usava uma bolsa de lona verde atravessada no peito e levantou a tira, passando-a por cima da cabeça, os dedos longos tateando dentro da bolsa, de onde retirou um pequeno caderno de anotações. Laurel sentiu uma onda de desalento ao vê-lo, mas mordeu a língua e não fez nenhum comentário sobre o quanto o caderninho parecia insignificante – pedaços de papel saindo de todos os lados, alguns papeizinhos Post-it já se enrolando, um círculo de café na capa.

O sujeito tinha doutorado e muitos outros títulos, presumia-se que soubesse como fazer boas anotações, esperava-se que fosse muito bom em encontrá-las novamente.

– Enquanto você folheia suas anotações... – ela disse, com decidida animação. – Estive pensando sobre o que você disse no outro dia, ao telefone.

– Hum? – Ele continuou vasculhando um punhado de papéis.

– Você disse que Dorothy e Vivien não eram amigas, que mal se conheciam.

– Isso mesmo.

– Eu... desculpe-me, mas eu não compreendo como isso possa ser verdade. Não acha que entendeu alguma coisa errado? Quero dizer – ela levantou a fotografia, as duas jovens de braços dados, sorrindo para a câmera –, o que você me diz disto?

Ele pegou a foto de sua mão.

– Digo que ambas são duas jovens muito bonitas. A qualidade dos filmes melhorou muito ao longo dos anos. Preto e branco é um acabamento muito mais imprevisível do que colo...

– Gerry – Laurel advertiu.

– E – ele devolveu-a – digo que tudo que esta foto me revela é que, por uma fração de segundo, há sessenta anos, nossa mãe deu o braço a outra mulher e sorriu para uma câmera.

Droga, a seca lógica científica. Laurel fez uma careta.

– E quanto a isto, então? – Pegou o velho exemplar de *Peter Pan* e abriu-o no frontispício. – Tem uma dedicatória – ela disse, apontando o dedo para as linhas escritas à mão. – Olhe.

Gerry colocou seus papéis no colo e pegou o livro da mão de Laurel. Leu a mensagem.

– "Para Dorothy, Um verdadeiro amigo é uma luz na escuridão, Vivien."

Era mesquinho de sua parte, ela sabia, mas Laurel não pôde deixar de se sentir um pouquinho triunfante.

– É um pouco difícil de contestar, hein?

Ele colocou o polegar na covinha de seu queixo e franziu a testa, ainda examinando a página.

– Isso, eu tenho que reconhecer, é um pouco mais complicado.

Ele aproximou o livro do rosto, ergueu as sobrancelhas como se estivesse tentando focalizar melhor e depois inclinou o livro mais para a luz. Enquanto Laurel o observava, um sorriso iluminou o rosto do irmão.

– O quê? – ela quis saber. – O que foi?

– Bem, eu não iria esperar que você notasse, é claro. Vocês, da área de humanas, não são bons com detalhes.

– Vá direto ao ponto, Gerry.

Ele devolveu-lhe o livro.

– Olhe melhor. Eu vejo que o corpo da dedicatória foi escrito com uma caneta diferente do nome acima dela.

Laurel moveu-se para baixo da janela da casa da árvore e deixou o raio de luz do sol incidir diretamente sobre a página. Ajustou os óculos de leitura e olhou atentamente para a inscrição.

Bem, que grande detetive ela daria. Laurel não podia acreditar que não tivesse notado antes. A mensagem sobre amizade fora escrita com uma caneta e as palavras "Para Dorothy", no alto, embora também em tinta preta, foram escritas com outra, ligeiramente mais fina. Seria possível que Vivien tivesse começado a escrever com uma e depois trocado para uma segunda caneta, a tinta da primeira podia estar acabando... mas era improvável, não?

Laurel tinha a sensação desalentadora de que estava se agarrando a pistas inconsistentes, particularmente quando, continuando a olhar, começou a perceber leves variações nos dois estilos de caligrafia. Com voz baixa e tensa, falou:

– Está sugerindo que mamãe deve ter escrito o próprio nome no livro, não é? Para fazer parecer que era um presente de Vivien?

– Não estou sugerindo nada. Só estou dizendo que foram usadas duas canetas diferentes. Mas, sim, essa é uma possibilidade distinta, particularmente à luz do que o dr. Rufus observou.

– Sim – Laurel disse, fechando o livro. – O dr. Rufus. Conte-me tudo que você descobriu, Gerry. Tudo que ele escreveu sobre esta... – ela agitou os dedos – condição obsessiva de mamãe.

– Primeiro, não era uma condição obsessiva, era apenas uma obsessão comum.

– Há uma diferença?

– Bem, sim. Uma é uma definição clínica, a outra é apenas uma característica. O dr. Rufus sem dúvida achava que havia alguns problemas, vou chegar lá, mas ela nunca foi realmente sua paciente. O dr. Rufus a conhecia desde criança, sua filha e mamãe foram amigas quando eram pequenas, em Coventry. Ele gostava dela, eu acho, e se interessou por sua vida.

Laurel olhou para a fotografia em sua mão, sua bela e jovem mãe.

– Aposto que sim.

– Eles se encontravam regularmente para um almoço e...

– E ele simplesmente registrou quase tudo que ela lhe contou? Que grande amigo ele era.

– Ainda bem, para os nossos propósitos.

Laurel teve que concordar com o argumento, porém de má vontade.

Gerry fechara seu caderno de notas e olhou para o Post-it grudado na capa.

– Assim, segundo Lionel Rufus, ela sempre fora uma garota extrovertida, alegre, divertida e de muita imaginação. Tudo que você sabe que mamãe é. Sua origem era bem simples, mas ela estava desesperada para levar uma vida fabulosa. No começo, ele se interessou por ela porque estava estudando narcisismo...

– *Narcisismo?*

– Em particular, o papel da fantasia como mecanismo de defesa. Ele notou que algumas das coisas que mamãe dizia e fazia quando adolescente combinavam com a lista de traços de personalidade com que ele estava trabalhando. Nada demais, apenas um certo nível de egocentrismo, uma necessidade de ser admirada, uma tendência a ver a si mesma como excepcional, sonhos de ser bem-sucedida e popular.

– Soa como todo adolescente que já conheci.

– Exatamente, e tudo é uma escala móvel. Alguns traços narcisistas são comuns e normais, outras pessoas transformam esses mesmos traços em formas pelas quais a sociedade generosamente as recompensa.

– Quem, por exemplo?

– Oh, não sei... atores... – Deu um sorrisinho enviesado para ela. – Seriamente, entretanto, apesar do que Caravaggio nos faria acreditar, não se trata simplesmente de ficar se olhando no espelho o dia todo.

– Espero que não. Se fosse, Daphne estaria em maus lençóis.

– Mas pessoas com tendências para um tipo de personalidade narcisista são realmente suscetíveis a fantasias e ideias obsessivas.

– Como amizades imaginárias com pessoas que admiram?

– Sim, precisamente. Muitas vezes, não passa de uma ilusão inofensiva que acaba desaparecendo, sem que o beneficiário da empolgação jamais tome conhecimento. Outras vezes, entretanto, se a pessoa é forçada a confrontar o fato de que sua fantasia não é real, se alguma coisa acontece para quebrar o espelho, por assim dizer, bem, digamos que ela é do tipo que sente profundamente uma rejeição.

– E busca vingança?

– Eu diria que sim. Embora ela veja isso mais como justiça do que vingança.

Laurel acendeu um cigarro.

– As anotações de Rufus não entram em muitos detalhes, mas parece que no começo dos anos 40, quando mamãe tinha uns dezenove anos, ela desenvolveu duas grandes fantasias: a primeira, com relação à sua patroa. Ela estava convencida de que a velha aristocrata a considerava uma filha e lhe deixaria a maior parte de seus valiosos bens.

– Que não deixou? – Gerry inclinou a cabeça e esperou pacientemente que Laurel concluísse. – Não, claro que não. Continue...

– A segunda foi sua amizade imaginária com Vivien. Elas se *conheciam*, só que não eram amigas como mamãe imaginava que fossem.

– E então alguma coisa aconteceu para estragar a fantasia?

Gerry balançou a cabeça.

– Não consegui encontrar muitos detalhes, mas Rufus escreveu que mamãe tinha sido "menosprezada" por Vivien Jenkins. As circunstâncias não ficaram claras, mas entendi que Vivien negou abertamente conhecê-la. Mamãe ficou magoada e envergonhada, com raiva também, mas, ele pensou, tudo bem, até que mais ou menos um mês depois ele foi avisado de que ela havia elaborado uma espécie de plano para "acertar as contas".

– Mamãe disse isso a ele?

– Não, não creio... – Gerry examinou sua anotação no Post-it. – Ele não especificou como ficou sabendo, mas eu tive a impressão, alguma coisa na maneira como ele anotou o fato, que a informação não veio diretamente por intermédio de mamãe.

Laurel torceu o canto da boca, refletindo. As palavras "acertar as contas" fizeram sua mente voltar para a sua visita a Kitty Barker, em particular o relato que ela fez da noite em que ela e sua mãe saíram para dançar. O comportamento exagerado, desenfreado, de Dolly, o "plano" de que falava, a amiga que levara com ela, uma jovem com quem crescera em Coventry. Laurel continuou fumando, pensativamente. A filha do dr. Rufus, tinha que ser, que fora para casa depois disso e contou ao seu pai o que ouvira.

Laurel teve pena de sua mãe: ser renegada por uma amiga, delatada por outra. Ela podia se lembrar muito bem da fervorosa intensidade de seus próprios sonhos e fantasias de adolescente. Fora um alívio quando se tornara atriz e pudera canalizá-los para a criação artística. Dorothy, entretanto, não teve essa oportunidade...

– Então, o que aconteceu, Gerry? – ela disse. – Mamãe simplesmente abandonou suas fantasias, transformou-se instantaneamente? – Laurel lembrou-se da história do crocodilo de sua mãe. Esse tipo de mudança era exatamente o que ela havia sugerido na história, não era? Uma transição da jovem Dolly das lembranças de Londres de Kitty Barker, para Dorothy Nicolson de Greenacres.

– Sim.

– Isso pode acontecer?

Ele encolheu os ombros.

– *Pode* acontecer porque *de fato* aconteceu. Mamãe é a prova.

Laurel sacudiu a cabeça, admirada.

– Vocês cientistas realmente acreditam no que quer que suas provas lhes digam.

– Claro. É por isso que são chamadas de provas.

– Como, então, Gerry... – Laurel precisava de mais do que isso. – Como foi que mamãe se livrou desses... traços?

– Bem, se consultarmos as teorias do nosso bom amigo Lionel Rufus, parece que, embora algumas pessoas continuem desenvolvendo essas características até chegar a um completo transtorno de personalidade, muitas simplesmente superam os traços narcisistas da adolescência quanto atingem a idade adulta. O mais relevante para a situação da mamãe, entretanto, é a teoria dele de que um grande evento traumático, sabe, um choque, uma perda, alguma coisa fora da esfera pessoal da pessoa narcisista, pode, em alguns casos, "curá-la".

– Devolver-lhes o contato direto com a realidade, é o que quer dizer? Fazê-las olhar para fora, ao invés de olhar para dentro?
– Exatamente.

Foi o que haviam aventado quando se encontraram naquela noite em Cambridge: que sua mãe se envolvera em algo que dera muito errado e, por causa disso, ela se tornara uma pessoa melhor.

– Acho que o mesmo se dá com todos nós. Crescemos e mudamos, dependendo do que a vida nos apresenta – Gerry disse.

Laurel balançou a cabeça pensativamente e terminou seu cigarro. Gerry guardava seu caderno de anotações e tudo indicava que haviam chegado ao fim da linha, mas, de repente, algo lhe ocorreu.

– Você disse antes que o dr. Rufus estudava a fantasia como um mecanismo de defesa. Defesa contra o quê, Gerry?

– Muitas coisas, embora principalmente, segundo o dr. Rufus, crianças que se sentem deslocadas em suas famílias, sabe, aquelas que são mantidas à distância por seus pais, que se sentem estranhas ou diferentes, são suscetíveis de desenvolver traços narcisistas como uma forma de autoproteção.

Laurel considerou a relutância de sua mãe em dar detalhes sobre seu passado em Coventry, sua família. Ela sempre aceitara isso porque sua mãe ficara traumatizada com sua perda. Agora, entretanto, imaginava se o seu silêncio não se deveria em parte a alguma outra coisa. *Eu costumava me meter em confusão quando era pequena*, Laurel lembrava-se de sua mãe dizendo (em geral quando a própria Laurel se comportava mal). *Sempre me senti diferente dos meus pais. Não sei se eles sabiam ao certo como me tratar.* E se a jovem Dorothy Smitham nunca tivesse sido feliz em casa? E se durante toda a sua vida ela tivesse se sentido uma estranha e sua solidão a tivesse levado a criar fantasias grandiosas, numa tentativa desesperada de preencher o vazio em seu interior? E se tudo tivesse dado terrivelmente errado, seus sonhos tivessem desmoronado e ela tivesse tido que conviver com o fato, até que finalmente lhe foi permitida uma segunda chance, uma oportunidade de deixar o passado para trás e recomeçar, tornar-se, desta vez, a pessoa que sempre quisera ser, em uma família que a adorava?

Não era de admirar que tivesse ficado tão desconcertada quando Henry Jenkins, depois de tanto tempo, surgiu no caminho de entrada. Ela deve tê-lo visto como o culpado da morte de seu sonho, sua chegada fazendo o passado colidir com o presente de uma maneira aterradora. Talvez tenha sido o choque que a fez erguer a faca. Choque misturado ao medo de perder a família que havia criado e que adorava. Isso não fez Laurel se sentir nem um pouco melhor com o que tinha visto, mas certamente ajudava a explicar.

Mas qual teria sido o grande acontecimento traumático que tanto a fizera mudar? Seria algo a ver com Vivien, com o plano de sua mãe? Laurel podia apostar sua vida nisso. Mas o que exatamente? Haveria algum modo de descobrir mais do que já sabiam? Algum outro lugar em que deveria procurar?

Laurel pensou novamente no baú trancado no sótão, o lugar onde sua mãe havia escondido o livro e a fotografia. Havia pouca coisa a mais, somente o velho casaco branco, o boneco do Sr. Punch e o cartão de agradecimento. O casaco fazia parte da história – o bilhete de trem datado de 1941 certamente era o que sua mãe havia comprado quando fugiu de Londres, a proveniência do boneco era impossível de saber... Mas e quanto ao cartão com o selo da Coroação no envelope? Algo a respeito daquele cartão dera a Laurel uma sensação de *déjà vu* quando o encontrou – imaginou se não valeria a pena dar mais uma olhada nele.

∾

Mais tarde naquela noite, quando o calor do dia havia começado a se dispersar e a noite caía, Laurel deixou os irmãos folheando álbuns de retratos e desapareceu no sótão. Pegara a chave do baú na gaveta da mesinha de cabeceira de sua mãe sem nenhum peso na consciência. Talvez saber precisamente o que encontraria dentro do baú tirasse um pouco da sensação de estar bisbilhotando. Isso, ou sua bússola moral estava completamente avariada. Qualquer que fosse o caso, ela não se demorou, simplesmente pegou o que fora buscar e voltou depressa pela escada.

Quando Laurel devolveu a chave, Dorothy ainda dormia, o lençol puxado até o pescoço e o rosto lívido contra o travesseiro. A enfermeira estivera ali e já fora embora há uma hora, e Laurel ajudara a dar banho na mãe. Quando puxara a manga de flanela do braço de Dorothy, ela pensara: *Estes são os braços que me acalentaram.* Ao segurar a mão tão, tão envelhecida, ela se viu tentando se lembrar da sensação inversa, de seus pequenos dedos envolvidos na segurança da palma da mão de sua mãe. Até mesmo o tempo, o calor fora de época, as lufadas de ar quente que desciam pela chaminé, faziam Laurel se sentir inexplicavelmente nostálgica. *Não há nada de inexplicável nisso,* disse uma voz em sua cabeça. *Sua mãe está morrendo, é claro que você se sente nostálgica.* Laurel não gostou daquela voz e afastou-a da mente.

Rose enfiou a cabeça pela porta aberta e disse, baixinho:

– Daphne acabou de ligar. Seu avião aterrissa em Heathrow ao meio-dia de amanhã.

Laurel balançou a cabeça. Tudo bem. Quando a enfermeira saía, ela lhes disse, com uma delicadeza e experiência que Laurel admirou, que era hora de chamar a família.

– Ela não tem muito mais a percorrer agora – a enfermeira dissera. – Sua longa jornada está quase terminada.

E tinha realmente sido uma longa jornada – Dorothy vivera uma vida inteira antes de Laurel sequer ter nascido, uma vida que Laurel somente agora começava a vislumbrar.

– Precisa de alguma coisa? – Rose perguntou, inclinando a cabeça de modo que ondas prateadas de cabelos caíram sobre um dos ombros. – Quer uma xícara de chá?

– Não, obrigada – Laurel respondeu, e Rose foi embora. Sons de movimento começaram na cozinha, no térreo: o silvo da chaleira, xícaras sendo dispostas sobre a bancada, os talheres chocalhando na gaveta. Eram ruídos reconfortantes de vida familiar, e Laurel ficou contente por sua mãe estar em casa para ouvi-los. Aproximou-se da cama e sentou-se em uma cadeira, acariciando de leve a face de Dorothy com a costa dos dedos.

Havia algo tranquilizador em observar o peito da mãe subir e descer suavemente. Laurel imaginou se até mesmo em seu sono ela ouviria o que estava acontecendo, se ela estaria pensando, *Meus filhos estão lá embaixo, meus filhos crescidos, felizes e saudáveis, desfrutando a companhia uns dos outros.* Era difícil saber. Sem dúvida, sua mãe dormia mais calmamente agora. Não houve mais pesadelos desde a outra noite e, apesar de seus momentos de lucidez acordada serem raros, eram radiantes quando aconteciam. Ela parecia ter se livrado do nervosismo, da culpa que Laurel supunha que a havia atormentado nas últimas semanas, distanciando-se do lugar onde o arrependimento dominava.

Laurel ficou feliz por ela. O que quer que tenha acontecido no passado, era insuportável pensar em sua mãe, cuja vida, em sua maior parte, fora conduzida com bondade e amor (arrependimento, talvez?), mergulhada em culpa bem no final de sua existência. No entanto, havia uma parte egoísta de Laurel que queria saber mais, que *precisava* conversar com a mãe antes que ela se fosse. Não suportava imaginar que Dorothy Nicolson pudesse morrer sem que tivessem conversado sobre o que acontecera naquele dia em 1961 e o que acontecera antes disso, em 1941, o "acontecimento traumático" que a fizera mudar. Pois sem dúvida, neste ponto, seria apenas perguntando diretamente que Laurel iria encontrar as respostas de que precisava. *Pergunte-me de novo em outro dia, quando você for mais velha,* sua mãe dissera quando Laurel lhe perguntou como se transformara de crocodilo em sua mãe. Pois bem, Laurel queria perguntar agora. Para si mesma, porém mais do que isso, para poder dar à mãe o consolo e o verdadeiro perdão pelos quais ela certamente tanto ansiava.

– Fale-me de sua amiga, mamãe – Laurel disse suavemente no silêncio da penumbra do quarto.

Dorothy se mexeu e Laurel repetiu, um pouco mais alto.

– Fale-me de Vivien.

Ela não esperava uma resposta – a enfermeira havia administrado uma pílula para dormir antes de sair – e não recebeu nenhuma. Laurel reclinou-se em sua poltrona e retirou o velho cartão de seu envelope.

A mensagem não mudara, continuava dizendo apenas *Obrigado*. Não haviam surgido mais palavras desde a última vez que ela olhara, nenhuma pista quanto à identidade do remetente, nenhuma resposta ao enigma que ela buscava resolver.

Laurel ficou revirando o cartão nas mãos, se seria apenas a falta de outras opções que a fazia pensar que ele era importante. Recolocou-o de volta no envelope e, ao fazê-lo, o selo chamou sua atenção.

Sentiu o mesmo frisson de lembrança que sentira da última vez.

Alguma coisa estava definitivamente escapando à sua percepção, algo a ver com aquele selo.

Laurel o trouxe mais para perto, examinando o jovem rosto da rainha, o manto da coroação... Era difícil acreditar que já haviam se passado quase sessenta anos. Sacudiu o envelope, pensativamente. Talvez sua sensação sobre a importância do cartão tivesse menos a ver com o mistério de sua mãe e mais a ver com a sua representação de um evento que assomara de forma tão majestosa na mente da Laurel de oito anos. Ainda se lembrava de assistir à cerimônia no aparelho de televisão que seus pais haviam tomado emprestado especialmente para a ocasião. Todos eles haviam se reunido ao redor...

– Laurel? – A voz de sua mãe era tênue como um fio esgarçado de fumaça.

Laurel deixou o cartão de lado e apoiou os cotovelos no colchão, tomando a mão da mãe.

– Estou aqui, mamãe.

Dorothy sorriu debilmente. Seus olhos vítreos pestanejaram para a filha mais velha.

– Você está aqui – ela repetiu. – Pensei ter ouvido... achei que você disse...

Pergunte-me de novo em outro dia, quando você for mais velha. Laurel sentiu-se à beira de um precipício. Ela sempre acreditara em momentos que são verdadeiras encruzilhadas. Este, ela sabia, era um deles.

– Eu estava perguntando sobre sua amiga, mamãe – ela disse.

– Em Londres, durante a guerra.

– Jimmy – o nome veio rapidamente e, com ele, uma expressão de pânico e perda. – Ele... eu não... – O rosto da mãe era uma máscara de angústia, e Laurel apressou-se a acalmá-la.

– Jimmy, não, mamãe... eu me referia a Vivien.

Dorothy não disse nada. Laurel podia ver seu maxilar movendo-se com palavras não pronunciadas.

– Mamãe, por favor.

E talvez Dorothy tenha percebido o tom de desespero na voz da filha mais velha, porque ela suspirou com uma tristeza antiga. Suas pálpebras tremeram e ela disse:

– Vivien... era frágil. Uma vítima.

Todos os cabelos da nuca de Laurel ficaram em pé. Vivien era uma vítima, ela era a vítima de Dorothy – aquilo parecia uma confissão.

– O que aconteceu com Vivien, mamãe?

– Henry era um bruto...

– Henry Jenkins?

– Um homem cruel... ele batia... – A mão envelhecida de Dorothy agarrou a de Laurel, os dedos nodosos tremendo.

O rosto de Laurel ardeu quando a compreensão se abateu sobre ela. Pensou nas questões levantadas pelo que ela havia lido nos diários de Katy Ellis. Vivien não era doente ou estéril – era casada com um homem violento. Um homem brutal e charmoso, que batia na mulher por trás de portas trancadas e depois sorria para o mundo, que causava o tipo de dano que deixava Vivien de cama durante dias a cada vez, recobrando-se, enquanto ele ficava de vigília a seu lado.

– Era um segredo. Ninguém sabia...

Mas isso não era bem verdade, não é? Katy Ellis sabia: as referências eufemísticas à saúde e bem-estar de Vivien, a preocupação excessiva com a amizade de Vivien e Jimmy, a carta que pretendia escrever, dizendo-lhe por que ele devia se manter afastado dela. Katy ficara desesperada para que Vivien não fizesse nada que atraísse a ira de seu marido. Seria por isso que ela aconselhara sua jovem amiga a se afastar do hospital do dr. Tomalin? Henry teria ficado com inveja do lugar do outro homem no afeto de sua mulher?

– Henry... eu tinha medo...

Laurel olhou para o rosto pálido da mãe. Katy fora amiga e confidente de Vivien, era compreensível que soubesse de um sórdido segredo conjugal como esse. Mas como sua mãe sabia disso? A violência de Henry havia se propagado? Seria isso que dera errado com o plano dos jovens namorados?

Então, Laurel foi tomada por uma ideia terrível, repentina. Henry matara Jimmy. Descobrira a amizade de Jimmy com Vivien e o matara. Por isso sua mãe não se casara com o homem que amava. As respostas caíam como dominós: foi assim que ela soube da violência de Henry, por isso tinha medo.

– Então foi por *isso* – Laurel disse rapidamente. – Você matou Henry por causa do que ele fez a Jimmy.

A resposta veio tão suavemente que poderia ter sido a corrente de ar provocada pelas asas da mariposa branca que atravessou a janela aberta e plainou em direção à luz. Mas Laurel a ouviu:

– Sim.

Uma única palavra, mas para Laurel era como música. Naquelas três letras simples estava contida a resposta da pergunta de uma vida inteira.

– Você ficou com medo quando ele veio até aqui, a Greenacres, que ele tivesse vindo para matá-la, porque tudo dera errado e Vivien morrera.

– Sim.

– Você achou que ele pudesse ferir Gerry também.

– Ele disse... – Os olhos de sua mãe se arregalaram e ela apertou com força a mão de Laurel. – Ele disse que iria destruir tudo o que eu amava...
– Oh, mamãe.
– Exatamente como eu... exatamente como eu fizera com ele.
Quando sua mãe soltou sua mão, exausta, Laurel teve vontade de chorar. Estava tomada por uma quase esmagadora sensação de alívio. Finalmente, após semanas de busca, após anos e anos de especulação, tudo estava explicado: o que ela tinha visto, a ameaça que sentira ao ver o homem de chapéu preto subindo o caminho de entrada, todo o silêncio que se seguiu e que ela não conseguia compreender.

Dorothy Nicolson matou Henry Jenkins quando ele veio a Greenacres em 1961 porque ele era um monstro violento que costumava bater na mulher, que matara seu namorado que passara mais de uma década procurando-a e, quando a encontrara, ameaçara matar a família que ela amava.

– Laurel...
– Sim, mamãe?

Mas Dorothy não disse mais nada, seus lábios moveram-se silenciosamente enquanto ela vasculhava os cantos empoeirados da mente, agarrando-se a fios perdidos que talvez jamais conseguisse recuperar.

– Pronto, mamãe – Laurel afagou a testa da mãe. – Está tudo bem. Está tudo bem agora.

Laurel arrumou os lençóis e ficou parada por algum tempo observando o rosto da mãe, agora tranquilo, adormecido. Durante todo esse tempo, Laurel percebeu, durante toda aquela busca em que estivera, ela fora impulsionada pela ânsia de saber que sua família feliz, toda a sua infância, a maneira como seu pai e sua mãe cuidaram um do outro com um amor tão raro e constante não foram uma mentira. E agora sabia.

Seu peito doía com uma complexa mistura de amor ardente, assombro e, sim, finalmente, aceitação.

– Eu a amo, mamãe – sussurrou, junto ao ouvido de Dorothy, sentindo, ao fazê-lo, que chegara ao fim de sua busca. – E eu também a perdoo.

A voz de Iris estava, tipicamente, cada vez mais enfurecida na cozinha, e Laurel, de repente, sentiu uma enorme vontade de se unir a seu irmão e irmãs. Ajeitou delicadamente os cobertores da mãe e deu um beijo em sua testa.

O cartão de agradecimento estava sobre a poltrona atrás dela e Laurel o pegou, pretendendo guardá-lo em seu quarto. Sua mente já estava lá embaixo, preparando uma xícara de chá, portanto não pôde dizer, mais tarde, o que a fizera notar os pequenos pontos negros no envelope.

Mas ela os notou. Seus passos vacilaram quando já estava no meio do quarto da mãe, e ela parou. Dirigiu-se ao ponto em que a luz era mais forte, colocou os óculos de leitura e aproximou o envelope. E então, ela sorriu, devagar, admirada.

Ficara tão distraída com o selo que quase deixara de ver a verdadeira pista bem diante de seus olhos. O carimbo tinha décadas e não era fácil de ler, mas estava nítido o suficiente para que se distinguisse a data em que o cartão fora postado – 3 de junho de 1953 – e, melhor ainda, o local de onde fora enviado: Kensington, Londres.

Laurel olhou para trás, para a figura adormecida da mãe. Era exatamente naquele lugar que sua mãe vivera durante a guerra, em uma casa em Campden Grove. Mas quem teria lhe mandado um cartão de agradecimento mais de uma década depois, e por quê?

30

Londres, 23 de maio de 1941

VIVIEN OLHOU PARA SEU relógio de pulso, para a porta do café e finalmente para a rua lá fora. Jimmy dissera às duas, mas eram quase duas e meia e ainda nem sinal dele. Devia ter tido dificuldades no trabalho, ou talvez com seu pai, mas Vivien achava que não. A mensagem dele fora urgente – ele *precisava* vê-la – e ele a entregara de maneira secreta. Vivien não acreditava que ele tivesse simplesmente se atrasado. Mordeu o lábio inferior e consultou o relógio outra vez. Seu olhar desviou-se para a xícara de chá cheia que ela havia servido já fazia meia hora, a borda lascada do pires, o chá seco na colher. Olhou pela janela outra vez, não viu ninguém conhecido e, em seguida, inclinou o chapéu para ocultar o rosto.

Seu recado tinha sido uma surpresa, uma surpresa maravilhosa, que fez seu coração bater mais depressa. Vivien havia acreditado realmente, quando lhe entregou o cheque, que não o veria mais. Não fora um truque, um blefe para fazê-lo querer fervorosamente entrar em contato. Vivien valorizava demais a vida dele, se não a sua própria, para isso. Sua intenção fora o oposto. Depois de ouvir a história do dr. Rufus, depois de perceber as repercussões – para todos eles –, caso Henry viesse a saber da amizade que ela fizera com Jimmy, do trabalho que ela vinha fazendo no hospital do dr. Tomalin, essa parecera-lhe a única solução. Na realidade, a maneira perfeita. Dava dinheiro a Dolly e constituía o tipo de insulto a Jimmy que muito ofenderia um homem como ele, um homem honrado, gentil, e isso seria suficiente para mantê-lo afastado – mantê-lo a salvo – para sempre. Ela havia sido incauta em deixá-lo chegar tão perto. Devia saber que isso não podia acontecer. Ela própria havia provocado toda essa situação.

De certa forma, dar o cheque a Jimmy também dera a Vivien o que ela mais queria no mundo. Ela sorriu, levemente, pensando nisso. Seu amor por Jimmy era desprendido: não porque ela fosse uma boa pessoa, mas porque precisava ser assim. Henry jamais permitiria que eles fossem qualquer outra coisa e, assim, ela deixou seu amor assumir a forma de querer para Jimmy a melhor vida que ele pudesse ter, ainda que ela própria não pudesse fazer parte desta vida. Jimmy e Dolly eram livres agora para fazer tudo que ele sempre sonhara: ir embora de Londres, casar-se, viver feliz para sempre. E, ao dar o dinheiro que Henry controlava de maneira tão avara, Vivien o estava atingindo também, da única forma que podia. Ele iria descobrir, é claro. As normas rígidas de sua herança não podiam ser facilmente dribladas, mas Vivien não tinha grande interesse em dinheiro ou no que ele podia comprar – ela assinava qualquer quantia que Henry exigia, e precisava de bem pouco para si própria. Ainda assim, ele fazia questão de saber precisamente o que era gasto e onde. Ela iria pagar um preço alto, exatamente como acontecera com relação à doação ao hospital do dr. Tomalin, mas valeria a pena. Oh, sim, dava-lhe grande satisfação saber que o dinheiro que ele tanto cobiçava iria para outra pessoa.

O que não queria dizer que dar adeus a Jimmy não fora uma das coisas mais angustiantes que Vivien já fizera, porque fora. Diante da chance de vê-lo agora, a alegria que pulsava sob sua pele quando o imaginava chegando, atravessando aquela porta, a mecha de cabelos negros caída sobre os olhos, o sorriso que sugeria segredos, que a fazia se sentir compreendida antes que ele dissesse uma única palavra – ela não podia acreditar que tivesse tido coragem de ir até o fim com aquela despedida.

Agora, no café, ela ergueu os olhos quando uma das garçonetes parou junto à sua mesa e lhe perguntou se queria pedir algo para comer. Vivien disse-lhe que não, que bastava o chá por enquanto. Ocorreu-lhe que Jimmy podia ter vindo e já ter ido embora, que talvez ela o tivesse perdido por pouco – Henry andava excessivamente tenso nos últimos dias, não fora fácil conseguir sair –, mas quando perguntou à garçonete, ela sacudiu a cabeça.

– Sei de quem você está falando – ela disse. – Um rapaz bonito com uma câmera fotográfica. – Vivien confirmou, balançando a cabeça. – Não o vejo há alguns dias. Sinto muito.

A garçonete se afastou e Vivien olhou para fora da janela outra vez, verificando acima e abaixo da rua em busca de Jimmy, e de qualquer outra pessoa que pudesse estar vigiando também. No começo, ficara chocada com o que o dr. Rufus lhe dissera ao telefone, mas, enquanto se dirigia ao apartamento de Jimmy, Vivien achou que havia compreendido: a mágoa de Dolly ao se julgar rejeitada, seu impulso de vingança, seu desejo ardente de se reinventar e recomeçar. Havia pessoas, Vivien tinha certeza, que achariam tal esquema inconcebível, mas ela não era uma delas: não achava particularmente difícil de acreditar que uma pessoa pudesse ir tão longe se achasse que os fins tornariam possível uma fuga, especialmente alguém como Dolly, que estava sem rumo com a perda da família.

O único aspecto da história do dr. Rufus que cortava como uma faca era a participação de Jimmy. Vivien recusava-se a acreditar que tudo que haviam compartilhado fora falso. Sabia que não. O que quer que tenha levado Jimmy até ela na rua naquele dia, os sentimentos entre eles eram reais. Acreditava nisso do fundo do coração, e o coração de Vivien nunca se enganava. Soubera disso desde aquela primeira noite na cantina, quando vira a fotografia de Nella, soltara uma exclamação, Jimmy levantara a cabeça e seus olhos se encontraram. Sabia, também, porque ele não se afastara. Ela lhe dera o cheque – tudo que Dolly queria e mais ainda – e ele não se afastara. Ele se recusara a deixar que ela fosse embora.

Jimmy mandara o recado por meio de uma mulher que Vivien não conhecia, uma mulher pequena e engraçada que batera na porta de Campden Grove 25 com uma latinha na mão pedindo doações para o Fundo do Hospital dos Soldados. Vivien estava prestes a ir buscar sua bolsa, quando a mulher sacudiu a cabeça e sussurrou que Jimmy *precisava* vê-la, que ele a encontraria ali, naquele café da estação, às duas horas, na sexta-feira. Então, a mulher fora embora e Vivien sentira a esperança acender-se no peito antes que pudesse impedi-la...

Mas – Vivien consultou seu relógio – já eram quase três e meia, ele não viria mais. Ela sabia. Tinha certeza disso havia uns trinta minutos.

Henry estaria em casa dentro de uma hora, e ela precisava tomar providências antes que ele chegasse, certas providências que ele esperava que ela tomasse. Vivien levantou-se e arrumou a cadeira junto à mesa. A decepção agora era cem vezes pior do que fora na última vez em que o deixara. Mas não podia esperar mais, já ficara mais do que devia, era arriscado demais. Pagou por sua xícara de chá e, com uma última olhada pelo café, para os outros clientes, empurrou o chapéu bem baixo e saiu apressada em direção a Campden Grove.

༄

– Saiu para dar um passeio?

Vivien enrijeceu-se no hall de entrada. Olhou por cima do ombro, pela porta aberta da sala de estar. Henry estava na poltrona, as pernas cruzadas, os sapatos pretos brilhantes, enquanto a olhava por cima de um volumoso relatório do Ministério.

– Eu... – seus pensamentos se perderam. Ele estava adiantado. Ela deveria recebê-lo à porta quando ele chegasse em casa, dar-lhe seu uísque e perguntar como fora seu dia. – O tempo está tão agradável que eu não resisti.

– A passear pelo parque?

– Sim. – Ela sorriu, tentando acalmar o coração descompassado. – As tulipas desabrocharam.

– É mesmo?

– Sim.

Ele ergueu o relatório outra vez, cobrindo o rosto, e Vivien soltou a respiração. Ela permaneceu onde estava, mas apenas por um segundo, só para ter certeza. Com cuidado para não se mover muito depressa, ela pendurou o chapéu, retirou a echarpe e começou a se afastar, suavemente, em direção à escada.

– Encontrou com amigos enquanto esteve fora? – A voz de Henry a fez parar ao atingir o primeiro degrau.

Vivien virou-se devagar. Ele estava apoiado, descontraidamente, contra o batente da porta da sala de estar, alisando o bigode. Andara bebendo. Havia algo em seus modos, uma frouxidão que ela reconhecia, que fazia seu estômago se revirar de pavor. Outras mulheres, ela sabia, achavam Henry atraente, com aquela expressão sombria, quase sarcástica, a intensidade com que seus olhos se fixavam nos delas. Mas não Vivien. Nunca achara. Desde a noite em que se conheceram, quando ela achou que estava sozinha perto do lago em Nordstrom e, ao erguer os olhos, deparou-se com ele recostado contra a cabana da piscina, observando-a, enquanto fumava. Havia alguma coisa em seus olhos enquanto a observava, luxúria, é claro, porém algo mais. Fizera a sua pele se arrepiar. Via o mesmo em seus olhos agora.

– Ora, Henry, não – ela disse, o mais descontraidamente que conseguiu. – Claro que não. Sabe que não tenho tempo para amigos, não com o meu trabalho na cantina.

A casa estava silenciosa e imóvel, nenhuma cozinheira no andar térreo preparando a massa para a torta do jantar, nenhuma empregada às voltas com o fio do aspirador de pó. Vivien sentia falta de Sarah. A pobre garota havia chorado, confusa e envergonhada, quando Vivien se deparara com os dois juntos naquela tarde. Henry ficara lívido, seu prazer estragado e sua dignidade enxovalhada. Ele punira a complacência de Sarah mandando-a embora, ele punira a intromissão de Vivien fazendo-a ficar.

E assim ali estavam eles, apenas os dois. Henry e Vivien Jenkins, um homem e sua mulher. *Henry foi um dos meus mais brilhantes alunos,* seu tio dissera quando lhe contou o que os dois homens

haviam discutido em seu gabinete enfumaçado. *Ele é um cavalheiro ilustre. Você tem muita sorte que ele esteja interessado em você.*
— Acho que vou subir e me deitar — ela disse, após um tempo que lhe pareceu interminável.
— Cansada, querida?
— Sim. — Vivien tentou sorrir. — Os bombardeios. Londres inteira está cansada, imagino.
— Sim. — Ele foi em sua direção, com lábios que sorriam e olhos que não. — Imagino que sim.

∽

O punho de Henry atingiu seu ouvido esquerdo primeiro e o zumbido foi ensurdecedor.
A força lançou seu rosto contra a parede do hall de entrada, e ela caiu no chão. Então, ele já estava em cima dela, agarrando-a pelo vestido, sacudindo-a, seu rosto atraente retorcido num esgar de raiva enquanto a espancava. Ele também gritava, a saliva saindo de sua boca, respingando no rosto e no pescoço de Vivien, seus olhos cintilando enquanto ele lhe dizia, repetindo sem parar, que ela lhe pertencia, sempre pertenceria, ela era seu prêmio, ele jamais deixaria que outro homem a tocasse, preferia vê-la morta a deixá-la ir embora.
Vivien cerrou os olhos. Sabia que ele ficava enfurecido quando ela se recusava a olhar para ele. E de fato, ele sacudiu-a ainda com mais força, agarrou-a pelo pescoço, gritou mais perto de seu ouvido.
Na escuridão de sua mente, Vivien buscava o córrego, as luzes brilhantes...
Ela nunca revidava, nem mesmo quando seus punhos se cerravam com força ao lado do corpo e aquela parte enterrada de si mesma, a essência da Vivien Longmeyer que ela guardara havia tanto tempo, lutava para se libertar. Seu tio pode ter fechado o acordo em seu gabinete enfumaçado, mas Vivien tivera suas próprias razões para ser tão complacente. Katy fizera todo o pos-

sível para que Vivien mudasse de ideia, mas ela sempre fora teimosa. Esta era sua penitência, sabia, era o que ela merecia. Fora por causa de seus punhos que ela fora castigada, para começar. A razão pela qual fora deixada em casa, a razão pela qual sua família voltara correndo do piquenique e sofrera o acidente.

Sua mente era líquida agora. Ela estava no túnel, nadando cada vez mais para o fundo, os braços e pernas levando-a com força através da água, para casa...

Vivien não se importava de ser castigada, só se perguntava quando aquilo terminaria. Quando ele finalmente iria acabar com ela. Porque isso é o que ele faria um dia, disso Vivien tinha certeza. Vivien prendeu a respiração, esperando, desejando, que fosse desta vez. Pois sempre que ela acordava e se via ainda ali, na casa de Campden Grove, o fosso de desespero dentro dela se aprofundava.

A água estava mais quente agora, ela estava se aproximando. Ao longe, as primeiras luzes cintilantes. Vivien nadou em sua direção...

O que iria acontecer, ela imaginava, quando ele de fato a matasse? Conhecendo Henry, ele teria todos os recursos para garantir que outra pessoa levasse a culpa. Ou ele faria parecer que ela morrera por acidente – uma queda infeliz, má sorte nos bombardeios aéreos. Lugar errado na hora errada, as pessoas diriam, sacudindo a cabeça, e Henry seria investido ainda mais no papel de marido dedicado e sofredor. Ele provavelmente escreveria um livro sobre isso, sobre ela, uma versão fantasiosa de Vivien, exatamente como o outro, *A musa relutante*, sobre aquela jovem horrível, dócil, em que ela não se reconhecia, que adorava seu marido escritor e sonhava com vestidos e festas.

As luzes estavam brilhantes agora, mais próximas, e Vivien podia divisar formas reluzentes. Mas ela olhou para além das luzes, era o que havia além delas que Vivien fora até ali para encontrar...

O quarto se inclinou. Henry terminara. Ele ergueu-a no colo e ela sentiu seu corpo flácido como o de uma boneca de pano, mole em seus braços. *Ela mesma devia fazer isso. Pegar tijolos,* ou pedras – algo pesado –, e colocá-los nos bolsos, depois entrar no Serpentine, um passo de cada vez, até ver as luzes. Ele beijava seu rosto, sufocando-a com beijos molhados. Sua respiração entrecortada, seu cheiro de brilhantina e álcool misturados a suor:

– Pronto, pronto – ele dizia. – Eu a amo, sabe que a amo, mas você me deixa com tanta raiva, não devia me enfurecer assim.

Luzes minúsculas, tantas luzinhas, e do outro lado, Pippin. Ele virou-se para ela e pela primeira vez pareceu que podia vê-la...

Henry carregou-a pela escada, um noivo sinistro com sua noiva, e colocou-a delicadamente na cama. *Ela mesma poderia fazer isso.* Era tão claro para ela agora. Ela, Vivien, era o derradeiro bem que podia tirar dele. Henry tirou seus sapatos e ajeitou seus cabelos para que caíssem uniformemente sobre cada ombro.

– Seu rosto – ele disse tristemente. – Seu belo rosto. – Beijou as costas de sua mão e colocou-a no colchão ao lado do corpo. – Descanse agora – ele disse. – Vai se sentir melhor quando acordar. – Inclinou-se mais perto, os lábios juntos ao seu ouvido. – E não se preocupe com Jimmy Metcalfe. Já mandei cuidar dele. Está morto agora, apodrecendo no fundo do Tâmisa. Ele não vai mais se intrometer entre nós dois.

Passos pesados. A porta se fechando. A chave sendo virada na fechadura.

Pippin ergueu a mão, em parte um breve aceno, em parte um movimento de chamada, e Vivien prosseguiu em direção a ele...

༄

Ela acordou uma hora depois, em seu quarto em Campden Grove 25, com o sol da tarde atravessando a janela e incidindo em seu rosto. Imediatamente, Vivien fechou os olhos outra vez. Tinha uma dor de cabeça latejante nas têmporas, por trás das órbitas, na base da nuca. Sua cabeça inteira parecia uma ameixa madura que havia caído de certa altura sobre ladrilhos. Ficou deitada, rígida como uma tábua, tentando se lembrar do que havia acontecido e por que sua cabeça doía tanto.

A lembrança voltou em ondas, todo o episódio, misturado, como sempre, com impressões mentais de sua salvação na água. Essas eram as lembranças mais difíceis de suportar – as enevoadas sensações de bem-estar, de um anseio eterno, mais febril do que lembranças reais, e, no entanto, tão mais potentes.

Vivien se encolheu quando lentamente moveu cada parte de seu corpo, tentando avaliar a extensão dos danos. Fazia parte do processo. Henry esperava que ela já tivesse se "arrumado" quando ele chegasse em casa. Ele não gostava quando ela levava muito tempo para se recuperar. Suas pernas pareciam intactas, isso era bom – mancar atraía perguntas indesejadas. Havia machucados nos braços, manchas roxas, mas não estavam quebrados. Era seu maxilar que latejava, o ouvido ainda zunia e o lado do rosto queimava. Isso era incomum. Henry geralmente não tocava em seu rosto. Era cuidadoso, mantendo os golpes abaixo do pescoço. Ela era seu prêmio, nada deveria marcá-la senão ele, e ele não gostava de ser confrontado com a evidência, fazia-o lembrar de como ela o enfurecera, o quanto ela podia decepcioná-lo. Ele gostava que seus machucados ficassem ocultos sob as roupas, onde somente ele podia ver, para fazê-la lembrar do quanto a amava – ele jamais bateria em uma mulher se não se importasse tanto com ela.

Vivien tirou Henry da mente. Outra lembrança tentava aflorar, algo importante. Podia ouvi-la como a um mosquito solitário na calada da noite, zumbindo bem perto antes de se afastar, mas não conseguia pegá-lo. Esperou, absolutamente imóvel, que o zumbido se aproximasse e então – Vivien deu uma grande arfada. Lembrava-se agora, e sentiu-se zonza. Seu próprio sofrimento esmaeceu. *Não se preocupe com Jimmy Metcalfe. Já mandei cuidar dele. Está morto agora, apodrecendo no fundo do Tâmisa. Ele não vai mais se intrometer entre nós dois.*

Não conseguia respirar. Jimmy – ele não fora ao seu encontro hoje. Ela esperara, mas ele não fora. Jimmy não a teria deixado lá, esperando. Ele teria ido, se pudesse.

Henry sabia seu nome. Ele descobrira, de alguma forma, e mandara "cuidar" de Jimmy. Isso já acontecera antes, pessoas que ousaram se interpor entre Henry e o que ele desejava. Ele nunca agia com as próprias mãos, não seria apropriado – Vivien era a única que conhecia a crueldade dos punhos de Henry. Mas Henry tinha seus homens, e Jimmy não fora ao seu encontro.

Um ruído agudo, o terrível som de um animal ferido, e Vivien percebeu que era ela mesma. Curvou-se de lado e pressionou as mãos contra o crânio para diminuir a dor, achando que jamais conseguiria se mover dali outra vez.

Na próxima vez que acordou, o sol já perdera sua força e o quarto adquirira o tom azulado do início da noite. Os olhos de Vivien ardiam. Ela chorara durante o sono, mas não estava chorando agora. Sentia-se vazia por dentro, desolada. Tudo que era bom no mundo se fora. Henry providenciara para que assim fosse.

Como ele ficara sabendo? Ele tinha seus espiões, ela sabia disso, mas Vivien sempre fora muito cuidadosa. Fora ao hospital do dr. Tomalin por cinco meses sem nenhum incidente, cortara qualquer contato com Jimmy exatamente para que isso não acontecesse. Assim que o dr. Rufus lhe contara as intenções de Dolly, ela soubera...

Dolly.

Claro, tinha sido Dolly. Vivien forçou a mente a voltar à sua conversa com o dr. Rufus, esforçando-se para se lembrar dos detalhes. Ele lhe dissera que Dolly planejava enviar uma fotografia de Vivien e Jimmy com uma carta dizendo que contaria ao marido dela tudo sobre o "caso amoroso", a menos que Vivien pagasse por seu silêncio.

Vivien achara que o cheque seria suficiente, mas não, Dolly devia ter enviado a carta mesmo assim e, nela, juntamente com a fotografia, ela se referira a Jimmy. A jovem tola, cabeça-dura. Ela imaginava ter arquitetado um plano muito inteligente. O dr. Rufus dissera que ela achava que o plano era inofensivo, estava convencida de que ninguém se machucaria, mas ela não sabia com quem estava lidando. Henry, que tinha ciúmes se Vivien parasse para cumprimentar o velho que vendia jornais na esquina. Henry, que não permitia que tivesse amigos ou filhos, com medo que eles roubassem o tempo que devia dedicar a ele. Henry, que tinha contatos no Ministério e podia descobrir qualquer coisa sobre qualquer pessoa, que usara seu dinheiro para mandar "cuidar" de outras pessoas no passado.

Vivien sentou-se com muito cuidado – lançando estrelas de dor por trás dos olhos, dentro do ouvido, no alto da cabeça. Respirou fundo e, apoiando-se no colchão, levantou-se. Ficou aliviada de ver que ainda podia andar. Viu sua imagem no espelho e parou para examinar o rosto: havia sangue seco, que escorrera pelo lado da face, e seu olho havia começado a inchar. Virou a cabeça delicadamente para o outro lado, sentindo tudo doer. Os locais sensíveis ainda não estavam roxos, ela estaria com uma aparência pior amanhã.

Quanto mais tempo permanecia de pé, melhor conseguia suportar a dor. A porta do quarto estava trancada, mas Vivien tinha uma chave secreta. Dirigiu-se devagar para o esconderijo atrás do retrato de sua avó, lutou um instante para se lembrar da combinação do cofre e, em seguida, girou a fechadura. Uma lembrança nebulosa veio à sua mente do dia, algumas semanas antes de seu casamento, em que o tio de Vivien a levara a Londres para uma visita aos advogados da família e, mais tarde, à casa. A governanta a puxara de lado quando estavam sozinhas no segundo quarto e apontara para o retrato, o cofre atrás.

– Uma senhora precisa de um lugar para os seus segredos – ela sussurrara.

Embora Vivien não tivesse gostado do olhar malicioso no rosto da velha governanta, ela sempre desejara um lugar só seu e se lembrara do conselho.

A porta do cofre abriu-se e ela retirou a chave que mandara fazer da última vez. Tirou também a fotografia que Jimmy lhe dera. Era inexplicável, mas sentia-se melhor por tê-la junto a si. Com grande cuidado, Vivien fechou o cofre e ajeitou o retrato no lugar.

❧

Ela encontrou o envelope na escrivaninha de Henry. Ele nem se dera ao trabalho de escondê-lo. Estava endereçado a Vivien, postado há dois dias, e fora aberto com um abridor de cartas. Henry sempre abria sua correspondência – e dentro estava a terrível falha no grande plano de Dolly.

Vivien sabia o que a carta deveria dizer, mas seu coração ainda bateu com força enquanto ela passava os olhos pelo conteúdo da carta. Tudo era exatamente como ela esperara, o texto escrito em um tom quase gentil. Vivien agradeceu a Deus pelo fato de a tola garota não ter assinado o próprio nome, ter escrito apenas *Uma amiga*, ao pé da página.

Lágrimas ameaçaram aflorar quando Vivien viu a fotografia, mas ela conseguiu contê-las. E quando sua memória lançou à superfície ecos torturantes de preciosos momentos no sótão do dr. Tomalin, de Jimmy, do modo como ele a fazia sentir quase como se ela pudesse ter um futuro, Vivien as extinguiu. Sabia melhor do que ninguém que era um caminho sem volta.

Vivien virou o envelope e teve vontade de chorar de desespero. Pois ali, Dolly escrevera: *Uma amiga, Rillington Place 24, Notting Hill*.

❧

Vivien tentava correr, mas sua cabeça latejava, seus pensamentos confundiam-se e ela precisava parar em cada poste de iluminação, firmando-se, enquanto atravessava as ruas escuras em direção a Notting Hill. Demorara-se em Campden Grove apenas o tempo suficiente para lavar o rosto, esconder a fotografia e rabiscar uma carta apressadamente. Deixou-a na primeira caixa de correio que encontrou e continuou seu caminho. Restava apenas uma coisa que ela precisava fazer, sua penitência final antes de tudo ficar resolvido.

Quando chegou a essa conclusão, tudo o mais se tornou nitidamente claro para ela. Vivien livrou-se da desolação como de um casaco indesejado e caminhou em direção às luzes brilhantes. Na verdade, tudo era muito simples. Ela havia causado a morte de sua família e ela causara a morte de Jimmy, mas agora iria se assegurar de que Dolly Smitham fosse salva. Então, e somente então, iria ao Serpentine e encheria os bolsos de pedras. Vivien podia ver o fim, e ele era belo.

Rápida como um raio, seu pai costumava dizer, e embora sua cabeça latejasse, e às vezes tivesse que se agarrar às grades, Vivien era uma boa corredora e se recusava a parar. Imaginava-se como um canguru, saltando, um dingo, andando furtivamente nas sombras, um lagarto, esgueirando-se no escuro...

Havia aviões ao longe e Vivien olhava para o céu negro de vez em quando, tropeçando quando o fazia. Uma parte dela queria que voassem sobre sua cabeça, ousassem deixar cair sua carga, mas ainda não, ainda não, ela ainda tinha trabalho a fazer.

A noite já caíra quando ela chegou a Rillington Place, e Vivien não trouxera lanterna. Ela estava lutando para encontrar o número certo quando uma porta se fechou atrás dela. Vivien vislumbrou uma figura descendo os degraus de uma casa próxima.

Vivien chamou:

– Com licença.

– Sim? – Uma voz de mulher.

– Por favor, poderia me ajudar? Procuro o número 24.

– Você está com sorte. É aqui mesmo. Receio que não haja quartos vagos no momento, mas em breve haverá.

A mulher acendeu um fósforo e, em seguida, levou-o até o cigarro, de modo que Vivien viu seu rosto.

Ela não podia acreditar na sua sorte, e pensou a princípio que devia estar vendo coisas.

– Dolly? – disse ela, apressando-se a chegar perto da mulher bonita no casaco branco. – Ah, *é* você! Sou eu, Dolly. É...

– Vivien? – A voz de Dolly ecoou, cheia de surpresa.

– Pensei que não fosse mais encontrá-la, que fosse tarde demais.

Dolly ficou imediatamente desconfiada.

– Tarde demais para quê? O que foi?

– Nada. – Vivien riu de repente. Sua cabeça estava girando e ela cambaleou. – Ou melhor, tudo.

Dolly tragou seu cigarro.

– Você andou bebendo?

Algo se moveu na escuridão, havia pegadas. Vivien sussurrou:

– Temos que conversar. *Depressa*.

– Não posso, eu já estava...

– Dolly, *por favor* – Vivien olhou por cima do ombro, com medo de ver um dos homens de Henry vindo em sua direção –, é importante.

A outra mulher não respondeu de imediato, desconfiada daquela visita inesperada. Finalmente, a contragosto, ela pegou o braço de Vivien e disse:

– Venha, vamos entrar.

Vivien deu um breve suspiro de alívio quando a porta se fechou atrás delas. Ignorou o olhar curioso de uma mulher idosa de óculos e seguiu Dolly pela escada e ao longo de um corredor que cheirava a comida estragada. O quarto, ao fim do corredor, era pequeno, escuro e abafado.

Quando já estavam lá dentro, Dolly acionou o interruptor de luz e uma lâmpada solitária acendeu-se acima delas.

– Desculpe o calor que está fazendo aqui – ela disse, tirando o pesado casaco de pele branco que estava usando. Pendurou-o em um gancho atrás da porta. – Infelizmente, não tem janelas. Isso torna o blecaute mais fácil, mas a ventilação é precária. Acho que também não tenho nenhuma cadeira. – Ela se virou e viu o rosto de Vivien à luz. – Meu Deus. O que aconteceu com você?

– Nada. – Vivien tinha se esquecido do quanto sua aparência devia ser horrível. – Um acidente no caminho. Colidi com um poste. Uma idiotice minha, sempre correndo.

Dolly não pareceu convencida, mas não insistiu no assunto, indicando, em vez disso, que Vivien devia sentar-se na cama. Era estreita e baixa, e a colcha exibia as nojentas manchas gerais de idade e excesso de uso. Vivien, entretanto, não era exigente – sentar-se foi um grande alívio. Ela caiu sobre o colchão fino, assim que a sirene de ataque aéreo começou a soar.

– Ignore – ela disse rapidamente, quando Dolly fez menção de sair. – Fique. Isto é mais importante.

Dolly tragou seu cigarro nervosamente e em seguida cruzou os braços defensivamente no peito. Sua voz endureceu:

– É o dinheiro? Você precisa dele de volta?

– Não, não, esqueça o dinheiro.

Os pensamentos de Vivien haviam se dispersado e ela se esforçou para reuni-los de volta, para encontrar a clareza que precisava, tudo parecera tão simples antes, mas agora sua cabeça estava pesada, as têmporas uma agonia, e a sirene continuava com sua estridência.

– Jimmy e eu – Dolly começou a dizer.

– Sim – Vivien disse rapidamente, e sua mente de repente clareou. – Sim, Jimmy. – Ela parou, então, lutando para encontrar as palavras que precisava para dizer a terrível verdade em voz alta. Dolly, observando-a atentamente, começou a sacudir a cabeça, quase como se tivesse adivinhado de alguma forma o que Vivien tinha ido lhe contar. O gesto deu coragem a Vivien e ela disse, assim que a sirene parou: – Jimmy... Dolly, ele foi embora. – A palavra ecoou no novo silêncio do quarto.

Embora.

Ouviu-se uma batida apressada na porta e alguém gritou:

– Doll, está aí? Estamos indo para o Andy.

Dolly não respondeu, seus olhos buscaram os de Vivien. Ela levou o cigarro à boca, fumando febrilmente, os dedos tremendo. A pessoa bateu outra vez, mas quando novamente não obteve resposta, correu pelo corredor e desceu a escada.

Um sorriso brilhou, esperançoso, incerto, no rosto de Dolly quando se deixou cair ao lado de Vivien na cama.

– Você está enganada. Eu o vi ontem e vou vê-lo outra vez esta noite. Nós vamos juntos, ele não iria sem mim...

Ela não tinha entendido e Vivien não disse mais nada por um momento, presa da profunda compaixão que tomara conta de seu peito. Claro que Dolly não entendera, as palavras seriam como lascas de gelo, derretendo-se em face de sua ardente descrença. Vivien sabia muito bem o que era receber uma notícia tão horrível, saber de repente que as pessoas que você mais ama estão mortas.

Então, um avião roncou no alto, um bombardeiro, e Vivien compreendeu que não havia tempo a perder com piedade, que tinha que continuar explicando, fazer Dolly ver que ela estava dizendo a verdade, entender que ela precisava sair agora, se quisesse salvar a si mesma.

– Henry – Vivien começou –, meu marido, eu sei que ele pode não parecer, mas ele é um homem ciumento, um homem violento. Foi por isso que eu tive que tirá-la de lá naquele dia, Dolly, quando você devolveu o meu medalhão, ele não me deixa ter amigos... – Houve uma tremenda explosão em algum lugar, não muito longe, e um som sibilante atravessou o ar acima delas. Vivien parou por um segundo, todos os músculos do seu corpo tensos e doloridos, e então ela continuou, mais rápido agora, mais decididamente, apegando-se ao que era essencial. – Ele recebeu a carta e a fotografia, e isso o humilhou. Você o fez parecer um corno, Dolly, então ele enviou seus homens para resolver as coisas, assim que ele viu aquilo. Ele enviou seus homens para punir tanto você quanto Jimmy.

O rosto de Dolly ficou branco como giz. Ela estava em estado de choque, isso era claro, mas Vivien sabia que estava ouvindo porque as lágrimas começaram a escorrer pelo seu rosto. Vivien continuou:

– Eu deveria encontrar Jimmy em um café hoje, mas ele não apareceu. Você conhece Jimmy, Dolly, ele nunca teria deixado de comparecer, não quando disse que estaria lá, então eu fui para casa e Henry estava lá, e ele estava com raiva, Dolly, com muita raiva... – Sua mão dirigiu-se distraidamente para o queixo latejante. – Ele me contou o que tinha acontecido, que seus homens mataram Jimmy por se aproximar de mim. No começo, eu não tinha certeza de como ele ficara sabendo, mas depois eu descobri a fotografia. Ele abriu a carta, ele sempre abre as minhas correspondências, e ele nos viu juntos na fotografia. Tudo deu errado, como você vê. Todo o plano deu terrivelmente errado.

Quando Vivien mencionou o plano, Dolly agarrou seu braço, seus olhos estavam desvairados e sua voz era um sussurro.

– Mas eu... não sei como... a fotografia... nós tínhamos combinado, não havia necessidade, não mais. – Seus olhos encontraram os de Vivien e ela sacudiu a cabeça freneticamente. – Nada disso deveria acontecer, e agora Jimmy...

Vivien abanou a mão, descartando maiores explicações. Se Dolly pretendia ou não enviar a fotografia, já não tinha a menor importância. Ela não fora até ali para esfregar o nariz de Dolly em seu próprio erro, não havia tempo agora para culpa. Se Deus quiser, Dolly teria tempo de sobra para culpar a si mesma mais tarde.

– Ouça – ela disse. – É muito importante que você me escute. Eles sabem onde você mora e virão atrás de você.

Lágrimas quentes escorriam pelo rosto de Dolly.

– A culpa é minha – ela dizia. – É tudo culpa minha.

Vivien agarrou as mãos finas da outra mulher. A dor de Dolly era real, era verdadeira, mas não era útil.

– Dolly, por favor. É tanto culpa sua quanto minha. – Ergueu a voz para poder ser ouvida acima de um novo grupo de bombardeiros. – Nada disso importa agora, de qualquer forma. Eles estão vindo. Provavelmente, já estão a caminho. É por isso que estou aqui.

– Mas eu...

– Você tem que deixar Londres, tem que fazer isso agora, e não deve mais voltar. Eles não vão parar de procurá-la, nunca.

Houve uma explosão e todo o edifício estremeceu. Fora mais perto do que a anterior, e apesar da falta de janelas no quarto, uma luz estranha atravessou todos os pequenos poros na pele do edifício. Os olhos de Dolly estavam arregalados de medo. O barulho era implacável, o assobio das bombas quando caíam, o estrondo quando atingiam o alvo, a artilharia antiaérea disparando de volta. Vivien tinha que gritar para ser ouvida, enquanto perguntava sobre a família de Dolly, seus amigos, se havia algum lugar para onde ela pudesse ir e ficar em segurança. Mas Dolly não respondeu. Ela balançou a cabeça e continuou a chorar, inconsolavelmente, a palma das mãos pressionada contra o rosto. Vivien se lembrou então do que Jimmy lhe contara sobre a família de Dolly. Na época, sentira pena dela, sabendo que ela também havia sofrido uma perda tão dilacerante.

A casa sacudiu-se e balançou, o plugue pulou para fora da pequena e horrível pia, e Vivien sentiu o pânico crescer.

– Pense, Dolly – ela implorou, simultaneamente a uma explosão ensurdecedora. – Você tem que pensar.

Havia mais aviões agora, caças e bombardeiros, e as metralhadoras espocavam ferozmente. A cabeça de Vivien latejava com o barulho, e ela imaginava as aeronaves passando acima do telhado da casa. Mesmo com o teto e o sótão acima, ela podia ver tudo, suas barrigas de baleia.

– Dolly? – ela gritou.

Os olhos de Dolly estavam fechados e, apesar do clamor das bombas e armas de fogo, do barulho dos aviões, por um instante seu rosto se iluminou, parecendo quase pacífico. Em seguida, ela levantou a cabeça de repente e disse:

– Eu me candidatei a um emprego algumas semanas atrás. Foi Jimmy quem o encontrou... – Dolly agarrou uma folha de papel na mesinha ao lado de sua cama e entregou-a a Vivien.

Vivien passou os olhos pela carta, uma oferta de emprego para a srta. Dorothy Smitham em uma pensão à beira-mar chamada Sea Blue.

– Perfeito. É para lá que você deve ir.

– Não quero ir sozinha. Nós...

– Dolly...

– Planejamos ir *juntos*. Não devia ser assim. Ele ia esperar por mim.

Dolly recomeçou a chorar. Por uma fração de segundo, Vivien deixou-se afundar na dor da outra mulher. Era tão tentador simplesmente se deixar desmoronar, desistir e abandonar-se, submergir... mas isso não resolveria nada, ela precisava ser corajosa. Jimmy já estava morto, e Dolly também logo estaria se não começasse a lhe dar ouvidos. Henry não iria perder muito mais tempo. Seus capangas já deviam estar a caminho. Dominada pela urgência, ela deu um tapa no rosto da outra mulher, não com força, mas rispidamente. Funcionou, pois Dolly engoliu o soluço seguinte, segurando o rosto e arfando.

– Dolly Smitham – disse Vivien severamente –, você tem que deixar Londres, e tem que ser o mais rápido possível.

– Acho que não vou conseguir.

– Eu *sei* que vai. Você é uma sobrevivente.

– Mas Jimmy...

– Basta. – Vivien segurou o rosto de Dolly pelo queixo e forçou-a a encará-la. – Você amava o Jimmy, eu sei disso – *eu também o amava* –, e ele também a amava, meu Deus, eu sei disso. Mas você precisa me ouvir.

Dolly engoliu em seco e assentiu, em prantos.

– Vá para a estação de trem esta noite e compre uma passagem. Você deve... – A lâmpada piscou quando outra bomba caiu muito perto com um estrondo ensurdecedor. Os olhos de Dolly se arregalaram, mas Vivien manteve a calma, recusando-se a soltá-la. – Pegue o trem e só salte no fim da linha. Não olhe para trás. Aceite o emprego, mude-se outra vez, viva uma vida boa.

Os olhos de Dolly haviam mudado enquanto Vivien falava. Adquiriram foco, e Vivien poderia dizer que ela estava ouvindo agora, que ela estava ouvindo cada palavra, e mais do que isso, que ela estava começando a entender.

– Você tem que ir. Agarre esta segunda chance, Dolly. Pense nisso como uma segunda oportunidade. Depois de tudo pelo que passou, depois de tudo que perdeu...

– Farei isso – Dolly disse rapidamente. – Eu vou conseguir. – Ela levantou-se, puxou uma pequena mala de baixo de sua cama e começou a enchê-la de roupas.

Vivien estava muito cansada agora, seus próprios olhos tinham começado a lacrimejar de total exaustão. Ela estava pronta para tudo acabar. Já estava pronta havia muito, muito tempo. Lá fora, os aviões estavam por toda parte. O fogo antiaéreo espocava e os holofotes cortavam o céu noturno. Bombas caíam e a terra tremia de tal forma que podiam sentir o impacto através dos alicerces sob os seus pés.

– E você? – disse Dolly, fechando a mala e levantando-se. Ela estendeu a mão para ter de volta a carta da pensão.

Vivien sorriu. Seu rosto doía e estava cansada até os ossos. Sentiu-se afundar sob a água, em direção às luzes.

– Não se preocupe comigo. Eu vou ficar bem. Vou para casa.

Quando dizia isso, uma enorme explosão estrondou e de repente a luz estava em todos os lugares. Tudo pareceu ficar em câmera lenta. O rosto de Dolly se iluminou, suas feições se congelaram com o choque. Vivien olhou para cima. Quando a bomba caiu no número 24 de Rillington Place, o telhado desabou através do teto e a lâmpada no quarto de Dolly se estilhaçou em um milhão de minúsculos fragmentos, Vivien fechou os olhos e se alegrou. Finalmente suas preces tinham sido atendidas. Não haveria necessidade do Serpentine esta noite. Ela viu as luzes cintilantes na escuridão, o fundo do riacho, o túnel para o centro do mundo. E ela estava na água, nadando, cada vez mais fundo, e o véu estava bem diante dela, e Pippin estava lá, acenando, e ela podia ver todos eles, eles podiam vê-la também, e Vivien Longmeyer sorriu. Depois de tanto, tanto tempo, ela chegara ao fim. Fizera o que tinha que fazer. Finalmente, estava indo para casa.

PARTE QUATRO

DOROTHY

31

Londres, 2011

ASSIM QUE CHEGOU A LONDRES, Laurel dirigiu-se a Campden Grove. Não sabia exatamente por quê, apenas tinha a convicção de que era o que deveria fazer. No fundo de seu coração, achava que esperara bater na porta e encontrar, ainda morando ali, a pessoa que enviara a sua mãe o cartão de agradecimento. Parecera-lhe lógico, na ocasião. Agora, entretanto, parada no hall de entrada do número 7 – atualmente um prédio de apartamentos de aluguel por temporada –, respirando o cheiro de desinfetante de limão e de viajantes cansados, sentiu-se um pouco tola. A mulher que trabalhava na pequena e atravancada recepção ergueu os olhos de trás de seu telefone outra vez para perguntar se ela estava bem e Laurel assegurou-lhe que estava. Voltou a examinar o tapete sujo e dar nós em seus pensamentos.

Laurel não estava nem remotamente "bem". Na realidade, estava extremamente desanimada. Sentira-se tão empolgada na noite anterior, quando sua mãe lhe falou de Henry Jenkins, do tipo de homem que ele era. Tudo fizera sentido e ela teve certeza de que haviam chegado ao fim, que finalmente ela compreendia o que havia acontecido naquele dia. Então, ela notara o carimbo no selo e seu coração disparara, tivera certeza de que era importante – mais do que isso, a descoberta lhe parecera pessoal, como se ela, Laurel, fosse a única pessoa que pudesse desatar esse último nó. Mas agora, ali estava ela, de pé em um alojamento três estrelas, ao fim de uma caçada ao ganso selvagem, sem nenhum lugar onde procurar, nada a procurar, e ninguém com quem falar que tivesse morado ali durante a guerra. O que o cartão significaria? Quem o enviara? Isso seria realmente importante? Laurel começava a achar que não.

Laurel acenou para a recepcionista, que se despediu dela movendo os lábios com um "Até logo" sem som, ao receptor do telefone, e saiu. Acendeu um cigarro e fumou-o, irritada. Ela iria pegar Daphne no Heathrow mais tarde, ao menos a viagem não seria completamente perdida. Consultou seu relógio. Ainda teria mais duas horas matando tempo. O dia estava bonito e agradável, o céu limpo e azul, cortado apenas pelos perfeitos rastros de vapor dos aviões. Laurel achou que deveria ir comer um sanduíche e caminhar pelo parque, à margem do Serpentine. Tragou seu cigarro e, ao fazê-lo, lembrou-se da última vez em que estivera ali. O dia em que ficara parada em frente ao número 25 e vira o garotinho.

Laurel olhou para a casa. A residência de Vivien e Henry. O local de sua secreta violência doméstica. O lugar em que Vivien o aturara. De uma maneira engraçada, com tudo que lera nos diários de Katy Ellis, Laurel sabia mais sobre a vida naquela casa do que sobre a vida na casa atrás dela. Terminou o cigarro, refletindo, e jogou o toco no cinzeiro à entrada do prédio de apartamentos. Quando Laurel empertigou-se, já havia tomado uma decisão.

༄

Ela bateu na porta de Campden Grove 25 e esperou. As decorações de Halloween já haviam sumido da janela e agora se viam recortes pintados de mãos de crianças – ao menos, quatro tamanhos diferentes – pendurados em seu lugar. Isso era bom. Era bom que uma família morasse ali agora. Que lembranças ruins do passado estivessem sendo substituídas por outras. Podia ouvir barulho lá dentro, certamente havia gente em casa, mas ninguém viera atender à porta, de modo que ela bateu outra vez. Ela virou-se no patamar de ladrilhos e olhou para o número 7 do outro lado da rua, tentando imaginar sua mãe, jovem, subindo aquela escada, a acompanhante da proprietária.

A porta abriu-se e a bonita mulher que Laurel tinha visto na última vez em que estivera ali estava parada com um bebê no ombro.

– Oh, meu Deus – ela disse, piscando os grandes olhos azuis. – É *você*.

Laurel estava acostumada a ser reconhecida, mas havia algo diferente na maneira como a mulher falara. Ela sorriu e a mulher ruborizou-se, limpando a mão na calça jeans e em seguida estendendo-a para Laurel.

– Desculpe-me – ela disse. – Onde estão meus modos? Sou Karen e este é Humphrey – ela deu umas batidinhas no traseiro acolchoado da criança e um espanador de cachos louros moveu-se ligeiramente em seu ombro, um olho azul-celeste observando Laurel timidamente – e naturalmente eu sei quem você é. É uma grande honra conhecê-la, sra. Nicolson.

– Laurel, por favor.

– Laurel. – Karen mordeu delicadamente o lábio inferior, um gesto nervoso de contentamento, e em seguida sacudiu a cabeça, incrédula. – Julian mencionou ter visto você, mas eu pensei... às vezes, ele... – Sorriu. – Não importa. Você está aqui. Meu marido vai ficar fora de si quando souber.

Você é a mulher do papai. Laurel tinha a distinta impressão de que havia mais do que ela sabia nessa história.

– Sabe, ele nem me contou que você vinha.

Laurel não disse que ela não havia anunciado sua visita. Ainda não sabia como iria explicar o motivo de estar ali. Assim sendo, apenas sorriu.

– Entre, por favor. Só vou chamar Marty para descer do sótão.

Laurel seguiu Karen pelo bagunçado hall de entrada, desviou-se do carrinho que parecia um módulo lunar, atravessou um mar de bolas, pipas e pés desencontrados de minúsculos sapatos, e entrou em uma sala de estar quente e ensolarada. Havia estantes de livros brancas do chão ao teto, livros espalhados por toda parte, pinturas de crianças na parede, ao lado de fotografias de família, de gente sorridente e feliz. Laurel quase tropeçou em um corpinho no chão. Era o menino que ela vira da última vez, deitado de costas, com os joelhos dobrados. Tinha um dos braços no ar, acima dele, animando um avião de Lego, enquanto fazia roucos barulhos de motor, completamente perdido na realidade do voo de seu avião.

– Julian – sua mãe disse –, Juju, corra lá em cima, querido, e diga ao papai que ele tem uma visita.

O menino, então, ergueu os olhos, piscando de volta à realidade. Ele viu Laurel e seus olhos se iluminaram ao reconhecê-la. Sem uma palavra, sem sequer uma pausa de hesitação no barulho do motor que estava fazendo, ele colocou seu avião em nova rota, ficou de joelhos e seguiu o novo curso pela escada atapetada.

Karen insistiu em colocar a chaleira no fogo para ferver, e assim Laurel se sentou em um sofá confortável com marcas de caneta na capa vermelha e branca de tecido de algodão e sorriu para o bebê, que agora estava sentado em um tapete no chão, chutando um chocalho com o pezinho gorducho. Um rangido apressado veio da escada e um homem alto, bonito de uma maneira um pouco desgrenhada, com seus longos cabelos castanhos e óculos de aro preto, apareceu na porta da sala de estar. Seu filho piloto seguiu-o para dentro da sala. O homem estendeu a mão grande e abriu um largo sorriso ao ver Laurel, balançando a cabeça com uma espécie de encantamento, como se ela pudesse ser apenas uma aparição materializada em sua casa.

– Meu Deus – ele disse, quando as palmas de suas mãos se tocaram e ela provou ser de carne e osso. – Pensei que Julian pudesse estar me pregando uma peça, mas aqui está você.

– Aqui estou eu.

– Eu sou Martin – ele disse. – Me chame de Marty. E você vai ter que desculpar a minha incredulidade, é só que... eu ensino teatro no Queen Mary College, sabe, e eu escrevi a minha tese de doutorado sobre você.

– É mesmo? – *Você é a mulher do papai*. Bem, isso explicava tudo. – *Interpretações contemporâneas das tragédias de Shakespeare*. Foi bem menos árido do que parece.

– Imagino que sim.
– E agora, você está aqui. – Ele sorriu e, em seguida, franziu ligeiramente a testa, mas logo voltou a sorrir. Ele riu, uma risada encantadora. – Desculpe-me. É que isto é uma coincidência extraordinária.
– Você contou à sra. Nicolson...Laurel – Karen corou, quando entrou novamente na sala – sobre o vovô? – Ela colocou uma bandeja de chá na mesinha de centro, abrindo uma faixa em meio à floresta de materiais de artesanato das crianças, e sentou-se ao lado do marido no sofá. Sem sequer um olhar de soslaio, ela entregou um biscoito a uma menina com cachos castanhos que tinha pressentido a chegada de doces e aparecera do nada.
– O meu avô – explicou Marty. – Foi ele quem me fez ficar viciado em seu trabalho. Eu sou um fã, mas ele era um devoto religioso. Ele nunca perdeu uma única de suas peças.
Laurel sorriu, lisonjeada e tentando não parecer. Estava encantada com aquela família e sua casa deliciosamente bagunçada.
– Certamente ele deve ter perdido uma.
– Nunca.
– Conte a Laurel sobre o seu pé – disse Karen, esfregando delicadamente o braço do marido.
Marty riu.
– Houve um ano em que ele quebrou o pé e fez com que o liberassem do hospital mais cedo para que pudesse vê-la em *As You Like It*. Ele costumava me levar com ele quando eu ainda era pequeno o suficiente para precisar de três almofadas só para ver por cima do assento à minha frente.
– Ele parece um homem de esplêndido bom gosto. – Laurel estava flertando, e não apenas com Marty, mas com todos eles. Sentia-se apreciada. Foi bom Iris não estar lá para testemunhar isso.
– Ele foi, sim – Marty disse com um sorriso. – Eu o amava muito. Nós o perdemos há dez anos, mas não se passa um só dia em que eu não sinta sua falta. – Ele empurrou os óculos pretos mais para cima do nariz. – Mas chega de falar de nós. Perdoe-me,

eu culpo a surpresa de vê-la, ainda nem sequer perguntamos por que você veio nos ver. Presumivelmente, não era para ouvir sobre o vovô.

– É uma longa história, na verdade – Laurel disse, pegando a xícara de chá que lhe foi oferecida, adicionando um pouco de leite. – Eu estive pesquisando a história da minha família, em particular do lado da minha mãe, e verifica-se que ela uma vez foi – Laurel hesitou antes de dizer – amiga das pessoas que viviam nesta casa.

– Quando teria sido isso, você sabe?

– No final dos anos 1930 e nos primeiros anos da guerra.

Um nervo repuxou a sobrancelha de Martin.

– Que extraordinário.

– Qual era o nome da amiga de sua mãe? – quis saber Karen.

– Vivien – Laurel respondeu. – Vivien Jenkins.

Marty e Karen trocaram um olhar e Laurel olhou de um para o outro.

– Eu disse algo estranho? – perguntou.

– Não, estranho não, é só que... Marty sorriu para as mãos enquanto reunia seus pensamentos – conhecemos muito bem esse nome por aqui.

– É mesmo? – O coração de Laurel começara a bater com força, um pouco alto. Eles eram descendentes de Vivien, é claro que eram. Uma criança da qual Laurel não ficara sabendo, um sobrinho...

– É uma história bastante peculiar, na verdade, uma das que entrou para a lenda da família.

Laurel assentiu ansiosamente, desejando que ele continuasse enquanto ela tomava um gole de chá.

– Meu bisavô Bertie herdou esta casa, sabe, durante a Segunda Guerra Mundial. Ele estava doente, diz a história, e muito pobre: ele trabalhara toda a sua vida, mas os tempos eram difíceis, havia uma guerra em andamento, afinal, e ele estava vivendo em um pequeno apartamento perto de Stepney, sendo cuidado por uma vizinha idosa, quando um dia, de repente, ele recebeu a visita de um refinado advogado que lhe disse que ele tinha herdado este lugar.

– Não compreendo – disse Laurel.
– Nem ele compreendeu – disse Martin. – Mas o advogado foi bastante claro sobre o assunto. Uma mulher chamada Vivien Jenkins, de quem meu bisavô nunca tinha ouvido falar, o tornara o único beneficiário de seu testamento.
– Ele não a conhecia?
– Nunca tinha ouvido falar dela.
– Mas isso é tão peculiar...
– Concordo. E, no começo, ele não queria vir para cá. Sofria de demência, não gostava de mudanças, você pode imaginar o choque que isso foi. Assim, ele ficou onde estava e a casa ficou vazia, até que seu filho, meu avô, voltou da guerra e foi capaz de convencer seu velho pai de que não se tratava de um truque.
– Seu avô tinha conhecido Vivien, então?
– Tinha, mas ele nunca falava sobre ela. Ele era bastante aberto, meu avô, mas havia alguns assuntos sobre os quais ele se recusava a falar. Ela era um deles, o outro era a guerra.
– Acredito que isso não seja incomum – disse Laurel. – Todos os horrores que aqueles pobres homens viveram.
– Sim. – Seu rosto se desfez em uma expressão de tristeza. – Mas era mais do que isso para vovô.
– Oh?
– Ele foi convocado para o serviço na prisão.
– Ah, compreendo.
– Ele não era muito pródigo nos detalhes, mas eu fiz algumas averiguações. – Marty pareceu um pouco tímido e baixou a voz ao continuar: – Eu encontrei os registros policiais e soube que uma noite, em 1941, vovô foi retirado do Tâmisa, muito espancado.
– Por quem?
– Eu não tenho certeza, mas foi quando ele estava no hospital que a polícia o prendeu. Eles acreditavam que ele tinha algum envolvimento em uma espécie de tentativa de chantagem, e o levaram para interrogatório. Um mal-entendido, ele sempre jurou, e se você conhecesse o meu avô saberia que ele não mentia, mas os policiais não acreditaram nele. De acordo com os registros, ele

estava carregando um cheque de valor alto para descontar quando o encontraram, mas ele se recusou a dizer como o recebeu. Ele foi jogado na prisão. Ele não podia pagar um advogado, é claro, e por fim a polícia não tinha provas suficientes e, então, resolveram mandá-lo para o exército. É engraçado, mas ele costumava dizer que eles salvaram sua vida.

– *Salvaram* sua vida? Como?

– Não sei, nunca consegui entender isso. Talvez fosse uma piada, ele brincava muito, meu avô. Eles o mandaram para a França em 1942.

– Ele não tinha estado no exército antes disso?

– Não, mas ele viu a ação, ele estava em Dunkirk, na verdade, só que ele não carregava uma arma. Ele carregava uma câmera. Ele era fotógrafo de guerra. Venha ver algumas de suas fotografias.

– Meu Deus – Laurel disse, percebendo, enquanto examinava as fotografias em preto e branco que enchiam a parede. – Seu avô era James Metcalfe.

Martin sorriu com orgulho.

– Ele mesmo. – Marty ajeitou a moldura do retrato.

– Eu reconheço estas. Eu vi uma exposição no V&A há cerca de uma década.

– Isso foi logo depois que ele morreu.

– O trabalho dele é incrível. Sabe, minha mãe tinha uma de suas fotos na parede quando eu era menina, uma foto pequena, que ela ainda tem, aliás. Ela costumava dizer que a ajudava a se lembrar de sua família, do que acontecera a eles. Eles foram mortos na Blitz de Coventry.

– Sinto muito por isso – disse Marty. – Terrível. Impossível imaginar.

– As fotografias de seu avô ajudam a lembrar ou imaginar. – Laurel olhou cada fotografia, uma por uma. Eram realmente excepcionais: pessoas que tiveram suas casas bombardeadas, soldados no campo de batalha. Havia uma de uma menina com uma roupa estranha, sapatos de sapateado e calçola grande.

– Eu gosto desta – ela disse.

– Essa é minha tia Nella – Marty disse, sorrindo. – Bem, nós a chamávamos assim, embora ela não fosse realmente um parente. Ela era uma órfã de guerra. Essa foto foi tirada na noite em que sua família foi morta. Vovô manteve o contato com ela, e quando ele voltou da guerra, ele encontrou sua família adotiva. Eles continuaram amigos pelo resto de suas vidas.

– Isso é lindo.

– Ele era assim, muito leal. Sabe, antes de se casar com minha avó, ele foi procurar uma antiga paixão apenas para se certificar de que ela estava indo bem. Nada o teria impedido de se casar com a minha avó, é claro, eles estavam muito apaixonados, mas ele disse que era algo que tinha de fazer. Eles foram separados durante a guerra e ele só a vira uma vez desde que voltara, e assim mesmo de longe. Ela estava na praia com seu novo marido, e ele não quis incomodá-los.

Laurel ouvia e balançava a cabeça, quando de repente as peças se encaixaram como em um caleidoscópio: Vivien Jenkins havia deixado a casa para a família de James Metcalfe. James Metcalfe, com seu velho e doente pai – ora, era Jimmy, não? Tinha de ser. O Jimmy de sua mãe e o homem por quem Vivien tinha se apaixonado, contra quem Katy a tinha avisado, com medo do que Henry pudesse fazer se descobrisse. O que significava que mamãe era a mulher que Jimmy tinha rastreado antes de se casar. Laurel sentiu-se fraca, como se fosse desmaiar, e não apenas porque era de sua mãe que Marty estava falando. Havia algo incomodando-a em suas próprias lembranças.

– O que foi? – Karen disse, preocupada. – Parece que você viu um fantasma.

– Eu só... – Laurel gaguejou. – Eu só... eu tenho uma ideia do que pode ter acontecido com seu avô, Marty. Eu acho que eu sei por que ele foi espancado, quem foi que o abandonou para morrer.

– Você sabe?

Ela balançou a cabeça, perguntando-se por onde começar. Havia tanta coisa para contar.

– Voltem para a sala de estar – disse Karen. – Vou colocar a chaleira no fogo novamente. – Ela estremeceu, animada. – Oh, é bobagem minha, eu sei, mas não é uma sensação maravilhosa poder resolver um mistério?

Eles estavam voltando-se para sair da sala quando Laurel viu uma última fotografia que a fez ofegar.

– Ela é linda, não é? – Martin disse, sorrindo ao notar a direção de seu olhar.

Laurel balançou a cabeça, e já estava na ponta da língua para dizer "Essa é a minha mãe", quando Martin disse:

– É ela, é Vivien Jenkins. A mulher que deixou esta casa para Bertie.

32

O fim da linha, maio de 1941

VIVIEN FEZ A PÉ O ÚLTIMO percurso da jornada. O trem estava repleto de soldados e de cidadãos londrinos de aparência cansada – só havia lugar em pé, mas ofereceram-lhe um assento. Havia vantagens, ela percebeu, em parecer que tinha acabado de ser resgatada do local de uma explosão de bomba. Havia um garoto sentado em frente a ela, com a mala no colo e um frasco agarrado firmemente na mão. Ele continha, constatou admirada, um peixinho vermelho, e toda vez que o trem diminuía a marcha ou acelerava ou dava uma guinada para uma linha secundária para esperar o fim de um alerta, a água sacolejava contra o vidro e ele o erguia para verificar se seu peixe não entrara em pânico. Peixes entravam em pânico? Vivien tinha certeza de que não, embora a ideia de ficar presa dentro de uma jarra de vidro fizesse algo em seu peito se contrair com tanta força que ela teve dificuldade em respirar.

Quando não estava olhando para o seu peixe, o menino observava Vivien, os grandes e sombrios olhos azuis avaliando seus ferimentos, o grosso casaco branco no final da primavera. Ela sorriu ligeiramente quando seus olhos se encontraram, depois de cerca de uma hora do início da viagem, e ele fez o mesmo, mas apenas brevemente. Perguntou-se, entre outros pensamentos que inundavam sua mente e buscavam sua atenção, quem era o menino e por que ele estava viajando sozinho no meio de uma guerra, mas ela não perguntou, ela estava nervosa demais para falar com qualquer pessoa, por medo de se denunciar.

Havia um ônibus que ia para a cidade a cada meia hora – ela ouvira duas mulheres idosas comentando a surpreendente confiabilidade da linha de ônibus quando se aproximavam da estação, mas Vivien decidiu caminhar. Ela não conseguia afastar a sensação de que somente continuando em movimento é que ela poderia ficar em segurança.

Um automóvel diminuiu a velocidade atrás dela e todos os nervos do corpo de Vivien ficaram tensos. Ela se perguntou se algum dia deixaria de ficar assustada. Não até que Henry estivesse morto, ela sabia, pois só assim ela iria ser verdadeiramente livre. O motorista do carro era um homem com um uniforme que ela não reconheceu. Imaginou como deveria parecer aos olhos dele – uma mulher em um casaco de inverno, com o rosto machucado e triste, e uma pequena mala, caminhando para a cidade sozinha.

– Boa-tarde – ele disse.

Sem se virar, ela balançou a cabeça em resposta. Fazia mais de vinte e quatro horas, ela percebeu, desde que tinha falado em voz alta. Era uma tolice supersticiosa, mas ela não conseguia se livrar da sensação de que, uma vez que abrisse a boca, o ardil seria descoberto, que Henry iria ouvir de alguma forma, ou um de seus comparsas, e que, em seguida, ele viria em seu encalço.

– Indo para a cidade? – disse o homem no carro.

Ela balançou a cabeça novamente, mas sabia que teria que responder em algum momento, mesmo que apenas para deixar claro para ele que ela não era uma espiã alemã. A última coisa de que ela precisava era ser levada para a delegacia de polícia local por algum policial da Defesa Civil ansioso para descobrir a invasão.

– Posso lhe dar uma carona, se quiser – disse ele. – Meu nome é Richard Hardgreaves.

– Não. – Sua voz estava rouca por falta de uso. – Obrigada, mas eu gosto de caminhar.

Foi a vez dele de acenar com a cabeça. Ele olhou através do para-brisa na direção em que estava indo, antes de se voltar novamente para Vivien.

– Veio visitar alguém na cidade?
– Eu estou começando um novo trabalho – ela disse. – Na pensão Blue Sea.
– Ah! A pensão da sra. Nicolson. Bem, então, eu vou vê-la pela cidade, tenho certeza, srta.?
– Smitham – ela disse –, Dorothy Smitham.
– Srta. Smitham – ele repetiu com um sorriso. – Muito bonito. – E então ele fez um pequeno aceno com a mão e continuou seu caminho.

Dorothy viu seu carro desaparecer pelo topo da colina verdejante e então chorou lágrimas de alívio. Ela falara e nada de terrível tinha acontecido. Toda uma conversa com um estranho, um novo nome, e o céu não caiu em cima de sua cabeça, nem a terra se abriu e a engoliu. Respirando fundo e cautelosamente para se acalmar, permitiu-se entreter a pequena nesga de esperança de que talvez realmente tudo fosse ficar bem. Que lhe fora dada essa segunda chance. O ar cheirava a sal e mar, e um grupo de gaivotas circulava no céu distante. Dorothy Smitham pegou sua mala e continuou em frente.

～

No final das contas, fora a mulher idosa e quase cega em Rillington Place quem tinha lhe dado a ideia. Quando Vivien abriu os olhos no meio do local cheio de poeira da explosão e percebeu que ela ainda estava, inconcebivelmente, viva, começou a chorar. Havia sirenes, e as vozes de homens e mulheres bons e corajosos chegando ao local para apagar incêndios, socorrer os feridos e retirar os mortos. Por que, perguntou-se, ela não poderia ser um deles, por que a vida não poderia tê-la deixado ir?

Ela não estava nem mesmo gravemente ferida. Vivien tinha prática em avaliar a gravidade de seus ferimentos. Alguma coisa tinha caído sobre ela, uma porta, suspeitava, mas havia uma brecha e ela conseguiu sair do meio dos escombros. Sentou-se, tonta na escuridão. Fazia frio, muito frio agora, e ela estava tremendo. Ela não conhecia bem o quarto, mas sentiu algo peludo debaixo de sua mão – um casaco! – e tirou-o de onde estivera pendurado na porta. Encontrou uma lanterna no bolso do casaco, e quando apontou o fino feixe de luz, viu que Dolly estava morta. Mais do que morta, tinha sido esmagada por tijolos e concreto do teto, e por uma grande caixa metálica que caíra do sótão acima.

Vivien ficou nauseada, com o choque, a dor e a dilacerante decepção de ter falhado em sua tarefa. Levantou-se. O teto desaparecera e ela podia ver as estrelas no céu. Estava olhando para elas, cambaleando, imaginando quanto tempo Henry levaria para encontrá-la, quando ouviu a velha mulher gritar:

– Srta. Smitham, a srta. Smitham está viva!

Vivien virou-se em direção à voz, zonza porque ela sabia que Dolly certamente não estava viva. Ela estava prestes a dizer isso, apontando o braço a esmo em direção à Dolly, mas não conseguia encontrar palavras em sua garganta, apenas um som rouco e arfado, e a velha mulher ainda gritava que a srta. Smitham estava viva, apontando para Vivien, e foi então que ela percebeu o erro da senhoria.

Era uma oportunidade. A cabeça de Vivien latejava e seus pensamentos estavam confusos, mas ela viu imediatamente que lhe fora dada uma oportunidade. Na verdade, no rescaldo aterrador de um ataque a bomba direto, a coisa toda parecia notavelmente simples. A nova identidade, uma nova vida, foi tão facilmente adquirida quanto o casaco que ela vestira no escuro. Ninguém seria prejudicado, não havia mais ninguém para ser prejudicado – Jimmy se fora, ela fez o que podia pelo sr. Metcalfe, Dolly Smitham não tinha família, e não havia ninguém para lamentar Vivien. E assim, ela aproveitou a chance. Tirou a aliança de casamento e se agachou no escuro, empurrando-a para os dedos de Dolly com as mãos surpreendentemente firmes. Havia muito barulho em toda parte, pessoas gritando, ambulâncias indo e vindo, escombros fumegantes ainda arfando e se acomodando na escuridão, mas Vivien ouvia apenas seu próprio coração batendo com força, não com medo, mas com determinação. A oferta de emprego ainda estava apertada entre os dedos de Dolly, e Vivien teve que afastá-los um a um, pegando a carta da sra. Nicolson para si mesma e fazendo-a deslizar para dentro do bolso do casaco branco. Já havia outras coisas lá dentro, um pequeno objeto duro, e um livro, ela percebeu, quando seus dedos roçaram nele, mas ela não olhou para ver qual era.

– Srta. Smitham? – Um homem usando um capacete havia apoiado uma escada contra a borda do piso quebrado e subira até seu rosto ficar no mesmo nível em que ela estava de pé. – Não se preocupe, senhorita. Vamos tirá-la daqui. Tudo vai ficar bem.

Vivien olhou para ele, e pela primeira vez se perguntou se ele poderia estar dizendo a verdade.

– Minha amiga – ela disse com voz rouca, usando sua lanterna para indicar o corpo no chão. – Ela está...?

O homem olhou para Dolly, a cabeça esmagada sob o baú de metal, os membros espalhados em direções que não faziam sentido.

– Maldição! – exclamou. – Eu diria que está. Você pode me dizer o nome dela? Existe alguém que a gente deva chamar?

Vivien balançou a cabeça.

– O nome dela é Vivien. Vivien Jenkins, e ela tem um marido que deveria saber que ela não vai mais voltar para casa.

Dorothy Smitham passou o resto dos anos de guerra fazendo camas e limpando para os hóspedes da pensão da sra. Nicolson. Ela mantinha a cabeça baixa, tentava não fazer nada que pudesse chamar uma atenção indevida, nunca aceitava convites para bailes. Ela polia, lavava roupas e varria, e à noite, quando fechava os olhos para dormir, tentava não ver os olhos de Henry, fitando-a no escuro.

Durante o dia, ela mantinha os próprios olhos abertos. No início, ela o via por toda parte: o jeito familiar de andar de um homem descendo o cais, os traços brutais, maduros, de um estranho de passagem, uma voz erguida no meio da multidão que fazia sua pele se arrepiar. Com o tempo, passou a vê-lo menos, e estava feliz, mas nunca parou de vigiar, porque Dorothy sabia que algum dia ele iria encontrá-la, era só uma questão de quando e onde, e ela pretendia estar pronta para ele.

Ela mandou apenas um cartão-postal. Quando estava na pensão Sea Blue há uns seis meses aproximadamente, ela pegou a foto mais bonita que pôde encontrar – um grande navio de passageiros, o tipo em que as pessoas embarcavam para viajar de um lado ao outro do mundo, e escreveu na parte de trás: *O clima é glorioso aqui. Todos vão bem. Por favor, destruir após o recebimento*, e endereçou-o a sua querida amiga, sua única amiga, srta. Katy Ellis de Yorkshire.

∽

A vida adquiriu um ritmo. A sra. Nicolson comandava o navio com pulso de ferro, o que convinha perfeitamente a Dorothy – havia algo profundamente terapêutico em ser obrigada a seguir padrões militares de excelência em limpeza doméstica, e ela foi libertada de suas lembranças sombrias pela necessidade premente de esfregar tanto óleo quanto possível ("sem desperdiçá-lo, Dorothy, há uma guerra em andamento, você não sabia?") no corrimão da escada. E então, em um dia de julho de 1944, mais ou menos um mês depois do desembarque do Dia D, quando chegou em casa, de volta do mercado, ela encontrou um homem de uniforme sentado à mesa da cozinha. Ele estava mais velho, é claro, e um pouco mais desgastado, mas ela o reconheceu instantaneamente pela fotografia do rapaz esperançoso e jovial que sua mãe mantinha em lugar de destaque no console da lareira na sala de jantar. Dorothy tinha limpado o vidro da moldura muitas vezes antes, e conhecia seus olhos francos, os ângulos de suas maçãs do rosto, a covinha no queixo, tão bem que ela corou quando o viu sentado ali, como se o tivesse espreitado através do buraco da fechadura todos esses anos.

– Você é Stephen – ela disse.

– Sou, sim. – Ele apressou-se a ajudá-la com a sacola de mantimentos.

– Sou Dorothy Smitham. Eu trabalho para sua mãe. Será que ela sabe que você está aqui?

– Não – disse ele. – A porta lateral estava aberta, então eu entrei.

– Ela está lá em cima. Eu só vou...

– Não. – Ele falou rapidamente, e seu rosto se contraiu em um sorriso envergonhado. – Quer dizer, é muita gentileza sua, srta. Smitham, e eu não quero dar uma impressão errada. Eu amo a minha mãe, ela me deu a vida, mas se estiver tudo bem por você, eu só vou me sentar alguns momentos e desfrutar da paz e tranquilidade, antes do início do meu verdadeiro serviço militar.

Dorothy riu e, em seguida, a sensação a pegou de surpresa. Ela percebeu que era a primeira vez que ria desde que chegara de Londres. Muitos anos depois, quando seus filhos pediam que contassem a história (novamente!) de como eles se apaixonaram, Stephen e Dorothy Nicolson lhes falavam da noite em que desceram furtivamente pelo cais quebrado para dançar na sua extremidade – Stephen levou seu velho gramofone e eles o tocaram, desviando-se dos buracos nas tábuas do píer, ao som de By the Light of the Silvery Moon. Mais tarde, Dorothy tinha escorregado e caído, quando tentava se equilibrar ao longo da balaustrada (pausa para a instrução dos pais: "Vocês nunca devem tentar se equilibrar em balaustradas, queridinhos"), e Stephen nem sequer tirou os sapatos, ele mergulhou direto da borda e fisgou a mãe deles para fora da água. "E foi assim que eu peguei sua mãe" – Stephen diria, o que sempre fazia as crianças rirem com a imagem que ele evocava da mãe deles na ponta de uma linha de pesca – e os dois tinham se sentado na areia depois, porque era verão e a noite estava quente, e tinham comido mariscos de um copo de papel e conversado por horas até que o sol rompeu no horizonte, cor-de-rosa, e eles caminharam de volta para Blue Sea e souberam, sem que tivessem dito nem mais uma palavra, que estavam apaixonados. Era uma das histórias preferidas das crianças, a imagem que evocavam dos pais andando ao longo do cais em roupas encharcadas, a mãe como um espírito livre, o pai como um herói, mas em seu próprio coração, Dorothy sabia que tudo aquilo era, em parte, ficção. Ela amara seu marido muito antes disso. Ela se apaixonou por ele naquele primeiro dia na cozinha quando ele a fez rir.

A lista de atributos de Stephen, se um dia fosse solicitada a escrevê-la, teria sido longa. Ele era corajoso e protetor, ele era engraçado. Era paciente com sua mãe, muito embora ela fosse o tipo de mulher cuja conversa mais amável continha ácido suficiente para descascar a pintura das paredes. Ele tinha mãos fortes e fazia coisas inteligentes com elas, ele sabia consertar praticamente qualquer coisa, e sabia desenhar (embora não tão bem como ele teria gostado). Ele era bonito, e tinha um jeito de olhar para ela que fazia a pele de Dorothy arder de desejo. Ele era um sonhador, mas não se deixava perder dentro de suas fantasias. Amava a música e tocava clarinete, canções de jazz que Dorothy adorava, mas que deixavam sua mãe enlouquecida. Às vezes, enquanto Dorothy sentava-se de pernas cruzadas no parapeito da janela de seu quarto vendo-o tocar, a senhora Nicolson pegava sua vassoura no andar de baixo e batia com o cabo no chão, o que fazia Stephen tocar ainda mais alto e animado, e fazia Dorothy rir tanto que ela precisava colocar as duas mãos na boca. Ele a fazia se sentir segura.

No topo de sua lista, porém, o que ela mais valorizava, acima de todo o resto, era sua força de caráter. Stephen Nicolson tinha a coragem de suas convicções, ele nunca iria deixar sua amada dobrar sua vontade e Dorothy gostava disso. Havia um perigo, ela pensava, em um tipo de amor que fazia as pessoas deixarem de agir de maneira autêntica.

Ele também tinha um grande respeito por segredos.

– Você não fala muito sobre seu passado – ele disse a ela uma noite quando estavam sentados juntos na areia.

– Não.

Um silêncio se estendeu entre eles na forma de um ponto de interrogação, mas ela não disse mais nada.

– Por que não?

Ela suspirou, mas ele foi abafado pela brisa do mar e desfez-se silenciosamente. Ela sabia que sua mãe andara sussurrando em seu ouvido, terríveis mentiras sobre seu passado, com o objetivo de convencê-lo de que ele devia esperar um pouco, conhecer outras mulheres, pensar em se estabelecer com uma bela garota local em vez disso, alguém que não tivesse "modos londrinos". Ela sabia, também, que Stephen tinha dito à mãe que ele gostava de mistérios, que a vida era bastante insossa se você soubesse tudo o que havia para saber sobre uma pessoa antes de atravessar a rua para cumprimentá-la. Dorothy disse:

– Pela mesma razão, eu suponho, que você não fala muito sobre a guerra.

Ele pegou a mão dela e a beijou.

– Faz sentido para mim.

Ela sabia que iria contar-lhe tudo um dia, mas tinha que ser cuidadosa. Stephen era o tipo de homem que iria querer marchar até Londres e cuidar ele mesmo de Henry. E Dorothy não estava disposta a perder mais ninguém que amava para Henry Jenkins.

– Você é um bom homem, Stephen Nicolson.

Ele sacudiu a cabeça, ela pôde sentir sua testa movendo-se contra a dela.

– Não – ele insistiu. – Apenas um homem.

Dorothy não argumentou, mas ela tomou sua mão na dela e reclinou o rosto suavemente em seu ombro na escuridão. Ela conhecera outros homens antes, homens bons e maus, e Stephen Nicolson era um bom homem. O melhor dos homens. Ele a fazia se lembrar de uma outra pessoa que ela conhecera.

∾

Dorothy pensava em Jimmy, é claro, da mesma forma que continuava a pensar em seus irmãos e irmã, em sua mãe e seu pai.

Jimmy morava com eles naquela casa de madeira nos subtrópicos, acolhido pelos Longmeyer de sua mente. Não era difícil imaginá-lo lá, além do véu, ele sempre a fizera se lembrar dos homens de sua família, sua amizade tinha sido uma luz na escuridão, tinha lhe dado esperança, e talvez se eles tivessem tido a chance de se conhecer mais e melhor, o sentimento teria se aprofundado no tipo de amor escrito nos livros, o tipo de amor que ela havia encontrado com Stephen. Mas Jimmy pertencia a Vivien, e Vivien estava morta.

Uma única vez ela achou que o tinha visto. Foi poucos dias depois de seu casamento, e ela e Stephen estavam andando de mãos dadas ao longo da beira da água, quando ele se inclinou para beijá-la no pescoço. Ela riu e se soltou, saltitando à sua frente, antes de olhar por cima do ombro para dizer algo para provocá-lo. E foi então que percebeu uma figura na orla, ao longe, observando-os. Prendeu a respiração com o reconhecimento, quando então Stephen alcançou-a e levantou-a do chão. Mas era apenas sua mente pregando-lhe uma peça, pois quando ela se virou para olhar de novo, ele já havia desaparecido.

33

Greenacres, 2011

SUA MÃE HAVIA SOLICITADO a música e queria ouvi-la na sala de estar. Laurel se ofereceu para levar um CD player para o quarto, para que ela não tivesse que se deslocar, mas a sugestão foi rapidamente descartada e Laurel sabia que não devia discutir. Não com sua mãe, não esta manhã, quando apresentava aquele olhar transcendental. Já estava assim havia dois dias, desde que Laurel voltara de Campden Grove e lhe contara o que tinha encontrado.

O longo e lento trajeto de Londres, mesmo com Daphne falando sobre Daphne o tempo todo, não contribuíra em nada para diminuir a alegria de Laurel, e ela fora sentar-se com a mãe assim que percebeu que poderiam ficar sozinhas. Elas conversaram, enfim, sobre tudo que tinha acontecido, sobre Jimmy, Dolly e Vivien, e sobre a família Longmeyer na Austrália também. Sua mãe contara a Laurel sobre a culpa que sempre guardara por ter ido ver Dolly na noite do ataque e pedido que voltasse para dentro da casa.

— Ela não teria morrido lá se não fosse por mim. Ela estava de saída quando cheguei.

Laurel lembrou à mãe que ela estava tentando salvar a vida de Dolly, que ela fora dar um aviso e não podia culpar a si mesma pelos aleatórios locais de aterrissagem das bombas alemãs.

A mãe de Laurel pediu-lhe que trouxesse uma fotografia de Jimmy, e não uma reprodução, mas o original — um dos poucos vestígios do passado que ela não havia trancado. Sentada ali ao lado da mãe, Laurel tinha olhado para ela com novos olhos: a luz do amanhecer depois de um ataque aéreo, os estilhaços de vidro no primeiro plano brilhando como pequenas luzes, o grupo de pessoas emergindo de seu abrigo no fundo, através da fumaça.

– Foi um presente – a mãe disse suavemente. – Significava muito quando ele me deu. Eu não poderia me desfazer dela.

Ambas choravam enquanto conversavam, e Laurel se perguntou, às vezes, quando sua mãe encontrava uma reserva de energia e conseguia falar – a duras penas, mas com premência – sobre tudo que tinha visto e sentido, se a tensão de antigas lembranças, algumas delas desesperadamente dolorosas, poderia ser demais. No entanto, se era de alegria ao ouvir as notícias de Laurel sobre Jimmy e sua família, ou alívio por finalmente ter se livrado de seus segredos, sua mãe parecia ter se reanimado. A enfermeira avisou-os de que aquele novo ânimo não iria durar, que não deviam se enganar, e que o declive, quando viesse, seria rápido. Mas ela sorriu também, e disse-lhes para desfrutar da mãe enquanto pudessem. E eles o fizeram. Cercaram-na de amor, barulho e toda a turbulenta paixão da vida familiar que Dorothy Nicolson sempre amara.

Agora, enquanto Gerry carregava a mãe para o sofá, Laurel manuseava os discos de vinil na prateleira, à procura do álbum certo. Passava-os rapidamente, mas parou por um momento, quando se deparou com *Chris Barber's Jazz Band*, e um sorriso se formou em seu rosto. O disco pertencera a seu pai. Laurel ainda se lembrava do dia em que ele o trouxera para casa. Ele pegara seu próprio clarinete e tocara com o solo de Monty Sunshine por várias horas, bem ali no meio do tapete, parando de vez em quando para sacudir a cabeça com admiração, diante do puro virtuosismo da habilidade de Monty. Durante todo o jantar naquela noite, ele ficou em silêncio, voltado para dentro de si mesmo, a algazarra das filhas envolvendo-o, enquanto ele permanecia sentado à cabeceira da mesa, com um brilho de perfeito contentamento iluminando seu rosto.

Inoculada pela adorável emoção da lembrança, Laurel colocou Monty Sunshine de lado e continuou passando os discos, até que encontrou o que procurava, "By the Light of the Silvery Moon", de Ray Noble e Snooky Lanson. Ela olhou para trás, para onde Gerry instalava sua mãe, puxando a manta leve muito gentilmente para cobrir o corpo frágil, e ela esperou, pensando, enquanto isso, que fora uma benção tê-lo de volta a Greenacres nesses últimos dias. Ele era a única pessoa a quem ela confidenciara a verdade do passado. Haviam se sentado juntos na noite anterior, bebendo vinho tinto na casa da árvore, ouvindo uma estação de rockabilly de Londres que Gerry encontrara na internet e falando bobagens sobre o primeiro amor, velhice e tudo que ocorria entre um e outro.

Quando falaram do segredo da mãe, Gerry disse que não via nenhuma razão para contar aos outros.

– Nós estávamos lá naquele dia, Lol, é uma parte da nossa história. Rose, Daphne e Iris... – deu de ombros, em dúvida, e tomou um gole de vinho – bem, isso só poderia aborrecê-las, e para quê?

– Laurel não tinha tanta certeza. Certamente, havia histórias mais fáceis de serem contadas, era muita coisa para absorver, especialmente para alguém como Rose. Mas, ao mesmo tempo, Laurel tinha pensado muito ultimamente sobre segredos, sobre o quanto eram difíceis de guardar, e o hábito que tinham de espreitar silenciosamente por baixo da superfície antes de aflorarem, de repente, por uma fresta na determinação do seu guardião. Ela achava que iria simplesmente esperar um pouco para ver como as coisas se desenrolariam.

Gerry olhou para ela agora e sorriu, sinalizando com a cabeça, de onde havia se instalado, perto da cabeça da mãe, que ela podia começar a música. Laurel deslizou o disco de sua capa e colocou-o na vitrola, assentando a agulha na borda externa. A onda da abertura no piano encheu os recantos silenciosos da sala e Laurel se sentou na outra ponta do sofá, colocando a mão nos pés da mãe e fechando os olhos.

De repente, tinha nove anos de idade novamente. Era 1954, uma noite de verão. Laurel vestia uma camisola com mangas curtas e a janela acima de sua cama estava aberta, na esperança de atrair a brisa fresca da noite. Sua cabeça estava no travesseiro, os cabelos lisos longos espalhados atrás dela como um leque e seus pés descansavam no peitoril. Seus pais recebiam amigos para jantar e Laurel ficara deitada no escuro, daquele jeito, durante horas, ouvindo as suaves ondas de conversa e risos que se erguiam algumas vezes acima dos suspiros murmurados de suas irmãs adormecidas. Periodicamente, o cheiro de fumaça de cigarro subia pelas escadas e atravessava a porta aberta. Copos tilintavam na sala de jantar e Laurel se deleitava com o conhecimento de que o mundo adulto girava – cálido, alegre e tranquilo – além das paredes do seu quarto.

Depois de algum tempo, ouviu-se o som de cadeiras sendo arrastadas da mesa e de passos no corredor, e Laurel podia imaginar os homens apertando-se as mãos e as mulheres se beijando nas faces, enquanto diziam "Boa-noite" e "Oh! Que noite agradável!", e faziam promessas de repetir a coisa toda. Portas de carro bateram, motores ronronaram pelo caminho banhado de luar e, finalmente, o silêncio e a quietude retornaram a Greenacres.

Laurel esperou os passos de seus pais na escada, quando iam dormir, mas eles não vieram e ela ficou oscilando à beira do sono, incapaz de se abandonar e cair. E então, através das tábuas do assoalho, o riso de uma mulher, fresco e límpido, como um copo de água quando você está com sede, e Laurel despertou, ficando bem acordada. Ela se sentou e ouviu mais risos, agora de seu pai, seguido rapidamente pelo som de algo pesado sendo arrastado. Laurel não deveria se levantar tão tarde da noite, a não ser que estivesse doente, desesperada para usar o banheiro ou fosse acordada por um pesadelo, mas ela não conseguia simplesmente fechar os olhos e dormir, não agora. Alguma coisa estava acontecendo lá embaixo e ela precisava saber o que era. A curiosidade pode ter matado o gato, mas as meninas geralmente se saem muito melhor.

Ela deslizou para fora da cama e seguiu na ponta dos pés pelo corredor acarpetado, a camisola esvoaçando contra os joelhos nus. Quieta como um rato, desceu furtivamente a escada, parando no patamar quando ouviu música, fracos acordes vindos de trás da porta da sala de estar. Laurel desceu correndo o resto da escada e ajoelhou-se o mais cuidadosamente possível, pressionando primeiro uma das mãos e, em seguida, o olho contra a porta. Ela piscou contra o buraco da fechadura e em seguida respirou fundo. A poltrona do pai tinha sido empurrada para o canto, deixando um grande espaço livre no centro da sala, e ele e sua mãe estavam em pé, juntos, no tapete, seus corpos entrelaçados num abraço. A mão de seu pai repousava, grande e firme, contra as costas de sua mãe, e seus rostos estavam colados, enquanto se balançavam ao ritmo da música. Seu pai tinha os olhos fechados e a expressão de seu rosto fez Laurel engolir em seco e suas faces arderem. Era quase como se ele estivesse com dor, e, no entanto, de alguma forma, o oposto disso também. Ele era seu pai e, ainda assim, não era, e vê-lo daquela maneira fez Laurel se sentir insegura e até mesmo ter um pouco de inveja, emoções que absolutamente não conseguia entender.

A música deslanchou em um ritmo mais rápido e os corpos de seus pais se separaram enquanto Laurel os observava. Eles estavam dançando, realmente dançando, como em um filme, com as mãos unidas e arrastando os sapatos, e sua mãe girando e girando sob o braço de seu pai. As faces da mãe estavam afogueadas e seus cachos mais soltos do que de costume, a alça de seu vestido cor de ostra tinha escorregado um pouco de um ombro e a Laurel de nove anos de idade sabia que ainda que vivesse até os cem anos, ela nunca veria ninguém mais bonita.

༄

– Lol.

Laurel abriu os olhos. A canção terminara e o disco continuava girando sozinho. Gerry estava em pé junto à mãe, que havia adormecido, acariciando levemente seus cabelos.

– Lol – disse ele de novo, e havia algo em sua voz, uma urgência que chamou sua atenção para ele.

– O que foi?

Ele olhava intensamente para o rosto da mãe, e Laurel seguiu seu olhar. Quando o fez, compreendeu. Dorothy não estava dormindo, ela havia partido.

∽

Laurel estava sentada no balanço embaixo da árvore, balançando-se lentamente com o pé. Os Nicolson passaram a maior parte da manhã discutindo as providências do funeral com o pastor local, e Laurel agora polia o medalhão que sua mãe sempre usara. Eles decidiram, por unanimidade, enterrá-lo com a mãe. Ela nunca fora muito interessada em bens materiais, mas valorizava o medalhão especialmente, recusando-se sempre a tirá-lo.

– Ele guarda meus tesouros mais queridos – ela costumava dizer, sempre que era mencionado, abrindo-o para mostrar as fotos de seus filhos. Quando menina, Laurel adorava a maneira como as pequenas dobradiças funcionavam, bem como o agradável clique do fecho quando pressionado.

Ela abriu-o e fechou-o, olhando para os sorridentes rostos de suas irmãs e irmão e dela mesma, retratos que tinha visto uma centena de vezes antes. Ao fazê-lo, ela notou que uma das partes do vidro oval tinha uma minúscula lasca de um dos lados. Laurel franziu a testa, correndo o polegar sobre a falha. A ponta de sua unha pegou na imperfeição e o vidro se deslocou – estava mais solto do que ela imaginara –, caindo no colo de Laurel. Sem o vidro que o prendia, o fino papel fotográfico perdeu sua firmeza, erguendo-se no centro, de modo que Laurel podia ver por baixo dele. Olhou mais de perto, deslizando o dedo sob ele, e tirou a fotografia.

Era como ela pensava. Havia outra foto embaixo, de outras crianças, crianças de outra época, mais antiga. Ela verificou o outro lado também, depressa agora, tirando o vidro e puxando a foto de Iris e Rose. Outra foto antiga, mais duas crianças. Laurel olhou para os quatro juntos e prendeu a respiração: a época das roupas que estavam usando, a sugestão de imenso calor na forma como todos apertavam os olhos para a câmera, a impaciência teimosa no rosto da menina menor – Laurel sabia quem eram essas crianças. Eram os Longmeyer de Tamborine Mountain, irmãos e irmã de sua mãe, antes de perderem a vida no terrível acidente que a fez ser despachada em um navio para a Inglaterra, enfiada debaixo da asa de Katy Ellis.

Laurel estava tão distraída com sua descoberta, perguntando-se como poderia rastrear mais informações sobre esta família distante que acabara de descobrir, que não percebeu o carro no caminho de entrada até ele já estar quase na cerca. Eles tiveram visitas durante todo o dia, aparecendo para dar seus pêsames, cada um deles oferecendo mais uma história sobre Dorothy que fazia seus filhos sorrirem e Rose chorar ainda mais no grande suprimento de lenços de papel que tiveram que comprar especialmente para ela. Quando Laurel viu o carro vermelho se aproximar, porém, compreendeu que desta vez era o carteiro.

Ela se aproximou para cumprimentá-lo. Ele tinha ouvido a notícia, é claro, e fora levar suas condolências. Laurel agradeceu e sorriu quando ele lhe contou uma história sobre as surpreendentes habilidades de Dorothy Nicolson com um martelo.

– Você não acreditaria – ele disse –, uma mulher bonita como ela fincando estacas de cerca, mas ela sabia exatamente o que fazer.

Laurel sacudiu a cabeça, tão admirada quanto ele, mas seus pensamentos estavam com os antigos apanhadores de cedro de Tamborine Mountain quando ela levou a correspondência de volta com ela para o banco do balanço.

Entre a correspondência, havia uma conta de luz, um folheto sobre a eleição do conselho local e outro envelope, bastante grande. Laurel levantou as sobrancelhas quando viu que era dirigido a ela. Não podia pensar que houvesse muitas pessoas que soubessem que ela estava em Greenacres, exceto Claire, que nunca enviava uma carta quando podia dar um telefonema. Ela virou o envelope e viu que o remetente era Martin Metcalfe, de Campden Grove 25.

Intrigada, Laurel abriu o envelope, retirando o conteúdo. Era um livreto, o catálogo oficial do museu da exposição de seu avô James Metcalfe no V&A, dez anos antes. *Achei que poderia gostar disso. Saudações, Martin*, dizia a nota fixada na capa. *P.S. Venha nos visitar na próxima vez que vier a Londres.* Laurel achava que o faria. Ela gostava de Karen e Marty, e de seus filhos, o menino com o avião de Lego e um olhar distante nos olhos, pois eles pareciam ser da família, de uma forma estranha, confusa. Todos eles unidos por aqueles fatídicos acontecimentos de 1941.

Ela folheou o catálogo, admirando mais uma vez o glorioso talento de James Metcalfe, a maneira como ele havia conseguido de alguma forma captar mais do que uma simples imagem com sua câmera, conseguindo contar uma história inteira com os elementos díspares de um único momento. E histórias muito importantes, aliás. Elas eram um registro, essas fotos, de uma experiência histórica que seria quase inconcebível sem elas. Laurel se perguntou se Jimmy sabia disso na época. Se, ao captar pequenos exemplos de dor e perda individuais em filme, ele percebia o enorme memorial que estava enviando para o futuro.

Laurel sorriu para a fotografia de Nella, e então parou quando encontrou uma foto avulsa, presa com um clipe na parte de trás, uma cópia da que tinha visto em Campden Grove, o retrato de sua mãe. Laurel soltou-a, segurando-a mais perto e examinando cada um dos belos traços da mãe. Estava colocando-a de volta, quando notou a fotografia final do livreto, um autorretrato de James Metcalfe, tirada, ele disse, em 1954.

Deu-lhe uma sensação estranha, esse retrato, e a princípio ela a atribuiu à parte crucial que Jimmy tinha representado na vida de sua mãe, a tudo que sua mãe lhe dissera sobre sua bondade e o jeito com que ele a fazia feliz, quando não havia quase nenhuma outra luz em sua vida. No entanto, ao continuar olhando, Laurel tornou-se convencida de que havia algo mais fazendo-a se sentir desta forma, algo mais forte, mais pessoal.

E então, de repente, lembrou-se.

Laurel caiu para trás contra a cadeira do balanço e olhou para o céu, um sorriso, largo e incrédulo, espalhando-se pelo rosto. Tudo se iluminou. Ela sabia por que o nome "Vivien" tinha lhe causado uma impressão tão forte quando o ouviu de Rose no hospital. Compreendia como Jimmy soubera enviar o cartão de agradecimento para Vivien em nome de Dorothy Nicolson em Greenacres Farm. Ela sabia por que motivo vinha experimentando pequenos sobressaltos de *déjà vu* toda vez que olhava para o selo da Coroação.

Santo Deus – Laurel não pôde deixar de rir –, ela até mesmo entendia o enigma do homem à porta do teatro. A citação misteriosa, tão familiar e, no entanto, impossível de situar. Não foi de uma peça, absolutamente, e por isso ela teve tanta dificuldade – andara vasculhando a parte errada de seu cérebro. A citação vinha de um dia, há muito tempo, uma conversa da qual ela havia se esquecido inteiramente. Até agora.

34

Greenacres, 1953

A MELHOR COISA SOBRE ter oito anos de idade era que Laurel conseguia finalmente virar estrelas adequadamente. Passara todo o verão fazendo a tal acrobacia, e seu recorde até então era de trezentas e vinte e seis seguidas, desde o alto do caminho de entrada até onde ficava o velho trator de seu pai. Esta manhã, porém, ela estabeleceu um novo desafio, ia ver quantas estrelas eram necessárias para dar a volta completa na casa, *e* faria isso no menor tempo possível.

O problema foi o portão lateral. Toda vez que chegava até ele (quarenta e sete, às vezes quarenta e oito estrelas), ela marcava seu lugar na terra onde as galinhas haviam ciscado toda a grama, corria para deixar o portão aberto e, em seguida, corria de volta até sua marca no chão. Mas quando levantava as mãos, preparando-se para a estrela, o portão voltava a se fechar com um rangido. Pensou em colocar alguma coisa contra ele para mantê-lo aberto, mas as galinhas eram um bando desobediente e, com toda a probabilidade, iriam bater as asas e correr para dentro da horta, se ela lhes desse a mínima chance.

Ainda assim, não conseguia pensar em nenhuma outra forma de completar a volta de estrelas. Limpou a garganta como sua professora, srta. Plimpton, costumava fazer sempre que tinha um grave anúncio a comunicar.

– Agora, escutem aqui, o bando todo – disse em seguida, apontando o dedo para dar ênfase. – Eu vou deixar este portão aberto, mas apenas por um minuto. Se alguma de vocês tiver a brilhante ideia de se esgueirar daqui quando eu virar as costas, especialmente para a horta do papai, eu gostaria de lembrá-las que a mamãe vai fazer Galinha da Coroação esta tarde e pode estar à procura de voluntários.

Sua mãe não *sonharia* em pôr qualquer uma de suas meninas na panela – as galinhas que tivessem a sorte de ter nascido na fazenda dos Nicolson tinham a garantia de morrer de velhice – mas Laurel não viu razão para lhes dizer isso.

Ela foi buscar as botas de trabalho do pai ao lado da porta da frente, levou-as e colocou uma ao lado da outra contra o portão aberto. Constable, o gato, que assistia às providências dos degraus da entrada da frente, miou para registrar suas reservas em relação ao plano, mas Laurel fingiu não notar. Ciente de que a porta iria ficar parada no lugar, ela reiterou sua advertência para as galinhas e, com uma verificação final no relógio, esperou que o segundo ponteiro chegasse ao doze e gritou "Vai!", começando, então, a virar estrelas.

O plano funcionou perfeitamente. Girando e girando, lá foi ela, as longas tranças arrastando-se na poeira e, em seguida, batendo em suas costas como um rabo de cavalo. Atravessou o terreiro das galinhas, o portão aberto (oba!), até chegar novamente ao ponto onde tinha começado. Oitenta e nove piruetas, três minutos e quatro segundos exatos.

Laurel sentiu-se triunfante – até notar que as meninas desobedientes tinham feito *exatamente* o que ela lhes dissera que não fizessem. Agora corriam enlouquecidas pela horta de seu pai, puxando para baixo as espigas de milho e ciscando como se não recebessem três boas refeições por dia.

– Ei! – Laurel gritou. – Vocês aí, voltem já para o seu cercado.

As galinhas a ignoraram, e Laurel marchou sobre elas, agitando os braços e batendo os pés, sendo recebida apenas com o mais completo desdém.

Laurel não viu o homem de imediato. Não até ele cumprimentá-la:

— Olá!

Ela ergueu os olhos e viu-o de pé, perto de onde o Morris de seu pai ficava normalmente estacionado.

— Olá — ela disse.

— Você parece meio zangada.

— Eu *estou* zangada. As meninas escaparam e estão comendo todo o milho do meu pai, e eu vou levar a culpa.

— Santo Deus — disse ele. — Isso parece sério.

— E é. — Seu lábio inferior ameaçou tremer, mas ela não permitiu.

— Bem... é um fato pouco conhecido, mas acontece que eu sei falar a língua das galinhas muito bem. Vamos ver o que podemos fazer para recuperá-las?

Laurel concordou e, juntos, eles perseguiram as galinhas por toda a horta, o homem fazendo ruídos como se cacarejasse, e Laurel observando por cima do ombro com admiração. Quando cada ave estava presente e contabilizada, presas com segurança atrás do portão, ele até ajudou a remover as evidências dos estragos nos pés de milho.

— Você veio ver os meus pais? — disse Laurel, percebendo, de repente, que o homem podia ter outro propósito além de ajudá-la.

— Isso mesmo — disse ele. — Conheci sua mãe, muito tempo atrás. Éramos amigos — sorriu, o tipo de sorriso que fez Laurel pensar que ela gostava dele, e não apenas por causa das galinhas.

A constatação a deixou um pouco encabulada, e ela disse:

— Você pode entrar e esperar, se quiser. Eu deveria estar arrumando a casa.

— Está bem. — Ele a seguiu até a casa, tirando o chapéu quando atravessou a porta. Olhou ao redor da sala, observando, Laurel tinha certeza, a nova demão de pintura que seu pai tinha dado nas paredes. — Seus pais não estão em casa?

— Papai está lá embaixo no campo e mamãe foi pegar um aparelho de televisão para a Coroação.

— Ah. Claro. Bem, eu vou ficar bem aqui, se você precisar continuar com a arrumação.

Laurel assentiu, mas não se moveu.
– Eu vou ser atriz, sabe. – Sentiu-se tomada por uma súbita necessidade de contar ao homem tudo sobre si mesma.
– É mesmo?
Ela confirmou, balançando a cabeça.
– Bem, então eu vou ter que ficar de olho em você. Você acha que vai atuar nos teatros de Londres?
– Ah, sim – disse Laurel, balançando a cabeça daquela forma pensativa, como os adultos faziam. – Eu diria que provavelmente sim.

O homem estava sorrindo, mas seu rosto mudou, e a princípio Laurel pensou que fosse algo que ela tivesse dito ou feito. Mas logo percebeu que ele não estava olhando mais para ela, estava olhando além dela, para a fotografia de casamento de seus pais que eles mantinham sobre a mesa do hall de entrada.

– Gostou? – disse ela.
Ele não respondeu. Tinha se dirigido à mesa e segurava a moldura agora, olhando fixamente para a fotografia como se não pudesse acreditar no que estava vendo.

– Vivien – ele disse baixinho, tocando o rosto de sua mãe.
Laurel franziu o cenho, perguntando-se o que ele queria dizer.
– Essa é a minha mãe. O nome dela é Dorothy.

O homem olhou para Laurel e sua boca se abriu como se fosse dizer algo, mas não o fez. Fechou-a novamente e um sorriso surgiu em seu rosto, um sorriso engraçado, como se tivesse acabado de descobrir a resposta para um enigma e o que ele encontrara o tivesse feito feliz e triste ao mesmo tempo. Ele colocou o chapéu e Laurel percebeu que estava indo embora.

– Mamãe não vai demorar muito – disse, confusa. – Ela só foi até a vila.

O homem, no entanto, não mudou de ideia, andando de volta para a porta e saindo para o sol brilhante sob o caramanchão de glicínias. Ele estendeu a mão e disse para Laurel:

– Bem, companheira de caça às galinhas. Foi um prazer conhecê-la. Aproveite a Coroação, sim?

— Está bem.

— Meu nome é Jimmy, por sinal, e eu vou ficar de olho para ver você nos palcos de Londres.

— Eu sou Laurel — ela disse, acenando. — E vou ver você lá.

Ele riu.

— Não tenho dúvida disso. Você me parece ser exatamente o tipo que sabe ouvir com os ouvidos, os olhos, o coração, tudo ao mesmo tempo.

Laurel balançou a cabeça, sentindo-se importante.

O homem estava prestes a ir embora quando parou subitamente e se voltou uma última vez.

— Antes de eu ir, Laurel. Pode me dizer... sua mãe e seu pai, eles são felizes?

Laurel franziu o nariz, sem saber ao certo o que ele queria dizer.

Ele disse:

— Será que eles fazem piadas juntos, riem, dançam e brincam?

Laurel revirou os olhos.

— Ah, sim — ela disse —, *sempre*.

—E seu pai, ele é bondoso?

Ela coçou a cabeça e assentiu.

— E engraçado. Ele a faz rir, e sempre faz o chá para ela, e você sabia que ele salvou a vida dela? Foi assim que eles se apaixonaram. Mamãe caiu da beira de um penhasco grande e profundo, ela estava com medo e sozinha, e provavelmente em perigo mortal, até que meu pai mergulhou, embora houvesse tubarões e crocodilos e, certamente, piratas também, e ele a salvou.

— Foi mesmo?

— Foi, sim. E eles comeram mariscos depois.

— Bem, Laurel — o homem, Jimmy, disse. — Acho que seu pai parece exatamente o tipo de companheiro que sua mãe merece.

E, então, ele olhou para suas botas, daquela forma triste e feliz, e acenou, dando adeus. Laurel observou-o ir, mas só por pouco tempo, e logo começou a se perguntar quantas estrelas seriam necessárias para ir até o riacho. E quando sua mãe chegou a casa, e suas irmãs também – o novo aparelho de televisão em uma caixa no porta-malas – ela já havia esquecido inteiramente o homem amável que viera naquele dia e que a ajudara com as galinhas.

Agradecimentos

Meus agradecimentos a um trio de valor inestimável, Julia Kretschmer, Davin Patterson e Catherine Milne, pela leitura preliminar; à minha brilhante e incansável equipe editorial, inclusive à minha editora, Maria Rejt, Sophie Orme, Liz Cowen e Ali Blackburn, da Pan Macmillan, UK; Christa Munns e Clara Finlay, da Allen & Unwin, Australia; Judith Curr, Lisa Keim, Kimberly Goldstein e Isolde Sauer, da Atria, US; à extraordinária Lisa Patterson, pela leitura crítica; e à minha editora e grande amiga, Annette Barlow, que prazerosamente ultrapassou o limite da razão comigo.

Sou imensamente grata aos meus editores em todo o mundo pelo permanente apoio e a todas as pessoas talentosas que ajudaram a transformar minhas histórias em livros e colocá-los em seu caminho. Obrigada a todo livreiro, bibliotecário e leitor que continua a ter fé; a Wenona Byrne pelas inúmeras tarefas extras que desempenha; a Ruth Hayden, artista e inspiração; e à minha família e amigos por me deixarem desaparecer dentro do meu mundo imaginário e retornar para eles mais tarde como se nada tivesse acontecido. Agradecimentos especiais, como sempre, à minha agente, Selwa Anthony, aos meus preciosos meninos, Oliver e Louis, e principalmente, por tudo e muito mais, a meu marido, Davin.

Consultei muitas fontes enquanto pesquisava e escrevia *A guardiã dos segredos do amor*. Entre as mais úteis encontram-se: os arquivos online da BBC, *WW2 People's War*; o Imperial War Museum, Londres; o British Postal Museum and Archive; *Black Diamonds: The Rise and Fall of an English Dynasty*, de Catherine Bailey; *Nella Last's: The Second World War Diaries of 'Housewife, 49'*, editado por Richard Broad e Suzie Fleming; *Debs at War: How Wartime Changed Their Lives 1939-1945*, de Anne De Courcy; *Wartime Britain 1939-1945, de Juliet Gardiner; The Thirties: An Intimate History*, de Juliet Gardiner; *Walking the London Blitz*, de Clive Harris; *Having it so Good: Britain in the Fifties*, de Peter Hennessy; *Few Eggs and No Oranges: The Diaries of Vere Hodgson 1940-45; How We Lived Then: A History of Everyday Life during the Second World War*, de Norman Longmate; *Never Had It So Good: A History of Britain from Suez to the Beatles*, de Dominic Sandbrook; *The Fortnight in September*, de RC Sheriff; *Our Longest Days: A People's History of the Second World War*, dos autores de Mass Observation, editado por Sandra Koa Wing; *London at War, 1939-1945*, de Philip Ziegler.

Agradeço ainda a Penny McMahon do British Postal Museum and Archive por responder às minhas perguntas sobre marcas postais de cancelamento; aos gentis funcionários da Transport for London que me deixaram vislumbrar como era uma estação de metrô na década de 1940; a John Welham por compartilhar seu notável conhecimento sobre diversos temas históricos; a Isobel Long por me fornecer informações sobre o fascinante mundo do gerenciamento de arquivos e registros; a Clive Harris, que continua a suprir respostas criteriosas a cada pergunta minha sobre os anos da guerra e cuja excursão a pé pela Londres da época da Blitz foi a minha primeira inspiração para o mundo desta história; e a Herbert e Rita, de quem eu adquiri meu amor pelo teatro.

Impressão e Acabamento:
GRÁFICA STAMPPA LTDA.
Rua João Santana, 44 - Ramos - RJ